THERESA RÉVAY

Der letzte Sommer in Mayfair

Buch

England 1911 – eine bewegte Zeit der gesellschaftlichen Umbrüche und sozialen Unruhen. Obwohl die Familie finanzielle Sorgen hat, laden Lord und Lady Rotherfield im vornehmen Londoner Stadtteil Mayfair zum glanzvollen Debütantinnenball für ihre 18-jährige Tochter Victoria. Doch Victorias Einführung in die feine Gesellschaft wird überschattet vom Verschwinden ihrer älteren, impulsiven Schwester Evangeline. Ihr Bruder Julian findet sie schließlich auf einer Polizeiwache, wo sie nach einer Demonstration der Suffragetten für die Rechte der Frauen festgehalten wird. Er missbilligt ihr Verhalten zutiefst, zumal er selbst als Erbe der Dynastie in einem Leben voller Verantwortung und Zwänge gefangen ist. Statt seinen Gefühlen für die junge Journalistin und Fliegerin May Wharton nachgeben zu können, wird er zu einer standesgemäßen Heirat gedrängt. Er fügt sich, beneidet aber klammheimlich seinen jüngeren Bruder Edward, der das genaue Gegenteil von ihm ist, ein charmanter Frauenheld und bekannter Flieger – und bis über beide Ohren in Spielschulden steckt. Nur die Siegerprämie für einen riskanten Wettflug von London nach Sheffield könnte ihn noch retten. Sein größter Rivale bei diesem Rennen ist der Comte Pierre du Forestel, ein verarmter französischer Adeliger, von dem wiederum Edwards Schwester Evangeline tief beeindruckt ist.
Und so wird der Tag des Wettflugs zum Schicksalstag für die Rotherfields – und gleichzeitig zum Beginn einer Krise, die nicht nur die Familie Rotherfield, sondern die gesamte englische Gesellschaft in ihren Grundfesten erschüttern wird ...
Der fulminante Roman über das Ende einer Epoche und den Aufbruch in eine neue Zeit, erzählt anhand der Schicksale einer englischen und einer französischen Adelsfamilie. Große Gefühle vor großer historischer Kulisse!

Autorin

Theresa Révay, 1965 in Paris geboren und aufgewachsen, studierte französische Literatur an der Sorbonne. Sie veröffentlichte ihren ersten Roman mit Anfang zwanzig. Danach arbeitete sie viele Jahre als Übersetzerin und Gutachterin für verschiedene französische Verlage. Sie gilt heute als eine der bedeutendsten Autorinnen großer Historienromane in Frankreich.

Von Theresa Révay ist im Goldmann Verlag außerdem lieferbar:

Die weißen Lichter von Paris. Roman (47059)
Der Himmel über den Linden. Roman (47295)

Theresa Révay
Der letzte Sommer in Mayfair

Roman

Aus dem Französischen
von Barbara Röhl
und Monika Köpfer

GOLDMANN

Die französische Originalausgabe
erschien 2011 unter dem Titel »Dernier été à Mayfair«
bei Éditions Belfond, Paris.

Verlagsgruppe Random House FSC-DEU-0100
Das FSC®-zertifizierte Papier *München Super* für dieses Buch
liefert Arctic Paper Mochenwangen GmbH.

1. Auflage
Taschenbuchausgabe März 2013
Wilhelm Goldmann Verlag, München,
in der Verlagsgruppe Random House GmbH
Copyright © der Originalausgabe 2011
by Belfond, un département de Place des Éditeurs
All rights reserved
Copyright © der deutschen Ausgabe 2012
by RM Buch und Medien Vertrieb GmbH
Umschlaggestaltung: UNO Werbeagentur, München
Umschlagmotiv: Yolande De Kort/ Trevillion Images;
BANANA PANCAKE/Alamy
Th · Herstellung: Str.
Satz: Buch-Werkstatt GmbH, Bad Aibling
Druck und Bindung: GGP Media GmbH, Pößneck
Made in Germany
ISBN 978-3-442-47841-5

www.goldmann-verlag.de

Für Audrey Lowther
(Darlington 1907 – London 2006)
in liebender Erinnerung.

Meinem Großonkel Jean Argaud
(✶ in Lyon 1897, † in der Schlacht an der Marne 1917).
Freiwilliger Kriegsteilnehmer, Obergefreiter, Pilot beim
2. Fliegerverband, Staffel 215, gefallen für Frankreich
beim Absturz seines Flugzeugs am 28. April 1917 im
Alter von neunzehn Jahren.

Für J. de N.
in Dankbarkeit

*Things that have been secure for centuries
are secure no longer.*

The Marquess of Salisbury (1830 – 1903)

*If I should die, think only this of me:
That there's some corner of a foreign field
That is forever England.*

Rupert Brooke, The Soldier

Erster Teil

England, Rotherfield Hall, Juni 1911

Wenn Julian von einem seiner Ausritte durch den ausgedehnten Wald zurückkehrte, hielt er sich an der Weggabelung Hadrian's Heart immer rechts. Auch jetzt bog sein Pferd von allein ab und fiel dann in einen beherzten Galopp, wozu die leichte Neigung des Weges einlud. Der junge Mann erreichte das Herz des Anwesens, ohne sich von den zahlreichen Wegen verleiten zu lassen, die in die alte Römerstraße mündeten, die nach London führte und von dort weiter in Richtung Küste, wo man die Schiffe zum Kontinent erreichte.

Er stemmte die Stiefelspitzen fest in die Steigbügel und beugte den Kopf tief über den Hals des Pferdes. Die Mähne wehte ihm ins Gesicht, während er sich lachend bemühte, den Eifer seines Reittiers zu zähmen. Wie konnte man auf ein solches Prachttier nicht stolz sein? Die Kraft und die Großmut seiner Pferde, die Frucht einer sorgfältigen Zucht, wurden während der Parforcejagdsaison allseits bewundert. Mit amüsiertem und zugleich bestimmtem Ton wandte er sich an das Pferd wie an einen hitzigen Freund, doch die zurückgelegten Ohren und das störrische Maul zeigten ihm, dass es seinen eigenen Willen hatte. Zu spät bemerkte Julian den ihm entgegenkommenden Ast. Vergeblich versuchte er, ihm durch eine rasche Drehung des Oberkörpers auszuweichen, sodass die Zweige ihm gegen die Wange peitschten.

Auf dem höchsten Punkt des Hügels angekommen, tauchte der Hengst zwischen den letzten Bäumen hindurch in die offene

Landschaft. Einem weniger geübten Reiter wäre angesichts des heißblütigen Temperaments des Pferdes angst und bang geworden. Julian indes fürchtete sich nicht. Jedenfalls nicht vor seinen Pferden. Er brauchte ein paar Minuten, um es zur Raison zu rufen, und gab ihm, als es endlich stehen blieb, leise vor sich hin pfeifend die Zügel hin. Seine zwei Windhunde brachen aus dem Unterholz hervor und legten sich in der Nähe ins trockene Gras.

Beim Anblick der hügeligen Landschaft mit dem elisabethanischen Herrenhaus, das zwischen Bäumen und heckengesäumten Weiden aufragte, kam Julian ein einzelnes Wort in den Sinn: Harmonie. Nichts störte den Blick. Rotherfield Hall war auf einer grünen Lichtung errichtet worden, und seine hellen, im Laufe der Zeit verwitterten Steinmauern spiegelten sich im Teich wider. Die Veränderungen, die im 18. Jahrhundert vorgenommen worden waren, hatten der Fassade klarere Konturen verliehen und das Renaissancebauwerk vergrößert, ohne seinen Charakter zu verändern. Es hatte sich sein kühnes Wesen und seine Spontaneität bewahrt, die charmante Asymmetrie einer Architektur, die das englische Wesen an sich verkörperte. Die Gärten des Guts waren weit über die Grenzen der Grafschaft hinaus berühmt. Vom sanften Grün der Büsche hoben sich die hellen Stämme der Birken und die rosa und lila Farbtöne der Klematis und Magnolien ab. Julian genoss es, mit den Augen dem Labyrinth der penibel geschnittenen Eibenhecken zu folgen, das seine Urgroßmutter entworfen hatte. Die Rotherfields hatten sich vierhundert Jahre zuvor in diesem Lehen niedergelassen. Ihre Wurzeln reichten weit zurück und waren unverwüstlich. Als Julian die Worte seines Großvaters in den Sinn kamen, lief ihm ein Schauder das Rückgrat hinab. »Unsere Stärke ist das Land, vergiss das nie«, hatte dieser mit eindringlicher Stimme gesagt. Damals hatte dieser Satz für ihn, den jüngeren Sohn, keine Bedeutung gehabt, da er nach dem Erstgeburtsrecht nichts davon erben würde. Der kleine Julian malte sich bereits seine Zukunft aus: Er wollte reisen, denn er teilte den Hang der Briten für Expeditionen in ferne Länder und für exotische Abenteuer. Sein Großvater nahm seinen älteren Bruder Arthur und ihn gern mit, wenn er seine zwölftausend Hektar großen Ländereien bereiste. Die Reise dauerte mehrere Tage und führte sie in verschiedene Grafschaften. Im Laufe der Jahre lernte Julian immer mehr zu lieben und zu schätzen, was ihm von frühester Kindheit an vertraut gewesen war. Die Beständigkeit hatte etwas Gutes. Eine Balance, die ihm zum Anker seines Lebens geworden war.

Der Kragen des weißen Hemdes offen, die Ärmel hochgekrempelt, spürte er, wie ihm die Sonne ins Gesicht und auf die Unterarme brannte. Seit einem Monat kletterten die Temperaturen unaufhörlich. Es schien, als sollten die Krönungsfeierlichkeiten von George V. unter einem mediterranen Himmel stattfinden. Kein Lüftchen wehte, nicht einmal die vertraute Salzbrise, die bisweilen von den South Downs heraufstrich. Im Gegenteil, Haus und Park lagen im flimmernden Hitzedunst. In der Ferne machte Julian ein paar menschliche Silhouetten aus. Rotherfield Hall war eine Welt für sich, ein kleiner Kosmos unterschiedlichster Menschen, deren Leben ineinander verwoben waren. Ganze Familien arbeiteten schon seit Generationen auf dem Gut. Julian liebte sein Land und fürchtete es zugleich, weil es ihm Pflichten auferlegte.

Eine weiße Staubwolke erhob sich über der Allee, die zum Herrenhaus führte. Er kniff die Augen vor der grellen Sonne zusammen. Zwischen den Eichen brauste ein Wagen dahin. Auch wenn sein Vater einen Teil der Pferdeställe in eine Garage umgebaut und einen französischen Chauffeur, der zugleich Mechaniker war, eingestellt hatte, waren Automobile in dieser Gegend noch so rar, dass man ihnen neugierig nachblickte. Außerdem hielten sich jetzt, in der Gesellschaftssaison, die meisten Gutsbesitzer in ihren Londoner Residenzen auf. Wer mochte das also sein? Julian, der die Antwort ahnte, nahm die Zügel wieder auf und rief seine Hunde herbei. Sein Pferd setzte sich in schnellem Trab in Bewegung und ließ einen Schwarm himmelblauer

Schmetterlinge auffliegen. *Lysandra bellargus,* dachte Julian – ein in seiner Kindheit wurzelnder Reflex. Damals hatte er davon geträumt, eines Tages Insektenforscher zu werden.

Als er beim Herrenhaus ankam, war der Wagen längst außer Sichtweite. Einzig die Reifenspuren waren noch zu sehen, die er auf der gekiesten Einfahrt hinterlassen hatte und denen ein Gärtner mit einem Rechen zu Leibe rückte. Ein Pferdeknecht eilte herbei, um sich um Julians Pferd zu kümmern. Mit seinen Windhunden ihm auf den Fersen betrat Julian energisch das Vestibül. Seine gute Laune war verflogen. Mit großen Schritten durchquerte er den Salon, wo die orientalischen Teppiche das Geräusch seiner Stiefel erstickten. Ein Kammermädchen in seiner Morgenuniform, einem gemusterten Baumwollkleid, sah ihn erschrocken an, als er an ihr vorbeistürmte. Die Tür des kleinen Salons stand offen. Mit gereiztem Ton in der Stimme fragte er eine weitere Hausangestellte, die Blumen in einer Vase arrangierte, ob sie wisse, wo sein Vater sei, doch sie erwiderte, sie habe ihn seit dem Morgengebet in der Kapelle nicht mehr gesehen.

Er ging weiter in Richtung Rauchsalon. Als hätte er nur auf ihn gewartet, stand sein Vater über den Billardtisch gebeugt da. Er liebte es, zu solch ungewöhnlicher Stunde Billard zu spielen. Er behauptete, dass es ihn beruhige.

»Was hatte Manderley hier zu suchen?«, fragte Julian in scharfem Ton.

Lord Rotherfield richtete sich auf. Er vermied es, seinen Sohn anzusehen. »Guten Morgen, Julian. Wenn ich mich richtig erinnere, sind wir uns heute noch nicht begegnet.«

Der Ton seines Vaters verriet Julian, dass er nicht in bester Verfassung war. Sein Eindruck verstärkte sich noch, als er sah, wie dieser sich auf das Queue stützte. Normalerweise unterbrach sein Vater nie eine Partie, auch nicht, wenn er allein spielte.

»Guten Morgen, Papa. Ich habe Manderleys Wagen gesehen. Ich verstehe nicht. Du hast mir doch dein Wort gegeben.«

»Hast du dich beim Rasieren geschnitten?«

Julian fuhr sich mit der Hand an die Wange.

»Ach, das ist nur ein Kratzer. Von einem Zweig.«

»Treibt Samson auf deinen Ausritten immer noch seine Spielchen mit dir?«

»Ich bin nicht gekommen, um mit dir über Samson zu sprechen«, erwiderte Julian aufgebracht. »Warum weichst du meiner Frage aus? Du hast Manderley hergebeten, weil du dich entschlossen hast, Land zu verkaufen, obwohl du mir hoch und heilig versprochen hattest, es nicht zu tun. Ist es nicht so? Sei wenigstens so offen, es zuzugeben!«

Die beiden Männer sahen einander an. Der elegante graue Gehrock mit den Seidenrevers des Vaters stand in krassem Gegensatz zu dem hemdsärmeligen Aufzug seines Sohnes. Doch beide hatten die gleiche schlanke und große Statur, breite Schultern, eine aufrechte Haltung und lange Beine. Ihre ebenmäßigen Züge und ihr unbeirrter Blick spiegelten die Haltung von Männern wider, die in Gesellschaftsspielen genauso gewandt waren wie in Machtspielen.

Lord Rotherfield sah ihn, ohne mit der Wimper zu zucken, an, aber ein ernster Zug lag um seinen Mund. »Ich mag es nicht, dass man in diesem Ton mit mir redet, Julian. Ich erwarte, dass du dich entschuldigst.«

Julian blickte an die Decke. Sein Vater vermittelte ihm mitunter das Gefühl, wie ein kleiner Junge in kurzen Hosen vor ihm zu stehen. »Gut, ich bitte dich um Verzeihung, aber ich habe ein Recht auf eine Erklärung.«

Lord Rotherfield kehrte in den kleinen Salon zurück, und Julian folgte ihm. Sein Vater wies die Hausangestellte an, ihm seinen Kaffee zu bringen, denn er wollte gleich darauf nach London aufbrechen. Das junge Mädchen knickste und schloss die Tür.

»Setz dich doch«, sagte er zu seinem Sohn. »Mir wird schwindelig, wenn du die ganze Zeit vor mir auf und ab läufst.«

Durch das offene Fenster hörte man Vogelgezwitscher und

das Geräusch der Gartenscheren der Gärtner – die beschwingten Laute der warmen Jahreszeit.

»Ich habe eingewilligt, Michael Manderley sechshundert Hektar zu verkaufen; er liegt mir schon seit einem Jahr damit in den Ohren. Der Kaufvertrag wird gerade aufgesetzt. Ich habe meine Meinung geändert, das ist wahr. Aber ich hatte dir nicht mein Wort gegeben.«

»Jedenfalls hast du mir diesen Eindruck vermittelt.«

»Du hast verstanden, was du verstehen *wolltest*, Julian. Ich hätte dich für scharfsichtiger gehalten.«

»Ich kann einfach nicht begreifen, dass dieser Mann der Besitzer von Whitcombe Place werden soll! Wo wir noch nicht einmal wissen, welche Schätze dieses Stück Land birgt. Schließlich liegen uns noch nicht die Ergebnisse der Untersuchungen vor, die die Experten vorgenommen haben.«

»Was hoffst du, dort zu finden? Gold? Oder Öl, um die Autos deiner lieben Mutter damit zu betreiben?«, fragte sein Vater ironisch. »Manderley hat diese Möglichkeit durchaus einkalkuliert. Sein Angebot liegt zehn Prozent über dem Marktpreis. Aber du schätzt ihn nicht, weil er einen Yorkshire-Akzent hat, weil er sein Vermögen in der Schneidwarenindustrie von Sheffield gemacht hat und weil er einen Landsitz braucht, bevor er sich einen Titel kaufen kann … Doch sein Angebot war so gut, dass ich es einfach nicht ausschlagen konnte.«

»Ich schätze ihn deswegen nicht, weil er den Ruf eines ungehobelten Geschäftemachers hat.«

Sein Vater trat ans Fenster. Er fuhr sich mit der Hand durch das dichte, ungebändigte Haar, eine Geste, die Julian vertraut war. Seine Haut war mit Altersflecken übersät. Julian fiel auf, dass seine Hand zitterte, und das verwirrte ihn. Eine Geste der Ratlosigkeit, in der keinerlei Scham lag. Und obwohl ihn das beunruhigte, ließ er nicht locker.

»Dieser Verkauf ist ein großer Irrtum. Großvater würde sich im Grab umdrehen. Eine Familie braucht ein solides Fundament, um fortzubestehen, und unser Fundament ist das Land«, sagte er ein wenig großspurig, ehe er verdrossen hinzufügte: »Davon abgesehen ist es ein wunderschönes Haus.«

»Dein Großvater war ein Nostalgiker. Er weigerte sich anzuerkennen, dass das Land nicht länger ein unveränderlicher Besitz ist. Stattdessen zog er es vor, die Uhr im Jahre 1884 anzuhalten, weil für ihn die Ausweitung des Wahlrechts der erste Schritt hin zum Untergang unseres Landes war. Aber die Welt entwickelt sich weiter. Allmählich frage ich mich, was aus unseresgleichen werden soll ...«

Damit spielte Lord Rotherfield auf die Bestrebungen David Lloyd Georges an, den er als seinen Erzfeind betrachtete und gegen den er einen erbitterten Kampf führte. Der aus Wales stammende Schatzkanzler war ein brillanter Redner und fest entschlossen, das Ende des Adelsstandes zu besiegeln, einer Klasse, die ihm verhasst war. Als er vor zwei Jahren seinen Haushalt präsentierte, wedelte er gleich mit mehreren roten Tüchern vor den Nasen der Grundbesitzer: Er hatte vor, die Abgaben auf Alkohol, Tabak, Motoren und Benzin ebenso zu erhöhen wie die Steuern auf Einkünfte aus Grundbesitz und Liegenschaften sowie die Erbschaftssteuern. »Steuern auf meinen Leichnam!«, hatte bereits der alte Earl of Rotherfield bei deren Einführung ein paar Jahre zuvor gesagt, um kurz darauf am selben Tag wie Königin Victoria das Zeitliche zu segnen. Sodass sich seine Enkel und Hausangestellten in dem Gefühl sonnten, als würde das ganze britische Empire und somit ein Viertel der Weltbevölkerung Trauer für ihn tragen. Den Adligen indes ging es an die Gurgel. »Und das alles, um die allgemeine Rentenversicherung zu finanzieren!«, riefen sie mit erstickter Stimme aus. Zum ersten Mal in ihrer Geschichte hatte das Oberhaus den Haushalt der Regierung abgelehnt und somit das Kriegsbeil ausgegraben. Mit den nächsten Wahlen änderte sich jedoch das Kräfteverhältnis. Der Premierminister wollte dem Oberhaus mithilfe eines neuen Gesetzes künftig einen Maulkorb anlegen. Diesem *Parliament Act* zufolge sollten die Lords nicht mehr das Recht haben, einen Haushalt abzulehnen, den das Unterhaus verabschiedet hatte, oder qua ihres Vetorechts die Entscheidung hinauszuzögern. »Das ist eine Revolution!«, hatte Julians Vater in Westminster verkündet. »Man will uns unseres uralten Rechts berauben. Und dann verlangt man auch noch, dass wir mit unserer eigenen Stimme unseren kollektiven Selbstmord besiegeln!«

Lord Rotherfield war kein borniter Reaktionär. Er war sogar einer der wenigen unter den Konservativen gewesen, der den Krieg gegen die Buren in Südafrika angeprangert hatte. Woraufhin ihm im Carlton Club einige seiner Freunde den Rücken gekehrt hatten. Dennoch war er überzeugt, dass die Aristokratie dem Land mehr nutzte als schadete und für dessen Entwicklung unverzichtbar war.

Julian waren die aufgeladenen politischen Spannungen, die seit Monaten das Land erregten, nicht fremd. Er selbst war Mitglied des Unterhauses, eine Station, die jeder Erbe, der eines Tages unter den Lords im Oberhaus Platz nehmen wollte, einmal durchlaufen musste. Obwohl er auf Anhieb gewählt worden war, war sein Wahlergebnis nicht annähernd so glänzend gewesen wie das seiner Vorgänger aus seiner Familie. Das Vertrauen gegenüber dem Viscount Bradbourne – so lautete Julians Adelstitel – war zwar an den Urnen erneuert worden, aber zum ersten Mal war es dem Rotherfield'schen Erben nicht blind ausgesprochen worden.

Stevens, der Butler, betrat hinter einem jungen Diener mit einer silbernen Kaffeekanne in der Hand den Salon.

»Mr Johnson ist angekommen, Eure Lordschaft.«

»Wer? Ach ja, den hatte ich ganz vergessen. Der große Inspekteur!«, sagte Lord Rotherfield spöttisch. »Lassen Sie ihn auf keinen Fall allein. Diesem Besessenen traue ich nicht über den Weg. Barstow soll ihm bloß nicht von der Seite weichen!« Mit Letzterem meinte er den Gutsverwalter.

Julian stellte seine Tasse zurück. Der Kaffee war ihm wie immer nicht stark genug.

»Und wer ist das?«

»Du weißt doch, dass der Waliser eine umfassende Neubewertung der Liegenschaften verlangt hat. Aber das sind wir ja gewohnt, nicht wahr? William der Eroberer hat mit seinem *Domesday Book* einen Präzedenzfall geschaffen. Auch er hat die Zählung der Morgen einschließlich des letzten Stück Viehs angeordnet, um berechnen zu können, um wie viel er die Steuern erhöhen muss ... Ich sollte Barstow vielleicht sagen, er soll ihm die Aufstellung auf Latein geben.«

Auch wenn er sich zu einem Scherz hatte hinreißen lassen, war Lord Rotherfield nach wie vor irritiert. Er schätzte es gar nicht, dass Julian von ihm verlangt hatte, sich zu rechtfertigen, aber seit den Hänseleien, die er in den Internatsjahren erlebt hatte und deren er sich noch schmerzhaft erinnerte, auch wenn es ein halbes Jahrhundert her war, hatte er gelernt, sich in Schweigen zu üben. Das Schweigen war eine wirksame Waffe. Sie erlaubte es einem, den Gesprächspartner im Ungewissen darüber zu lassen, ob es eher der Verachtung oder Gleichgültigkeit geschuldet war. Im Übrigen ließ sie einen selbst ein wenig gleichgültiger werden. Dachte Julian etwa, er würde sich leichten Herzens von einem Teil ihres Besitzes trennen? Wusste er nicht, dass sein Hauptanliegen war, das Familienerbe – das Land, die Pachteinnahmen, die Kohlevorkommen in Yorkshire, die Londoner Immobilien, seine Aktien, seine Kunstsammlung – möglichst unversehrt an ihn zu übergeben? Oder am liebsten in einem besseren Zustand, als er es übernommen hatte? Doch seit nunmehr dreißig Jahren war genau dies zu einem Ding der Unmöglichkeit für Familien wie die ihre geworden, die die Fortsetzung der Generationenkette als ihre höchste Pflicht ansahen – die Lebenden reichten nicht nur ihren Vorfahren die Hand, sondern auch ihren Nachkommen, die noch nicht einmal geboren waren. Und genau das beunruhigte seine Frau: Mit seinen achtundzwanzig Jahren schien es Julian mit dem Heiraten noch immer nicht eilig zu haben.

»Es gibt andere Mittel, um an Geld zu kommen«, sagte Julian mit bockiger Miene. »Zum Beispiel, indem man anfängt zu sparen. Der Ball für Victoria wird ein Vermögen kosten. Man hätte auch ein weniger prunkvolles Fest organisieren können. Wir sollten diesem mondänen Affentheater nicht mehr so viel Bedeutung beimessen.«

»Du machst wohl Witze?«, erwiderte sein Vater empört. »Deine Schwestern haben beide ein Recht, auf würdige Weise in die Gesellschaft eingeführt zu werden. Was hättest du denn lieber? Ein Gartenfest mit Kresse-Sandwiches? Vicky würde uns die Augen auskratzen, wenn wir ihr damit kämen. Selbst Evie hätte das nicht verstanden, die einen Anspruch darauf hatte, dass wir alles uns Mögliche tun.«

»Und was macht sie jetzt daraus ...?«, erwiderte Julian missmutig.

»Ich wusste nicht, dass du so kleinlich bist, Julian«, sagte Lord Rotherfield empört. »Glücklicherweise sind wir noch in der Lage, unseren Stand zu wahren! Manchmal verstehe ich dich nicht, Julian. Woher hast du bloß diese hirnrissigen Ideen? Ich wage nicht, mir vorzustellen, was deine Mutter sagen würde, wenn sie dich so reden hörte.«

»Mama wäre wütend, wenn ihr eine Gelegenheit entginge, ihre Prunksucht zur Schau zu stellen. Sie war schon immer deine Achillesferse. Wenn es darum geht, ihre Wünsche zu erfüllen, hast du noch nie irgendwelche Kosten gescheut.«

Julian war verbittert. Er hob den Blick zu ihrem Porträt. Venetia, Lady Rotherfield, war eines der beliebtesten Modelle von John Singer Sargent gewesen, dem Porträtmaler, den die Adeligen beweihräucherten. Seine Mutter war eine der wenigen gewesen, die er um die Erlaubnis gebeten hatte, sie zu malen. Damals war sie gerade einmal achtzehn und frisch verheiratet gewesen. In einem feinen Abendkleid und mit zerzausten blonden Haaren lag sie in herrlich aufreizender Pose auf einer Chaiselongue. Ein einzelner roter Schuh mit hohem Absatz, der auf dem Teppich verloren wirkte, erinnerte an die epikureische Sorglosigkeit eines Fragonard. Sargent war bekannt für seine Schamlosigkeit und seine Kunst, das zwischen schimmerndem Taft und Seide verborgene Temperament seiner Modelle zu entblößen. Nicht wenige fürchteten diese Scharfsicht. Julian zweifelte nicht daran, dass beide die Sitzungen genossen hatten. Seine Mutter und der Maler teilten ein gewisses Maß an Unverfrorenheit.

Mochte sich sein Vater auch noch so gegen den Vorwurf verwahren, zu nachgiebig zu sein, ließ er ihr alle Launen durchgehen. Als wäre er nie aus dem Staunen darüber herausgekommen, dass sie seinen Heiratsantrag angenommen hatte. Ihn, den Erben einer von Pflichten eingeengten alten Adelsfamilie, die Tradition und Beständigkeit hochhielt, während sie einer jener schillernden, freigeistigen und liberalen Familien entstammte, deren Mitglieder sich durch sprachliche Brillanz, persönliche Ausstrahlung und Originalität auszeichneten. Man konnte nicht mit ihr zusammenleben und sich ihrer starken Persönlichkeit entziehen. Diese spiegelte sich auch in ihren Wohnsitzen wider. Sie liebte Pastellfarben, den französischen Stil des 18. Jahrhunderts, kostbaren japanisch inspirierten Nippes. Erstickenden viktorianischen Dekor – schwere Vorhänge, Spitzen oder wuchtige Polstermöbel – suchte man in ihren Räumen hingegen vergebens. Sowohl in Rotherfield Hall als auch in ihrem Londoner Haus am Berkeley Square oder in ihrem Schloss im palladianischen Stil, das sie von ihren Eltern geerbt hatte. Lady Rotherfield umgab sich mit einer Gruppe von Freunden, die mit ihrer Schlagfertigkeit und ästhetischem Feingefühl zwanzig Jahre zuvor auf revolutionäre Weise die High Society geprägt hatte. Sie gehörte jener Handvoll Frauen an, die kraft ihrer Anmut und Herkunft, ihrer Schönheit und Intelligenz ihre Umgebung in ihren Bann zogen. Doch Julian hatte einen kritischeren Blick auf seine Mutter und ihren Hofstaat. Unter der geistreich launigen Oberfläche der Lady Rotherfield verbarg sich ein eiserner Wille. Oder, um es deutlicher zu sagen, seine Mutter war eine gefährliche, machtbesessene Frau.

Lord Rotherfield war der finstere Gesichtsausdruck seines Sohnes nicht entgangen. Inzwischen schien Julian eher irritiert denn traurig. Meistens waren seine Launen nichts weiter als ein vorübergehendes Gewitter, aber Venetia beunruhigten sie; sie behauptete, darin die Anzeichen einer Melancholie zu erkennen, die in ihrer Familie beträchtliche Schäden angerichtet hatte. Die Beziehung Julians zu seiner Mutter war von jeher heikel. Sie waren von ihrem Temperament her einfach zu verschieden. Von Kindesbeinen an verhielt er sich ihr gegenüber zurückhaltend, während Venetia von den Männern, ihren Söhnen eingeschlossen, uneingeschränkten Zuspruch erwartete.

»Gehe ich also recht in der Annahme, dass ich dich in keiner Weise mehr umstimmen kann?«, sagte Julian nach längerem Schweigen.

»Es wäre ohnehin zu spät. In wenigen Stunden beginnt Vickys Ball. Willst du mit mir zusammen den Zug nehmen?«

»Papa, du bringst mich noch zur Verzweiflung! Seit Wochen gehst du jedem Gespräch über Michael Manderley aus dem Weg. Ich wette, du hast ihn sogar zu dem Ball heute Abend eingeladen.«

»Natürlich.«

»Ich würde mich schämen, diesen Mann unter meinem Dach zu empfangen! Der Gedanke, dass er uns benutzt, um gesellschaftlich aufzusteigen, macht mich verrückt.«

»Er ist nicht schlechter als manch anderer. Du bist ungerecht, Julian. Du trittst allgemeingültige Umgangsformen mit Füßen, indem du dich weigerst, Menschen aus bescheidenen Verhältnissen bei uns zu empfangen, nur weil sie ein Vermögen gemacht haben. Wenigstens solltest du seine Verdienste anerkennen.«

»Ich wüsste nicht, welche Verdienste jemand wie er haben sollte.«

»Er hat es mit Ausdauer und Fleiß zu etwas gebracht.«

»Er ist ein Mann des Geldes. Seine einzige Qualität besteht darin, dass er rechnen kann. Ich für meinen Teil zweifle an seiner Redlichkeit.«

»Allmählich kommt mir der Verdacht, dass zwischen euch beiden eine persönliche Sache steht. Muss ich mir langsam Sorgen machen?«

Julian wusste selbst nicht, woher diese instinktive Antipathie gegenüber Michael Manderley rührte. Er war ihm ein paar Mal in Westminster über den Weg gelaufen. Offenbar hatte dieser Mann freundschaftliche Bande mit gewissen Parlamentariern geknüpft. Wenn er wenigstens unsympathisch ausgesehen hätte oder dickleibig gewesen wäre, sodass selbst der beste Schneider aus der Savile Road sein körperliches Manko nicht hätte verhüllen können. Aber nein, Manderley besaß die Figur und Haltung eines Gentleman, der er nicht war. Obgleich nur mittelgroß, war er von schlanker Gestalt und hatte eine aufrechte Haltung. Man konnte ihm allenfalls den absurden Siegelring an seinem Finger vorwerfen, ein Schmuckstück, das von schlechtem Geschmack zeugte und das er, wenn er mit einem sprach, auf irritierende Weise hin und her drehte. Julian hielt ihn für selbstgefällig und zu gerissen, um aufrichtig zu sein, aber er beneidete ihn um seine Selbstsicherheit, an der es ihm mitunter fehlte.

Lord Rotherfield warf einen Blick auf den Poststapel, der ihm gebracht wurde, und legte die Briefe auf den Tisch.

»Du begreifst unsere Situation nicht«, sagte er in sachlichem Ton. »Die Preise für landwirtschaftliche Produkte fallen unentwegt, die Pachteinnahmen verringern sich zusehends, und Grund und Boden sind immer weniger wert. Aber die Kosten für die Ländereien, die werden nicht weniger. Die Steuerlast erdrückt uns schier. Ich musste Schulden aufnehmen, um das Erbe deines Großvaters antreten zu können. Das ist doch der Gipfel, nicht wahr? Unsere Lebenshaltungskosten sind hoch. Manchmal beneide ich Männer wie Manderley, die Geld machen können, ohne all diese Lasten schultern zu müssen. Ich kann nichts Verwerfliches darin sehen, Handel zu betreiben, wenn einem die

Einnahmen daraus erlauben, das Dach zu reparieren oder die verdammten Badezimmer einbauen zu lassen, die deine Schwestern meinen haben zu müssen! An dem Tag, an dem du meinen Platz einnimmst, wirst du begreifen, was das heißt. Bis dahin erspare mir bitte deine unangebrachten Belehrungen.«

Mit einem Mal überkam Julian ein Anflug von Mitleid. Sein Vater verfügte über einen liebenswerten Charakter; er war immer aufmerksam seinen Kindern gegenüber gewesen. Oft hatte er einen Blick ins Kinderzimmer geworfen, in Nanny Flanders' Reich. Nie musste er die Stimme erheben, um Autorität auszuüben, wenngleich er nicht zögerte, seine Kinder von Fall zu Fall in ihre Schranken zu weisen. Lord Rotherfield war durchaus der viktorianischen Erziehung verpflichtet, die auf der anglikanischen Vorstellung gründete, dass die durch die Erbsünde belastete Seele eines Kindes nur durch eine gewisse Strenge gerettet werden konnte. Im Laufe der Jahre war es Julian gelungen, jenes höfliche Verhältnis mit ihm zu knüpfen, wie man es von zwei Männern von Welt erwarten durfte. Er hatte sich bemüht, diesen delikatesten aller Modi Vivendi für sich zu erreichen, nämlich den eines Kindes zu seinen Eltern, und war froh, die richtige Balance gefunden zu haben. Erleichtert nahm er jetzt zur Kenntnis, dass sein Vater wieder seine gewohnt unerschütterliche Miene zeigte. Julian erinnerte sich nicht gern an die wenigen Gelegenheiten, bei denen er sich einen Gefühlsausbruch erlaubt hatte.

»Ich würde dich also bitten, Michael Manderley heute Abend mit der gebührenden Höflichkeit zu empfangen.«

»Das bringe ich nicht fertig.«

»Es ist deine Pflicht, Julian«, entgegnete sein Vater ärgerlich. »Die Verantwortung, die uns obliegt, ist nicht immer angenehm. Doch in diesem Geiste haben wir dich erzogen.«

»Ach, jetzt ist es heraus!«, sagte Julian in ironischem Ton und stand auf. »Aber darf ich dich daran erinnern, dass mir die Rolle des Erben aus Mangel an Alternativen zugefallen ist?«

Er sah seinen Vater herausfordernd an, bis dieser schließlich seinen Blick senkte. Das war Julians liebste Waffe. Die Erinnerung an eine Szene, die sich für immer in ihrer beider Gedächtnis eingebrannt hatte. An den Herbsttag, als ein erzwungener Schwur gefallen war, während sich Arthurs Blut über den feuchten Waldboden von Rotherfield Hall ergossen hatte. Zufrieden, das letzte Wort zu behalten, verließ Julian den Salon. Der Tag hatte schlecht begonnen. Er ahnte noch nicht, dass dies wirklich erst der Anfang war.

Als sein Kammerdiener die Tür öffnete, hörte Julian die gedämpften Klänge des Orchesters, das die Instrumente stimmte. Der Boden unter seinen Füßen vibrierte, als drohte ein Stück Mauer einzustürzen. Im Haus am Berkeley Square war die aufgeregte Stimmung beinahe körperlich zu spüren, die dieser Tage in London herrschte. Abgesehen von der bevorstehenden Krönung, wartete dieser vom Wetter begünstigte Sommer mit einer Reihe weiterer Empfänge auf. Das der *Times* beigefügte Veranstaltungsprogramm, das vor jeder Gesellschaftssaison veröffentlicht wurde und die Orte und Termine der verschiedenen Festlichkeiten bekanntgab, war diesmal besonders schwer verdaulich. Julian stieß einen Seufzer aus. Und das ihm, der am liebsten Stille um sich hatte.

Er schlüpfte in den Frack, den ihm sein Kammerdiener hinhielt, und hob dann das Kinn, damit dieser den Sitz der Fliege überprüfen konnte. Ridley wischte ein unsichtbares Staubkorn von seinem Ärmel, dann griff er nach einer Bürste, um Jagd auf Knitterfalten und Hundehaare zu machen. Im Mittelalter hatten sich die Ritter mit der gleichen Sorgfalt für ein Turnier gerüstet. Während Julian versuchte, mit einem Finger seinen Kragen zu lockern, der ihm die Luft abschnitt, dachte er, dass ein Kettenhemd gar nicht so schlecht wäre, um all den Müttern gegenüberzutreten, die eine geeignete Partie für ihre Tochter suchten und ihn ins Visier genommen hatten. Doch er verzichtete darauf, einen Witz darüber zu machen, da Ridley die Ankleidezeremonie nicht auf die leichte Schulter nahm. Wenn Julian es mit seiner Ironie mal wieder übertrieb, schien Ridley geradezu verletzt. Wobei man sich fragen musste, ob die Sitten und Bräuche der High Society entstanden waren, um das Leben der Herrschaft möglichst angenehm zu gestalten oder aber um das Bedürfnis nach Disziplin und Ordnung ihrer Bediensteten zu befriedigen.

»Sir, Sie sind fertig«, verkündete Ridley mit der zufriedenen Miene eines Menschen, der höchste Maßstäbe an seine Arbeit legt.

Julian hatte das Gefühl, dass er nun den gleichen ungestümen Enthusiasmus erkennen lassen müsste wie ein ungeduldiges Rennpferd, das es kaum erwarten konnte, aus der Startbox gelassen zu werden. Er enttäuschte nicht gern. Seit frühester Kindheit hatte er sich angestrengt, sämtlichen Erwartungen, die man an ihn stellte, gerecht zu werden. Seien es die von Nanny Flanders – um, was die Wichtigkeit anging, in absteigender Reihenfolge zu beginnen –, die seines Griechischlehrers, seines Vaters, seiner Freunde, seines Kammerdieners oder seiner Mutter. Allein der Gedanke, wieder irgendwelche Erwartungen erfüllen zu müssen, erschöpfte ihn. Er dankte Ridley, leerte in einem Zug seinen Whisky und verließ sein Zimmer, um den Abend in Angriff zu nehmen.

Durch den Glasbogen der Kuppel, die sich über das Treppenhaus wölbte, sah er, wie sich am Himmel rötliche Streifen abzeichneten. Das Geländer war mit einer beeindruckenden Girlande aus Lilien und Rosen geschmückt. Die Kristalltropfen der Lüster glitzerten um die Wette, und die Bronzestatuen glänzten. Die ionischen, kreisbogenförmig angeordneten Säulen auf dem Treppenabsatz im ersten Stock standen stramm, und die Vasen aus Sèvresporzellan funkelten erwartungsvoll in ihren Nischen. Julian gelang es nicht, sich rechtzeitig in den großen Salon zu flüchten. Schon trat Vicky zwischen Rosensträuchern hervor, als hätte sie ihm aufgelauert. Das weiße Kleid mit dem züchtigen

Dekolleté war übersät mit silbernen Pailletten, in denen das Licht spielte. Mit ihren hochgesteckten Haaren sah sie ganz anders aus. Der durch ihre aufrechte Kopfhaltung entblößte Nacken erschien ihm mit einem Mal verletzlich. Als einzigen Schmuck trug seine Schwester eine lange Halskette aus Perlen und Smaragden, die ihre Großmutter ihr zum Geburtstag geschenkt hatte. Die wichtigsten Etappen im Leben einer Frau standen im Zeichen der Farbe Weiß: das Taufkleid, das Chrysanthemenballkleid zur Einführung in die Gesellschaft, das Brautkleid, das Leichentuch … Die Farbe der Unschuld, vom Morgengrauen bis zur Dämmerung, die ihr wie ein Gütesiegel aufgedrückt wurde.

»Du siehst hinreißend aus, Vicky. Zweifellos bist du eine der charmantesten Debütantinnen dieser Saison. Kompliment.«

Das war seine aufrichtige Meinung. Verdrossen verzog sie den Mund.

»Du musst sie suchen und umgehend nach Hause bringen!«

Seine kleine Schwester, anstatt eingeschüchtert zu sein wie alle jungen Damen, die sich anschickten, ihren triumphalen Eintritt auf den Heiratsmarkt zu feiern, sah ihn funkelnd an.

»Evie ist verschwunden. Niemand weiß, wo sie steckt. Wenn sie bei ihrem Ruf nicht bald wieder auftaucht, wird man sich fragen, was sie wieder für einen Unsinn angestellt hat, und dann werden sich alle Gespräche nur um ihre Eskapaden drehen, das kennen wir ja. Das ist *mein* Fest. Ich will nicht, dass sie es mir verdirbt. Du musst sie unbedingt finden, ich flehe dich an, Julian.«

Wie immer, wenn sie aufgeregt war, knisterten ihre Worte geradezu vor Intensität. Die Wangen purpurrot, hatte das Mädchen plötzlich Tränen in den Augen. Victoria teilte mit ihm das Bedürfnis nach Ordnung. Alles musste an seinem bestimmten Platz sein. In dem Zimmer, das für sie als Atelier umfunktioniert worden war, waren die Kohlestifte, die Pinsel und die Pastellstäbe penibel aufgereiht. Dumm nur, dass sich die Menschen nicht so leicht zähmen ließen.

»Beruhige dich. Sie kann ja nicht weit sein. Wahrscheinlich war sie bei Selfridges und verspätet sich deswegen.«

»Sie ist heute Morgen zu einer dieser verdammten Versammlungen der Suffragetten gegangen, und seither hat sie niemand mehr gesehen. Mama weiß es noch gar nicht. Noch glaubt sie, sie ruhe sich wegen ihrer Migräne aus. Bald werden die ersten Gäste eintreffen ... Man könnte meinen, sie macht es absichtlich. Ich verabscheue sie!«

Vicky ballte die Hände zu Fäusten. Würde sie jetzt gleich aufstampfen, wie sie es als kleines Kind immer getan hatte? Die Neigung seiner Schwestern zu Zornesausbrüchen hatte Julian von jeher fasziniert. Man hätte meinen können, die Zurückhaltung sei, was die Rotherfields anging, ein männlicher Charakterzug. Andererseits konnte er Vicky durchaus verstehen, auf ihr lastete ein großer Druck. Einem ungeschriebenen Gesetz zufolge sollte eine Debütantin binnen sechs Monaten nach ihrer Einführung einen Heiratsantrag bekommen. Andernfalls blieben ihr noch zwei Saisons, um an diesem Wettbewerb teilzunehmen, wenngleich mit verringerten Chancen. Sollte sich jedoch der Misserfolg bestätigen, bliebe ihr nur noch ein Aufenthalt in Indien, um doch noch ein Exemplar dieser raren Spezies zu ergattern, bevor sie endgültig die Schmach erleiden würde, den Stempel eines sitzengebliebenen Mädchens aufgedrückt zu bekommen. Und Vicky hatte bestimmt keine Lust, sich auf eine Schiffsreise in ein so weit entferntes Land zu begeben: Sie verabscheute Schlangen ebenso wie Berufssoldaten.

Vor dem Portal hielt unter dem Klirren der Pferdegeschirre ein Gespann. Stevens begab sich zur Eingangstür, wo ein livrierter Page die beiden Flügel öffnete und einen Schwall des typisch Londoner Parfüms dieses brütend heißen Sommers hereinließ, eine Mischung aus Benzingeruch und dem Aroma von Pferdeäpfeln. Die Schatten wurden länger, aber man hatte die Hochfackeln noch nicht entzündet. Für Julian war dies die schönste Tageszeit, da die Hitze allmählich erträglich wurde. Der richtige

Moment, um in der gedämpften Atmosphäre eines diskreten Clubs einen Drink zu sich zu nehmen oder mit seinen Hunden einen Spaziergang auf dem Land zu machen.

Vicky erinnerte ihn an ein in einer Falle gefangenes Tier.

»Beruhige dich! Ich werde mich auf die Suche nach ihr machen und sie zurückbringen, du wirst sehen. Begrüße du inzwischen deine Gäste.«

Während seine Schwester zu den Eltern in den großen Salon eilte, sprang Julian mit fliegenden Rockschößen die Treppe hinauf. Als er das obere Stockwerk erreichte, betrat er ohne anzuklopfen Evangelines Zimmer. Diverse Abendkleider hingen nachlässig an Wandhaken und waren über Flechtstühle drapiert, am Boden reihten sich mehrere Paare Satinschuhe. Die Unordnung in den beiden Zimmern, die seine Schwester bewohnte, machte ihn schwindelig. Ihr Reich mit den zarten Farben und anmutigen Möbeln zu schmücken, die ihre Mutter so schätzte, lag ihr völlig fern. Stattdessen hatte sie sich für eine Wandtapete mit exotischen Vögeln in flammenden Farben entschieden, die in ihrer Exzentrik nur noch von den Vorhängen aus tiefroter chinesischer Seide übertroffen wurde. Auf dem gepolsterten Kanapee lagen unzählige Kissen verstreut, Ketten mit künstlichen Edelsteinen hingen an dem Spiegel der Frisierkommode. Eine Fülle wie auf dem Großen Basar von Konstantinopel.

»Evangeline?«, rief er.

Durch die offen stehende Tür des angrenzenden Zimmers sah man ein Himmelbett, dessen weiße Vorhänge zugezogen waren. Durch die geöffneten Fenster drang der ungeduldige Lärm der Stadt herein.

»Evie?«

»Nein, ich bin es, Lord Bradbourne«, antwortete stammelnd das Kammermädchen seiner Schwester.

»Wissen Sie, wo Lady Evangeline ist? Es scheint, als sei sie verschwunden.«

»Sie ist heute früh aus dem Haus gegangen, Sir. Um vier Uhr

hätte sie zurück sein müssen, um sich umzuziehen. Sie hat mich gebeten, ein paar Kleider für sie zurechtzulegen.«

Mit geschwollenen Augen strich das Mädchen nervös über ihre lange weiße Schürze. Rose tat Julian leid. Sie diente Evangeline mit der Ergebenheit, die man von den Hausangestellten erwartete, die einem am nächsten waren. Die einem wichtige Stützen waren in einem Alltag, in dem man immer tadellos gekleidet zu sein hatte, vor allem die Frauen, die nicht selten fünf oder sechs Mal am Tag die Garderobe wechseln mussten, nicht zu vergessen die dazu passenden Accessoires und ausgefeilten Frisuren. Doch die junge Rose wurde immer wieder in größte Bedrängnis gebracht, weil Evie sie schamlos zur Komplizin ihrer Eskapaden machte. Obwohl es seiner Schwester in London untersagt war, ohne eine Anstandsdame – sei es ihr Kammermädchen oder eine verheiratete Freundin – das Haus zu verlassen, verfügte sie nach Belieben über ihre Zeit, indem sie vorgab, in Begleitung zu sein. Ihre Mutter hätte besser daran getan, ihr eine Hausangestellte zur Seite zu stellen, die wesentlich älter war als sie selbst und die sich nicht von ihr einschüchtern lassen würde.

»Wo ist sie hingegangen?«

»Das weiß ich nicht, Sir.«

Zwei rote Flecken prangten auf Roses Wangen. Eine Haarsträhne hatte sich aus ihrer Spitzenhaube gelöst, die sie mit zittrigen Fingern wieder zurückschob.

»Lady Victoria hat von einer Suffragettenversammlung gesprochen. Hat sie Ihnen gesagt, wo sie stattfinden sollte?«

»Nein, Sir, aber ...«

»Es reicht jetzt, Rose! Bestimmt wissen Sie, wohin sie heute Morgen gegangen ist.«

»Ich musste Lady Evangeline versprechen, nichts zu sagen.«

»Und ich verlange das Gegenteil. Wir haben bereits genug Zeit vertan. Sie könnte einen Unfall gehabt haben. Sie wissen ganz genau, dass diese Versammlungen meistens in einer Schlägerei ausarten. Die Zeitungen sind voll von Berichten darüber.«

»O Gott!« Rose schlug sich die Hand vor den Mund. »Aber Sie glauben doch nicht ...«

»Ich höre.«

Sie zögerte noch immer, während sie von einem Fuß auf den anderen trat, konnte jedoch Julians zornigem Blick nicht lange standhalten.

»Bermondsey«, stieß sie zwischen zusammengepressten Zähnen hervor.

»Lady Evangeline ist nach Bermondsey gegangen? Das ist doch nicht möglich.«

»Ich fürchte doch, Sir. Irgendwo steht es sogar geschrieben. Ach ja, hier«, fügte sie hinzu und reichte ihm eine Broschüre.

Julian überflog den Inhalt. Es handelte sich um den Aufruf, an einer Protestkundgebung für das Wahlrecht der Frauen teilzunehmen, die in einem Arbeiterviertel von zweifelhaftem Ruf stattfand.

Julians Ärger wich Besorgnis. Die Elendsbehausungen von Jacob's Island hatten sich, seit Charles Dickens sie in seinem Roman beschrieben hatte, gewiss nicht wesentlich verändert.

In diesem Viertel waren Manufakturen der Lebensmittelindustrie, Fabriken und Lagerhallen angesiedelt. Nicht selten traf man dort wütende Arbeiter. Seit mehr als einem Jahr gärten gefährliche soziale Spannungen im ganzen Land. Streiks breiteten sich aus wie eine Seuche. In diesem Juni war die Situation in den Hafenstädten wie zum Beispiel Southampton besonders kritisch geworden. In Hull war es zu Brandstiftungen und Plünderungen gekommen. Einer der Stadträte war, obwohl er selbst die Ereignisse der Pariser Kommune miterlebt hatte, völlig verblüfft angesichts des Spektakels, das die zerzausten, halbnackten Frauen boten, die plündernd durch die Straßen zogen. Hinter vorgehaltener Hand sprachen manche von einer Revolution. Während die Profite stiegen und die Preise explodierten, wollten die Arbeiter ebenfalls ihren Anteil am wirtschaftlichen Aufschwung haben. Sie forderten Lohnerhöhungen, wobei der Kern ihrer Forderungen ein anderer war: das tief empfundene Gefühl, ungerecht behandelt zu werden. Etwas, was Julian vollkommen nachvollziehen konnte, ebenso wie ihm die möglichen Folgen klar waren. Er hatte eine böse Vorahnung.

Ohne noch eine Sekunde zu zögern, ließ er sich seinen Zylinder und seine Handschuhe geben und rannte die Dienstbotentreppe hinab, um den eintreffenden Gästen aus dem Weg zu gehen.

Das wird sie mir niemals verzeihen, sagte sich Evangeline.

Sie saß auf einer Holzpritsche und hielt die Knie umschlungen, um sich nicht an die schmutzige Mauer lehnen zu müssen. Zum wiederholten Mal vergewisserte sie sich, dass keine Kakerlaken in der Nähe waren; bestimmt wimmelte es unter den Dielen davon. Ein Schauder überlief sie. Sie wusste zwar nicht genau, wie spät es war, konnte aber an dem schwachen Lichtschein in der vergitterten Fensteröffnung erkennen, dass es langsam Abend wurde. Bestimmt war Vicky außer sich vor Wut. Beim Frühstück hatte sie sie misstrauisch gemustert, ihre Garderobe genau in Augenschein genommen und sie mit Fragen gelöchert. Wenn es nach ihrer Schwester gegangen wäre, hätte sie sie den ganzen Tag in ihrem Zimmer eingesperrt, um sicherzustellen, dass sie auf die Minute genau erschien, von Kopf bis Fuß dem Anlass gebührend in Schale geworfen. Vicky hasste Überraschungen. Ich bin schon eine Zumutung für die Arme, dachte Evie, die zwischen Belustigung und Angst schwankte.

Es war das erste Mal, dass sie sich auf einer Polizeiwache wiederfand. Der Stolz, den sie empfunden hatte, als man sie zusammen mit ihren Leidensgenossinnen grob in diese Zelle gestoßen hatte, war im Laufe der Stunden verflogen. Evie löste die obersten Knöpfe am Kragen ihrer hochgeschlossenen Bluse, der ihr an der Haut klebte. Aber es war nicht nur die Hitze, die sie bedrückte. Obwohl sie diese Erfahrung zum ersten Mal machte, hatte sie den Eindruck, eine unsichtbare Grenze überschritten zu haben; zum ersten Mal fühlte sie sich von den Ereignissen überwältigt. Niedergeschlagen legte sie die Stirn auf die angezogenen Knie.

Vicky würde nicht die Einzige sein, die in Wut geriet. Ihr Vater würde ihr eine gehörige Strafpredigt halten. Ein Patriarch, wie er im Buche stand, konnte er eine große Güte an den Tag legen, aber auch eine exemplarische Strenge. Er bemühte sich, gerecht zu sein, doch seine älteste Tochter brachte ihn regelmäßig aus der Fassung. Vor ihm stehend hörte sie sich seine Vorwürfe an, ohne den Blick zu senken. Stolz. Zu stolz, wie böse Zungen meinten. Von jeher rief sie bei ihm ein Gefühl der Ratlosigkeit hervor, in die sich Erschöpfung und Kummer mischten. Und sie, die es hasste, ihren Liebsten Kummer zu bereiten, schien genau dazu verdammt zu sein. Aus dem schelmischen Mädchen war eine aufsässige junge Frau geworden. »Du bist wie deine Mutter!«, hatte Lord Rotherfield einmal vorwurfsvoll gesagt.

Evie hatte Nanny Flanders das Leben schwer gemacht und den Erzieherinnen aus Deutschland und Frankreich, die ihr ihre jeweilige Muttersprache beibringen sollten, graue Haare beschert. Seit ihrer offiziellen Einführung bei Hofe zwei Jahre zuvor hatte sie einen tiefen Eindruck hinterlassen, allerdings nicht so, wie ihre Eltern es sich wünschten. Obwohl der *Tatler* sie zur »bemerkenswertesten Debütantin der Saison« gekrönt hatte, weigerten sich gewisse Witwen, sie zu ihren Empfängen einzuladen. Man dachte, sie wolle mit ihren unüberlegten, spontanen Handlungen nur provozieren, um sich wichtigzumachen. Sie verfügte über genügend Selbstachtung, dass sie es nicht nötig hatte, sich aufzudrängen und einen Skandal heraufzubeschwören. Im Grunde verzichtete sie nur auf das, was sie ohnehin als fad und monoton erachtete. Kurzum auf alles, wofür ihr neuer König stand.

Die älteste Tochter des Earl of Rotherfield dankte dem Himmel, in eine Zeit hineingeboren zu sein, in der die Menschen wie von einem allgemeinen Taumel ergriffen waren. Sie liebte die Überspanntheit, den Fortschrittsgeist, die Geschwindigkeit, die Lebenslust, die strahlenden Farben der Ballets Russes, das Kino, die gewürzten Speisen, die synkopischen Rhythmen des Ragtime, die Fülle an Zeitungen, die künstlerische Kreativität, die Intensität eines van Gogh genauso wie die Sinnlichkeit eines Gauguin, die die verblüfften Engländer ein Jahr zuvor während einer noch nie da gewesenen Ausstellung entdeckt hatten. Sie liebte es, in einem Automobil mit voller Geschwindigkeit dahinzubrausen, das pikierte Augenbrauenhochziehen steifer Damen, wenn sie in einem Kleid von Paul Poiret erschien, dem genialen französischen Modeschöpfer, der die Frauen gerade erst vom Korsett befreit hatte. War es nicht eine Wohltat, endlich aus voller Lunge atmen zu können? Evie kannte nur einen Feind. Das war die Langeweile, und sie hatte ihr schon lange den Kampf angesagt. Dennoch gab es bei ihr, wenn sie mal wieder über die Stränge geschlagen hatte, Momente der Niedergeschlagenheit, in denen sie sich fragte, ob es nicht doch möglich war, sich auszuleben und gleichzeitig die Schicklichkeit zu wahren. Dann beneidete sie jene Freundinnen, die ihr Glück darin fanden, die Spielregeln zu befolgen. Wie ihre Schwester zum Beispiel, die nie schummelte, nicht einmal beim Kartenspiel.

»Was ist los mit dir, Evangeline?«, hörte sie plötzlich jemanden in ironischem Ton sagen. »Du hast doch behauptet, dass du alles mit uns zusammen durchstehen möchtest, aber besonders froh wirkst du nicht gerade. Womöglich glaubst du, dass es nicht die Mühe wert ist ...«

»Nein, ganz und gar nicht! Aber dass dieser schmutzige Ort nach meinem Geschmack ist, kann ich auch nicht behaupten.«

Penelope March beobachtete sie mit der ihr eigenen spöttischen Miene, die Evie irritierte und zugleich anstachelte. Die Gefängniswärter hatten ihr die langen Haarnadeln abgenommen, die ihre rote Mähne zurückgehalten hatten. Die Grundschullehrerin hatte sich mit den bloßen Fingern mehr schlecht als recht die Haare gekämmt. Die Masse ihrer ungebändigten Haare ließ ihr spitzes Gesicht mit dem ein wenig zu prägnanten Kinn weicher erscheinen. Sie ist ja fast hübsch, dachte Evangeline erstaunt.

Sie kannten sich seit einem Jahr. Penelope hatte sie auf Anhieb beeindruckt. »Es ist alles eine Frage des Willens«, erklärte sie jetzt. »Man bekommt nicht das, was man verdient, sondern das, was man will.« Evie stimmte ihr zu, beneidete Penelope jedoch um ihre Entschlossenheit. Sie selbst schrieb bisweilen ihre guten Absichten mit der gleichen Lässigkeit in den Wind wie die guten Vorsätze, die sie an Neujahr fasste. Unglücklicherweise verhielt sie sich auch bei ihren Freundschaften so. Mit Ausnahme des elitären Kreises ihrer engsten Freunde, einer Handvoll schicker junger Frauen und Männer, die von den Gesellschaftskolumnisten »Die Bewundernswerten« getauft worden waren, machte Evie kurzen Prozess, wenn jemand sie langweilte. »Sicher ist nur, wer zweifelt«, pflegte sie zu sagen, wenn ein von ihr abgewiesener Bewerber ihr vorwarf, distanziert und gedankenlos zu sein. Ihre Gefühle entflammten sehr schnell, doch die Flamme brannte nicht lange, denn die Beständigkeit war nicht gerade ein Charakterzug von ihr. Sie ärgerte sich, dass Penelope sie durchschaut hatte.

»Hör auf zu jammern, Mary!«, sagte Penelope genervt zu einer ihrer Kameradinnen. »Wenn du dir Sorgen um deine Kinder machst, hättest du eben zu Hause bleiben müssen. Man muss sich entscheiden: entweder für die Sache kämpfen, damit deine Töchter in Zukunft davon profitieren, oder zu Hause mit Puppen spielen.«

»Du bist ganz schön hart, Penny.«

»Sei nicht ungerecht«, schaltete sich Evie ein, der der Schweiß den Rücken hinablief. »Ihre Kleinste ist erst ein paar Monate alt.«

»Na und? Ich kenne viele Mütter, die das Gefängnis auf sich nehmen, ohne sich zu beklagen.«

Mary wischte die Tränen weg und bemühte sich, ihre Fassung wiederzuerlangen. Penelope hatte immer die gleiche Wirkung auf die anderen Frauen in ihrer Umgebung: Jede versuchte, ihren

Ansprüchen gerecht zu werden, ohne sich jedoch zu erniedrigen, als wäre ihre Anerkennung eine Art Tapferkeitsmedaille auf dem Schlachtfeld. Keine der britischen Suffragetten, die von der gebieterischen Mrs Emmeline Pankhurst und deren Tochter Christabel angeführt wurden, konnte sich diesem Kampfgeist und dem Bewusstsein, eine Art Kreuzzug für eine gute Sache zu führen, entziehen.

Als sie sich zum ersten Mal im Pfarrhaus von Pater Williams begegnet waren, hatte Penelope sie von Kopf bis Fuß gemustert, und Evie meinte, ihre Gedanken lesen zu können. »Noch so ein albernes Gänschen, das sich ein gutes Gewissen kaufen möchte ...« Evie opferte einen Nachmittag in der Woche für wohltätige Zwecke. Sie half dem alten Pfarrer, Spenden zu sammeln und Essensmarken auszuteilen. Das Geld dafür spendeten mildtätige Seelen aus Mayfair, die den armen Familien von Bermondsey etwas Gutes tun wollten. Dieses soziale Engagement war ein Grundpfeiler der edwardianischen Gesellschaft. Die Privilegierten betrachteten es als ihre heilige Pflicht, sich um die Schwächsten zu kümmern. Pater Williams wiederum war ein frommer Mann, dem nichts so sehr am Herzen lag wie das Seelenheil seiner Gemeindemitglieder, die sich gezwungenermaßen seine Moralpredigten und Ermahnungen zur Mäßigung anhören mussten. Nur so kamen sie in den Genuss von Tee, Zucker, Brot und manchmal, wenn das Glück ihnen lachte, sogar von Fleisch.

»Sei doch nicht so streng«, sagte Evie nochmals. »Die arme Mary ist nun mal nicht für ein Leben hinter Gittern geschaffen. Selbst dein großes Idol Christabel mag das nicht.«

»Christabel hat Besseres zu tun, als ihre wertvolle Zeit im Gefängnis zu vergeuden. Es ist wichtig, dass sie in Freiheit ist, um uns zu inspirieren und anzuführen.«

»Trotzdem verabscheut sie es, eingesperrt zu sein, das kannst du ruhig zugeben. Sie hat nun mal nicht die Nerven, Einsamkeit und mangelnden Komfort zu ertragen.«

»Wie kannst du es wagen, so etwas zu sagen!«, erwiderte Penelope wütend. »Sie hat bereits einen hohen persönlichen Preis bezahlt, ohne sich je zu beklagen. Sie weiß, dass das Gefängnis ein notwendiges Übel ist in unserem Ringen darum, uns bei den Politikern endlich Gehör zu verschaffen. Die halten uns schließlich seit Jahren zum Narren.«

»Ja, unter der Bedingung, dass die anderen es ihr gleichtun. Ihre Mutter, ihre Schwestern, oder Frauen wie du. Die beiden hätten gern lauter Märtyrer, die sie als politische Waffe benutzen können, aber vielleicht ist Mary nicht dazu geboren, sich aufzuopfern, nicht wahr, meine Liebe? Was ihre Hingabe an die Sache in keiner Weise mindert«, fügte Evie hinzu, wofür sie ein dankbares Lächeln erntete. »Wir ziehen alle am selben Strang, auch wenn wir nicht gleich stark sind. Aber Christabel und du, ihr könnt einfach nicht anerkennen, dass wir unterschiedlich sind. Diesen Vorwurf müsst ihr euch gefallen lassen.«

Penelope verschränkte die Arme vor der Brust. Sie hegte eine nahezu abgöttische Verehrung für Christabel Pankhurst, die Gallionsfigur der Women's Social and Political Union —der »Vereinigung für die sozialen und politischen Rechte der Frauen« –, die ihre Mutter 1903 gegründet hatte. Das war der militante Flügel der Suffragetten. Es gab weitere Organisationen, die eine gemäßigtere Vorgehensweise bevorzugten, die lieber durch Argumente als durch Aktionen überzeugen wollten. Doch wer es wagte, die geringste Kritik an der feurigen Christabel vorzubringen, rief Penelopes Zorn hervor. Ihre Heldin vereinte feminine Anmut mit Scharfsinn und Schlagfertigkeit und der Fähigkeit zur messerscharfen intellektuellen Analyse. »Christabel denkt wie ein Mann«, hieß es, was man, wenn man wollte, als Kompliment begreifen konnte.

Zum ersten Mal ließ sich Jane Dickinson vernehmen. »Man darf nie eine Schwäche zeigen«, sagte sie. »Unsere Feinde behaupten, dass unser Gehirn kleiner ist als das der Männer und dass wir weder über die intellektuellen Fähigkeiten verfügen, um die Politik zu verstehen, noch den Mut, unsere Überzeugungen durchzusetzen. Deswegen müssen wir bereit sein, sowohl eine Gefängnisstrafe als auch Arbeitskämpfe und Hungerstreik in Kauf zu nehmen. Letzteres ist die Waffe, die sie am meisten fürchten.«

Jane war die Vierte im Bunde. Mit ihren eins fünfzig hatte sie eine Vorliebe für Kleider in schrillen Farben, mit denen sie Aufmerksamkeit erregte.

»So sehr auch wieder nicht, denn die Armen werden zwangsernährt«, entgegnete Mary. »Das kann ich euch sagen: Ich für meinen Teil habe nicht die Absicht, eine solche Prüfung zu bestehen. Ich muss mir meine Gesundheit meiner Kinder wegen bewahren.«

Penny maß sie mit einem abschätzigen Blick. »Du armes Ding! Gib halt zu, dass du Angst hast. Um einen moralischen Sieg zu erreichen, müssen wir nun mal körperliche Opfer bringen. Der Hungerstreik ist eine symbolische Waffe. Die Männer glauben, dass die Stärke Englands auf der Geburtenrate beruht. Wenn wir, potenzielle Mütter, uns weigern, Nahrung aufzunehmen und uns fortzupflanzen, ist das Empire dem Untergang geweiht. Eine Vorstellung, die sie zutiefst erschreckt.«

»Wie auch immer, niemand zwingt dich zu etwas«, sagte Jane in beruhigendem Ton zu Mary. »Es gibt keinerlei Grund, warum man uns zu einer Gefängnisstrafe verurteilen sollte. Wir haben weder etwas in Brand gesetzt noch eine Scheibe eingeworfen. Sie haben uns vorübergehend eingesperrt, um uns eine Lektion zu erteilen. Man wird uns kaum zur Last legen können, dass wir mit Spruchbändern durch die Straßen gezogen sind.«

»Doch – Störung der öffentlichen Ordnung«, warf Evie verdrossen ein. »Das ist dem Gesetz nach strafbar, oder nicht?«

»Pah, der Richter hat keine Zeit, sich mit solchen Lappalien herumzuschlagen!«, sagte Penny. »Wenn wir uns davon abhalten ließen, hätten wir nie eine Chance zu erreichen, was wir wollen. All die Jahre über haben sich die Frauen damit begnügt, Teegesellschaften abzuhalten oder mit Spruchbändern im Hyde

Park herumzustolzieren. Sie meinten, sie könnten die Politiker auf diese Weise überzeugen, dass wir verantwortungsbewusst und würdig genug sind, um gleichberechtigt behandelt zu werden. Und was hat dieser Pazifismus gebracht? Rein gar nichts. Es brauchte den Mut einer Emmeline Pankhurst, um den Stier bei den Hörnern zu packen. Diese Frau hätte es verdient, in Stein verewigt zu werden.«

»Und Christabel einen Triumphbogen!«, sagte Evie ironisch.

Sie hatte Durst. Es war so stickig in der Zelle, dass man kaum Luft bekam. Wenn sie nur nicht ohnmächtig wurde! Dann würde Penny sich mal wieder bestätigt fühlen, die sie ohnehin für einen Schwächling hielt. Sie spürte, dass sie ihre Kampfgenossin wieder einmal verärgert hatte. Ihre Freundschaft hatte etwas Irrationales. Sie kamen aus zwei unterschiedlichen Welten. Penny aus der Mittelklasse mit ihrem in der viktorianischen Ära gründenden Verhaltenskodex und festen Glauben an ein England, das über ein Empire herrschte, in dem die Sonne nie unterging; Evie aus einem Milieu, in dem einem ein großes Vermögen ein sorgloses Leben voller schillernder Fantasie ermöglichte. Sie waren nicht dazu geschaffen, sich zu verstehen, die eine hingegeben an eine Sache, die sie wie ein heiliges Amt ausübte, während die andere viel ungezwungener daran teilhatte – mit der gleichen Unbekümmertheit, mit der sie den Festlichkeiten der mondänen Welt und der winterlichen Parforcejagd frönte und dem ganzen Reigen an Vergnügungen, der ihrem Leben eine Struktur gab. O Gott, Vicky!, dachte Evie mit einem Anflug von Panik.

Das knirschende Geräusch eines Schlüssels, der im Schloss gedreht wurde, war zu hören. Die jungen Frauen standen auf und drückten sich an die Mauer. Der Wärter musterte sie irritiert.

»Lady Evangeline Lynsted[1]?«

---

[1] Nach alter britischer Adelssitte trägt der älteste Sohn und Erbe des Earl of Rotherfield einen anderen Titel als dieser, während Julians Geschwister mit Nachnamen Lynsted heißen.

»Das bin ich«, sagte Evie, die sich bemühte, ein Zittern zu unterdrücken.

»Viel Glück!«, murmelte Mary und drückte ihr die Hand.

»Gib ja nichts zu«, sagte Penny zwischen zusammengepressten Zähnen.

Das Herz schlug Evie bis zum Hals. Sie hatte das Gefühl, als würde man sie zur Guillotine führen. Das ist doch absurd!, schalt sie sich. Sie würde gewiss nicht wie Marie Antoinette enden. Und doch hatte die Französische Revolution in der Fantasie des englischen Adels einen gewaltigen Nachhall hinterlassen. Stolpernd folgte sie dem Wärter die Treppe hinauf.

Er führte sie durch einen langen Gang, von dessen Wänden die Farbe abblätterte. Mit zugeschnürter Kehle heftete sie den Blick auf den feisten Nacken des uniformierten Mannes. Sie musste ihrem Vater eine Nachricht zukommen lassen. Er war der Einzige, der ihr aus dieser Klemme helfen konnte. Der Wärter öffnete eine Tür und bedeutete ihr einzutreten. Vor ihren Augen tanzten schwarze Punkte.

Er hatte sich bei dem Droschkenkutscher nach dem meistbesuchten *public house* des Viertels erkundigt. Die Wirtin des Black Lamb besaß gefärbtes, von mit falschen Edelsteinen besetzten Kämmen gehaltenes Haar, dick geschminkte Augenlider und Ringe, die ihr in die Finger einschnitten. Sie herrschte über ein Universum, das nach Bier und Sägemehl roch. Die Gaslampen warfen ihr Licht auf die Gesichter der Gäste, die sich einer nach dem anderen zu Julian umwandten. Dieser hegte nicht den Wunsch, sich länger als nötig hier aufzuhalten, aber wenn ihm jemand Auskunft über das Treiben der Suffragetten in dieser Gegend geben konnte, dann diese mollige, rothaarige Frau. Ihr entging bestimmt nichts, was sich in Bermondsey abspielte. Und sie enttäuschte ihn nicht. Ja, heute Morgen hatte nicht weit von hier eine Art Demonstration stattgefunden; Frauen, die aufgeregt umherliefen, Spruchbänder hochhielten und zum Schlag einer Trommel Slogans skandierten. »Schöne Zeitverschwendung, wenn Sie meine Meinung hören wollen. Frauen wie ich haben Besseres zu tun, als sich Gedanken über einen verdammten Wahlzettel zu machen. Das ist etwas für reiche, überspannte Frauen!« Ein Mann, der sich mit den Ellbogen auf die Theke stützte, grummelte, sie werde niemals reich werden, wenn sie ihm nichts zu trinken bringe. Julian betrachtete die Wirtin, die sich vor Lachen ausschüttete, und hatte den Eindruck, dass ihr Lachen im Boden entsprang und von dort aus durch ihren ganzen Körper lief. »Die Polizei hat sie blitzschnell einkassiert. Und los waren wir sie!«, schloss sie zufrieden. Das Bier schmeckte stark und würzig. Er hinterließ ein großzügiges Trinkgeld.

Julian hatte nicht die Geistesgegenwart besessen, den Droschkenkutscher zu bitten, er solle warten, und so irrte er auf der Suche nach dem Polizeirevier durch lange, schmale Gassen, an denen dunkle, baufällige Häuser standen und wo durchdringende Gerüche in der Luft lagen, die von den Gerbereien und gärenden Früchten stammten. Entlang des Kanals zeichneten sich die Kräne, die dazu dienten, die Schiffe mit dem Abfall des Viertels zu beladen, mit ihren gereckten, unbeweglichen Armen vor dem abendlichen Himmel ab. Wenn er doch nur auf seine Stiefeletten mit den Lackspitzen, seine Ziegenleder-Handschuhe und seinen schwarzseidenen Zylinder verzichtet hätte! Seine Aufmachung passte nicht an diesen Ort. Er nahm die Feindseligkeit der Passanten wahr. Die Kellerbewohner beobachteten ihn durch ihre vergitterten Fenster. Viele schliefen und arbeiteten dort. Untersuchungen hatten ergeben, dass manche krank wurden, weil sie sich zu selten an die Sonne begaben.

Nach Auskunft des Kutschers wagte sich kein Polizist allein in die Kent Street und Umgebung. Merkwürdigerweise kam sich Julian eher lächerlich vor, als dass er sich sorgte. Und er wurde zusehends zorniger auf seine Schwester. Was zum Teufel hatte Evangeline in einer so gefährlichen Gegend zu suchen? Sie war ein richtiger Hitzkopf, genau wie Edward, den sie im Übrigen gern zu ihrem Komplizen machte; aber dieses Mal war sie zu weit gegangen. Überspanntheit hatte da ihre Grenzen, wo andere in Mitleidenschaft gezogen wurden.

In der großen Halle mit dem verblichenen Anstrich, in der Julian auf seine Schwester wartete, standen Männer in blauen Uniformen. Auf einer Bank saß zusammengesunken eine Bettlerin, und ein junger Mann wurde in Handschellen in den Zellentrakt geführt. Endlich erschien sie. Ihr Gesicht war blass, aber sie lächelte erleichtert, als sie ihn erblickte.

»Was machst du denn hier, Julian? Du solltest zu Hause sein.«
»Du ebenfalls«, erwiderte er wütend.
»Würden Sie bitte hierherkommen, Lady Evangeline?«, bat der Polizist. »Sie müssen einige Papiere unterzeichnen.«
Sie zögerte. »Aus welchem Grund?«
»Ich bitte dich, tu, was er sagt, und stell vor allem keine Fragen«, sagte Julian. »Ich bin nicht in Stimmung, dir Erklärungen abzugeben.«
»Sie müssen morgen vor den Richter treten, aber Ihr Bruder hat sich erboten, die Geldbuße zu zahlen. Unterzeichnen Sie hier, Miss, und Sie sind frei.«
»Ohne meine Freundinnen gehe ich nicht«, erklärte Evangeline. »Wir gehen alle gemeinsam oder gar nicht!«
Julian fragte sich, welche Strafe darauf stünde, wenn er seine Schwester erwürgte.
»Tu, was man dir sagt. Deine Dummheiten haben mich schon genug Zeit gekostet.«
»Kommt gar nicht in Frage. Hören Sie, Sir, Sie wissen, dass meine Freundinnen genauso unschuldig sind wie ich. Wir haben nichts Böses getan. Warum lassen Sie die anderen nicht zusammen mit mir frei?«
»Sie haben öffentliches Ärgernis erregt, und eine von Ihnen hat einen meiner Männer angegriffen.«
»Ganz und gar nicht! Sie hat ihn versehentlich angestoßen.«
Der Polizist warf ihr einen finsteren Blick zu. Machte sie sich über ihn lustig? Nie hätte er erlaubt, dass seine Töchter sich so aufführten. Wie die aussieht, dachte er. Ihr Haar war zerzaust, und sie trug weder Hut noch Handschuhe. Ihre Bluse war so weit aufgeknöpft, dass er die Spitze ihrer Unterwäsche erahnen konnte. Peinlich berührt wandte er den Blick ab. Er hasste jede Art von Schlendrian. Jeder Mensch hatte sich entsprechend seiner Stellung zu benehmen. Nur so erschuf man ein Empire, und vor allem bewahrte man es nur so. Diese Suffragetten waren ein subversives Gift und legten eine beklagenswerte Gewaltbereit-

schaft an den Tag. Während die junge Frau ihn weiter aus großen, unschuldigen Augen ansah, überflog er noch einmal das Protokoll.

»Ich glaube Ihnen nicht, Miss. Wir wissen genau, dass Sie sich mit Absicht verhaften lassen. Das gehört zur Strategie Ihrer Bewegung: die Polizei und die Politiker zu belästigen, um Aufmerksamkeit zu erwecken. Sie haben es darauf abgesehen, in die Schlagzeilen zu kommen. Und da einfache Verletzungen der öffentlichen Ordnung nur geringe Strafen nach sich ziehen, werden Sie immer radikaler und greifen die Ordnungskräfte an. Schläge mit dem Regenschirm, Ohrfeigen, Anspucken ... Einfallsreich sind Sie ja, das muss man Ihnen lassen. Ich bin selbst schon mehrmals gebissen worden.«

»Wie grauenhaft!«, rief Evangeline mit gespielter Empörung aus. »Aber Sie können beruhigt sein, wir sind nicht tollwütig.«

»Da wäre ich mir nicht so sicher.«

»Es ist nicht unsere Schuld. Leider verfügen wir über kein friedliches Mittel, um uns Gehör zu verschaffen, daher gebrauchen wir Methoden, die ein wenig ...«

»Barbarisch sind? Wie zum Beispiel, indem man Steine wirft und Fensterscheiben zerbricht und dabei das Risiko eingeht, Menschen zu verletzen?«

»Spektakulär würde ich sagen«, erwiderte sie mit diesem Lächeln, das die Männer, die ihr den Hof machten, bezauberte.

Evie, die jetzt nicht mehr fürchtete, zum Schafott geführt zu werden, bereitete es Freude, die Heldin zu markieren. Amüsiert stellte sie sich vor, wie Penny dreinschauen würde, wenn sie sich in die Zelle zurückbringen ließ, umgeben vom Nimbus der Mutigen, die ihre Mitschwestern nicht ihrem traurigen Schicksal überlassen hat. Die Mädchen würden ihr ebenso dankbar sein, wie sie sie bewundern würden.

»Du hast lange genug deinen Spaß gehabt, Evangeline«, schaltete sich Julian trocken ein. »Du wirst jetzt dieses Formular unterzeichnen und mit mir kommen. Ich erinnere dich daran, dass du zu Hause erwartet wirst. Ich hätte dich ja gern über Nacht im Gefängnis schmoren lassen, um dir eine Lektion zu erteilen, aber ich habe Vicky versprochen, dich nach Hause zu bringen. Du bist wirklich unfassbar egoistisch. Deine arme Schwester war vorhin in Tränen aufgelöst.«

»Wenn das so ist, dann verlange ich von dir, dass du auch die Geldstrafen für meine Freundinnen bezahlst. Ich kann sie nicht hier zurücklassen und mich amüsieren gehen. Das wäre doch vollkommen ungerecht, oder?«

Der Appell an den Anstand war die Achillesferse jedes Engländers, der dieses Namens würdig war, und Evie schreckte nicht davor zurück, das schamlos auszunutzen. Sie sah, dass ihr Bruder zögerte.

»Na gut, wie viele sind es?«, fragte er schließlich, an den Polizisten gerichtet.

»Drei.«

»Wenn Sie gestatten, übernehme ich die Strafe für sie ebenfalls.«

»Die, die meinen Kollegen geschlagen hat ... Miss March ...«

»Das war ein Missverständnis«, beharrte Evie. »Eine unwillkürliche Bewegung, das versichere ich Ihnen. Und außerdem sind Sie uns dann los. Wie ich sehe, haben Sie heute Abend viel zu tun.«

Soeben hatte man zwei blutüberströmte Männer hereingebracht. Einer war so betrunken wie der andere, und offensichtlich hatten sie mit Messern herumhantiert. Der stämmigere der beiden stieß unflätige Beleidigungen aus. Der Polizist seufzte. Und dabei hatte die Nacht erst begonnen. Seit Wochen erhitzte die sommerliche Schwüle die Gemüter, und er verfügte nur über wenige Zellen. Diese Damen nahmen tatsächlich unnötig Platz weg.

»Gehen Sie sie holen«, befahl er seinem Kollegen. Evie konnte ihre Befriedigung kaum verbergen. »Und besorgen Sie eine Droschke für Lord Bradbourne, denn die, mit der er gekommen ist, ist ihm inzwischen abhandengekommen«, schloss er unwirsch.

»Könntest du versuchen, dich ein wenig zurechtzumachen?«, fragte Julian in schneidendem Ton. »Du siehst wie eine Vogelscheuche aus. Als Erstes nimm diese alberne Schärpe ab.«

Evie bemerkte, dass sie sich einen Blusenärmel zerrissen hatte. Ihr Bruder hielt ihr ein Taschentuch hin und wies auf eine schwarze Schliere auf ihrer Wange. Sie musste sich beherrschen, um nicht zu lachen, während sie die dreifarbige Schärpe in den Farben der Suffragetten zusammenlegte, die sie sich umgebunden hatte.

»Ich werde dich nie verstehen, Evangeline«, fuhr er leise fort. »Hast du den Verstand verloren? Was hattest du in Bermondsey zu suchen?«

»Wenn ich in der Stadt bin, komme ich regelmäßig her. Ich helfe Pater Williams. Dort, wo ich mich aufhalte, ist es nicht gefährlich.«

»Das glaubst du. Du hast ja keine Vorstellung von den Gefahren. Ich bin mir sicher, dass Mama das nicht billigen würde.«

»Im Gegenteil, sie unterstützt mich.«

»Tatsächlich?«, fragte er spöttisch. »Ich bezweifle, dass sie dich ermuntert, dich so aufzuführen und das Risiko einzugehen, sogar im Gefängnis zu landen. Findest du, dass dein Verhalten einer jungen Frau deines Standes würdig ist? Und Papa, hast du auch einmal an ihn gedacht?«

Evie knöpfte ihre Bluse zu. Die Erwähnung ihres Vaters hatte ihre gute Laune zunichtegemacht.

»Wenn es nach dir ginge, würde sich nie etwas verändern!«, sagte sie ärgerlich. »Die Zeiten wandeln sich aber, verstehst du. Königin Victoria ist tot, falls du das vergessen haben solltest, und wir leben in einem neuen Jahrhundert. Ich stehe für eine gerechte Sache ein. Und ich bin nicht die Einzige in unseren Kreisen. Sieh dir Lady Lytton an. Gibt sie nicht ein wunderbares Beispiel für Durchhaltevermögen und Mut?«

»Constance Lytton ist eine exaltierte alte Jungfer, die Steine auf Abgeordnete geworfen hat und mehrmals zu Gefängnisstrafen ohne Bewährung verurteilt wurde.«

»Sie hat nur nicht geheiratet, weil man ihr verboten hat, sich mit einem Mann zu vermählen, der unter ihrem Stand war! Sie ist eine echte Aristokratin. Sie vertritt edle Prinzipien, besitzt Ehrgefühl und fürchtet sich nicht vor übler Nachrede.«

Aus dem Gang hallte eine laute Stimme herein.

»Kommt ja gar nicht in Frage, dass jemand die Geldbuße für mich bezahlt. Ich bestehe darauf, vor den Richter geführt zu werden. Ich habe das Recht, gehört zu werden. Lassen Sie mich los, Sie Grobian!«

Julian erblickte eine rothaarige junge Frau, die noch zerrupfter als seine Schwester aussah. Sie versuchte sich von dem Polizisten loszureißen, der ihren Arm festhielt. Das Haar fiel ihr bis auf die Taille. Sie war klein und zierlich, aber umso energischer. Erleichtert, sich ihrer entledigen zu können, ließ der Mann sie vor dem Schreibtisch seines Vorgesetzten los. Zwei weitere Frauen mit schüchternen Mienen bezogen hinter ihr Stellung. Die kleinste der Frauen ähnelte mit ihrem grell orangefarbenen Kleid und gekrönt von einem mit blauen Federn geschmückten Hut einem Paradiesvogel.

»Könntest du mir erklären, was hier los ist?«, verlangte die Furie von Evie zu wissen.

»Penny, darf ich dir meinen älteren Bruder vorstellen. Julian, das ist meine Freundin Penelope March. Sie ist eine großartige Frau, und ich bin mir sicher, ihr werdet euch verstehen. Er hat beschlossen, die Geldbußen zu bezahlen, damit wir nach Hause kommen.«

»Vielen Dank!«, rief Mary aus. »Endlich kann ich wieder zu meinen Kindern. Ich lasse euch allein, Mädchen, ich bin schon viel zu spät dran. Hier, Evie, dein Hut … Vielen Dank, Eure Lordschaft, das ist sehr nett von Ihnen«, stammelte sie und knickste.

Im Weggehen zog sie Jane Dickinson mit sich. Penelope sah den beiden mit verstimmter Miene nach.

»Also, ich bestehe darauf zu bleiben«, sagte sie.

»Kommt gar nicht in Frage«, erwiderte der Polizist. »Die Geldbuße ist bezahlt. Und ich rate Ihnen davon ab, Rabatz zu machen, damit wir Sie ein weiteres Mal festnehmen müssen. Ich kenne Frauen wie Sie, Miss March, und ich werde Sie im Auge behalten.«

Evie hatte klebrige Hände und das unangenehme Gefühl, schlecht zu riechen. Nachdem ihre Aufregung nachgelassen hatte, wurde ihr bewusst, dass sie seit dem Frühstück nichts gegessen hatte. Sie kam vor Durst um. Die Aussicht auf den Champagner, der am Berkeley Square in Strömen fließen würde, erschien ihr mit einem Mal außerordentlich verlockend.

»Komm schon, Penny, es ist töricht hierzubleiben«, flehte sie. »Das bringt doch nichts. Nicht dieses Mal. Komm jetzt …«

»Du nimmst natürlich die erste Gelegenheit wahr, dich aus dem Staub zu machen«, entgegnete Penny ironisch. »Statt deine Pflicht zu tun, tanzt du lieber auf dem Ball deiner Schwester. Aber das überrascht mich nicht weiter!«

Selten hatte Julian von der ersten Sekunde an eine so ausgeprägte Abneigung gegen jemanden verspürt. Penelope March verkörperte alles, was er an einer Frau verabscheute. Sie war herrisch, unverschämt, arrogant und nachtragend. Bestimmt würde sie als einsame, verbitterte alte Jungfer enden. Die kleine Person stand hoch aufgerichtet, mit zusammengepressten Lippen und vor Zorn glühend mitten auf der Polizeiwache. Stolz trug sie die symbolischen Farben der Suffragetten: die weiße Bluse, die für Reinheit stand; einen breiten violetten Gürtel als Zeichen der Würde und einen grünen Rock für die Hoffnung.

»Die Pflicht meiner Schwester ist es, bei ihrer Familie zu sein«, erklärte er bestimmt. »Eine Droschke wartet auf uns, Evangeline. Beeil dich.«

»Wir müssen Penny nach Hause bringen. Ihre Wohnung liegt auf unserem Weg. Wir können sie doch nicht allein heimgehen lassen.«

»Warum denn nicht? Ich bezweifle, dass es jemand wagt, sich an einer solchen Xanthippe zu vergreifen.«

Julian fasste seine Schwester am Arm und zog sie zur Tür.

Gott, wie er den Ragtime liebte! Er wusste auch die bewundernden Blicke zu schätzen, die seiner Mutter und ihm folgten, während sie sich blitzschnell auf den Fußspitzen bewegten, ohne je aus dem Takt des wilden Twostepp zu geraten. Wie immer zog Edward Lynsted die Aufmerksamkeit der ganzen Gesellschaft auf sich. Die bewundernden Blicke waren ihm ebenso vertraut, wie er sie brauchte. Sie schmeichelten seiner Selbstliebe und nährten seine Vitalität. Hätte man ihn in diesem Moment gebeten, Glück zu definieren, hätte er ohne zu zögern geantwortet, Glück bedeute, mit seiner Mutter im großen Salon von Berkeley Square zu tanzen, unter der barocken Kassettendecke, die in Schattierungen von Rot, Blau und Grün ausgemalt war, und ihr Bild in den hohen Spiegeln bis in die Unendlichkeit reflektiert zu sehen. Drei Kronleuchter thronten über dem langgestreckten Saal, dessen unerwartete Größe alle Gäste verblüffte. Sein Elternhaus war ein Miniaturpalast, weniger weitläufig als die Wohnsitze in der Park Lane, die die Neureichen bevorzugten, aber ein würdiges Domizil im Stadtteil Mayfair, das der Landadel seit Ende des 17. Jahrhunderts als sein angestammtes Revier betrachtete.

Der Rahmen war perfekt, das Orchester großartig. Man hätte meinen können, dass die Musiker sie herausforderten, einem immer rascheren Tempo zu folgen. Aber sie sollten sich nicht zu früh freuen, denn seine Mutter besaß die Ausdauer und Leichtigkeit eines jungen Mädchens. Die beiden verstanden sich ohne Worte. Ein leichter Fingerdruck, ein vielsagender Blick, und ihre

Arme und Fersen flogen nur so. Die Debütantinnen, die wie Mauerblümchen am Rand standen, waren ihm sicher böse, dass er sie vernachlässigte, dachte Edward amüsiert. Doch obwohl er sich nur selten auf ihre Tanzkarten einschrieb, war es ihm eine Ehrensache, ihnen Komplimente zu machen. Edward Lynsted war gern jedermanns Liebling.

Er war glücklich, diesen Moment mit seiner Mutter zu erleben. In seinen Augen vereinte sie die unentbehrlichen Eigenschaften einer Frau: Anmut und Schönheit, Geist und Güte. Wobei er wusste, dass er nicht unvoreingenommen war. Seit er beinahe einer dieser Kinderkrankheiten mit einem barbarischen Namen erlegen war, war er ihr Liebling. Sie hatte ihn gehätschelt wie keines seiner Geschwister. Sie gab jeder seiner Launen nach, las ihm stundenlang Geschichten vor und schnitt mit ihm Tiere aus Papier aus. Nanny Flanders hatte Anweisung, sie wenn nötig bei Tag und Nacht zu stören. Sechs Monate lang, eine Ewigkeit, war er ans Bett gefesselt. Eine hartnäckige Müdigkeit machte jede kleinste Bewegung zu einer übermenschlichen Anstrengung. Während er in seinem Zimmer auf Rotherfield Hall gefangen war, ritten die gleichaltrigen Jungen, spielten Kricket und erlernten bei ihrem Eintritt ins Internat die ebenso unerlässlichen wie einzigartigen Rituale der *public schools*.

Das Orchester beendete den letzten Takt mit einem launigen Tusch. Venetia und Edward verneigten sich lachend voreinander. Sie hängte sich bei ihm ein und ließ sich von ihm zum Büfett begleiten, wo ein Page in der nachtblauen, mit silbernen Tressen besetzten Livree der Rotherfields und weiß gepudertem Haar ihnen Champagner reichte. Edward brachte einen Toast auf seine Mutter aus. Ihr goldbraunes Kleid aus schimmernder Seide war an der Brust gerafft und fiel fließend bis zum Boden. Bei jeder ihrer Bewegungen erahnte man ihre weiblichen Kurven.

»Mein liebes Kind, es ist Zeit, dass du zu den jungen Frauen deines Alters gehst. Du willst doch nicht den ganzen Abend mit deiner alten Mutter verbringen.«

»Wenn es nur nach mir ginge, würde ich mein Leben mit dir verbringen, Mama. Du weißt genau, dass du einzigartig bist.«

»Du bist schon immer ein unverbesserlicher Schmeichler gewesen«, sagte sie neckend und tippte ihm mit ihrem Fächer auf den Arm. »Jetzt geh! Du hast deine Pflicht getan. Sieh mal, die bezaubernde Alice ist eingetroffen. Kann diese Kleine denn nie pünktlich sein? Ich frage mich, wo Julian steckt. Es ist doch nicht zu glauben, immer wenn man den Jungen braucht, verschwindet er.«

»Evie ist auch nicht da.«

»Sie hat Migräne. Sobald sie sich besser fühlt, kommt sie bestimmt herunter. Es sieht ihr gar nicht ähnlich, sich einen Ball entgehen zu lassen. Alice, welche Freude, Sie zu sehen ... Sie sind heute Abend besonders reizend.«

Edward verneigte sich höflich. Das junge Mädchen mit den klaren Augen würde gewiss bald seine Schwägerin werden. Seine Mutter hatte sie für Julian ausgesucht. Alice verfügte über alle notwendigen Eigenschaften. Als älteste Tochter des Marquess of Ward würde ihr Vater ihr eine beträchtliche Mitgift aussetzen. Sie war gertenschlank und schön, obgleich ihr Gesicht ein wenig länglich wirkte. Ihre schmalen Lippen und ihr blasser Teint unterstrichen ihre ätherische Ausstrahlung. Sie bewegte sich sehr gemessen, ganz anders als seine Schwestern, wie Edward erstaunt feststellte. Obwohl sie schon vor drei Jahren debütiert hatte, stand sie auf dem Heiratsmarkt noch immer hoch im Kurs. Zur allgemeinen Überraschung hatte sie mehrere exzellente Partien ausgeschlagen. Es hieß, sie befasse sich intensiv mit Philosophie und habe es nicht besonders eilig, sich zu binden, was für eine gewisse Originalität sprach. Edward fand sie ebenso liebenswürdig wie einschläfernd, aber sie würde perfekt zu einem jungen Mann wie Julian passen, der in der Stadt offensichtlich einen platonischen Lebenswandel führte.

Er hatte nicht die geringste Vorstellung von den Präferenzen seines älteren Bruders, was Frauen anbelangte. Von ihm waren keine Liebesabenteuer bekannt. »Dein Bruder ist verschlossen wie eine Auster«, hatte einer ihrer gemeinsamen Freunde einmal gemeint. »Wobei ihm allerdings das Salz fehlt«, hatte Edward boshaft hinzugesetzt. Julian nahm nie an den verrückten Eskapaden ihrer Clique teil, bei denen Edward und Evie die Rädelsführer waren. Und in Gesellschaft hielt er sich meist zurück. Bei ihren Scharaden an den Wochenenden auf Rotherfield Hall legte er hingegen einen erstaunlichen Wettkampfgeist an den Tag. Auch war Julian der beste Reiter seiner Generation. In einem Land, wo der Sportsgeist über alles ging, sah man ihm seine Unzulänglichkeiten auf anderen Gebieten gern nach, darunter auch die Tatsache, dass er nicht jagte, wohl der schlimmste Mangel, den man sich für einen Erben der Rotherfields denken konnte. Eine Eigenart, die für jeden anderen jungen Mann seines Standes unerhört gewesen wäre; doch da es Julian nicht an körperlichem Mut mangelte, gab man sich damit zufrieden. Da er gut aussah, ließen sich die Frauen nicht von seiner kühlen Art, die an Unverfrorenheit grenzte, abschrecken. Du solltest dir ein Beispiel an ihm nehmen, dachte Edward. Mit seinen vierundzwanzig Jahren war er weniger subtil, wenn es darum ging, Frauen zu verführen. »Du bist nicht geheimnisvoll genug. Lerne, dich begehrenswert zu machen«, pflegte Evie ihm zu sagen. Er lachte darüber. Das Leben war zu kurz für diese Ziererein. Man musste sich sein Vergnügen täglich erobern, und er hatte keine Zeit mehr zu verschenken. Darin entsprach er ganz dem Geist seiner Epoche.

Edward machte sich auf die Suche nach seinen Freunden und fand sie im gelben Salon, der mit Gemälden von Canaletto, Veduten von London, geschmückt war. Hier roch es nach Zigarren und Eau de Toilette, dem orientalischen Duft nach Sandelholz und Amber, der im *Hammam Bouquet* von Penhaligon's enthalten war. Offensichtlich machten sie es sich schon seit einiger Zeit hier bequem.

»Was treibt ihr denn hier?«, fragte er erstaunt.

»Ich weiß nicht, woher du die Energie zum Tanzen nimmst,

Ted«, sagte sein Cousin Friedrich von Landsberg seufzend. »Es ist so heiß, dass ich nicht einmal die Kraft zum Aufstehen habe. Und Percy bemüht sich, deiner Schwester aus dem Weg zu gehen. Also haben wir für ein paar Minuten hier Zuflucht gesucht.«

»Mit genug Champagner, um eine Belagerung zu überstehen, könnte man meinen! Aber man verlangt draußen nach euch. Bezaubernde junge Damen erwarten euch.«

»Still, Unseliger!«, warf Percy ein. »Ich habe Stevens sogar gebeten, etwas zu essen heraufzubringen. Ich weiß nicht, wann ich es erneut wage, diese Türschwelle zu überschreiten. Vicky lässt mich keinen Moment in Ruhe. Wenn es nicht so nervenaufreibend wäre, würde ich mich ja geschmeichelt fühlen.«

Edwards Freundschaft mit Percy ging auf ihre Internatszeit zurück. Percy hatte sich als Einziger für ihn interessiert, als er nach seiner Genesung endlich die Schule besuchen konnte. Zu diesem Zeitpunkt hatten sich die Cliquen bereits gebildet, die Prügelknaben standen fest, dennoch sorgte die Ankunft des kleinen Neuen dafür, dass die Karten neu gemischt wurden. Mit seinen rundlichen Wangen, den blonden Locken und den unschuldig dreinblickenden blauen Augen verbarg Percy hinter seinem engelhaften Aussehen die Boshaftigkeit eines kleinen Teufels; aber er erwies sich als treuer Gefährte. Edward, der bislang von einem Hauslehrer unterrichtet worden war, fiel es schwer, das komplexe Räderwerk, das die Hierarchie unter diesen Knaben bestimmte, zu erfassen. Mühsam musste er den Jargon, die Spitznamen und die Anspielungen erlernen, die eine Gruppe zusammenschweißen, und beweisen, dass er würdig war, einer der ihren zu sein. Es war nicht einfach, sich unter ihnen zu bewähren, und aus dieser Zeit hatte Edward das Gefühl zurückbehalten, immer brillanter und mutiger als die anderen sein zu müssen.

»Vicky war schon als Achtjährige in dich verliebt!«, rief Edward ihm ins Gedächtnis.

»Gott, so lange schon! Sie muss unbedingt ihr Auge auf einen anderen werfen. Auf dich zum Beispiel, Billy«, sagte er an einen jungen Mann mit düsterer Miene gerichtet, der eine Zigarre rauchte. »Oder dich, Friedrich. Du hast doch alles, was den Mädchen gefällt, oder? Einen schönen Namen, ein paar Morgen Land in Pommern oder Gott weiß was für einer entlegenen deutschen Provinz, und obendrein steuerst du ein Flugzeug genauso gut wie dieser verrückte Edward, was euch in den Augen der Mädchen unwiderstehlich macht. Gott weiß warum! Mit diesen unseligen Gestellen aus Holz und Tuch riskiert ihr euer Leben. Was wollen sie denn, jung zur Witwe werden?«

»Wir sind nun mal Helden«, erwiderte Edward. »Und Frauen lieben Helden.«

Er hatte Friedrich bei einer internationalen Flugschau auf einem Flugfeld in Spanien kennengelernt. Der junge Preuße hatte ihn bei der Begrüßung mit der Mitteilung überrascht, sie hätten einen gemeinsamen Vorfahren. »Das wird mich nicht davon abhalten, Sie zu schlagen«, hatte Edward gemeint.

»Bedaure, dir nicht behilflich sein zu können, lieber Freund«, erklärte Friedrich, während ein Diener ihm nachschenkte. »Vicky hat mir erklärt, sie möge die Deutschen nicht, weil wir mit unserer Kanonenbootpolitik eure Regierung ärgern. Sie toleriert mich nur, weil ich ein Freund ihres Bruders und ein Verwandter bin.«

Lächelnd streckte Edward seine langen Beine aus. Warum gab Friedrich nicht zu, dass er ein Faible für Evie hatte?

»Papa hat wegen eures Kaisers und dieser Aufregung zwischen euch und den Franzosen in Marokko kürzlich mehrere stürmische Abende in Westminster verbracht ... Da er so ärgerlich war, hat Vicky von ihm nicht bekommen, was sie wollte. Wie du siehst, beruhen politische Meinungen oft auf persönlichen Empfindlichkeiten.«

»Ich würde die Deutschen jederzeit den Franzosen vorziehen, denen ich nicht das geringste Vertrauen entgegenbringe«, schaltete sich Percy ein. »Wir sind seit William dem Eroberer verfeindet, und mit ihrem abscheulichen Korsen sind sie uns genug auf die Nerven gefallen. Diese Leute wissen nie, was sie wollen. Eine Republik, ein Kaiserreich, eine Diktatur? Als ich hörte, dass wir mit ihnen paktieren, war ich empört. Eine sehr schlechte Idee, diese Entente cordiale. Mit euch Deutschen ist es einfacher. Lasst uns die Welt unter uns aufteilen und gute Freunde bleiben, das ist meine Meinung dazu.«

»Die Besessenheit, mit der Wilhelm II. mit unserer Seemacht wetteifern will, verheißt nichts Gutes«, meinte Billy, angesichts dessen hochgewachsener Gestalt man fürchten musste, dass im nächsten Moment der zierliche Cabriolet-Sessel, auf dem er saß, unter ihm nachgab. »Die Gefahr kommt nicht länger aus Frankreich, sondern aus Deutschland, ob es dir gefällt oder nicht. Nehmen Sie es nicht persönlich, Baron.«

Friedrich breitete die Hände zu einer begütigenden Geste aus.

»Unfug!«, rief Percy aus. »Lasst doch den Deutschen ihre ein, zwei Dampfer als Spielzeug. Solange wir Indien haben, bleiben wir die erste Weltmacht.«

»Seit dem beklagenswerten Feldzug gegen die Buren in Südafrika bin ich mir da nicht mehr so sicher«, sagte Billy. »Unsere Armee hat ein jämmerliches Bild abgegeben und sich von lumpigen Bauern, die im Übrigen von den Deutschen unterstützt wurden, vorführen lassen.«

»Gewonnen haben wir schließlich aber trotzdem.«

»Ja, aber zu welchem Preis? Einer grotesken Anzahl an Menschenleben und eines beträchtlichen Prestigeverlusts. Wir haben uns zum Gespött der ganzen Welt gemacht.«

»Diese Buren sind Wilde.«

»Erzähl doch keinen Unsinn!«, ereiferte sich Billy. »Du willst doch nicht etwa unsere schändlichen Konzentrationslager rechtfertigen, in denen mehr als fünfundzwanzigtausend ihrer Frauen und Kinder verhungert sind? Ich wusste ja gar nicht, dass du so mordlüstern bist, Percival. Wir sind diejenigen, die sich wie Barbaren benommen haben.«

»Was ist denn bloß in dich gefahren? Du bist ja in unausstehlicher Laune! Du bringst ja den armen Edward in Verlegenheit. Ganz zu schweigen von Landsberg, der sich jetzt gezwungen sieht, die Ehre seines Landes zu verteidigen.«

Friedrich schüttelte in gespielter Betrübnis den Kopf.

»Unmöglich. Dazu ist es viel zu heiß.«

»Es ist meine Schuld«, sagte Edward. »Billy ist zu gut erzogen, um es unter meinem Dach zu sagen, aber ich schulde ihm seit einiger Zeit ein hübsches Sümmchen, und ich glaube, ihm wird die Zeit ein wenig lang, stimmt's, mein Alter?«

Billy lächelte gezwungen.

»Es ist wahr, ich wäre dir dankbar, wenn du ...«

»Natürlich! Verzeih, dass ich dich habe warten lassen. Unentschuldbar. Einfach erbärmlich. Ich schwöre, du bekommst es vor Ende des Monats zurück.«

Edward gab sich zwar gelassen, doch er war besorgt. Seine Schulden hatten ein bedrohliches Ausmaß angenommen. Er konnte sich selbst nicht erklären, wie diese Summen aufgelaufen waren. Die jährliche Zuwendung, die er von seinem Vater erhielt, reichte seit dem Ende seines Studiums in Oxford nicht mehr aus, um seinen Lebensstil zu finanzieren. Der Schneider, die Jagd, Pferderennen, Flugzeuge, aber vor allem das Spiel ... Er machte sich Vorwürfe, weil er Billy in Bedrängnis gebracht hatte. Eine unbestimmte Furcht stieg in ihm auf; die Erinnerung an verhüllte Drohungen, die nicht zu verstehen er vorgegeben hatte. Einige seiner Gläubiger waren weit weniger verständnisvoll als der gute Billy. Die Lage war kritisch, und der Zahlungstermin Mitte August rückte unentrinnbar näher.

»Ich muss Geld auftreiben«, murmelte er gedankenverloren.

»Da bist du nicht der Einzige«, pflichtete Friedrich, dessen Familie nicht vermögend war, ihm bei. »Ich habe das hier in der Zeitung gelesen. Was hältst du davon?«

Er zog einen Zeitungsausschnitt aus der Tasche. Die Miene des jungen Mannes hellte sich auf.

»Das ist die beste Nachricht des Abends! Meldest du dich an?«

»Ich habe mich heute Morgen eingeschrieben. Du kannst dir ja vorstellen, dass ich mir das nicht entgehen lasse. Ich habe schon nach Hause telegrafiert, damit man mir mein Flugzeug per Eilfracht schickt.«

Die Flieger ließen sich lukrative Flugschauen nicht gern entgehen. Diese fröhliche Truppe kam aus allen Ecken Europas oder Amerikas zusammen, um an Wettbewerben teilzunehmen, bei denen es um Entfernung, Höhe oder Geschwindigkeit ging. Manche wurden von Dutzenden Mechanikern begleitet, die über Tonnen von Material wachten. Der französische Konstrukteur Gabriel Voisin reiste sogar mit seiner Feldküche, seinem Leibkoch und mehreren Küchenjungen. Andere, die gern mit weniger Aufwand reisten oder weniger begütert waren, hatten nur einen oder zwei Helfer und oft nur einen Ersatzpropeller. Finanziert wurden die Abenteuer dieser Himmelsstürmer meist von Unternehmern, die sich für die Fliegerei begeisterten. Die Luftfahrt war mit großem Prestige verbunden. Die Journalisten porträtierten Piloten, die regelmäßig für Schlagzeilen sorgten. Die Rivalitäten unter diesen neuen Helden faszinierten die Massen.

Percy nahm ihm das Papier aus den Händen.

»*Dem ersten Flieger, der die Strecke von London nach Sheffield zurücklegt, winkt ein Preis von zehntausend Pfund.* Aber das ist ja eine beträchtliche Summe! Jetzt verstehe ich, warum ihr eure Haut riskiert. *Wettkampfbedingungen: Der Flug ist innerhalb von vierundzwanzig Stunden mit höchstens zwei Zwischenlandungen zurückzulegen. Abflug am 10. August vom Aerodrom in Hendon. Einschreibung für jedermann offen.* Perfekt, dann kann ich dich noch anfeuern, bevor ich zur Jagd in Schottland aufbreche.«

Edward schöpfte neue Hoffnung. Wenn er den Preis gewann, würden seine Spielschulden nur noch eine böse Erinnerung sein. Dann könnte er auch die überfällige Rechnung für seine Patronen von Atkin's bezahlen. Bei den letzten Wettflügen hatte er immer einen guten Platz gemacht und schon mehrere Pokale gewonnen. Und man hatte ihm gerade einen neuen Motor angetragen, von dem er sich viel versprach.

Stevens, der unersetzliche Butler, der über das tägliche Leben auf Rotherfield Hall sowie am Berkeley Square herrschte, wo er bei großen Ereignissen ebenfalls seines Amtes waltete, trat, gefolgt von zwei Dienern, die Champagner und Petit Fours brachten, in den Raum.

»Aha, der Nachschub!«, rief Percy aus. »Ich sterbe schon vor Hunger.«

»Sie werden an der Haustür verlangt, Mr Edward«, flüsterte Stevens dem jungen Mann ins Ohr.

»Ach ja? Von wem?«

»Einer jungen Dame. Sie wirkte ein wenig ... aufgeregt.«

»Hat sie ihren Namen genannt?«

»Nein. Aber sie hat mich gebeten, Sie dringend suchen zu lassen.«

»Ist sie wenigstens hübsch, Stevens?«, scherzte Edward.

»Von angenehmer Physiognomie, Sir, aber ein wenig mehr Zurückhaltung wäre wünschenswert gewesen.«

Lächelnd nahm Percy Edward sein Champagnerglas ab.

»Sicher ein weiteres deiner kleinen Abenteuer, mein Lieber. Mach schnell! Damen lässt man nicht warten.«

Edward wirkte gereizt.

»Wenn sie nicht zu unseren heutigen Gästen gehört, bezweifle ich, dass es sich um eine ›Dame‹ handelt, wie du sagst. Ich gehe ja schon ... Aber hockt bitte nicht den ganzen Abend hier herum. Mama wird mir vorwerfen, dass meine Freunde Spielverderber sind.«

Lady Rotherfield war unzufrieden, doch der Grund war ein anderer. Sie wollte, dass dieser Ball der Höhepunkt der Saison wurde. Nicht nur Victorias Eintritt in die Gesellschaft lag ihr am Herzen; sie hatte auch entschieden, dass Julians Unentschlossenheit bezüglich der jungen Alice ein Ende haben musste. Der erste Punkt war gelungen: Vicky strahlte vor Glück. Man hatte ihr Komplimente über das sanfte Wesen ihrer jüngeren Tochter gemacht, die so viel »fügsamer« war als Evangeline, wie ihr eine ihrer alten Tanten ins Ohr geflüstert hatte.

Dabei war Evie, wenn sie in Stimmung dazu war, geradezu der Inbegriff des wohlerzogenen jungen Mädchens. Eine schlanke Gestalt, regelmäßige Züge, eine eigenwillige Nase und ein sinnlicher Mund, nach Ansicht gewisser Witwen vielleicht ein wenig zu sinnlich. »Nicht erstaunlich, bei dieser Mutter ...«, raunten die bösen Zungen. Der Adel glaubte fest an den Einfluss der Gene und kannte sämtliche Stammbäume auswendig. Seine Mitglieder studierten sie ebenso aufmerksam wie die Züchter von Vollblutpferden und vertraten die Ansicht, dass es mehrere Generationen brauche, um einen distinguierten Hals, perfekten Teint oder schönen Nasenrücken zu erzeugen – in anderen Worten, die harmonischen Proportionen, die Schönheit ausmachen. Doch das Gleiche galt auch für den Charakter. So konnten die Entgleisungen der Eltern nicht nur ihrem eigenen Ruf schaden, sondern sich auch negativ auf die Zukunft ihrer Nachkommen auswirken. Ein eingefleischter Spieler, ein notorischer Alkoholiker oder eine zu leichtlebige Ehefrau konnten die Aussichten ihrer Kinder beeinträchtigen. Das war vielleicht ungerecht, aber so waren die Regeln nun einmal. Und Venetia Rotherfield hatte im Ruf gestanden, mit dem Feuer zu spielen.

Der verstorbene Edward VII. war sehr von ihrer Schönheit angetan gewesen. Sie und ihr Mann hatten an zahlreichen Festen des »Marlborough House Set« teilgenommen, wie man den Kreis dem Genuss zugeneigter Freunde nannte, die den hedonistischen Monarchen umgaben. Manche Leute behaupteten sogar, sie sei seine Mätresse gewesen. Verärgert über den Klatsch und der gewaltigen Schlemmermahlzeiten, des Glücksspiels und des zur Institution erhobenen Ehebruchs überdrüssig, weigerte sich James Rotherfield schließlich, länger Umgang mit dieser für seinen Geschmack zu schlüpfrigen Clique zu pflegen. Doch

Venetia regierte weiter über ihren eigenen Kreis, der die ästhetische Überhöhung des Lebens feierte und gewagte Ansichten über Erotik und Verführung vertrat.

Verärgert bemerkte Venetia, dass Julian immer noch nicht gekommen war. Was dachte er sich nur? Sie hatte geglaubt, dass sich die Dinge zwischen ihm und Alice klären würden. Heiraten musste er sowieso, warum also die Sache hinauszögern? Nachdem sie mehrere Ablehnungen von ihm hingenommen hatte, war ihr klar geworden, dass ihr Sohn intelligente, aber zurückhaltende junge Frauen schätzte. Evies übersprudelnde Freundinnen schlugen ihn in die Flucht, und Vickys Kameradinnen waren für ihn noch Wickelkinder. Alice war angenehm anzuschauen und verkörperte eine Sittsamkeit wie aus einem anderen Zeitalter. Gott sei Dank war sie auch eine hervorragende Reiterin! Bei Treibjagden fiel es leichter, Liebesbande zu knüpfen. Venetia war keine geduldige Frau. Wenn sie sich etwas in den Kopf setzte, tat sie alles, um es zu erreichen. Hindernisse waren zum Überwinden da, das galt für die Jagd ebenso wie für die Londoner Salons. Daher machte sie sich entschlossenen Schritts auf die Suche nach ihrem Sohn, nur um sogleich festzustellen, dass ihr Mann ihren Elan bremste.

»Venetia, meine Liebe, darf ich dir einen unserer Gäste vorstellen, den du noch nicht kennst? Mr Michael Manderley. Meine Frau.«

Der Mann hatte schwarzes Haar und graue Schläfen, eine blasse, feinporige Haut und einen ausgeprägten Kiefer. Seine kraftvollen Züge standen in eigenartigem Gegensatz zu seinem schwächlich wirkenden Körper. Die dunklen Augen blickten ihr ebenso fest wie undurchdringlich entgegen.

»Lady Rotherfield, ich muss Ihnen für diesen exquisiten Abend danken, dessen schönstes Schmuckstück ohne Zweifel Sie sind.«

Venetia hasste übertriebene Komplimente. Warum wurden Männer wie Manderley, die sich ohne Glauben oder Moral Firmenimperien aufbauten und mit unglaublicher Beharrlichkeit die soziale Leiter hinaufkletterten, nur so süßlich, wenn es darum ging, Frauen Komplimente zu machen?

»Ich freue mich, dass Sie sich gut unterhalten, Mr Manderley. Ich kann mir vorstellen, dass Sie alle kennen, oder?«

Sie ließ den Blick über die Crème de la Crème der siebenhundert Adelsfamilien gleiten, denen ein großer Teil des Landes gehörte, und wusste genau, dass ihn niemand kennenlernen wollte. In den Salons waren Vorstellungen überflüssig. Diese Familien waren seit Generationen durch Heirat miteinander verbunden. Man hielt nichts von Eindringlingen. Sogar ein angeheiratetes Familienmitglied, das nicht dieser Kaste angehörte, hätte Stunden auf einem Empfang verbringen können, ohne die Namen der anderen Gäste zu erfahren, denn man machte sich nicht die Mühe, sie zu nennen. Obwohl Venetias wagemutige Clique seit einigen Jahren ihre Reihen für Künstler wie den verstorbenen Oscar Wilde geöffnet hatte – freilich bevor seine unwürdigen Neigungen enthüllt wurden –, oder für Menschen, die man als Erbauer des Empire betrachtete, pflegte ein Großteil der guten Gesellschaft immer noch ein strenges Klassenbewusstsein. James hatte sich davongemacht und sie allein mit Manderley gelassen. Der Anstand zwang sie dazu, ihm ein paar Minuten zu widmen. Irritiert suchte sie mit den Blicken im Salon weiterhin nach Julian.

»Seien Sie nicht grausam, Lady Rotherfield. Sie ahnen zweifellos, dass ich ebenso durchsichtig bin wie der unsichtbare Mann von H. G. Wells.«

Sie zog eine Augenbraue hoch. Sollte er sich als vielversprechender erweisen, als sie zunächst gedacht hatte?

»Dann hoffe ich nicht, dass Sie ein verrückter Wissenschaftler sind«, erwiderte sie belustigt, womit sie auf die Romanhandlung anspielte. »Sie haben doch nicht vor, irgendein Verbrechen zu begehen?«

»Seien Sie beruhigt, nicht heute Abend. Es sei denn, die Analyse der Verhaltensweisen in Ihrer Welt könnte als schlechter

Geschmack ausgelegt werden, und das wäre nicht minder ein Verbrechen, oder? Unsichtbar zu sein hat einen Vorteil: Man kann in aller Ruhe seine Studien anstellen.«

»Und was studieren Sie mit so großem Interesse?«

»Die Körpersprache der Menschen. Sehen Sie dieses Paar dort? Er hält die Hände auf dem Rücken und nimmt die Brust zurück, während sie sich zu ihm hinbeugt. Die beiden verstehen sich kaum noch. Und diese Frau in Grün beobachtet sie seit zehn Minuten. Ich vermute, sie ist seine Mätresse. Was meinen Sie?«

»Ich finde, Sie sind ein Flegel«, entgegnete Venetia und unterdrückte ein Lachen. »Aber die Verführung verleiht einer Beziehung Würze, finden Sie nicht?«

In der guten Gesellschaft galt sie sogar als Kunst, die zu meistern sich jeder schuldig war. Viele allerdings zogen den emotionalen Reiz der fleischlichen Lust vor. Es war ein Geplänkel mit stumpfem Florett, angefacht von funkelnden Gesprächen und unzähligen Briefen, dessen Ergebnis, wenn es in der körperlichen Eroberung mündete, auch enttäuschend ausfallen konnte. Im Lauf der Zeit war Venetia dazu gelangt, die Frauen in drei Kategorien einzuteilen: die Tugendhaften, die sie nichtssagend fand; die Kapriziösen und die Romantikerinnen, die dem Unglück geweiht waren, weil sie sich einer einzigen Liebe verschrieben.

»Es sieht aus, als werde mein Mann Ihnen Whitcombe Place überlassen«, fuhr sie fort. »Wir werden Nachbarn sein. Sie müssen einmal mit Ihrer Frau zum Abendessen kommen.«

»Ihre Einladung nehme ich gern an, aber ich bin Junggeselle. Zweifellos eines meiner Erfolgsgeheimnisse.«

»Ich dachte im Gegenteil, eine Ehefrau könne eine große Unterstützung bedeuten.«

»Oder eine Ablenkung, insbesondere wenn sie bezaubernd ist.« Er sah sie eindringlich an.

»Aber ohne Ablenkungen wäre das Leben ziemlich traurig. Sind Sie ein trauriger Mensch, Mr Manderley?«

Er blieb so unbeweglich und still, dass sie die Luft anhielt. Die brodelnde Aufgeregtheit des Festes schien weit weg zu sein. Sie hätten allein auf der Welt sein können. Dieser Mann ist gefährlich, dachte sie mit einem leicht unguten Gefühl.

»Nein«, sagte er schließlich leise. »Ich bin ein entschlossener Mensch, der immer bekommt, was er will, und das reicht mir zu meinem Glück.«

»Auch ich bekomme immer, was ich will. Daher sehe ich mich leider gezwungen, Sie zu verlassen, um nach meinem ältesten Sohn zu suchen.«

»Aha. Ich hatte bereits die Ehre, ihn kennenzulernen; heute Abend habe ich ihn allerdings noch nicht gesehen. Und das bei einer so außerordentlichen Gelegenheit wie dem Ball seiner Schwester … Doch das erstaunt mich bei ihm nicht. Er ist ein ziemlich eigenwilliger junger Mann.«

»Ich überlasse Sie Ihren Charakterstudien, aber stellen Sie nicht allzu viele Theorien über Julian auf. Der Junge ist ziemlich leicht zu durchschauen.«

»Lord Bradbourne scheint mir im Gegenteil einen außerordentlich komplexen Charakter zu besitzen«, entgegnete er kühl.

Seine Bemerkung beunruhigte Venetia. Zum ersten Mal erlebte sie, wie ein Fremder in Bausch und Bogen über Julian urteilte. Sicher, er war nicht so spontan oder charmant wie Edward, bei dem man leicht erraten konnte, was in ihm vorging. Er besaß eine beinahe feminine Treuherzigkeit, während Julian nichts von sich preisgab, bis er von einer heftigen Ungeduld erfasst wurde oder eine niedergeschlagene Stimmung ihn in ein Schweigen stürzte, das Tage dauern konnte. Venetia mochte es nicht, wenn er sich ihr auf diese Weise entzog. Ihr erschien das fast schon impertinent. Wollte sie schließlich nicht das Beste für ihre Kinder? Und wusste sie nicht besser als jeder andere, was zu ihrem Glück nötig war? Ein glückliches Leben hing davon ab, dass man die Pflichten, die einem mit der Geburt zufielen, achtete und freiwillig die nötigen Opfer brachte, um sie zu erfüllen. Sie ermunterte ihre Kinder, in allem nach Vorzüglichkeit zu streben. Seit jeher herrschte in der gesellschaftlichen Elite eine unausgesprochene, aber harte Konkurrenz. Julian hatte ihr gegenüber einmal eine Bemerkung darüber gemacht. Er hatte auf den Widerspruch zwischen diesem Anspruch, stets der Beste zu sein, und der Bescheidenheit, die die Höflichkeit gebietet, hingewiesen. Die gleiche Diskrepanz bestand seiner Meinung nach zwischen der Aufrechterhaltung einer Gesellschaft voller Vorurteile und der Toleranz, die von einem guten Christen verlangt wird. Den versteckten Vorwurf an sie hatte sie nicht verstanden. Hätte man ihr gesagt, dass sie ihre Kinder manchmal erstickte und ihre Ansprüche nicht unbedingt die ihren waren, hätte sie das geschmerzt. Julian und leicht zu durchschauen? Natürlich nicht. Aber wenn sie Manderley angelogen hatte, dann aus diesem Schutzreflex heraus, der sich immer bei ihr regte, wenn es um ihre Familie ging.

»Glauben Sie mir, ich kenne meine Kinder.«

»Die, die uns am nächsten stehen, kennen wir immer am schlechtesten.«

»Sie vielleicht, Mr Manderley. Ich nicht.«

Irritiert neigte Venetia Rotherfield den Kopf. Sie und ihre Freunde waren große Meister in der Kunst, die Gemütszustände ihrer Umgebung zu sezieren. Das war sogar ihr liebster Zeitvertreib, aber sie hielt gar nichts davon, dass dieser Eindringling sich ebenfalls daran versuchte. Wie konnte ein gewöhnlicher Kaufmann aus Sheffield, so geschickt er auch war, den vielschichtigen Charakter eines ihrer Söhne beurteilen?

Edward bahnte sich hinter Stevens einen Weg und stieg die große Treppe hinab. Im Haus herrschte ein dichtes Gedränge. Mehrmals rief ihm jemand fröhlich etwas zu, doch er ging allen verlegen lächelnd aus dem Weg. Inzwischen ahnte er, wer unten auf ihn wartete. Nie hätte er gedacht, dass sie ihn zu Hause aufsuchen würde. Zu Anfang ihrer Liaison hätte er das reizvoll gefunden. Schmeichelhaft, wie Percy zu sagen pflegte. Doch jetzt kam es ihm unpassend vor. Es war Zeit, an eine Trennung zu denken.

Er hatte Florrie kennengelernt, als er in einem Antiquitätenladen nach einem Geburtstagsgeschenk für seine Mutter suchte. Als sie sah, wie er zögernd vor einer Auswahl von Necessaires aus emailliertem Kupfer zu astronomischen Preisen stand, trat sie zu ihm. Sie war die Tochter des Besitzers und kannte sich gut mit den Arbeiten dieser englischen Künstler aus dem 18. Jahrhundert aus. Florrie trug ein nüchternes Kleid, eine zarte Brille mit runden Gläsern und eine einfache Frisur. Damals fand er ihren kindlichen Ernst unwiderstehlich.

Edward investierte Zeit und Energie, um sie zu verführen. Zu Beginn waren seine Gefühle aufrichtig. Florrie wachte mit einer Hingabe über ihren alternden Vater, die er rührend fand. Er bezweifelte, dass eine seiner Schwestern zu so viel Selbstverleugnung fähig gewesen wäre. Aber dies war genau eine dieser bewundernswerten Eigenschaften des britischen Bürgertums – eine ans Stoische grenzende Geduld. Und – das stritt er gar nicht ab – es war genüsslich und erregend gewesen, eine Bresche in diese Tugendhaftigkeit zu schlagen. Dann war er ihrer überdrüssig geworden. Der Ernst des jungen Mädchens erschien ihm jetzt konformistisch. Zumal sie mit sich haderte, weil sie ihre Werte verraten hatte, indem sie seine Mätresse wurde. Es gibt nichts Schlimmeres als ein Mädchen, das sich schämt, mit einem Mann zu schlafen!, war ihm ärgerlich durch den Sinn gegangen. Und darin lag ein entscheidender Unterschied zwischen dem Bürgertum und dem Adel. Je höher der gesellschaftliche Rang, umso weniger war die Sexualität tabu, solange man die Anstandsregeln wahrte. Die erste davon lautete, dass ein Gentleman es sich schuldig war, junge Mädchen zu respektieren, und die zweite, dass nur verheiratete Frauen, vorzugsweise wenn sie bereits Mutter von einem oder zwei Kindern waren, sich der Ausschweifung hingeben durften. In aller Diskretion. Denn wenn der Akt zur Maßlosigkeit, zum Skandal führte, war er schändlich. Manche

Menschen beklagten diese Heuchelei, doch sie gestattete es, ein Ventil für die körperlichen Bedürfnisse zu finden, ohne das Gleichgewicht der Familie, auf dem das der gesamten Gesellschaft ruhte, zu gefährden. Auf manchen Schlössern gemahnte eine Glocke die Liebenden bei Sonnenaufgang diskret, wieder in ihr Zimmer zurückzukehren, bevor die Kammermädchen hereinkamen, die das Kaminfeuer entzündeten.

Stevens wies auf eine Gestalt in der Nähe des Zauns, von dem der Vorplatz umgeben war. Mit großen Schritten überquerte Edward die Straße.

»Was willst du, Florrie?«

Unter dem Strohhut mit der flachen, steifen Krempe wirkte ihr blasses Gesicht angespannt.

»Du kommst nicht mehr in den Laden und antwortest nicht mehr auf meine Briefe.«

»Ich bin sehr beschäftigt«, erwiderte er ungeduldig. »Jeden Abend finden Empfänge statt. Ich habe keine Minute für mich.«

»Du bist einfach so verschwunden und hast nichts mehr von dir hören lassen. Ich habe mir Sorgen gemacht.«

»Tut mir schrecklich leid. Wir können uns im Herbst wiedersehen, obwohl ich wegen der vielen Fuchsjagden nicht oft in London sein werde … Hör zu, ich wollte nicht, dass du leidest. Du wusstest doch, dass das nicht lange so weitergehen konnte, oder?«, sagte er flehend und fuhr dann in fröhlicherem Ton fort: »Was würde dir denn Freude bereiten? Du kannst dir ein Schmuckstück aussuchen, ich kaufe es dir. Und natürlich bleiben wir Freunde. Ehrlich, Florrie, das ist die beste Lösung. Dann bist du frei und kannst dir einen guten Ehemann suchen …«

»Ich bin schwanger.«

Er war sprachlos, sein Herz pochte. War das eine Falle? Doch er erkannte an ihren zitternden Lippen, dass sie nicht log. Niedergeschlagen schüttelte er den Kopf. Dieser Abend, der so gut begonnen hatte, war dabei, sich in einen Albtraum zu verwandeln. Mit einem Mal spürte er einen heftigen Drang nach einem

Scotch und einer Zigarette. Kurz ging ihm die alberne Idee durch den Kopf, Stevens herbeizuwinken.

»Du wirst mich doch nicht verlassen, oder? Es ist schließlich unser Kind. Deins und meins.«

»Auf gewisse Weise«, räumte er ausweichend ein.

»Ich liebe dich, Ted! Ich hätte mich doch nie verführen lassen, wenn ich dich nicht liebte! Und ich dachte, dass du ebenfalls … Jedenfalls hast du mich das glauben gemacht. Sieh mich an, ich bitte dich!«

Die Lage drohte ihm zu entgleiten. Er hatte noch nie eine große Begabung dafür besessen, weibliche Nervenkrisen einzudämmen. Er versuchte einen entschlossenen Ton anzuschlagen.

»Hör zu, mach dir keine Sorgen. Ich muss nur nachdenken, ja? Geh jetzt nach Hause, und ich melde mich bald bei dir. Versprochen.«

»Das Gleiche hast du mir schon vor drei Monaten gesagt. Ich kenne dich, du wirst dich weiter tot stellen. Und was soll ich meinem Vater sagen? Im Moment sieht man noch nichts, aber das wird sich bald ändern.«

»Ich finde schon eine Lösung. Es muss doch auf dem Land Häuser für Mädchen wie dich geben.«

Florrie erstarrte. Ein empörter Ausdruck trat in ihre Augen.

»Mädchen wie mich … Was soll das heißen? Du hast mich verführt. Du hast den Laden geradezu belagert. Und nun, da ich *dein* Kind erwarte, behandelst du mich wie ein kleines Flittchen. Glaubst du wirklich, das lasse ich mir gefallen?«

Das Gespräch lief aus dem Ruder, dachte Edward verwirrt. Schwangere Mädchen mussten dankbar sein, wenn man ihnen bereitwillig half. Es war ein perfekt geölter Mechanismus; wenigstens hatte ihm das einer seiner Freunde erklärt, dem ein ähnliches Missgeschick widerfahren war. Bestimmt gab es Häuser, wo diese Mädchen in aller Diskretion entbinden konnten, bevor sie ihr normales Leben wieder aufnahmen. Ihm kam gar nicht die Idee, sich Gedanken über die Zukunft des Kindes zu machen.

Die Vorstellung von einem Kind, das die Frucht seiner paar wenigen Nächte mit Florrie war, erschien ihm undenkbar. Dieser Preis war zu hoch. Doch Florrie hatte so gar nichts Untröstliches an sich, sondern wirkte beinahe bedrohlich. Ihre Reaktion überrumpelte ihn.

Er drehte sich um und sah die Silhouette von Stevens, der in der Nähe der Eingangstür wartete. Durch die offenen Fenster erblickte er die mit Federn geschmückten Frisuren der weiblichen Gäste, die sich in den Armen ihrer Kavaliere in ihren dunklen Anzügen drehten. Seine Freunde stützten sich mit den Ellbogen auf die Brüstung des Balkons, der auf den Platz hinausging. Diese Flegel hatten beschlossen, ihren Zufluchtsort zu verlassen, um dem Schauspiel beizuwohnen! Er ergriff Florries Arm, um sie weiter wegzuziehen.

»Es hat doch keinen Sinn, auf offener Straße eine Szene zu machen«, murrte er mit zusammengebissenen Zähnen.

»Ich werde noch viel mehr als das tun«, entgegnete sie und sträubte sich. »Ich werde hineingehen und verlangen, mit deiner Mutter zu sprechen. Sie ist eine Frau und wird mich verstehen.«

»Bist du verrückt geworden? Meine Mutter wird rein gar nichts verstehen! Das geht sie nichts an! Komm schon, Florrie, sei doch vernünftig.«

»Kommt gar nicht in Frage!«, rief sie und begann um sich zu schlagen.

Im selben Moment kam eine Mietkutsche mit großer Geschwindigkeit angefahren und hielt an der Straßenecke. Julian und Evie stiegen aus. Evie rannte auf die Treppe zu, die ins Untergeschoss und zum Dienstboteneingang führte. So eilig hatte sie es, sich umzuziehen, dass sie Julian nicht einmal für seine Hilfe gedankt hatte. Verärgert über ihre Undankbarkeit dachte ihr Bruder, dass die abscheuliche Penelope March so unrecht nicht gehabt hatte: Evie hatte nur noch den Ball im Sinn. Ihr Kammermädchen würde zweifellos in wenigen Minuten ein weiteres Wunder vollbringen, und nachdem Evies angebliche Migräne verflogen war, würde sie sich amüsieren, als wäre nichts gewesen.

Zu seinem großen Erstaunen sah Julian, wie sich Edward mit einer jungen Frau stritt, die ihm eine schallende Ohrfeige versetzte. Gäste waren an der Türschwelle stehengeblieben und starrten zu den beiden hinüber. Er musste dringend eingreifen, um einen Skandal zu verhindern.

Glücklicherweise sorgten die umherfahrenden Gespanne für Ablenkung. Er überquerte die Straße, um herauszufinden, in welche Klemme sich sein Bruder diesmal gebracht hatte.

»Was ist los?«, fragte er in schroffem Ton.

»Julian!«, rief Edward sichtlich erleichtert aus. »Das ist eine Freundin. Hör auf, dich so aufzuregen, Florrie, ich bitte dich.«

»Ich will mit deiner Mutter sprechen! Sie soll wissen, dass du mich geschwängert hast und jetzt sitzen lassen willst!«

Julian begriff sofort den Ernst der Lage. Edward wirkte überfordert, und seine Anwesenheit verstärkte die Aufregung der jungen Frau nur noch.

»Bitte beruhigen Sie sich doch, Miss. Ich bin Edwards Bruder, und ich werde Ihnen helfen. Aber es nützt doch nichts, sich auf offener Straße zu streiten. Das ist weder für Sie noch für das Kind gut. Kommen Sie mit. Bei Gunter's ist noch Licht«, erklärte er und wies auf den berühmten Teesalon. »Dort können Sie mir alles erklären. Und du gehst zurück ins Haus.«

Das ließ sich Edward nicht zweimal sagen. Nachdem Julian die Sache in die Hand genommen hatte, fiel ihm ein Stein vom Herzen. Er lächelte betrübt und drehte sich dann auf dem Absatz um. Jetzt hatte er sich aber einen ordentlichen Stärkungstrunk verdient! Die junge Frau brach in Tränen aus, als sie ihm nachsah. Würde dieser Abend denn nie ein Ende nehmen?, fragte sich Julian bestürzt.

Paris, Juli 1911

Seit Wochen brannte die Sonne herab. Meist war der Himmel blau, doch oft leuchtete er auch so grell, dass es in den Augen wehtat. Die Erde lag reglos und besiegt da. Bei der Ernte zerfielen den Schnittern die Ähren zwischen den Fingern zu Staub, und das gelbliche Gras wirkte kränklich. Eine Strafe Gottes, munkelten die Bauern. Beim Hochamt herrschte in den Kirchen dichtes Gedränge. Tag und Nacht brannten die Kerzen zu Füßen der Heiligenstatuen, die für die Menschen ein gutes Wort beim Herrn einlegen sollten. Die Wärme, die die Kerzen zusätzlich abgaben, war ein notwendiges Übel. Die Sonne indes strahlte, und die Gluthitze nahm kein Ende. Seit Menschengedenken hatte man keine solche Dürre erlebt. In manchen Vierteln von Paris wurde das Wasser knapp. Die Frauen saßen nicht mehr in den Grünanlagen, sondern strickten auf den Bänken der U-Bahn, wo es noch einigermaßen erträglich war.

Keine Wolke stand am unerbittlichen Himmel. Pierre du Forestel lenkte sein Flugzeug mit sicherer, aber behutsamer Hand. Ruhig zog er seine Kreise, beschrieb Arabesken und orientierte sich am Horizont wie ein Seiltänzer, der mithilfe seiner Stange balanciert. Er empfand einen unendlichen Respekt vor diesen merkwürdigen Insekten aus Holz und Leinwand, die es zu zähmen galt, wenn sie sich schüttelten, stotterten oder sich gegen den Wind aufbäumten. Sie waren wunderbare Maschinen, denen man zuhören und die man verstehen musste, trotz der Kälte, die einem bis in die Knochen drang, während man die Gesetze der Schwerkraft herausforderte. Jeder Pilot hätte unumwunden zugegeben, dass sein Flugzeug für ihn ein beseeltes Wesen war, das man lieben musste, denn man vertraute ihm sein Leben an.

Pierre du Forestel war Flieger. In einer Zeit, in der die Lüfte erobert wurden, nichts Außergewöhnliches für einen Franzosen. Das Land identifizierte sich mit seinen Himmelsstürmern. Es war der Traum von Wagemut und Kraft einer alten Nation, die sich nicht mehr erneuerte und immer noch an der bitteren Niederlage von 1871 laborierte. Und so feierte man stolz den Sieg über die Elemente, wenn einem schon nicht gelungen war, Sedan zu halten und die Preußen zurückzuschlagen. Die Abtrennung der drei östlichen Départements, die ausländischen Uniformen, die in den Spiegeln von Versailles aufblitzten, blieben eine quälende Schmach, aber nur wenige träumten noch von einer Revanche. Träge und streitlustig, nostalgisch und gequält zugleich hatte sich die Republik im neuen Jahrhundert eingerichtet. Besser, man versuchte, seine Seelenqualen zu vergessen, indem man Helden wie Louis Blériot beweihräucherte, die die Trikolore buchstäblich bis in die höchsten Höhen trugen.

An diesem Morgen konzentrierte sich Pierre auf die Manöver, die der Konstrukteur ihm angeraten hatte. Er hatte die Maschine mit schlechter Laune bestiegen, aber er brauchte nur abzuheben und das berauschende Gefühl von Geschwindigkeit und Wind zu spüren, diese unvergleichliche Freiheit, losgelöst von der Erdenschwere, um sein Lächeln wiederzufinden. Er flog eine letzte Kurve. Die Erde kippte zur Seite, und die ausgedörrten Wiesen und verdurstenden Bäume bewegten sich auf den strahlend blauen Himmel zu. Einen kurzen Moment lang blendete ihn die Sonne so stark, dass er die Augen schloss. Dann richtete er die Maschine wieder gerade aus, schaltete den Motor ab und setzte gelassen und routiniert auf dem Boden auf.

Sein Mechaniker rannte herbei, um das Flugzeug festzuhalten. Pierre nahm seine Flugbrille ab, die ihn wie eine Eule aussehen ließ. In seinem von Ölflecken übersäten Gesicht strahlten seine Zähne. Begeistert zog er Montreux in die Arme und klopfte ihm kräftig und freundschaftlich auf den Rücken. Der junge Mechaniker wirkte ebenso glücklich wie er selbst. Die beiden Männer verband die Kameradschaft von Menschen, die derselben Leidenschaft frönen. Montreux hätschelte die Flugzeuge ebenso sorgfältig, wie sein Vater über die Zugpferde auf ihrem Hof wachte.

Raschen Schritts ging Pierre auf den Hangar zu.

»Sie ist ein Schmuckstück, Gustave! Ein wahres Wunderwerk. Dieses Mal haben Sie sich selbst übertroffen.«

Die Hände in den Taschen seiner Knickerbocker, die Schultern gesenkt, legte der Konstrukteur unter seiner Schirmmütze das Gesicht in Falten. Der dichte graue Schnurrbart verbarg seinen bitteren Ausdruck um den Mund nicht. Die Ringe unter seinen Augen verrieten, dass er seit Tagen nicht geschlafen hatte.

»Das nützt mir auch nichts!«, knurrte er, die Pfeife zwischen die Zähne geklemmt. »Aber mir bleibt wenigstens die Befriedigung, unser Projekt zu Ende geführt zu haben. Das zumindest kann mir niemand nehmen.«

Ein feuchter Schleier legte sich über seine dunklen Augen, und er wandte verlegen den Kopf ab. Pierre beobachtete ihn besorgt. Gustave Torreton hatte vor drei Wochen seinen Bruder begraben. Gemeinsam hatten die beiden 1907 das Unternehmen Torreton Frères begründet. Gustave war der geniale Ingenieur und sein Bruder der Pilot, der schon Dutzende von Malen abgestürzt war, ohne jemals aufzugeben; bis zu seinem letzten Unfall, bei dem er gestorben war. Vor zwei Jahren, nachdem Pierre gesehen hatte, wie er bei einer Flugschau mit einem ihrer Flugzeuge mehrere Preise gewonnen hatte, trat er bei der Preisverleihung an ihn heran. Es war sein fünfundzwanzigster Geburtstag, er hatte soeben von einem alten Onkel eine beträchtliche Summe geerbt und wollte sich ein Flugzeug kaufen. Es war vollkommen verrückt. Eine solche Maschine hatte eine ebenso kurze Lebensdauer wie ein Schmetterling. »Da kann man die Banknoten ebenso verbrennen«, murrte sein Vater und setzte noch verdutzt hinzu, er könne doch nicht einmal fliegen. Doch Pierre war ein impulsiver Mensch und überzeugt, dass der Flugschein für einen aufgeweckten jungen Menschen wie ihn nur eine Formalität war. Wozu diente denn Wohlstand, wenn nicht um dem Leben Würze zu verleihen, und was konnte es Aufregenderes geben als das Fliegen? Von seinen Vorfahren hatte Pierre die aristokratische Verachtung für das Geld geerbt, doch leider nicht das Vermögen, das nötig gewesen wäre, um sich diesen Luxus leisten zu können.

»Was ist, Gustave?«, fragte er jetzt. Er ahnte, dass die schwarze Armbinde allein nicht die Melancholie seines Freundes erklärte.

»Ich stehe am Rand des Bankrotts, mein Alter. Schlimmer als Blériot vor seiner Ärmelkanalüberquerung. Außerdem habe ich Teile für neue Motoren bestellt, die ich nicht mehr bezahlen kann. Und die Gerichtsvollzieher sind mir auf den Fersen. Für mich ist es vorbei. Ich höre auf. Ich bin heute Morgen gekommen, um Ihnen das zu sagen.«

»Das ist doch nicht möglich! Das können Sie nicht machen!«, rief Pierre bestürzt aus.

Sie bildeten eine eingeschworene Gemeinschaft – die Brüder Torreton, die Mechaniker und die Piloten. Im Sommer setzten sich ungefähr zwanzig Männer an lange, auf Holzböcke gelegte Tischplatten im Schatten der Hangars, um sich Wurst, Hasenpastete, blutige Rippenstücke, Livarot-Käse und Brie von der Größe eines Wagenrads zu teilen und dazu kräftigen Pommard zu trinken. Wenn sich ein Motor als zu schwer erwies oder das Gleichgewicht eines Flugzeugs zu instabil war, wurden sie zornig. Bei jedem Misserfolg stiegen die immergleichen Ängste auf, und wenn sie bei einer Flugschau gewannen oder einer von ihnen Vater wurde, ließen sie ihrer intensiven Freude freien Lauf.

»Die Kassen sind leer«, wiederholte Gustave und reckte trotzig das Kinn. »Manchmal muss man wissen, wann man die Waffen zu strecken hat. So wie der Kaiser.«

»Ich bin nicht überzeugt, dass Bonaparte je wirklich die Waffen gestreckt hat. Meiner Meinung nach hat er bis zu seinem Tod von zukünftigen Eroberungen geträumt. Aber wie Sie wissen, reicht meine Treue weiter zurück.«

Die beiden Freunde hingen noch der Krone an, die von der Republik ins Reich der Vergessenheit verbannt worden war. Während Gustave, der Sohn eines Volksschullehrers, dessen Bibliothek ebenso viele Geschichtswerke wie Mechanikhandbücher umfasste, sich von den Überzeugungen der Familie abgewandt hatte, um dem Kaiser loyal zu sein, war Pierre eher Royalist aus Respekt vor seinen Vorfahren denn aus persönlicher Überzeugung. Doch da er wusste, dass Gustave ihre Wortgefechte schätzte, beugte er sich von Zeit zu Zeit der Notwendigkeit, ihm zu widersprechen. An diesem Morgen lag indes kein amüsiertes Glitzern im Blick des Konstrukteurs.

»Glauben Sie mir, es ist vorbei. Seien Sie so freundlich, den Männern zu sagen, dass ich ihnen etwas mitzuteilen habe. Ich erwarte sie in meinem Büro.«

»Sie können doch nicht einfach so aufgeben! Wegen Amédées Tod ist doch nicht alles vorbei! Es muss möglich sein, eine Lösung zu finden. Sie haben doch den Flug von heute Morgen gesehen. Desgleichen habe ich noch nie erlebt. Kommen Sie, Gustave, ich erkenne Sie gar nicht wieder ...«

»Sie können das Ausmaß der Katastrophe nicht ermessen. Unsere letzte Hoffnung war der Wettflug, an dem Amédée im kommenden Monat teilnehmen sollte. Sein Sieg hätte uns vor dem Ruin gerettet. Aber jetzt ist es zu spät.«

»Welcher Wettflug?«

»London – Sheffield. In weniger als vierundzwanzig Stunden. Zwei Zwischenlandungen.«

»Wie hoch ist das Preisgeld?«

»Zehntausend Pfund.«

»In der Tat eine gewaltige Summe«, sagte Pierre beeindruckt.

»Nicht nur die Piloten stehen in Konkurrenz zueinander, sondern auch die Finanziers der Preisgelder. Anscheinend stammt der Unternehmer aus Sheffield. Er wollte die gleichen Bedingungen und dieselbe Summe bieten wie Lord Northcliffe im vergangenen Jahr beim Wettflug London–Manchester, den Louis Paulhan gewonnen hat. Das war damals der erste Versuch eines Langstreckenflugs überhaupt.«

Montreux und zwei seiner Kameraden zogen das Flugzeug vorsichtig auf den Hangar zu. Am Boden wirkten ihre spillrigen Flugapparate wie Gehäuse aus Pappmaschee.

»Ich werde Amédées Platz einnehmen«, erklärte Pierre unvermittelt.

Torreton wandte sich ihm zu.

»Aber so etwas haben Sie noch nie gemacht.«

»Und? Einmal ist immer das erste Mal, oder?«

»Sie haben nicht genug Erfahrung. Sie sind noch nie im Regen geflogen, und in England regnet es ständig. Sie riskieren, sich ebenfalls umzubringen.«

»Es kommt weniger auf die Erfahrung an als auf den Willen, der Beste zu sein. Letztes Jahr in Spanien habe ich einen Höhenrekord aufgestellt und Latham geschlagen. Ich kann doch nicht zulassen, dass Sie aufgeben, ohne dass ich alles versucht habe, das Unternehmen zu retten. Das wäre doch auch nicht im Sinne von Amédée!«

Sogleich fürchtete Pierre, zu viel gesagt zu haben. Gustave war empfindsam. Wortlos nahm dieser die Pfeife aus dem Mund und begann sie neu zu stopfen. Er hatte kräftige Hände, deren Nägel vom Motorenöl geschwärzt waren. Pierre gab sich Mühe, das Schweigen nicht zu unterbrechen. Er wusste, dass der Konstrukteur diese vertrauten Gesten nutzte, um nachzudenken. Gustave konnte schroff werden, wenn ihn der junge Pilot mit seinem stürmischen Temperament allzu sehr bedrängte. Zu Beginn ihrer Freundschaft hatte er nicht gezögert, ihn scharf anzufahren. »Ich bin nicht Ihr Angestellter, Monsieur du Forestel. Wenn ich rede, schweigen Sie und hören mir zu. Vor allem, wenn es um

Dinge geht, von denen Sie nichts verstehen. Ist das klar?« Das musste er Pierre nicht zweimal sagen, denn weil er ihn achtete, fürchtete er ihn auch.

Die Maschine verschwand im Hangar. Unter dem Blechdach hallten die fröhlichen Stimmen der Mechaniker wider. Torreton hatte immer noch nichts gesagt. Sein Virginia-Tabak duftete intensiv.

»Sie fürchten, ich könnte Ihnen die Maschine zu Bruch fliegen, ist es das?«, rief Pierre plötzlich verletzt aus. »Vertrauen Sie mir etwa nicht?«

»Ein italienischer Kunde hat mir eine schöne Summe dafür angeboten ...«

»Ich habe keinen Sou, um sie Ihnen abzukaufen, aber ich kann den Wettflug gewinnen und das Unternehmen wieder flottmachen, und dann werden die Bestellungen für weitere Maschinen nur so hereinströmen. Geben Sie mir eine Chance, Ihnen zu helfen, Gustave, ich bitte Sie! Wie Amédée, als er mich das Fliegen gelehrt hat. Er fehlt mir ebenfalls, aber wir müssen handeln. Jetzt aufzugeben wäre feige.«

Mit abrupten Bewegungen zog er seine Lederjacke aus und entflocht seinen Schal. Sein Hemd war schweißnass. Bis jetzt war ihm nicht klar gewesen, wie wichtig dieses Abenteuer für ihn war. Nachdem Amédée Torreton ihn die Grundzüge des Fliegens gelehrt und Pierre ihm seinen ordnungsgemäß vom Aéro-Club de France abgestempelten Pilotenschein vorgelegt hatte, vertraute er ihm von Anfang an ihre kostbarsten Maschinen an, denn er erkannte in dem jungen du Forestel ein großes Talent. Und Pierre, der ein schlechter Schüler gewesen war, erlebte zum ersten Mal das herrliche Gefühl, von einem Mann, den man bewundert, ermutigt zu werden. Amédées furchtbarer Tod hatte ihn zutiefst erschüttert. Und nun konnte er sich einfach nicht vorstellen, dass die Firma Torreton schließen und seine Kameraden in alle Winde zerstreut würden. Welcher anderer Konstrukteur würde ihm eine solche Chance geben? Hier war er jemand. Bei den anderen würde er sich erst neu beweisen müssen.

Gustave drehte sich zu Pierre um und streckte ihm die Hand entgegen.

»Einverstanden. Ich schicke den Organisatoren ein Telegramm, damit man Amédées Namen durch Ihren ersetzt. Danke, Pierre. Eines sollen Sie wissen: Ich vertraue Ihnen. Nur für mich selbst habe ich momentan keine Hoffnung mehr, nachdem ich die bessere Hälfte meiner selbst verloren habe.«

Pierre lief zu Montreux, um ihm die gute Nachricht zu verkünden. Die Mechaniker beschlossen, sie würdig zu begehen, indem sie eine gute Flasche Rotwein öffneten. Sie wussten, dass Pierre ein Risiko einging, da er keine Erfahrung mit großen Wettflügen hatte, und sie waren ihm dankbar dafür. Auch wenn Frankreich auf dem Gebiet der Aeronautik führend war und es Dutzende von Firmen gab, die Flugzeuge bauten, hätten sie nur ungern anderswo Arbeit gesucht und für einen anderen Chef gearbeitet oder, schlimmer noch, in einer anderen Region.

»Auf unseren Sieg über die Roastbeefs!«, rief einer von ihnen, der auf einem Benzinfass saß.

»Auf Ihren Erfolg, Monsieur!«, bekräftigte Montreux. »Es wird mir Spaß machen, London zu erkunden. Eine schöne Stadt, wie man so hört. Aber meinen Sie, dass man dort Französisch spricht?«, erkundigte er sich besorgt.

»Keine Sorge, ich werde dein Dolmetscher sein, mein kleiner Montreux«, erwiderte Pierre. »Und so, wie du aussiehst, bedarf es bestimmt keiner großen Worte, um dich mit den Mädchen zu verstehen. Auf den Sieg, meine Freunde, und auf ein langes Leben für die Firma Torreton!«

Es war immer derselbe Albtraum. Die mittelalterliche Theaterkulisse in einem großen Saal. Die Verkaufsbuden, die dicht an dicht standen, das Gasthaus am Fuß der Kathedrale, die fröhliche Menschenmenge, die sich geschäftig unter den bunten

Schildern drängte. Und dann mit einem Mal, mit einem Donnern wie bei einem Sturm, entzündete sich das Zeltdach, das der mittelalterlichen Marktszenerie als Himmel diente. Flammen schlugen in die Höhe. Ein Funkenregen ging auf Köpfe, Gesichter, Schultern nieder. Die Frauen in ihren Musselinkleidern brannten wie Fackeln. Das strauchelnde Kind kämpft, aber die Körper bilden eine undurchdringliche Wand um es herum. Es tritt auf Frauen, die auf dem Boden liegen, seine Füße verfangen sich in ihren Röcken, und es stürzt. Jetzt wird es selbst von Menschen getreten, die versuchen, über es hinwegzuklettern. Seine Mutter ist verschwunden. Der Kleine ruft ihren Namen, doch kein Laut kommt über seine Lippen. Oder kann er sich selbst nicht hören, weil die Schreie so laut sind? Der dichte Rauch lässt ihn nicht atmen. Er erstickt. Die Hitze in dieser mörderischen Falle ist unerträglich. Jemand schlägt mit einem schweren Gegenstand gegen eine Trennwand und versucht sie niederzureißen. Die Schläge werden schneller, regelmäßig und immer heftiger …

Mit heftig pochendem Herzen fuhr Pierre im Bett hoch. Er keuchte. Blasses Morgenlicht zeichnete sich im Fenster ab, das er über Nacht offen gelassen hatte, und fiel auf die zerknautschten Laken, die silbernen Bilderrahmen auf der Kommode und die kreuz und quer auf den Teppich gehäuften Bücher. Auch nach so vielen Jahren hatte sich der Albtraum nicht verändert. Er tat ihm den Gefallen, seltener aufzutreten, aber die furchtbare Angst war immer dieselbe.

Bei dem Brand auf dem Wohltätigkeitsbasar war er noch ein Kind gewesen. Unter den ungefähr einhundertzwanzig Opfern, die man aus der Feuerhölle gezogen hatte – meist die unkenntlichen Leichen von Damen der guten Gesellschaft, die an diesem Tag gekommen waren, um wohltätige Werke zu tun –, waren auch die Comtesse du Forestel und ihre älteste Tochter gewesen. Seine letzte Erinnerung an seine Mutter zeigte eine Frau mit hektischer Miene und fast aus den Höhlen quellenden Augen, die ihm zuschrie, er solle seinen kleinen Bruder retten. Sie hatte ihren Hut verloren. Er wollte sich an sie klammern, doch sie stieß ihn weg. Als sie zurückfuhr, sah er, dass die Spitzen an ihrem Kleid brannten, und dann fing mit einem Schlag ihr Haar Feuer und umgab ihr Gesicht mit einem Lichtkranz. Sie schrie, versuchte das Feuer mit den Händen zu ersticken, und wurde dann von der Menschenmenge verschluckt. Plötzlich war er allein. Allein mit Jean und einem Schwindelgefühl.

Mit zitternden Beinen stand er auf, um sich ein Glas Wasser einzuschenken. Wegen der Gluthitze schlief er nackt. Der große Ankleidespiegel, der in einer Zimmerecke stand, warf das Bild seines Körpers mit der hellen Haut zurück. Auf seiner rechten Hüfte und an der Rückseite seines Oberschenkels hatten die Verbrennungen Narben hinterlassen. Er wandte den Blick ab. Da wurde ihm klar, dass die Schläge immer noch durch die Wohnung hallten. Jemand polterte an die Haustür. Erschrocken schlüpfte er in seinen Morgenmantel.

»Komme!«, brummte er und kämpfte mit dem Riegel.

Drei Männer, die ihm riesig vorkamen, standen auf dem Treppenabsatz.

»Monsieur Pierre du Forestel?«, sagte einer von ihnen mit arroganter Miene.

»Ja. Was gibt es?«

»Dachten Sie, ich gehöre zu den Männern, die Ihnen erlauben, meinen Namen durch den Dreck zu ziehen? Im Gegensatz zu Ihnen besitze ich ein Ehrgefühl. Ich bin kein Feigling, der die Frauen im Verborgenen verführt. Dies sind meine Zeugen. Ich erwarte Sie morgen Früh um dieselbe Zeit in Bagatelle. Auf Wiedersehen, Monsieur.«

Als sich der Mann auf dem Absatz umwandte und die Treppe hinunterging, bemerkte Pierre, dass er einen Gehrock trug, was ihm wie der Gipfel der Lächerlichkeit vorkam.

»Was ist denn bloß in ihn gefahren? Ich habe diesen Menschen noch nie in meinem Leben gesehen!«

»Aber Sie kennen seine Gattin. Ein wenig zu gut für seinen Geschmack übrigens«, antwortete einer der Fremden ironisch.

Mein Gott, Dianes Ehemann!, dachte Pierre.

»Ich kann mir vorstellen, dass Sie jetzt wissen, um wen es sich handelt. Außer, Sie unterhalten noch ehebrecherische Beziehungen zu weiteren Frauen. Versuchen Sie nicht, es abzustreiten. Beweise gibt es genug. Da unser Freund der Beleidigte ist, steht ihm die Wahl der Waffen zu, und er hat sich für Pistolen entschieden. Hier, unsere Karten. Damit Ihre Zeugen sich mit uns in Verbindung setzen können.«

Ohne ein weiteres Wort stiegen sie ebenfalls rasch die Treppe hinunter. Der eine ließ seinen Stock frech wie ein kleiner Junge am Geländer entlangklappern. Unterwegs rempelten sie die Concierge an, die auf der Treppe stand. Als die große Eingangstür zuknallte, kam die alte Dame eilig zu Pierre.

»Es tut mir leid, Monsieur. Als sie klingelten, habe ich mich geweigert, sie einzulassen, aber sie haben gesagt, es gehe um Leben oder Tod. Hoffentlich habe ich nichts Dummes getan ...«

Sie war neugierig. In ein paar Stunden würde die ganze Rue de Bellechasse wissen, dass der junge Monsieur Pierre wieder einmal in Schwierigkeiten steckte.

»Machen Sie sich keine Sorgen«, sagte er und zog den Gürtel fester um die Taille. »So entschlossen, wie sie waren, hätten sie mich so oder so gefunden. Entschuldigen Sie, aber ich gehe wieder schlafen. Es ist noch viel zu früh, um sich mit unangenehmen Dingen zu befassen.«

Pierre schloss die Tür wieder, warf einen zerstreuten Blick auf die Visitenkarten und ließ sie dann auf die Flurkonsole fallen. Pelletier. Dianes Mann. Ein Grobian, so hatte sie ihn beschrieben. Er hatte gedacht, sie übertreibe, um sich zu rechtfertigen. Untreue Frauen beruhigten gern ihr Gewissen, während sich die Männer nicht mit solchen Überlegungen aufhielten.

Da er die halbe Nacht beim Kartenspiel im Club verbracht hatte, hatte er nur zwei Stunden geschlafen, außerdem hing ihm sein Albtraum noch nach. Er war besessen von der Erinnerung an seine Mutter, die ihn jäh von sich gestoßen hatte. Sie wusste, dass sie verloren war, aber für Jean und ihn bestand noch eine winzige Chance, weil die Jungen so gelenkig waren, dass sie sich vielleicht einen Weg auf das angrenzende freie Feld bahnen konnten. Sie hatte versucht, ihre Kinder unter dem brennenden Zelthimmel, der die mittelalterliche Kulisse bedachte, zu einem Ausgang zu ziehen, aber sie war von der Menge zurückgedrängt worden. Das Geschiebe war entsetzlich gewesen. Abgerissene Bilder durchzuckten seine Erinnerung wie elektrische Blitze. Sein Mund war wie ausgedörrt, er hatte das Gefühl, erneut den unerträglichen Gestank verbrannten Fleisches zu riechen, und unterdrückte einen Brechreiz.

Er stieß die Wasserkaraffe um, die auf dem Parkett seines Zimmers zerschellte. Er schloss die Fensterläden, warf seinen Morgenmantel auf den Boden und zog sich das Laken über den Kopf. Nicht denken. Schlafen. Vor diesem Mahlstrom heftiger Gefühle flüchten, die sich plötzlich seiner bemächtigt hatten. Es ging nicht an, sich von diesen Rüpeln einschüchtern zu lassen, und vor allem durfte er nicht erlauben, dass dieser schreckliche, brennende Kummer ihn zerfraß. Pierre hatte sich angewöhnt, in seinen schwachen Momenten jede Anwandlung von Selbstmitleid gnadenlos zu ersticken. Zu einer anständigen Uhrzeit konnte er sich immer noch etwas einfallen lassen.

Am späten Nachmittag saß Pierre in einem der Sessel des Clubs. Als Mann, der viel auf seine elegante Erscheinung hielt, trug er einen hellgrauen Anzug und hatte sich einen himbeerfarbenen Krawattenschal um den gestärkten Kragen gebunden und eine Nelke ins Knopfloch gesteckt. Er wippte nervös mit dem Fuß. Mit dem Finger strich er sich den Schnurrbart glatt. Wie jeden Tag war er bei seinem Friseur vorbeigegangen, damit er sein dunkles Haar zähmte. In dem Raum war es ruhig. Auf dem Sofa schlief eines der Mitglieder, die Zeitung aufgeschlagen auf den Knien. Man hörte nur seinen regelmäßigen Atem, der im

Takt zum trockenen Knistern des Papiers ging und vom Ticken der Uhr unterstrichen wurde. Einer der Vorteile des vornehmen Clubs war dieses besondere Gefühl, sich in einer gedämpften, geschützten Umgebung wie zu Hause zu fühlen. Dank der Holztäfelung und der englischen Kupferstiche, der beruhigenden Atmosphäre des altehrwürdigen, mit Patina überzogenen Interieurs und der Butler, die man mit Vornamen ansprach, hatte man das Gefühl, als wäre die Zeit stehen geblieben. Ein Ort, von dem nicht nur Frauen, sondern auch die alltäglichen Ärgernisse ausgeschlossen waren.

Doch leider konnte sich Pierre an diesem Tag nicht über seine Sorgen hinwegsetzen. Er ärgerte sich über seine Nervosität. Pierre hielt sich für jemanden, der mit der Zeit ging, und Duelle waren nun einmal Mode. Doch für ihn würde es das erste Mal sein. Eine Feuerprobe gewissermaßen. Hätte er sich nicht zufrieden fühlen müssen? Kein Schriftsteller, Parlamentarier oder Mann von Welt schlug eine Gelegenheit aus, auf dem Feld der Ehre seine Männlichkeit unter Beweis zu stellen, als wollte man instinktiv gegen die Niedergeschlagenheit ankämpfen, die die Nation seit zwanzig Jahren beherrschte. Trotz seiner Finanzmacht und aufstrebender Industriesektoren wie dem Automobilbau, der Luftfahrt oder der Elektrizität zweifelte Frankreich an sich selbst. Es war immer noch ein militärisch besiegtes Land, weniger industrialisiert als seine Konkurrenten und mit einer unproduktiven Landwirtschaft und einem Mangel an Rohstoffen geschlagen. Manche hielten es für nicht erneuerbar und rechneten mit seinem baldigen Untergang. Daran änderte auch der Reichtum seiner Kolonien nichts, die widerwillig und angesichts allgemeiner Gleichgültigkeit begründet worden waren. London und Berlin führten den Reigen an.

»Schnurrbärtig und duellsüchtig, so sieht unser Held zu Beginn dieses Jahrhunderts aus!«, hatte Diane einmal gespottet. Ihr Mann gehörte in der Tat zu denen, die das Zusammentreffen auf dem grünen Rasen schätzten. Allerdings wurden die meisten Duelle abgebrochen, sobald das erste Blut floss. Doch Pelletier stand in dem Ruf, rachsüchtig und außerordentlich aufbrausend zu sein. Pierre konnte sich einer gewissen Furcht nicht erwehren. Außerdem durfte er das Versprechen, das er Gustave Torreton gegeben hatte, nicht außer Acht lassen. Er stellte sich die Fassungslosigkeit seines Freundes vor, der die Verachtung seines verstorbenen Kaisers für Duellanten teilte, und die Enttäuschung des kleinen Montreux, wenn er auf den Wettflug in England verzichten musste, weil er sich auf einem Rasenstück wegen einer banalen Liebesgeschichte ein Loch in den Körper schießen ließ.

Obwohl er ahnte, dass sein Abenteuer mit Diane schlecht ausgehen würde, hatte er der Versuchung nicht widerstehen können. Die junge Frau war bezaubernd, wie es sich für eine Mätresse gehörte, und vor allem unglücklich. Eine unwiderstehliche Kombination. Sie machte keinen Hehl daraus, dass sie Pelletier wegen seines Vermögens geheiratet hatte. Ihre Offenheit hatte etwas Erfrischendes. Aber sie hatte nicht begriffen, dass Pelletier eine fügsame Ehefrau und auch Söhne wollte. Vielleicht hätte er ihr ihre Leichtlebigkeit verziehen, wenn sie ihre Aufgabe erfüllt hätte, statt ihm Mädchen zu schenken. »Ich will keine Kinder mehr!«, hatte sie sich bei Pierre beklagt. »Ich will nicht als fette Matrone enden!« Als Paul Poiret die Frauen vom Korsett befreite, erwies er ihren Liebhabern gewiss einen Dienst. Doch den Frauen, die nun auf ihren Taillenumfang achten mussten, verschaffte er eine neue Sorge – mit einem Mal mussten sie auf ihre Figur achten.

Diane war erst fünfundzwanzig, und ihr Mann verlangte nachdrücklich nach einem Erben. Sie war also dazu verurteilt, weiter Kinder zur Welt zu bringen, bis sie ihn zufriedengestellt hatte. Oft heirateten Frauen, um sich von den lähmenden Zwängen zu befreien, unter denen die jungen Mädchen standen, aber die Ehe konnte sich als weiteres Gefängnis erweisen. Seit sechs Monaten spielte Pierre nur zu gern das Spiel des Ehebruchs mit.

Es hatte etwas Köstliches und Erregendes, der Retter einer Frau wie Diane Pelletier zu sein.

Der junge Mann zündete sich eine Zigarette an. Er hatte lange überlegt, wen er zu seinen Sekundanten machen wollte. Manche seiner Freunde hätten seine eheliche Untreue nicht besonders wohlwollend betrachtet. Doch man durfte die wichtige Rolle des Sekundanten nicht unterschätzen. Er wachte nicht nur darüber, dass die Regeln beachtet wurden, sondern musste während der Auseinandersetzung unparteiisch bleiben und nach dem Duell gemeinsam mit der gegnerischen Partei das Protokoll anfertigen, ein sehr nützliches Dokument für den Fall, dass man sich vor Gericht wiedersah. Seine beiden Kameraden hatten ihm soeben das Ergebnis der Verhandlungen mitgeteilt: Schuss auf Zuruf, Austausch von drei Kugeln und ein Abstand von zwanzig Schritten. »Klassisch«, hatte der eine erklärt. »Etwas Besseres konnten wir nicht herausschlagen.« Pierre hätte den Kampf mit dem Schwert vorgezogen. In seinen Augen bedurfte es der Mannhaftigkeit, um diese Waffe zu führen, und damit war sie am ehesten eines Adligen würdig. »Pelletier ist aber nicht von Adel«, hatte sein Freund entgegnet. »Wenn du dir das nächste Mal eine verheiratete Geliebte nimmst, achte darauf, dass ihr Mann diese Bedingung erfüllt!«

Er ist ein Grobian, rief sich Pierre ins Gedächtnis und dachte an Dianes ängstliche Miene, wenn sie von ihm sprach. Ein dumpfer Zorn ergriff von ihm Besitz. Er achtete die Frauen mit ihrem Mut und ihrer Selbstverleugnung und ertrug es daher nicht, wenn ein Mann sie rüpelhaft behandelte. Pierre galt als einer der versiertesten Verführer von Paris. In seinen Augen stimmte das nicht ganz, denn laut Definition liebte ein Verführer die Frauen weniger als sein eigenes Ego. Und das traf bei ihm keineswegs zu. Seine Bewunderung war aufrichtig. Er verstand sich darauf, den Frauen Lust zu schenken, und versagte sie auch sich selbst nicht, aber er verführte keine Frau, um sich selbst zu schmeicheln. Pierre betrachtete sich als integerer Mann, der es hasste, etwas nicht zu vollenden; und seiner Meinung nach war eine unbefriedigte Frau eine unvollständige Frau.

Er rief sich Diane mit ihren zarten Fußknöcheln und den bläulich geäderten Brüsten in Erinnerung; ihre unwiderstehliche Art, den Kopf zu neigen, um eine Gunst zu erlangen. Und ihre Schlagfertigkeit. Pierre machte sich nichts vor: Sie spielte die Komödie der Verführung, aber sie war hervorragend darin, und man konnte sich nur vor ihrem Talent verneigen. Nichts anderes erwartete er von einer Frau von Welt, die die Verführungskünste gelernt hatte wie ein Schüler die Heldentaten der französischen Könige, die Namen berühmter Flüsse oder die Hauptstädte der Départements. Gelegentlich suchte er auch Huren auf. Sie waren weniger verwöhnt, aber ebenso versiert wie Diane, nur nicht so subtil, sodass das Vergnügen aufs Körperliche beschränkt blieb, ohne dass das Herz im Spiel war.

Nun, da er Gefahr lief, ihretwegen verletzt zu werden oder vielleicht sogar zu sterben, wenn er Pech hatte, fragte ihn eine leise, hinterlistige Stimme, ob es das wert wäre. Worauf würdest du für Diane verzichten?, dachte er, als bemäße sich die Liebe vor allem nach der Summe der Opfer, die man für sie brachte. Auf nichts, musste er sich nach eingehender Überlegung eingestehen. Er hing sehr an seiner Freiheit, und das spiegelte sich in seinem Lebensstil wider. Der Müßiggang erschien ihm als eine ehrenwerte Beschäftigung, vorausgesetzt, man meisterte die Kunst des Vergnügens mit Eleganz. Eine bescheidene Leibrente erlaubte ihm, sich würdig zu kleiden und die Dienste eines alten, launischen Kammerdieners in Anspruch zu nehmen. Obendrein hatten erste Erfolge bei Flugschauen seine Kasse aufgefüllt.

Dieses Duell war einfach zu ärgerlich. Damit war nicht nur seine Liaison beendet; er riskierte auch, dabei Federn zu lassen. Sicher hatte die arme Kleine Angst. Wenn sie sich entschied, ihren Mann zu verlassen, verlor sie alles: ihre Töchter, ihre gesellschaftliche Stellung, ihren Ruf. Pierre seinerseits hatte ihr nichts zu bieten. Nie würde er über die Mittel verfügen, eine so anspruchsvolle Frau wie Diane Pelletier zu unterhalten. Sie amüsierte sich mit ihm, weil sie ihn als Liebhaber schätzte, aber sie würde nicht ihr luxuriöses Leben opfern, um an seiner Seite zu leben. Ihre Liebesgeschichte hatte nie eine Zukunft gehabt.

Eine plötzliche Ungeduld trieb ihn aus seinem Sessel. Er trat ans offene Fenster, das auf einen baumbestandenen Hof hinausging. Was sollte er am nächsten Tag tun? Auf die Brust seines Gegners zielen und das Risiko eingehen, einen Menschen zu töten und vor Gericht gestellt zu werden? Das würde sein Vater ihm nie verzeihen. Wenn es sich um eine Frage der Ehre handelte, mochte das noch angehen, aber nicht wegen einer Weibergeschichte ...

Der alte Comte du Forestel konnte dem Pariser Leben, das er für leichtfertig und frivol hielt, nichts abgewinnen. Hätte er von den schändlichen Taten seines ältesten Sohns erfahren, hätte es ihn in seiner Meinung nur noch bestätigt. Für ihn war die verhängnisvolle Anziehung des Hofs von Versailles einst der Untergang des französischen Adels gewesen. Außerdem hatte Paris ihm unter grausamen Umständen Frau und Tochter genommen, wovon er sich nie wieder erholt hatte. Er hing an seinen Ländereien und seinem Schloss in der Picardie und verließ es nur, wenn es gar nicht anders ging. Es würde ihn gar nicht freuen, seinen Sohn vor einem republikanischen Gericht zu sehen oder ihn im Leichenschauhaus zu identifizieren.

Ein Schauer überlief Pierre. Woher kam diese plötzliche Beklommenheit? Der Tod bereitete ihm kaum Angst, sonst wäre er niemals Flieger geworden. Seit er mit zwölf Jahren nur knapp dem Tod entronnen war, hatte er das Gefühl, nur auf Abruf in dieser Welt zu weilen. Wäre er damals mit seiner Mutter und Schwester in den Flammen umgekommen, stünde nun sein Name in goldenen Lettern auf den Gedenktafeln aus schwarzem Marmor in der Kapelle Notre-Dame de Consolation, die in Gedenken an die Opfer des Brandes in der Rue Jean Goujon errichtet worden war.

Aus einer Innentasche zog er einen Manschettenknopf und strich mit dem Daumen darüber. Der Stein war vollkommen rund, ein seltener Trapiche-Smaragd in Form eines Zahnrads mit sechs Speichen. Feine schwarze Streifen wechselten mit dem intensiven Grün. Als er den Knopf einmal zu einem Juwelier brachte, war der außer sich vor Begeisterung gewesen. »Besitzen Sie auch den anderen, Monsieur?«, hatte der Mann gefragt. Pierre schüttelte mit zugeschnürter Kehle den Kopf. »Schade. Jeder Trapiche-Smaragd ist ein ganz besonderes Stück. Deswegen ist es ein großes Glück, zwei zu finden, die sich so ähneln, dass sie ein Paar bilden. Sehen Sie diese Farbe, diesen Glanz! Zwei davon wären eine absolute Sensation. Man findet solche Smaragde nur in Kolumbien, verstehen Sie, woher die reinsten Kristalle stammen. Sollten Sie sich jemals davon trennen wollen ...« Als Pierre ging, wusste er alles über die Zusammensetzung von Smaragden, ihre Empfindlichkeit und den Aberglauben, der mit ihnen verbunden war – der Smaragd war der Stein der Hoffnung, der Vitalität und des Wissens. Aus ihm bestand der Heilige Gral, der das Blut Christi aufgefangen hatte. Er war der Schutzstein der Seeleute im Sturm, aber auch ein launenhafter Stein, der eine düstere, unheilvolle Seite besaß, denn er war von Luzifers Stirn gefallen, als Gott ihn auf die Erde verbannt hatte. Eines Tages würde die Vorsehung ihn vielleicht seinen Zwilling entdecken lassen. Dann würde er dem Mörder seiner Mutter gegenüberstehen.

Man hatte die Leichen in den Palais de l'Industrie auf den Champs-Élysées gebracht, einen ehemaligen Pavillon der Pariser Weltausstellung von 1865, und die Familien gebeten, sie zu identifizieren. Von vielen waren nur noch verkohlte Reste übrig. Einige Frauen erkannte man durch die Untersuchung ihres Gebisses oder an ihrer Unterwäsche, andere an ihrem Schmuck, so auch Pierres Mutter, deren Hochzeitsdatum auf ihrem Ehering eingraviert war. Doch das Schlimmste sollte noch kommen. Das Ergebnis der Autopsie war eindeutig: Die Leiche des Opfers zeigte Spuren von Gewaltanwendung. Im Gesicht fanden sich

Blutergüsse von Faustschlägen und am Oberkörper und den Armen Quetschungen. In den darauffolgenden Tagen lenkten die Journalisten die Aufmerksamkeit auf das unwürdige Verhalten der Männer bei der Tragödie. Zu Beginn der Feuersbrunst hatten sich mehr als hundert Männer vor Ort befunden, aber nur eine Handvoll von ihnen war den Flammen erlegen. Und die anderen? Die Zeugenaussagen von Nonnen und Überlebenden waren bestürzend gewesen: Die Männer hatten ihre elende Haut durch Fausthiebe, Tritte und Stockschläge gerettet.

In dem Club, dem vor Pierre bereits seine Großväter und sein Vater angehörten, schloss man nach Bekanntwerden des Skandals ein Dutzend Mitglieder aus. Die Zeitungen entfachten einen Sturm: Wenn diese »Herren« die Frauen nicht an der Flucht aus dem brennenden Gebäude gehindert hätten, indem sie sich brutal einen Weg durch die Menge bahnten und wehrlose Frauen niederschlugen, wäre das Unglück glimpflicher ausgegangen. Es kam zu Duellen und Petitionen an das Abgeordnetenhaus. Man stellte eine Namensliste der Ehrlosen auf. Doch nachdem die erste Fassungslosigkeit abgeebbt war, schloss die Aristokratie rasch wieder die Reihen. Fast jeder hatte einen Verwandten unter diesen sogenannten Männern von Welt. Man durfte kein solches Bild beklagenswerter Feigheit abgeben. Manche gingen eine Zeit lang ins Ausland. Ein Schleier des Schweigens war über ihre Missetaten gedeckt worden, und auch der Mann, den Pierre als den Mörder seiner Mutter betrachtete, kam ungeschoren davon.

Er selbst hatte nichts vergessen. Weder die verzweifelten Anstrengungen seiner Mutter noch den korpulenten Rücken eines Mannes, der sie brutal von dem Fenster zurückstieß, das sie gerade geöffnet hatte, oder die Schläge, mit denen er ihren Körper traktierte. Pierre hatte sich auf den Unbekannten gestürzt und versucht, sie zu schützen, aber er hatte ihm nur die Manschette seines Hemds abreißen können. Der Mann war durch das Fenster geflüchtet. In dem Gedränge war Jean verschwunden. Als er den kleinen Jungen endlich in einigen Metern Entfernung gefunden hatte, war die Öffnung schon durch einen Leichenhaufen versperrt gewesen. Er hatte einen anderen Weg nach draußen suchen müssen. Doch für seine Mutter und seine Schwester war er zu eng gewesen.

Pierre schloss die Faust um den Manschettenknopf. Seine Züge verhärteten sich. Meist bewahrte er den Trapiche-Smaragd in einem mit Samt ausgeschlagenen Kästchen in seinem verschlossenen Sekretär auf. Niemand sonst wusste von seiner Existenz. Es war ein Geheimnis, das er seit jenem unheilvollen Tag penibel hütete. Und sein Kreuz. Ein düsterer Talisman, der ihn unerbittlich daran erinnerte, was in seinem Leben unerledigt geblieben war, und ihn vollständig aufzehrte. Pierre du Forestel kannte nur die dunkle Seite des Smaragds. Feuer und Blut. Schuld und Sühne.

Pierre hatte geschlafen wie ein Stein. Dabei hatte er damit gerechnet, eine schlaflose Nacht zu verbringen, was ihm angesichts des großen Ereignisses würdevoller vorgekommen wäre. Sein Kammerdiener hatte ihn rechtzeitig geweckt, was die Bedeutung des bevorstehenden Tages noch unterstrich.

Schweigend reichte Maurice ihm die Kleidungsstücke. Am Vorabend hatte Pierre noch einen Umweg über die Place Vendôme gemacht. Normalerweise hätte sein Hemdenschneider die Bestellung erst Ende der Woche erledigen können, doch bei Charvet hatte man sofort erfasst, wie wichtig es dem Kunden war, der sich korrekt gekleidet auf dem Duellfeld präsentieren wollte. Eilig hatte man ein weißes Hemd fertiggestellt und um zehn Uhr abends zusammen mit einem Unterhemd aus Seidenstrick, einer passenden Weste und einer blauen, aus der berühmten Charvet-Seide gewebten Krawatte geliefert.

»Blut auf einem weißen Hemd – wirkt das nicht ein wenig zu theatralisch? Vielleicht hätte ich ein farbiges Hemd wählen sollen? Ich habe vergessen, mich zu erkundigen, ob es eine Kleiderordnung für diesen Anlass gibt«, sagte er ironisch zu Maurice.

»Es ist nicht denkbar, dass Monsieur mit einem ramponierten Hemd zurückkehrt«, gab Maurice zurück, dessen zusammengepresste Lippen und weißer Backenbart vor Empörung zitterten. »Monsieur wird sich souverän aus dieser misslichen Lage befreien.«

»Wenigstens sind *Sie* optimistisch! Im Gegensatz zu einigen anderen. Verrückt, wie schnell sich in dieser Stadt Neuigkeiten verbreiten. Gewisse Personen haben mir freundlich zu verstehen gegeben, dass Pelletier selten sein Ziel verfehle. Noch gestern hat man ihn gesehen, wie er bei Gastinne-Renette Schießübungen machte und ins Schwarze traf.«

Das hatte man ihm mit boshafter Genugtuung verkündet. Pierre hatte nicht nur Freunde auf der Welt. Seine bissige Art rief bei manchen hämische Kommentare hervor, wenn ihm ein Missgeschick unterlief.

»Auf einen Menschen aus Blech zu schießen ist nicht dasselbe, wie auf ein lebendiges Ziel anzulegen.«

»Ich werde trotzdem nicht herumspringen wie ein Zicklein, damit er mich verfehlt!«

»Ich bezweifle nicht, dass Monsieur den Ehrenkodex achten und nicht versuchen werden, sich zu entziehen. Aber die Gegner dürfen nur auf Zuruf schießen, was die Nerven auf eine harte Probe stellt, und der Umgang mit unbekannten Waffen erleichtert den Vorgang nicht eben. Monsieur sind sich ebenfalls im Klaren darüber, wie die Sekundanten dafür sorgen können, dass die Kugeln abgelenkt werden – nämlich indem sie die Pulvermenge erhöhen?«

Pierre sah ihn verblüfft an.

»Sie erstaunen mich immer wieder, Maurice! Man könnte meinen, Sie hätten Ihr Leben lang bei Pistolenduellen sekundiert.«

Der Bedienstete half Pierre, in das Jackett zu schlüpfen.

»So jung bin ich auch nicht mehr, Monsieur. Es ist tatsächlich schon vorgekommen, dass ich einen meiner Arbeitgeber zum Duell begleitet habe.«

»Und, was ist aus ihm geworden?«

»Er ist gestorben.«

»Sehen Sie!«

»An einer Lebensmittelvergiftung.«

Pierre zog eine Grimasse.

»Der Arme. Welch unrühmliches Ende.«

Er betrachtete sich im Spiegel und überzeugte sich davon, dass seine Westenknöpfe zur Krawatte passten. Maurice hielt ihm ein Kästchen mit mehreren Krawattennadeln auf schwarzem Filz hin. Er wählte eine mit einem Saphir aus, die seinem Großvater gehört hatte, und steckte sie an dem Seidenschal fest.

»Perfekt. Und ich bin sogar pünktlich. Damit hätte ich nicht gerechnet!«, scherzte er.

In der Diele nahm er seine Handschuhe, seinen Stock und den Zylinder und drehte sich dann zu seinem Kammerdiener um. Er dachte an den einige Jahre zurückliegenden Tag zurück, an dem er Maurice angestellt hatte. Seine Zeugnisse waren nicht eben gut. Der Dienstbote war über sechzig, und sein Gedächtnis ließ nach. »Aber *ich* bin ein ehrlicher Mann, Monsieur«, hatte er nervös versichert, während er vor Pierre stand, der seine Empfehlungsschreiben las. Pierre hatte sich über die Feinheiten der französischen Sprache amüsiert. Oft im Leben kam es auf die Betonung eines einzigen Wortes an, in diesem Fall eines Personalpronomens. Einer von Maurices ehemaligen Arbeitgebern trug einen schönen Namen, war aber ganz bestimmt kein ehrlicher Mann. Er stellte Maurice ohne zu zögern ein.

Pierre versuchte, gute Miene zu machen, doch mit einem Mal fühlte er sich schrecklich allein und hatte die unangenehme Empfindung, in einen Strudel geraten und nicht mehr Herr der Lage zu sein. Er strich über den Smaragd, den er in der Westentasche trug und der ihn daran gemahnte, dass er das Schlimmste schon erlebt hatte. Aus ihm bezog er Mut, ohne sich klarzumachen, dass der Stein ihm eine zynisch gefärbte Entschlossenheit und rücksichtslose Impulsivität einflößte, die seinen Ruf als Heißsporn begründeten. Maurice öffnete die Tür. Er sah, dass sein Herr keine Worte fand.

»Ich erwarte Monsieur dann heute Abend«, erklärte er bestimmt, »wie immer. Monsieur haben Karten für die Oper.«

»Ja, natürlich. Die Oper. Das hatte ich ganz vergessen. Bis heute Abend, Maurice. Vielen Dank ... für alles«, setzte er nach kurzem Zögern hinzu.

Als er aus dem Haus trat, reckte Pierre die Nase in die Luft. Herrlich. Ein idealer Morgen für Probeflüge bei Torreton und nicht, um im Bagatelle-Park den Narren zu spielen. Was für eine Vergeudung! Erst recht verdross es ihn, dass sein Herz schneller als sonst schlug. Und als er die Handschuhe anzog, zitterten seine Hände. Abscheulich! Er musste sich schleunigst zusammennehmen. Er ging in Richtung Boulevard Saint-Germain, wo er sicher war, eine Mietkutsche oder ein Taxi zu finden. Er hatte nicht daran gedacht, sich einen Mietwagen zu reservieren, wie es jene hielten, die sich keinen eigenen Kutscher leisten wollten oder konnten. Die Fensterläden der Gebäude geschlossen, lag das Viertel ruhig, beinahe träge da. Von Mitte Juli an verließen die eleganten Familien ihre Stadthäuser und fuhren nach Deauville, Dinard oder Biarritz. Erst im kommenden Januar, nach der Jagdsaison, würden sie zurückkehren, um erneut das mondäne Pariser Leben aufzunehmen.

»Pierre! So warte doch, Pierre!«

Er drehte sich um. Jean kam, ein Köfferchen in der Hand, mit großen Schritten auf ihn zu. Fröhlich winkte er mit dem Arm. Er ist noch magerer geworden, dachte Pierre irritiert. Sie könnten ihre Leute doch wenigstens anständig ernähren. Die Sorge um seinen Bruder war ein Reflex. In seinen Augen war er immer noch der kleine Junge, dem er die Finger zu zerquetschen drohte, aus Furcht, ihn auf dem brennenden Wohltätigkeitsbasar zu verlieren. Ein launischer Windstoß trieb Jeans Soutane gegen seine Beine. Mit der Hand nahm er seine schwarze Kappe vom Kopf, die ihm in die Stirn gerutscht war, und pflanzte sich dann lachend und barhäuptig vor Pierre auf. Seine großen, dunklen Augen strahlten vor Freude.

»Aber was machst du denn hier?«, rief Pierre aus.

»Sag mir nicht, dass du meinen Brief nicht bekommen hast.

Ich hatte dir geschrieben, dass ich dich zu Beginn meines Urlaubs besuchen würde. Papa erwartet mich erst Ende der Woche auf Le Forestel. Komm, du hast es doch nicht vergessen?«

Pierre kam sich dumm vor. Über all diesen Aufregungen war ihm der Besuch seines Bruders vollständig entfallen.

»Aber nein, natürlich nicht ... Verzeih mir. Ich freue mich, dich zu sehen, Jean.«

»Und ich erst!«

Jean stellte seinen Koffer auf den Boden und schloss ihn in die Arme. Pierre ließ ihn kopfschüttelnd gewähren. Obwohl bei seiner Ausbildung gewiss Wert auf zurückhaltendes Benehmen gelegt wurde, hatte sein kleiner Bruder nichts von seiner Spontaneität eingebüßt.

»Du bist zeitig auf«, sagte dieser belustigt. »Ich hatte schon Angst, ich wecke dich, aber ich habe mir gesagt, Maurice kann mir ja inzwischen einen Kaffee kochen. Wohin willst du denn so früh und in dieser schicken Aufmachung?«

Pierre war verlegen. Die Kirche stand dem Ritual des Duells ablehnend gegenüber. Riskierte ein Katholik nicht die Exkommunikation, wenn er daran teilnahm? Pierre setzte zwar selten einen Fuß in eine Kirche, aber ärgerlich wäre das dennoch gewesen. Doch das Lügen war nicht seine Stärke, und erst recht nicht jemandem gegenüber, der Priester werden wollte.

»Ich habe etwas zu erledigen. Es dauert nicht lange. Warte zu Hause auf mich. Maurice wird sich nur zu gern um dich kümmern.«

Jean musterte ihn aufmerksam. Sein Lächeln verflog.

»Was hast du jetzt wieder angestellt, Pierre?«

»Ich habe keine Ahnung, was du meinst.«

»Ich sehe es dir an, du führst doch etwas im Schilde. Also sag, was ist los? Und erzähl mir bitte keinen Unsinn.«

»Ach, schon gut! Du willst doch nicht anfangen, mir Lektionen zu erteilen. Ich freue mich wirklich, dich zu sehen, Jean. Aber diese Angelegenheit muss ich allein erledigen. Ich bin bald wieder zurück und führe dich zum Mittagessen aus. Dann kannst du mir den neuesten Klatsch aus dem Priesterseminar erzählen.«

Er setzte sich in Richtung Boulevard Saint-Germain in Bewegung. Seine Sekundanten waren sicher schon unterwegs zum Bagatelle-Park. Doch Jean vertrat ihm den Weg.

»Entschuldige, wenn ich nicht lockerlasse, aber du siehst gar nicht gut aus. Sag mir, wohin du gehst, dann lasse ich dich in Ruhe!«

Pierre wusste, dass sein Bruder stur wie ein Maulesel sein konnte. Als Jean ihm seine Entscheidung mitgeteilt hatte, nach dem Ende seines Militärdienstes ins Priesterseminar einzutreten, ließ Pierre nichts unversucht, ihn davon abzubringen, von Schmeicheln bis Flehen, und schreckte dabei auch vor Unwahrheiten und emotionaler Erpressung nicht zurück. Das Gesetz über die Trennung von Kirche und Staat hatte innerhalb weniger Jahrzehnte zu einer heftigen antiklerikalen Bewegung geführt. Das Priesteramt hatte sein früheres Prestige eingebüßt. Der Geistliche war zum Paria geworden, sodass das Priesteramt sogar bei den einfachsten Leuten nicht mehr als sozialer Aufstieg galt, und unter den wohlhabenden oder adligen Familien hatte der Stolz der Sorge Platz gemacht. »Du bereitest dich auf ein elendes kleines Leben in Armut und Einsamkeit vor!«, rief Pierre damals aus. Seinen Bruder ließ diese Prophezeiung unbeeindruckt. Und jetzt trug er erneut seine hartnäckige Miene, das gereckte Kinn und die zusammengebissenen Zähne zur Schau. Pierre winkte eine Droschke heran. Der Kutscher brachte sein Pferd ein paar Meter weiter entfernt zum Stehen.

»Nach Bagatelle, bist du jetzt zufrieden?«

»Was willst du da?«

»Eine Frauengeschichte. Nichts, was für dich von Interesse sein dürfte.«

»Ach ja?«

»Du bist wirklich eine Nervensäge!«

»Wenn du mir nicht die Wahrheit sagst, komme ich mit.«

Seufzend wandte sich Pierre ihm zu.

»Der Ehemann meiner Mätresse hat mich zum Duell gefordert. So, bist du jetzt zufrieden? Bis gleich, mein Alter. Ich bin ohnehin spät dran.«

Jean war bleich geworden. Pierre nutzte die Gelegenheit, um dem Kutscher sein Ziel zu nennen und in den Wagen zu klettern. Als sich die Droschke zu entfernen begann, rief Jean laut:

»Einen Moment!«

Er öffnete die Tür, warf sein Köfferchen hinein und stieg ebenfalls ein. Pierre musste sich in die Ecke drücken, um ihm Platz zu machen.

»Was machst du denn?«, fragte er ärgerlich.

»Wie du siehst, begleite ich dich. Du glaubst doch wohl nicht, dass ich dich allein lasse.«

»Aber was werden deine Vorgesetzten sagen, wenn sie davon erfahren? Ich bezweifle, dass man es duldet, wenn ein Seminarist einem Duell beiwohnt. Sicher riskierst du Sanktionen. Schlimme Strafen. Vielleicht sogar den Ausstoß aus dem Seminar.«

»Das ist mir egal! Du bist mein Bruder, und du steckst in der Klemme, also komme ich mit dir. Wer ist sie? Kenne ich die Frau?«

»Nein«, erwiderte Pierre knapp. Er kam sich vor, als hätte man ihn als Geisel genommen.

»Liebst du sie?«

»Sagen wir, ich habe sie gern in meinem Bett«, gab er in provozierendem Ton zurück.

»Nichts weiter?«, antwortete Jean ironisch. »Mein armer Freund! Genau, wie ich sagte. Du steckst ganz schön in der Klemme.«

Er verschränkte die Arme. Als Pierre ihn anschaute, hatte er das Gefühl, den bockigen kleinen Bruder von einst wiederzusehen. Ein starkes Gefühl stieg plötzlich in ihm auf. Er hätte es niemals zugegeben, aber er war froh, dass er da war. Dank

Jean fühlte er sich nicht ganz so allein und hatte etwas weniger Angst.

Im Parc de Bagatelle stieg Jean als Erster aus der Kutsche. Ein frischer Wind fuhr in das Laub. Es war einer dieser herrlichen Morgen, an denen man spontan ein Dankgebet gen Himmel schickt. Ein wenig abseits warteten im Schatten einer Eiche geduldig zwei graue Pferde, die vor ein Coupé gespannt waren. Davor stand eine Handvoll Männer in dunklen Jacketts und schwarzen Seidenzylindern. Als sie ihn erblickten, wechselten sie verblüffte Blicke. Jean fand, dass sie wie Sargträger aussahen. Unterwegs hatte Pierre ihm von Pelletier und seiner Frau erzählt. Er hatte an sich halten müssen, um ihn weder zu verurteilen noch mit Vorwürfen zu überhäufen.

»Wie ich sehe, ziehen Sie den Beistand eines Priesters dem eines Arztes vor«, sagte der korpulenteste der Männer spöttisch.

Jean wollte antworten, doch Pierre schnitt ihm das Wort ab.

»In meiner Familie geben wir der Seele den Vorrang vor dem Fleisch.«

»Wenn das so ist, sollten Sie das beherzigen, bevor Sie eine Todsünde begehen«, fuhr der Mann mit zornig aufblitzendem Blick fort. »Als solche gilt bei Ihnen doch der Ehebruch, oder? Ihre Sekundanten sind noch nicht eingetroffen. Ich hoffe, dass sie pünktlich kommen.«

Pierre zog die Taschenuhr hervor. Noch fünf Minuten. Er hatte Jean gestanden, dass er fürchte, seine Freunde könnten zu spät kommen. Das wäre nicht das erste Mal. Keiner der beiden gehörte zu den Frühaufstehern.

Jean trat einen Schritt vor.

»Erlauben Sie mir, mich vorzustellen, Monsieur. Jean du Forestel.«

Er wusste, dass Pierre sie mit Absicht nicht bekannt gemacht hatte, um ihm Probleme zu ersparen. Doch sein Ruf war die geringste seiner Sorgen.

»Ich nehme an, Monsieur, dass Sie derjenige sind, der Satisfaktion von meinem Bruder verlangt. Es ist meine Pflicht, beide Duellanten zu bitten, auf diesen Kampf zu verzichten. Aus Rache entspringt niemals etwas Gutes. Ich bin mir sicher, dass mein Bruder bereit ist, sich zu entschuldigen, und zweifle nicht daran, dass Sie annehmen werden.«

Der Mann platzte vor Lachen heraus, und seine beiden Helfer taten es ihm nach.

»Sie scherzen wohl?«, entgegnete Pelletier ironisch. »Wissen Sie nicht, dass man sich auf dem Feld niemals entschuldigt, es sei denn, man möchte als Feigling betrachtet werden? Ihr Bruder könnte sich in der Stadt nicht mehr blicken lassen. Ohnehin würde ich keine Entschuldigung annehmen. Ich warne Sie, Monsieur; ich habe keine Geduld mit Leuten Ihres Schlages. Ich halte weder etwas von Ihren Moralpredigten noch von Ihrer schmutzigen, kleinlichen Bigotterie. Mischen Sie sich nicht in unsere Angelegenheiten ein. Wir sind hier unter Männern.«

»Sie ...«, schrie Pierre, doch Jean hielt ihn resolut am Arm fest, damit er sich nicht auf Pelletier stürzte.

»Sei still!«, befahl er so gebieterisch, dass Pierre verstummte. »Monsieur, mir ist vollkommen klar, dass Sie nichts von meinen Überzeugungen halten, doch darum geht es hier nicht. Ich möchte mit meiner Anwesenheit dafür sorgen, wieder Frieden in die Gemüter einkehren zu lassen. Wir wissen beide, dass der Duellkodex von Chatauvillard nicht immer wörtlich befolgt wird. Mein Bruder hat einen schweren Fehler begangen. Verstehen Sie, ich habe nicht vor, Sie ins Unrecht zu setzen«, erklärte er begütigend. »Ich sagte einfach, dass Gewalt ein Irrweg ist und man sich erhöht, wenn man darauf verzichtet. Nicht indem Sie das Risiko eingehen, den zu töten, der Sie beleidigt hat, werden Sie Ihre Ehre reinwaschen, sondern indem Sie seine Entschuldigung annehmen. Und Sie werden diesen Platz als vollständig freier Mensch verlassen.«

Pierre nahm die Anspannung wahr, die seinen jüngeren Bruder beseelte. Er vermochte den Blick nicht von seinem Gesicht zu wenden. Die heftige Gemütsbewegung ließ seine Züge stärker hervortreten; die breite Stirn, die hervortretenden Wangenknochen, die gerade Nase und die vollen Lippen. Der Blick aus seinen dunklen Augen war voller Inbrunst. Pelletier hatte versucht, ihn wegen seiner schwarzen Robe lächerlich zu machen, doch niemand konnte sich der Kraft entziehen, die seine hochgewachsene Gestalt ausstrahlte. Die Vitalität, die von Jeans schmalem, beinahe asketischem Körper ausging, stand in krassem Gegensatz zu Pelletiers Bauch, seinem Doppelkinn, seinen dicken Händen und den servilen Mienen seiner Kumpane. In diesem Moment war es Pierre, als verkörpere Jean diese Männer aus den Evangelien in ihrer furchteinflößenden Schönheit, die auf geflochtenen Sandalen aus der Wüste kamen und sich von Heuschrecken und wildem Honig ernährten.

Pelletier wandte sich mit verächtlicher Miene ab und bedeutete seinem Diener, ihm ein Glas Wasser zu bringen. Er nahm seine Uhr ab, damit die Kette seinem Kontrahenten keinen Zielpunkt bot. Pierre ging zum Droschkenkutscher zurück, um sich ebenfalls vorzubereiten.

Jean war außer sich. Er durfte nicht zulassen, dass dieses Verbrechen geschah. Aus nächster Nähe aufeinander zu schießen – das war barbarisch! Innerlich zitternd sah er zu, wie sich die beiden Männer fertigmachten. Pierre und er waren im Geist bestimmter Werte erzogen worden, die Achtung vor Gott, dem König und der Familienehre geboten. Er fand dieses Duell unwürdig; ein Ritual, das einen oder beide Teilnehmer zum Mörder machen konnte. Aber er begriff, dass hier kein Argument fruchtete. Der Beleidigte war ein stolzer Mann. Um nichts auf der Welt würde er auf die Gelegenheit verzichten, sich seiner Männlichkeit zu versichern, die seine untreue Ehefrau in Frage gestellt hatte. Pierre konnte das Duell nicht verweigern, weil man ihn sonst der Feigheit bezichtigen würde. Sein Bruder riskierte nicht nur seine Haut, sondern vor allem sein Seelenheil.

Seit Jahrhunderten verurteilte die Kirche Duelle. Hatte der Herr nicht seinen Jüngern befohlen, das Schwert niederzulegen? Das Gottesurteil, das auf dem Glauben beruhte, Gott würde mittels eines übernatürlichen Zeichens unmittelbar in eine Rechtsprechung eingreifen, war nur noch eine Erinnerung an mittelalterliche Gebräuche. Das Konzil von Trient setzte dem im 16. Jahrhundert durch ein offizielles Dekret, das diesen irrwitzigen Akt als eine der schlimmsten Sünden, ja als Mord betrachtete, definitiv ein Ende. Die Strafen, die darauf standen, waren die Exkommunikation und für den, der beim Duell starb, das Verbot, in geweihter Erde beigesetzt zu werden. Die republikanischen Behörden standen Duellen indes immer noch wohlwollend gegenüber. Frankreich war zusammen mit Italien eines der letzten Länder Europas, wo es nach wie vor erlaubt war, dass zwei Erwachsene einander im Einzelkampf gegenübertraten, und man den Zufall über die Vernunft triumphieren ließ. Trotz seiner Angst um Pierre spürte Jean eine heftige Verdrossenheit gegenüber seinem älteren Bruder, denn seine Erziehung hinderte ihn daran, Pelletier ganz und gar unrecht zu geben. Schließlich hatte Pierre seine Frau verführt, und das war kein Kavaliersdelikt.

»Ich sehe Ihre Männer immer noch nicht«, sagte Pelletier irritiert. »Sollte das ein geschicktes Ablenkungsmanöver sein?«

»Ich werde nicht auf Ihre Anspielung eingehen, Monsieur«, antwortete Pierre. »Ich bin mir sicher, dass sie nicht auf sich warten lassen«, setzte er hinzu, indem er vergeblich mit den Augen nach seinen Sekundanten suchte.

Jean beobachtete seinen Bruder, der in seinem dunklen Jackett hochaufgerichtet dastand und versuchte, seine Befürchtungen mit großspurigen Worten zu überspielen. Mit einem Mal fiel ihm auf, dass seine Züge angespannt waren und er verletzlich wirkte. Diese unerwartete Verwundbarkeit bestürzte ihn. Bis jetzt hatten Pierres Selbstbewusstsein und sein rücksichtsloser Mut ihn immer beeindruckt. Die Art, wie er der Welt seine Herausforderung ins Gesicht schleuderte. Als Kind hatte er ihn für unzerstörbar gehalten. Die Kameradschaft zwischen ihnen war noch immer durch die gemeinsam erlittene Tragödie geprägt. Nie würde er vergessen, wie Pierre ihm schier die Hand zerquetscht hatte, als er ihnen einen Weg durch die Feuersbrunst bahnte. Obwohl er selbst zu Tode verängstigt war, redete er unaufhörlich auf ihn ein, um ihn zu ermuntern und ihm das Gefühl zu geben, dass er wusste, wie er sie aus dieser Hölle hinausbrachte. Auf dem freien Feld angekommen, nahm er ihn auf die Schultern, um ihn an einen der Retter weiterzureichen. Jean erinnerte sich, wie er geschrien hatte, entsetzt bei der Vorstellung, von ihm getrennt zu werden. Wie durch ein Wunder waren sie alle beide gerettet worden.

Kalter Zorn ergriff ihn.

»Da es mir unmöglich ist, diesen Wahnsinn zu verhindern, und die Zeugen meines Bruders nicht anwesend sind, erbiete ich mich als Sekundant.«

»Das ist absolut nicht zulässig«, wetterte Pelletier. »Sie sind Verwandte ersten Grades.«

»Wollen Sie nun Ihr Duell oder nicht?«, erwiderte Jean barsch, während Pierre ihn fassungslos ansah. »Der Kutscher wird sich gewiss als zweiter Zeuge zur Verfügung stellen, oder, Monsieur?«

Verblüfft und geschmeichelt zugleich lief der Mann rot an.

»Aber somit werden wir die Bedingungen neu verhandeln«, fuhr Jean mit eisiger Stimme fort. »Als Beleidigter steht Ihnen die Wahl der Waffen zu. Mir scheint, damit dürfen wir über die Bedingungen des Duells entscheiden.«

Man erklärte, das alles sei schon am Vorabend besprochen worden.

»Heute ist heute. Ich verlange eine Distanz von fünfunddreißig Schritten mit einem einzigen Schuss auf Kommando.«

»Sie minimieren die Gefahr. Und wenn wir nicht einverstanden sind?«, ereiferte sich einer der gegnerischen Sekundanten.

»Wenn Monsieur Pelletier meinen Bruder tötet, wird er vor Gericht des vorsätzlichen Mordes angeklagt werden. Wenn er ihn nur verletzt, werde ich selbst Anklage wegen Körperverletzung erheben. Was sagen Sie dazu, Messieurs?«

Ein langes Schweigen trat ein. Ein Windstoß schreckte die Pferde auf, die ihr Zaumzeug klirren ließen. Unerwartet lächelte Pelletier.

»Ich beuge mich Ihrer Hartnäckigkeit. Sie haben einen guten Sekundanten, Monsieur du Forestel, wenn er auch nicht besonders auf Ihr Talent zu vertrauen scheint. Offensichtlich gibt er nicht viel auf Ihren Sieg. Aber da ich genug von diesem Hin und Her habe, entspreche ich seiner Bitte. Machen wir uns bereit.«

Pierre packte seinen Bruder am Arm und zog ihn beiseite.

»Du bist vollkommen verrückt geworden! Du kannst doch nicht bei einem Duell sekundieren! Du bist Priesterschüler – weißt du, was du riskierst? Ganz bestimmt die Exkommunikation!«

Jean biss sich auf die Lippen. Tatsächlich hatte er vor allem den Schaden mindern wollen, der aus dieser Auseinandersetzung erwachsen konnte, und nicht an die Folgen gedacht. Wenn man seinem Bruder glaubte, stand Pelletier im Ruf, ein guter Schütze zu sein. Was hätte er anderes tun sollen? Aber Pierre hatte recht: Die Kirche verurteilte alle, die die Duellanten unterstützten, mit der gleichen Strenge; ob sie nun Sekundanten oder nur Zuschauer waren. Sie riskierten die ewige Verdammnis. Ein Angstschauer überlief ihn.

»Das macht nichts«, erwiderte er leise. »Aus mir würde ein ziemlich schlechter Priester, wenn ich nicht versuchen würde, einen Menschen, den ich liebe, zu retten.«

So groß erschien ihm sein Opfer, dass Pierre ihn kurz in die Arme schloss. Der Unparteiische brach das Wachssiegel, mit dem der Pistolenkoffer verschlossen war.

Knatternd näherte sich ein Automobil. Pierres zwei Freunde stiegen aus und überschlugen sich in Entschuldigungen. Eine Reifenpanne hatte sie aufgehalten. Sie nahmen jetzt ihre Rolle als Sekundanten ein, blieben aber bei den neuen Regeln. Pelletiers

Männer hatten darauf bestanden, das Ritual mit Ehrenmännern fortzusetzen und nicht mit einem jungen, rebellischen Priesterschüler und einem gemeinen Droschkenkutscher.

Man überprüfte den Stand der Sonne, damit keiner der Duellanten geblendet wurde. Ein Zeuge maß mit großen Schritten die Entfernung ab. In sicherem Abstand wartete geduldig Pelletiers Arzt zusammen mit seinem Kutscher und seinem Kammerdiener. Alle trugen ernste Mienen. Sie hatten bereits Duellen beigewohnt, die mit dem Tod eines der Männer endeten. Die Gegner stellten sich in Position und luden ihre Waffen, während sie den Lauf auf den Boden richteten.

Schweißtropfen liefen Pierre über die Stirn. Er blinzelte. Sein Herz trommelte gegen den Brustkorb. Fragen über Fragen jagten durch seinen Kopf. Würde er auf diesem Rasen vor Jeans Augen einen törichten Tod sterben? Sollte er auf Pelletier zielen oder nicht? Versuchen, ihn zu verletzen? Er war der Liebhaber. Verlangte die Ehre von ihm, dass er sich erschießen ließ, indem er über den Kopf des legitimen Ehemannes zielte? Er wusste, dass Pelletier Diane ihre Untreue vergeben würde. Ein Mann wie er vertrat die Ansicht, dass Frauen unfähig waren, ihre Gefühle zu beherrschen, und man es ihnen nicht übelnehmen konnte, wenn sie einem Verführer erlagen. Pierre teilte diese herablassende Sicht der Dinge nicht. Diane war ebenso verantwortlich wie er. Ihre Verführung war ein Spiel gewesen, das auf Gegenseitigkeit beruhte. Sie hatten das gleiche Begehren und die gleiche Lust empfunden.

Sein Gegner stand breitbeinig und mit durchdringendem Blick da, den Mund höhnisch verzogen. Ohne jeden Zweifel war er entschlossen, ihn zu töten, ihm keinesfalls zu vergeben. Hinter einer Maske der Leichtigkeit versuchte Pierre seine Emotionen zu verbergen. Auch ihm war der Hass nicht fremd, der einem die Eingeweide verdreht und einen metallischen Geschmack im Mund hinterlässt. Der unverhohlene Abscheu Pelletiers ihm gegenüber erweckte düstere Gefühle in ihm.

In diesem Moment wurde ihm klar, dass er nicht bereit war. Er wollte nicht sterben. Mit einem Mal ergriff ihn eine wahnsinnige Sehnsucht, abermals dieses unglaubliche Gefühl von Freiheit zu erleben, das er am Steuer eines Flugzeugs empfand, mit Montreux zu lachen und zu lieben – aber wahrhaftig zu lieben. Diesen fast wahnsinnigen Wunsch, sich selbst vollkommen herzuschenken, den die wahre Liebe voraussetzte und den er bisher noch nie empfunden hatte. Er spürte, wie das Blut jubilierend in seinen Schläfen pochte. Wenn er nur Zeit gehabt hätte, Jean um Verzeihung zu bitten, der das unsinnige Risiko auf sich genommen hatte, wegen dieses absurden Akts sein Leben zu verpfuschen, wegen eines Duells um eine Liebesgeschichte, die nicht einmal eine war. Seine feuchte Hand hielt den Griff der Pistole.

Der Unparteiische rief mit lauter Stimme: »Vergessen Sie nicht, Messieurs, die Ehre verlangt, dass jeder von Ihnen beim dritten Händeklatschen schießt, ohne die Waffe vor dem ersten Schlag zu heben oder vor dem dritten zu feuern.«

Das Ritual musste so genau wie möglich befolgt werden. Nur minimale Verstöße wurden hingenommen. Sollte der Fall je vor einem Gericht verhandelt werden, würde der Richter überprüfen, ob die Regeln eingehalten worden waren. Jetzt würde der Unparteiische in Abständen von drei bis sechs Sekunden dreimal in die Hände klatschen. Es kam vor, dass ein Duellant die Spannung nicht aushielt und zu früh schoss. Das war eine Schande, von der man sich nie wieder erholte. Maurice hatte recht, dachte Pierre mit trockenem Mund. Das Schießen auf Zuruf ist ein Nervenkrieg.

Jean hatte den Eindruck, verrückt zu werden. Ohnmächtig stand er da und sah zu, wie sich zwei Männer gegenseitig umbrachten. Mein Gott, vergib ihnen, denn sie wissen nicht, was sie tun!, betete er. Doch zum ersten Mal in seinem Leben hatten die von Christus am Kreuz gesprochenen Worte einen düsteren Klang für ihn. Sie kamen ihm wie Gotteslästerung vor, denn er wusste, dass er unwürdig war, sie auszusprechen, da er diese Tragödie nicht hatte verhindern können und sich zum Komplizen eines Rituals machte, das mit einem Mord enden konnte. Er sah Pierre an, seinen Bruder, der das Leben in vollen Zügen genoss. Der sich darauf verstand, Albträume zu verjagen.

Der Mann klatschte in die Hände. Die Gegner hoben ihre Waffen. Das zweite Klatschen erklang. Sie zielten. Pierre sah Pelletiers Gestalt wie durch einen Nebel, ohne zu wissen, ob der Schweiß, der ihm in die Augen lief, der Grund war oder seine Angst. Die Pistole war schwer, sein Arm fühlte sich steif an. Pelletier vertraute zweifellos auf seinen Ruf als exzellenter Schütze, doch Hass war ein schlechter Ratgeber, wie Pierre wusste. Er konnte einen nervös machen und einem schaden. Pierre sah dem Tod ins Auge, und sein Körper kam ihm mit einem Mal unendlich verletzlich vor. Beim dritten Händeklatschen spürte er fast sofort ein schmerzhaftes Brennen am Oberschenkel. Er schoss in den blauen Himmel und brach auf dem Boden zusammen.

London, Berkeley Square, August 1911

Gewalt war ebenso ansteckend wie Pech. Einige Monate später sollte sich Evangeline Lynsted fragen, ob sie die Verkettung der Ereignisse noch hätte durchbrechen können, die ihr eines der schlimmsten Erlebnisse ihres Lebens bescherte.

Eigentlich hätte sie Anfang August gar nicht in London sein sollen. Ihre Sommerwochen spielten sich seit undenklicher Zeit auf Rotherfield oder auf den Schlössern ihrer Freunde ab, Tage, die man mit Sport verbrachte, wechselten sich mit den der Zerstreuung gewidmeten Abenden ab. Wie konnte sie auf dieses besondere Leuchten verzichten, das sattgrüne Laubwerk, die träge dahinfließenden Flüsse, das beruhigende Klacken der Kricketbälle, die von in makelloses Weiß gekleideten Spielern geschlagen wurden? Vielleicht musste man wenigstens einmal im Leben diese bezaubernde, von vollen und köstlichen Tönen erfüllte Zeit ohne Verpflichtungen ausgekostet haben, um das Gefühl von Ewigkeit zu begreifen, das einem englischen Sommer innewohnt. Doch dieser Sommer mit seinen ausgetrockneten Brunnen, seinen unfruchtbaren Feldern und den staubigen Hohlwegen war anders, hatte sich den Menschen schon jetzt als ungewöhnlich heiß eingeprägt. In diesem Sommer stellte man auf den Rotherfield'schen Gütern bestürzt fest, dass die Vögel nicht mehr sangen.

Evie hatte unbedingt zum Berkeley Square reisen wollen, denn sie wusste, dass ihr Vater am 10. August in Westminster an der historischen Abstimmung über den Parliament Act teilnehmen musste, die das Oberhaus zu entmachten drohte. Er fürchtete diesen Moment, und sie wollte in seiner Nähe sein, um ihn moralisch zu unterstützen. Sie schätzte seine Geduld und war empfänglich für seinen Humor, der sich in hintersinnigen Wortspielen widerspiegelte, und empfand eine besondere Zärtlichkeit für ihn. Er wurde zwar oft zornig, wenn sie es auf die Spitze trieb, aber sie fühlte sich seit jeher geborgen in seiner Zuneigung, die bedingungslos war. Ihre Mutter dagegen hatte ihr nie das Gefühl vermittelt, dass ihre Liebe eine feste Größe war, sondern dass man sie sich verdienen musste. Dadurch fühlte sie sich seit ihrer Kindheit ihr gegenüber verunsichert und rebellierte instinktiv gegen sie.

Nach einer langwierigen Fahrt war sie wohlbehalten angekommen. Die Eisenbahner streikten wieder. Da die Benzinversorgung unzuverlässig war, stand der Rolls-Royce ihrer Mutter in der Garage, zum großen Kummer des französischen Chauffeurs, der über das Gut irrte wie eine verlorene Seele. Sie hatte von Sussex aus in einer leichten Kutsche reisen müssen; mit einem Kutscher, einem Pagen und einer schmollenden Rose, die keine Lust hatte, das Gut zu verlassen, wo ihre Familie lebte. Der Sommer war die einzige Jahreszeit, in der sie sie an ihren freien Tagen besuchen konnte. Die Fahrt kam der jungen Frau endlos vor. Ihre Mutter begriff nicht, warum sie sich diesen Ausflug in die Hauptstadt antat, wo die Hitze noch unerträglicher war als auf dem Land; aber Evie antwortete, dass ihr Vater eine Frau um sich brauche. Verärgert über diesen unausgesprochenen Vorwurf, beließ es Lady Rotherfield bei einem kalten Blick. Sie hegte nicht die geringste Absicht, sich in die Stadt zu wagen, solange das Land unter einer Hitzewelle litt, die sich in nie da gewesenen sozialen Unruhen niederschlug. »Sogar das Königspaar hat seinen Aufenthalt in Cowes unterbrochen«, erklärte Evie beim Blättern in der Zeitung.

Die Lage war kritisch. Die Hafenarbeiter – in jedem Inselstaat der Dreh- und Angelpunkt der Arbeiterschaft – gaben der Bewegung einen neuen Impuls. Einige Tage reichten, um Berge von Butter, Milch, Obst und Gemüse, die für den Markt von Covent Garden bestimmt waren, auf den Kais verderben zu lassen. Da das Benzin fehlte, um die Kühlsysteme der Schiffe aus Argentinien zu betreiben, verfaulten Tonnen von Rindfleisch in ihren Laderäumen. In den Krankenhäusern sorgte man sich wegen der schwindenden Medikamentenvorräte. Und in den Armenvierteln sprach man von Hungersnot. Ja, von Hunger, in London zu Beginn des 20. Jahrhunderts. Die Zeitungen berichteten von einem guten Dutzend Kinder, die nach dem Genuss verdorbener Milch und anderer Nahrung an Lebensmittelvergiftung gestorben waren. Evie musste sofort an die kleinen Geschwister von Tilly Corbett denken, ihrem Schützling aus Bermondsey, und beschloss zu handeln.

Doch an diesem Morgen sah sie sich einer noch nie da gewesenen Situation gegenüber. Die Köchin weigerte sich, die zwei Körbe mit Lebensmitteln zu packen, die sie mitnehmen wollte. Sie musste in die Küche hinuntergehen, wo Mrs Pritchett mürrisch, die Fäuste in die Hüften gestemmt, erklärte, es komme gar nicht in Frage, dass sie dringend notwendige Nahrungsmittel weggebe, wo doch ihre Speisekammer schon halb leer sei. »Dann essen wir eben weniger, Punktum«, erwiderte Evie. Sie wusste, dass ihr Vater wie ein Vögelchen aß, und sie fühlte sich durchaus in der Lage, dem Protest ihrer Brüder zu begegnen. Ihre Anwesenheit im Untergeschoss sorgte für Aufruhr. Die Dienstboten hielten nichts davon, wenn sich die Herrschaften in ihren Bereich vorwagten. Weder der Butler noch die Köchin, die ihrerseits über eine ganze Schar Diener, Zofen und Küchenpersonal regierten, schätzten es, wenn sie sich vor den Augen ihrer Untergebenen Anordnungen beugen mussten. Für gewöhnlich nahmen sie oben in dem kleinen Salon Anweisungen von Lady Rotherfield entgegen. Die Hierarchie war umgestoßen worden. »Meinetwegen soll draußen Revolution sein, aber sie kommt mir nicht in dieses Haus«, murrte Mrs Pritchett, nachdem Evie ihr ein paar Brotlaibe, eine kalte Hammelkeule, Käse und die Eier abgepresst hatte, die tags zuvor aus Rotherfield Hall mitgekommen waren.

Jetzt war sie mit Rose unterwegs nach Bermondsey. Der Schimmer der Morgenröte verdunstete unter den Strahlen einer bereits kräftig scheinenden Sonne. Auf den Plätzen verkümmerten die gelblichen Blätter der Platanen, während die Hufeisen der Pferde laut durch ein verlassenes Mayfair klapperten. Meist schlief Evie um diese frühe Morgenstunde noch tief oder machte sich gerade bettfertig, nachdem sie die Nacht durchgetanzt hatte. Und doch war sie sich der ungewöhnlichen Trägheit, die über der Hauptstadt lag, bewusst. Aber dieser Dämmerschlaf war nicht nur auf die hohen Temperaturen zurückzuführen.

Als sie in das überbevölkerte Straßenlabyrinth von Bermondsey eindrangen, wurde Evie klar, dass das betriebsame Summen, das sonst unaufhörlich von den Kais aufstieg, verstummt war. In diesem Industrieviertel, das seine Geschäftigkeit der Nachbarschaft mit der Themse verdankte, quietschten an diesem Morgen keine Kräne. Niemand machte sich rund um die Schiffe aus aller Welt zu schaffen, die hier anlegten, um ihre Rohstoffe zu entladen, die in den Gerbereien, den Sägewerken und den zahlreichen Lebensmittelmanufakturen weiterverarbeitet wurden. Die Waren setzten Staub an, der Abfall türmte sich. Evie hielt sich ein Taschentuch vor die Nase. Der Gestank war bestialisch.

Niemand konnte es mehr ignorieren; weder die Patrizier im Schutz ihrer großen Stadthäuser, die sich auf die Moorhuhnjagd in Schottland vorbereiteten, noch die Unternehmer, die seit der industriellen Revolution Vermögen angehäuft hatten, oder die beständige Mittelschicht, dieses Rückgrat des britischen Empire, die sich nach Ruhe und Respekt vor der Ordnung sehnte. Gereizt erkannten die Bürger, dass ihr Komfort und Wohlstand von einer Vielzahl von Rädchen abhingen und das ganze schöne Räderwerk auch zum Stillstand kommen konnte. Denn einige weigerten sich, sich weiter zu drehen: die Vergessenen des Erfolgs, die anonyme Masse der Arbeiter, Bergleute aus Northumberland und Wales, Reedereiangestellte, Eisenbahner, Feuerwehrleute, Lastenträger und Hafenarbeiter, die dicht an dicht in diesen Elendsvierteln lebten, wo sich zerlumpte Kinder tummelten, wo die Frauen noch an Tuberkulose starben und die Männer ebenso unregelmäßig wie für jämmerlich geringe Löhne arbeiteten.

Rose hustete demonstrativ. Unbeeindruckt reichte Evie ihr ein mit Eau de Cologne getränktes Taschentuch. Die junge Hausangestellte hasste es, sie nach Bermondsey zu begleiten. Das Mädchen vom Land hatte sich zum ersten Kammermädchen hochgearbeitet, worauf sie sehr stolz war, aber es betrübte sie, dass sich die Großzügigkeit ihrer Herrin nicht auf die Leute von zu Hause beschränkte wie die in ihren Augen viel sinnvollere Mildtätigkeit von Lady Rotherfield. Der Page stellte die gleiche verächtliche Miene zur Schau. Die Hausangestellten hielten nicht viel von Arbeitern oder Notleidenden. Sie misstrauten diesen lauten, unverfrorenen und unvorhersehbaren Menschen. Zu Recht offensichtlich, da diese Leute das Land seit acht Monaten in Unruhe stürzten. Sie gehörten nicht ihrer Welt an, teilten nicht dieselben Werte. Evie lächelte bei dem Gedanken, dass ihr Bruder ihre Anwesenheit in diesem Viertel wohl noch stärker missbilligen würde als ihre Dienstboten.

Ganz anders als in Mayfair waren die Straßen hier belebt. Männer standen, die Schirmmütze tief in die Stirn gezogen, in Grüppchen herum und sogen an ihren Zigaretten. Die meisten Bewohner des Viertels waren Hafenarbeiter, die für einen Tag oder eine Woche angestellt wurden. Ihr Lohn reichte nicht, um ihre Familien zu ernähren, wodurch die Frauen gezwungen waren, in den Fabriken und Manufakturen zu arbeiten, damit sie ein Auskommen hatten. Plötzlich kreuzte ein junger Bursche ohne sich umzusehen ihren Weg. Auf der Schulter trug er ein riesiges, zusammengerolltes Spruchband. Der Kutscher schrie ihn an, doch aufzupassen. Der junge Mann konnte der Versuchung einer obszönen Geste nicht widerstehen, indem er den angewinkelten Arm hochreckte. Hausierer, die ihre Handkarren schoben, sahen wortlos zu. Es kam regelmäßig vor, dass sich elegante Gespanne wie das der Rotherfields hierher verirrten. Man duldete die Anwesenheit dieser Damen, die kamen, um ihre Hilfe anzubieten, bewahrte sich aber ein instinktives Misstrauen. Hieß es nicht, früher hätten Gentlemen und ihre Begleiterinnen Ausflüge in die heruntergekommensten Winkel des East End unternommen, um die Armen in ihrer natürlichen Umgebung zu beobachten wie Jahrmarktssensationen? Inzwischen ängstigte ihr Zorn die Oberschicht, und niemand hätte mehr eine solche Provokation gewagt.

Der Kutscher hielt vor dem zweistöckigen Backsteingebäude, in dem Tilly Corbett wohnte. Ungefähr ein Dutzend Familien lebte dort, und im Untergeschoss suchten die Obdachlosen Zuflucht. Der Diener sprang zu Boden und ergriff die schweren Körbe. Frauen in schwarzen Umschlagtüchern und weißen Schürzen standen wie Wachposten auf den Stufen vor ihrem Haus und sahen argwöhnisch herüber. Sie machten spöttische Bemerkungen. Evie verstand kein einziges Wort, da sie tiefstes Cockney sprachen, aber sie nahm keinen Anstoß daran. Rose war zusammengesunken auf ihrem Platz sitzen geblieben. Sie war gekränkt.

»Warte hier auf mich«, erklärte Evie. »Sinnlos, dass du mit hineinkommst. Da verschlimmert sich höchstens noch dein Husten. Bei dieser Hitze muss es ja nur so von Bazillen wimmeln.«

Entzückt sah Evie, wie ihre Zofe erbleichte. Sie bedeutete dem Diener, ihr zu folgen. Als sie ins Haus traten, blieb sie stehen, damit sich ihre Augen an die Dunkelheit gewöhnen konnten. Dunkle Holzpaneele schluckten das Licht. Ein Baby schrie unablässig. Eine Frauenstimme war zu hören, schrill und zornig. Evie raffte ihren Rock, um die schmale Treppe hinaufzusteigen. Der Dienstbote, der ihr folgte, musste sich verrenken, denn er hatte nicht vor, die Körbe einen nach dem anderen hinaufzutragen. Er war überzeugt, dass sie gestohlen würden, wenn er einen einzigen Augenblick nicht achtgab. Die Stufen knarrten beunruhigend. Vor einiger Zeit war im Nachbarhaus eine Decke eingestürzt. Evie klopfte an eine Tür. Sofort wurde es in dem Zimmer, das soeben noch von Kinderstimmen erfüllt war, mucksmäuschenstill. Dabei war gar nicht Montag, der gefürchtete Tag, an dem die Miete fällig war.

»Tilly, ich bin's, Lady Evangeline!«, rief sie.

Die Tür öffnete sich, und Evie stand vor dem immer wieder verblüffenden Bild: Tilly Corbett, mager und das Gesicht von schwarzen Locken eingerahmt, und um sie herum die ganze Sippe ihrer jüngeren Geschwister, die auf dem blanken Boden spielten. Die einen Meter hohen Holzpaneele, die den Raum mit der niedrigen Decke umgaben, ließen ihn ebenso trübsinnig erscheinen wie die Eingangshalle. Darüber warf eine Tapete von undefinierbarer Farbe Blasen, und das einzige Fenster war geschlossen. Im Winter schützte man sich vor Zugluft und das ganze Jahr über vor dem Kohlenstaub, der die Häuser verschmutzte. Im Zimmer roch es nach abgestandener Luft und Kampfer. Die bettlägerige Mutter ruhte gewöhnlich auf einem bescheidenen Lager auf dem Boden. Doch an diesem Morgen war es leer.

»Guten Tag, Tilly. Ich habe gehört, dass es wegen des Streiks an Lebensmitteln mangelt. Bei Pater Williams stand eine schrecklich lange Schlange, da bin ich lieber hergekommen. Stellen Sie die Körbe auf den Tisch, John, und warten Sie dann unten auf mich. Mit Ihrer finsteren Miene jagen Sie den Kindern Angst ein. Wo ist deine Mutter?«

»Tot«, antwortete die Sechzehnjährige und wischte sich die Hände an ihrer Schürze ab.

»Oh, das tut mir leid!«

»Mir nicht. Ein Maul weniger zu stopfen, und sie hat ein Begräbnis erster Klasse bekommen. Was kann man Besseres erwarten? Tom, leg sofort das Brot weg!«

Wie immer machte Tillys brüske Art Evie zunächst sprachlos. Hier war kein Platz für zarte Gefühle. Den raffinierten Firnis, an den die privilegierte junge Frau gewöhnt war, suchte man hier vergebens. Tilly hatte weder Zeit noch Neigung, die Realität zu beschönigen. Ihre Mutter war Weißnäherin gewesen und hatte zwölf Stunden täglich ohne jede Atempause gearbeitet und war vorzeitig gebrechlich geworden. Diese strenge und energische Frau, die weder lesen noch schreiben konnte, hatte neun Kinder geboren, von denen fünf überlebt hatten. Seither war Tilly das Familienoberhaupt. Nach der viktorianischen Tradition hingen an der Wand Andenken aus dem Haar der toten Kinder. Nachdem sich ihr Vater in der Themse ertränkt hatte, ließ Tilly seinen Totenschein einrahmen. »Ein Nichtsnutz«, hatte sie der zu Tränen gerührten Evie trocken erklärt. »Der Tag, an dem man seine Leiche aus dem Wasser gefischt hat, war der schönste meines Lebens.«

»Sagt Lady Evangeline Danke und setzt euch, Kinder«, sagte sie und räumte einen der Körbe aus. »Tom, dass du ja nichts davon nimmst, wenn ich fort bin. Davon müssen wir eine Woche leben, hast du verstanden? Wenn ich dich erwische, prügle ich dich windelweich.«

Tom war ihr jüngerer Bruder, der älteste der Jungen. Mit seinen zwölf Jahren wirkte er jünger, weil er so mager war. Er saß rittlings auf der Sofalehne, und seine kurzen Hosen gaben den Blick auf seine X-Beine frei. Er stopfte sich den Kanten Brot mit dem Stück Käse, den Tilly ihm gegeben hatte, in den Mund. Seine Wangen blähten sich derart, dass Evie sich fragte, wie er den ganzen Bissen hinunterschlucken wollte. Weil er oft die Schule schwänzte und den kleinen Bruder mit seinen Dummheiten ansteckte, zerrte er an den Nerven seiner Schwester. Das eine der Zwillingsmädchen stand im Rahmen der Tür, die in das andere Zimmer führte, und lutschte am Daumen. Dort schliefen die Kinder, alle bunt durcheinander, auf einer Matratze.

»Was hat sie?«, fragte Evie.

»Keine Ahnung«, antwortete Tilly, die mit offenem Mund eine Scheibe kalten Hammelbraten kaute. »Seit Mamas Tod isst sie nicht mehr. Die Alte fehlt ihr wohl.«

Mrs Corbett, »die Alte«, wie Tilly sie nannte, konnte nicht älter als vierzig geworden sein. Evie war, als befinde sie sich in einer Parallelwelt, obwohl sich Tillys Leben doch nur ein paar Kilometer Luftlinie von ihrem eigenen abspielte. Auf den zwei Korbstühlen türmte sich die Wäsche, die das junge Mädchen nach ihrem Arbeitstag ausbessern musste. Eine andere Sitzgelegenheit gab es nicht. Evangeline lehnte an der Wand. Kein fließendes Wasser, kein elektrischer Strom. Eine Außentoilette für das ganze Haus. Und doch wusste sie, dass die Wohnung so schlecht nicht war. Sie war mit ein paar Möbeln ausgestattet, darunter das alte Sofa und eine Kommode, auf der ein Trockenblumenstrauß und ein paar Spielzeuge vom Jahrmarkt lagen. Rechts vom Ofen hatte Tilly den Totenschein ihres Vaters und links davon ein Porträt von König George V. aufgehängt. Auf einem Regalbrett stand ein Dutzend eselsohriger Bücher. Tilly hatte zwar häufig in der Schule gefehlt, wenn sie einmal wieder zu Hause bleiben musste, um sich um ihre Geschwister zu kümmern, und doch war das Lesen ihr liebster Zeitvertreib.

»Ich habe Ihnen noch gar nicht gedankt«, sagte Tilly plötzlich. »Es ist wirklich sehr freundlich von Ihnen, dass Sie gekommen sind, Lady Evangeline, trotz dieser Hitze und allem. Halten Sie mich nicht für undankbar, aber durch Mamas Tod und die neuen Schulden, die ich für die Beerdigung aufnehmen musste, war die Woche hart, verstehen Sie.«

Mit einem Mal standen Tränen in ihren Augen. Evie versuchte erst gar nicht, sie zu trösten. Ein Mädchen wie Tilly verachtete den Trost von Menschen, die ein ganz anderes Leben als sie führten. Mitfühlende Worte waren unnötig, ja fast unanständig. Tilly Corbetts Wünsche waren konkret: Schuhe für ihre Brüder, damit sie zur Schule gehen konnten, Essen auf dem Tisch und Hustensaft für Tom. Und genug Geld für anständige Begräbnisse. Es war die große Furcht armer Familien, diese heilige Pflicht nicht erfüllen zu können. Zwei Ängste trieben sie hauptsächlich um: im Armenhaus zu enden, zusammen mit den anderen Unglücklichen, die sich nicht selbst erhalten konnten, und die Furcht vor einem unwürdigen Tod.

»Gut, ich muss mich beeilen«, fuhr Tilly mit einem Lächeln fort. »Oh, hier sind sogar Kekse, meine Kleinen. Einer für jeden, ja? Ich nehme mir meinen auf den Weg mit«, setzte sie hinzu und steckte ihn in die Tasche.

Während sie gleichzeitig sprach und an ihrem Keks knabberte, machte sich Tilly im Zimmer zu schaffen. Evie hatte noch nie erlebt, dass sie sich zum Plaudern gesetzt hätte. Sie fragte sich, ob sie sich genug Zeit zum Schlafen nahm.

»Ich wollte früh kommen, um dich anzutreffen, bevor du zur Arbeit gehst.«

»Aber ich gehe heute nicht arbeiten, Lady Evangeline«, erwiderte sie und steckte sich das Haar zu einem Knoten auf. »Und gestern habe ich auch nicht gearbeitet.«

»Und wieso?«

Das junge Mädchen kniff sich in die Wangen, rückte ihre weiße Baumwollbluse zurecht, die am Kragen mit einer einfachen Kamee geschlossen war, und setzte sich dann ihren von Stoffrosen gekrönten Sonntagshut auf.

»Heute gehe ich mit den anderen Frauen demonstrieren«, erklärte sie stolz.

»Du streikst ebenfalls?«, fragte Evie verdutzt.

»Aber ja. Ist es nicht unglaublich? Es ist das erste Mal, dass ich die Arbeit verweigere. Aber gestern ist was passiert, und das hat das Fass zum Überlaufen gebracht. Wir waren wie immer auf unseren Plätzen. Es war so heiß, dass meine Nachbarin in Ohnmacht gefallen ist. Ich wollte gerade Erdbeermarmelade wegtragen, als plötzlich jemand geschrien hat: ›Jetzt reicht's. Wir hören auf.‹ Und das haben wir auch. Wie ein Mann. Es war nichts geplant. Wir haben einfach unsere Arbeitsplätze verlassen. Ich habe den Kessel auf den Boden gestellt, mitten in den Gang. Der Vorarbeiter hat bestimmt ganz schön dumm dreingeschaut! Wir haben unsere Hüte geholt und sind auf die Straße gegangen.«

Ihre schwarzen Augen blitzten schelmisch, sodass sich Evie eines Lächelns nicht erwehren konnte.

»Und dann?«

»Von überall sind Frauen herbeigekommen. Das hätten Sie sehen sollen! Aus den Tee- und Keksmanufakturen, den Lederwerkstätten, den Kartonfabriken … Ich weiß nicht, zu wie vielen wir auf der Straße waren, aber es waren bestimmt Tausende. Wir haben den Verkehr lahmgelegt, können Sie sich das vorstellen? Und die Männer haben uns vorbeiziehen gesehen und uns angefeuert.«

»Und was sind eure Forderungen?«

»Keine Ahnung. Es kann nur einfach nicht so weitergehen, verstehen Sie, Lady Evangeline? Irgendwann kommt der Moment, da darf man nicht länger auf sich herumtrampeln lassen. Also machen wir heute weiter. Wieso kommen Sie nicht mit? Dann können Sie sich selbst ein Bild machen. Und außerdem haben wir uns gestern gut amüsiert. Wir Frauen halten zusammen. Das ist normal. Männer wie mein Vater, die uns prügeln, Geldsorgen, die viele Zeit, die man bei den Geldverleihern verbringt und bei der Arbeit, die miserabel bezahlt wird … Nein, wir haben wirklich genug. Wahrscheinlich hat Ben Tillett uns diese Ideen in den Kopf gesetzt, als er sich an die Spitze der streikenden Hafenarbeiter gestellt hat. Tom, du passt auf die Kleinen auf, bis ich zurückkomme. Und das hier rührt außer mir niemand an«, sagte sie und schloss die Lebensmittel in einem Wandschrank ein.

Evie ließ sich von Tillys fröhlicher Energie anstecken und folgte ihr. Der Demonstration der Arbeiterinnen beizuwohnen war amüsanter, als allein zu Hause zu versauern, zumal keine ihrer Freundinnen in der Stadt war.

Draußen hatten sich Dutzende sonntäglich herausgeputzter

Frauen versammelt. Trotz der Hitze trugen manche sogar Pelzstolen, ihre besten Stücke. Ärmlich gekleidet zu demonstrieren kam überhaupt nicht in Frage. Das Coupé der Rotherfields befand sich jetzt am Ende der Gasse. Evie bemerkte Roses blasses Gesicht. Sichtlich beunruhigt stand sie in der Kutsche. Der Diener trat mit angespannter Miene auf sie zu.

»Es tut mir leid, Lady Evangeline. Wir mussten uns wegen der vielen Menschen einen anderen Platz suchen. Keine Ahnung, was hier los ist, aber wir müssen schnell zurück. Die Straßen werden immer voller, und bald kommt man nicht mehr vom Fleck.«

»Fahren Sie ruhig«, sagte sie und reichte ihm die leeren Körbe. »Ich bleibe noch ein wenig bei Miss Corbett. Sie können mich gegen Mittag bei Pater Williams abholen.«

Der Page lief tiefrot an und protestierte. Er dürfe sie auf keinen Fall allein zurücklassen.

»Sehen Sie sich doch all die Frauen um uns herum an, John. Unter ihnen bin ich nicht in Gefahr. Tun Sie schon, was ich Ihnen sage. Bis später!«

Tilly wurde bereits von einigen ihrer Kolleginnen in Richtung des Demonstrationszugs mitgezogen. Evie fürchtete, sie zu verlieren, und beeilte sich, sie einzuholen. John rannte panisch los, um dem Kutscher, der Mühe hatte, die Pferde zu beherrschen, die sperrigen Körbe zu geben, und erklärte ihm, er könne mit Rose nach Hause fahren. Dann lief er zu seiner jungen Herrin. Wenn er sich nicht Lady Evangelines Launen fügte, würde er bestimmt seine Stellung verlieren.

Ihre Zahl wuchs von Minute zu Minute. Die Frauen marschierten untergehakt die Straße entlang. Man hätte sie für ausgelassene Schulmädchen halten können. Tillys Freundinnen nahmen Evie gut auf. »Je mehr, desto besser!«, rief eine von ihnen aus. Fast fünfzehntausend waren auf den Straßen, hieß es. Die Zahl kam den Frauen beeindruckend vor. Manche hatten Spruchbänder ausgerollt, auf denen die Betreiber von Pink's, einer der berühmten Marmeladenmanufakturen, als Sklavenhalter beschimpft wurden. Evie kannte Tillys Arbeitsbedingungen: Die Arbeit war unsicher und hing von den Jahreszeiten ab; Arbeitstage von zehn Stunden, wobei sie fünf Stunden am Stück arbeitete ohne die kleinste Pause, um einen Tee zu trinken und ihre Beine auszuruhen, die durch die Hitze, die von den Kesseln ausstrahlte, geschwollen waren; der Zucker, der in der Luft hing, setzte sich in die Haare und reizte die Augen, und all das für einen Hungerlohn. Vor ihrer Begegnung mit Pater Williams hätte sie sich ein so hartes Leben nie vorstellen können. Der Reverend hatte ihr geraten, Charles Booth zu lesen, aber seine siebzehn Bände umfassende Studie über das East End hatte sie abgeschreckt.

Eine fieberhafte Aufregung herrschte auf der Straße. Wie berauscht von ihrer eigenen Courage sangen die Frauen aus vollem Hals. »Verlieren wir den Mut?«, rief eine von ihnen. »Nein!«, antworteten die anderen im Chor, brachen dann in Gelächter aus und klatschten in die Hände. Tilly behielt Evie im Auge und sorgte sich wegen der schmutzigen Witze, die durch die Reihen gingen. Die Frauen von Bermondsey waren keine Romantikerinnen, und ihr anzüglicher Wortschatz hätte manchen schockiert. Was einen nicht umbringt, macht nicht nur stärker, sondern auch abgebrühter, dachte Evie. Ihr Temperament trieb sie normalerweise dazu, den Ton angeben zu wollen. In ihrem Freundeskreis hatte sie das Sagen, aber jetzt fühlte sich die triumphierende Debütantin, über die im *Tatler* berichtet worden war, eingeschüchtert. Sie hatte keine Ahnung, wie sie sich unter diesen Frauen mit den von Müdigkeit geprägten Zügen und unbeugsamem Blick durchsetzen sollte, die dicht gedrängt gingen.

Die Menge bewegte sich ungeordnet. In den Gassen wurde der Zug langsamer, um dann wieder an Tempo zu gewinnen, wenn die Straßen breiter wurden. John fühlte sich durch all die Frauen, die ihn verspotteten, in Verlegenheit gestürzt und ließ sich abhängen. Es wurde immer heißer. Die süßlichen Gerüche aus den Marmeladenmanufakturen und der chemische Gestank der Klebstofffabriken hingen in der Luft. Evie fielen junge Frauen mit deformiertem Kiefer auf. Entsetzt fragte sie Tilly, ob sie krank seien, doch diese erklärte ihr, dass sie in der Zündholzherstellung arbeiteten. Der Phosphor zerfraß ihnen nach und nach die Knochen.

»Deswegen schufte ich immer noch lieber bei den verfluchten Marmeladen!«, sagte sie.

Als sich die Demonstration den Manufakturen näherte, änderte sich die Stimmung unter den Frauen. An manchen Werktoren waren bereits die Gitter heruntergelassen, und mit Knüppeln bewaffnete Wachleute schützten die Eingänge. Steine wurden geworfen, und ein paar Fensterscheiben gingen zu Bruch. Evie drehte sich um. Ihr Page war verschwunden. Die Menge wurde immer kompakter. Männer versuchten, den jungen Frauen Ratschläge zu erteilen.

»Wir hören gar nicht auf sie«, murrte Tilly. »Ich vertraue diesen Burschen nicht. Den Kleinen mit dem roten Gesicht da kenne ich. Er ist Stammgast im Black Lamb und hebt gern einen. Was wir brauchen, sind Frauen als Anführer. Sie würden uns wenigstens verstehen.«

»Mary Macarthur hat eine Gewerkschaft zum Schutz der Arbeiterinnen gegründet. Sie wird uns helfen, mit den Arbeitgebern zu reden. Vielleicht wäre es gut, wenn wir eintreten würden. Was meint ihr, Mädchen?«

»Du glaubst doch nicht, dass ich Geld für den Mitgliedsbeitrag habe?«, erwiderte Tilly. »Zwei Pennys pro Woche, dafür kann ich einen Laib Brot für meine Familie kaufen.«

»Wenn wir uns nicht organisieren, wird man uns nicht ernst nehmen. Wir Arbeiterinnen sind doch weniger als nichts wert. Nur die Händlerinnen und Dienstbotinnen werden respektiert.«

»In Bermondsey haben wir es nicht besonders gern, wenn man uns sagt, was wir zu tun haben. Wir sind schon groß und schlagen uns allein durch.«

Die Stimmung verschlechterte sich. Die Frauen waren sich

uneins. Evie begann sich ein wenig hilflos zu fühlen. Sie befand sich mitten auf der Straße und war von allen Seiten eingeschlossen. Indem sie sich auf die Zehenspitzen stellte, versuchte sie zu erkennen, wo der Demonstrationszug endete, aber die Bürgersteige und die Straße waren schwarz vor Menschen. Der Ton der Slogans, die die Frauen jetzt skandierten, wurde immer rauer. Ihre Mienen verhärteten sich. Die Hochstimmung darüber, ihr Schicksal in die Hand genommen zu haben, wich einer Entschlossenheit, in die sich Angst mischte. Die durch den Streik verlorenen Stunden würden nicht bezahlt werden. Wie sollten sie ihre Familien ernähren, nachdem die Männer bereits streikten? Tilly lächelte nicht mehr. Sie sprach mit ihren Kameradinnen und kümmerte sich nicht länger um Evie. Die gute Laune, die zu Beginn geherrscht hatte, wich dem Zorn. Diese Frauen standen alle unter demselben Druck. Evie begriff, dass sie unter ihnen nichts mehr zu suchen hatte, und versuchte, sich aus dem Zug zu lösen. Jemand stieß sie mit dem Ellbogen an, sodass ihr die Luft wegblieb. Sie stolperte. Polizisten mit strengen Mienen riegelten die Straße ab. Die Demonstrantinnen wollten sich den Durchgang erzwingen, wurden aber rücksichtslos zurückgedrängt. In dem Durcheinander verlor Evie Tillys rosengeschmückten Hut aus den Augen. Mit einem Mal wurde ihr klar, dass sie allein war und nicht die geringste Ahnung hatte, wo sie sich befand.

»Lassen Sie mich durch!«, rief sie flehend, aber sie steckte zwischen den Menschen fest wie in einem Schraubstock. »Bitte, ich fühle mich nicht wohl ...«

Wieder bewegte sich die Menge. Evie geriet in Panik. Sie fürchtete, zu stürzen und niedergetrampelt zu werden.

»Die Bastarde! Sie prügeln uns!«

Eine Frau mit blutüberströmtem Gesicht schrie. Evie bekam keine Luft mehr. Ihr drehte sich der Kopf. Jemand stieß sie mit der Schulter an, und mit einem Schrei fiel sie auf die Knie. Ein dunkler Schleier legte sich vor ihr Blickfeld. Da spürte sie, wie zwei kräftige Hände sie unter den Armen fassten. Der Mann zögerte nicht, sich mit der Faust einen Weg zu bahnen. Mit einem Mal hatte Evie abgrundtiefe Angst. Wer war er? Wohin brachte er sie?

Ein Gitter öffnete sich einen Spalt breit. Der Unbekannte stieß sie nach drinnen, und sofort wurde der Durchgang hinter ihnen geschlossen. Die Frauen drängten sich gegen die hohe Barriere, schrien und schwenkten Holzpflöcke, mit denen sie auf die Gitterstäbe einschlugen. Evie ließ sich auf die Stufen vor einem Gebäude sinken. Ihr Herz schlug zum Zerspringen, und sie zitterte von Kopf bis Fuß.

Sie blickte auf. Ein Mann sah sie an. Breitbeinig, die Hände auf dem Rücken verschränkt, stand er da. Er wurde von zwei kräftigen Wachleuten flankiert, die ihn vor der geifernden Menge schützten.

»Sie überraschen mich, Lady Evangeline. Ein wohlerzogenes junges Mädchen wie Sie, so weit vom Berkeley Square entfernt.«

Michael Manderley hatte am Fenster seines Büros im ersten Stock der Fabrik die Demonstration verfolgt. Als seine Arbeiterinnen am Vortag die Arbeit niederlegten, hatte er sogleich den Ernst der Lage erfasst. Es handelte sich um eine spontane, unorganisierte Protestaktion, und die Frauen waren wütend und euphorisch zugleich. Er nahm die Stimmung auf den Straßen sehr viel intensiver wahr als der Großteil der Unternehmer, denn er trug dieselbe Wut wie diese Menschen in sich. Seine beiden Großväter waren Arbeiter gewesen. Der eine Schmied, der andere Polierer in einer der Schneidwarenfabriken, für die Sheffield seit dem 16. Jahrhundert berühmt war. Und sein Vater war Schleifer gewesen. Als Kind hatte Manderley eine chronische Armut gekannt, ein Zustand, der Scham und Gewalt erzeugt. Er kannte diese Ohnmacht gegenüber der Ungerechtigkeit, bis das Gefühl der Erniedrigung eines Tages jenen Punkt erreicht, da man zur Revolte bereit ist. Michael Manderley gehörte zu jenen hartnäckigen Menschen, die Erfolg haben, weil sie wissen, dass man ihn sich hart erarbeiten muss. Er glaubte weder an das Glück noch den Zufall. Er glaubte nur an sich selbst.

Um der Gefahr der Plünderung der Anlagen vorzubeugen, hatte er angewiesen, die Fabrik zu schließen. Lieber nahm er einen ein paar Tage währenden Produktionsstillstand in Kauf, als Gefahr zu laufen, neue Maschinen anschaffen zu müssen. Die Gemütsverfassung der aufständischen Frauen war für ihn wie ein leicht entflammbares Gas, das jeden Augenblick explodieren konnte und vor dem man sich ebenso in Acht nehmen musste wie vor den tränenverschleierten blauen Augen von Lady Evangeline Lynsted.

Als er sie unter den Arbeiterinnen entdeckt hatte, die vor seinen Toren auf und ab marschierten, meinte er seinen Augen nicht zu trauen. Sie hatte im selben Moment zu ihm hochgeblickt, als ein Stein eine Fensterscheibe seines Büros zertrümmert hatte. Wie hätte er sie nicht wiedererkennen können? Als sie mit einiger Verspätung in dem großen Salon in dem elterlichen Palais am Berkeley Square erschienen war, hatte ihn die auffallend schöne junge Frau sofort in Bann gezogen. Sie trug ein Abendkleid mit orientalischem Muster, eines jener kühnen Modelle, die den Körper preisen, ohne seine natürlichen Formen zu verfälschen. Des Weiteren ein diamantbesetztes Stirnband mit einem Federbusch und einen dazu passenden Armreif, den sie wie eine ägyptische Königin am Oberarm trug. Sie strahlte eine natürliche Anmut aus. Ihre stolze Kopfhaltung stand im Gegensatz zu den fast noch kindlich wirkenden Wangen, die ihrem Gesicht einen weichen Ausdruck verliehen. Sie war beinahe ebenso groß gewachsen wie ihre Brüder. Er beobachtete, wie sich die drei ältesten Kinder der Rotherfields lebhaft unterhielten, als wären sie allein auf der Welt. Drei arrogante Adelssprösslinge, die den Überfluss, in dem sie lebten, als ihr natürliches Recht ansahen, im Bewusstsein, einer Elite anzugehören, die seit Jahrhunderten die Welt beherrschte. In diesem Moment verachtete er sie. Er wusste, gleich was er unternahm, wie viel Vermögen er anhäufte oder ob er vom König in den Adelsstand erhoben wurde, er würde ihnen immer unterlegen sein.

Jetzt betrachtete er die junge Frau, deren Lippen zitterten und deren Atem stoßweise ging. Der Vergleich mit ihrer Mutter, die einen legendären Ruf genoss, drängte sich geradezu auf. Sie hatte die gleichen ebenmäßigen Züge. Er hatte Lady Rotherfield im Laufe des Abends immer wieder beobachtet und festgestellt, dass sie ihn merkwürdigerweise an seine Mutter erinnerte. Beide gehörten jenem Typ Frauen an, die, ob arm oder reich, ob sie auf der Sonnen- oder Schattenseite des Lebens standen, mit einer unbändigen Kraft gesegnet waren, die nicht selten mit Egoismus verwechselt wurde. Für seine Mutter, die nie eine zärtliche Geste für ihre Kinder übrig gehabt hatte, war sie wie eine Rüstung gewesen. Sie hatte dafür gekämpft, dass ihre Kinder eine Schulbildung erhielten, um eines Tages diesem dunklen Loch zu entkommen, wo sie selbst aufgewachsen war. Einer winzigen Wohnung, in die nie ein Sonnenstrahl fiel, in einer dieser heruntergekommenen Mietskasernen, die dicht an dicht standen, schlecht belüftet waren und deren einzige Fenster auf einen Innenhof aus bloßer gestampfter Erde gingen. Ihre Kinder sollten es einmal besser haben als sie, etwas anderes kam gar nicht in Frage. Er, der Älteste, hatte sich von ihrem unerbittlichen Willen anspornen lassen, denn es entsprach seinem Wesen. Seine zwei Brüder hingegen waren an ihrer Unnachgiebigkeit zerbrochen. Sie waren nach Amerika ausgewandert, wo der eine bei einer Messerstecherei ums Leben kam, während sie von dem anderen nie wieder etwas hörten. Lady Rotherfield war vom selben Schlag wie seine Mutter. Auch sie wollte das Beste für ihre Kinder.

»Woher kennen Sie mich?«, fragte Evangeline. Sie musste die Stimme erheben, um sich über den Lärm hinweg Gehör zu verschaffen.

»Ich hatte die Ehre, den Ball Ihrer Schwester besuchen zu dürfen. Als ich Sie vorhin hier unten in der Menge gesehen habe, war ich gelinde gesagt überrascht. Und da Sie mir einen ziemlich hilflosen Eindruck machten, habe ich einen meiner Männer hinuntergeschickt, um Sie da rauszuholen. Was hat Sie denn in diese Gegend verschlagen?«

»Ich unterstütze eine Freundin«, sagte sie kleinlaut.

»Sie pflegen einen merkwürdigen Umgang, Lady Evangeline. Ich kann mir nicht vorstellen, dass eine dieser Frauen zu Ihrem Freundeskreis zählt. Schon möglich, dass Sie hier gern gesehen sind, weil Sie ihnen Lebensmittel bringen und Krankenschwester spielen, aber sie denken sich ihren Teil dabei. Diese Frauen leben in einer völlig anderen Welt als Sie. Lassen Sie sich nicht vor ihren Karren spannen. Andernfalls riskieren Sie, enttäuscht zu werden.«

Evie indes wollte gern glauben, dass sie und Tilly mehr verband als eine rein wohltätige Beziehung. Sie kannten sich seit einem Jahr. Noch nie hatte ihr das Mädchen den Eindruck gemacht, als würde sie sich hinter ihrem Rücken über sie lustig machen. Irritiert von seinen belehrenden Worten, erwiderte sie in aufsässigem Ton: »Darf ich vielleicht den Namen meines Erretters erfahren?«

Im selben Moment flog eine Ladung Steine in die Fenster hinter ihnen und zertrümmerte die Scheiben. Schnell ergriff er sie am Arm und zog sie weg.

»Wohin führen Sie mich?«, rief sie.

»An einen sicheren Ort. Ich glaube kaum, dass Sie von Ihren lieben Freundinnen einen Stein an den Kopf geworfen bekommen wollen.«

Er schob sie ins Innere eines Gebäudes und bedeutete ihr, ihm die Treppe hinauf zu folgen. Im Flur unterhielten sich aufgeregt ein paar Sekretärinnen und Angestellte mit steifem Hemdkragen. Als sie die beiden sahen, verstummten sie. Der Mann betrat ein Büro mit dunkler Holzvertäfelung, das auf die Straße ging.

»Setzen Sie sich doch!«

Evie bemerkte, dass ihre Handballen aufgeschürft waren. Bei ihrem Sturz auf den Boden waren ihre Leinenhandschuhe zerrissen. Auch ihre Knie schmerzten. Verstohlen musterte sie einen ihrer Fußknöchel und bemerkte einen roten Fleck. Beim Anblick des Bluts auf dem weißen Strumpf zitterte sie und verzog angewidert die Lippen.

»Sie sind verletzt«, sagte er, ihrem Blick folgend.

»Ich brauche Wasser und ein Antiseptikum.«

»Ach, das sind doch nur ein paar Kratzer. Sie werden schon keine Cholera davon bekommen.«

»Das denke ich auch, aber ich würde dennoch ungern in diesem Zustand bleiben wollen«, entgegnete sie trocken. »Wenn Sie sich dann bitte einen Augenblick zurückziehen würden, denn ich fürchte, dass ich mir auch die Knie aufgeschürft habe.«

Er wandte sich zu einer Sekretärin um und bat sie, das Gewünschte zu bringen.

»Ich will ja schließlich nicht, dass Lady Evangeline mir vorwirft, ich hätte sie daran gehindert, sich um ihr Äußeres zu kümmern«, sagte er ironisch.

»Sie haben mir noch immer nicht Ihren Namen verraten!«, rief Evie ihm nach, während er sich anschickte, den Raum zu verlassen.

»Michael Manderley«, erwiderte er mit einem Lächeln.

Mit einer Handbewegung bedeutete er seinen Angestellten, sich wieder ihrer Arbeit zu widmen. Sie hatten die Szene, die sich vor ihren Augen abspielte, genauestens verfolgt. Manderley wusste nicht so recht, ob er entrüstet oder belustigt sein sollte. Woher nahmen diese Menschen eigentlich diese Unverfrorenheit, die sie sogar in den albernsten Situationen die Oberhand behalten ließ? Ohne mit der Wimper zu zucken, hatte ihn Evangeline Lynsted aus seinem eigenen Büro beordert und ihm Anweisungen erteilt. Wäre sie ein Mann gewesen, der sich für eine Stelle bewarb, hätte er sie vom Fleck weg eingestellt.

Die Sekretärin kam mit einer Schüssel lauwarmem Wasser und Verbandszeug zurück. Sie half Evie, ihre verkrusteten Wunden von Splitt zu säubern, und verband ihren Knöchel. Evie, die kein Blut sehen konnte, wandte den Blick ab und ließ ihn durch das spartanische Zimmer wandern, über die Aktenmappen, die Aquarelle, die raue nordenglische Heidelandschaften zeigten, und die merkwürdigen Werkzeuge, die in einer Vitrine ausgestellt waren. Von der Sekretärin erfuhr sie, dass Manderley der Besitzer dieser Marmeladenmanufaktur war und darüber hinaus Lagerhallen besaß, in denen die Schneidwaren lagerten, die er in Sheffield herstellen ließ und in die ganze Welt exportierte. Doch sein

Vermögen hatte er mit Stahl gemacht. Er sei einer der bedeutendsten Unternehmer des Landes, erklärte die Sekretärin mit einem Anflug respektvoller Bewunderung in der Stimme.

»Und, ist er ein guter Arbeitgeber?«

Die junge Frau errötete.

»Ich bin ein ausgezeichneter Arbeitgeber«, sagte Manderley, der plötzlich wieder in der Tür stand. »Meine Arbeiterinnen werden auf Heller und Pfennig bezahlt.«

Die Sekretärin verließ eilig das Zimmer. Durch die zerbrochenen Fensterscheiben hörte man klar und deutlich die Forderungen, die die Arbeiterinnen draußen stellten. Wie um ihre Entschlossenheit zu untermauern, skandierten sie den Betrag von acht Pence und einem Schilling, den sie als Mindestlohn forderten und den schon die Transportgewerkschaft einige Tage zuvor für ihre Mitglieder durchgesetzt hatte.

»Sie haben Glück«, sagte Evie. »Man behandelt Sie wenigstens nicht wie einen Sklavenhändler. Das ist doch schon mal etwas. Aber ich kenne eine Frau, die für Sie arbeitet, und ein Zuckerschlecken scheint es nicht gerade zu sein.«

»Aha, eine rote Gräfin!«, sagte er spöttisch und ließ sich auf seinen Chefsessel sinken. »Eine Spezies, vor der man sich in Acht nehmen sollte, weil sie keine Ahnung von der Sache hat, in die sie sich einmischt, und sich von Emotionen leiten lässt. Fehlt nur noch, dass Sie mir sagen, Sie machen sich für diese verabscheuungswürdige Fabian-Gesellschaft stark!«

»Nein, ich bin keine Sozialistin und vertrete nicht unbedingt die Meinung einer Beatrice Webb, aber eine Idiotin bin ich auch nicht. Nur weil ich nicht selbst im Elend lebe, heißt das noch lange nicht, dass ich nicht verstehen kann, was diese Unglücklichen durchmachen, und nicht wenigstens versuchen kann, ihnen zu helfen.«

Der kurz zuvor noch von Tränen verschleierte Blick war jetzt messerscharf, und ein hochmütiger Ausdruck lag auf ihren Zügen. Für die herablassende und moralinsaure Philanthropie der wohlhabenden Leute hatte er schon immer nur ein müdes Lächeln übrig gehabt. Er fragte sich, wie lange die süße Lady Evangeline es in einer Arbeiterwohnung aushalten würde, wo die Menschen ihrer Jugend beraubt wurden. Ein Schauder überlief ihn, und er schüttelte rasch unliebsame Erinnerungen ab. Da er nicht an Zufall glaubte, betrachtete er es als Wink des Schicksals, dass sein Weg sich immer wieder mit dem der Rotherfields kreuzte. Er brauchte nur herauszufinden, welchen Vorteil er daraus ziehen konnte.

Den ältesten Sohn hatte er zuerst kennengelernt. Oder besser gesagt, war ihm ein gewisses Gerücht zu Ohren gekommen. Man hatte ihm erzählt, auf welch despektierliche Weise sich der Viscount Bradbourne über ihn ausgelassen hatte, als er in den Royal Automobile Club aufgenommen worden war. Der Viscount hatte gesagt, er, Manderley, verstehe sich bestimmt gut auf Mechanik, aber wohl kaum auf gutes Benehmen. Augenblicklich war seine Freude darüber verflogen, endlich den Fuß auf den Teppich des angesehenen Clubs setzen zu dürfen. Auch wenn er sich äußerlich nichts anmerken ließ – denn Verachtung musste man mit Nichtachtung strafen –, empfand er innerlich eine derartige Wut, die ihn an die schlimmsten Momente seiner Kindheit erinnerte. Da er sich als Kind wegen seiner körperlichen Konstitution nicht mit seinen Fäusten hatte wehren können, hatte er einen umso größeren Groll empfunden. Und dieses Gefühl begleitete ihn auch in seinem Erwachsenenleben.

Manderley hatte sich auf seinen sozialen Aufstieg vorbereitet, seit er mit zwölf die Schule hatte verlassen müssen, um in einer Schneidwarenfabrik eine Lehre zu beginnen. Sein Vater hatte es so gewollt. Seine Mutter bestand dennoch darauf, dass er nicht nur weiterhin die Sonntagsschule, sondern auch Abendkurse besuchte, nachdem sein Lehrer seine Begabung erkannt hatte. Mein Gott, was für eine Mühe ihn das gekostet hatte! Von Müdigkeit überwältigt, hatte er nicht mehr die Energie, mit seinen Freunden zu spielen. Aber seine Mutter war unerbittlich. »Schau dich an, Unglücklicher! Glaubst du, dass du es mit deinem armseligen Körper lange in der Fabrik aushältst? Die Arbeit wird dich umbringen. Wenn du überleben willst, bleibt dir nichts anderes übrig, als dein eigener Chef zu werden.« Er hatte die Zähne zusammengebissen. Dank der Hartnäckigkeit seiner Mutter und seiner eigenen Entschlossenheit besaß er zwanzig Jahre später seine erste Fabrik, und sein Hunger nach Erfolg wuchs, je mehr seine Geschäfte florierten.

»Was ist das?«, fragte Evangeline und zeigte auf die Werkzeuge in der Vitrine.

»Ein Andenken an meinen Vater. Eine Art Familienporträt, wenn man so will, so wie die Ahnenbilder an den Wänden bei Ihnen zu Hause.«

»Das verstehe ich nicht.«

»Es ist eine Huldigung an ihn und meine Großväter«, sagte er in trockenem Ton. »Das sind Werkzeuge, um Schneidwaren herzustellen. Ich mag es, sie bei mir zu haben. Sie erinnern mich daran, wo ich herkomme.«

Er drehte seinen protzigen Metallsiegelring am Finger. Wieder meinte er das Bullern des Schmiedeofens und das Knirschen der Schleifsteine zu hören. Er sah die metallischen Staubpartikel in der Luft tanzen, die sich in der Lunge seines Vaters eingenistet und bösartige Geschwüre hervorgerufen hatten, um schließlich seinen langsamen, qualvollen Tod zu besiegeln. Einen Augenblick lang schien sie seine Offenheit verwirrt zu haben.

»Aber wie kommt es, dass Sie eine Marmeladenmanufaktur besitzen?«

»Gibt es etwa ein Gesetz, das dies verbietet?«

»Nein, natürlich nicht, aber ich verstehe nicht, was das mit der Schneidwaren- oder Stahlindustrie zu tun hat.«

»Gar nichts. Sagen wir es so: Es ist ein süßer Zeitvertreib, um auf andere Gedanken zu kommen. So wie sich andere Männer eine Tänzerin als Geliebte nehmen, wenn Sie so wollen.«

Ihre Miene verdüsterte sich. Offensichtlich glaubte sie ihm

nicht. Und doch war es die Wahrheit. Er hatte diese Fabrik aus einem spontanen Impuls heraus gekauft, ganz einfach weil er Süßigkeiten liebte. Sein Hauptsitz befand sich am Hanover Square in Mayfair. Und die Herstellung von Schneidwaren war in der Innenstadt nicht erlaubt.

»Man könnte meinen, Sie nehmen das Ganze auf die leichte Schulter, während Ihre Arbeiterinnen Blut und Wasser schwitzen.«

»Ich bin Unternehmer. Ich nehme nichts auf die leichte Schulter. Meine Arbeiterinnen haben Arbeit. Ist das nicht die Hauptsache?«

»Offensichtlich genügt ihnen das aber nicht.«

Er lächelte. Um eine Antwort war sie wohl nie verlegen.

»Werden Sie ihren Forderungen nachgeben?«

»Wir werden sehen, wie sich die Dinge entwickeln.«

»Sie sind fest entschlossen, müssen Sie wissen.«

»Das bin ich auch.«

Ein Klopfen an der Tür war zu hören. Ein Chauffeur, die Mütze unter den Arm geklemmt, verkündete, dass der Wagen vor der Tür stehe. Evie stand auf.

»Es war mir ein Vergnügen, Sie hier begrüßen zu dürfen, Lady Evangeline. Ich hoffe, dass Sie Ihren Aufenthalt unter meinem Dach in nicht allzu schlechter Erinnerung behalten werden.«

Sie bedankte sich in ebenso geschraubtem Ton für seine Hilfe. Manderley spürte, dass er sie verwirrt hatte. Wahrscheinlich lag es daran, dass sie das Bild eines Arbeitersohns nicht mit dem des Mannes in Einklang brachte, der in einem dunklen Anzug aus der Savile Row vor ihr stand und seinen Fuß auf das edle Parkett der Stadtresidenz ihrer Familie gesetzt hatte. Wenn jemand, von dem man es nicht erwartet hätte, sich anmaßte, Erfolg zu haben, fühlten sich die weniger Tüchtigen ebenso vor den Kopf gestoßen wie jene, die mit einem goldenen Löffel im Mund geboren waren.

»Dann bis morgen.«

»Warum bis morgen?«, fragte sie erstaunt.

»Ach, wissen Sie das nicht? Ich habe noch eine Tänzerin, die mir am Herzen liegt. Die Fliegerei. Ich bin der Finanzier des Langstreckenflug-Wettbewerbs von London nach Sheffield. Die Teilnehmer kommen aus allen möglichen Ländern angereist, und Ihr Bruder Edward ist ebenfalls angemeldet. Ich hoffe, Sie erweisen mir die Ehre, dem Abflug der Maschinen in meinem Zelt in Hendon beizuwohnen. Also, bis morgen früh?«

Evie beließ es bei einem Kopfnicken. Mit einem Lächeln auf den Lippen schloss sie fest die Tür hinter sich. Er hatte es tatsächlich geschafft, das letzte Wort zu behalten.

Mit schmerzverzerrtem Gesicht setzte er sich wieder. Er zog eine Schublade seines Schreibtischs auf, nahm eine Tablette aus einer Packung und spülte sie mit einem Glas Wasser hinunter. Man hielt ihn für einen gemachten Mann. Sein unstillbarer Hunger nach Erfolg irritierte Männer wie diesen ihm verhassten Bradbourne. Aber woher sollten sie es auch wissen? Abends, wenn sein Kammerdiener ihm half, sich seines Metallkorsetts zu entledigen, das seine Wirbelsäule aufrecht hielt, und er seinen nichtsnutzigen missgebildeten Körper betrachtete, dachte Michael Manderley nicht an das, was er bereits erreicht, sondern an das, was er sich noch vorgenommen hatte.

Auf der Collindale Avenue ging es nur im Schneckentempo voran. Die Straße, die nach Hendon führte, war schwarz vor Menschen. Die Zuschauer waren mit der Straßenbahn oder dem Zug gekommen, im Auto oder mit der Kutsche und manche Unerschütterlichen, die sich das Ereignis keinesfalls entgehen lassen wollten, auch zu Fuß. Edward rief der Menge wild gestikulierend zu, doch endlich Platz zu machen. Evangeline indes fand, dass die Menschen verrückt geworden seien. Wie konnte man sich zu einer solchen Unzeit auf den Weg machen, um dem Abflug von Flugzeugen beizuwohnen, die sich einen Wettstreit lieferten? Es war sechs Uhr morgens, und sie bereute es, nicht im Bett geblieben zu sein. Sie unterdrückte ein Gähnen.

Am Straßenrand priesen fliegende Händler mit rauer Stimme Tee oder Kaffee an. Um einen Platz in der ersten Reihe zu ergattern, hatten zahlreiche Zuschauer die Nacht auf den Feldern verbracht, die den Flugplatz säumten. Dunkler Qualm und der würzige Geruch nach verbranntem Holz stiegen von den Lagerfeuern auf, die eines nach dem anderen erloschen. Edward hingegen wunderte sich keineswegs über den allgemeinen Trubel. Er und seine Fliegerkameraden zogen regelmäßig große Zuschauermengen an. Beim ersten internationalen Flugzeugtreffen im französischen Reims zwei Jahre zuvor wurden fast fünfhunderttausend Besucher in einer Woche gezählt. Unter den Menschen, die jetzt an den Straßenrand auswichen, um seinen Wagen passieren zu lassen, erkannten ihn einige und riefen seinen Namen. Die Piloten ließen sich besonders gern von ihren Verehrerinnen vergöttern. Bei einem Wettbewerb hatte Edward sogar gesehen, wie eine ihm unbekannte Schöne in Tränen ausbrach, nur weil eine Propellerschraube an seinem Flugzeug verbogen gewesen war.

Friedrich legte unauffällig seine Hand auf die Evies. Sie saßen auf dem Rücksitz des De Dion-Bouton, den Edward steuerte, während sein Diener John seinen Rauhaardackel auf dem Schoß hatte.

»Es ist nett von dir, dass du mitgekommen bist«, sagte ihr Cousin leise. »Deine Anwesenheit wird mir Glück bringen.«

»Das will ich hoffen«, erwiderte sie mürrisch. »Es ist schon der zweite Tag, an dem ich in aller Frühe aufgestanden bin. Ich hasse das. Es ist unmenschlich.«

»Aber im Winter stehst du doch auch früh auf, um an einer Parforcejagd teilzunehmen.«

»Das ist etwas anderes. Für eine Jagd bin ich fast zu allen Opfern bereit, aber in diesem Fall bin ich mir nicht so sicher, ob sich die Mühe lohnt.«

»Aber dann ist die Ehre deiner Anwesenheit ja gar nicht hoch genug einzuschätzen? Darf ich annehmen, dass es ein wenig auch mit mir zu tun hat?«

Friedrich sah sie eindringlich an. Normalerweise fühlte sich Evie geschmeichelt, wenn jemand sie anbetete, aber an diesem Morgen hatte sie widerstreitende Gefühle und ihr war wehmütig ums Herz. Sie zog ihre Hand zurück, indem sie vorgab, ein Taschentuch in ihrer Handtasche zu suchen.

Ein Jahr zuvor hatte Edward Friedrich seiner Familie mit der gleichen Begeisterung vorgestellt, mit der ein Zauberkünstler einen weißen Hasen aus dem Zylinder zaubert. »Ein deutscher Cousin, von dessen Existenz wir nichts wussten!«, hatte er im Salon von Rotherfield Hall verkündet. Ihre Mutter war sogar aufgestanden, um Friedrich zu begrüßen, und es war unschwer zu erkennen, dass sie sich insgeheim fragte, ob er womöglich ein geeigneter Heiratskandidat für eine ihrer Töchter sei. Julian hatte sich natürlich wieder einmal reserviert gezeigt, aber ihrem Bruder war bekanntlich alles Unvorhergesehene suspekt.

Friedrich war ein junger Mann mit einem offenen Lächeln im Gesicht. Er spielte hervorragend Klavier, beherrschte die englische Sprache und fiel bei Ratespielen durch seine Klugheit auf, was ihn bei den Spielrunden an den Wochenenden mit Freunden zu einer Art Trumpf machte. Diskret und aufmerksam wie er war, genügte es, ihm ein einziges Mal etwas zu sagen. Auf sein Gedächtnis war Verlass. Ganz im Gegensatz zu Evies Brüdern, die immer nur mit einem Ohr zuhörten und ihren eigenen Kopf hatten. Auch war Friedrich sehr ordentlich; das wusste sie von Rose, die es wiederum von dem Kammerdiener hatte, der Friedrich bei seinen Aufenthalten auf Rotherfield Hall zur Seite gestellt war. »Das kommt daher, dass er nur wenige Kleider besitzt, Lady Evangeline«, hatte ihr das Mädchen anvertraut. »Er hat von jedem Kleidungsstück nur eines, und jedes davon ist sorgfältig ausgebessert. Schlimm, sich das anzusehen.« Dass Friedrich arm war, störte Evie nicht. Ihr gefiel die Tatsache, dass er kein Geheimnis daraus machte, und es ihm gelang, das Gesicht zu wahren. Wenigstens wettete er nicht um große Geldsummen! Leider ließ Friedrich einen wesentlichen Aspekt außer Acht, den es bei dem Spiel zwischen zwei jungen Menschen zu beachten galt, den der Verführung. Unfähig zu verbergen, dass er sich Hals über Kopf in sie verliebt hatte, hatte er sein Pulver zu früh verschossen. Doch Evie, und darin war sie wie Edward, mochte es zwar, bewundert zu werden, hasste es aber, wenn man sie unter Druck setzte.

»Ich wüsste nicht, womit du es verdient hättest, dass ich so früh für dich aufstehe«, erwiderte sie griesgrämig.

»Aber dein Bruder und ich werden unser Leben riskieren. Bis nach Sheffield, das ist eine weite Strecke. Unterwegs könnte uns alles Mögliche zustoßen. Beunruhigt dich das nicht?«

»Nicht im Geringsten! Niemand zwingt euch zum Fliegen. Aber ihr seid diesem Sport völlig verfallen. Es ist wie eine Droge für euch. Aber bedauern werde ich euch deswegen trotzdem nicht.«

Friedrich ergriff ihre behandschuhte Hand und drückte einen leidenschaftlichen Kuss darauf.

»Meine reizende Schwester hat heute Morgen eine scheußliche Laune«, warf Edward neckend ein. »Und in solchen Momenten sollte man sie besser in Ruhe lassen. Aber das wird sich bestimmt bald wieder legen.«

»Ich finde Evies Launen zauberhaft.«

Evie rollte genervt die Augen. Es war ihr unbegreiflich, warum die jungen Männer sie besonders mochten, wenn sie sich von ihrer launischen Seite zeigte.

»Ich fürchte, dass sie weniger unserer Heldentaten wegen mitkommt als wegen des Champagners, den unser Gönner ausgeben wird.«

»Von wem redest du?«, fragte Friedrich.

»Dem Mann, der mir morgen Abend den Siegerscheck überreichen wird«, erklärte Edward. »Michael Manderley. Einer dieser Emporkömmlinge, die wir so lieben. Ein Krösus, der nach Anerkennung lechzt, was Leuten wie uns wiederum erlaubt, sie an der Nase herumzuführen.«

»Ich bezweifle, dass dir das gelingen wird«, entgegnete Evie. »Kleine Jungs wie dich verspeist der zum Frühstück.«

Edward war amüsiert gewesen und hatte gleichzeitig aufgehorcht, als Evie ihm von ihrem Erlebnis am Vortag berichtet hatte. Die beiden Geschwister waren gleichermaßen offen für das Nicht-Alltägliche. Edward war der Einzige, der ihre spontanen Handlungen, das plötzliche Aufwallen von Ungeduld und ihre Angst vor der Langeweile verstand. Nie machte er ihr Vorwürfe, nie versuchte er, sie zu zügeln, und er fürchtete auch nicht, dass ihr eines Tages ein Unglück zustoße, wenn sie so weitermachte. Edward hatte absolutes Vertrauen in das Leben. In seinen Augen lauerten nicht überall Fallen, vor denen man sich in Acht nehmen musste. Für ihn war das Leben voller Möglichkeiten, die auszuprobieren er sich nicht nehmen ließ. Deswegen hatte er ihr versprochen, ihr Geheimnis zu wahren. Wenn ihr Vater davon erfuhr, würde er sie für eine bestimmte Zeit nach Rotherfield Hall verbannen. Die Hausangestellten waren offensichtlich auf dem Laufenden, was ihre letzte Eskapade betraf, doch da ihre Mutter nicht in London weilte, hoffte sie, dass sich die Angelegenheit nicht herumsprach.

»Woher kennst du ihn?«, fragte Friedrich argwöhnisch.

»Er war zu Vickys Ball eingeladen«, beeilte sie sich zu sagen.

Sie verspürte keine Lust, ihm von der Demonstration der Frauen in Bermondsey zu erzählen. Friedrich hegte eine klassische und ideale Vorstellung von einem jungen Mädchen aus gutem Hause. In dieser Hinsicht konnte er sich ebenso schulmeisterlich geben wie Julian. Wenn Friedrich wieder einmal von seiner Mutter oder seinen Schwestern oder Cousinen schwärmte, schob sich unweigerlich das Bild von in Korsetts geschnürten Frauen vor ihr geistiges Auge, die steif in farblosen Teesalons mit rustikalen Möbeln saßen und Volkslieder sangen, während sie ihre Kinder beim Aufwachsen beaufsichtigten.

»Keine Sorge, es ist kein Rivale«, sagte Edward neckend. »Er muss mindestens vierzig sein, und Mama würde Evie eher erwürgen, als ihr zu erlauben, einen Emporkömmling zu heiraten.«

»Ach was, trotz meiner adeligen Herkunft rechne ich mir auch nicht die geringste Chance aus, vor Lady Rotherfield bestehen zu können«, sagte Friedrich betrübt.

»Hört auf, von mir zu reden, als wäre ich gar nicht anwesend! Vorerst habe ich nicht die Absicht zu heiraten.«

»Ach so, aber das wirst du ohnehin nicht entscheiden! Mama hat dir lediglich zwei Jahre Aufschub gewährt. Aber du kannst dir sicher sein, sie hat bereits eine Liste mit geeigneten Kandidaten, und wenn sie sich etwas in den Kopf gesetzt hat, ist nicht mit ihr zu spaßen. Sogar bei Julian hat sie es geschafft, sich durchzusetzen. Unsere zukünftige Schwägerin bringt nicht nur eine ansehnliche Mitgift mit, sondern ist auch hübsch anzusehen.«

»Alice ist sterbenslangweilig«, murmelte Evie. »Eine kleine Schulmeisterin, wie sie im Buche steht.«

»Aber genau die richtige Frau für ihn. Bestimmt wird es eine prächtige Hochzeit geben. Du darfst sie dir keinesfalls entgehen lassen, Friedrich. Drei Tage Feiern, genau nach unserem Geschmack.«

»Ich finde es abscheulich, wenn man eine Heirat für das einzig erstrebenswerte Ideal im Leben einer Frau hält«, sagte Evie hitzig. »Es gibt Frauen, die andere Ziele in ihrem Leben haben. Wir sind nicht alle wie Vicky, die, seit sie acht ist, davon träumt, Percy zu heiraten, und die ihren Traum zweifellos wahrmachen wird, falls der arme Junge nicht ans Ende der Welt flieht.«

»Aber was willst du denn sonst machen?«, fragte Friedrich erstaunt.

»Das weiß ich nicht. Aber ihr könntet doch wenigstens in Betracht ziehen, dass eine Frau auch noch anderes im Sinn hat, oder?«

»Dafür reicht meine Fantasie Gott sei Dank nicht aus«, sagte Edward neckend, während Friedrich sie ansah, als hätte sie den Verstand verloren.

Evie wandte ärgerlich das Gesicht ab.

Inzwischen hatten sie die Einfahrt zum Flugplatz erreicht. Der Wärter hob unaufgefordert die Schranke. Die beiden jungen Männer mussten sich nicht ausweisen. Wer kannte Edward Lynsted und Friedrich von Landsberg nicht? Die Gesichter der beiden Flieger waren seit Tagen in den Zeitungen abgebildet. Sie fuhren holpernd über die Wiese. Ein Wagen mit verschiedenen Einzelteilen überholte sie hupend. Edward ließ Friedrich vor dem Hangar aussteigen, in dem sein Eindecker stand. Der junge Deutsche war froh, sein Flugzeug fertig zusammengebaut vorzufinden. Wegen des Streiks war der Transport nach Hendon ziemlich aufregend gewesen. Friedrich scherzte gern, dass er der Besitzer des Propellers und des rechten Flügels sei. Da er nur über bescheidene Mittel verfügte, war er eine Partnerschaft mit einem deutschen Industriellen eingegangen, um an Wettflügen teilnehmen zu können. Aber leider hieß das, dass er auch die erzielten Gewinne teilen musste.

Edward fuhr weiter zu einem seiner Hangars, auf denen eine britische Flagge flatterte. Kaum hatten seine Mechaniker ihn erblickt, eröffneten sie ihm, dass sich der Start verzögere. Seit dem Morgengrauen wirbelten die Wimpel hoch oben an den Windmasten, an denen man die Flugbedingungen ablesen konnte. Die Windverhältnisse waren zu unberechenbar. Benzin- und Motorenölabgase stiegen Evie in die Nase, die Kopfschmerzen davon bekam. Sie hatte Angst, ihr weißes Kleid schmutzig zu machen, und beschloss, da ihr Bruder abgelenkt war, die Gelegenheit für einen Spaziergang zu nutzen.

Der Flugplatz hatte sich an diesem Tag in eine Art Miniaturstadt verwandelt. Nicht weit von der viereckigen Start- und Landebahn, die von Tribünen gesäumt war, befanden sich die Hangars, wo die fünfzehn Teilnehmer geschäftig hin und her eilten. Zelte waren schnurgerade aufgereiht. In den Zuschauerreihen saßen zwischen sommerlich gekleideten geladenen Gästen Offiziere in Uniform und unterhielten sich, ein Notizbuch in der Hand. Man hatte behelfsmäßige Läden errichtet, vom Friseur bis zum Blumenladen, sowie eine Reihe von Postämtern, wo sich die Journalisten drängten, um ihre Artikel an ihre Redaktionen zu telegrafieren. Es herrschte ein aufgeregtes Stimmengewirr. Die Menschen kamen von überall her, einige sogar aus den Vereinigten Staaten von Amerika und aus Argentinien. Türkische Gäste trugen rote Feze auf den Köpfen. Evie schnappte deutsche Wortfetzen ebenso auf wie spanische, italienische und französische. Sie amüsierte sich über eine Handvoll vorbeiflanierender Japaner, die in ihrer westlichen Kleidung – Cut und Zylinder – überaus würdevoll aussahen. Die Flaggen der teilnehmenden Länder flatterten im Wind. Man kam nicht umhin, den patriotischen Eifer zu spüren, der derartigen Zusammenkünften innewohnte. Nach seiner Ärmelkanalüberquerung hatte eine überdimensionale, von einem Anhänger geschwenkte Trikolore Blériot den Weg gewiesen, sodass er die Dünen von Dover bezwingen konnte. Friedrich hatte ihr gestanden, dass der Franzose ihn mit diesem Virus infiziert hatte.

Angesichts der fröhlichen Jahrmarktatmosphäre hatte Evie plötzlich Lust, etwas mit den bloßen Fingern zu essen, und sie kaufte sich einen mit Vanillecreme gefüllten Krapfen. Als sie sich umdrehte, kam ihr ein Junge in blauer Arbeitsmontur und einer Schirmmütze auf dem Kopf in die Quere, der im Laufschritt von einem Hangar zum anderen rannte, und rempelte sie mit voller Wucht an. Von dem Krapfen in ihrer Hand stieg eine Zuckerwolke auf, ehe er an ihr Kleid gedrückt wurde und einen dicken Fettfleck darauf hinterließ. Ein Karton mit Schrauben ergoss sich auf die Erde. Der Mechaniker stammelte eine Entschuldigung auf Französisch.

»Montreux, was zum Teufel machst du denn da?«, sagte ein Fremder, der um die Ecke des Hangars bog.

»Entschuldigen Sie, Monsieur. Es war ein Unfall. Ich hätte Mademoiselle beinahe umgerannt, aber es ist ihr nichts passiert.«

»Wie, mir ist nichts passiert? Sehen Sie mal, was Sie mit meinem Kleid angerichtet haben! Nein! Fassen Sie mich ja nicht mit diesem ekelhaften Lappen an. Damit machen Sie es nur noch schlimmer, Sie Tölpel!«

Evie sprach fließend Französisch, wobei ein leichter Akzent ihre Herkunft verriet. Sie war schrecklich wütend.

Der junge Mann wurde puterrot.

Der andere Franzose, der stark hinkte und sich auf einen Gehstock stützte, kam näher. Er trug einen beigefarbenen Leinenanzug, ein weißes Hemd mit hohem Kragen und eine ziemlich gewagte Krawatte mit roten Streifen. Seinen Strohhut hatte er tief in die Stirn gezogen.

»Geh zur Seite, Montreux, damit ich sehen kann, was du da angestellt hast. Wenn Sie bitte entschuldigen würden, Mademoiselle. Er rennt immer wie ein Wilder durch die Gegend, aber er hat Ihnen ja nicht wehgetan. Nur Ihr Kleid hat ein bisschen was abgekriegt, doch das ist ja nicht weiter schlimm. Ah, Sie haben etwas verloren. Nimm deine ölverschmierten Finger weg, Montreux!«

Er bückte sich mit einer schmerzhaften Grimasse und hob mit der Stockspitze ihre Handtasche am Henkel hoch, um sie ihr mit einer leicht spöttischen Miene zu reichen.

»Hier, Mademoiselle, nicht weiter tragisch, wie Sie sehen.«

Evie packte ihre Handtasche, die vor ihrer Nase baumelte.

»Warten Sie!«, sagte er.

Er zog ein Taschentuch aus seiner Tasche und wischte mit einer energischen Geste über ihre Nasenspitze. Evie verschlug es die Sprache.

»So, die Zuckerspuren in Ihrem Gesicht sind jetzt auch weg. Ach doch, da in Ihrem Mundwinkel sehe ich noch etwas. Erlauben Sie?«

Mit einer zugleich eindringlichen wie spöttischen Miene näherte er sein Gesicht dem ihren, den düsteren Blick fest auf ihren Mund gerichtet. Evies Herz begann schneller zu schlagen. Sie betrachtete ihn. Er hatte energische Züge, eine eigenwillige Nase und einen Schnurrbart über den vollen Lippen. Die Stimme ihres Bruders ließ sie zusammenzucken.

»Was machst du denn da, Evie? Verbündest du dich etwa mit dem Feind?«, sagte Edward in scherzhaftem Ton, während sein Hund bellend um sie herumsprang. »Guten Morgen, Pierre, was zum Teufel ist mit Ihnen passiert?«, fügte er hinzu und schüttelte dem Fremden die Hand. »Wozu tragen Sie einen Stock, wollen Sie auffallen, oder geht es Ihnen nicht gut?«

»Ach, nur eine Lappalie. Sie behindert mich zwar beim Gehen, nicht aber beim Fliegen. Sonst wäre ich heute nicht hier. Freut mich, Sie zu sehen, Edward. Sie scheinen diese hinreißende junge Dame zu kennen. Könnten Sie uns vielleicht miteinander bekannt machen?«

»Ich hatte eigentlich den Eindruck, dass dies schon geschehen sei. Evie, darf ich dir den Comte Pierre du Forestel vorstellen, der mich letztes Jahr in Spanien geschlagen hat, aber das war gewiss nur Anfängerglück, nicht wahr, Pierre? Es wird sich nicht wiederholen. Pierre, das ist meine Schwester Evangeline.«

Pierre du Forestel machte eine übertriebene Verbeugung.

»Lady Evangeline, es wäre mir ein Vergnügen, Ihnen einen weiteren Krapfen auszugeben, als Ersatz für den, um den mein Mechaniker Sie gebracht hat.«

»Danke, aber ich habe keinen Hunger mehr«, erwiderte sie. Doch er hörte ihre Antwort nicht mehr, hatte er sich doch bereits wieder ihrem Bruder zugewandt. Sie unterhielten sich in einem Kauderwelsch, von dem Evie kaum ein Wort verstand, über die Qualität von Kurbelwellen und die Feinheiten des Gehäuseschutzes.

Er hat mir doch glatt den Rücken zugedreht, dieser Flegel!, dachte sie gekränkt. Als er sie eben noch mit unverhohlenem Interesse betrachtet hatte, hatte sie ihn für einen weiteren schmachtenden Verehrer gehalten, den sie in seine Schranken weisen müsste. An Komplimente gewöhnt, war es sonst immer sie, die bei einer ersten Begegnung ihrem Gegenüber die kühle Schulter zeigte. Doch dieser Franzose hatte sie auf dem falschen Fuß erwischt. Was sie umso mehr ärgerte, weil sie sich schon darauf gefreut hatte, ihm eine Abfuhr zu erteilen. Und nun ließ er sie einfach stehen und humpelte, flankiert von seinem ungeschickten Mechaniker, mit Edward davon.

Wieder beim Hangar ihres Bruder angelangt, bat sie John, ihr eine Schüssel Wasser und eine Stoffserviette zu besorgen. Als er ihr das Gewünschte brachte, setzte sie sich damit in eine ruhige Ecke und begann mehr schlecht als recht die Fettflecken von ihrem Kleid zu reiben. Wenn sie sich abermals derangiert vor Michael Manderley zeigte, würde er sie womöglich für eine Verrückte halten. Sie bereute es, gekommen zu sein. Statt Edward zu begleiten, hätte sie lieber an der Seite ihres Vaters bleiben sollen, dem einer der schlimmsten Tage seines politischen Lebens bevorstand. Aber sie hatte Manderleys Einladung nicht widerstehen können. Sein ironischer Blick war ihr wie eine Herausforderung vorgekommen. Aus einem ihr unerfindlichen Grund wollte sie ihm beweisen, dass sie keineswegs eine Verrückte war, sondern ein verantwortungsbewusster Mensch, der furchtlos für seine Überzeugungen eintrat. Als der Diener ihr eine Tasse Tee und Gebäck brachte, bedankte sie sich mit einem anerkennenden Lächeln. Wenigstens einer, der sich zu benehmen wusste.

Als Edward einige Zeit später nach ihr sah, saß sie auf einer schattigen Bank und blätterte im Veranstaltungsprogramm. Er nahm nur ein Plätzchen. Er wirkte bekümmert.

»Es ist immer noch nicht klar, wann es losgeht. Von den Elementen abhängig zu sein ist zum Verzweifeln. Untätig abwarten zu müssen. Man bereitet sich mental auf den Wettstreit vor, und dann wird alles verschoben. Verflixt, ich habe keine Lust, den Tag auf dem Flugplatz zu vertrödeln.« Wie ein beleidigtes Kind trat er mit dem Fuß nach einem Stein.

»Ist es so wichtig für dich, diesen Wettstreit zu gewinnen?«
»Und wie!«
»Du brauchst wohl die Siegesprämie, um deine Schulden zurückzuzahlen?«

Edward bedachte sie mit einem ärgerlichen Blick.
»Wie kommst du denn auf eine so hirnrissige Idee?«
»Ich kenne dich. Man muss kein Oxford-Diplom haben, um zu erraten, dass du in Schwierigkeiten steckst, und in deinem Fall kann es sich nur um Geld handeln.«

Der Gedanke an Florrie streifte ihn. Er wusste, dass Julian ihr eine stattliche Summe gegeben hatte, um ihr Schweigen zu erkaufen. Aber die Einzelheiten ihrer Abmachung kannte er nicht.

»Ich möchte um des Siegens willen gewinnen. Die anderen Teilnehmer zu schlagen hat etwas zutiefst Befriedigendes, und ich fürchte keinen meiner Konkurrenten. Die Taube von Friedrich ist zwar stabil, kommt aber nur im Schneckentempo voran;

dem Italiener gebe ich keine zwanzig Kilometer, und weder die Farman von Grahame-White noch die Blériot von Hamel sind so leistungsstark wie meine Maschine.«

»Und was ist mit ihr?«, fragte Evie. Sie deutete auf das Foto einer lächelnden Frau mit dunklen Haaren im Programmheft. »›May Wharton‹«, las sie laut vor. »›Die erste Amerikanerin, die den Pilotenschein erhalten hat. Gewinnerin des von dem italienischen König ausgelobten Preises von Florenz im vergangenen Mai.‹«

»Das war aber ein Geschwindigkeitswettbewerb und kein Langstreckenflug.«

»Hier steht, dass sie immerhin vierzehn männliche Konkurrenten geschlagen hat. Und letztes Jahr hat sie beim Langstreckenwettbewerb Coupe Femina das Siegerpodest nur knapp verfehlt.«

»Ich kenne sie zwar nicht, aber ich bin mir sicher, dass sie keine Chance gegen mich hat«, sagte er selbstgewiss. »Der Einzige, der mir den Sieg streitig machen könnte, ist Pierre du Forestel, mit dem muss man immer rechnen.«

»Wie kommt das?«

»Vor den Franzosen muss man sich in Acht nehmen. Als die Amerikaner dank der Gebrüder Wright ihren ersten Flug realisierten, gab es den Aéro-Club de France schon seit fünf Jahren. Er war weltweit der erste. Dort haben viele von uns das Fliegen gelernt. Da oben haben die immer ein Wörtchen mitzureden«, sagte er und deutete mit einer ausladenden Geste zum blauen Himmel. »Forestel ist zwar ein Neuling bei den Wettbewerben, aber er hat mich vom Fleck weg geschlagen.«

Er unterbrach sich, um sich eine Zigarette anzuzünden.

»Man hält uns für waghalsige Akrobaten, aber um ein guter Pilot zu sein, braucht man ruhiges Blut, Wagemut und einen kühlen Kopf. Bei Pierre trifft all das zu. Heute springt er kurzfristig für einen Kollegen ein. Seine Torreton scheint eine außergewöhnliche Maschine zu sein, aber ich habe sie noch nie gesehen. Er versteckt sie unter einer Plane und behauptet, sie sei unschlagbar. Es ist zum Verzweifeln! Er ist so selbstgewiss. Er hat mich schon in Madrid gefoppt. Im Übrigen ist es ein Wunder, dass er überhaupt hier ist.«

»Warum?«, fragte Evie mit gleichgültiger Miene, wartete aber gespannt auf die Antwort.

»Er ist vergangenen Monat bei einem Duell verletzt worden.«

»Bei einem Duell? Ich dachte, dass dieses Ritual der Vergangenheit angehört?«

»Nicht in Frankreich. Der Gatte seiner Geliebten hat Genugtuung von ihm gefordert. Er hatte Glück. Die Kugel hat nur knapp eine Arterie verfehlt. Er hat zwar noch große Schmerzen, aber nichts auf der Welt kann ihn von diesem Wettbewerb abhalten. Ich hoffe, er ist kein Spielverderber – er startet mit der Nummer 13 ... Und damit fällt ihm wohl kaum die Favoritenrolle zu, was meinst du?«

»Wenn er tatsächlich so gut ist, würde ich mich nicht auf diesen dummen Aberglauben verlassen. Schließlich willst du ihn schlagen.«

»Du weißt doch, wie abergläubisch wir Piloten sind. Friedrich trägt dein vierblättriges Kleeblatt immer bei sich. Er hat es in ein Medaillon fassen lassen, in das dein Name eingraviert ist. Ich bin übrigens eifersüchtig. Du hättest auch an mich denken können. Ein vierblättriges Kleeblatt, also wirklich ... Aber komm, lass uns auf Kosten dieses unsäglichen Manderley Champagner trinken gehen. So vertreiben wir uns die Zeit bis zum Start.«

»Ist es nicht ein bisschen früh dafür?«, sagte Evie und stand auf.

»Ach, du dummes Gänschen, als ob es für Champagner je zu früh wäre!«

Auch in Westminster war an diesem Tag eine große Menschenmenge zusammengekommen, aber es ging nicht so fröhlich zu wie in Hendon. Die entscheidende Debatte, die der Rolle des Oberhauses ein historisches Ende zu setzen drohte, dauerte schon seit dem frühen Morgen. Auf den Korridoren, die mit dickem roten Teppichboden ausgelegt waren, wischten sich die Peers in ihren Cuts mit einem Taschentuch den Schweiß von der Stirn. Ihre Gesichter waren angespannt wie immer, wenn es um eine schwierige Abstimmung ging. Und diesmal stand besonders viel auf dem Spiel. Sogar jene, die sonst nie ihre Landsitze verließen, waren gekommen. Sie kannten sich so schlecht in der Hauptstadt aus, dass sie nach dem Weg zum Parlament hatten fragen müssen.

Julian war nervös. Er stand noch immer unter dem Eindruck der Sitzung, die das Unterhaus einige Tage zuvor erschüttert hatte. Zum ersten Mal in der Geschichte hatte ein Premierminister es nicht geschafft, sich Gehör zu verschaffen. Die unerwartete Aggressivität vonseiten des konservativen Flügels hatte sogar den Oppositionsführer erbleichen lassen. Beschimpfungen waren ausgestoßen worden. Beinahe wäre es zu Handgreiflichkeiten gekommen.

Aber im Oberhaus ging es normalerweise gediegener zu. Der höfliche Ton, der dort herrschte, war legendär. In der Vergangenheit waren sich die Mitglieder bei einer Abstimmung meist einig gewesen. Doch diesmal waren sie sich gegenüber den Forderungen der Liberalen uneinig. Eine Mehrheit hatte beschlossen, sich zu enthalten. Die Aussicht, zuschauen zu müssen, wie der König von der Regierung gezwungen wurde, fünfhundert neue freiheitlich gesinnte Lords zu ernennen, erschien ihnen ebenso demütigend wie lachhaft. Lieber gleich die Waffen strecken, als diese Schande zu erleben. Der Rest war gespalten. Einige wollten einlenken und dem Vorhaben zustimmen. Andere hingegen, darunter Julians Vater, zogen es vor, erhobenen Hauptes und mit gezückter Waffe unterzugehen. Unter den beiden Gruppierungen herrschte erbitterter Groll. Obwohl es nur noch wenige Minuten bis zur Abstimmung waren, war das Ergebnis noch völlig ungewiss.

Von allen Seiten des Palastes drängten die Menschen in Richtung des imposanten Saals. Frauen mit federgeschmückten Hüten fächelten sich unter dem gotischen Gewölbe der zentralen Vorhalle Luft zu, ehe sie sich auf die Zuschauertribüne begaben. Julian bedauerte, dass seine Mutter in Sussex geblieben war. Sein Vater hätte ihren Beistand gut brauchen können. Auch Evangelines Abwesenheit ärgerte ihn, obgleich sie wenigstens nach London zurückgekehrt war, um ihren Vater zu ermutigen. Allerdings hatte sie es in letzter Minute vorgezogen, Edward zu einem seiner Flugwettbewerbe zu begleiten. Nach langem Suchen fand Julian seinen Vater auf der Terrasse, wo er nachdenklich auf die Themse blickte. Er hatte abgenommen und einen müden, fahlen Teint.

»Du siehst nicht gut aus«, sagte Julian besorgt. »Seit Monaten verausgabst du dich bei dieser brütenden Hitze. Ich habe das Gefühl, dass mein gestärkter Kragen dabei ist, sich aufzulösen«, fügte er mit einer Grimasse hinzu. »Willst du nicht nach Hause gehen und dich ein wenig aufs Ohr legen?«

Lord Rotherfield sah ihn erstaunt an.

»Und meine Freunde im Stich lassen, in dem Graben, in dem wir uns verschanzt haben, um die letzte Schlacht zu schlagen? Gestern Abend mussten wir feststellen, dass bereits sechs der unsrigen erkrankt sind, ausgerechnet jetzt, da es auf jede Stimme ankommt. Nein, ich muss bis zum Ende durchhalten. Selborne hat recht. Wir müssen uns entscheiden, ob wir unwürdig von eigener Hand im Dunkeln sterben wollen oder von unseren Feinden vernichtet unter freiem Himmel. Was mich betrifft, so habe ich schon immer die Helligkeit gegenüber der Finsternis bevorzugt.«

Er stieß einen Seufzer aus. Seine Miene war sehr ernst.

»Aber ich mache mir keine Illusionen. Die Liberalen werden uns schlagen. Das Land wird Befriedigung empfinden, bis es merkt, dass der Preis, den es bezahlen muss, der erste Schritt in Richtung der Unabhängigkeit Irlands und eines Blutbades ist. Unter diesen Umständen ist ein Bürgerkrieg unausweichlich. Wenn bloß kein ganz anderer Krieg dazwischenkommt. Ich würde am liebsten beide vermeiden.«

Ein Schauder überlief Julian angesichts dieser düsteren Vorhersage. Das Ansehen seines Vaters beruhte nicht zuletzt auf seinem politischen Weitblick, und bislang hatte er immer recht behalten. Irland stellte England seit Jahrzehnten auf eine harte Probe. Ein politisches Minenfeld und ein menschliches Drama zugleich. Die Ablehnung des Haushalts der liberalen Regierung durch das Oberhaus hatte Neuwahlen nach sich gezogen, doch nachdem die Liberalen die Mehrheit verfehlt hatten, hatten sie sich mit einer Handvoll irischer Nationalisten verbündet. Sobald das Vetorecht der Lords aufgehoben war, würde das Unterhaus die *Home Rule* in Kraft setzen, was bestimmt auch kein liberaler Politiker für wünschenswert halten konnte. Aber das war nun mal das zu zahlende Lösegeld, dafür, dass man ihnen geholfen hatte, die Adeligen ihrer Rechte zu beschneiden. Und Irland wäre frei, um sich auf eigene Füße zu stellen. Das würde das erste Gesetz sein, das auf diese Weise verabschiedet würde.

»Aber vielleicht sind wir tatsächlich unverbesserliche Idealisten?«, sagte Julian plötzlich. »Wir glauben, die Rolle der Lords bestehe darin, die Interessen des Volkes zu vertreten, indem wir

die Rücknahme eines Gesetzes fordern, das vom Unterhaus beschlossen wurde und uns zu willkürlich erscheint. Aber wir können nicht leugnen, dass in letzter Zeit nur die liberalen Gesetze dieses Schicksal erlitten haben. Seid ihr nicht vielleicht wirklich eine Art Partisanen, mein lieber Papa?«, fragte Julian neckend.
»Das wirft man euch vor.«

»Ein Unterhaus, das die ganze Macht in Händen hält, wäre gewiss keine bessere Form der Demokratie, sondern das Werkzeug einer Regierung ohne Kontrollinstanz. Mir gefällt die Vorstellung einer gewählten Gewaltherrschaft nicht. Ebenso wenig wie die, dass die Abgeordneten neuerdings ein Gehalt verlangen. Das macht dieses Amt, dessen Würde in der Uneigennützigkeit liegt, zu einem vulgären Beruf«, sagte er betrübt. »Weißt du, wer dem Ideal einer vorbildlichen Regierung am nächsten gekommen ist? Eine Schicht von Adeligen ohne Grundbesitz. Mutige Männer, Honoratioren, Vertreter der Intelligenz und Kultur.«

»Und wer sollen diese Ausbunde an Tugend gewesen sein?«

»Patrizier der Serenissima-Republik von Venedig. In einem anderen Leben wäre ich gern Venezianer gewesen.«

Julian lachte. »Du und ein Leben ohne Rotherfield Hall? Niemals. Es ist nur so, dass du heute gern woanders sein würdest.«

»Ich kann es nicht erwarten, dass dieser Tag zu Ende geht, das ist wahr. Morgen kann ich endlich wieder nach Hause zurückkehren. Willst du mich begleiten, oder hast du vor, eine gewisse Zeit bei den Eltern deiner Verlobten zu verbringen?«

Julian zögerte. Seine zukünftige Schwiegermutter hatte ihn nach Northfolk eingeladen, aber er wollte die Fahrt dorthin noch ein wenig hinauszögern. Ihm graute vor den abschätzigen Blicken der restlichen Familienmitglieder, denen er sich würde präsentieren müssen, vor den liebenswürdigen Moralpredigten von Alices Vater und deren überschäumender Freude, die ihm Schuldgefühle verursachen würde, weil er sie nicht teilte. Er blickte auf die Themse hinab. Kein Boot war zu sehen. Unter dem gleißend weißen Himmel lag träge der Fluss, ein langes, breites

Band grauen Wassers. Die Zahl der Streikenden im Land ging mittlerweile in die Millionen. Winston Churchill, der hitzige Innenminister, erwog, die Armee eingreifen zu lassen.

»Ich glaube nicht, dass es zurzeit ratsam ist, London zu verlassen. Die Lage ist zu angespannt. Ich warte lieber, bis sich die Wogen ein wenig geglättet haben.«

Lord Rotherfield betrachtete seinen Ältesten. Er ahnte, dass es nur ein Vorwand war.

»Du wirst es bestimmt nicht bereuen, dass du dem Wunsch deiner Mutter entsprochen hast, mein Junge. Alice ist ein gutes Mädchen. Sie wird dir eine ausgezeichnete Frau sein und eure Kinder angemessen erziehen. In Sachen Politik mag ich ja ein Romantiker sein, aber was Herzensangelegenheiten angeht, bin ich Realist. Deine Mutter hat eine Frau für dich gewählt, die das Zeug hat, dich glücklich zu machen.«

»Woher will sie das wissen?«, erwiderte Julian in bitterem Ton. »Sie hat mich noch nie verstanden. Aber das Individuum zählt in unseren Kreisen nicht, stimmt's? Was zählt, ist der Respekt vor den Werten, die du hier und heute verteidigst. Unser individuelles Schicksal ist an das unserer Familie und das des Landes geknüpft. Wir sind nichts weiter als ein Glied in der Kette, wie du zu sagen pflegst.« Seine Züge spannten sich an, und ein Anflug von Traurigkeit huschte über sein Gesicht. »Es ist nur so, dass ich für mich etwas anderes erträumt hatte.«

Lord Rotherfield berührte es, seinen Sohn leiden zu sehen. Er ahnte, wie sehr der plötzliche Tod seines älteren Bruders Julian zugesetzt hatte, der sich ereignete, als er in einem schwierigen Alter war. Julian hatte bereits genügend Zeit gehabt, sich ein Leben vorzustellen, das seiner wahren Natur entsprach. Das Schicksal hatte es anders mit ihm gemeint. Damals hatte James ihm das Versprechen abgenommen, dass er seine Pflicht tun würde, gleich, was es ihn kostete, und dass er für immer über Edwards Rolle in diesem Drama schweigen würde. Der Preis, den Julian hatte zahlen müssen, war unglücklicherweise höher gewesen, als

James es sich vorgestellt hatte. Im Laufe der Jahre war sein Sohn immer ernster und schweigsamer geworden, und auch einsamer.

»Du wirst es mir womöglich nicht glauben, mein Sohn, aber ich verstehe dich durchaus«, sagte er nicht ohne Zärtlichkeit. »Ich hätte es niemals zugelassen, dass deine Mutter eine Frau aussucht, die nicht zu dir passt.«

Sie stiegen die Treppe zur Vorhalle hinauf. Das Stimmengewirr hatte sich gelegt; nur noch gedämpftes Gemurmel war zu hören, das Rascheln der Talare der Erzbischöfe und das Geräusch der Schritte, die auf dem Marmorboden widerhallten.

»Ich muss jetzt hineingehen.«

»Viel Glück! Ich bin da«, sagte Julian leise.

Der von einem geschnitzten Baldachin überragte vergoldete Thron beherrschte den ganz in Gold und Purpurrot gehaltenen neogotischen Saal. Die Lords nahmen auf den mit rotem Saffianleder überzogenen Bänken Platz. Es herrschte eine unerträgliche Hitze. Auf der Tribüne wurde heftig gefächelt. Als ältester Sohn des Earls of Rotherfield setzte sich Julian auf einen der Plätze, die den Erben der Familien des Hochadels reserviert waren, auf eine Sockelstufe des Throns. An den aufmerksamen Gesichtern der Zuschauer auf der Tribüne konnte er ablesen, dass sie sich der historischen Bedeutung dieses Augenblicks bewusst waren. Auch wenn sie nicht die Feinheiten der Rituale und Symbole erfassten, spürten sie, dass das Ritual, dem sie soeben beiwohnten, widerspiegelte, wie gut die älteste Demokratie der Welt funktionierte. Seit die Lynsteds von Königin Elizabeth I. Ende des 16. Jahrhunderts in den Adelsstand erhoben worden waren, verkörperten sie den Fortbestand dieser jahrhundertealten Tradition. Die wenigen schwarzen Schafe ihrer Familie verliehen dem ansonsten schmeichelhaften Stammbaum nur die nötige Würze.

Einer nach dem anderen ergriff das Wort. Es wurde lebhaft und eindringlich debattiert. Die Stimme Lord Rotherfields, eines geübten Redners, hallte unter den allegorischen Fresken wider, die die althergebrachten Tugenden des Glaubens und des Rittertums symbolisierten. Julian kam nicht umhin, stolz auf seinen Vater zu sein. Als sich der Erzbischof von Canterbury zu Wort meldete und gegen die Haltung gewisser adeliger Mitglieder dieses Hauses wetterte, erbebten die Fensterscheiben. Der Herzog von Norfolk, der höchstrangige Peer Englands, versicherte Lord Rotherfield hingegen seiner Unterstützung. Die Spannung war auf dem Höhepunkt. Als die Lords zur Abstimmung hinausgingen, herrschte eine merkwürdige Atmosphäre in dem verlassenen Saal; nach der Leidenschaft, der Wut, dem Misstrauen und der spannungsgeladenen Erregung, die gerade noch in der Luft gehangen hatten, war mit einem Mal ein Anflug von Traurigkeit zu spüren.

Nach ungefähr zehn Minuten füllte sich der Saal erneut. Zu beiden Seiten des Throns strömten die Lords hintereinander herein. Julian hielt den Atem an. Die, die von rechts kamen, waren in der Mehrzahl. Die feierliche Verkündung, deren Wortlaut in die Zeit der Normannen zurückreichte, schallte durch den Saal:

»Einverstanden: hunderteinunddreißig Stimmen. Nicht einverstanden: hundertvierzehn Stimmen.«

Lord Rotherfield und die seinen hatten den Kampf verloren. Julian war beklommen zumute.

Im selben Augenblick breitete sich hektische Unruhe im Saal aus.

»Einen Arzt, wir brauchen einen Arzt!«, rief eine laute Stimme.

Julian musste hilflos zusehen, wie sein Vater bewusstlos zusammenbrach.

Unter dem weißen Segeltuchzelt, das zur Startbahn ausgerichtet war, verfolgten die Zuschauer gebannt das Geschehen. Der Champagner war gekühlt, eine wahre Herausforderung bei diesen Temperaturen, und die Auswahl an Kanapees reichlich. Livrierte Diener betätigten Ventilatoren, deren große Flügelblätter die warme Luft aufwirbelten. Scherzhafte Vergleiche mit Indien machten die Runde.

Die letzten Mechaniker waren dabei, mithilfe von Gämsledereinsätzen Benzin zu filtern, andere starteten bereits die Propeller. Jedes Mal, wenn sich ein Flugzeug in die Luft schwang, um über dem Flughafen eine Proberunde zu fliegen, ehe es auf Yorkshire Kurs nahm, spendeten die Zuschauer, die sich auf den Feldern und Wiesen eingefunden hatten, begeistert Beifall. Die Piloten drehten ihre Runden so tief, dass man ihre Gesichter erkennen konnte. Sie winkten dem Publikum zu. Ein Kommentator stellte über einen Lautsprecher die Teilnehmer des Wettbewerbs vor. Er beschrieb ihre bereits erzielten Erfolge, nicht ohne hie und da eine kleine Anekdote zum Besten zu geben. Als Edwards Name fiel, wurden spontane Aufmunterungsrufe laut. Als der Sprecher verkündete, dass er seinen Dackel mitnehmen würde, sorgte das auf der Galerie für Belustigung.

»Sie scheinen mir einer originellen Familie zu entstammen, Lady Evangeline«, sagte Manderley. »Jeder hat sein Lieblingshaustier. Ihr Bruder einen Hund. Und Sie Ihre Schützlinge in Bermondsey.«

»Und Sie geben sich alle erdenkliche Mühe, möglichst taktlos zu sein«, erwiderte sie amüsiert. »Wie können Sie Haustiere mit Menschen vergleichen?«

»Die Aristokraten sind ihren Haustieren gegenüber genauso bevormundend wie gegenüber ihren Untergebenen.«

»Wenn Sie eine derart miserable Meinung von uns haben, warum wollen Sie und Ihresgleichen dann so gern sein wie wir?«

Ihre Unverfrorenheit gefiel ihm. Noch nie hatte es ihm so viel Vergnügen bereitet, sich mit einer Frau zu unterhalten.

»Wir sind nicht in der viktorianischen Zeit stehen geblieben, als wir noch der Überzeugung waren, dass die Armen selbst schuld an ihrer Misere seien«, fuhr sie fort. »Nur um ein Beispiel zu nennen: Meine Mutter hat eine Nähschule in Sussex gegründet, die einen sehr guten Ruf genießt.«

»Der Adel hat sich schon immer gut darauf verstanden, die Armut auf seinen Gütern zu verwalten. Das ist auch nicht besonders aufwendig. Alle kennen sich. Lady Rotherfield weiß bestimmt, bei welchen Pachtbauern es Alkoholprobleme gibt oder welches Kind an Kinderlähmung erkrankt ist. Und bestimmt verteilt sie auch Essensreste, nicht wahr? Auf diese Weise kann man sich mit einem geringen Kostenaufwand in christlicher Nächstenliebe üben. Aber das Elend in den Städten, das durch die industrielle Revolution immer größer wird, scheint keinen Menschen zu interessieren.«

»Das stimmt leider, und es ist sehr bedauerlich. Aber mich hat man bei meiner Erziehung Mitgefühl gelehrt, und daher betrachte ich es als meine Pflicht, mich um die Armen zu kümmern. Umso mehr muss ich den Mut einer Tilly Corbett bewundern. Glauben Sie, dass die Arbeiterinnen bekommen werden, was sie fordern?«

»Bestimmt werden sie eine Lohnerhöhung und bessere Arbeitsbedingungen erhalten.«

»Das hieße also, dass sie gewonnen hätten«, sagte Evie hocherfreut.

»Ihr Bruder hat ebenfalls gute Chancen«, sagte Manderley und reichte ihr sein Fernglas. »Glauben Sie, er wird siegen?«

»Edward ist jedenfalls überzeugt davon. Und das ist ja das Wichtigste, nicht wahr?«

Sie stellte das Fernglas schärfer ein, schwenkte aber bald von ihrem Bruder weiter zu Pierre du Forestel. Mit seinem schlanken Rumpf, seiner geschlossenen Triebwerksverkleidung, einem Fahrwerk, das angeblich »für alle Bodenarten« geeignet war, und seiner durch und durch modernen Anmutung wurde sein Flugzeug allseits bewundert. Der Franzose hatte sich umgezogen und trug jetzt eine Reithose, eine alte fahlgelbe Lederweste und einen weißen Seidenschal. Zwei Mechaniker mussten ihm helfen, in die Pilotenkanzel zu klettern. Evie wusste, wie eng es dort war. Auch ihrem Bruder machte seine Größe zu schaffen. Die Konstrukteure zogen nun mal kleinere Piloten vor. Auch von weitem konnte sie erahnen, wie sehr der Franzose unter der Enge leiden würde. Warum unterzog er sich nur dieser Tortur? Dass er sich duelliert hatte, faszinierte sie noch immer. Noch nie war sie einem Mann begegnet, der bereit gewesen wäre, sein Leben für eine Frau aufs Spiel zu setzen.

Die Teilnehmer erhoben sich einer nach dem anderen im Abstand von einigen Minuten in die Lüfte. Die Startfolge war im Losverfahren entschieden worden. Streckenposten standen an strategischen Stellen, um sicherzustellen, dass die Starts einigermaßen gleichmäßig, in dem zuvor festgelegten Zeitraum abliefen, wobei niemand die Ehrlichkeit der Teilnehmer bezweifelte. Die Piloten waren sich bewusst, einer Elite anzugehören. Mochten sie auch in Konkurrenz zueinander stehen, so waren sie Männer von Ehre. Als Louis Paulhan den Wettflug London–Manchester gewonnen hatte, vergaß er nicht, seinen stärksten, jedoch vom Pech verfolgten Mitbewerber Claude Grahame-White zu würdigen, indem er ihn als »brillant und mutig« bezeichnete.

»Ich wünsche ihm jedenfalls den Sieg«, sagte Manderley.

»Nicht zuletzt, weil ich den Siegerscheck am liebsten einem Engländer aushändigen würde.«

»Sie sind doch nicht etwa Chauvinist?«, fragte Evie neckend.

»Wäre das verwerflich? Aber Ihr Bruder Edward ist mir wirklich sympathisch. Jedenfalls würde ich nur ungern einen Deutschen auszeichnen. Sie geschäftlich als Konkurrenten zu haben reicht mir.«

»Friedrich von Landsberg ist ein netter Kerl und Cousin von uns. Er geht das gleiche Risiko ein wie mein Bruder und hat den Sieg genauso verdient wie er.«

»Also wenn er Ihr Favorit ist, lasse ich meine Vorbehalte natürlich außer Acht«, sagte Manderley in scherzhaftem Ton, ehe er überrascht hinzufügte: »Ach, wen haben wir denn da? Da kommt Ihr anderer Bruder.«

Evie drehte sich um und sah, wie Julian zum Zelt hereinkam. Als er seine Schwester erblickte, bahnte er sich einen Weg durch das Gedränge zu ihr.

»Was macht Julian denn hier?«, sagte Evie mit einem Anflug von Ärger. Sie hatte angenommen, er würde den Tag im Parlament verbringen.

»Ich hoffe, er will mir nicht mein Fest verderben«, murmelte Manderley. Der Viscount Bradbourne hatte die unangenehme Eigenschaft, im unpassenden Augenblick hereinzuplatzen.

Julian blieb vor ihnen stehen. Er bedachte den Industriellen mit einem kalten Blick. »Entschuldigen Sie, wenn ich störe, Manderley. Wie ich höre, sind Sie der Organisator dieser Veranstaltung.«

»Herzlich willkommen, Lord Bradbourne. Wenn ich gewusst hätte, dass Sie sich für die Fliegerei interessieren, hätte ich Ihnen eine Einladung geschickt.«

Die Feindseligkeit zwischen den beiden war mit Händen zu greifen.

»Evangeline, ich muss mit dir reden.«

»Jetzt? Kann das nicht bis heute Abend warten? Du siehst doch, dass ich mitten in einem Gespräch bin.«

»Wo ist Edward? Auch ihn muss ich dringend sprechen.«

»Dort oben«, sagte sie, indem sie auf den Eindecker am blauen Himmel zeigte, der sich gerade entfernte.

Julian folgte mit verzweifelter Miene dem Flugzeug. Er hatte den Abflug seines Bruders nur um wenige Minuten verpasst. Wenn Edward in den nächsten Stunden etwas zustieße, würde sich ihre Mutter nicht mehr von dem Schock erholen. Der Kommentator kündigte den Abflug des nächsten Teilnehmers an, eines gewissen Pierre du Forestel, der mit seiner eindeckigen Torreton für Frankreich startete. Als Evie erneut das Fernglas hob, um es auf die Startbahn zu richten, fasste Julian sie am Arm.

»So warte wenigstens zwei Minuten!«, sagte sie ärgerlich. »Ich möchte mir gern diesen Start ansehen.«

»Papa hatte in Westminster einen Anfall. Wir mussten ihn nach Hause bringen. Der Arzt ist sehr besorgt.«

»Was heißt das, sehr besorgt?«, fragte sie, noch immer mit dem Fernglas dem Abflug des Franzosen folgend.

»Es handelt sich um einen Schlaganfall, Evie. Wir dürfen keine Zeit verlieren. Deswegen bin ich selbst mit dem Wagen gekommen. Ich hatte gehofft, euch beide gleich mitnehmen zu können.«

Erst jetzt ließ Evie das Fernglas sinken.

»Das ist nicht möglich!«, stieß sie mit bebender Stimme hervor. »Ist es denn wirklich so ernst? Aber er wird doch nicht sterben?«

Julian sah sie wortlos an. Er hielt sich gerade und gefasst, obwohl die Sorge ihm die Kehle zuschnürte. Nur ein zuckender Nerv an seinem Augenwinkel verriet, wie besorgt er war. Evie wurde schwarz vor Augen, sie schwankte. Sogleich befahl Manderley einem Diener, ihr ein Glas Wasser zu bringen, woraufhin sofort geschäftiges Treiben um sie herum herrschte.

Was sollte er jetzt bloß tun?, fragte sich Julian. Er entfernte sich ein paar Schritte. Wie konnte er seinen Bruder nur verständigen? Er kannte den Ablauf dieser Langstreckenwettbewerbe.

Die Piloten flogen so weit wie möglich in Richtung des Ziels, ehe sie vor Einbruch der Nacht einen Landeplatz suchen mussten. Es sei denn, eine Panne zwang sie schon vorher zu einer Landung auf freiem Feld. Das hieße, dass man Edward frühestens in ein paar Stunden würde erreichen können, und bis dahin konnte ihr Vater schon tot sein.

»Wenn Sie wollen, kann ich versuchen, ihn einzuholen.«

Eine junge Frau mit dunklen Augen, die üppigen braunen Haare zu einem Pferdeschwanz gebunden, stand vor ihm. Sie trug einen außergewöhnlichen Fliegeroverall aus purpurroter Seide mit einer Kapuze, bis zu den Knien reichende Schnürstiefel und eine Fliegerbrille, die ihr an einer Kette um den Hals baumelte.

»Verzeihen Sie, aber ich habe eben Ihr Gespräch mitgehört. Ich heiße May Wharton. Ich kann Ihrem Bruder eine Nachricht überbringen, wenn Sie wollen. Ich weiß, dass man sich in einer Situation wie dieser ziemlich verloren fühlen kann.«

Sie biss sich auf die Lippe; offensichtlich fürchtete sie, aufdringlich zu erscheinen. Julian konnte nicht glauben, dass dieses Wesen ein Flugzeug steuerte. Nicht einmal im Traum hätte er gedacht, dass Frauen an einem Wettbewerb wie diesem teilnahmen, geschweige denn, dass sie sich so ausgefallen kleideten.

»Ach, ich wusste gar nicht, dass es Sportpilotinnen gibt?«, sagte er in fragendem Ton.

»Doch, durchaus«, erwiderte sie lächelnd. »Heute bin ich zwar die einzige weibliche Teilnehmerin, aber Sie hätten ebenso gut die Französinnen Raymonde de Laroche und Marie Marvingt oder die Belgierin Hélène Dutrieu hier antreffen können … Die Fliegerei ist keine Frage der physischen Kraft, sondern des kühlen Kopfes, müssen Sie wissen. Hélène würde Ihnen sagen, dass die Frauen oftmals zu nervös zum Fliegen sind, aber ich bin da anderer Meinung, nämlich, dass wir über die nötige Intuition und Beharrlichkeit verfügen. Das Fliegen ist wie das Leben. Man muss nur im richtigen Moment die richtige Entscheidung treffen.«

Sie gestikulierte beim Reden mit den Händen. Mit ihrer überschäumenden Art neigte sie dazu, einen zu berühren. Sie hatte ihn sogar an der Schulter gestreift. Alles an ihr schien energisch und überbordend zu sein, ihre wirren Haare, ihr Mund, ihr Lächeln, ihre ausgefallene Kleidung. Bis hin zu dem Skarabäus aus künstlichen Edelsteinen, den sie an der Schulter befestigt hatte. Julian, der noch bis wenige Stunden zuvor keinen Gedanken an die Möglichkeit verschwendet hatte, dass er seinen Vater verlieren könnte, war nicht er selbst. Zerbrechlich und schutzlos wie er in diesem Moment war, beunruhigte ihn die vitale Kraft, die von diesem zierlichen Körper und dem feurigen Blick ausging. Noch nie war er einer Frau wie ihr begegnet. Er wusste nicht einmal, dass es solche Frauen gab.

»Es tut mir leid. Ich sehe, dass ich Sie belästige. Ich rede mal wieder zu viel. Eine meiner Schwächen.«

Sie war von einer Spontaneität, die in krassem Widerspruch zu der Zurückhaltung stand, die man in England pflegte, wo man von frühester Kindheit an eingebläut bekam, sich keine Blöße zu geben. Die Selbstbeherrschung war die Grundlage der aristokratischen Erziehung. Die Frauen aus Julians Umgebung bewegten sich mit einer verhaltenen Selbstsicherheit, die gleichermaßen dem Korsett, das sie trugen, wie der Erziehung geschuldet war, die stets Zurückhaltung von einem verlangte.

»Nein, keineswegs«, erwiderte er stammelnd. »Ich bin untröstlich, es ist so ... wie soll ich sagen? Es ist alles so unerwartet gekommen. Und Edward ... er ist schon so weit weg. Wie wollen Sie ihn denn jetzt noch erreichen?«

»Wir folgen auf unserer Route zunächst der Eisenbahnlinie der London and North Western Railway. Wenn ich aufmerksam bin, dürfte ich ihn nicht verfehlen. Und ich werde bestimmt Mittel und Wege finden, mich mit ihm zu verständigen.«

»Aber Sie müssen doch auf Ihrem Kurs bleiben. Ich möchte nicht, dass Sie unseretwegen ein unnötiges Risiko eingehen.«

Sie versicherte ihm, dass dies nicht der Fall sei. Sie sei durchaus imstande, zwei Dinge gleichzeitig zu tun, der Strecke zu folgen und gleichzeitig nach Edward Ausschau zu halten.

Julian sah, dass die Wangen seiner Schwester wieder Farbe annahmen, nachdem sie ein Glas Wasser getrunken hatte. Er musste unverzüglich zum Berkeley Square zurückkehren. Der heitere Blick der jungen Amerikanerin ermutigte ihn. Er deutete ein Lächeln an.

»Ich bin Ihnen wirklich sehr dankbar und nehme Ihre Hilfe gern an. Meiner Schwester habe ich es nicht zu sagen gewagt, aber der Arzt gibt meinem Vater nur noch wenige Stunden zu leben. Ich möchte um jeden Preis, dass die ganze Familie um ihn herum versammelt ist. Ich finde es wichtig, dass man in diesem Moment nicht allein ist, meinen Sie nicht auch? Sowohl für denjenigen, der geht, als auch für die, die bleiben.«

May Wharton bemerkte, wie er sich bemühte, seine Gefühle unter Verschluss zu halten, und musste unwillkürlich an den Tod ihres Vaters denken. Niemand hatte sie benachrichtigt, dass er schon seit mehreren Wochen bettlägerig war. »Wir wollten dich nicht stören, beschäftigt wie du bist«, hatte ihre Schwester bei der Beerdigung in verächtlichem Ton zu ihr gesagt. Ihre Mutter hatte geschwiegen. Doch ihr Schweigen war einer Verurteilung gleichgekommen. Unter dem Dach ihrer Familie war May nicht mehr wohlgelitten. Ihr Bruder redete schon lange nicht mehr mit ihr. Einzig ihr Vater hatte sich ihr gegenüber verständnisvoll gezeigt. Sie hatten sich heimlich geschrieben. Auch wenn er ihre Entscheidung weder verstand noch guthieß, verhielt er sich großherzig. Und nun hatte man sie der letzten Augenblicke beraubt, die sie an seinem Bett hätte verbringen können. Eine perfide Art, sie zu bestrafen. In die Trauer um den geliebten Menschen hatte sich Wut gemischt. Seit seiner Beerdigung vor drei Jahren hatte sie ihre Familie nicht mehr gesehen.

»Sie haben recht«, murmelte sie bewegt, ehe sie ihn erneut am Arm berührte, um ihn zu trösten. »Seien Sie unbesorgt, ich werde mich beeilen.«

Sein Blick folgte ihrer eleganten Gestalt in dem purpurroten Satin, die sich energischen Schritts entfernte.

»Ich bin so weit, Julian«, sagte Evie. »Lass uns schnell fahren! Wir haben bereits genug wertvolle Zeit verloren.«

Das Licht des späten Nachmittags übergoss das Land mit pudrigen Pastelltönen, die Edward an die Aquarelle in einem der Salons von Rotherfield Hall erinnerten. Er war mit seinem Vorankommen zufrieden, obwohl ihn Rückenkrämpfe plagten. Die Instabilität seines Flugzeugs zwang ihn zu unausgesetzter Konzentration. Seit über einer Stunde flog er in Richtung Rugby. Der Motor brummte. Immer weniger Zuschauer standen jetzt entlang der Eisenbahngleise. Ab und zu hielt auf einer Straße ein Automobil an, und die Passagiere stiegen aus, um ihm nachzublicken. In den Dörfern, die er überflog, rannten die Kinder herbei und tanzten, wenn sie ihn sahen. Man hätte meinen können, er werfe unterwegs Konfetti ab. Gut gelaunt, seinen Dackel auf dem Schoß und den Propellerwind im Gesicht, sang er aus vollem Hals.

Er wusste, dass er gut im Rennen lag. Andere Konkurrenten hatten bereits aufgegeben. Einer von ihnen hatte ungeschickterweise den Propeller gebrochen, als er die Maschine aus dem Hangar holte. In Ermangelung eines Ersatzteiles hatte er aufgeben müssen. Selbst wenn die Doppeldecker die Strecke bewältigten, würden sie langsamer als er sein. Er hatte den italienischen Piloten in seinem Farman-Flugzeug überholt und Pierre du Forestel abgehängt, der einige Minuten nach ihm aufgestiegen war und sich eine halbe Stunde lang an seine Fersen geheftet hatte. Auch Friedrichs Taube hatte er gesehen, die in einer seltsamen Position auf dem Boden stand. Da er niedrig flog, hatte er seinen Cousin erkannt, der auf einem Zaun saß und eine Zigarette rauchte. Friedrich hatte ihm mit beiden Armen aufmunternd zugewinkt.

Mit einem Mal erwachte sein Dackel aus dem Schlummer und begann zu kläffen.

»Was ist denn in dich gefahren?«, fragte Edward amüsiert. »Hunger kannst du noch nicht haben. Also sei still!«

Als der Motor zu stottern begann, fragte sich Edward, ob die Tiere mit ihrer Intuition auch mechanische Fehlfunktionen voraussehen konnten. Rasch wurde ihm klar, dass er landen musste. Er beugte sich vor, um nach einer geeigneten Stelle Ausschau zu halten, wo er landen könnte, ohne allzu viel Schaden anzurichten, schaltete dann den Motor aus und setzte im Gleitflug zur Landung an. Er wurde so heftig durchgeschüttelt, dass es ihn ab und zu von seinem Sitz hochhob. Sein Herz schlug heftig. Eine Weide, auf der Schafe grasten, schien ihm eine gute Wahl zu sein. Er stieß einen lauten Schrei aus, um sich Mut zu machen, und lenkte die Maschine mühsam auf den Boden zu. Die Herde lief panisch durcheinander.

»Weg mit euch!«, brüllte er und betete, dass die Tiere ihm nicht unter die Räder kommen würden.

Der Eindecker setzte so heftig auf dem Boden auf, dass er das Gefühl hatte, einen Kinnhaken versetzt zu bekommen. Er sprang zu Boden und packte den Schwanz des Flugzeugs, das ihn mehrere Meter mitzog. Doch es gelang ihm, es anzuhalten und zu verhindern, dass es sich in eine Hecke bohrte. Erfreulicherweise hatten weder Propeller noch Flügel Schaden genommen. Mit ein wenig Glück war auch der Rumpf noch in einem Stück. Wenn es ihm gelang, die Panne zu beseitigen, konnte er bald wieder starten. Er musste allerdings ein paar gute Leute finden, die ihm zur Hand gingen. Schnell leinte er seinen Hund an. Die unglücklichen Schafe, die sich zitternd an den Zaun drückten, hatten genug Aufregung für diesen Tag erlebt.

Während Edward den Motor untersuchte, hörte er plötzlich

Rufe. Kinder kamen, gefolgt von einer Handvoll Erwachsener, auf ihn zugelaufen. Er wischte sich die Hände mit dem Taschentuch ab.

»Guten Tag. Sind Sie der Besitzer?«, fragte er einen der Bauern. »Bitte verzeihen Sie mein unerwartetes Eindringen, aber ich hatte ein Problem, und da kam mir Ihre Wiese verdammt einladend vor.«

Lächelnd nahm der Mann seine Schirmmütze ab.

»Kein Problem, Sir. Ich freue mich, dass Sie landen konnten, ohne Schaden zu nehmen. Kann man Ihnen helfen?«

»Es wäre wunderbar, wenn sich jemand mit Mechanik auskennen würde. Ich gestehe, dass ich mir keinen Rat weiß.«

Leider hatten nur wenige von ihnen je mit Motoren zu tun gehabt und keiner mit einem Anzani-Motor mit Zylindern. Da ihre Ratschläge ebenso entgegenkommend wie bar jeder Kenntnis waren, machte sich Edward erneut an die Arbeit. Er war umso ärgerlicher, als der Motor ihn ein Vermögen gekostet hatte. Alessandro Anzani galt als »Zauberer der Mechanik«, doch der brillante italienische Ingenieur vergaß dennoch nicht, dass er auch Geschäftsmann war. Seit Blériot mit einem seiner Motoren den Ärmelkanal überquert hatte, strömten die Bestellungen nur so, und dementsprechend waren seine Preise.

Edward wurde mit jeder Minute ungeduldiger. Er war kein Experte in Sachen Motoren. Ebenso, wie ein Stallknecht seine Pferde für die Parforcejagd vorbereitete, kümmerte sich ein Mechaniker um sein Flugzeug. Er kam sich dumm und unfähig vor. Was für ein Pech aber auch! Dabei hatte er ausgezeichnet in der Zeit gelegen, da war er sich sicher. In der Umgebung gab es kein Telefon, und der nächste Telegraf lag ein Dutzend Meilen entfernt. Mit einem Wort, er saß mitten im Nirgendwo am Boden fest. Der Scheck mit dem Preisgeld rückte in immer größere Ferne. Mit einem Mal wurde ihm bange. Der Fälligkeitstermin saß ihm im Nacken. Er hatte nur noch wenige Tage Zeit, um seine Schulden zu begleichen, und der Mann, der ihm eine beträchtliche Geldsumme vorgeschossen hatte, nahm es mit der Pünktlichkeit genau. In seine Beklommenheit mischte sich auch ein Hauch von Demütigung. Wie war er nur in diese verfahrene Lage geraten? Charles Barnes trieb sich auf den Rennbahnen herum. Er verstand sich ausgezeichnet darauf, vom Pech verfolgte Gentlemen, die er als leichte Beute betrachtete, in sein Netz zu locken. Wie aus dem Ei gepellt und mit millimeterkurzem Haar war er von beruhigender Leibesfülle und trug ein philanthropisches Lächeln zur Schau. Man hatte Edward zwar vor ihm gewarnt, aber schließlich konnte man nicht sein ganzes Leben lang bei seinen Freunden Geld leihen. Um ihn herum plärrten die Kinder und verlangten Autogramme. Er befahl ihnen barsch, sich zu entfernen, zog seine Taschenflasche mit Cognac hervor und trank einen Schluck.

»Hört mal, da kommt noch einer!«, schrie ein kleiner Junge.

Das regelmäßige Brummen eines Motors kam näher. Über den Baumkronen tauchte ein Doppeldecker auf. Das Flugzeug zog eine vollendete Kurve und setzte zur Landung an. Es landete sanft, und die Bauern stürzten herbei, um es festzuhalten. Der Pilot zog seine Kapuze herunter. Erstaunte Ausrufe waren zu hören, als das lange, braune Haar einer Frau zum Vorschein kam. Verblüfft erkannte Edward May Wharton. Als sie selbstbewussten Schritts auf ihn zukam, fiel ihm die harmonische Schönheit ihrer Züge auf.

»Sind Sie Edward Lynsted?«, fragte sie mit ernster Miene.

»Ja.«

»Ihr Bruder schickt mich. Ich habe schlechte Nachrichten. Ihr Vater hat heute Nachmittag einen Schwächeanfall erlitten und befindet sich in einem kritischen Zustand. Ihr Bruder bittet Sie, sofort zurückzukehren.«

»Jetzt? Aber das ist unmöglich. Ich bin mitten im Wettkampf.«

»Es tut mir sehr leid, aber der Zustand Ihres Vaters ist ernst. Besser, Sie fliegen sofort zurück. Ich sehe, dass Sie ein Problem mit Ihrer Maschine haben. Am besten ich fliege Sie zurück nach Hendon. Das ist die schnellste Lösung.«

Edward war sprachlos. Er war es nicht gewohnt, Befehle von einer Unbekannten entgegenzunehmen.

»Ich dachte, Sie wären eine Teilnehmerin des Wettbewerbs, kein Taxi«, erwiderte er ironisch.

Sie warf ihm einen finsteren Blick zu. Edward Lynsted stellte die selbstzufriedene Art junger Leute aus guter Familie zur Schau, denen nicht nur ein angenehmes Äußeres in die Wiege gelegt worden war, sondern auch das nötige Geld, um es zur Geltung zu bringen. Sie hielten sich für den Nabel der Welt, ob es sich nun um englische Adlige handelte, die sich rühmten, von den Normannen abzustammen, oder um Amerikaner, die ihre Herkunft auf die Mayflower zurückführten.

»Ich bin bereit, als Ihr *Taxi* zu fungieren, damit Sie am Bett Ihres Vaters sein können, falls er stirbt. Ich glaube, Ihr Bruder würde sich darüber freuen. Wenn Sie nicht auf ihn hören, werden Sie sich möglicherweise Vorwürfe deswegen machen.«

»Ich gestehe, dass ich nicht ganz begreife, welche Rolle Sie bei dieser Angelegenheit spielen, Miss Wharton. Aber natürlich weiß ich, wer Sie sind ... Ich lasse mir von niemandem Lektionen erteilen und bezweifle, dass es etwas nützt, so überstürzt zurückzufliegen. Ich habe vor, die Etappe zu beenden. Wenn Sie mich jetzt entschuldigen würden, ich habe einen Motor zu reparieren.«

Er stieg auf die Holzkiste, die ihm die Bauern gebracht hatten, damit er sich leichter am Motor zu schaffen machen konnte. Innerlich kochte er. Sein Vater würde schon nicht wegen eines Schwächeanfalls sterben. Sicher, in der ersten Zeit der Hitzewelle hatte die *Times* eine Kolumne mit der Zahl der Hitzetoten veröffentlicht, aber er konnte nicht glauben, dass sein Vater so empfindlich war. Sicherlich war er nach den Rededuellen im Parlament müde gewesen und würde sich nach einigen Tagen Ruhe in Rotherfield Hall ausgezeichnet erholen. Edward weigerte sich, auch nur die Möglichkeit seines Todes in Betracht zu ziehen. Er war überzeugt, dass Julian in Panik geraten war. Wie auch immer, er hatte keine andere Wahl, er musste den Wettflug gewinnen. Es wäre Wahnsinn, sich diese Chance entgehen zu lassen. Niemand ahnte, wie ernst seine Lage war, und er hegte keinerlei Absicht, sich zu rechtfertigen.

Nachdem er seine Entscheidung getroffen hatte, konzentrierte er sich auf seine Arbeit. Edward hielt sich nie mit negativen Dingen auf, sondern ignorierte sie sogar radikal. Doch leider hatten gewisse Verpflichtungen die unangenehme Angewohnheit, sich ihm in ungünstigen Momenten in Erinnerung zu bringen, statt sich wie durch ein Wunder in Luft aufzulösen; so auch die von Barnes gesetzte Frist.

May Wharton beobachtete den jungen Piloten. Beim Anblick der strengen Miene, mit der er sie bedacht hatte, war ihr klargeworden, dass sie es mit einem dieser sturköpfigen Männer zu tun hatte, die sich selbst nie in Frage stellten. Als Journalistin begegnete sie ihnen regelmäßig. Und erst recht ließen sie sich von keiner Frau in die Enge treiben. Aber wer war sie, dass sie ihn umzustimmen versuchte? Sie kannte diese Familie nicht. Es hatte sie selbst erstaunt, dass sie seinen älteren Bruder angesprochen hatte, aber seine Einsamkeit hatte sie berührt.

Sie wollte ein paar kräftige Männer bitten, ihr Flugzeug festzuhalten, während sie den Propeller anwarf, doch mit einem Mal war ihr Interesse an dem Wettflug erloschen. Ohnehin hatte sie nie eine Chance gehabt, ihn zu gewinnen. Die alte Mühle, die man ihr überlassen hatte, war solide wie ein gestandener Veteran, aber ihrem Motor mangelte es an Kraft. Besser, sie kehrte nach Hendon zurück und riskierte nicht, dass die Maschine etwas abbekam. Es würden noch andere Flugschauen kommen, bei denen sie sich beweisen konnte.

Sie trat zu Lynsted und sah sich den teilweise auseinandermontierten Motor an.

»Ganz wie ich dachte. Ihre Ansaugleitung ist verstopft.«

Edward kam sich wie ein vollständiger Idiot vor. Wie hatte er nur so blind sein können, dass er nicht selbst darauf gekommen war?

»Da dieser Wettkampf Ihnen so wichtig ist, wünsche ich Ihnen viel Glück, Mr Lynsted«, erklärte sie und zog die Handschuhe an. »Wir werden sicherlich wieder Gelegenheit haben, gegeneinander anzutreten, und dann werde ich Ihnen beweisen, dass sich Taxichauffeure gar nicht so schlecht anstellen.«

An diesem Abend war inmitten des verlassenen Mayfair ein einziges Haus hell erleuchtet, aber trotzdem war es in dem Haus am Berkeley Square still. Im Dienstbotenquartier sprachen die Kammermädchen im Flüsterton und mit Tränen in den Augen, während die Pagen vor Unruhe herumzappelten wie kleine Jungen. Sie warteten in ihrem Esszimmer im Untergeschoss, munterten sich mit Tee auf und ließen das Klingelpaneel, durch das sie mit jedem Raum im Haus verbunden waren, nicht aus den Augen. John gewann ein Spiel nach dem anderen. Er knallte seine Karten im Takt zum Ticken der Pendeluhr auf den Tisch. Nur Mr Stevens, der Butler, rührte sich nicht. Unter so ernsten Umständen war es besonders wichtig, dass die Gouvernante des Hauses und er Ruhe bewahrten. Da er sich einstweilen von niemandem Anweisungen holen konnte, musste er die anstehenden Entscheidungen treffen und dafür sorgen, dass nichts das Drama störte, das sich bei den Herrschaften abspielte.

Das Abendessen war soeben beendet, und die Teller waren kaum angerührt in die Küche zurückgebracht worden. Als der Türklopfer an der Vordertür ging, fragte sich Mr Stevens, wie er sich gegenüber der jungen Ausländerin verhalten sollte, die Lord Bradbourne zu sehen verlangte. Sie trug eine weiße Baumwollbluse mit steifen Manschetten. Die grüne Leinenjacke passte zu dem ausgestellten Rock, unter dem staubige Stiefeletten hervorsahen. Er hegte ein instinktives Misstrauen gegenüber unbekannten Frauen, die nach Sonnenuntergang ohne angemessene Begleitung am Berkeley Square auftauchten. Vor allem gegenüber solchen, die unter ihrem Strohhut eine so entschlossene Miene zeigten.

»Bedaure, aber Lord Bradbourne empfängt heute Abend nicht«, erklärte er von oben herab.

»Ich weiß, dass es seinem Vater sehr schlecht geht«, erwiderte sie. »Ich wollte ihm mitteilen, dass ich mit seinem Bruder gesprochen habe.«

Mr Stevens bedeutete John, sie ins Vestibül eintreten zu lassen. Seit Lady Evangeline aus Hendon zurückgekehrt war, hatten sie nichts von Mr Edward gehört.

»Wen darf ich melden?«

»Miss May Wharton.«

Er bat sie, ihm zu folgen, führte sie in den gelben Salon und schloss dann die Tür hinter ihr. Beeindruckt murmelte John, sie sei eine berühmte amerikanische Fliegerin. Mr Stevens ließ sich nichts anmerken. Auch er hatte den Zeitungsartikel überflogen, der über ihre Leistungen berichtete, und begriff nicht, wie verantwortungsbewusste Frauen mit so gefährlichen Maschinen ihr Leben riskieren konnten.

Als Mr Stevens sah, wie sein junger Herr auf ihre Ankündigung reagierte, ahnte er, dass Probleme auf sie zukamen. Innerhalb weniger Sekunden wechselten sich auf Julians Miene Erstaunen, Freude und Furcht ab. Stevens stand seit über dreißig Jahren im Dienst der Familie und war ebenso deren lebendes Gedächtnis wie die Mauern von Rotherfield Hall. Er kannte die Geheimnisse der Familienmitglieder und teilte ihr Glück und ihren Kummer, als wären es seine eigenen Gefühle. Er hatte als zweiter Kammerdiener des alten Lords begonnen und mit der Regelmäßigkeit eines Metronoms die Stufen der Hierarchie erklommen. Sein Leben würde er in einem der Cottages auf dem Gut beschließen, das man ihm für seine alten Tage zur Verfügung stellte. Lady Rotherfield würde für ihn sorgen, und einige Familienmitglieder würden an seiner Beerdigung teilnehmen. Die Verbindung zwischen einem Dienstboten wie ihm und einer Familie beruhte auf gegenseitigem Vertrauen, Respekt und Treue. Daher war Stevens beunruhigt, als er an diesem Abend

Lord Bradbourne in den kleinen gelben Salon mit den Canaletto-Gemälden führte, in dem May Wharton wartete.

May betrachtete eine Themselandschaft des venezianischen Meisters und drehte sich um, als die beiden eintraten. Sie versuchte sich nichts anmerken zu lassen, auch wenn die Pracht des Hauses sie einschüchterte. Damit rechnete man nicht, wenn man die schmale, nüchterne Fassade sah, die auf den Platz hinausging. Die überdimensionale Treppe, über die sich eine dreiteilige Kuppel wölbte, hatte ihr den Atem geraubt. Diese Welt war so weit von ihrer entfernt, dass sie sich ebenso gut auf einem anderen Planeten hätte befinden können. Es gab keinen Vergleich zwischen diesem Salon aus dem 18. Jahrhundert, wo der Blick jeden Moment ein anderes Kunstwerk streifte, und dem kleinbürgerlichen Wohnzimmer ihrer Eltern in Philadelphia mit der Tapete mit den stilisierten Mohnblumen und den mit Quasten geschmückten Stoffen, in denen der Geruch nach dem Lieblingstabak ihres Vaters hing. Außerdem spürte man, dass die Rotherfields dieses imposante Gebäude ebenso gelassen und selbstverständlich bewohnten, wie man sich eine alte, bequeme Jacke anzog. Die Kissen waren ausgeblichen, das eine oder andere Gemälde bewies einen weniger sicheren Geschmack, aber dabei handelte es sich zweifellos um ein Geschenk oder ein Reiseandenken, das neben einem Meisterwerk aufzuhängen man sich nicht gescheut hatte.

»Es tut mir leid, Sie zu belästigen, aber ich wollte Ihnen mitteilen, dass ich Ihren Bruder gefunden habe, ihn aber nicht überzeugen konnte, mich zurückzubegleiten. Wie geht es Ihrem Vater?«

»Leider schlecht. Der Arzt ist bei ihm. Wir fürchten, dass er die Nacht nicht überleben wird. Edward zieht es also vor, den Wettbewerb fortzusetzen, statt an das Sterbebett seines Vaters zu eilen«, fügte er in verbittertem Ton hinzu und öffnete ein Fenster.

»Ich will ihn nicht in Schutz nehmen, aber ich hatte den Eindruck, dass ihm der Ernst der Lage nicht klar war.«

»Er hat noch nie etwas ernst genommen. Er weiß nicht einmal, was das Wort bedeutet. Schade für ihn! Aber ich möchte nicht, dass meine Mutter davon erfährt, sie würde sich nur unnötig aufregen. Sollten Sie ihr begegnen, seien Sie so freundlich und sagen nichts.«

»Selbstverständlich! Und Sie, wie geht es Ihnen? Ich kann mir vorstellen, wie schwierig es für Sie als ältesten Sohn sein muss. Den Erben«, murmelte sie und sah sich um.

Julian war verblüfft. Nie ermunterte ihn jemand, seinen Gefühlen Ausdruck zu verleihen. Er wäre auch unfähig gewesen, die verworrenen Gefühle, die ihn seit dem Zusammenbruch seines Vaters in Westminster umtrieben, in verständliche Worte zu fassen. In seiner Welt konnte man höchstens schriftlich sein Herz ausschütten, ohne sich zu demütigen. Merkwürdigerweise war es nicht verpönt, sein Inneres in Briefform bloßzulegen.

»Aber wie kann ich nur meine Pflichten so schändlich vernachlässigen! Kann ich Ihnen etwas anbieten? Wirklich nicht? Wenn das so ist, dann schenken Sie mir einen Cognac ein, Stevens, und lassen Sie uns bitte allein.«

Er lud die junge Frau ein, sich zu setzen. Sie ließ sich hoch aufgerichtet auf der Kante eines Sessels nieder und legte die Hände ineinander.

»Verzeihen Sie mir, ich bin taktlos. Ich hätte Sie nicht stören dürfen. Ich kam zufällig an Ihrem Haus vorbei, und da kam ich auf den Gedanken, Ihnen die Nachricht persönlich zu bringen.«

May log. Sie hatte in ihrem Zimmer im Lyceum Club schon schlafen gehen wollen, als ihr einfiel, dass Julian nicht weit von Piccadilly entfernt wohnte. Der Drang, ihn wiederzusehen, war unwiderstehlich gewesen. Inzwischen bereute sie ihren Impuls bitter.

»Es war sehr großzügig von Ihnen, mir zu helfen. Warum haben Sie den Wettflug nicht fortgesetzt?«

»Ich hatte keine Lust mehr, und mein Flugzeug war der Sache nicht gewachsen. Ich habe noch weitere Wettbewerbe und ein ehrgeiziges Projekt im Auge: Ich würde gern als erste Frau den Ärmelkanal überqueren. Deswegen bleibe ich auch einige Zeit in England.«

»Was für ein Mut! Es muss beängstigend sein, über dem Wasser zu fliegen. Ich bewundere Sie. Reisen Sie allein?«

»Mit meinen Mechanikern. Seit einem Jahr sind wir eine kleine umherziehende Truppe. Wir teilen uns die Einnahmen aus den Flugschauen, andernfalls sind wir dazu verdammt, von Wasser und Brot zu leben«, erklärte sie mit einem schelmischen Lächeln.

»Eine Art Gaukler der Lüfte also.«

»Sie finden das sicher empörend.«

»Ganz im Gegenteil, Miss Wharton. Ich muss sogar gestehen, dass ich Sie beneide.«

»Ich bleibe nicht gern allzu lange an einem Ort. Ein paar Monate habe ich in Mexiko und in Argentinien, in Buenos Aires, gelebt. Ich habe Gesellschaftsartikel für den *Philadelphia Inquirer* geschrieben. Ein ziemlich ungewöhnliches Leben für eine Frau, über das manche Menschen schockiert wären.«

»Und einsam sicher auch, oder?«

Die beiden sahen einander lange an. Die Fürsorglichkeit und Aufrichtigkeit seines Blicks berührten sie.

»Vor der Einsamkeit habe ich keine Angst. Als ich jünger war, habe ich mich davor gefürchtet, zu einem Leben verurteilt zu sein, in dem ich mich nicht wiedererkennen würde. Ich musste mich von Menschen trennen, die mir nahestanden, und auf einen gewissen Komfort verzichten, aber ich bedaure es nicht.«

Julian vermochte den Blick nicht von diesem lebhaften Gesicht loszureißen. Ihre tiefe Stimme, die in Verbindung mit ihrem amerikanischen Akzent sehr dynamisch klang, ihre Spontaneität und ihre strahlenden Augen faszinierten ihn. Ihre Vitalität, die er schon in Hendon gespürt hatte, wirkte in dem kultivierten Salon am Berkeley Square umso stärker. Diese einzigartige, inspirierende Frau hatte eine Saite in seinem Inneren angeschlagen. Sie erweckte seine Neugierde, indem er in ihr das Spiegelbild eines Lebens sah, das sein eigenes hätte sein können.

Welche Ironie des Schicksals! Nicht weit entfernt von ihnen lag sein Vater im Sterben. In einigen Stunden würde er der vierzehnte Earl of Rotherfield sein. Dann würde Julian pflichtgemäß die ihm übertragene Rolle des Familienoberhaupts übernehmen, die darin bestand, seine Familie zu schützen, aber auch alle, deren Schicksal mit seinen Ländereien verknüpft waren, und das, bis der Tod sie schied. Er würde sich seiner Pflicht nicht entziehen. Ein einmal gegebenes Wort nahm man nicht zurück. Und ausgerechnet jetzt platzte May Wharton in sein Leben. Beklommen ahnte Julian, dass sie es war, auf die er schon sein ganzes Leben lang wartete. Ohne mit jemandem darüber zu sprechen, weil er fürchtete, für einen Romantiker oder einen Verrückten gehalten zu werden, hatte er gegen alle Umstände und alle Vernunft auf sie gewartet. Eines Tages, als er sich verletzlich fühlte, hatte er sich dann aus reiner Schwäche eingeredet, dass sie nicht mehr kommen würde, und die Waffen gestreckt.

Julian war May beinahe böse, weil sie sich so lange Zeit gelassen, sich von der mexikanischen Sonne hatte blenden lassen, den Vorstädten von Buenos Aires, wo der sinnliche Tango zu Hause war, der die Europäer so faszinierte. Aber jetzt war sie doch gekommen und stand vor ihm, denn sie war ebenfalls aufgestanden, ohne ein Wort zu sagen. Auch sie war sichtlich bewegt und wirkte ebenso schön wie gefährlich, denn May war immer noch frei, während er sich schon nicht mehr selbst gehörte.

Es klopfte an der Tür, und May zuckte zusammen. Eine schmale junge Frau, beinahe noch ein Mädchen, mit sehr blasser Haut trat in den Salon. Sie warf Julian, der irritiert, ja beinahe streng wirkte, einen fragenden Blick zu.

»Alice, das ist Miss Wharton. Die Fliegerin. Sie hatte sich freundlicherweise erboten, Edward Bescheid zu geben, da sie am selben Wettflug teilgenommen hat; aber leider konnte er sie nicht zurückbegleiten.«

Die junge Frau musterte May von Kopf bis Fuß. Sie wirkte wachsam. Die Amerikanerin war daran gewöhnt, Misstrauen zu erwecken, und nahm keinen Anstoß daran. Die meisten Männer hielten sie für ein leichtes Mädchen, weil sie ein unabhängiges Leben führte. Ohne Ehering am Finger, der sie schützte, erschien ihnen die siebenundzwanzigjährige Abenteurerin als leichte Beute. Doch nur zu Beginn. Unter den Frauen fürchteten sie viele, weil sie sie nicht verstanden.

Julian stellte ihr die Unbekannte als seine Verlobte vor. Sie werden schöne Kinder bekommen, dachte May mit einem Anflug von Ironie, während die junge Frau neben ihm Stellung bezog, um ihr Revier zu markieren. Die charmante Lady Alice hatte nichts zu befürchten. Sie würde schon nicht auf ihrem Territorium jagen. Und doch war unbestreitbar, dass Julian mit seiner Notlüge die erste heimliche Verbindung zwischen ihnen geschaffen hatte. Sie ertappte sich dabei, wie sie einen schmerzhaften Stich empfand. Einen Moment lang hatte sie in seinem Blick etwas so Aufstörendes gelesen, dass sie aufgestanden war, um sich ihm besser stellen zu können.

Eine weitere junge Frau stürzte tränenüberströmt in den Salon und warf sich in Julians Arme. May erriet, dass es sich um seine jüngere Schwester handelte. Er drückte sie an sich. Der Butler erschien mit blassem Gesicht, den Blick von Trauer umwölkt.

»Stevens?«, fragte Julian mit erstickter Stimme.

»Der Earl hat uns verlassen, Eure Lordschaft.«

May hielt den Atem an. Sie machte sich Vorwürfe, weil sie in einem so persönlichen Moment hier war, obwohl sie der Familie fremd war. Rasch murmelte sie ihre Beleidsbekundungen und entschuldigte sich. Während Victoria an seiner Schulter schluchzte, blickte Julian May nach, als sie den Salon verließ, und ein unsinniger Gedanke schoss ihm durch den Kopf: Wegen der Trauerzeit würde sich seine Hochzeit um mehrere Monate verschieben.

»Sir, Sir, wachen Sie auf!«

Jemand schüttelte ihn an der Schulter und schrie ihm ins Ohr. Es dauerte einen Moment, bis sich Pierre du Forestel daran erinnerte, dass er die Nacht im Cavalier Inn, einem Gasthaus mit niedrigen Decken und sichtbaren Holzbalken, verbrachte. Der Bürgermeister von Lutterworth war persönlich gekommen, um ihn zu empfangen, als er in der Abenddämmerung gelandet war. Sofort scharte sich eine Gruppe Neugieriger mit Fahrrädern um ihn, die seine Torreton-Maschine mit ihren Fahrradlampen erhellten. Den ganzen Nachmittag lang hatten sie mit ihren Blicken den Himmel abgesucht, da sie wussten, dass die Teilnehmer des Wettflugs nicht weit von hier vorbeikommen mussten. Sie freuten sich darauf, endlich einen dieser Helden zum Greifen nahe vor sich zu haben. Als Pierre sie um Hilfe beim Aussteigen bat, waren sie wie vor den Kopf geschlagen. Seine Hüfte und sein noch nicht ganz genesenes Bein waren so steif, dass er nicht einmal mit Krücken gehen konnte. Und so trugen die Bauern ihn triumphierend auf den Schultern bis zum Gasthof, wo er Autogramme gegeben hatte.

»Gerade ist ein Flugzeug vorbeigeflogen, Sir«, erklärte der Wirt.

»Wie spät ist es denn?«, sagte Pierre todmüde. Es war noch stockdunkel.

»Drei Uhr morgens, Sir. Wir haben es nicht erkannt, aber es war ganz sicher ein Eindecker. Es ist einem Automobil gefolgt, das ihm mit seinen Scheinwerfern den Weg gewiesen hat.«

»Das ist ganz bestimmt Lynsted. Nur er würde ein solches Risiko eingehen.«

Während sich Pierre ankleidete, bedauerte er ein weiteres Mal, dass er Montreux nicht hatte erreichen können. Er hätte es vorgezogen, wenn er seine Maschine vor dem Weiterflug untersucht hätte. Seine Mechaniker mussten irgendwo unterwegs sein, aber da die Telegrafisten und Telefonisten streikten, hatte er ihn nicht anrufen können, um ihm seine Position durchzugeben. Als er am Vortag Lynsteds Maschine überflogen hatte, die regungslos am Boden stand, war er beruhigt gewesen, denn es handelte sich um seinen ernstzunehmendsten Gegner. Edward hatte keinen Hehl daraus gemacht, dass er den Wettflug um jeden Preis gewinnen wollte, und seine entschlossene Miene hatte Pierre klargemacht, dass der junge Mann bereit war, jedes Risiko einzugehen. Die Flieger waren geborene Konkurrenten. Ihnen lag die Sehnsucht, die Schnellsten, die Ausdauerndsten, die Leistungsfähigsten zu sein, im Blut. Pierre war überzeugt davon gewesen, einen ordentlichen Vorsprung zu haben, und war voller Zuversicht auf seinen Sieg eingeschlafen, aber jetzt stand wieder alles auf dem Spiel.

»Er muss verrückt sein, bei Nacht zu fliegen«, brummte er vor sich hin.

Claude Grahame-White hatte im vergangenen Jahr zu den Ersten gehört, die das ausprobierten. Er hatte auch die Idee gehabt, sich die Strecke von Automobilen weisen zu lassen. Bei Nacht waren die ländlichen Gegenden eine weite, dunkle Fläche, die nur selten von spärlichen Lichtern unterbrochen wurde, an denen man sich nicht orientieren konnte. Unmöglich, unter diesen Bedingungen eine Karte oder einen Kompass zu lesen. Und der Vollmond bot zwar ausreichend Licht, aber im Mondschein verschätzte man sich hinsichtlich der Entfernungen und Formen. Insbesondere war es schwierig, die Flughöhe zu ermessen. Sich einem Himmel aus dunklem Samt anzuvertrauen brauchte besonderen Mut.

Pierre zog eine Grimasse, während er seine Reithosen anzog. Am Vorabend hatte die Frau des Wirts ihm einen Balsam gegeben, das seine Krämpfe lindern sollte. Als er den scharfen Geruch nach Kräutern und Kampfer wahrnahm, fragte er sich, ob es sich etwa um eine Pferdesalbe handelte, doch sie hatte sofort gewirkt. Er beklagte sich nicht, denn das Schlimmste war ihm erspart geblieben. Pelletiers Kugel hatte vor einigen Wochen knapp eine Arterie verfehlt. An den Ausgang des Duells erinnerte er sich nur verschwommen. Er wusste, dass der Arzt seines Gegners ihn auf der Wiese eilig versorgt hatte, dann hatte ihn Jean zurück in die Rue de Bellechasse gebracht, wo er Stunden im Delirium lag. Sein Körper glühte vor Fieber. Mehrere Tage war er bettlägerig. Er erinnerte sich nur an die kühlen Hände und die beruhigende Stimme seines Bruders und die Gewissheit, dass Jean ihn nicht im Stich lassen würde.

Er trank zwei Schluck Tee mit einem großzügigen Schuss Rum und verschlang eine Scheibe altbackenes Brot. Es machte nichts, wenn er ein wenig Zeit verlor. Sein Motor war stärker als der Edwards, und er hasste es, eine Reise mit leerem Magen zu beginnen. Seine neuen Kameraden staunten über seine Kaltblütigkeit, und er war verblüfft, dass sie mitten in der Nacht gekommen waren, um ihm tatkräftig zur Hand zu gehen. Sie schienen es ihm gar nicht übel zu nehmen, dass er Franzose war. Der Bürgermeister hatte ihm erklärt, das sei eine Frage des Anstands. England beherrschte die Meere, selbst wenn der Kaiser versuchte, sich wichtigzumachen. Jetzt musste es beweisen, dass es auch würdig war, über die Lüfte zu regieren, aber das hieß ja noch lange nicht, dass sie nicht in der Lage waren, einen ehrlichen Konkurrenten zu unterstützen.

Es wurde gerade eben hell, als seine selbst ernannte Leibgarde ihm half, sich hinter das Steuer zu setzen. Pierre hatte ihnen erklären müssen, wie man den Tank füllte, das Flugzeug in Position brachte und den Propeller startete. Er setzte sich die Grubenlampe, die man ihm gegeben hatte, um seine Instrumente zu beleuchten, auf die Stirn. Dann hob er einen Arm zum Zeichen, dass er bereit war. Die Männer ließen das Flugzeug los, das ein Stück über den Acker rollte und dann abhob. Er nahm sich die Zeit, zum Abschied einen vollendeten Kreis über ihren Köpfen zu ziehen, bevor er Edward Lynsteds Verfolgung aufnahm. Sein Rivale hatte gewiss gute Gründe, aus denen er gewinnen wollte, aber Pierre war ebenso entschlossen. Auf seinen Schultern ruhte die Zukunft der Firma Torreton. Mit einem Gedanken an Gustave Torretons von Trauer gezeichnetes Gesicht schlug er die Richtung nach Sheffield ein.

Es waren sogar noch mehr Zuschauer als in London gekommen, um der Ankunft beizuwohnen. Die örtlichen Tageszeitungen hoben Michael Manderley in den Himmel, den Besitzer eines der wichtigsten Stahlwerke der Region, der diese vergötterten Piloten in ihre Industriestadt gebracht und ihr damit eine Aura von Modernität und Exklusivität verliehen hatte. Manderley war zufrieden. Seine Mühen waren nicht umsonst gewesen. Man nannte ihn bereits in einem Atemzug mit Lord Northcliffe, dem Zeitungsmagnaten und großen Mäzen der Luftfahrt.

Er hob das Fernglas, um den Himmel abzusuchen. Das Wetter war schön, doch der Wind bewegte die Fahnen, was die Landung nicht leicht machen würde. Nach seinen Informationen würden Edward Lynsted und der Franzose Pierre du Forestel den Sieg unter sich ausmachen. Die vier Konkurrenten, die noch im Rennen waren, würden sie nicht mehr einholen, bei ihnen ging es nur noch um die Ehre. Die restlichen Teilnehmer hatten diverse Pannen zum Aufgeben gezwungen. Er bedauerte, dass sich die einzige weibliche Teilnehmerin am Vorabend entschlossen hatte, nach London zurückzukehren. Die Amerikanerin May Wharton besaß eine außergewöhnliche Persönlichkeit, und er hätte sich gewünscht, dass sie den Wettbewerb zu Ende brachte, denn es war der Charakter der Flieger, der die Menschen faszinierte. Das Volk ließ diese fröhlichen, unverfrorenen Helden hochleben, und wenn eine Frau mit den besten unter ihnen wetteiferte, trug dies noch zusätzlich zur allgemeinen Begeisterung bei. Als er einen schwarzen Punkt am Horizont entdeckte, schlug sein Puls schneller. Auch er hatte sich von der Spannung des Wettflugs anstecken lassen.

»Es ist Edward Lynsted!«, rief der Kommentator aus, was Jubelgeschrei auf der offiziellen Tribüne und den umliegenden Feldern auslöste. »Aber ich erkenne noch jemanden. Mir scheint … Aber ja, das ist Pierre du Forestel mit seiner Torreton. Ladys und Gentlemen, wir haben ein Duell zwischen den Spitzenreitern! Welche der beiden großen Nationen, die zu den Pionieren der Lüfte zählen, wird heute den Sieg davontragen?«

Die Männer schwenkten ihre Strohhüte und Schirmmützen. Als begeisterte Anhänger von Pferde- und Automobilrennen liebten die Engländer diese Art von Veranstaltung, aber selten erlebte man einen so spektakulären Zieleinlauf. Meist war der Abstand zwischen Sieger und Zweitem wesentlich größer.

Lynsted hatte einen Vorsprung gegenüber seinem Gegner, aber er flog höher. Sein Eindecker war kompakter als die Maschine des Franzosen. Man hätte meinen können, dass ein Raubvogel über einem kleinen Vogel schwebte. Hoffentlich stoßen sie nicht zusammen, dachte Manderley und hatte eine erschreckende Vision von zwei brennenden Flugzeugen, die auf die Menge stürzten. Flugschauen wurden häufig zum Schauplatz von Unfällen, da die Flugzeuge nicht zuverlässig waren. Drei Monate zuvor war beim Start des Wettflugs von Paris nach Madrid ein Eindecker nach dem Abheben abgestürzt und hatte mehrere bekannte Persönlichkeiten getötet, darunter Maurice Berteaux, den französischen Kriegsminister, der noch auf dem Flugfeld seinen Verletzungen erlag.

Die Zuschauer schrien auf. Der Franzose war beim Überfliegen eines Fabrikkamins bedenklich ins Trudeln geraten. Dieses Missgeschick gestattete Lynsted, endgültig die Oberhand zu gewinnen. Er begann mit dem Landeanflug. Doch sein Rivale war mit seinem Latein noch nicht am Ende. Der Franzose brachte seine Maschine wieder unter Kontrolle und flog auf den großen, mit Blumen geschmückten Torbogen zu, der den Eingang zum Flugfeld bezeichnete.

»Das wird er doch nicht machen«, murmelte Manderley, während sich der Kommentator heiser schrie und die Zuschauer, die sich unvorsichtigerweise genähert hatten, zur Vorsicht mahnte.

Pierre biss die Zähne zusammen. Er hatte sich der heißen Luft, die aus dem Fabrikschlot aufstieg, zu weit genähert. Jetzt hatte er keine Zeit mehr, die richtige Linie zu finden, um sicher auf der Landebahn vor den Tribünen herunterzugehen. Um Lynsted doch noch den Sieg streitig zu machen, dessen langsamen Abstieg er beobachtete, blieb ihm nur noch übrig, ein unvernünftiges Risiko einzugehen. Wenn ihn nur sein Motor nicht im Stich ließ! Aber dieser brummte so kräftig, dass er die Ingenieurstalente des guten Gustave pries und wieder zu Lynsted aufschloss. Gesichter hoben sich ihm entgegen wie Sonnenblumen, Taschentücher wurden geschwenkt. Jetzt musste er nur noch richtig zielen, genau durch die Mitte des großen Torbogens, und hoffen, dass sein Blick ihn nicht getrogen hatte und die Spannweite seiner Flügel nicht zu groß war, um unbeschadet zwischen den beiden mit Blumen geschmückten Balken hindurchzugelangen. Aber wenn er sich irrte …

Edward sah seinen Rivalen nicht mehr. Seine Entscheidung, höher aufzusteigen, um in weniger turbulente Luftschichten zu gelangen, zahlte sich aus. Schon atmete er den süßen Duft des Sieges. Seine trockenen Augen brannten. Er hatte seit vierundzwanzig Stunden nicht geschlafen. Um seinen Rückstand aufzuholen, hatte er keine andere Wahl gehabt, als mitten in der Nacht zu starten. Dabei hatte er so viel Angst wie selten in seinem Leben.

Nie würde er vergessen, wie ihm fast das Herz stehen geblieben war, als eine Wolkenbank ihm die Sicht auf die Scheinwerfer des Wagens und das silbrige Band eines Flusses raubte, an denen er sich orientierte. Himmel und Erde verschmolzen miteinander.

Würde er unbemerkt an Höhe verlieren, von einem Moment auf den anderen abstürzen? Kurz davor, sich zu übergeben, drang er für lange Minuten in das formlose Dunkel ein und verlor jedes Gefühl für Raum und Entfernung. Das Blut rauschte so laut in seinen Ohren, dass er nicht einmal mehr seinen Motor hörte. Mit einem Mal war Edward das Gesicht seines Vaters erschienen, und er hatte einen Entsetzensschrei ausgestoßen wie damals als Kind, wenn er aus einem Albtraum erwachte.

Wie aus dem Nichts tauchte plötzlich Pierre wieder auf. Edward stieß einen Fluch aus. Während er unter dem Hurrageschrei der Menge im Gleitflug seine Landung abschloss, raste die verdammte Torreton knapp über die Köpfe der Zuschauer hinweg und flog zwischen den beiden Balken des Bogens hindurch, den er gerade überfliegen wollte. Beim Aufsetzen wirbelten Pierres Reifen eine Staubwolke auf. Die technische Spitzenleistung des Franzosen versetzte die Menge in Verzückung.

Manderley hatte den Atem angehalten. Was für eine Landung! Darüber würde noch lange in den Annalen die Rede sein. Frankreich hatte das Duell gewonnen. Wieder einmal. Louis Blériot, Louis Paulhan, Roland Garros, Pierre du Forestel und noch andere ... Sie waren wahrhaftig die Herren der Lüfte. Jetzt blieb ihm nur noch, den Sieger zu dem Bankett einzuladen, das ihm zu Ehren im Londoner Savoy gegeben wurde, und Edward Lynsted Mitteilung vom Tod seines Vaters zu machen.

Als er davon hörte, musste Manderley eine Anwandlung von schlechter Laune unterdrücken. Noch wenige Tage, und die Kaufverträge zwischen Rotherfield und ihm wären unterzeichnet worden. Man glaubte, er wolle Whitcombe Place, um die nächste Etappe seines gesellschaftlichen Aufstiegs einzuläuten, die ihm einen Adelstitel verschaffen würde. Grundbesitz war in der englischen Gesellschaft immer noch ein unerlässliches Unterpfand des Ansehens. Aber Michael hatte einen anderen, persönlicheren Beweggrund. Der verstorbene Lord Rotherfield war ein leutseliger Mensch gewesen, den zwar finanzielle Sorgen plagten, aber der sich einen so offenen Geist bewahrt hatte, dass er jemandem, der aus dem Nichts zum Erfolg aufgestiegen war, keine Verachtung entgegenbrachte. Manderleys Miene verhärtete sich. Von seinem Erben konnte man das sicherlich nicht behaupten.

Der heiße Sommer 1911 sollte Edward für immer als eine der schlimmsten Phasen seines Lebens im Gedächtnis bleiben. Nachdem Pierre du Forestel auf der Ehrentribüne sein Preisgeld entgegengenommen hatte, zollte er in seiner Rede dem Wagemut seines Rivalen Achtung. Edward, der vor Enttäuschung und Erschöpfung wie gelähmt war, brachte es dennoch fertig, ein steifes Lächeln zu wahren. Zum ersten Mal in seinem Leben kam ihm seine Lage so dramatisch vor, dass er darüber nachdachte, das Land zu verlassen. Unwürdige jüngere Söhne, Säufer oder eingefleischte Spieler fanden sich am Ende der Welt wieder, wo sie, für immer aus dem gelobten Land verbannt, in einem beklagenswerten Klima zu Trinkern wurden und schwitzten und der Malaria oder sonst einer infamen Tropenkrankheit zum Opfer fielen. Aber das Schlimmste kam, als Manderley ihn um ein Wort unter vier Augen bat.

Er hatte Stunden gebraucht, um in die Hauptstadt zurückzukehren. Nun saß er im gelben Salon am Berkeley Square. Manderley hatte ihm geholfen und ihm einen Wagen mit Chauffeur verschafft, der ihn zum Bahnhof brachte. Dort erwischte er einen der seltenen Züge, die in dem wie gelähmten Land noch verkehrten. Pierre hatte ihm lange die Hand gedrückt. Beide brachten den Wunsch zum Ausdruck, zur Beerdigung zu kommen, um der Familie ihr Beileid zu bekunden. Edward hatte nicht das Herz, sie davon abzubringen. Bei seiner Rückkehr fand er das Haus leer vor. Die Familie und das Hauspersonal waren bereits nach Rotherfield Hall gefahren. Nur John, der Page, hatte Anweisung erhalten, zu bleiben, das Haus zu hüten und ihn zu erwarten. Als Edward durch die stillen Zimmer ging, wagte er zu hoffen, eine Nachricht von Evie oder seiner Mutter vorzufinden.

Aber da war nichts. Er hatte das eigentümliche Gefühl, vergessen worden zu sein.

»Möchten Sie vielleicht etwas Licht, Sir?«, fragte John.

Edward saß im Dunkeln. Nur die Glut seiner Zigarette leuchtete rot.

»Nein.«

»Soll ich Ihnen etwas zu essen machen, Sir? Mrs Pritchett hat Vorräte dagelassen.«

»Nein danke. Es ist spät. Sie können sich zurückziehen, John. Heute Abend brauche ich Sie nicht mehr.«

Die Tür schloss sich. Edward legte den Kopf an die Sessellehne und machte die Augen zu. Die Stille war so tief, dass sie bedrückend wirkte. Er hörte seinen eigenen Atem, und ihm wurde klar, dass er daran gewöhnt war, mit anderen zusammenzuleben wie in einem Rudel. Ihre Häuser waren wie summende Bienenstöcke. Unzählige Dienstboten bewegten sich darin, und jetzt erkannte er, welche menschliche Qualität sie einer Behausung verliehen. Gewöhnlich bemerkte er sie gar nicht, wenn sie um ihn herum anwesend waren. Außerdem waren da seine Mutter, seine Schwestern, Julian, häufig ein Verwandter auf der Durchreise, Freunde … Selten saßen weniger als zehn Personen am Tisch. Sein Herz zog sich zusammen. Er hatte Julians Nachricht nicht ernst genommen und nicht auf May Wharton gehört, die ihm ihre Hilfe angeboten hatte. Im Grunde hatte er seinem Vater auf dessen Totenbett den Rücken gekehrt. Der Gedanke war so unerträglich, dass er nicht mehr untätig bleiben konnte. Er stürmte die Treppe hinunter und lief barhäuptig auf die Straße.

Drei Männer tauchten vor ihm auf und versperrten ihm den Weg. Sie hatten die Schirmmützen tief in die Stirn gezogen und besaßen Schultern wie Lastenträger.

»Lassen Sie mich durch!«, rief er erzürnt.

»Zuerst werden wir uns ein wenig unterhalten«, sagte einer von ihnen mit gutturaler Stimme.

Edward begriff. Ein Angstschauer lief ihm kalt über den Rücken. Dabei war der schicksalhafte Tag noch gar nicht da. Er musste spätestens am 15. August zahlen, dem Tag der Beisetzung.

»Wir wollten uns nur vergewissern, dass Sie Mr Barnes nicht vergessen haben. Verstehen Sie, er macht sich Sorgen. Er hat das Gefühl, dass Sie vielleicht mit den Gedanken anderswo sind.«

»Er wird sein Geld bekommen. Lassen Sie mich jetzt allein.«

Er wollte einen Bogen um die Männer machen, doch sie versperrten ihm feixend den Weg. Aus ihren Kleidern stieg ein übler Geruch nach Schweiß und Tabak auf, und ihr Atem stank nach Alkohol.

»Wir wollen ja nicht aufdringlich sein, aber wir müssen Sie trotzdem daran erinnern, dass Sie sich nicht verspäten dürfen. Mr Barnes nimmt so etwas sehr genau. Aber als er vom Tod Ihres Vaters hörte, Friede sei seiner Seele, hat er sich Gedanken darüber gemacht, ob der Kummer Sie vielleicht durcheinandergebracht hat. Ist schon schwer, Waise zu werden, was?«

Der ironische Ton entging Edward nicht. Er spürte, wie Zorn in ihm aufstieg.

»Ich sagte Ihnen doch, dass Barnes sein Geld rechtzeitig bekommen wird. Und jetzt verziehen Sie sich! Sie haben hier nichts zu suchen.«

»Ihr Ton gefällt mir nicht. So reden Sie nicht mit mir.«

Ohne zu überlegen schlug Edward seinem Gegenüber eine rechte Gerade in das dicke Gesicht und spürte zufrieden, wie der Wangenknochen unter seiner Faust brach. In Oxford war er ein recht begabter Boxer gewesen, aber dieses Mal ging es drei gegen einen. Der Gegenschlag ließ nicht auf sich warten. Blut strömte aus seiner Nase, und er fiel nach hinten. Er krümmte sich auf dem Gehweg zusammen und versuchte, seinen Kopf zu schützen. Die Männer traten mit ihren dicken Schuhen auf ihn ein. Es war, als führen Feuerzungen durch seinen Körper, doch er hieß den Schmerz dankbar, beinahe erleichtert willkommen, bis in seinem Schädel ein weißes Licht aufflammte.

Niemand hätte es ihr an ihrer gleichmütigen Miene angesehen, aber Lady Rotherfield war bis aufs Äußerste gereizt. Ihre Kinder und die engsten Familienmitglieder standen auf der Freitreppe von Rotherfield Hall versammelt. Wie ein Schwarm Raben, dachte sie. Die schwarzen Anzüge und Trauerschleier erschienen in der Sonne unpassend. Victoria wirkte hilflos wie eine Zwölfjährige und wich ihr keinen Moment von der Seite. Evangeline, deren Züge vom Kummer schmal geworden waren, hielt sich abseits. Seit dem Tod ihres Vaters sprach sie kaum ein Wort. Zahlreiche Freunde harrten geduldig neben ihrem Gespann oder ihrem Automobil aus und warteten auf den Beginn des Trauerzugs. Die meisten Bewohner des Guts standen seit Sonnenaufgang an der Straße, die zum Friedhof führte. Ihre Anzahl war ebenso beeindruckend wie ihr Schweigen. Stevens präsidierte über ungefähr fünfzehn Hausangestellte, die sich ihrem Rang nach in Sonntagskleidung aufgestellt hatten, von der Gouvernante bis zum bescheidensten Küchenmädchen. Nur Edward fehlte noch beim Appell. »Es ist undenkbar, dass er so verantwortungslos ist«, sagte Venetia halblaut.

»Länger können wir nicht warten«, erklärte Julian schroff.

»Bist du dir sicher, dass er keinen Unfall mit diesem verfluchten Flugapparat hatte? Du verschweigst mir doch nichts, hoffe ich?«

Julian wandte sich wortlos ab, und sie rückte seufzend ihren Schleier zurecht. An seinem steifen Nacken erkannte sie, dass er zornig war. Ihre beiden Söhne hatten sich noch nie verstanden, und das würde sich zweifellos nicht zum Besseren ändern.

Sie konnte nicht glauben, dass sie dieses Gebäude vor einigen Tagen verlassen hatte, glücklich über die Verheißung eines schönen Sommers als Belohnung dafür, dass sie eine ausgezeichnete Partie für ihren ältesten Sohn herausgeschlagen hatte, um als Witwe zurückzukehren und das Haus zu verlieren, das jetzt Julian gehörte. Dieses unerwartete Erbeben hatte ihr den Atem verschlagen. James' Tod hatte sie von einer Minute auf die andere ihres Status beraubt. Sie war jetzt abhängig von den Anweisungen und der Großzügigkeit ihres Sohnes. In Indien trieb man die Ehefrauen dazu, sich auf dem Scheiterhaufen ihres Mannes zu verbrennen. Ein barbarischer Brauch. Das Abendland hatte eine subtilere Methode, um sie loszuwerden.

Ein Todesfall erinnerte immer an vorangegangene. Flüchtig dachte sie an die Beerdigung ihres Vaters. Erst einige Monate später hatte Venetia durch die Indiskretion einer Hausangestellten erfahren, dass er Selbstmord begangen hatte. In ihrer Familie war nie darüber gesprochen worden. Ein Schauer überlief sie. Nervös strich sie ihren schwarzen Rock aus matter Seide glatt. Wie sie diese Farbe hasste! Einen großen Teil ihres Lebens war sie dazu verurteilt gewesen, sie zu tragen. Ihre Eltern, ihre Großeltern, und vor allem Arthur, ihr erstes Kind, dessen viel versprechendes Leben – was für eine Ungerechtigkeit! – im Jugendalter abrupt beendet worden war. Sie presste die Lippen zusammen.

Als Alice ihr ein leises, betrübtes Lächeln schenkte, unterdrückte Venetia eine Anwandlung von Ungeduld. Warum sollte die junge Frau auch trauern? Sie hatte keine Zeit gehabt, James richtig kennenzulernen, und bald würde sie die Herrin von Rotherfield Hall sein. Mit einundzwanzig Jahren war das doch eher ein Grund zur Freude, oder? Unter dem dichten schwarzen Schleier wirkte Alices Teint noch durchscheinender. Sie sieht wie ein Gespenst aus, dachte Venetia bissig. Wenn Alice und Julian heirateten, würde sie in das Witwenhäuschen am Parksaum verbannt, das ihr immer beengt vorgekommen war. Nie hätte sie geglaubt, einmal dort zu leben, denn sie fühlte sich noch so jung. In einem Anflug von Selbstmitleid bedauerte sie, ihren Sohn zur Ehe gedrängt zu haben. Das ertrage ich nicht, sagte sie sich und stieg in das Coupé, in dem ihre Töchter bereits saßen.

Als alle den Platz eingenommen hatten, den das Protokoll ihnen zuwies, setzte sich der Trauerzug in Bewegung. Ein prächtiges Begräbnis war für sie alle von großer Bedeutung, ob sie nun adliger Abstammung waren oder nicht – ein Erbe der viktorianischen Epoche. Nach der Bekanntmachung des Todesfalls hatte Mr Stevens angeordnet, die Vorhänge des Hauses zuzuziehen und die Spiegel zu verhängen. Man hatte die Uhren angehalten und schwarz umrahmte Todesanzeigen verschickt.

Vier Pferde, an deren silbernem Zaumzeug schwarze Straußenfedern angebracht waren, zogen den Leichenwagen mit Wänden aus durchsichtigem Glas. Die Männer nahmen ihre Schirmmützen ab, die Frauen knicksten. Von Zeit zu Zeit war ein Schluchzen zu hören. Nach mehreren Wochen ohne Regen waren das Gras, das Laub und die Blumenbeete durch die Sonne verblichen. Es war, als wären die lebhaften Farben aus dem Land herausgesaugt worden. Venetia blickte starr geradeaus. Sie hatte den Mann verloren, den sie mit siebzehn geheiratet hatte, einen geistreichen Gefährten, für den sie Respekt und eine zärtliche Zuneigung empfunden hatte. James würde ihr fehlen, aber es kam nicht in Frage, jetzt Gefühle zu zeigen. Es gab für alles eine richtige Zeit.

Julian hatte sich entschieden, zusammen mit zwei seiner Onkel hinter dem Leichenwagen einherzuschreiten. Die meisten Gesichter unter den Zuschauern waren ihm vertraut, doch er empfand eine latente Beklommenheit. Selten war ihm die Zukunft so unsicher erschienen. Da standen sie, Schulter an Schulter, diese Familien, für die die Rotherfields seit Jahrzehnten die Verantwortung trugen. Die Blicke waren ernst, bei den älteren Leuten bekümmert. Julian fiel wieder ein, dass der Hufschmied sich sorgte, weil sich sein Sohn weigerte, diesen vom Vater auf den Sohn weitergegebenen Beruf zu erlernen, und es vorzog, eine einträglichere Arbeit in der Stadt zu suchen. Die Mädchen aus dem Dorf träumten nicht mehr davon, Dienstmädchen im Schloss zu werden, sondern Stenotypistinnen. Die Ziele veränderten sich, und die Ansprüche ebenfalls.

An der Spitze des Trauerzuges ging der Pfarrer, doch die Kirchen wurden immer leerer. Darwins Gedanken hatten sich unmerklich in das allgemeine Bewusstsein eingeschlichen. Zu Beginn dieses Jahrhunderts versuchte man mehr denn je, Glauben und Vernunft in Einklang zu bringen. Gottes Botschaft wirkte schwer verständlich, Frömmigkeit schien eher einem Aberglauben als echter Überzeugung zu entspringen. Der Verlust von Fixpunkten brachte eine diffuse Furcht hervor. Einige jener, die sich an diesem Tag vor der sterblichen Hülle seines Vaters verneigten, glaubten nicht mehr daran, dass der Verstorbene in eine bessere Welt eingegangen war – womöglich konnte man daran unterschwellig die Entwicklung Englands ablesen, das überall Risse bekam. Mit dem Verschwinden der Gottesfurcht löste sich auch der Respekt vor einer Gesellschaftsordnung auf, über die Männer wie James Rotherfield geherrscht hatten. Und mitten im Sturm tauscht man nicht gern den Kapitän aus. Daher beobachtete man besonders aufmerksam den Mann, der die Trauergesellschaft anführte. Julian straffte die Schultern. Langsamen Schritts, mit hocherhobenem Kopf ging er durch den Sonnenschein hinter dem Sarg her und wusste, dass er im Gegensatz zu seinen Vorfahren nie wieder etwas als Gewissheit betrachten konnte und man ihm nichts nachsehen würde.

Ein Wagen kam mit hoher Geschwindigkeit die lange Allee herauf und hielt am Straßenrand. Edward stieg aus und reihte sich entschiedenen Schritts in den Trauerzug ein. Einige Ausrufe erschallten. Venetia zuckte zusammen. Ihr Sohn hatte ein blaues Auge, geschwollene Lippen und Blutergüsse auf der Wange.

»Sag jetzt kein Wort!«, raunte er Julian zu, während er den Platz an seiner Seite einnahm.

Vicky riss die Augen auf und beugte sich zu ihrer Schwester hinüber.

»Was ist mit ihm passiert?«

»Ich habe keine Ahnung, und es ist mir auch egal!«, gab Evie zurück und fragte sich unpassenderweise, ob Edward vielleicht verärgert über Pierre du Forestels Sieg gewesen war und die beiden sich geprügelt hatten.

Sie sah auf ihre verkrampften Hände hinunter. Die Zeremonie würde unerbittlich ihren Lauf nehmen. Sie wappnete sich innerlich gegen die schmerzliche Musik des Trauermarsches von Händel, die vom Dorfchor gesungenen Psalmen und die Huldigungen an ihren Vater, der ihr so brutal entrissen worden war, dass sie den Eindruck hatte, einen Albtraum zu erleben. Sie wünschte, dieser entsetzliche Tag wäre schon zu Ende, damit sie sich in ihr Zimmer flüchten und weinen konnte, und nicht länger den missbilligenden Blick ihrer Mutter fürchten musste, oder die honigsüßen Beileidsbekundungen, bei denen sie am liebsten aus der Haut gefahren wäre.

Einige Stunden später fand auf der Terrasse mit den Steinplatten, die ein Rotherfield'scher Vorfahre aus der Toskana mitgebracht hatte, der Empfang statt. Wer unter den zweihundert Gästen lieber der Sonne entfliehen wollte, konnte sich durch die offenen Glastüren in die Ruhe und den Schatten der Salons begeben. Man schwelgte in Erinnerungen an den Verstorbenen und stellte Mutmaßungen an, ob Julian in der Lage sein würde, sich als würdiger Nachfolger zu erweisen. Sein Spitzname machte die Runde: der Erbe wider Willen. In die Trauer mischte sich ein Hauch von missgünstiger Neugierde.

Michael Manderley fiel auf, dass sich Edward abseits hielt. Der junge Mann sog nervös an einer Zigarette und zeigte die düstere Miene eines Mannes, der das Gewicht der ganzen Welt auf den Schultern trägt. Instinktiv ahnte Manderley, dass ihn nicht nur der Tod seines Vaters bedrückte.

»Ich hoffe nur, dass nicht mein Chauffeur an Ihrem Zustand schuld ist.«

»Eine kleine Auseinandersetzung bei meiner Rückkehr nach London«, antwortete Edward und lächelte ironisch. »Nichts Ernstes. Die meisten Menschen bemitleiden mich. Sie gehen von einem Unfall aus, und ich ziehe es vor, sie nicht aufzuklären.«

»Ich bedaure, dass ich Ihnen nicht den Siegerscheck überreichen konnte.«

»Das ist nett von Ihnen. Ich gestehe, dass mir sehr daran gelegen war, aber Pierre du Forestel hat mich wieder einmal geschlagen. Wenn es so weitergeht, glaube ich noch, dass dieser Bursche meine Nemesis ist.«

»Was hätten Sie sich vorzuwerfen, um eine Strafe zu verdienen?«

Edward leerte sein Glas mit einem Zug.

»Allerhand«, erwiderte er bitter. »Zum Beispiel, dass ich mich beim Begräbnis meines Vaters betrinke. Ziemlich erbärmlich, nicht wahr? Sogar meine Freunde halten sich lieber von mir fern«, setzte er hinzu und wies auf die Gruppe der jungen Leute, die sich unter den Ulmen unterhielten. »Aber der Augenblick der Wahrheit nähert sich. Es weiß noch niemand, doch ich begieße meine Abreise. Ich kenne zumindest eine Person, die froh sein wird, wenn ich verschwinde.«

Manderley folgte seinem Blick. Der Gegensatz zwischen Julians schwarzem Anzug und seinem leuchtenden, blonden Haar war verblüffend. Er unterhielt sich leise mit einem beleibten Mann, den Manderley kannte. Es handelte sich um den Anwalt, der mit dem Verkauf des Anwesens Whitcombe Place betraut gewesen war. Er runzelte die Stirn. Die Sache komplizierte sich. Er hatte nicht die Zeit, sich mit Julian Rotherfields Befindlichkeiten abzugeben. Manderley mochte es nicht, wenn man ihm Steine in den Weg legte, vor allem nicht, wenn es um eine so einfache Angelegenheit ging.

»Sie verreisen?«

»Mir bleibt wohl keine andere Wahl«, sagte Edward verbittert. »Ich hatte das Pech, eines Tages einem gewissen Charles Barnes über den Weg zu laufen, und seitdem zahle ich den Preis dafür.«

Manderley begriff sofort. Edward Lynsted stand das Wasser bis zum Hals. Nichts Ungewöhnliches unter den jüngeren Söhnen aus diesen großen Familien, die ihre Tage mit eitlen Nichtigkeiten vergeudeten. Einige entschieden sich, in der Armee zu dienen oder sich in öffentlichen Ämtern auszuzeichnen, aber viele dilettierten einfach nur herum. Besäße er den revolutionären Instinkt der Marxisten, würde er sie als Parasiten bezeichnen. Wenigstens bewies Edward als Flieger einen gewissen Schneid. Sein Blick leuchtete auf. Wenn Barnes' Handlanger ihn verprügelt hatten, stand er mit dem Rücken zur Wand.

»Hören Sie, England kann nicht auf einen begabten jungen Mann wie Sie verzichten. Wir kümmern uns um Barnes. Kommen Sie nächste Woche in mein Büro. Ich bin mir sicher, dass wir zu einer Übereinkunft gelangen, die uns beide zufriedenstellt. Und ich rede nicht nur von Ihrem Talent als Flieger. Finden Sie nicht, dass Sie schon genug Zeit verschwendet haben?«, schloss er beinahe aggressiv.

Seine Offenheit schockierte Edward, aber er erwiderte nichts. Er hatte vorgehabt, Julian noch am selben Abend zu bitten, ihm die fragliche Geldsumme vorzuschießen, doch zugleich fürchtete er seine Verachtung. Um der Familienehre willen wäre Julian gezwungen, seine Bitte zu erfüllen, aber dafür würde er zweifellos von ihm verlangen, dass er England verließ. Einem ihrer Cousins war das gleiche Missgeschick widerfahren. Er fristete jetzt ein kümmerliches Leben in Mexiko, wo er eine Eingeborene geheiratet hatte. Edward erschauerte. Der Gedanke an das Exil flößte ihm Entsetzen ein.

Sein Vater war immer nachsichtig mit ihm gewesen und hatte ihm seine Leichtfertigkeiten vergeben, als wäre er noch ein Kind. Wenn man es recht bedachte, hätte man meinen können, er habe nichts anderes von ihm erwartet. Das war beinahe verletzend.

Und jetzt zeigte dieser merkwürdige kleine Manderley mit seiner vorgewölbten Stirn ihm einen Ausblick auf ein anderes Leben und die Möglichkeit, einem unangenehmen Gespräch mit Julian zu entrinnen. Der Druck zwischen seinen Schläfen verstärkte sich. Er war schweißgebadet. Manderley sah ihn durchdringend an. Edward fragte, ob er am nächsten Tag zu ihm kommen könne, und der Mann vereinbarte mit ihm einen Termin in seinem Büro am Hanover Square.

Edward Lynsted stand an einem Scheideweg. An diesem Tag, im Park von Rotherfield Hall, unter der Sonne, die ihm auf den Nacken brannte, nachdem er seinen Vater begraben hatte und als der Alkohol seine Gedanken verwirrte. In seinem Elternhaus, das jetzt Julian gehörte, war er nur noch ein Niemand, der widerspenstige kleine Bruder, der unzuverlässige Genussmensch, der jämmerliche Hansdampf in allen Gassen mit dem zerschlagenen Gesicht auf einem Fest, das unter Gläserklingen und gezwungenen Lächeln zu Ende ging.

Der Kies knirschte unter Evangelines eiligen Schritten. Ihr Herz schlug zum Zerspringen. Ein unwiderstehlicher Impuls hatte sie erfasst. Noch ein paar Schritte, dann war sie den Blicken der Gäste entzogen. Sie hatte sich einen günstigen Augenblick für ihre Flucht ausgesucht. Ihre Brüder und ihre Schwester waren beschäftigt. Ihre Mutter war im Haus verschwunden. Und sogar Friedrich mit seiner Besorgnis, sie könne jeden Moment in Ohnmacht fallen, ließ sie endlich in Ruhe. Sie fragte sich, wie er auf diese Idee gekommen war.

Dank der Senken und verschlungenen Wege des Parks, die zu verschiedenen Aussichtspunkten führten, konnte man dort gut allein sein. Sie zögerte. Zum chinesischen Pavillon oder zu den römischen Ruinen? Sie kannte die verschlungenen Pfade wie ihre Westentasche. Die Stimmen und das Gläserklingen wurden von den Bäumen erstickt. Evie fühlte sich besser. Zweige verhedderten sich an ihrem Haar und lösten ein paar Strähnen aus ihrem Knoten. Das Schlimmste bei einer Bestattung war diese angeborene Höflichkeit, die einen dazu bewog, die anderen in ihrem Schmerz zu trösten, obwohl sie gekommen waren, um einem in seinem eigenen Leid beizustehen.

Gott sei Dank war es im Schatten der Bäume ein wenig kühler! Sie knöpfte den schwarzen Spitzenkragen auf und spazierte zu dem kleinen dorischen Tempel, ihrem liebsten Zufluchtsort im Park. Er bot einen beruhigenden Ausblick auf den von Buchen und Eichen gesäumten Teich. Als kleines Mädchen hatte sie es geliebt, hier mit Nanny Flanders zu picknicken und Schiffbrüchige auf einer einsamen Insel zu spielen. Sie wollte allein sein, um den Brief ihrer Freundin Penelope zu lesen.

Sie ging bis zum Steg am Fuß des Aussichtspunkts hinunter. Lange grüne Wasserpflanzen wiegten sich träge in dem klaren Nass. Einen Moment lang zögerte sie, doch dann konnte sie der Versuchung nicht widerstehen, Schuhe und Strümpfe auszuziehen. Sie raffte ihren Rock, setzte sich auf den Steg und ließ die Füße im kühlen Wasser baumeln. Sie stützte sich auf die Ellbogen und ließ den Kopf nach hinten sinken. Nach dem Stimmengewirr bei der Trauerfeier und den klagenden Psalmen, die noch in ihren Ohren widerhallten, erschien ihr die Stille unendlich kostbar. Seit dem Tod ihres Vaters hatte sie das Gefühl, die Luft anzuhalten. Sie hatte nicht geweint, als sie ihre weiße Rose auf den Sarg warf, aber es hatte sie eine solche Anstrengung gekostet, ihre Emotionen zu beherrschen, dass ihr ganzer Körper schmerzte. Eine diffuse Angst schnürte ihr die Kehle zu. Sie fühlte sich verletzlich und wie von Tränen, Wunden und Blutergüssen erfüllt.

Zuerst bemerkte sie den Tabakgeruch, dann hörte sie unsichere Schritte auf den Stufen, die zum Aussichtspunkt führten. Verblüfft und verärgert schlug sie die Augen auf und zog hastig den Rock über die Beine hinunter. Pierre du Forestel hob eine Hand, um sie zu beschwichtigen.

»Verzeihen Sie, Lady Evangeline, ich wollte Sie nicht stören. Ich war dort oben und habe Sie hier sitzen sehen«, erklärte er und wies auf den griechischen Tempel, der über ihnen aufragte. »Ich hatte gehofft, mich diskret davonmachen zu können, aber ich bin mit diesem verflixten Stock noch immer ziemlich ungeschickt. Es tut mir sehr leid. Ich weiß, wie sehr man in solchen Augenblicken die Einsamkeit braucht.«

Seine unerwartete Feinfühligkeit rührte sie. Er war erstaunlich blass, und seine Züge wirkten angespannt.

»Sie stören mich nicht. Wenn Sie müde sind, können Sie sich gern setzen und sich ausruhen. Vielleicht würde das Ihr verletztes Bein entlasten? Ich habe gesehen, dass Sie während der Zeremonie gestanden haben.«

»Meinen Sie? Es ist verlockend, aber ich weiß nicht, ob das eine gute Idee ist.«

In Hendon hatte er so unternehmungslustig gewirkt, dass sie jetzt erstaunt war, ihn beinahe eingeschüchtert zu erleben.

»Kommen Sie, seien Sie nicht so scheu. ›Wenn man großen Kummer hat, soll man sich die kleinen Vergnügen nicht versagen.‹ Das pflegte mein Vater zu sagen, wenn ich wegen einer Nichtigkeit weinte, und gab mir ein Stück Schokolade. Aber jetzt habe ich Grund zum Weinen«, schloss sie verbittert.

Er setzte sich neben sie. Und schwieg. Evie war ihm dankbar dafür. Da sie es häufig mit jungen Männern im Alter ihrer Brüder zu tun hatte, fühlte sie sich nicht gehemmt. Nach einer Weile wagte sie es sogar, ihren Rock, dessen Saum durchnässt war, wieder hochzuziehen, sich erneut auf die Ellbogen zu stützen und die Augen zu schließen. Gewiegt von dem Plätschern ihrer beider nackten Füße und diesem verblüffenden Gleichklang zwischen ihnen spürte sie, wie die Traurigkeit, die sie wie ein Schraubstock umschlossen hatte, ein wenig wich. Mattigkeit überwältigte sie. Sie legte sich auf den Rücken und verschränkte die Hände im Nacken.

Pierre betrachtete sie. Sie atmete leise, mit halb geöffneten Lippen. Ihr Mund war wunderschön. Ohne den schwarzen Schleier konnte man die dunklen Schatten unter den Augen und die Spuren, die der Kummer in ihrem Gesicht hinterlassen hatte, besser erkennen. Er beobachtete den Pulsschlag in ihrer Halsbeuge, die ihr geöffneter Kragen enthüllte. Ihre Haut war blass und zart. Wie sie so ausgestreckt neben ihm ruhte, konnte er ihre Figur bewundern – ihre Brust, die schmale Taille und die langen Oberschenkel. Sie hatte den Rock zwischen die Knie geklemmt. Er wunderte sich, dass sie sich in seiner Gegenwart so entspannt auf diesem Holzsteg zurücklehnte, obwohl sie sich kaum kannten. Pierre war an Einsamkeit und Schmerz gewöhnt. Zwei anspruchsvolle Gefährten, die er einem so schönen und entschlossenen jungen Mädchen nicht wünschte.

»Woran denken Sie?«, fragte sie mit einem Mal.

»Es gefällt mir nicht, Sie traurig zu sehen.«

»Was könnte Ihnen das ausmachen? Wir kennen uns nicht.«

»Ein Mann mag es nie, ein hübsches junges Mädchen traurig zu sehen.«

»Lassen Sie diese Floskeln. Seien Sie lieber ehrlich zu mir – das ist es, was ich in diesem Moment brauche.«

Ihre Augen waren geschlossen, und sie hatte sich nicht gerührt. Verwirrt über ihre Offenheit betrachtete er den Park, seine zugleich wohldurchdachte und gewagte Anlage, die typisch für die englischen Parks war, die die ungezwungene Natur widerspiegelten. Auf gewisse Weise reflektierte er die Persönlichkeit der jungen Engländerin. Gleich zu Beginn seiner Ankunft war ihm die zeitlose Schönheit von Rotherfield Hall aufgefallen. Das Anwesen barg Kunstschätze, auf die er einen Blick erhascht hatte, als er die Eingangsgalerie mit den griechischen Statuen und die prunkvollen Salons durchschritten hatte. Voller Zuneigung dachte er an Le Forestel, das bescheidene Schloss seines Vaters mit seiner verblassten Eleganz, und mit einem Mal wurde ihm klar, wie sehr er an diesem Besitz an der Somme hing, obwohl er ihn mied und Paris vorzog. Er sah die schlanke, rüstige Gestalt seines Vaters, der ihn hoffnungsvoll fragte, ob er vorhabe, den Sommer bei ihm zu verbringen, auf diesem Familiengut, das sein Erbe war. Und er dachte daran, dass Jean noch einige Wochen dort war und es gut wäre, wenn er zu den beiden fuhr.

Man hätte meinen können, die Zeit wäre stehengeblieben. Unbestimmt ahnte Pierre, dass er und Evangeline nie wieder die Gelegenheit haben würden, noch einmal einen solchen Moment zu erleben, frei von Protokoll und Konventionen. Der Zufall hatte ihn auf die Beisetzung eines Unbekannten geführt, des Vaters seines vom Pech verfolgten Konkurrenten, und in eine englische Familie, die viel bedeutender als die seine war, der er sich jedoch nahe fühlte, weil er nach den gleichen Prinzipien aufgewachsen war und denselben Geist teilte.

»Man kann auch zur Geisel eines Kummers werden«, murmelte er. »Man kann sich darin verlieren. Ich möchte nicht, dass Ihnen das Gleiche zustößt.«

Evie richtete sich auf. Da war ein Bruch in Pierres Stimme gewesen, etwas unendlich Schmerzhaftes.

»Ich bin nie über den Verlust meiner Mutter hinweggekommen. Sie ist vor meinen Augen lebendig verbrannt. Meine sechzehnjährige Schwester hat ebenfalls nicht überlebt.«

»Oh mein Gott ...«, flüsterte Evie erschrocken. »Das tut mir sehr leid.«

»Die Toten müssen unter sich bleiben«, fuhr er eindringlich fort. »Das sagt mein Bruder. Wir waren damals beide noch Kinder. Er will Priester werden, daher ist für ihn vieles gewiss. Aber da ich ihm vertraue, sage ich mir, dass er vielleicht recht hat. Heute dürfen Sie um Ihren Vater weinen, aber morgen müssen Sie es anders machen als ich. Vergessen Sie das Weiterleben nicht.«

Die Tragödie, die er erlebt hatte, überstieg Evies Vorstellungsvermögen. Sie konnte ermessen, wie viel dieses Geständnis ihn gekostet haben musste. Er hatte versucht, ihren Kummer zu lindern, und hatte ihr eine Sensibilität enthüllt, die Männer für gewöhnlich verbargen. Sein strenges Profil war in die Ferne gerichtet. Er hielt die Tränen zurück. An seiner starren Haltung las sie ab, wie sehr er mit sich kämpfte. Da erriet sie, was ihn dazu bewogen hatte, den Empfang zu verlassen, ahnte den plötzlichen Sturm der Gefühle, der ihn überwältigt haben musste, erkannte den Grund seiner Blässe und seiner Unentschlossenheit, als sie an diesem besonderen Ort ihrer Kindheit aufgetaucht war, an dem auch er Zuflucht gesucht hatte.

Lange bewegten sich die beiden nicht. Jeder achtete den Schmerz des anderen, und aus ihrem verschwörerischen Schweigen entstand ein intuitives Verstehen, selten und kostbar zwischen zwei Menschen, die sich noch nicht kannten. Nach und nach fühlten sie sich besänftigt, und ihre Gelassenheit entsprach der Harmonie des Parks von Rotherfield Hall. Die Sonne sank, die hundertjährigen Bäume spiegelten sich im Teich, und aus der englischen Landschaft stiegen die ersten Laute der Abenddämmerung auf.

London, März 1912

D̶as bedeutet Krieg!«

Fünfzehn Frauen waren in einem der eleganten Privatsalons des Pioneer Clubs zusammengekommen. Sie wandten den Blick nicht von Penelope March, die seit zwanzig Minuten mit einer Haltung und Stimme auf sie einsprach, die man sonst nur bei Männern antraf. Selbst ihre Kleidung spiegelte ihre martialische Haltung; ein weißes Hemd mit steifem Kragen und ein Kostüm mit engem Rock und doppelreihig geknöpfter Jacke. Penelope, die ihr rotes Haar zu einem strengen Knoten gebändigt hatte, wirkte kühn und inspirierend. *Dieses Leben ist einem nicht aufgezwungen*, dachte Evie. *Man muss es ergreifen und nach dem Bild seiner Sehnsüchte formen*. Für eine junge Frau von Evangeline Lynsteds Temperament ein berauschender Gedanke.

»Krieg gegen die Frauen!«, wiederholte die Lehrerin eindringlich. »Die Doppelzüngigkeit des Premierministers und des Lordkanzlers ist offensichtlich. Die Politiker demütigen uns mit illusorischen Versprechungen, während sie die Gesetzesentwürfe im Unterhaus hinauszögern. Wollen wir es uns noch lange gefallen lassen, dass man uns das Wahlrecht verwehrt wie Kriminellen oder Geistesgestörten? Wir sind an den Universitäten zugelassen, mehr als fünf Millionen von uns sind berufstätig. Frauen, die Besitz haben, zahlen Steuern, aber wir sollen nicht das Recht haben, unsere Regierung zu wählen? Ladys, das ist nicht nur ein Recht, sondern eine Pflicht. Als die Journalisten der *Daily Mail* uns ›Suffragetten‹ tauften, wollten sie uns herabsetzen, aber wir sind stolz auf unseren Kampf. Und selbst wenn wir in diesem Land noch eine Minderheit sind, vergessen wir nicht, dass wir für *alle* Frauen kämpfen.«

Sie holte Luft und durchbohrte jede Einzelne der Anwesenden mit dem Blick.

»Wir haben den Liberalen vertraut und anlässlich der Krönung unseres neuen Königs einen Waffenstillstand erklärt. Und was ist geschehen? Nichts. Das Unterhaus lehnt zum soundsovielten Mal unsere Gesetzesvorlage einer ›Conciliation Bill‹ ab. Und abermals passiert nichts. Jetzt ist es wieder Zeit für durchschlagendere Aktionen.«

Während Evie von der Rednerin fasziniert war, verdrehte Mary die Augen und fürchtete das Schlimmste. Mit einer theatralischen Geste zog Penelope ein schwarzes Tuch von einem Tisch weg, unter dem eine Reihe von Hämmern zum Vorschein kamen. In der Versammlung wurden Ausrufe laut.

»Da sind unsere Waffen!«, verkündete sie. »Das Festhalten am Besitzrecht ist die Achillessehne der Regierung. Mrs Pankhurst hat es uns kürzlich deutlich gesagt: ›Die zerbrochene Fensterscheibe ist das nützlichste Argument in der modernen Politik.‹ Wir werden also die Schaufensterscheiben der Geschäfte von Mayfair angreifen … Meine Freundinnen, wir werden das West End belagern!«

Die Frauen spendeten begeistert Applaus. Stimmengewirr erhob sich, während jede ihren Hammer erhielt und rasch in der Handtasche verschwinden ließ. Penny erklärte ihnen, wie sie zuschlagen mussten, damit ihnen kein Regen von Glasscherben ins Gesicht spritzte und sie sich nicht verletzten.

Evie wurde bewusst, dass sie zum ersten Mal an einer gewalttätigen Form der Auseinandersetzung teilnehmen würde. Im Gegensatz zu ihren Kameradinnen spürte sie keine fieberhafte Aufregung, sondern im Gegenteil einen für sie ungewöhnlichen Ernst. Statt Penny weiter zuzuhören, die ihnen Ratschläge erteilte, wandte sie sich ab und zog sich in eine Ecke zurück. Sachbeschädigungen liefen ihrer ganzen Erziehung zuwider, aber sie würde nicht davor zurückschrecken. Seit Monaten wurde sie von einer Ungeduld gequält, einer dumpfen Beklemmung, die nach einem Ventil suchte. Sie hatte es noch nie geschätzt, wenn man ihr Vorschriften machte, doch obwohl sie oft störrisch war, hatte sie nie gegen die Autorität ihres Vaters rebelliert, die ihr naturgegeben erschien. Aber seit sie ihrem Bruder Gehorsam schuldig war, erschien ihr diese Unterwerfung unerträglich.

Schaudernd erinnerte sie sich an ihr letztes Gespräch. Julian sorgte sich, weil sie weiter mit Penelope March verkehrte und sich um Tilly Corbett kümmerte. Er fand ihre Ausflüge nach Bermondsey, wohin sie sich ohne zu zögern allein begab, zugleich gefährlich und schädlich für ihren Ruf. Nachdem sie nach monatelanger Trauerzeit, die sie zurückgezogen auf Rotherfield Hall verbracht hatte, nach London zurückgekehrt war, drohte er, eine alte unverheiratete Cousine kommen zu lassen, die ihr als Anstandsdame dienen sollte und sich nicht von ihren Eskapaden einschüchtern lassen würde. Evie hatte den Eindruck, am Gängelband geführt zu werden. Auch davon, dass es Zeit sei, über eine Heirat nachzudenken, hatte er gesprochen. Sie hatte ihn darauf hingewiesen, wie lächerlich das sei, da er selbst sich dieser Übung nur gezwungenermaßen gebeugt habe. Herablassend erwiderte er, ein Mann könne es sich erlauben, sich Zeit zu lassen, ein junges Mädchen jedoch nicht. Die Familie erwartete von ihr, dass sie eine gute Partie machte. Wütend hatte sie die Tür hinter sich zugeknallt. Warum begriff er nicht, dass sie prinzipiell nichts gegen die Ehe hatte, aber selbst frei über ihre Zukunft entscheiden wollte? Alles kam darauf an, von welcher Warte aus man die Sache sah. Mit einem Mal wurde sie von einer ebenso unerwarteten wie intensiven Welle der Traurigkeit überrollt.

Victoria dagegen akzeptierte die Machtübergabe, ohne mit der Wimper zu zucken. Der friedliche Übergang hatte sie beruhigt. Sie fand Julian vernünftig und gerecht. »Du vergisst, dass er immer zu unserem Besten handelt«, sagte sie. Sie hörte umso lieber auf Julian, da er sie angeregt hatte, sich an der Slade School of Art einzuschreiben, wo sie an Zeichenkursen teilnahm. Er hatte sowohl die Achtung seiner kleinen Schwester als auch die seiner Pächter errungen. Sogar seine Frau ist zufrieden, dachte Evie ärgerlich. Sie konnte nur schwer akzeptieren, dass bei Tisch jetzt Alice anstelle ihrer Mutter den Vorsitz führte. Letztere hatte sich am Tag nach der Hochzeit, die im engsten Kreis gefeiert worden war, auf eine lange Reise nach Frankreich und Italien begeben und sich den Termin ihrer Rückkehr offengelassen.

»Eine von euch ist doch sicher bereit, sich zur Verfügung zu stellen, oder?«

Evie, die Pennys Verärgerung spürte, drehte sich zu ihren Kameradinnen um und erkundigte sich, worum es gehe.

»Eine amerikanische Journalistin schreibt einen Artikel über uns«, erklärte Penny. »Die Reise von Mrs Pankhurst hat großen Widerhall in den Vereinigten Staaten gefunden, und sie möchte einige Suffragetten porträtieren.«

»Ich wüsste nicht, was ich ihr sagen sollte«, meinte Mary beunruhigt. »Ich bin in der Öffentlichkeit sehr schüchtern.«

»Es handelt sich nicht um eine Rede vor einer Menschenmenge, sondern um ein Gespräch unter vier Augen«, entgegnete Penny ungeduldig.

»Ich möchte meinen Namen nicht in der Zeitung lesen. Das würde mein Mann mir nie verzeihen«, warf Jane Dickinson ein, und die roten Federn an ihrem Hut nickten im Takt mit.

»Das Gespräch findet im Schutz der Anonymität statt«, erklärte Penny.

»Ich traue den Amerikanern nicht«, beharrte Jane mit verkniffener Miene. »Das sind keine Menschen wie wir.«

»Also, mir macht das nichts aus«, schaltete sich Evie ein. »Ich habe nichts zu verbergen und bin bereit, auf ihre Fragen zu antworten, falls das hilfreich ist.«

Penny schenkte ihr ein dankbares Lächeln.

»Perfekt! Aber sag nichts von unseren Plänen für heute Nachmittag. Ich möchte nicht, dass sich das herumspricht. Meine Damen«, fuhr sie fort und klatschte in die Hände, »es ist Zeit, uns zu trennen. Wir sehen uns um sechs in der Bond Street.«

Die Frauen gingen zu zweit oder dritt davon, um keine Aufmerksamkeit zu erregen. Die Suffragetten waren misstrauisch. Sie schrieben einander kodierte Briefe und sprachen eine sibyllinische Sprache, die selbst ihre Familienmitglieder nicht verstanden. Verhaftungen waren zwar eine schmerzhafte, aber notwendige Facette ihres Kampfes, doch sie zogen es vor, sie soweit wie möglich zu vermeiden, vor allem im Vorfeld einer spektakulären Aktion.

In dem verlassenen Salon räumten zwei Dienstmädchen die Teetassen weg und rückten Stühle und Kissen zurecht. Die weißen, untapezierten Wände, die von Gemälden der talentiertesten Clubmitglieder geschmückt wurden, bildeten einen angenehm modernen Kontrast zu den traditionellen goldenen Zierleisten.

Die Mode der Londoner Damenclubs war seit den 1860er Jahren aufgekommen. Die meisten lagen im West End und waren zu Beginn Symbole der Emanzipation für die Frauen der viktorianischen Gesellschaft gewesen, die den Einschränkungen ihres Familienlebens entkommen wollten, aber auch geschützte Orte, um sich zwischen Einkäufen in der Stadt zu treffen. Inzwischen gab es etwa vierzig dieser Clubs. Die Mitglieder empfingen dort ihre Freundinnen, hörten Vorträge, spielten Bridge oder Billard, liehen Bücher aus und trafen auf Menschen, die nicht unbedingt zu ihrer Gesellschaftsschicht gehörten, aber die gleichen sozialen oder politischen Ziele verfolgten. Manche Clubs gestatteten ihren Mitgliedern sogar, Herren zum Mittag- oder Abendessen einzuladen. Der Pioneer Club stand in dem Ruf, der feministischste zu sein. Da er für engagierte Frauen bestimmt war, öffnete er seine Türen insbesondere jenen Frauen, die einen Beruf ausübten. Für sie waren die Mitgliedsbeiträge geringer, was für Penny bei ihrem Beitritt ein Glücksfall gewesen war. Sein Ziel war es, »die Demokratie zu fördern und die Unterschiede zwischen den gesellschaftlichen Klassen aufzuheben«. Und so konnte man dort ebenso einer Herzogin wie einer Postangestellten begegnen. Evies Mutter gehörte zu den wenigen Frauen, die Damenclubs nicht zu schätzen wussten. Der Umstand, dass sich dort keine Männer bewegten, erschreckte sie. »Ich hätte nicht übel Lust, den ersten Mann, den ich sehe, in die Arme zu schließen!«, hatte sie nach einem Essen unter Frauen auf der Straße ausgerufen. Sogar das Empress mit seinem klassizistischen Luxus fand keine Gnade vor ihren Augen. Dabei galt das Orchester dieses Clubs als das beste der Hauptstadt, und im Salon thronte eine Büste von Königin Victoria und gab es Kissen, die mit dem Emblem der britischen Flagge bestickt waren.

Zehn Minuten später kehrte Penny in Begleitung einer jungen, dunkelhaarigen Frau mit markanten Zügen zurück, die stutzte, als sie Evangeline sah.

»Das ist May Wharton vom *Philadelphia Enquirer*. Aus Gründen der Diskretion wäre mir lieber, wenn wir einen Decknamen für meine Kameradin verwenden, Miss Wharton. Wie wäre es mit ›Tinker Bell‹?«

»Tinker Bell? Du scherzt wohl«, empörte sich Evie lachend. »Außerdem sind deine Vorsichtsmaßnahmen sinnlos. Miss Wharton kennt mich bereits.«

»Wirklich?«, fragte Penny erstaunt.

»Nur vom Sehen«, erklärte May. »Lady Evangeline, erlauben Sie mir, Ihnen verspätet mein Beileid zum Tod Ihres Vaters auszusprechen.«

Evie dankte ihr und bat sie, sich zu setzen.

»Ich lasse euch dann allein«, sagte Penny mit einem Blick auf ihre Uhr. »Sonst verspäte ich mich. Evie, ich verlasse mich auf dich.«

Sie warf ihr einen Blick voller unausgesprochener Ermahnungen zu. Evies Leichtfertigkeit konnte zum Problem werden. Ihre Reaktionen waren oft unvorhersehbar. Sie nahm vieles nicht ernst und zögerte nicht, Themen, die Penny für sehr wichtig hielt, ins Lächerliche zu ziehen. Hoffentlich handelte sie ausnahmsweise einmal überlegt! Die Lehrerin schloss die Tür hinter sich und fragte sich, ob sie nicht vielleicht einen Fehler begangen hatte.

Als May den Salon betrat, hatte sie erwartet, auf eine Aktivistin wie Mrs Pankhurst oder Penelope March zu treffen, die ein kompaktes, streitlustiges Energiebündel war. Erstaunt sah sie sich der eleganten, langgliedrigen Gestalt von Evangeline Lynsted gegenüber.

Ihre Gesprächspartnerin saß in einem Lehnsessel. Die Beine überkreuzt und den Oberkörper gerade aufgerichtet, strahlte sie eine natürliche Anmut aus. Das schwarze Kleid betonte ihren blassen Teint, und bläuliche Schatten lagen um ihre Augen. Ein melancholischer Ernst ging von ihrer Person aus. May hätte nicht gedacht, dass eine so verwöhnte junge Frau in ihrer kostbaren Zeit bei einer Bewegung mittat, die nicht ohne Gefahren war. Sie fragte sich, ob Julian ahnte, wie weit das Engagement seiner Schwester ging. Die Situation war nicht undelikat. Wahrscheinlich hatte diese Penelope March, deren autoritären Charakter sie auf Anhieb erkannt hatte, sie angewiesen, ihre Geheimnisse zu verschweigen, dabei musste sich May selbst vorsehen, um das ihrige nicht zu verraten. Nicht auszudenken, wenn Lady Evangeline erführe, dass sie die Geliebte ihres Bruders war.

»Sie wirken erstaunt, mich zu sehen«, sagte Evie amüsiert.

»Wenn man recht überlegt, ist es gar nicht so verblüffend. Wagemut ist ein verbreiteter Charakterzug in Ihrer Familie. Warum sollten Sie ihn nicht geerbt haben?«

»Zweifellos denken Sie an Edward. Wir ähneln uns, das stimmt. Er ist ganz sicher der Bruder, dem ich mich am nächsten fühle.«

May schlug die Augen nieder, um ein Notizbuch aus ihrer Tasche zu ziehen. Sie dachte nicht an Edward, sondern an Julians wunderbaren Elan, an seinen mutigen und unvernünftigen

Schritt, an die Gefühle auf seinem Gesicht, als er eines Abends zu ihr gekommen war und ihr seine Liebe gestanden hatte.

»Was ist aus Edward geworden? Ich habe ihn in letzter Zeit nicht gesehen.«

»Er ist in der City beschäftigt. Ich weiß nicht, was er genau macht, aber kürzlich hat er mir etwas von Radiophonie erzählt. Ein wichtiges Projekt, für das sich die Regierung interessiert. Deswegen hat er weniger Zeit, an Flugschauen teilzunehmen.«

Ein Hauch von Stolz lag in Evies Stimme. Seit dem Tod ihres Vaters hatte Edward eine Metamorphose durchgemacht. Es war beinahe ein Wunder. Von einem Tag zum anderen hatte er sich Michael Manderley zum Mentor auserkoren und aufgehört, um astronomische Summen zu spielen. Jetzt stand er in aller Frühe auf und begab sich täglich ins Geschäftsviertel.

»Und Sie, Miss Wharton? Fliegen Sie noch?«

»Ich bereite mich auf eine Überquerung des Ärmelkanals im nächsten Monat vor.«

»Das ist großartig! Dann wären Sie die erste Frau, die jemals diese Leistung vollbracht hat, stimmt's?«

»Ja.«

»Wie wäre es, wenn Sie die Farben der Suffragetten am Rumpf Ihrer Maschine tragen würden?«

May lachte.

»Leider teilt der Besitzer meiner Maschine Ihre Begeisterung für die Frauenrechte nicht.«

»Aber Sie selbst unterstützen doch sicherlich unsere Sache?«

»Natürlich, aber ich halte nichts von Gewalt. Raubt Ihnen der radikale Anstrich Ihrer Bewegung nicht manchmal den Schlaf, Lady Evangeline?«

Ihr Blick war so streng, dass Evie verlegen wurde. Es war nicht so einfach, May Wharton mit einer schnippischen Bemerkung zu antworten, wie dem Polizisten, der sie im vergangenen Sommer in Bermondsey verhaftet hatte. Sie war eine erfolgreiche Sportlerin und eine emanzipierte Journalistin. Ihr Wort hatte Gewicht. Die Suffragetten beschränkten sich nicht mehr darauf, sich am Zaun vor dem Buckingham Palace anzuketten oder die Reden von Politikern zu unterbrechen. Von jetzt an musste Evie dafür einstehen, dass sie Schaufenster zerschlugen, Parlamentsabgeordnete angriffen und in Museen Kunstgegenstände zerstörten.

»Mit dem neuen Jahrhundert sind auch neue Regeln entstanden. Erschütterungen sind unvermeidlich. Viele verweigern sich den neuen Herausforderungen. Ich dagegen ziehe es vor, sie anzunehmen.«

»Nun ja, Sie wissen sich dabei durch die Mauern von Rotherfield Hall geschützt. Finden Sie es nicht unverantwortlich, Frauen dieses Beispiel zu geben, sodass sie bei Nachahmung das Gefängnis und die barbarische Behandlung riskieren, die ihnen dort zuteilwird?«

Evangeline erstarrte.

»Das Gegenteil ist der Fall. Ich vertrete die Frauen, die nicht die Möglichkeit haben, sich Gehör zu verschaffen. Und ich gehe dieselben Risiken ein wie die anderen.«

»Gestatten Sie mir, daran zu zweifeln. Wenn Sie verhaftet werden, behandelt man Sie trotzdem bevorzugt, weil Sie von Adel sind.«

»Wenn ich zusammen mit meinen Kameradinnen Schaufensterscheiben in Mayfair zerbräche, würden mir die Behörden gewiss keine Sonderbehandlung zukommen lassen!«, entgegnete Evie. »Und wenn Sie glauben, dass die Engländer so autoritätshörig sind, dann kennen Sie unsere Geschichte nicht. Charles I. wurde geköpft, und Cromwell hielt nicht viel von Familien wie meiner.«

»Gewalt bringt Gewalt hervor. Man wirft den Suffragetten vor, jedes Maß verloren zu haben. Ihre Bewegung beginnt unter einer gewissen Isolation zu leiden. Muss man denn die schlechten Angewohnheiten der Männer nachahmen, um dieselben Rechte wie sie zu fordern?«

»Die weibliche Natur kann genauso brutal sein wie die der Männer. Wir verbergen diesen Umstand nur geschickter.«
May lächelte. Sie wirkte nicht überzeugt.
»Der Pfad zur Hölle ist mit guten Absichten gepflastert. Aber sind Sie wirklich bereit für die Hölle, Lady Evangeline?«
Ein Schweigen trat ein, während Evie ihr einen scharfen Blick zuwarf, doch als sie das aufreizende Glitzern in deren dunklen Augen sah, wurde ihr klar, dass die Journalistin sie zu provozieren versuchte.
»Die Hölle, Miss Wharton, ist es, sich nicht frei ausdrücken zu dürfen und wie ein minderwertiges Wesen behandelt zu werden. In einer Gesellschaft zu leben, die einem die Rechte aberkennt, einem aber dennoch Pflichten auferlegt. Ich bin bereit, die Verpflichtungen meines Erbes anzunehmen, aber unter der Bedingung, dass man meine Rechte respektiert. Vor allem das erste, nämlich nein zu sagen.«
Ihre Aufrichtigkeit gefiel May, und sie schalt sich, weil sie an ihr gezweifelt hatte. Ihre Fragen fielen jetzt weniger aggressiv aus. Im Verlauf des Gesprächs wurde ihr klar, wie komplex die Persönlichkeit von Julians Schwester war. Sie besaß eine intuitive Intelligenz und eine von Herzen kommende Aufrichtigkeit, doch beides wurde beeinträchtigt durch die Eitelkeit einer Aristokratin, die sich ihres Rangs bewusst und auf ihre Privilegien bedacht war. Man spürte, dass sie zwischen ihrer Sehnsucht nach Unabhängigkeit und ihrem instinktiven Respekt vor den Verhaltensregeln ihrer Gesellschaftsschicht hin- und hergerissen war. In Evangelines Alter hatte May bereits seit drei Jahren ein eigenständiges Leben geführt. Sie hatte nicht nur mit finanziellen Schwierigkeiten fertigwerden müssen, sondern auch mit den psychischen, die ihre Freiheit mit sich brachte. May war sich des Egoismus der Engländerin bewusst, doch diese hatte auch eine großmütige Seite. Sie spürte das Bedürfnis, sie zu beschützen, so wie man gegenüber einer kleineren Schwester empfinden würde, die noch unerfahren, aber voll guten Willens war.

Es amüsierte sie, bei ihr Julians Manieriertheiten wiederzufinden: die Art, wie sie überlegen das Kinn reckte, oder auch der schneidende Blick, wenn sie verärgert war. Evangeline war faszinierend und anstrengend zugleich; die Art Frau, die einen Mann zu Leidenschaft hinreißen kann, dachte sie. May war die Leidenschaft nicht fremd, mit der sie Energie und Willenskraft verband. In dieser Kombination ließ sie einen über sich hinauswachsen. Doch in der Liebe verwechselte man diese Vitalität oft mit einem Besitzstreben, dessen schreckliche Folge wiederum eine zerstörerische Eifersucht war.

Nun, da ihr Gespräch sich dem Ende zuneigte, fühlte sich die Journalistin unwohl. Im Verlauf ihrer Recherchen hatte sie durch eine Indiskretion erfahren, dass die Suffragetten eine gewalttätige Demonstration in einem noblen Stadtviertel vorbereiteten. Ihr Verdacht war bestätigt worden, als Evangeline sich verplappert hatte. Jetzt stand May vor einem Dilemma. Junge Frauen, die sich etwas beweisen wollten, indem sie sich aus Stolz Hals über Kopf in ein Abenteuer stürzten, ließen dabei immer Federn, wie sie aus eigener Erfahrung wusste.

Als die Amerikanerin schließlich draußen im Nieselregen stand, zögerte sie, gleich in ihre kleine Wohnung in Bloomsbury zurückzukehren, die sie seit dem Beginn ihrer Affäre mit Julian bezogen hatte. Er würde es ihr nie vergeben, wenn sie nicht versuchte, ihn zu warnen, und seiner Schwester etwas zustieß.

Doch leider hatte sich an diesem Vormittag das Schicksal gegen May verschworen. Zuerst begab sie sich nach Westminster, aber man ließ sie nicht zum Oberhaus vor. Die Behörden sahen in jeder Frau, die allein auftrat, eine potenzielle Suffragette und waren besonders argwöhnisch. Immerhin versicherte man ihr, Lord Rotherfield befinde sich nicht im Parlament. Ein wenig ratlos fragte sie sich, ob sie eine Nachricht in einem seiner Londoner Clubs hinterlassen sollte – aber in welchem? Sie konnte schließlich nicht ganz London auf der Suche nach ihm durchkämmen.

Schließlich beschloss sie, eine Nachricht am Berkeley Square zu hinterlassen. Sie hatte vor, sie dem ersten Dienstboten, der ihr begegnete, zu übergeben und sich dann diskret zu entfernen.

May hob gerade den Türklopfer, als ein Wagen vor dem Haus hielt, aus dem zwei fröhliche junge Frauen ausstiegen. May erkannte Julians kleine Schwester und seine Frau. Trotz ihrer dunklen Kostüme trugen sie unter den Filzhüten mit der hochgebogenen Krempe eine muntere Miene zur Schau. Der Chauffeur begann eine erstaunliche Anzahl von Päckchen mit Schleifen aus dem Wagen zu laden.

Wie gebannt starrte May Alice Rotherfield an. Es war eine Sache, sich die Frau des Mannes, den man liebte, abstrakt vorzustellen – dieses zarte, beinahe ätherische Wesen –, aber eine ganz andere, sie in Fleisch und Blut wiederzusehen. Natürlich verglich sie sich mit Alice. Mit einem Mal fühlte sie sich schäbig und unentschlossen, eine Usurpatorin. Und ihr wurde klar, dass sie sich seit Monaten etwas vormachte: Sie wollte Julian nicht mit ihr teilen.

Er hatte ihr versichert, seine Ehe sei eine Pflicht wie alle anderen, und er hätte sie vermieden, wenn es möglich gewesen wäre. Doch das Schicksal hatte es anders gewollt. Man kann auch alles auf das Schicksal schieben, dachte May und wurde von einer Woge des Zorns erfasst. Dennoch glaubte sie, dass Julians Gefühle aufrichtig waren, das erkannte sie an seinem Körper, wenn sie sich liebten. Aber keine dieser Gewissheiten hielt dem fragenden Blick Alice Rotherfields stand.

»Sie wünschen, Madam? Mir ist, als würden wir uns kennen, aber ich kann keinen Namen mit Ihrem Gesicht verbinden.«

»Ich bin May Wharton.«

»Aber natürlich«, meinte sie und zog die Augen zusammen. »Sie sind eine Freundin meines Schwagers, nicht wahr? Sind Sie mit Edward verabredet? Er ist über Tag nie zu Hause.«

May schüttelte den Kopf.

»Nein ... Ich wollte Lord Rotherfield diese Nachricht übergeben.«

»Wenn das so ist, können Sie sie mir anvertrauen«, sagte Alice und streckte die Hand aus.

»Er ist nicht da?«

»John, ist mein Mann zufällig nach Hause gekommen?«, fragte Alice den Diener, der die Tür geöffnet hatte.

»Nein, Gräfin.«

»Sehen Sie.« Sie nahm May den Brief ab. »Aber keine Angst, ich sorge dafür, dass er ihn bekommt.«

»Es ist ziemlich dringend.«

»Tatsächlich?« Alice zog eine Augenbraue hoch. »Ich tue mein Bestes. Und jetzt wünsche ich Ihnen einen guten Tag, Miss Wharton. Gehen wir, Vicky? Wir kommen zu spät zum Mittagessen.«

Mit hocherhobenem Kopf rauschte sie, gefolgt von ihrer Schwägerin, an May vorbei. Der Diener schloss mit einem betretenen Lächeln die Tür. May wandte sich ab. Sie war verärgert über die herablassende Behandlung und erschüttert bei dem Gedanken, dass Julian dieser Frau durch sein Ehegelübde verbunden war, bis der Tod sie schied. Zum ersten Mal fragte sie sich, wie sie das ertragen sollte.

Im Vestibül zog Alice Hut und Handschuhe aus.

»Warum hast du ihr nicht gesagt, dass Julian ein paar Tage aufs Land gefahren ist?«, fragte Victoria erstaunt.

»Ich finde nicht, dass sein Aufenthaltsort sie etwas angeht.«

Vicky riss die Augen auf. »Du kommst mir merkwürdig vor. Hast du ihm etwas vorzuwerfen?«

»Natürlich nicht, aber etwas an dieser Frau gefällt mir nicht. John, würden Sie uns bei Mrs Pritchett für unsere Verspätung entschuldigen? Wir kommen sofort zu Tisch.«

Als Alice kurz allein war, drehte sie den Umschlag in den Händen und warf ihn dann rasch ins Kaminfeuer.

Am späten Nachmittag trafen sich die Frauen in kleinen Gruppen in der Bond Street, der Regent Street und der Oxford

Street. Niemand ahnte, dass sie keine respektablen Kundinnen waren, die in diesen eleganten Straßen ihre Einkäufe tätigten. Ganz anders, als ihre Kritiker behaupteten, sahen die Suffragetten nicht wie abstoßende Schreckgestalten aus und waren auch keine frustrierten alten Jungfern mit maskulinem Auftreten. Im Gegenteil, viele von ihnen waren jung, feminin und anziehend. Sie vermieden es, einander anzusehen, aber sie wussten, dass sich ihre Gefährtinnen in ganz Piccadilly verteilt hatten. Eine der Stärken von Mrs Pankhursts Suffragetten war es, dass sie sich nie isoliert fühlten. Auch wenn manche mit oft unüberlegtem Wagemut allein handelten, gehörten sie einer solidarischen Gruppe an.

Evangeline und Penny gingen langsam die Bond Street hinauf.

»Du bist ja daran gewöhnt, deine Einkäufe in den Luxusläden dieses Viertels zu machen«, murmelte Penny mit einem schelmischen Lächeln. »Die Verkäufer trifft der Schlag, wenn sie dich erkennen.«

Evie verzog das Gesicht.

»In letzter Zeit bekommen sie vor allem meine Schwägerin zu sehen. Alice bereitet ihre Hochzeitsreise bis in alle Einzelheiten vor. Sie weiß, dass sie bis zu ihrer Ankunft in New York jeden Abend am Kapitänstisch speisen wird, und legt Wert darauf, die Eleganteste zu sein. Kein Tag vergeht, ohne dass sie mit Paketen beladen nach Hause kommt. Sie ist sogar noch verschwenderischer als meine Mutter. Julian tut mir leid.«

»Fehlt dir deine Mutter?«

»Ganz und gar nicht! Ich möchte sie lieber glücklich in Paris wissen, als zu sehen, wie sie in einem Witwenhäuschen, das sie immer gehasst hat, versauert. Zur Ballsaison wird sie zurückkehren; bis dahin ist es nicht mehr lang.«

Doch Penny nahm die Verbitterung in ihrer Stimme wahr. Es erstaunte sie, dass Evies Mutter so kurz nach der Beerdigung abgereist war. Hätten ihre Töchter nicht Trost gebraucht? Aber diese Leute hatten einen anderen Begriff von Zuneigung. Sie überließen ihre Kinder Nannys und Gouvernanten, bis sie alt genug waren, um sich in einem Salon zu behaupten. Evie kam zurecht, doch sie erriet, dass sich ihre Freundin ein wenig verlassen fühlte. Sie vermutete, dass die Entfremdung von ihrer Mutter damit zu tun hatte, dass sie an diesem Tag hier war.

»Ich gestehe, ich hätte dir nicht den Mut zugetraut, bis zum Äußersten zu gehen. Meinen Glückwunsch.«

»Warum zweifelt ihr eigentlich alle an mir?«, ewiderte Evie ärgerlich und dachte an die ironischen oder zweifelnden Blicke von May Wharton und Michael Manderley. »Es ist scheußlich, wenn man ständig das Gefühl hat, etwas beweisen zu müssen.«

»Du scheinst dir nicht ganz darüber klar zu sein, was passieren wird«, sagte Penny mit einem Anflug liebevoller Besorgnis. »Ich hoffe, dass es dir nachher nicht leidtut.«

»Natürlich nicht!«, versicherte Evie, doch sie spürte, wie ihr Mund trocken wurde. Sie wünschte, sie wäre sich sicher gewesen.

Es wurde Zeit. Evie öffnete ihre Tasche. Ihre Hand schloss sich um den Stiel des Hammers. Wofür kämpfte sie eigentlich? Für das Frauenwahlrecht oder für etwas schwerer Fassbares – eine Freiheit, die sie zugleich ersehnte und fürchtete? Gedankenfetzen gingen ihr durch den Kopf: Tilly und ihre kleinen Geschwister; Penny, die eine flammende Rede vor den Frauen hielt; der Sarg ihres Vaters; Julians unerbittlicher Blick; ihre Mutter, die sie einlud, sie auf den Kontinent zu begleiten; Pierre du Forestels Ausdruck von Trauer, als sie auf dem Steg von Rotherfield Hall gesessen hatten ... Sie holte tief Luft. Trotz ihrer Beklommenheit war sie überzeugt, sich zur richtigen Zeit am richtigen Ort zu befinden. Sie lächelte Penny zu, die mit einem Augenzwinkern antwortete.

Um Punkt sechs Uhr an diesem regnerischen Abend ging ein Sturm über dem ruhigen Stadtviertel Mayfair nieder. Mehr als hundert Frauen griffen mit Steinen und Hämmern die Schaufenster an. Gewaltige Glasscheiben zersplitterten auf den Gehsteigen und erschreckten die Passanten. Die Händler stürzten nach draußen und versuchten vergeblich, ihre Läden zu schützen. Der Verkehr kam zum Stillstand, während das durchdringende Pfeifen der Polizisten erklang, die den Delinquentinnen nachrannten.

Evie schlug ohne zu überlegen zu. Sie holte kräftig aus, in den Scheiben bildeten sich Risse und gaben dann nach. Im letzten Moment machte sie einen Satz nach hinten, um nicht verletzt zu werden. Sie erkannte sich selbst nicht wieder. Je länger sie zuschlug, umso mehr stieg in ihr eine ungekannte Erregung auf, eine Mischung aus Zorn und Jubel.

Sie hatte nicht bemerkt, dass sie von Penny getrennt worden war. Die Anführerinnen hatten den Frauen geraten, in einem passenden Moment mit der Menge zu verschmelzen und so zu tun, als würden sie einfach nur einen Einkaufsbummel machen, falls sie angehalten würden. Doch während Evie überlegte, wie sie ihren Hammer loswerden sollte, stellte sie fest, dass sie von einem Kreis von Passanten umgeben war, aus dem sie nicht entkommen konnte. Zwei Polizisten warfen sich auf sie, entrissen ihr den Hammer und hielten sie fest. Empörte und wütende Blicke trafen sie, als die Polizisten sie wegzerrten.

»Schämen Sie sich denn nicht?«, schrien Frauen, entsetzt über das Verhalten dieser »Mannweiber«.

Jemand spuckte ihr ins Gesicht, aber sie sah starr vor sich hin und reckte das Kinn. Man steckte sie in einen Polizeiwagen, in dem bereits mehrere Suffragetten saßen. Eine wischte sich das Blut ab, das ihr aus einer Stirnwunde rann. Mehr als einhundertzwanzig Demonstrantinnen wurden festgenommen, aber sie hatten erreicht, was sie wollten: Ihre gewaltsame Aktion erregte großes Aufsehen. Die Straßen waren verwüstet, die Gehwege mit Schutt übersät. In der Bond Street war praktisch kein Schaufenster unbeschädigt geblieben. Innerhalb einer Stunde waren mehr als vierhundert Scheiben zerschlagen worden und Tausende Pfund an Schäden entstanden. Die Menschen wussten noch nicht, dass in den kommenden Tagen in Knightsbridge eine zweite Welle von Sachbeschädigungen geplant war.

Jetzt blieb Evie nichts anders übrig, als sich dem Gefängnis zu stellen. Diesmal richtig. Denn sie bezweifelte, dass Julian sie so leicht würde herausholen können wie beim letzten Mal.

Bei ihrer Einlieferung in Holloway musste sich Evie vollständig ausziehen und schweigen. Dann überzeugte sich eine Wärterin davon, dass sie keinen gefährlichen Gegenstand am Körper versteckte, und befahl ihr, in einem Gemeinschaftssaal unter Bewachung ein Bad zu nehmen. Spätestens da begriff sie, dass sie nicht unbeschadet aus dieser Klemme herauskommen würde. Wie sollte man solche Demütigungen überleben?

Jetzt trug sie die Anstaltskleidung der Gefangenen zweiter Klasse: ein Kleid aus derbem, grünem Serge mit weißem Kragen und eine blauweiß karierte Schürze. Die raue Unterwäsche kratzte auf ihrer Haut, und die schweren Schuhe passten ihr nicht und marterten ihre Füße. Man hatte ihr nicht nur ihre Kleidung, sondern ihre Identität genommen. Man rief sie mit der Nummer ihrer Zelle, einem Raum von vier mal zwei Metern ohne Belüftung oder Heizung.

Nicht einmal in ihren schlimmsten Albträumen hätte sie sich das Grauen dieses feindseligen Universums vorstellen können, die Erniedrigung durch den Freiheitsentzug hinter diesen grauen Mauern, wo jede ihrer Bewegungen durch jemand anderen kontrolliert wurde. Das Wecken um halb sechs Uhr morgens, das Scheuern der Zelle vor der Inspektion, die dreißig Minuten in der Kapelle, der kurze Spaziergang auf dem Hof – immer schweigend –, die nicht enden wollenden Stunden in der eiskalten Zelle, bis die Wärterin um acht Uhr abends die Glühbirne ausknipste. Und dann verweigerte sich ihr der Schlaf hartnäckig.

Obwohl sie vor Kälte taub war, lag Evie lang ausgestreckt, mit gefalteten Händen da und lieferte sich dieser steinernen Welt aus. Alles war ihr fremd: die Gerüche, die Geräusche, die unerbittlichen Befehle. Ein beinahe animalischer Instinkt ließ sie unentwegt auf der Hut sein. Ihr Geist war nicht so unbeweglich wie ihr Körper. Einsamkeit und Erschöpfung brachten sie dazu, in ihrem Inneren Zuflucht zu suchen. Wenn sie ihre Monologe mit fremdartigen, uneinigen Stimmen führte, hatte sie oft das Gefühl, verrückt zu werden.

Dabei befand sie sich in einem Gefängnisflügel, wo sie von den hartgesottenen Verbrecherinnen abgetrennt war. In der Kapelle und beim Hofgang traf sie nur auf Suffragetten, doch ihre Anwesenheit bedeutete Evie keinen Trost. Die Solidarität, die zwischen diesen Krankenschwestern, Lehrerinnen und Künstlerinnen herrschte, erschien ihr einzigartig. Sie schöpften ihre Kraft nicht nur aus der Überzeugung, einen rechtmäßigen Kampf zu führen, sondern auch aus der Liebe, die sie draußen erfuhren. Evie war sich indes nicht sicher, ob sie irgendjemand liebte, und niemand aus ihrem Umfeld teilte ihre Überzeugungen. Die Entschlossenheit der anderen Frauen wuchs angesichts der Widrigkeiten. Besonders Penny, die ganz verwandelt wirkte, war die geborene Heldin. Ab und zu hörten die Gefangenen die Demonstrationen, die zu ihrer Unterstützung vor dem Gefängnis stattfanden. Eine Blaskapelle intonierte abwechselnd die Marseillaise und andere Revolutionslieder. Doch Evie blieb gleichgültig und vermochte keinen Trost aus einer Kameradschaft zu ziehen, in der sie sich nicht wiedererkannte. Körperlich und psychisch geschwächt, hatte sie alle Orientierungspunkte verloren, alles, was sie mit ihrem Selbstbild verband, und fühlte sich allein und vollständig verloren.

Sie hatte aufgehört zu essen. Es war weder eine bewusste Entscheidung gewesen noch der Wunsch, sich dem Kodex der

Suffragetten zu unterwerfen, für die der Hungerstreik zum militanten Widerstand gehörte. Nein, Evies Magen weigerte sich ganz einfach, an einem so furchtbaren Ort die geringste Nahrung bei sich zu behalten, und akzeptierte nur das metallisch schmeckende Wasser. Sie war sich der Gefahr bewusst, die sie damit einging. Da die Regierung fürchtete, die Rebellinnen könnten hinter Gittern als Märtyrerinnen sterben, hatte man befohlen, sie zwangszuernähren. Seit ihrer Ankunft hörte sie die Proteste von Gefangenen in den benachbarten Zellen, von denen einige zu mehreren Monaten Haft verurteilt waren. Zu den Essenszeiten drangen Schreie und Stöhnen zu ihr. Jedes Mal überlief sie ein Entsetzensschauer, aber sie weigerte sich zu glauben, dass man wagen würde, mit ihr genauso zu verfahren.

Am späten Nachmittag wurde die Zellentür aufgeriegelt. Sie erhob sich von ihrer Pritsche, wie man es ihr befohlen hatte. Vor ihr stand der Oberarzt.

»Wie lange haben Sie nichts gegessen?«, blaffte er sie an.

Evie zuckte wortlos die Achseln.

»Fast vier Tage, Herr Doktor«, erklärte eine Wärterin.

»In diesem Fall müssen wir Sie zu Ihrem eigenen Besten zwangsernähren. Ich rate Ihnen, keinen Widerstand zu leisten. So wird es weniger schmerzhaft für Sie.«

»Rühren Sie mich nicht an«, murmelte Evie mit einer gepressten Stimme, die sie nicht wiedererkannte.

Es waren fünf Männer mit Krötengesichtern, glattrasiert und mit glänzenden Augen. Die Haut des jüngsten von ihnen war pockennarbig. Ein schwerer Fall von Masern, als wäre das jetzt ihre größte Sorge. Als sie in die Zelle traten, wich sie einen Schritt zurück.

»Fassen Sie mich nicht an!«

Zwei von ihnen packten sie. Sie schrie. Mit Gewalt wurde sie auf die Pritsche gedrückt. Die Wärter hielten ihren Kopf, die Füße, die Arme fest. Sie fand die Kraft, um sich zu schlagen, aber ihr Widerstand war jämmerlich schwach. Mit strenger Miene führte der Arzt ein barbarisches Metallinstrument vor ihr Gesicht. Evie presste die Lippen zusammen. Er hielt ihr die Nase zu. Als sie gezwungen war, zum Atmen den Mund zu öffnen, konnte sie nicht verhindern, dass er ihr das dreizinkige Instrument in den Mund steckte, sodass es ihr den Kiefer offen hielt. Noch nie hatte sie sich so entsetzt und ohnmächtig gefühlt.

Ein namenloses Grauen ergriff sie, als sie den etwas über einen Meter langen Gummischlauch erblickte, der ihr furchtbar dick vorkam. Ohne zu zögern führte der Arzt ihn in ihren Mund ein. Der Schlauch kratzte in ihrer Kehle und zog eine Feuerspur ihre Speiseröhre hinunter. Instinktiv versuchte Evie sich von diesem Fremdkörper zu befreien. Sie musste würgen und bekam kaum noch Luft. Durch den brennenden Schmerz und die panische Angst zu ersticken brach ihr kalter Schweiß aus. Eine Wärterin kippte eine Mischung aus Milch und rohen Eiern in den Trichter am anderen Ende des Schlauchs. Eine klebrige Masse rann in ihren Magen. Ein heftiger Brechreiz ergriff sie, und sie übergab sich. Sie bekam keine Luft mehr. Gnadenlos hielt der junge Mann mit der narbigen Haut ihren Kopf nach hinten gebeugt.

Als der Arzt den Schlauch herauszog, hatte Evie den Eindruck, man reiße ihr die Gedärme heraus. Die Männer ließen sie los. Wieder und wieder erbrach sie sich, über den weißen Kittel des Arztes und die Wärter, die mit angeekelter Miene zurückwichen. Ihr Gesicht, ihr Haar, ihre Hände, ihr Kleid waren mit Erbrochenem beschmutzt. Sie wurde von so heftigen Krämpfen geschüttelt, dass der Arzt seinen Assistenten rief, damit er ihr den Puls maß. Nachdem sie sich zu ihrer Zufriedenheit davon überzeugt hatten, dass sie nicht in Gefahr schwebte, ließen sie sie los. Man warnte sie: Frische Kleider würde sie erst am nächsten Tag bekommen, denn die Wäscherei war zu dieser Uhrzeit nicht mehr offen. Die Tür schloss sich wieder. Der Riegel wurde vorgeschoben.

Evie krümmte sich auf der Bank zusammen, wurde von Schauern geschüttelt. Ihr Mund war geschwollen und blutete. Der

Schmerz war so stark, dass sie fürchtete, bei der Prozedur sei etwas im Inneren ihres Körpers zerrissen. Manche Frauen ertrugen diese Tortur wochenlang mehrere Male am Tag. Die Gefangenen wurden auch über eine Sonde ernährt, die man in die Nase einführte, manchmal sogar in den After oder die Vagina, was absurd erschien. Sie hatte von schweren Verletzungen gehört, und wenn die abscheuliche Mixtur in die Lungen geriet, trug man eine Rippenfellentzündung davon.

Fassungslos und wie erstarrt wiegte sie sich vor und zurück. Wie konnte man im Namen eines Ideals dieses Elend täglich über sich ergehen lassen? Diese Verletzung ihrer Integrität. Diese Erniedrigung. Dieses körperliche Leiden. Bis jetzt hatte Evie nicht ermessen können, welches Opfer diese Frauen brachten. Bei dem Gedanken an Penny zog sich ihr Herz zusammen. Ihre Freundin würde sich diesen Kreuzweg so oft wie nötig auferlegen. Bis zur Erschöpfung, bis sie davon krank wurde. Vielleicht sogar psychisch. Manche Frauen erholten sich nie wieder davon und wurden ins Irrenhaus gesperrt.

Es klopfte rhythmisch an ihre Zellenwand. Ihre Nachbarin war eine junge Frau von ungefähr zwanzig. Sie war eine schmale Tänzerin und zu mehreren Monaten Haft verurteilt, weil sie Briefkästen in Brand gesteckt hatte. Sie machte diese Abscheulichkeit jeden Tag durch. Evie fand die Kraft, sich aufzurichten und ihr durch Klopfen zu antworten. Die Stimme der anderen drang gedämpft, aber entschlossen zu ihr.

»Wir geben nicht auf!«

Sie hätte ihr gern ebenso geantwortet, wie es üblich war, doch sie legte nur den Kopf an die Wand. Tränen der Erschöpfung und der Scham stiegen ihr in die Augen. Sie würde diesen Mut nicht aufbringen. Sie wusste, dass sie feige war, aber ihr Überlebensinstinkt warnte sie, dass sie diese Prozedur nicht noch einmal überstehen würde.

Wenigstens habe ich es versucht, dachte sie, um sich zu trösten. Bei ihrer Verhaftung hatte sie aus purem Trotz einen falschen Namen angegeben. Alarmiert durch May Whartons Bemerkungen hatte sie nicht das Risiko eingehen wollen, dass man sie anders behandelte als ihre Kameradinnen. Sie wusste, dass Constance Lytton vor zwei Jahren die gleiche Taktik angewendet hatte. Es kam nicht selten vor, dass die Frauen eine falsche Identität angaben oder nur ihren Vornamen nannten; manche, damit ihre Arbeitgeber nicht davon erfuhren, und andere, um zu verbergen, dass sie schon wiederholt festgenommen worden waren, weil sie ihren Fall nicht verschlimmern wollten. Verworren hatte Evie sich gesagt, dass sie ihren Prozess abwarten und dann ihren wahren Namen enthüllen wollte, und dass ihr in diesen paar Tagen schon nichts Schlimmes zustoßen würde. Doch jetzt hatte sie den Punkt erreicht, an dem sie nicht mehr weiterkonnte. Nie würde sie den Mut eines Mädchens wie Penny aufbringen. Ich werde andere Möglichkeiten finden, den Frauen zu helfen, gelobte sie sich. Morgen früh würde sie die Wärterin bitten, ihre Familie zu benachrichtigen. Beim Frühstück würde sie versuchen, den gezuckerten Tee zu sich zu nehmen, das dunkle Brötchen und die paar Gramm Butter, die den Gefangenen zustanden. Doch beim bloßen Gedanken an Essen wurde ihr wieder übel. Sie zog das Taschentuch hervor, das man den Frauen einmal wöchentlich zuteilte, und wischte sich mit zitternder Hand das Gesicht ab. Sie war schmutzig und roch ekelerregend. Ein Schluchzen brannte in ihrer wunden Kehle. Sie schloss die Augen. Am liebsten wäre sie in ihr Kinderzimmer von früher zurückgekehrt, hätte die trockenen, beruhigenden Hände von Nanny Flanders gespürt, die die Bettdecke um sie feststeckten und ihr über die Stirn strichen, und ihrer sanften Stimme gelauscht, die ihr versicherte, alles werde gut, und sie habe nichts zu fürchten.

Michael Manderley aß allein in seinem Club zu Mittag. In dem Saal mit seiner Mahagonitäfelung schaffte es das schwache Licht der elektrischen Glühbirnen nicht, das Halbdunkel zu vertreiben. Ein feiner Regen rann die Scheiben hinab. Er legte sein Besteck auf den Tisch und gab dem Oberkellner ein diskretes Zeichen, er möge seinen Teller abräumen. Die Seezunge hatte er kaum angerührt. Lord Rotherfield weigerte sich, ihm das Landgut Whitcombe Place zu verkaufen. Als er ihn an die mündliche Zusage seines Vaters erinnert hatte, hatte ihm Rotherfield eine finanzielle Entschädigung vorgeschlagen. Wie einem Hund, dem man einen Knochen hinwirft.

Er trommelte mit den Fingern auf den Tisch, obwohl es gar nicht seine Art war, seine Erregung zu zeigen. Das Ganze war die Folge einer tief empfundenen Abneigung, dessen war sich Manderley sicher. Einer instinktiven Antipathie. Im Grunde ging es gar nicht um den Landbesitz in Sussex, sondern darum, ja nicht den anderen zufriedenzustellen. Obwohl Lord Rotherfield liquide Mittel brauchte, um die anfallende Erbschaftssteuer zu zahlen, würde er sich lieber seinen linken Arm abhacken, als einen Teil des Familienbesitzes an jemanden zu verkaufen, den er verachtete. Und was ihn, Manderley, betraf, so hatte er ein Auge auf dieses Landgut geworfen, weil Matilda es haben wollte, und er konnte ihr keinen Wunsch abschlagen. Jeder Mann hatte seine Achillesferse. Er würde ein Vermögen darum geben zu wissen, welche die Julian Rotherfields war. Seine war jedenfalls seine junge Schwester, die hinreißende, stürmische und eigenwillige Matilda.

Bei ihrer Geburt war die Hebamme erstaunt gewesen, als er sie um Erlaubnis bat, das Neugeborene halten zu dürfen. Nur wenige Männer interessierten sich für einen schreienden Säugling. Aber da die arme Frau andere Sorgen hatte, war sie froh, als der junge Mann ihr das Kleine abnahm. Als bei seiner Mutter die Wehen eingesetzt hatten, hatte ihr Ältester, damals schon dreiundzwanzig, sich geweigert, das Haus zu verlassen. Sein Vater hingegen hatte es eilig gehabt, woanders Zuflucht zu suchen. Unglücklicherweise bekam die Wöchnerin Schüttelkrämpfe, fiel ins Koma und starb kurz darauf. Sie war nicht mehr die Jüngste und hatte einen zu hohen Blutdruck, wie die verzweifelte Hebamme ihm erklärte.

Während er das arme kleine Ding mit dem zornverzerrten Gesichtchen auf seinem Arm betrachtete, beschlich Michael eine gewisse Angst. Er war allein. Seine beiden jüngeren Brüder waren damals bereits nach Amerika ausgewandert. Sein Vater hatte sich nie mit seinen Kindern beschäftigt, solange sie noch im Kleinkindalter waren. »Ich habe es Ihnen noch gar nicht gesagt«, warf die Hebamme ein, »aber es ist ein Mädchen.« Michael hatte keinerlei Erfahrung mit Mädchen. Er war mit seinen Brüdern aufgewachsen, in der Schule hatte er nur Klassenkameraden gehabt, und bei seiner Lehre im Stahlwerk war er von anderen Jungen und Männern umgeben. Er war noch nie mit einem Mädchen ausgegangen und überzeugt davon, dass keine junge Frau ihn je eines Blickes würdigen würde. Sein Schwesterchen im Arm, spürte er, wie sich sein Herz zusammenzog.

Er nannte sie Matilda, weil niemand in seiner Umgebung so hieß. Am Tag ihrer Taufe kaufte er von seinen Ersparnissen ein hübsches weißes Kleidchen. Als der Pfarrer ihr Weihwasser über die Stirn goss und sie zu schreien begann, schwor er sich, dass sie nie in Armut leben sollte. Er würde ihr ein privilegiertes Leben bieten, eines, von dem ihre Mutter nicht einmal zu träumen gewagt hätte. Ein Jahr darauf starb auch ihr Vater, die Lunge von Geschwüren zersetzt. Michael zog mit Matilda aus dem Arbeiterviertel von Sheffield weg. Im Laufe der Jahre wurden die Häuser, die sie bewohnten, immer größer, bis hin zu jenem im Regency-Stil erbauten in der Park Lane, in dem sie nun residierten, in Nachbarschaft mit den Rothschilds, Sassoons oder auch Alfred Beit, dem Diamantmagnaten aus Südafrika. Bei jeder weiteren Stufe auf der sozialen Leiter, die Michael erklomm, achtete er stets auf Matildas Wohlergehen, war sie es doch, die seinem Leben einen Sinn gab. Zurzeit verbrachte sie einen sechsmonatigen Aufenthalt auf dem Kontinent zusammen mit ihrer Gouvernante und ihrem Hauslehrer. Um sie zu dieser wichtigen Etappe ihrer Erziehung zu bewegen – für sie eher ein Exil, in das sie unverdienterweise geschickt wurde –, hatte er ihr versprochen, für sie beide einen Landsitz zu kaufen, wo sie ihren achtzehnten Geburtstag feiern würden. Matildas Rückkehr stand kurz bevor, und wie es aussah, würde er sein Versprechen nicht halten können.

Er schloss die Augen, um nachzudenken. Er hatte gewisse Informationen über die Rotherfields, die ihm nützlich sein könnten, jedoch war er sich noch nicht im Klaren, welche davon Julian zu einem Sinneswandel bewegen könnte. Die Adeligen überraschten ihn immer wieder aufs Neue. Sie hatten eine so hohe Meinung von sich selbst, dass sie aus dem Handgelenk einen Angriff parieren konnten, der jeden Normalsterblichen zu Fall bringen würde.

Die ganzen letzten Jahre über hatte Manderley seinen Aufstieg vorangetrieben, die einflussreichsten Männer des Landes hofiert und sich diverse Verwaltungsräte geleistet, denen er brav ein Honorar bezahlte. Doch jetzt hielt er vielleicht seinen bedeutendsten Trumpf in Händen: Seit das Labor seines Stahlwerks eine Lösung suchte, um zu verhindern, dass die Läufe von Feuerwaffen rosteten, war er in das Blickfeld der Regierung gerückt. In dieser Zeit des Wettrüstens war er nicht der Einzige, der dieses Ziel verfolgte. Auch der französische Wissenschaftler Léon Guillet forschte auf dem Gebiet der Metalllegierung. Allerdings waren es vor allem die Fortschritte der Deutschen, die die Briten zutiefst beunruhigten. Dazu zählte der Triumph der Krupp-Stahlwerke, denen der beeindruckende Schiffsrumpf aus Stahl, Chrom und Nickel der Jacht Germania gelungen war, die bei der Regatta von Cowes triumphiert hatte. Ebenso bemerkenswert waren die kürzlich erfolgten Entdeckungen von Monnartz und Borchers, die den prozentualen Anteil von Chrom im Stahl berechnet hatten, der nötig war, um ihn vor Erosion zu bewahren. Den Forschungen Manderleys auf diesem Gebiet maß man deshalb eine elementare strategische Bedeutung bei. Daher fehlte ihm die Zeit, sich mit diesem verhassten, anmaßenden kleinen Gutsbesitzer herumzuschlagen, der zu nichts anderem nütze war, als die lachhaften Erträge einzutreiben, die seine armen Pachtbauern auf seinen Ländereien erzielten, und ansonsten der absurden Leidenschaft der Hetzjagd frönte.

Manderley war dennoch auf der Hut. Man durfte sich von der scheinbaren Leichtigkeit der englischen Aristokraten nicht hinters Licht führen lassen, die so taten, als interessierten sie sich nur für die Annehmlichkeiten des Lebens. Auch unter ihnen gab es eine Kaste von zielstrebigen und intelligenten Männern, die sich genau wie er der Macht und dem Geld verschworen hatten. Zu dieser Zeit, dem Beginn des zwanzigsten Jahrhunderts, bildeten sie überdies die Elite der europäischen Aristokratie, da sie einerseits von den Vorteilen der industriellen Revolution profitierten und andererseits für den Fortbestand ihrer Güter sorgten, indem sie an dem Erstgeburtsrecht und dem Prinzip der unveräußerlichen Rechte festhielten.

Ein Schatten fiel auf seinen Tisch. Manderley bedeutete dem Neuankömmling mit einem Nicken näher zu treten.

»Ich glaube, ich habe da eine Information, die Sie interessieren dürfte«, sagte der Mann mit einem geheimnisvollen Lächeln.

»Setzen Sie sich doch, bitte.«

»Die Marconi Wireless Telegraph Company – sagt Ihnen diese Firma etwas?«

»Sicher. Warum?«

»Die Regierung möchte staatliche Funkstationen sowohl in England als auch in den restlichen Ländern des Empire errichten. Der Postminister, der mit der Aufgabe betraut ist, ein Unternehmen ausfindig zu machen, das dazu in der Lage ist, hat soeben seine Wahl getroffen.«

»Schön für Marconi. Das ist nicht weiter erstaunlich. Sie sind die Besten auf diesem Gebiet, finden Sie nicht auch?«

»Das sagt man, aber es gibt zwei ernst zu nehmende Mitbewerber. Der Vertrag ist noch nicht unter Dach und Fach, auch wenn gewisse Opportunisten das Gegenteil behaupten. Das Unterhaus muss in ein paar Monaten noch seine Zustimmung geben. Bis dahin ist diese Information streng vertraulich, nur die Aktionäre sind eingeweiht. Soeben habe ich erfahren, dass der Geschäftsführer von Marconi nach Amerika reist, wo er ebenfalls die Leitung der dortigen Niederlassung innehat.«

Der Oberkellner steuerte auf ihren Tisch zu, doch die beiden Männer gaben ihm ein Zeichen, dass sie nicht gestört werden wollten.

»Und, worauf wollen Sie hinaus?«, fragte Manderley mit einem erwartungsvollen Funkeln in den Augen.

»Der Geschäftsführer heißt Godfrey Isaacs.«

»Ein Verwandter von Sir Rufus Isaacs, unserem hochverehrten Generalstaatsanwalt?«

»Die beiden sind Brüder.«

»Aha.«

»Der Preis der Aktie steigt seit sechs Monaten unaufhörlich. Mein Bauchgefühl sagt mir, dass Isaacs versucht sein könnte, amerikanische Anteile zu kaufen und sie unter günstigen Bedingungen wieder zu verkaufen und auch seine Nächsten von seinem Wissen profitieren zu lassen. Ich erinnere Sie daran, dass der Postminister Herbert Samuel heißt. Bei diesen Leuten zählen nur die Blutsbande«, fügte er mit verächtlicher Miene hinzu.

Manderley zog eine Augenbraue hoch. Diese antisemitische Äußerung überraschte ihn keineswegs. Mit dieser Gesinnung war er nicht allein: Viele hegten gegenüber den Juden eine Mischung aus Verachtung und Neugier. Die Mitglieder der englischen Society akzeptierten sie in ihren Reihen, ohne sie jedoch gänzlich als ihresgleichen zu betrachten. Sogar Benjamin Disraeli, dem konservativen Premierminister unter Königin Victoria, war es nie gelungen, seine Wurzeln vergessen zu lassen.

»Da Ihr Bauchgefühl Sie noch nie getrogen hat, mein lieber Freund, schenke ich Ihnen gern Gehör. Doch inwiefern sollte mich dieser von Ihnen angedeutete Interessenskonflikt interessieren?«

Der Speisesaal hatte sich nahezu geleert. Von weiter hinten war das Klirren von Besteck zu hören, und ein paar Kellner eilten geschäftig zwischen den Tischen umher, aber Manderley und sein Gesprächspartner redeten so leise, dass niemand sie hören konnte.

»Ihr netter Schützling, Edward Lynsted, hat sich mit Godfrey Isaacs angefreundet. Der junge Mann ist fasziniert von dessen Elan. Dazu muss man wissen, dass Isaacs ein begnadeter Lügner ist. Er brächte es sogar fertig, einem Abstinenzler Alkohol zu verkaufen.«

»Aber warum gibt er sich mit einem Grünschnabel wie Lynsted ab?«, fragte Manderley verwundert.

»Weil sich sein klangvoller Familienname hervorragend in einem Firmenbriefkopf machen würde. Er fiel bereits mehrmals in Gesprächen mit gewissen Personen, die in besagte Angelegenheit involviert sind. Ich dachte, dass Sie das gern erfahren hätten.«

Michael schwieg. Der andere betrachtete ihn eine Weile, ehe er hinzufügte: »Ich werde Sie auf dem Laufenden halten. Ich habe so eine Ahnung, dass wir in dieser Sache noch nicht das letzte Wort gehört haben.«

»Danke. Sie haben mich noch nie enttäuscht.«

Der Mann erhob sich und verließ den Raum.

Diese Neuigkeit hätte ihn zu keinem besseren Zeitpunkt erreichen können. Manderley traute dem naiven Edward durchaus einen gewaltigen Fehler zu. Dem jungen Mann mangelte es an dem nötigen Fingerspitzengefühl. Er hielt die Londoner City für eine sprudelnde Geldquelle, wusste jedoch weder, wie das Räderwerk funktionierte, noch wo die Fallen lagen. Seit ungefähr dreißig Jahren kauften Männer wie er britische und ausländische Unternehmensanleihen und spekulierten auf irgendwelche Geschäftsführerposten. Diese schossen wie Pilze aus dem Boden, weil die Gesetzgebung viel zu lasch war. So wurden unfähige Adelige zu Frontfiguren von Handelsunternehmen, obwohl sie von Unternehmensführung keinen blassen Schimmer hatten. Ihr Name diente als moralisches Aushängeschild für skrupellose Männer, die sich in riskante Abenteuer stürzten, vor allem indem sie Minen in Australien oder Afrika erwarben. Die adeligen Scheindirektoren, in den meisten Fällen naiv und eitel, füllten auf diese Weise ihre leeren Taschen. Wenn jedoch das jeweilige Unternehmen bankrottging, verloren sie nicht nur ihr Geld, sondern auch und vor allem ihren Ruf. Wenn Julian Rotherfield eine Schwäche hatte, dann die, dass ihm der gute Name seiner Familie über alles ging. Während er penibel darauf achtete, ihn nicht zu beschmutzen, konnte man das von seinem jüngeren Bruder wohl kaum sagen.

Zufrieden lehnte sich Michael Manderley zurück und ließ sein Glas mit Wein füllen. Mit einem Mal war sein Appetit zurückgekehrt.

Einige Tage später saß Victoria im Kreis ihrer Freunde im Restaurant des Savoy. Sie war schlechter Laune. Selbst die vergnügte Betriebsamkeit um sie herum vermochte sie nicht aufzuheitern. Die ewig gleichen Melodien des Pianisten irritierten sie, und sie verschmähte die unvermeidlichen Kresse-Sandwiches, die zum

Nachmittagstee gereicht wurden. Doch die Clique der »Bewundernswerten« hatte nun mal das Savoy als ihr Hauptquartier auserkoren.

Das modernste Hotel Europas war das erste, dessen Restaurant mit seinem französischen Chefkoch Escoffier illustre Damen der Gesellschaft wie Victorias Mutter und deren Freundinnen Lady Randolph Churchill oder die Duchesse Marlborough angezogen hatte. Eine kleine Revolution in den Kreisen der High Society. Doch dem Hoteldirektor César Ritz, der den Scharfsinn eines Schweizer Bauern und den Instinkt eines großen Hoteliers in sich vereinte, war das Unwahrscheinliche gelungen – diese Damen aus ihren privaten Salons und an einen öffentlichen Ort zu locken. Dank ihm kam man um das Savoy nicht mehr herum.

Die jungen Leute hinterließen häufig Nachrichten beim Concierge, der ihnen eines der Fächer überlassen hatte, die eigentlich für die Zeitungen der Gäste bestimmt waren. Sie schätzten die fantasievollen Cocktails in der American Bar und die Tanzdinners und Soupers nach dem Theaterbesuch, die neuerdings in Mode gekommen waren. Bei einer besonders denkwürdigen Soiree hatte man einen der prächtigsten Säle mit Wasser überschwemmt, weil der Gastgeber, ein amerikanischer Milliardär, seinen Gästen die Atmosphäre Venedigs hatte bieten wollen. Während der unerträglichen Hitze des letzten Sommers hatte man Eiszylinder aufgestellt, die die Tanzenden mit Ozon besprühten, um sie zu erfrischen. Und Evie hatte bei einem Maskenball den ersten Preis für das schönste Kostüm, einen Diamantanhänger von Cartier, gewonnen.

»Warum schmollst du denn, Vickie?«, fragte ihre Schwägerin, da die Jüngere sich in Schweigen hüllte.

Victoria seufzte. »Julian hat sich scheußlich benommen. Ich hasse seine Wutanfälle.«

»Du darfst es ihm nicht übel nehmen. Er hatte allen Grund, um wütend zu sein.«

»Aber es ist doch nicht unsere Schuld, wenn Evie für vier Tage verschwunden war! Sie hat sich die Geschichte, die sie uns aufgetischt hat, so gut zurechtgelegt, dass diejenigen, die sich am Berkeley Square aufgehalten haben, sie auf dem Land vermuteten, und umgekehrt.«

»Einfach schrecklich, was sie da erlebt hat«, sagte Alice mit einem Schaudern. »Ich weiß nicht, wie sie das ausgehalten hat. Ich wäre bestimmt gestorben.«

»Müsst ihr eigentlich immer wieder diese unappetitliche Geschichte aufwärmen?«, fragte Percy verdrießlich.

»Evangeline war schon immer unkontrollierbar«, warf Daisy, eine Freundin von ihnen, ein. »In eine solche Situation zu geraten, konnte nur ihr passieren! Ihr Ruf ist jetzt endgültig dahin. Es braucht schon ein Wunder, damit sie sich erneut in der Gesellschaft zeigen darf.«

»Wenigstens hat sie den Mut, für ihre Überzeugungen einzustehen«, sagte Victoria, die sich ihrer Schwester gegenüber loyal zeigen wollte.

»Ich werde niemals verstehen, wie man so leidenschaftlich für das Wahlrecht der Frauen kämpfen kann. Wenn wir es hätten, was würde dann aus unserem Familienleben werden? Unsere Rolle ist es, ein friedliches, ruhiges Zuhause für den Vater unserer Kinder zu schaffen. Das ist ein wesentliches Element unserer Gesellschaft. Müssen wir uns jetzt auch noch in die Politik einmischen?«

»Bravo, Daisy!«, rief Percy aus. »Du solltest dir an ihr ein Beispiel nehmen, Vicky.«

»Nun ja, das ist doch eine sehr viktorianische Ansicht«, sagte Alice mit sanfter Stimme. »Ich finde, wir sollten die Vorzüge, die eine gewisse Gleichberechtigung zwischen Männern und Frauen mit sich bringt, nicht leugnen. Bevor das Gesetz zur Ehe 1882 in Kraft trat, gehörten sämtliche persönlichen Güter einer Frau ihrem Ehemann. Wenn eine Frau arbeitete, gingen sogar ihr Gehalt oder ihre Einkünfte an ihren Mann.«

»Nie im Leben käme es mir in den Sinn zu arbeiten, Alice!«

Alice ließ sich nicht beirren. »Wenigstens können wir jetzt über unser Erbe oder die von uns erworbenen Güter verfügen, wie man hört. Das ist eine gute Sache. Ich rufe dir in Erinnerung, dass gewisse Ehemänner nicht immer gut zu ihren Frauen sind. Und andere wiederum tun sich nicht gerade durch finanziellen Scharfblick hervor. Oder durch Intelligenz ... Ich habe mich neulich beim Abendessen ganz schön gelangweilt neben dem deinen. Manchmal frage ich mich, wie du es mit ihm aushältst.«

»Er ist nicht gerade von der schnellsten Sorte, aber ich habe mich daran gewöhnt. Im Gegensatz zu dir bin ich nicht romantisch. Aber ich weiß sehr gut, warum ich ihn geheiratet habe.«

Victoria bemerkte, wie sich Percys Miene plötzlich aufhellte, als er Edward und dessen treuen Freund Billy den Saal betreten sah. Von jeher wollte sie ihn heiraten. Sie glaubte dazu geboren zu sein, eines Tages Schlossherrin in Gloucestershire zu werden, den Titel einer Herzogin zu tragen und eine vollendete Hausherrin und hingebungsvolle Mutter zu werden. Die Frage, ob sie über ihre Mitgift frei verfügen konnte oder nicht, war ihr im Grunde gleich. Sie vertraute darauf, dass Percy für ihr Wohlergehen sorgen würde. Ihre Träumereien von einer strahlenden Zukunft zauberten wieder ein Lächeln auf ihre Lippen.

»Du wirkst ja äußerst selbstzufrieden«, sagte sie angesichts der heiteren Miene ihres Bruders.

Edward bedachte seine Freunde mit einem selbstgefälligen Ausdruck. Als er begonnen hatte, die geheimnisvolle Welt der City zu erkunden, hätte er nicht im Traum gedacht, dass er dabei ein ähnliches Gefühl der Erregung verspüren würde wie beim Fliegen. Doch seine Verachtung gegenüber Neureichen hatte sich in jener Nacht in Luft aufgelöst, da er sich von Charles Barnes' ungehobelten Freunden seines Irrtums hatte belehren lassen müssen. Nie wieder wollte er eine solche Situation erleben. Seither hörten seine neuen Bekanntschaften nicht auf, ihn immer wieder aufs Neue zu verblüffen. In ihrer Risikobereitschaft und Abenteuerlust waren sie ihm gar nicht so unähnlich, wie er sich eingestehen musste.

»Ich bin ausgezeichneter Laune, meine Lieben. Und kurz davor, einen hübschen Coup zu landen.«

»Also wirklich, mein Herr, und nun reden auch Sie schon von Geld!«, sagte Percy mit gespielter Entrüstung. »Dein armer Vater würde sich im Grab umdrehen.«

»Du hast ja gut reden, dein Erbe wird dir in den Schoß fallen, ohne dass du einen Finger rühren musst«, erwiderte Edward irritiert. »Aber ich als jüngster Sohn muss sehen, wo ich bleibe. Geld ist für mich nicht mehr schmutzig. Und Billy kann sich freuen, da ich jetzt nicht mehr bei ihm anschreiben muss, nicht wahr? Du tätest besser daran, auf meinen Erfolg anzustoßen, statt mir eine Moralpredigt zu halten.«

»Na gut, dann erhebe ich meine Teetasse auf meinen wunderbaren Freund, den ehrenwerten Edward Robert William Lynsted, und wünsche ihm, Millionär zu werden wie diese Amerikaner um uns herum, damit wir ohne Gewissensbisse seine Großzügigkeit ausnutzen können!«, scherzte Percy.

Nun, da ihre Clique vereint war, beeilten sich die »Bewundernswerten«, ein wenig gehaltvollere Getränke zu bestellen. Mit ihrer ausgelassenen Stimmung zogen sie bald die Blicke der anderen Gäste auf sich. Man tuschelte über ihren jugendlichen Überschwang und vor allem ihr Faible für die Kostümierung. In Oxford waren Edward und Percy sogar so weit gegangen, sich zu schminken und sich in wallende orientalische Gewänder zu hüllen. Sie hatten sich als Sultan von Sansibar und dessen Neffen ausgegeben, die gekommen waren, um die berühmte Universität zu besuchen. Der Direktor hatte ihnen zu Ehren ein Festessen mit hundert sorgfältig ausgewählten Gästen gegeben.

Billys Miene wurde wieder ernster und zugleich sanfter, als er den Blick auf die anwesenden jungen Damen richtete.

»Was wird nun aus der göttlichen Evie? Ich habe gehört, sie sei bei Hofe zur Persona non grata geworden.«

»Das Gänschen war so töricht zu versuchen, die Behörden an der Nase herumzuführen«, erwiderte Edward und zündete sich eine Zigarette an. »Mama hat sie nach Paris mitgenommen. Wollen wir hoffen, dass die Reise sie zur Vernunft kommen lässt.«

»Du könntest dich ruhig ein bisschen fürsorglicher zeigen«, sagte Vicky ärgerlich. »Sie war selbst zutiefst schockiert über ihr Missgeschick.«

»Ich habe immer zu Evie gehalten, aber diesmal ist sie über das Ziel hinausgeschossen. Eine Schau abzuziehen an einem Ort, wo alle Welt uns kennt ... Was für eine erbärmliche Vorstellung. Eine höchst unerfreuliche Geschichte. Ich habe ihrem Kammermädchen gesagt, sie soll nach ihrer Rückkehr ihre Kleider verbrennen. Sie haben einen sonderbaren Geruch verströmt.«

»Ach, wer kennt nicht den bilderstürmerischen Charakter der Lynsted-Schwestern?«, sagte Percy und warf Vicky einen schelmischen Blick zu. »Man muss sich vor diesen Mädchen in Acht nehmen, die bereit sind, Mayfair in Schutt und Asche zu legen. Allein der Himmel weiß, was sie noch im Schilde führen.«

»Ich wüsste nicht, was an mir bilderstürmerisch sein sollte.«

»An der Slade School verkehrst du doch mit ziemlich merkwürdigen Künstlern, oder nicht? Exzentriker, die diese grässlichen Postimpressionisten beweihräuchern, deren Bilder in den Galerien von Grafton ausgestellt werden. Daisy oder Alice würden niemals mit solchen Leuten verkehren.«

Ihre Schwägerin beeilte sich, für sie in die Bresche zu springen. »Weder Daisy noch ich haben ihr Talent«, sagte sie. »Außerdem hat ihr Julian seinen Segen für den Zeichenunterricht erteilt.«

Vicky hob eigensinnig das Kinn. Percy hatte ganz offensichtlich ihren wunden Punkt getroffen.

»Ich kann es dir nicht verübeln, dass du Künstler wie Picasso oder van Gogh nicht verstehst, da ihr Stil absolut neuartig ist. Dir fehlen wahrscheinlich ein, zwei Jahrhunderte, damit du ihre Werke begreifen könntest, mein Häschen. Ich hingegen schätze mich glücklich, dass ich in den Genuss komme, bei Professoren wie Henry Tonks Unterricht zu nehmen. Er ist ein genialer Mann, der den Frauen die gleichen Fähigkeiten zutraut wie den Männern. Ich gestehe, dass ich Evie besser verstehe, seit ich diese Kurse besuche.«

»Fehlt nur noch, dass du dich in ihn verliebst«, sagte Percy mürrisch. »Ich weiß nicht, wie gut er als Lehrer ist, aber wie man hört, hat er bei seinen Schülerinnen sehr viel Erfolg.«

Vicky nahm erfreut zur Kenntnis, dass sich Percy offensichtlich die Mühe gemacht hatte, Erkundigungen über Henry Tonks einzuholen. Was wiederum bewies, dass sie ihm nicht egal war. Seit sie mit dem messerscharfen Verstand ihres Professors konfrontiert war, schien es ihr, als sei sie gereift. Die schneidende Kritik des Professors hatte schon mehr als einen Schüler dazu bewogen, seinen Kurs zu verlassen. Aber die anderen, die sich nicht einschüchtern ließen, verehrten diesen begabten Lehrer, der sie mit seiner betörenden Stimme in den Bann zog und als ausgebildeter Mediziner seine Kenntnisse der menschlichen Anatomie nutzte, um die Präzision ihrer Zeichenstriche zu verfeinern. Wie die anderen Kursteilnehmer versuchte auch Vicky, ihm zu gefallen. Sie hatte sich in den Kopf gesetzt, am Ende des Schuljahrs einen Preis als eine der Kursbesten zu erringen.

Edward wunderte sich über die Reaktion seiner Schwester. Lag ihr der Zeichenkurs tatsächlich so am Herzen? Das Bild der braven Victoria, die geduldig auf Percys Heiratsantrag wartete, war mit einem Mal verwischt. Jetzt begriff er, warum Julian ihr nach dem Tod ihres Vaters erlaubt hatte, die angesehene Kunstschule zu besuchen. Offensichtlich hatte er ihr Talent erkannt und ahnte, dass die Slade School ihr über ihre Trauer hinweghelfen würde. Sein Bruder erwies sich als weitblickender, als er gedacht hatte. Und was die Frauen betraf, so erstaunten sie ihn sowieso immer wieder aufs Neue.

»Meine Freunde, ich werde euch jetzt verlassen«, sagte Alice und stand auf. »Ich muss vor unserer Abreise noch so viel organisieren.«

»Du bereitest eure Hochzeitsreise vor wie einen Feldzug«, sagte Daisy neckend. »Wie viele Überseekoffer gedenkst du auf das arme Schiff mitzunehmen?«

Alice lächelte. Sie hatte in der Tat die Absicht, in New York, Boston und Washington Eindruck zu machen. »Ich will nicht, dass die Leute sagen, ich sei längst nicht so elegant wie meine Schwiegermutter.«

Paris, April 1912

Evangeline war so jäh aus ihrem Londoner Leben gerissen worden, als hätte sie sich eine ansteckende Krankheit zugezogen. Man hatte ihr nicht einmal die Zeit gegeben, wieder zu sich zu kommen. Bei ihrer Entlassung aus dem Gefängnis erwartete ihre Mutter sie bereits, deren Entschluss unwiderruflich feststand. Kaum hatte der Hausarzt Evie für reisetauglich befunden, musste Rose auch schon ihre Koffer packen. Immerhin verschonte man sie mit Vorhaltungen – ihre Gefängnishaft in Holloway war Strafe genug –, doch Mitgefühl brachte ihr niemand entgegen, mit Ausnahme von Vicky, die zu ihr ins Zimmer kam, um ihr vor dem Kaminfeuer die Haare zu bürsten. Ihre jüngere Schwester war neugierig, aber Evie verzichtete auf eine Beschreibung der abstoßenden Details ihrer Inhaftierung. Wie hätte sie auch jemandem, der diese Erfahrung nicht am eigenen Leib gemacht hatte, das Entsetzen und die Abscheu erklären können, die sie empfunden hatte? Unter den sanften, regelmäßigen Strichen der Bürste, die ihre Haare entwirrten, wäre Evie beinahe in Tränen ausgebrochen. Der Anblick der sonst so vertrauten Gegenstände ihres Zimmers und die betretenen Mienen der Hausangestellten verstärkten noch das Gefühl, fremd in ihrem eigenen Körper zu sein.

In den darauffolgenden Wochen verlor ihre Mutter kein Wort mehr darüber. Ja kein Thema anschneiden, das Ärger heraufbeschwören konnte, eine bewährte Strategie in ihrer Familie. So wie es ein Tabu war, über Arthurs Tod zu sprechen. Seltsamerweise hatte Evie begonnen, von ihrem Bruder zu träumen, obwohl sie keinerlei Erinnerung an ihn hatte. Bei seinem Tod war sie vier Jahre alt gewesen. Sie kannte von ihm nur seine äußere Erscheinung, so wie er auf dem Foto abgebildet war, das ihre Mutter stets bei sich trug, seine großgewachsene, schlanke Gestalt, sein gewinnendes Gesicht, seinen großen Mund.

Sie hatte den Wunsch geäußert, den Friedhof Père Lachaise zu besuchen. Überglücklich, dass ihre Tochter endlich die Initiative ergriff, hatte Venetia es sich nicht nehmen lassen, sie zu begleiten, auch wenn es sich in ihren Augen um einen recht trübsinnigen Spaziergang handelte. Sie blieben vor dem Grab Oscar Wildes stehen. Ihre Mutter war überrascht, dass der junge brillante Dramatiker hier begraben war; sie hatte ihn oft in ihrem Haus empfangen, bevor sein Abstieg in die Hölle begann. Evie wiederum fragte sich, ob sie dazu verdammt sei, einen ähnlichen Weg zu gehen, als Opfer ihrer inneren Dämonen.

Ihre Mahlzeiten zogen sich unerträglich in die Länge. Der Anblick von Essen widerte Evie an, und sie musste sich zwingen, jeden einzelnen Bissen herunterzuwürgen. Sie sah sehr wohl, wie sehr dies sowohl ihre Mutter als auch den Direktor des Hotelrestaurants irritierte. Meistens weigerte sie sich, Museen zu besuchen oder zu Anproben in Modeateliers mitzukommen. Wenn Venetia dann mit ihr schimpfte, gab Evie um des lieben Friedens willen schließlich nach. Ihre Mutter warf ihr vor, sämtliche Einladungen auszuschlagen, doch die Vorstellung, sich mit fremden Menschen unterhalten zu müssen, machte Evie Angst. Sich liebenswert zu geben, schlagfertig zu sein – kurz und gut, die nötige Gewandtheit an den Tag zu legen, die man in einem Salon brauchte … Sie hatte das Gefühl, als wäre ihr der richtige Gebrauch der gesellschaftlichen Verhaltensregeln abhandengekommen, die man ihr seit frühester Kindheit eingebläut hatte. Es gab nur einen Menschen, den sie zu sehen bereit war, doch ihre Mutter wäre irritiert gewesen, hätte sie den Grund dafür gekannt.

Die Prinzessin Edmond de Polignac wohnte in einem Palais in der Avenue Henri-Martin. Die Amerikanerin mit den hellblauen Augen und dem energischen Kinn, eine der Erben von Singer, dem Nähmaschinen-Imperium, und Mäzenin der zeitgenössischen Musik, empfing seit nunmehr zwanzig Jahren die Vertreter der Avantgarde. Sie war auch eine der wenigen gewesen, die während seiner Exiljahre Kontakt mit Oscar Wilde gepflegt hatte. Für die Sache der Suffragetten empfänglich, berührte sie die Seelennot der Tochter ihrer Freundin Venetia sehr. Evie hatte sich ihr anvertraut und bei der Frau, hinter deren distanziertem Äußeren sich eine große Sensibilität verbarg, ein offenes Ohr gefunden. An diesem Tag war Evie voller neugieriger Erwartung, als man sie in die Bibliothek führte, die auf den terrassenartigen Garten hinausging. Winnaretta de Polignac hatte ihr eine Überraschung versprochen.

»Kommen Sie herein, Lady Evangeline. Die Prinzessin ist leider verhindert und kann uns nicht Gesellschaft leisten, aber sie hat mich gebeten, Sie zu empfangen. Setzen Sie sich doch bitte zu mir.«

Evie stutzte einen Moment, als sie Christabel Pankhurst erkannte. Auf der Stelle fühlte sie sich eingeschüchtert. Zum ersten Mal hatte sie es direkt mit dieser jungen Frau mit dem stechenden Blick zu tun, mit dem sie die Massen elektrisierte. Zierlich und in einem Kleid aus cremefarbener Seide eine strahlende Erscheinung, lächelte sie ihr aufmunternd zu, offensichtlich ganz entspannt in dieser luxuriösen Umgebung. Evie wunderte das nicht. Die High Society war der Anführerin der Suffragetten nicht fremd. Ein paar Jahre zuvor hatte Christabel beschlossen, sich nicht mehr so stark um die Rekrutierung der Arbeiterinnen zu kümmern und stattdessen die Gunst der Bourgeoisie zu gewinnen, davon überzeugt, dass die Regierung eher bereit wäre, den Damen von Welt ihr Gehör zu leihen. Sie hofierte einflussreiche Damen und sammelte so beträchtliche Spenden, um ihre Bewegung zu finanzieren. Dank ihrer Bemühungen hörte man neuerdings während der Zusammenkünfte der Suffragetten immer öfter das Rascheln von Seidenkleidern.

»Sie sind eine Freundin von Penelope March«, sagte Christabel, während sie ihr mit der Selbstsicherheit einer Dame des Hauses eine Tasse Tee reichte. »Wie geht es ihr?«

»Sie ist im Gefängnis. Sie wurde zu sieben Monaten Haft verurteilt.«

»Ich bin sicher, dass sie den Strapazen trotzen wird. Aber wie ich sehe, hat man Ihnen die Haftstrafe erspart.«

Evie meinte, einen Anflug von Verachtung in ihrer Stimme wahrzunehmen.

»Sie haben den Fehler gemacht, mich einzusperren und zwangszuernähren, obwohl ich noch nicht dem Haftrichter vorgeführt worden war«, erklärte sie in trockenem Ton, irritiert, sich rechtfertigen zu müssen. »Mein Bruder hat sich diesen Verfahrensfehler zunutze gemacht, um mich freizubekommen. Und das erlaubt mir, heute hier zu sein.«

»Das ist eine der Prüfungen, die wir bestehen müssen, wissen Sie. Je zahlreicher wir sind, die wir uns ihnen unterziehen, umso eher werden wir unserer Sache zu einem endgültigen Sieg verhelfen. Es wäre unehrenhaft, das Wahlrecht zu fordern, ohne vorher dafür gekämpft zu haben.«

Evie fand diese Bemerkung aus ihrem Munde reichlich pikant. Die Anführerin der Suffragetten hatte sich am Tag nach den Ereignissen aus dem Staub gemacht, als die Polizei nach ihr suchte. Seit einem Monat spekulierten die englischen Zeitungen über den Verbleib von Christabel Pankhurst. Wie man sah, tat ihr die Pariser Luft gut. Ihr Kleid war nach der neuesten Mode, und ihre Schuhe mit doppeltem Fesselriemen schienen ebenfalls neu zu sein.

»Dank Annie Kenney bin ich auf dem Laufenden.« Damit spielte sie auf ihre treueste Gefolgsfrau an, auf die Penny eine grimmige Eifersucht hegte. »Sie kommt einmal in der Woche, um mich mit Neuigkeiten zu versorgen und mein Editorial für die Zeitung abzuholen. Ich habe beschlossen, vorerst hierzubleiben. Frankreich ist ein zivilisiertes Land, das keine Oppositionelle ausliefert.«

»Aber heißt es nicht ›aus den Augen, aus dem Sinn‹?«

»Säße ich ebenfalls hinter Gittern, könnte ich der Bewegung nicht mehr von Nutzen sein, Lady Evangeline. Das Exil erlaubt mir, aus der Ferne alles zu kontrollieren, auch wenn es keine leichte Aufgabe ist.«

Evie senkte den Blick, sie spürte, dass sie allmählich ungeduldig wurde. Die Prinzessin von Polignac hatte vermutlich geglaubt, ihr eine Freude zu machen, indem sie ihr die Gelegenheit verschaffte, ihre Anführerin zu treffen, der ihre Anhängerinnen grenzenlose Bewunderung entgegenbrachten. Christabels Konterfei prangte auf Postkarten und auf Abzeichen, die die Frauen am Revers trugen. Sie betrachteten sie als allmächtig, wie eine von Gott eingesetzte Macht. Wie eine Alleinherrscherin regierte sie die Bewegung. Wehe jenen, die es wagten, ihr zu widersprechen! Ihnen war der Ausschluss und die Verbannung sicher. Evie indes hegte eine instinktive Abneigung gegenüber jeglicher Form der Diktatur, gleich ob männlicher oder weiblicher Natur.

»Kehren Sie bald wieder nach London zurück?«, fragte Christabel.

»Das weiß ich nicht. Es hängt von meiner Mutter ab.«

»Und Ihre Frau Mutter, ist sie unserer Sache ebenfalls zugetan?«

Evie hatte das Gefühl, als könnte sie hören, wie es in Christabels Kopf arbeitete. Sie war eine brillante Frau. Mit ihrer juristischen Ausbildung war sie ihren Gegnern immer einen Schritt voraus, als wäre das Leben eine Art Schachpartie.

»Nicht im Geringsten. Meine Mutter würde Ihnen antworten, dass sie keines Wahlzettels bedarf, damit die Männer tun, was sie will.«

»Die Glückliche!«, erwiderte Christabel ironisch. »Mag ja sein, dass Lady Rotherfield, Pardon, die verwitwete Gräfin, zu ihrer Zeit das Sagen hatte, aber Sie und ich gehören einer anderen Epoche an, nicht wahr? Und wir werden diese Welt nach unseren Vorstellungen formen.«

»So alt ist meine Mutter auch noch nicht, und sie hat durchaus vor, weiterhin eine wichtige Rolle in der Gesellschaft zu spielen. Ebenso wie Ihre Mutter.«

Christabel lächelte. Sie rückte sorgsam einen Bücherstapel auf einem runden Tischchen zurecht, als wollte sie ihre Gedanken ordnen.

»Mir scheint, Sie haben sich wieder vollständig von Ihrem kleinen Missgeschick erholt. Daher will ich Ihnen etwas anvertrauen. Für diesen Sommer planen wir eine Serie von Brandanschlägen. Auf diese Weise können wir mittels der Versicherungen Druck auf die Regierung ausüben.«

Sie durchmaß den Raum mit ihren Schritten.

»Auch werden wir mit unserer Aktion fortfahren, Briefkästen in Brand zu stecken, und unsere Forderungen auf die Rasen der exklusivsten Golfclubs malen. Diese Leute hassen es, wenn man ihnen das Spiel verdirbt«, sagte sie amüsiert. »Aber dem nicht genug, wir haben auch vor, uns Benzin und Paraffin zu besorgen, um die Häuser der Minister anzuzünden.«

Ihr Enthusiasmus jagte Evie einen Schauder über den Rücken. Christabel fragte sie, was sie davon halte.

»Und was ist mit den unschuldigen Menschen … Diese Anschläge könnten doch schlimme Folgen haben, oder nicht?«

»Wir werden die notwendigen Vorsichtsmaßnahmen treffen. Die einzigen Leben, die aufs Spiel gesetzt werden dürfen, sind die unsrigen. Diese Brandanschläge dienen dazu, der Öffentlichkeit und den Abgeordneten einen ordentlichen Schrecken einzuflößen. Unsere Mission ist heilig«, sagte sie mit verklärtem Blick und geröteten Wangen. »Es geht um nichts weniger, als die Hälfte der Menschheit zu befreien, vergessen Sie das nicht. Aber die Stimme Gottes leitet uns, genauso wie sie einst Jeanne d'Arc, diese große französische Heilige, geleitet hat.«

Evie kannte den ungestümen Elan von Christabel Pankhurst. Sie hatte sie vor begeisterten Menschenmengen sprechen hören, aber an einem privaten Ort, wo es kein Publikum gab, klangen ihre pathetischen Worte lächerlich.

»Egal zu welchem Preis?«

Christabel hielt inne, um Evie zu mustern wie ein Insekt unter dem Mikroskop. Als sie erneut das Wort ergriff, war ihr Ton kühler, aber nicht minder lapidar.

»Sie scheinen mich nicht sonderlich zu schätzen, Lady Evangeline. Ich habe Erkundigungen über Sie eingezogen. Sie stehen im Ruf, keine Freundin der Disziplin zu sein.«

»Ich mag keine Ungerechtigkeit. Hin und wieder finde ich Ihre Entscheidungen recht willkürlich«, entgegnete Evie mit Herzklopfen.

»Welche zum Beispiel?«

»Die, von der Sie gerade gesprochen haben. Während Sie sich in Frankreich in Sicherheit befinden, fordern Sie von jungen Frauen, die Ihnen nicht zu widersprechen wagen, sich an derart riskanten Aktionen zu beteiligen. Ich halte diese Brandanschläge für äußerst gefährlich.«

Christabels Gesicht verhärtete sich.

»Und ich mag keine Einzelgänger. Wenn Sie nicht bereit sind, mir zu folgen, so sagen Sie es mir hier und jetzt. Nur weil Sie ein- oder zweimal im Gefängnis zwangsernährt wurden, heißt das noch lange nicht, dass Sie eine Heldin sind.«

Ein Schauder durchrieselte Evie. Sie stellte ihre Teetasse ab und erhob sich. Ihr war schwummrig vor Augen. Ich muss mehr essen, dachte sie. Mama hat recht. Ich werde zusehends schwächer.

»Eine solche Gewalt kann ich einfach nicht gutheißen, Miss Pankhurst. Sie haben Ihren Realitätssinn verloren. Wir wollen doch zeigen, dass wir verantwortungsbewusste Menschen sind, aber mit derlei sträflichen Aktionen werden wir genau die gegenteilige Wirkung erzielen. Ich bezweifle, dass Fanatismus der richtige Weg für uns Frauen ist, um uns zu emanzipieren.«

»In diesem Fall, Lady Evangeline, haben wir uns nichts mehr zu sagen. Ich verachte mangelndes Engagement und mangelnden Mut. Penelope March wird bestimmt sehr enttäuscht sein«, fügte sie gehässig hinzu. »Sie, die Tag für Tag für die ehrenhafteste Sache der Welt leidet. Sie hat sehr an Sie geglaubt. Adieu, Lady Evangeline. Ich denke nicht, dass wir uns je wiedersehen werden.«

Gedemütigt wandte sich Evie zum Gehen. Sie verließ die Bibliothek, durchquerte die Eingangshalle mit ihrem schwarzweiß karierten Marmorboden und kämpfte mit der Eingangstür, ehe ein Hausangestellter herbeistürzte, um sie für sie zu öffnen. Christabels Anspielung auf Penny, die in Holloway hinter Gittern saß, von wo sie Evie einen bewegenden Brief geschrieben hatte, in dem sie weder ihre Freude über deren Freilassung noch ihre selbstleugnerische Entschlossenheit, den Kampf weiterführen zu müssen, verhehlte, hatte sie schwer getroffen.

Als ihr, wieder draußen, der Gedanke kam, dass das, was ihrem Leben einen Sinn verliehen hatte, soeben zu Staub zerfallen war, wurde sie von heftigem Schwindel ergriffen. In London begann der ausgelassene gesellschaftliche Reigen der Saison ohne sie. Niemand wollte mehr etwas hören von der ehemaligen Debütantin, die mit Skandalen behaftet war. Und genauso wenig wollte man etwas von einer feigen Suffragette wissen, die sich vor gewalttätigen Ausschreitungen fürchtete. Ebenso war sie sich bewusst, dass sie ihre Mutter mit ihrer Anwesenheit irritierte. Julian war so wütend auf sie, dass er nicht mehr mit ihr sprach. Sogar Edward schlug sich nicht mehr auf ihre Seite, als hätte ihr kurzes Zwischenspiel im Gefängnis sein Feingefühl verletzt. Um allen erhobenen Hauptes entgegenzutreten, hätte es ein Selbstvertrauen gebraucht, das sie nicht mehr verspürte. Ein paar Reiter, die sich auf der Sandallee in Richtung Bois de Boulogne näherten, riefen ihr zu, aus dem Weg zu gehen. Als sie dicht an ihr vorbeigaloppierten, wirbelten die Pferdehufe eine Staubwolke auf. Während sie im Schutz der blühenden Kastanien dastand, hatte Evie das Gefühl, als wäre ein

Teil von ihr gestorben. Ein eiskaltes Gefühl bemächtigte sich ihrer, und sie lief blindlings weiter.

Als Pierre du Forestel Evangeline wiedersah, wurde ihm bewusst, dass er die Erinnerung an sie seit der Beerdigung ihres Vaters in Rotherfield Hall die ganze Zeit in sich getragen hatte. Der Eindruck, den sie bei ihm hinterlassen hatte, war indes so zart, dass er für ihn, einen Mann, der rauschhaften Liebesabenteuern frönte, kaum wahrnehmbar war. Doch jetzt, angesichts ihrer anmutigen Gestalt, des wachen Blicks ihrer vergissmeinnichtblauen Augen und des durchscheinenden Teints ihres schmal gewordenen Gesichts, traf es ihn wie ein Blitz aus heiterem Himmel. Mit einem Mal wusste er, dass er ohne sie nicht mehr er selbst war. Diese Erkenntnis beunruhigte ihn. Pierre war die ersten Jahre seines Erwachsenenlebens darauf bedacht gewesen, diese Art Gefühlsregungen zu vermeiden. Und jetzt hatte er den unangenehmen Eindruck, dass Evangeline Lynsted ihn seines freien Willens beraubt hatte, und er nahm es ihr auf ebenso absurde wie ungerechte Weise übel.

Edward hatte ihn in seinem Brief vorgewarnt. Seiner Schwester gehe es nicht gut, hatte er geschrieben. Ob er ihr auf die eine oder andere Weise helfen könne, während sie in Paris weilte? Ihre Mutter sei mit ihrem Latein und ihrer Geduld am Ende. Daraufhin hatte sich Pierre an diesem strahlend schönen Sonntagmorgen zum Hotel Meurice in der Rue Rivoli begeben, gewappnet mit bester Laune und einem mausgrauen Hut, der ihm ausnehmend gut stand, um die beiden Damen zu einem Ausflug samt Mittagessen am Ufer der Marne auszuführen.

In dem Weinlokal wurde in von Glyzinien umrankten Lauben frittierter Gründling, ein traditionelles Fischgericht, serviert. Krüge mit jungem, gekühltem Weißwein der Gegend wurden auf den Tisch gestellt, dazu knuspriges Landbrot. An beiden Ufern, die sanft zum Fluss abfielen, picknickten zahlreiche Familien im Gras. Evangeline wich seinem Blick aus. Sie bemühte sich eisern, höflich zu sein, und zwang sich gelegentlich zu einem Lächeln, doch es schmerzte ihn, sie so zerbrechlich zu sehen. Sie war zu einer blassen Kopie der temperamentvollen jungen Frau geworden, die er in Hendon kennengelernt hatte.

Nach dem Mittagessen bat er Lady Rotherfield um Erlaubnis, mit Evie eine kleine Bootstour zu unternehmen. Nachdem sie ihm die Bitte mit auffälliger Eilfertigkeit gewährt hatte, zog sie sich mit einem Buch auf eine Chaiselongue zurück. Ihre Tochter wiederum stieg widerwillig in das Boot. Sie hatte versucht, sich mit einer beginnenden Migräne aus der Affäre zu ziehen, doch ihre Mutter hatte erklärt, dass ihr die frische Luft guttue.

Während sich Pierre mit den Rudern abmühte, spannte Evie ihren Sonnenschirm auf. Nicht weit von ihnen entfernt badete eine Gruppe junger Leute, die sich lauthals vergnügten.

»Sie haben bereits eine gute Tat vollbracht und brauchen sich nicht verpflichtet zu fühlen, mich weiter zu unterhalten. Wir können also ebenso gut wieder ins Hotel zurückkehren.«

»Seien Sie bitte nicht kindisch«, erwiderte er trocken.

Sie drehte das Gesicht zur Seite. Sie hatte ein sehr schönes Profil. Ihre schlechte Laune täuschte über ihren wahren Zustand hinweg. Pierre begriff, dass sich hinter ihrer überspannten Fassade eine verletzliche, noch unreife Seele verbarg, was in ihm instinktiv den Wunsch wachrief, sie zu beschützen.

»Früher hätte meine Mutter nie im Leben ihre Erlaubnis erteilt«, sagte sie ein wenig gekränkt, während sie sich vom Ufer entfernten.

»Dann ist mir das Glück ja hold. Ich habe eine Vorliebe für verlorene Mädchen.«

»Ich will mir lieber nicht vorstellen, auf welche Art von Mädchen Sie anspielen.«

»Nun, ich kenne sowohl hochmütige Prostituierte wie großartige Herzoginnen.«

Evie errötete.

»Wie können Sie es wagen, mir gegenüber von solchen Frauen zu sprechen?«

»Ich hatte den Eindruck, dass auch Sie eine Art Ausgestoßene sind«, sagte er und hob die Augenbrauen, um die Wirkung seiner Worte zu verstärken. »Jedenfalls haben Sie diesen Eindruck beim Mittagessen erweckt und Ihre Mutter damit schier zur Verzweiflung getrieben. Da Sie also anscheinend nichts mehr zu erschrecken vermag, kann ich offen mit Ihnen reden. Gut so. Dann müssen wir beide uns nicht verstellen.«

Er zog energisch die Ruder durch das Wasser, und Evie hielt sich mit einer Hand am Bootsrand fest. Was sollte sie ihm antworten? Pierre du Forestel hatte die unerfreuliche Angewohnheit, sie immer auf dem falschen Fuß zu erwischen.

»Dennoch verlange ich, dass man mich mit Respekt behandelt.«

»Oh, aber ich respektiere Sie, Lady Evangeline, so wie ich alle Frauen respektiere«, fügte er mit schelmischem Funkeln in den Augen hinzu.

»Das bezweifle ich, wo Sie doch verheiratete Frauen verführen.«

»Wenn eine verheiratete Frau mich zu ihrem Liebhaber macht, ist es ihr Mann, der ein Problem hat, nicht ich.«

Daraufhin warf sie ihm an den Kopf, unausstehlich zu sein. Er beließ es bei einem Lächeln. Er hatte die gewünschte Wirkung erzielt: Sie hatte auf seine Provokationen reagiert, was bewies, dass die alte Evangeline noch nicht ganz gestorben war.

Evie sah zu, wie die hübschen Häuser mit ihren blumengeschmückten Balkonen vorüberzogen, ließ den Blick über das zarte Gras der Weiden schweifen, auf denen Kühe grasten. Schwalben flogen am blauen Himmel. Pierre hatte sein Jackett ausgezogen und die Ärmel seines Hemdes hochgekrempelt. Die Sonnenstrahlen spielten auf seinen muskulösen Armen und malten rötlich braune Reflexe auf seine dunklen Haare. Er ruderte um eine Flussbiegung herum, hob die Ruder an und ließ das Boot im Wasser treiben. Sie waren jetzt allein. Wasser tropfte von den Rudern auf die spiegelglatte Oberfläche des Flusses. Pierre beobachtete Evie so eindringlich – wohlwollend und ernst zugleich –, dass es ihr die Kehle zuschnürte.

»Wissen Sie eigentlich, was mir widerfahren ist?«

»Sie haben ein paar Tage im Gefängnis verbracht, weil Sie sich in London an Randalen beteiligt haben. Woher haben Sie eigentlich diese erfrischende revolutionäre Ader?«

»Müssen Sie immer alles ins Lächerliche ziehen?«

»Jeder reagiert auf die Art, die am besten zu ihm passt. Sie zum Beispiel geben sich melancholisch oder schmollen. Wobei ich Letzteres vorziehe. Diese mürrische Miene steht Ihnen ausgesprochen gut.«

»Allmählich beginnen Sie mir auf die Nerven zu gehen, Monsieur du Forestel.«

»Und ich finde Sie reizend, Sie sehen also, Lady Evangeline, wie gut wir uns verstehen.«

Später tanzten sie zu den Klängen eines Akkordeons. Lady Rotherfield hatte Freunde getroffen, und sie dehnten ihren Ausflug noch ein wenig aus. Nun, da die Abendsonne die Baumkronen in ein rötliches Licht tauchte, reihten sich die Ruderboote wieder artig an den Stegen. Die Familien waren mit ihren Kindern nach Hause zurückgekehrt. Auf den Tischen brannten Kerzen, und an den Dachsparren hingen bunte Lampions. Der Frühlingssonntag mit den sommerverheißenden Düften näherte sich sanft seinem Ende; die Schatten, die auf die Stühle fielen, wurden länger, die Gesichter entspannter. Die Frauen tranken Engelwurzlikör.

Pierre hielt Evie um die Taille gefasst, ihr Körper war dem seinen auf gewagte, ja fast unschickliche Weise nahe. Zum ersten Mal war sie sich eines männlichen Körpers bewusst, der ihr wie ein unausweichliches Element erschien. Sie, die seit einigen Wochen wie unter einer Glocke lebte, kehrte durch die physische

Präsenz dieses Franzosen, der sie unaufhörlich musterte, wieder in die Realität zurück. Er sprach kein Wort. Pierre du Forestel war ganz offensichtlich kein Mann großer Worte. Evie wäre erstaunt gewesen, hätte sie erfahren, dass sie der Grund für sein Schweigen war und dass es ihm mit einer Frau zum ersten Mal so erging. Ihr war, als würde ihrer beider Haut glühen; sie schrieb es der Sonne zu, der sie ausgesetzt gewesen waren, und nicht etwa der Anziehung, die zwischen ihnen herrschte, denn sie war zu unschuldig, zu unerfahren, um dies zu erkennen. Und doch reduzierte sich in diesem Moment die ganze Welt für sie auf diese Hand, die fest ihre hielt, auf dieses Gesicht, das ihres fast berührte, und auf den Atem, der sie an der Wange kitzelte.

London, April 1912

May lag an ihn geschmiegt da. Er wünschte, er würde sie immer so in seinen Armen halten können. Nicht länger Ehebruch begehen zu müssen, da er mit einer anderen verheiratet war. Er hätte die Götter verfluchen können, die ihn zu dieser Ehe verdammt hatten, aus Respekt vor seinem Familiennamen, mit all den Verpflichtungen, die ihn zum Sklaven seines Standes machten. Würde es irgendwann einmal einen unbeschwerten Tag in seinem Leben geben, an dem er auch einmal seine Privilegien genießen könnte? Im Geiste ragte Rotherfield Hall vor ihm auf, so wie er es am Vortag noch gesehen hatte, die alten Steinmauern von der Frühlingssonne erwärmt. Der unaufhörliche Wundbrand seines schlechten Gewissens machte sich wieder bemerkbar. Nur wenn er mit May schlief, ließ er nach. Wenn man sich doch nur immer lieben könnte!

»Warte!«, sagte sie und legte ihre Hand auf seinen Brustkorb. »Ich spüre, wie die Wolken zurückkommen.«

Julian küsste sie auf die Stirn, stieß sie sanft zurück und stand auf, um sich eine Zigarette anzuzünden. Mit einem Seufzer zog May das Laken hoch, das hinuntergerutscht war, und deckte sich wieder zu.

Er trat an das Sprossenfenster, beobachtete aufmerksam die Passanten, die den Gordon Square überquerten. In solchen Momenten wurde er so distanziert, dass sie das Gefühl hatte, es mit einem Fremden zu tun zu haben. Während sie diesen perfekt proportionierten Körper betrachtete, der sie wunschlos glücklich machte, spürte sie, wie das Verlangen zurückkehrte. Sie zog die Knie an und umschlang sie. Das war ja beinahe schamlos, so zu denken. Nie zuvor hatte sie diesen Sinnestaumel mit einem Mann erlebt. Diese unbändige, unstillbare Lust, die ihr das Gefühl gab, dass nichts oder niemand sie je daran hindern könnte, das plötzliche Auftauchen Julian Rotherfields in ihrem Leben als Gnade zu empfinden.

»Du wirst mir fehlen. Mehr als einen Monat ohne dich ...«

»Deine Ärmelkanalüberquerung wird dich ablenken. Ich zweifle keinen Augenblick daran, dass du die erste Frau sein wirst, die dieses Kunststück fertigbringt.«

»Du bist mir aber wichtiger als eine sportliche Leistung. Wenn du mich darum bitten würdest, würde ich ohne mit der Wimper zu zucken darauf verzichten.«

Julian antwortete nicht.

Ihr Fliegeroverall aus rotem Satin hing an einem Kleiderbügel hinter der Tür. Ein kleiner Koffer mit aufgeklapptem Deckel ließ erkennen, dass ihre Abreise bevorstand. Am Nachmittag musste sie den Zug nach Dover nehmen, wo sie an ihrem Blériot-Eindecker noch die nötigen Einstellungen vornehmen musste, ehe sie sich, sobald das Wetter günstig war, über dem Meer in die Luft schwingen wollte.

»Ich liebe dich, das weißt du.«

Sie bemerkte den wehleidigen Ton in ihrer Stimme und ärgerte sich über sich. Man sollte nie um Liebe flehen. Julian zuckte zusammen, als hätte sie ihn geschlagen.

Irritiert wickelte sie das Laken um ihren Körper und stieg über die auf dem Boden verstreuten Kissen, um sich einen Whiskey einzuschenken. Neuerdings spielte sich ihr Leben in diesem Zimmer ab. Sie hatte die Wohnung in Eile ausgesucht, ohne nachzudenken, weil sie einen Ort für ihre Liebe brauchte. Die Vermieterin hatte die Wände mit einer Tapete aus nachtblauer chinesischer Seide mit silbernen Blumen darauf tapeziert. Bei Mondschein verwandelte sich das Zimmer in einen Zaubergarten. Das Bett stand in einem

Alkoven im hinteren Teil. Der Ankleidetisch mit den Keramikeinlegearbeiten verbarg sich hinter einem Paravent. Zwei Rattansessel und ein Kleiderschrank vervollständigten die Einrichtung. Wenn Julian bei ihr war, hatte sie den Eindruck, als wäre die Luft mit einem Mal dünner, als nähme er zu viel Sauerstoff auf. Das gleiche Gefühl hatte sie, wenn sie zu schnell an Höhe gewann. Ihre Hand zitterte. Sie hasste es, sich in Herzensangelegenheiten verletzlich zu zeigen. Aber nach der Liebe war sie immer verletzlich, wo sie doch im Gegenteil Kraft daraus schöpfen sollte, wie sie fand.

»Ich bin verzweifelt, May.«

»Schweig, ich bitte dich! Ich weiß, was du denkst, und verachte dich dafür. Ich beklage mich ja gar nicht.«

»Ich kann dir nichts bieten.«

»Ich verlange nichts.«

Sie wirkte so stolz, eingewickelt in ihr weißes Laken, ihre Schultern und Füße nackt. Ein Sonnenstrahl hob ihre Schlüsselbeine hervor, tauchte den Bourbon in ihrem Glas in ein loderndes Licht. Sie trank das Glas in einem Zug aus. Er ahnte, wie sehr sie litt, sich in ihre Widersprüchlichkeiten verstrickt fühlte. Er hatte diese Liaison ein paar Monate vor seiner Heirat begonnen und seither nicht einen Augenblick lang daran gedacht, sie zu beenden. Wenn seine Frau davon erführe, wäre sie zutiefst gedemütigt, aber Alice wusste es nicht. May war diejenige, die litt. Und das machte ihn schier verrückt.

»Hat deine Frau alles vorbereitet für ihre triumphale Überquerung des Atlantiks?«, fragte sie spitz. »Ich werde eure glorreiche Seereise in den Gesellschaftsspalten der Zeitungen verfolgen. Die Amerikaner sind große romantische Kinder. Man wird euch beweihräuchern: ›*Lord und Lady Rotherfield, auf Hochzeitsreise, bringen Glanz in Abendgesellschaften von Manhattan; Lord und Lady Rotherfield beim Empfang im Weißen Haus …*‹«

»Unsinn«, erwiderte er schmunzelnd.

»Wenn du willst, lässt sich das arrangieren. Ich habe gute Kontakte. Und ich bin sicher, deine Frau würde es schätzen.«

Mit zwei großen Schritten ging er auf sie zu und umfasste ihre Schultern.

»Hör auf, dich zu quälen, May.«

Sie hasste sich, weil ihre Augen plötzlich brannten, senkte rasch den Kopf und schmiegte sich an ihn.

»Ich habe Angst, dass du mich vergisst«, murmelte sie, während ihre Lippen seine Wange streiften.

Er trat einen Schritt zurück, um ihr in die Augen zu schauen, wobei er unsanft, fast verzweifelt, ihre Oberarme umfasste. »Das ist unmöglich, May. Ich habe mein ganzes Leben lang auf dich gewartet. Wie könnte ich dich wieder vergessen, nun da ich dich gefunden habe?«

Ihr intensiver Blick sagte ihm, dass sie ihm glauben wollte. Sie verstand nicht, warum er Alice nicht verließ – die er nie geliebt hatte –, um seine Freiheit wiederzuerlangen. Dabei ging es ihr nicht darum, von ihm geheiratet zu werden. Sie hielt nicht viel von dem offiziell besiegelten Band zwischen einem Mann und einer Frau. Aber sie fand, sie hatte einen freien Mann an ihrer Seite verdient. Diese heimlichen Stelldicheins zu den unmöglichsten Zeiten ließen sie langsam zugrunde gehen. Doch genau das war eine der Facetten einer ehebrecherischen Beziehung.

Wie sollte er May gegenüber zugeben, dass die Liebe kein wesentlicher Bestandteil einer Ehe war? Man hatte Julian nicht beigebracht, nach Glück zu streben. Im Gegenteil, in der Welt, aus der er kam, war das sogar eine abwegige Vorstellung. Sie beide, May und er, hatten nicht die gleichen Prioritäten. Er konnte Alice nicht verlassen, denn das würde sie zerstören. Sein Vater hatte sich nicht geirrt, als er ihm sagte, dass sie ihm eine exzellente Ehefrau sein würde. Er zeigte ihr seine Zuneigung, achtete sie für ihre Qualitäten. Auf gewisse Weise beruhigte ihn ihre Gegenwart sogar. An ihren Augen konnte er ablesen, welch gute Meinung sie von ihm hatte, und dadurch fühlte er sich erhöht. Alice war überzeugt, dass er immer gemäß dem Prinzip handelte, stets das Gute und Richtige zu tun. Sie beide entstammten Familien, wo man sich nicht scheiden ließ und man das Versprechen, das man Gott oder seinem Vater gegeben hatte, nicht brach. Aber wie lange konnte ein Mann im Sumpf der Lüge treiben, ohne seine Seele zu verlieren? Er betrog Alice auf lächerlich konventionelle Weise. Und May betrog er, indem er seiner Frau dankbar war, weil sie ihm erlaubte, ganz und gar die Rolle des Familienoberhaupts zu verkörpern, was wiederum seiner Eitelkeit schmeichelte. Die schlimmste Versuchung war die der Untreue, nicht für andere, sondern für einen selbst. Und so musste Julian entdecken, dass das Bild, das er von sich hatte, jeden Tag ein bisschen mehr zerbröckelte.

Am späten Nachmittag hallten seine Schritte auf den Fliesen des Mittelflurs in Westminster wider. Er war auf dem Weg ins Parlament, nachdem er May den letzten Brief geschrieben hatte. Dreißig nummerierte Briefe waren bei einem Boten hinterlegt, der angewiesen war, der angegebenen Reihenfolge nach jeweils einen jeden Morgen bei Miss Wharton, Gordon Square in Bloomsbury, abzugeben. Für die ersten Tage ihrer Trennung hatte er keinen vorbereitet, da sie sich in Dover befinden würde, dann, mit ein bisschen Glück, in Calais oder Paris, wo sie ihren Triumph feiern würden. Doch bei ihrer Rückkehr nach London, wenn sie anfangen würde, ihn zu vermissen, würde sie die Briefe erhalten. Er hoffte, dass diese Geste sie seiner Gefühle versichern würde.

Er hörte nicht, als jemand nach ihm rief. Erst als er an der Schulter berührt wurde, drehte er sich überrascht um.

»Lord Rotherfield, wir müssen mit Ihnen sprechen.«

Er erkannte zwei Mitglieder des Oberhauses und einen Abgeordneten des Unterhauses. Alle drei waren zwar Konservative, jedoch nicht besonders eng miteinander verbunden. Nein, sagte er, das gehe jetzt nicht, da man ihn bei einer Sitzung zur Vorbereitung des dritten Gesetzes der *Home Rule* erwarte. Die Lage in Irland war äußerst angespannt. Man fürchtete einen Bürgerkrieg. Die Männer indes gaben sich beharrlich. Es handle sich um eine besorgniserregende Angelegenheit, in der sie ihn unverzüglich sprechen müssten.

In dem Labyrinth des riesigen Palastes zogen sie sich in einen getäfelten Raum zurück, wo ein Geruch nach Zigarren und altem Leder in der Luft hing. Julian war gereizt, doch als sie in einem Atemzug seinen Namen und den der Firma Marconi nannten, hörte er ihnen schweigend zu.

Flüchtig streifte ihn der Gedanke an seinen Vater. Mit Bedauern hatte er zur Kenntnis genommen, dass die öffentliche Moral Englands immer tiefere Risse bekam. Mittlerweile wurde ganz offen über das selbstzufriedene Gebaren mancher Politiker gesprochen. Die Konservativen behaupteten, der Premierminister und der Schatzkanzler lebten über ihre Verhältnisse. Man spielte auf das grandiose Haus von David Lloyd George an, an seine Aufenthalte in einer Villa an der französischen Riviera. Auch wenn die Behauptungen nicht immer gerechtfertigt waren, so zog man die Integrität der Politiker zusehends in Zweifel. Und das belastete das öffentliche Klima im Land zusätzlich, wo es doch bereits von einer schweren Vertrauenskrise erschüttert wurde.

Die Männer erklärten ihr Anliegen. Es waren Gerüchte in Umlauf, bei denen es um den Amtsmissbrauch des Parlaments und Vorteilsnahme ging. Gewisse Mitglieder der liberalen Regierung, darunter David Lloyd George und Rufus Isaacs, würden ein überaus anstößiges Verhalten an den Tag legen.

»Wie Rüpel gebärden sie sich!«, stieß einer der Männer empört aus, das asketische Gesicht wutverzerrt. »Der parlamentarische Ausschuss hat im vergangenen März empfohlen, dass der Staat Eigentümer der Funkstationen wird und keine private Firma. Doch der Minister hat es vorgezogen, Marconi einen Vertrag anzubieten, zu äußerst vorteilhaften Bedingungen. Man fragt sich, warum. Es gibt Stimmen, die meinen, dass Poulsen oder Telefunken bessere Bedingungen bieten würden.«

»Wir können auf keinen Fall einen Handel mit Telefunken in Betracht ziehen«, warf der Mann neben ihm ein. »Mit einem deutschen Unternehmen! Wir denken nicht daran, die Zukunft des britischen Funkwesens in deren Hände zu legen!«

»Noch können wir es nicht mit Sicherheit sagen«, versuchte der Abgeordnete zu beschwichtigen, »aber wir wollen nicht unangenehm überrascht werden, wenn es zu einem Skandal kommen sollte. Wir müssen uns vergewissern, dass niemand aus unseren Reihen in diese Sache verwickelt ist.«

Die drei Männer sahen Julian an, der angespannt wirkte.

»Ich hoffe, Sie haben mir gerade einen Scherz erzählt«, sagte er gepresst.

»Nein, ganz und gar nicht. Übrigens ist auch der Name Ihres Bruders mehrmals in diesem Zusammenhang gefallen.«

Julian erbleichte. Seit Edward in die Geschäftswelt der Londoner City eingetaucht war, schien ihm das Glück zu lachen. Er hatte einen Teil seiner Schulden zurückgezahlt und suchte ein Haus, um nicht länger am Berkeley Square zu wohnen. Als Julian ihm seine Bedenken bekundet und ihm gesagt hatte, er wisse, dass er mit Michael Manderley unter einer Decke stecke, hatte Edward nur gelacht. Mehr noch, er machte sogar eine geheimnisvolle Andeutung, dass seine Beziehungen zu dem Unternehmer noch enger werden könnten. Seither sah sich Julian in seinem Gefühl bestätigt: Männer wie Manderley brachten nichts als Unglück.

»Die Marconi-Aktie nähert sich der Neun-Pfund-Marke. Sie hat sich in acht Monaten quasi vervierfacht. Ihr Bruder ist ein Freund des Geschäftsführers und hat kürzlich selbst Aktien des amerikanischen Firmenzweigs gekauft.«

»Ich wüsste nicht, was mich das anginge.«

»Sie sind ein hochangesehenes Mitglied des Oberhauses, und Edward Lynsted ist Ihr Bruder. Wir müssen sichergehen, dass dies keinen Interessenkonflikt darstellt«, erwiderte der Mann in einem Ton, der keinen Widerspruch duldete. »Deswegen wären wir Ihnen verbunden, wenn Sie nächsten Dienstag um zehn Uhr vor dem internen Untersuchungsausschuss aussagen würden.«

»Das ist unmöglich. Ich bin kurz davor, zu meiner Hochzeitsreise nach New York aufzubrechen.«

Die drei Männer tauschten einen flüchtigen Blick aus.

»Verzeihen Sie, wenn ich das sage, aber ich bezweifle, dass dies ein guter Zeitpunkt für Ihre Reise ist. Ich rate Ihnen wärmstens, am 16. April vor dem Untersuchungsausschuss zu erscheinen. Die Abwesenden haben immer unrecht, wie es so schön heißt ...«

Die drei Männer verabschiedeten sich. Julian presste die Lippen aufeinander. Er stellte sich vor, wie enttäuscht Alice sein würde. Ein Teil ihrer mütterlichen Familie lebte in Amerika, darunter ihre geliebte Großmutter, der es gesundheitlich nicht gut ging. Dies würde wahrscheinlich ihre letzte Gelegenheit sein, sie zu besuchen. Wie konnte er von ihr verlangen, auf diese Reise zu verzichten, die sie so sorgfältig vorbereitet hatte? Wut auf Edward stieg in ihm auf. Dass Edward ständig sein Leben durcheinanderbringen musste, war unerträglich. Das dauerte nun schon allzu lange.

Zutiefst besorgt ging er zu seiner Sitzung. Die Männer in den dunklen Anzügen, die um den Tisch saßen, gaben ihm ihr Missfallen über sein Zuspätkommen zu verstehen, indem sie ihre Diskussion unterbrachen, bis er Platz genommen hatte. In dem eisigen Schweigen kam er sich vor wie ein ungezogener Schuljunge. Sein Ärger nahm noch zu. Als die Beratung über die Aufstände in Irland wieder aufgenommen wurde, hörte er nur mit halbem Ohr zu. Könnte er Alices Enttäuschung vielleicht abmildern, indem er sie von Vicky begleiten ließ? Die beiden jungen Frauen verstanden sich ausgezeichnet, und seine Schwester wurde nicht müde, über das neue Schiff der White Star Line zu schwärmen. Für seine Frau wäre das zwar nur ein schwacher Trost, doch wenigstens käme sie so in den Genuss der Atlantiküberquerung auf der Titanic und könnte für ein paar Wochen bei ihren Verwandten sein. Er hätte ja später immer noch Gelegenheit, mit ihr nach Italien oder Südfrankreich zu reisen, als Trostpflaster sozusagen.

Er schlug sein Notizbuch auf, notierte auf einem jungfräulichen Blatt das Wort *Marconi* und unterstrich es energisch.

Dover, April 1912

May Wharton stand um halb vier Uhr morgens auf. Sie zog die Vorhänge in ihrem Hotelzimmer zurück und öffnete das Fenster. An einem wolkenlosen Himmel glitzerten Sterne. Die Blätter der Bäume raschelten kaum, was ein gutes Zeichen war. Aber in der Nähe des Ärmelkanals wehte immer Wind, und an der Steilküste gab es verräterische und gefährliche Luftwirbel. Sie goss sich Wasser aus dem Krug in die Waschschüssel und benetzte sich das Gesicht. Ihre Kleider lagen in einer genau festgelegten Ordnung auf einem Stuhl, wie sie es gewohnt war. Zuerst flocht sie sich die Haare und befestigte sie mit einem Band aus weißer Seide, dann zog sie sich mit methodischen Bewegungen an. Diese Augenblicke der Einsamkeit vor einem Flug hatten etwas von einem Ritual, auch ein Quäntchen Aberglauben spielte mit hinein. Ihr Freund, der Flieger Gustav Hamel, hatte sie gewarnt: Über dem Meer werde es besonders kalt sein. Da er sich um sie sorgte, hatte er sogar vorgeschlagen, sich mit ihrer unverkennbaren Fliegermontur zu verkleiden und ihren Platz einzunehmen. Sie hatte sich über diese abwegige Vorstellung amüsiert.

Sie zog mehrere Schichten aus Seidenunterwäsche und dünne Pullover sowie zwei Paar Strümpfe übereinander und schlüpfte dann in den mit Wolle gefütterten Seidenoverall, der so etwas wie ein Fetisch für sie war. Ihre unförmigen Zwiebelschichten behinderten sie, als sie sich vorbeugte, um ihre hohen Lederstiefel zu schnüren, und sie schimpfte leise. Schließlich nahm sie die Skarabäus-Brosche aus ihrer Samtschachtel und steckte sie sich an die Schulter. Der Spiegel zeigte ihr das Bild einer Frau mit konzentrierter, ernster Miene. Wer sie gut kannte, hätte einen Schatten von Traurigkeit in ihrem Blick wahrgenommen.

Ein Ingenieur und ein Journalist vom *Daily Mirror* erwarteten sie draußen; sie traten von einem Fuß auf den anderen, um sich zu wärmen. Sie begrüßten sie knapp, denn sie wussten, dass die Fliegerin vor einer Expedition immer schweigsam aufgelegt war. Dann stiegen sie in den Wagen, um zum Flugfeld zu fahren. Die Scheinwerfer durchschnitten die Dunkelheit und erhellten die dichten Hecken an den Wegkreuzungen. Hunde kläfften, als sie vorbeifuhren. Bald ragte der Hangar vor ihnen auf. An der Tür hing eine Sturmlampe und leuchtete wie das Auge eines Zyklopen. May stieg aus dem Automobil und schmeckte die salzige Luft auf den Lippen. In der Ferne verhüllte ein milchiger Nebel die französische Küste.

Die Überquerung des Ärmelkanals würde ungefähr eine Stunde in Anspruch nehmen. Die graue, von kleinen weißen Wellenkämmen gesäumte Weite beeindruckte sie. Bei einer Panne konnte man dort natürlich nicht landen, außer man hatte so viel Glück wie Hubert Latham, den die Rettungsleute bei einem seiner fehlgeschlagenen Versuche aus dem Meer gefischt hatten. Ungerührt und spöttisch hatte er rittlings auf dem Rumpf seiner Maschine gesessen und geraucht. Sie zog die Handschuhe aus, um sich eine Zigarette anzuzünden. Die Kälte ließ ihr fast die Finger gefrieren. Vor jedem Flug spürte sie die gleiche verkrampfte Anspannung, eine fieberhafte Überreiztheit, die erst nachließ, wenn sie in die Maschine kletterte. Während die Männer den Eindecker aus seinem Unterstand zogen, ließ sie sich ein letztes Mal den Gebrauch des Kompasses erklären, mit dem sie schlecht zurechtkam. Obwohl sie sich große Mühe gab, fiel es ihr schwer, sich zu konzentrieren. Unablässig kehrten ihre Gedanken zu ihrem Geliebten zurück. Seit einigen Monaten quälte die Fliegerin eine andere Sehnsucht, die ebenso fordernd und unersättlich war wie ihre Leidenschaft für die Fliegerei. Diese Besessenheit ärgerte sie, denn sie war noch nie abgelenkt gewesen. Jetzt kam es jedoch gelegentlich vor, dass sie so von dem Gedanken an Julian erfüllt war, dass sie vergaß, wo sie sich befand. Aber eine solche Unaufmerksamkeit war gefährlich, wenn man ein Flugzeug steuerte.

Der Journalist vom *Daily Mirror* bat sie, für seine Kamera zu posieren und dabei eine Hand auf den Propeller zu legen. Sie beugte sich seiner Bitte, obwohl ihr Lächeln ein wenig gezwungen ausfiel. Die Zeitung finanzierte ihr Unternehmen. Dafür gewährte sie ihr das Exklusivrecht an den Fotografien sowie ihr erstes Interview. Nicht weit entfernt verlangte eine kleine Schar begeisterter Bewunderer nach Autogrammen.

»Gott segne Sie, Miss Wharton«, begrüßte sie ein Mann und nahm die Schirmmütze ab.

Wenn man ihn so feierlich reden hörte, hätte man meinen können, sie stehe kurz davor, der Menschheit einen großen Dienst zu erweisen. Aber war nicht auch Christoph Columbus mit seinen Karavellen mit den gleichen Hoffnungen aufgebrochen, zu Horizonten, die ständig weiter zurückgeschoben wurden? Es war so weit. Ihr Mechaniker kam mit einer riesigen Wärmflasche angelaufen und band sie ihr um die Hüften.

»Wenn ich abstürze, sinke ich dank dir wie ein Stein«, murrte sie.

»Du wirst nicht abstürzen. In diesem eisigen Wasser gebe ich sowieso keinen Pfifferling auf dein Leben, ob mit oder ohne Wärmflasche.«

In ihrer Mannschaft nahm man kein Blatt vor den Mund, es war ihre Art, das Schicksal zu beschwören. May zog einen langen Mantel an und legte sich eine Stola aus Robbenfell um die Schultern. Als sie hinter dem Steuer saß, schloss sie die Augen, faltete die Hände und betete kurz zu Gott. Dann hob sie den Arm, um das Signal für den Start zu geben. Manche der Zuschauer riefen ihr Ermunterungen zu, doch das Dröhnen des Motors übertönte ihre Stimmen. May startete, stieg problemlos auf fünfhundert Fuß Höhe und umflog dann wie geplant Dover Castle, damit die Fotografen sie mit ihren Kameras verewigen konnten. Schließlich setzte sie Kurs nach Frankreich. Rasch überholte sie das Schiff, das die Zeitung gemietet hatte, um ihr zu folgen. Es ließ sein Nebelhorn erklingen. Eine Viertelstunde später wurde der Nebel gegen alle Erwartungen dichter. Sie musste ihre Brille abnehmen, weil die Gläser beschlugen. Der Wind stach ihr ins Gesicht. Gustav hatte recht, es war durchdringend kalt. Die widerspenstige Maschine wurde hin- und hergeschüttelt, und sie konzentrierte sich auf den Kompass, ihre einzige Hoffnung darauf, sich nicht zu verirren, denn sie sah nichts mehr.

In diesem weißen, körperlosen und von eisiger Feuchtigkeit gesättigten Universum ergriff sie eine seltsame Erstarrung. Ihr wurde schwindlig, und düstere Gedanken stiegen in ihr auf. Sie sah sich spurlos im Meer verschwinden. Der bittere Gedanke überkam sie, dass dies ein Ausweg aus ihrer Liebesgeschichte ohne Zukunft wäre. Doch bald fing sie sich wieder. Wie konnte sie sich so gehen lassen? Hatte sie nicht ihrer Familie den Rücken gekehrt, gerade weil sie das Leben so sehr liebte und es leidenschaftlich annehmen wollte? Sollten all ihre Opfer umsonst gewesen sein? Sie, die ständig auf der Suche nach ungeschminkten Gefühlen war, sollte mit einem Mal Bewährungsproben und Schwierigkeiten fürchten? »Die Frau ohne Angst« hatte eine amerikanische Zeitung getitelt, als sie als erste Fliegerin in den Vereinigten Staaten ihren Flugschein gemacht hatte. Die Angst war ein merkwürdiges Wesen. Ungebärdig und perfide führte sie zu Aggressivität und Gewalt. Die Furcht ist die Wurzel des Bösen, hatte sie in einem Artikel geschrieben. Wenn man sich zu sehr der Enttäuschung hingab, verlor man sich selbst. May begriff, dass sie um jeden Preis aus diesem Nebel, der sie lähmte, auftauchen musste, im wörtlichen und im übertragenen Sinn. Auch auf die Gefahr hin, sich nur wenige Meter über den Wogen wiederzufinden. Entschlossen, wenngleich mit einem Stein im Magen, neigte sie den Steuerknüppel und ging bis auf tausend Fuß hinunter. Mit einem Mal brach sie durch den Nebel, und die Sonne schien ihr ins Gesicht. Sie stieß einen erleichterten Aufschrei aus. Das blaue Meer glitzerte. Sie erkannte Fischerboote. In der Ferne erstreckten sich die weißen, einladenden Strände der Normandie. Eine gewaltige Freude überkam sie, und sie reckte triumphierend die Faust. Genau diese Augenblicke waren es, die sie immer wieder suchte, diesen berauschenden Ausbruch von Lebensenergie. Erneut war die junge Frau überzeugt, dass mit Ausdauer und Willenskraft alles möglich war. Und plötzlich war sie sich sicher, dass sie es nicht nur schaffen würde, als erste Frau den Ärmelkanal zu überqueren, sondern auch das wunderbare und komplexe Abenteuer bestehen würde, das sie mit dem Mann ihres Lebens teilte.

Einige Tage zuvor hatte Julian Alice und Vicky nach Southampton begleitet, um den beiden beim Einschiffen zu helfen und ihrer Abreise beizuwohnen. Der betrübte Ausdruck der Resignation auf dem Gesicht seiner jungen Ehefrau ging ihm nicht mehr aus dem Sinn. Seit einiger Zeit war das schlechte Gewissen sein ständiger Begleiter. Auf Rotherfield Hall respektierte er die Familientradition und ging jeden Morgen zusammen mit den Dienstboten in die Kapelle, um Gebete zu sprechen. Julian war von seiner anglikanischen Erziehung geprägt. Für ihn war die Vorstellung von Sünde und Strafe nichts Abstraktes. Doch Mays Anwesenheit in seinem Leben erfüllte ihn mit einem Glück, auf das er nicht verzichten konnte. Er akzeptierte den Preis, den er dafür zu zahlen hatte, dieses Gefühl von Verzweiflung, das ihm das Herz zerriss, obwohl er versuchte, ihm nicht allzu viel Beachtung zu schenken. Glücklicherweise hatte die Begeisterung Vickys, die entzückt die prachtvolle Ausstattung des Transatlantikdampfers erkundete, Alice das Lächeln zurückgegeben. Um sie nachsichtig zu stimmen, hatte er den beiden versprochen, ihnen freie Hand beim Einkaufen in New York zu lassen. Prompt hatte Vicky erklärt, sie werde ihn gleich nach ihrer Ankunft beim Wort nehmen.

Am späten Vormittag verließ er den Untersuchungsausschuss im Oberhaus und hatte das Gefühl, durch die Mangel gedreht worden zu sein. Der Argwohn seiner Kollegen im Oberhaus erzürnte und demütigte ihn zugleich, sodass er klar, aber mit einem ordentlichen Maß Ironie auf ihre Fragen geantwortet hatte. Man konnte ihm nichts vorwerfen. Er hatte keinerlei Verbindung zu den Personen, die sein Bruder kannte. Die meisten waren ihm sogar unbekannt, und er hatte den festen Vorsatz, es auch dabei zu belassen. Außerdem wusste er nichts über die dunklen Machenschaften in diesem Zusammenhang. Am Ende der Sitzung kam eines der Mitglieder zu ihm, um sich unter vier Augen zu entschuldigen, weil er ihn belästigt hatte. Bekümmert musste Julian enthüllen, wie distanziert seine Beziehung zu Edward war. Bei den Rotherfields wusch man keine schmutzige Wäsche außerhalb der Familie. Im Billardzimmer hing das Porträt eines seiner Urgroßväter. Eine Revolverkugel hatte es durchbohrt, die eines seiner Kinder aus einem Grund abgefeuert hatte, der längst in Vergessenheit geraten war.

Die Episode mit dem Untersuchungsausschuss hinterließ bei ihm einen bitteren Nachgeschmack. Er hasste es, dass sein Name in die schändlichen Umtriebe der Politiker hineingezogen wurde. Die Ehre war ein Schild, den aufzubauen eine Familie Jahrzehnte kostete, während eine Kleinigkeit ausreichte, um sie zu beschmutzen. Sein Groll gegen Edward verstärkte sich. Trotzdem hatte er sich verpflichtet gefühlt, seinen Bruder zu verteidigen, der keine Regeln verletzt und gegen kein Gesetz verstoßen hatte. Kurz verdross ihn der Gedanke an Evangeline, die vor Letzterem nicht haltgemacht hatte. Es hatte ihn furchtbar gekränkt, dass er sie aus dem Holloway-Gefängnis holen musste. Auf dem Rückweg konnte er ihr nicht ins Gesicht sehen. Sogar Vicky, die von so fügsamem Naturell war, begann ärgerliche Anzeichen von Unabhängigkeit zu zeigen. Die Rastlosigkeit in seiner Familie war für ihn ein Spiegelbild der Gesellschaft. Sie sah sich der Herausforderung eines weltweiten wirtschaftlichen Konkurrenzkampfs gegenüber, einer Beschleunigung des technischen Fortschritts und einer Rebellion, die sich in landesweiten Streiks Bahn brach, aber auch in den beklemmenden Bildern deutscher Expressionisten. Manchmal spürte Julian ein Schwindelgefühl. Wie konnte es einen da wundern, dass manch einer sich in den verworrenen Mystizismus der Theosophen flüchtete, oder dass die Sanatorien in Schottland und der Schweiz voll mit neurasthenischen Männern waren?

Julian war erstaunt, auf den Gängen niemandem zu begegnen. Eine ungewöhnliche Stille herrschte in diesem Gebäudekomplex, in dem es sonst wie in einem Bienenstock summte. Er sah auf die Uhr. Fast Zeit zum Mittagessen, aber das war trotzdem kein Grund. Er dachte an May. Hatte sie ihren Versuch, den Ärmelkanal zu überqueren, wagen können? Die Flieger waren den Elementen ausgeliefert und mussten oft tagelang ungeduldig warten, bevor sie abheben konnten. Die junge Frau hatte ihm erklärt, dieses Ausharren stelle die Nerven der Anfänger auf eine harte Probe, doch Geduld könne man lernen. Julian hatte den doppelten Sinn ihrer Worte genau verstanden. Er hatte sich nicht mit ihr treffen können, um ihr mitzuteilen, dass er seine Reise abgesagt hatte, und freute sich darauf, sie zu überraschen. Schon stellte er sich vor, wie stolz er sein würde, wenn er von ihrem Triumph erfuhr. Einen Misserfolg zog er keine Sekunde lang in Betracht. Die Folgen eines Unfalls über dem Meer waren zu dramatisch.

Das Wetter war so schön, dass er beschloss, zu Fuß nach Hause zu gehen. In den Blumenkästen blühten die ersten Geranien in leuchtenden Farben. Am Berkeley Square angekommen, klopfte er an die Tür, doch niemand öffnete ihm. Er rannte die Treppe hinunter, die zum Dienstboteneingang führte, und dort fand er sie alle in ihrem Esszimmer vor.

»Was ist los?«, fragte er gereizt. »Gehen wir jetzt nicht mehr an die Tür?«

Schweigend, mit betretener Miene wichen sie vor ihm zurück. Stevens stand auf. Mit seinen gebeugten Schultern und der wachsbleichen Haut wirkte er plötzlich gealtert. Julian fragte sich, ob ihm unwohl sei.

»Eure Lordschaft ist heute so früh aus dem Haus gegangen. Sie wissen zweifellos noch nicht …«

Die Köchin unterdrückte ein Schluchzen. Julian trat an die Zeitung heran, die auf dem Tisch lag. Am unteren Ende einer Spalte sah er Mays strahlendes, von ihrer Kapuze umhülltes Gesicht. Die Titelzeile war von unauffälliger Größe und verkündete: »*Die erste Frau erobert den Ärmelkanal.*« Doch eine andere Schlagzeile in dicken Lettern sprang ihm ins Auge. »*Titanic untergegangen – 1302 Menschen tot oder vermisst – Neueste Nachrichten.*«

Die Titanic war nicht nur ein Schiff gewesen, sondern das Wahrzeichen einer stolzen Epoche, die nach Rekorden auf allen Gebieten gierte, einer eiligen, erfinderischen und opulenten Welt, der es zwar an Orientierung mangelte, die sich jedoch für unsinkbar hielt, genau wie der gigantische Überseedampfer der White Star Line. Sie war das Symbol eines unverfrorenen 20. Jahrhunderts gewesen, das sich herausnahm, die Götter herauszufordern.

Julian war zutiefst niedergeschlagen und hatte den Canaletto-Salon seit dem späten Vormittag nicht verlassen. Während sich der Tag allmählich neigte, legten sich Schatten über die Gemälde, die vertrauten Möbel und die Sammlung goldener Tabakdosen, die seinem Großvater gehört hatte, und in den Winkeln wähnte man Gespenster. Auf den Straßen kam das rege Treiben zum Stillstand. Ein Kammermädchen huschte herein, um die Lampen und das Feuer im Kamin anzuzünden. Die Abende waren immer noch frisch.

Er hatte darum gebeten, dass man ihm die neuesten Ausgaben der Tageszeitungen brachte und ihn über die Verlautbarungen der Reederei auf dem Laufenden hielt. Durch eine Verkettung von Umständen hatte er am Vortag nichts von der Tragödie gehört. Die ersten Depeschen hatten von einer Kollision mit einem Eisberg, aber der erfolgreichen Evakuierung der Passagiere berichtet. Doch mittlerweile wurde die Liste der Überlebenden und der Opfer von Stunde zu Stunde länger. Durch eine Ironie des Schicksals waren es die Notrufe der beiden Funker der Firma Marconi gewesen, dank derer die Carpathia ihren Kurs ändern und den Schiffbrüchigen zu Hilfe eilen konnte.

Des Weiteren stand fest: Vicky war gesund und in Sicherheit, Alice war tot. Seit Stunden fühlte sich Julian zwischen Erleichterung und Verzweiflung hin- und hergerissen. Als er vom Tod seiner Frau erfuhr, hatte ihn einen Moment lang ein unwürdiger Gedanke durchzuckt, und er war entsetzt über diese Regung gewesen. Er hatte sich in das gemütliche Zimmer geflüchtet und es nicht wieder verlassen. Die Caffieri-Uhr mit dem Elefanten zählte die Stunden. Was hätte er auch tun können? Seine Mutter hatte telegrafiert, sie werde mit Evangeline aus Paris kommen. Vicky würde nach ihrer Rückkehr ihren Trost brauchen. Unter den Todesopfern waren auch mehrere Bekannte der Familie. Man erzählte sich, die Toten trieben im eisigen Wasser, von ihren Schwimmwesten an der Oberfläche gehalten. Julian fuhr sich mit der Hand übers Gesicht. Alice war unter tragischen Umständen gestorben, und er wusste, dass er schuld daran war.

Die Haustür fiel ins Schloss. Im Vestibül erklang die Stimme seines Bruders. Er hörte Stevens, der ihm leise, in ruhigem Ton, antwortete. Eine Woge des Hasses stieg in ihm auf. Er schenkte sich einen Whisky ein und leerte das Glas mit einem Zug.

»Das ist ja furchtbar!« Edward stürzte mit verstörter Miene in den Salon. »Was für eine Tragödie! Vicky ist gerettet, oder? Gott sei gelobt. Aber Alice … Es ist undenkbar. Wie kann man sich ein solches Grauen vorstellen? Dabei hatte man die Vorzüge dieses Schiffes über alle Maßen gepriesen. Anscheinend fehlte es an Rettungsbooten. Ich kann ja nachvollziehen, dass man die Decks freihalten wollte, damit sich die Passagiere zerstreuen konnten, aber trotzdem … Ich möchte nicht in der Haut der Planer stecken.«

Schweigend sah Julian zu, wie er sich ereiferte. Sein Bruder. Der Unersättliche. Der personifizierte Charme, der Schönredner, Pionier der Lüfte, Held der Frauen, der von seinen Schwestern und seiner Mutter angebetet wurde und stets Gunstbeweise und Nachsicht auf sich zog. Sogar ihr unglücklicher Vater hatte nie die Stimme gegen ihn erhoben. Sein kleiner, unreifer Bruder, von dem es jetzt hieß, er habe das Talent zum Geschäftsmann. Aber wen wunderte sein Erfolg? Er gehörte zu den Menschen, die durchs Leben gehen und hinter sich nur ein Trümmerfeld zurücklassen. Edward schenkte sich ebenfalls einen Scotch ein und ließ sich in einen Sessel fallen. Mit welcher Nonchalance er durchs Leben geht, dachte Julian fasziniert. Der illegitime Sohn seines Bruders war jetzt sechs Monate alt. Und dessen Mutter, das arme Mädchen, war in Schande aus ihrem Elternhaus verjagt worden. Julian hatte eine Stellung für sie bei Fortnum und Mason's gefunden, dem luxuriösen Feinkostgeschäft in Piccadilly. Über seinen Notar bezahlte er ihre Miete und den Lohn für ihre Kinderfrau und wachte aus der Ferne über das Wohlergehen des Kindes. Edward dagegen hatte sich nie nach den beiden erkundigt.

»Du siehst schrecklich aus, mein Alter«, sagte Edward betrübt. »Die arme Alice ... Auf so schreckliche Art zu sterben. Und dabei war sie so zart. Ich dachte, man hätte das Notwendige getan, um die Frauen aus der ersten Klasse zu retten. Das ergibt einfach keinen Sinn.«

»Und die anderen Opfer – zählen die etwa nicht?«

Julian zitterte wie im Fieber. Edward hob angesichts seines schneidenden Tons verblüfft den Kopf.

»Das habe ich nicht gesagt. Ich bin bestürzt über das Schicksal dieser armen Menschen. Aber warum konnte sich Alice nicht in Sicherheit bringen wie die anderen weiblichen Passagiere aus der ersten Klasse? Nach der Liste der Überlebenden zu urteilen, haben die meisten von ihnen es geschafft. Die Männer haben indes weniger Glück gehabt. Die armen Kerle. Warum hat ihr denn niemand geholfen?«

»Vielleicht weil derjenige, der für sie verantwortlich war, sich nicht an ihrer Seite befand«, erklärte Julian. »Weil ich, ihr Mann, hier bin«, fuhr er, jedes Wort betonend, mit eisiger Stimme fort, »in diesem Salon, und versuche, dir ins Gesicht zu sehen, du Mistkerl!«

Edward erstarrte und setzte dann sein Glas ab. Julian war kalkweiß geworden und umklammerte eine Sessellehne.

»Ich verstehe nicht.«

»Muss ich dich daran erinnern, dass dies unsere Hochzeitsreise hätte sein sollen? Mein Platz war bei Alice. Wäre ich bei ihr gewesen, hätte ich dafür Sorge getragen, dass sie in einem der Rettungsboote untergebracht wurde. Bestimmt wäre es mir gelungen, sie zu beschützen, wie es meine Pflicht ist.«

Sein Bruder sah ihn so voller Zorn und Abscheu an, dass sich Edward fragte, ob der Kummer ihm den Verstand geraubt hatte.

»Das tut mir aufrichtig leid, aber ich wüsste nicht, was ich damit zu tun habe.«

Die Tür öffnete sich, und der Butler trat ein.

»Lassen Sie uns allein, Stevens!«, sagte Julian. »Du bist nie für etwas verantwortlich, oder? Dabei musste ich meine Reise deinetwegen absagen. Man hat mich vor diese Untersuchungskommission zitiert, weil du dich wie ein Idiot benommen hast. Weil man den Verdacht hegte, wir hätten geheime Absprachen getroffen. Die Leute ahnen ja nicht, dass es für mich Ehrensache ist, nicht mit Personen wie dir zu verkehren.«

Edwards Miene verdüsterte sich.

»Ich habe mir nichts vorzuwerfen. Meine finanziellen Angelegenheiten gehen nur mich etwas an. Es gab keinen Grund, dich vorzuladen. Wie kannst du mir die Schuld an dieser Tragödie geben?«

»Du denkst nie über die Konsequenzen deines Handelns nach. In deinen Augen zählt nur das Vergnügen. Hast du dich jemals gefragt, was aus deinem Kind geworden ist?« Julian verschaffte es eine gewisse Genugtuung, seinen Bruder zusammenzucken zu sehen. »Aber dein Egoismus ist maßlos, nicht wahr? Ich vergaß, dass du die Inkarnation des verlorenen Sohnes bist.

Der seine Güter verschleudert, dem man aber immer wieder vergibt. Ein Gefühl für Pflicht und deinen Rang ist dir schon immer vollkommen fremd gewesen.«

Aufgebracht sprang Edward auf.

»Genug! Du bist auch nicht gerade ein Vorbild an Tugend. Stell dir die einzig richtige Frage, falls du den Mut dazu hast. Warum hast du Vicky ermuntert, Alice zu begleiten? Du hättest eure Reise aufschieben können. Der Platz einer jungen Ehefrau ist bei ihrem Mann, oder? Herrgott, wer bist du, mir Lektionen zu erteilen?«

Julians überhebliche Miene, seine zusammengepressten Lippen und wie er ihn mit gerümpfter Nase ansah, stießen ihn ab. Seit vielen Jahren behandelte sein älterer Bruder ihn schon so herablassend.

»Außer vielleicht, ihr Mann hatte anderswo Besseres zu tun?«, fuhr er mit boshafter Freude fort.

Julians Herz klopfte zum Zerspringen. Woher wusste Edward das? Hatte May ihre Liaison verraten? Undenkbar, dass sie jemandem ihr Herz ausgeschüttet hatte – aber ein vertrauliches Geständnis in einem Augenblick der Verzweiflung hätte schon genügt. Vor allem in dem kleinen Kreis der Flieger, in dem kein Geheimnis lange verborgen blieb.

»Dafür hättest du eigentlich eine Tracht Prügel verdient«, entgegnete er.

»Weil ich die Wahrheit sage? Weil du in den Armen deiner Geliebten gelegen hast, während deine Frau ertrank?«

Julian ballte die Fäuste. Er hielt an sich, um sich nicht auf seinen Bruder zu stürzen und ihm ins Gesicht zu schlagen. Aber er wollte sich nicht so weit herablassen, nicht unter seinem eigenen Dach, in Anwesenheit der Dienstboten und während das Haus in Trauer war.

»Mistkerl«, stieß er abermals mit zusammengebissenen Zähnen hervor. »Aber du hast ja Erfahrung darin. Das ist schon der zweite Todesfall in der Familie, den du auf dem Gewissen hast.

All diese Jahre über habe ich mein Schweigen gewahrt, weil ich mein Wort gegeben hatte. Papa hatte mich darum angefleht. ›Um der Familienehre willen‹«, sagte er verächtlich, indem er die Worte seines Vaters nachahmte. »Wir mussten schweigen, um den Familienfrieden zu wahren. Und dich zu schonen, vor allem. Denn es läuft immer auf dich hinaus.«

Edward spürte, wie sein Puls schneller schlug.

»Ich habe mich immer gefragt, woher deine selektive Erinnerung rührt«, fuhr Julian in scharfem Ton fort. »Wie du vergessen konntest, dass du Arthur getötet hast.«

Edward gefror das Blut. Er schloss die Augen. Er ahnte, dass da etwas unendlich Großes, Düsteres und Bösartiges war. Eine Flut von Bildern und Sinneseindrücken stieg aus den Tiefen seiner Erinnerung auf. Pulvergeruch. Rotherfield Hall im Herbst. Das kräftige Aroma nach Unterholz und feuchter Erde. Und das Bild von Arthur. Dieser Bruder, den er verehrte, weil er fröhlich, großzügig und klug war.

Julians Gesicht war zugleich von Verachtung und Furcht gezeichnet, als erkennte er mit einem Mal das Ausmaß der Verwüstung, die er angerichtet hatte. Edward begriff, dass sie einander in vollem Bewusstsein unwiderruflich Schaden zugefügt hatten. Julian hatte versucht, ihn Stein für Stein zu demontieren, und er hatte es ihm mit gleicher Münze heimgezahlt und seinerseits versucht, ihn in seiner intimsten Sphäre zu verletzen, in dem Moment, in dem er am angreifbarsten war. Als er May Wharton und Julian zusammen ein Haus aus rotem Backstein am Gordon Square betreten gesehen hatte, war ihm klar gewesen, dass er eine Liaison mit ihr unterhielt. Julian reichte May den Arm, und sie hob ihm lachend das Gesicht entgegen. Man hätte blind sein müssen, um das Strahlen einer verliebten Frau nicht zu erkennen.

Edward fand seine Sprache wieder.

»Das musst du mir erklären. Ich war ja gerade neun, als Arthur starb.«

Er versuchte sich zu erinnern, aber sein Gedächtnis lieferte ihm nur verschwommene Bilder einer vergangenen Zeit. Es war heiß. Arthur trug ihn auf den Schultern, und er fühlte sich unbesiegbar. Unter einem strahlenden Himmel lagen das Meer und die zerklüftete Küste von Cornwall, und es war aufregend, den Schmugglerpfaden zu folgen. Es war Sommer. In seiner Erinnerung gehörten Arthur und der Sommer zusammen.

Julian wandte ihm den Rücken zu, während er sein Glas nachfüllte. Eiswürfel entglitten ihm und rollten über den Teppich. Er hätte lieber nicht über die Vergangenheit gesprochen, aber nachdem er sein Wort nicht gehalten und das Schweigen gebrochen hatte, musste er fortfahren. Er fühlte sich vor Schmerz wie gelähmt. Wahrscheinlich hatte die Tragödie ihn am tiefsten verletzt, hatte sie doch Auswirkungen auf sein ganzes Leben. Und während all der Jahre hatte er die unerträgliche Leichtlebigkeit des Menschen, der schuld daran war, vor Augen gehabt. Mit tonloser Stimme begann er zu sprechen.

»Du hast darauf bestanden, dass Arthur dich den Umgang mit dem Gewehr lehrte. Schließlich gab er nach. An diesem Tag solltest du mit ihm auf Kaninchenjagd gehen. Aber dein Hauslehrer hatte dich bestraft, und du hattest Hausarrest auf deinem Zimmer. Arthur ist ohne dich gegangen. Aber natürlich warst du ungehorsam. Wie immer ...«

Julian kippte einen ordentlichen Schluck Whisky hinunter. Sein Bruder ließ ihn nicht aus den Augen. Edwards Streitlust war verflogen. Mit zerzaustem Haar und seinem blassen Gesicht mit den auffällig blauen Augen sah er merkwürdig jung aus. Julian musste ihm zugestehen, dass er zumindest den Mut aufbrachte, sein Urteil erhobenen Hauptes anzuhören.

»Niemand konnte sich je erklären, wie du es geschafft hast, unbemerkt in die Waffenkammer zu gelangen, ein Gewehr zu laden und dich auf die Suche nach Arthur zu machen. Stevens hat allerdings gesehen, wie du in das Wäldchen hinter der Orangerie gegangen bist. Er ist in Panik geraten, weil du eine Waffe bei dir hattest, aber als er dich erreichte, war es schon zu spät.«

Langsam wich Edward zurück und lehnte sich an die Wand.
»Der Schuss hat Arthur mitten in die Brust getroffen.«
»Wie könnt ihr so sicher sein, dass ich schuld war?«, murmelte Edward.
»Stevens hat dich zusammengekrümmt auf dem Boden gefunden, im Schockzustand, das Gewehr neben dir.«
»Und dann?«
»Papa und ich haben Arthurs Leiche ins Haus bringen lassen. Du bist an einem hohen Fieber erkrankt. Der Arzt war der Meinung, es sei eine Folge des Traumas. Es gab Komplikationen. Du warst monatelang bettlägerig. Alle haben sich um dich gekümmert, bis man darüber fast vergaß, dass Arthur nicht mehr auf dieser Welt weilte. Mama wollte nicht noch einen Sohn verlieren, daher haben wir, um dich zu schützen, so getan, als wäre alles nur ein unglücklicher Unfall gewesen. Und niemand hat je wieder davon gesprochen.«

Müde massierte sich Edward den Nacken. Er erinnerte sich an die langen Monate seiner Krankheit, diese Erschöpfung, die ihn daran hinderte, wie ein Junge seines Alters zu leben. Konnte man eine Krankheit herbeiführen, um etwas Unerträgliches zu verbergen? War der Geist stark genug, um eine Tragödie zu verdrängen, aber der Körper so schwach, sodass er sie auf seine Art enthüllte?

»Es war wirklich ein Unfall, Julian. Wie kannst du mir deswegen Vorwürfe machen? Ich war noch ein Kind. Undiszipliniert vielleicht, aber noch so jung.«

Julian blieb unerbittlich. Aus dem Kind war ein egozentrischer, unverfrorener Erwachsener geworden, einer dieser Menschen, die man entweder bewundern oder verachten konnte, und den er um seine Unbekümmertheit beneidete.

»Arthur war an diesem Tag nicht das einzige Opfer. Wir alle haben auf die eine oder andere Art bezahlt, nur du nicht. Du musstest dich niemals der Verantwortung stellen. Dir verzeiht man immer alles.«

Edward richtete sich auf. Ein Druck lastete auf seiner Brust. Ihm war, als habe er mit seinem körperlichen Leiden ebenfalls bezahlt, doch er ahnte, dass keiner seiner Einwände Gnade vor den Augen seines Bruders finden würde. Dazu hasste Julian ihn schon zu lange. Wie immer war er unversöhnlich und oberlehrerhaft, aber er, Edward, würde sich nicht erniedrigen, indem er sich rechtfertigte. Ungeduld ergriff ihn, und ihm wurde klar, dass er dieses Haus unverzüglich verlassen musste. Unter dem Dach seines älteren Bruders war kein Platz mehr für ihn, am Berkeley Square ebenso wenig wie auf Rotherfield Hall. Bei dem Gedanken an ihr Elternhaus auf dem Land überkam ihn Wehmut. Er war mit einem Mal verwaist.

»Ich gehe, Julian, es hat keinen Sinn mehr hierzubleiben, wir haben uns alles gesagt.«

»Ich glaube, das ist in der Tat besser.«

Ohne einen letzten Blick wandte sich Edward ab, verließ den gelben Salon und stieg die große Treppe hinunter. Stevens stand in der Nähe der Haustür und reichte ihm seinen Hut. Seine Züge wirkten von Sorge gezeichnet, und er hatte Tränensäcke unter den Augen. Gewiss hatte er erraten, was passiert war. Ein Mann wie Stevens wusste immer alles. Edward hätte ihn am liebsten gefragt, ob er damals, als Kind, etwas gesagt hatte, als er ihn im Wald fand, etwas, das ihm helfen würde, sich den Selbstvorwürfen zu stellen, die ihn von nun an bis ans Ende seiner Tage verfolgen würden, aber seine Scham hinderte ihn daran.

Im ersten Stock trat Julian ans Fenster, um seinem Bruder nachzusehen, der sich auf der Straße entfernte. Dann blieb er, die Hände auf dem Rücken verschränkt, lange reglos stehen und starrte blicklos auf die Platanen am Berkeley Square, die mit der Dämmerung verschmolzen.

Rotherfield Hall, Mai 1912

Evangeline saß in der Bibliothek und las. Ihr Aufenthalt in Paris war nur noch Erinnerung. Sobald sie von dem Schiffsunglück erfahren hatten, waren ihre Mutter und sie nach Hause gereist. Evie flüchtete sich oft in diesen großen Raum, in dem ein gemütliches Durcheinander herrschte. Sie schätzte die Ansammlung von Zeitungen und Zeitschriften, das Zweitausend-Teile-Puzzle, das niemand je zu Ende legen würde, die tiefen Sofas, die Familienporträts, den Sekretär, an dem jeder gern seine Briefe schrieb – ein beliebter Zeitvertreib in englischen Landhäusern. Aber vor allem war die Bibliothek der Lieblingsraum ihres Vaters gewesen. Sie legte den Kopf an die Rückenlehne des Sessels. Die zum Garten geöffneten Fenster ließen den Duft der Rosensträucher ein. Die Stille war beinahe unheimlich. Bei den Rotherfields stand die Zeit still. Sie verkrochen sich in den schützenden Mauern des Hauses und leckten ihre Wunden.

Zum ersten Mal nahm Evie nicht am Trubel der Gesellschaftssaison teil. Sie ging früh schlafen, stand im Morgengrauen auf, um zu reiten, und spielte nachmittags Tennis auf dem Rasenplatz. Die heitere Schönheit der hügeligen, ländlichen Umgebung half ihr zu gesunden. Seit ihrer Rückkehr war ihr klar, wie tief verwurzelt sie auf Rotherfield Hall war. Sie brauchte ihre Fixpunkte. Die Familie trauerte um Alice, aber auch um den Bruch zwischen Julian und Edward, der jetzt in seinem Londoner Club wohnte. Er verzichtete nicht auf Empfänge. Er erschien auf jedem Ball, der dieses Namens würdig war, und schockierte damit die Kleingeister, weil er die Trauerzeit für seine Schwägerin nicht wahrte. Ihr Bruder fehlte ihr. Seine Vitalität und seinen Humor hätte sie gut gebrauchen können. Julian war streng und schweigsam, und Vicky war zerbrechlich und brach beim kleinsten Anlass in Tränen aus. Nur ihre Mutter legte eine seltsame Gelassenheit an den Tag, hinter der sich ein verstohlener, wenig pietätvoller Gedanke verbarg, denn sie war erleichtert, wieder die Herrin im Haus zu sein.

Evie sorgte sich um Vicky, die von schlimmen Albträumen geplagt wurde, sodass man nachts bei ihr wachen musste. Immer wieder durchlebte ihre Schwester die Tragödie und zog damit ihre ganze Umgebung in Mitleidenschaft. Gewisse modische Theorien rieten, sich über ein traumatisches Erlebnis auszusprechen, aber Evie, die ihrer Familie nie von ihren Gefängniserlebnissen erzählt hatte, bezweifelte den so genannten therapeutischen Wert. Zurückhaltung schien ihr ein besserer Ratgeber zu sein als eine allzu mediterrane Offenheit, die ihr ein wenig zu selbstgefällig erschien.

»Sie werden verlangt, Lady Evangeline«, sagte Stevens, der in die Bibliothek trat.

»Ach, er ist schon da!«, rief sie aus. »Wunderbar! Führen Sie ihn herauf, Stevens.«

Am Vortag hatte sie an Percy geschrieben und ihn eingeladen, das Wochenende bei ihnen zu verbringen, denn sie hoffte, seine Gegenwart werde Vicky endlich aus ihrem Schockzustand reißen.

»Das ist leider nicht möglich, Miss. Ich glaube, Sie sollten besser kommen.«

Neugierig geworden folgte sie ihm in den Gebäudeflügel, der den Dienstboten vorbehalten war. Zwei Gestalten standen im Hof; eine mit einem merkwürdigen Strohhut und einem staubigen Rock und die andere mit kurzen, schlecht passenden Hosen. Zu ihrer Verblüffung erkannte Evie Tilly Corbett und ihren Bruder Tom. Ganz gegen ihre Gewohnheit wirkte das junge Mädchen eingeschüchtert. Sie knickste sogar. Tilly entschuldigte sich für die Störung, aber sie müsse sie dringend sprechen, und da man ihr am Berkeley Square gesagt habe, Lady Evangeline werde nicht so bald in die Stadt zurückkehren, habe sie sich zu dieser Reise entschlossen. Evie lächelte. Für Tilly war die Zugfahrt nach Sussex durchaus so etwas wie eine Expedition ins Unbekannte. Sie bezweifelte, dass die Arbeiterin die Hauptstadt schon einmal verlassen hatte. Ihr Cockney-Akzent wirkte auf dem Land noch stärker. Die Corbett-Geschwister mussten zu Fuß vom Bahnhof gekommen sein, denn ihre Wangen waren rot, und sie wirkten atemlos.

»Sie müssen mir mit Tom helfen, Lady Evangeline.« Tilly nahm dem Jungen die Schirmmütze ab und drückte sie ihm in die Hand. »Er braucht gute Luft. Der Arzt sagt, das ist unbedingt nötig für seine Lungen. Und da er sich weigert, in der Schule fleißig zu sein, dachte ich, er könnte vielleicht hier Arbeit finden.« Sie wies mit einer Kopfbewegung auf das Haus.

Evie stellte sich vor, wie imposant ihr das Anwesen mit den Zinnen und Türmen erscheinen musste, mit seinen Erkern, den unzähligen, in kleine Sprossen unterteilten Fenstern, dem Küchengarten, den Gewächshäusern und den Labyrinthen aus beschnittenen Taxushecken. Nicht zu vergessen Stevens, der sich vor ihr aufbaute wie eine Festung. Sie musste sich fühlen, als wäre sie tausend Meilen von Bermondsey und den vor Menschen wimmelnden Straßen des East End entfernt. Evie bewunderte ihren Mut, mit nur fraglichen Erfolgsaussichten so weit zu fahren.

»Aber sicher! Mein Bruder wird uns helfen. Was meinst du dazu, Tom? Würdest du gern einige Zeit bei uns leben? Bestimmt gelingt es uns, dich aufzupäppeln.«

Der Junge schlug die Augen nieder. So orientierungslos, wie er wirkte, konnte er einem leidtun.

»Er ist dreizehn«, sagte Tilly energisch. »Höchste Zeit, dass er arbeitet. Wenn er sich weiter mit Nichtsnutzen herumtreibt, wird nie etwas aus ihm.«

Evie spürte Stevens' Missbilligung. Zweifellos hatte er sich bereits sein eigenes Bild von dem jungen Tom gemacht, einem Bengel aus den Armenvierteln von London, von dem nichts Gutes zu erwarten war. Evie schalt sich innerlich, weil sie Tilly seit Monaten vernachlässigt hatte. Bei all den Ereignissen hatte sie nicht mehr an ihre »Schützlinge aus Bermondsey« gedacht, wie Michael Manderley sie nannte. Der Geschäftsmann würde dieses Desinteresse als Beweis für die Oberflächlichkeit der jungen Damen der Oberschicht deuten. Sie lud die beiden ein, einen Happen zu essen. Stevens musterte Tom und Tilly, als fürchte er, sie könnten eine Läuseplage ins Haus einschleppen, aber Evies Entschlossenheit duldete keine Einwände. Bruder und Schwester folgten ihm, während sich Evie auf die Suche nach Julian machte und hoffte, ihn bei guter Laune anzutreffen.

»Wir können nicht alle Armen der Welt aufnehmen«, erklärte ihr Bruder. Er saß an seinem Schreibtisch, wo er Rechnungsbücher studierte.

Mit seiner Schildpattbrille mit den kleinen runden Gläsern sah er wie ein Universitätsprofessor aus. Julian trug einen dunklen Anzug und eine schwarze Krawatte, und seine verschlossene Miene wirkte alles andere als aufmunternd. Auf dem Tisch stand ein Foto von Alice mit Trauerflor. Evie betete zum Himmel, ihr Geduld zu schenken – eine Eigenschaft, an der es ihr seit jeher mangelte. Dann eröffnete sie ihr Plädoyer zugunsten von Tilly Corbett und rühmte ihre Verdienste und ihren Mut als Familienoberhaupt.

»Auf gewisse Weise ähnelt ihr euch. Ihr beide tragt große Verantwortung und legt die gleiche Großmut an den Tag, mit der ihr euch für eure Familie aufopfert.«

»Schmeichelei bringt dir gar nichts ein, Evie. Bis zum Beweis des Gegenteils misstraue ich deinem Umgang. Mein Zusammentreffen mit Miss March habe ich noch in äußerst unangenehmer Erinnerung. Ich sehe wirklich nicht, was ich für dieses Kind tun kann.«

»Wie kannst du nur jeden Morgen in die Kapelle gehen und gleichzeitig ein so hartes Herz haben?«, fragte sie empört. »Außer, du betest, weil deine Untergebenen es von dir erwarten. Papa hätte keine Sekunde gezögert, eine Stellung für Tom zu finden. Bald ist Erntezeit. Zusätzliche Arbeitskräfte kann man immer gebrauchen.«

Julian nahm die Brille ab und lehnte sich in seinem Sessel zurück.

»Na gut, aber dann geben wir ihm doch lieber eine leichtere Arbeit in den Ställen. Harmer findet sicher etwas für ihn zu tun.« Er sprach von dem ersten Stallknecht, dem Julian seine kostbaren Pferde für die Fuchsjagd anvertraute.

»Was weiß ein Junge aus Bermondsey schon über Pferde?«

»Nichts. Aber er kann es lernen.«

Zum ersten Mal seit ihrem Missgeschick im März legte Evie wieder ihr forsches Wesen an den Tag. Sie war zwar immer noch heikel, was das Essen anbelangte, wirkte aber nicht mehr so abgezehrt. Ihre Aktivitäten an der frischen Luft hatten ihr einen rosigen Teint verliehen. Es beruhigte Julian, seine Schwester wieder so hitzköpfig zu erleben. Das Leben konnte sich sogar nach den schwierigsten Prüfungen wieder normalisieren, dachte er. Evie hatte mit den Suffragetten der Pankhursts gebrochen, wofür er Gott täglich dankte. Sogar die abscheuliche Penelope March schien ihren Einfluss auf seine Schwester verloren zu haben. Evie war auf dem Weg der Besserung; da wäre es keine gute Idee gewesen, ihr zu widersprechen.

»Da du darauf bestehst, will ich es mit ihm versuchen. Harmer soll ihn bei den anderen Stalljungen unterbringen. Aber ich warne dich, bei meinen Pferden verstehe ich keinen Spaß. Bei der ersten Dummheit kehrt er nach Bermondsey zurück.«

Evie schenkte ihm ein strahlendes Lächeln.

»Ich habe immer gewusst, dass du kein hoffnungsloser Fall bist.«

Julian wünschte sich, er wäre sich ebenso sicher gewesen.

Konnte es Schlimmeres geben als einen Albtraum im Wachen? In ihrem Zimmer in der ersten Etage sah Victoria die Bilder der Tragödie vor ihrem inneren Auge ablaufen. Evie schalt sie, das sei morbide, aber sie konnte nichts dagegen tun. Mit den Handflächen rieb sie sich die Augen. Eine Frage ließ ihr keine Ruhe: Warum war es Alice nicht gelungen, sich zu retten?

Sie hatten sich nach dem Dinner gegen zehn Uhr in ihre Kabine zurückgezogen und tief geschlafen, als Alices Kammermädchen sie weckte und erklärte, die Motoren stünden still und der Gepäckraum sei überschwemmt. Alice versicherte, es gebe nichts zu fürchten, denn alle Kabinen seien wasserdicht. Wahrscheinlich ein Leck. Aber auf dem Korridor trieben besorgte Frauen in Pantoffeln und Morgenmänteln ihre Kinder vor sich her. Als sie Passagiere in scheußlichen weißen Schwimmwesten sah, bekam sie Angst. Also doch ein ernster Zwischenfall. Man sprach von einer Kollision mit einem Eisberg. Während Männer im Smoking zur Ruhe aufriefen, riet ihnen ihr Steward, sich warm anzuziehen und ihre Schwimmwesten anzulegen. Das Schiff müsse evakuiert werden, aber es gebe keinen Grund zur Sorge. Alles würde geordnet ablaufen. Sie taten wie ihnen geheißen, und Alice suchte ihren Schmuck zusammen. Ihr Kammermädchen jammerte, sie könne nicht schwimmen. Alice antwortete ihr lapidar, sie sei eine dumme Gans – niemand werde von ihr verlangen, mitten in der Nacht zwischen Eisbergen herumzupaddeln.

Auf Deck drang die Kälte den drei jungen Frauen bis in die Knochen. Es war kurz nach ein Uhr morgens, und das Meer war spiegelglatt. Lady Duff-Gordon, die Besitzerin eines der elegantesten Londoner Modehäuser, saß zusammen mit ihrem Mann in einem halbleeren Rettungsboot, das zu Wasser gelassen wurde. Manche Passagiere behaupteten, sie gingen ein unnötiges Risiko ein, denn das Schiff sei unsinkbar. Alice, die offenbar ebenfalls zu dieser Auffassung neigte, schlug vor, sich ins Warme zu flüchten und darauf zu warten, dass ein anderer Dampfer sie rettete. Doch Vicky fasste sie an der Hand und zog sie mit. Die

Besatzung gab keine klaren Anweisungen, und sie hatte ein ungutes Gefühl. In dem Durcheinander irrten die beiden von einem Deck zum anderen. Alice wirkte so ruhig, dass sich Vicky schämte, als sie spürte, wie die Panik sie überwältigte. Sie gab sich Mühe, sich wie eine Erwachsene zu benehmen. Außerdem fühlte sie sich verantwortlich für das verängstigte Kammermädchen, das sie nicht losließ. Sie durfte ihr kein schlechtes Beispiel geben. Im Nachhinein bedauerte sie es. Sie hätte Alice zwingen müssen, auf sie zu hören. Sie bereute bitter, kostbare Zeit verloren zu haben.

Dann verbreitete sich das Gerücht wie ein Lauffeuer: Es gab nicht genug Rettungsboote für alle. Die letzten Boote wurden im Sturm genommen, und die jungen Frauen wurden beiseitegestoßen. Ein Offizier bedrohte einige Männer, die vor Frauen und Kindern an Bord eines Bootes gegangen waren, mit einem Revolver und beschimpfte sie als Feiglinge. Alice, noch immer unentschlossen, wollte lieber noch abwarten. Die Explosionen der Notsignale übertönten das Gebrüll der Passagiere. Vicky schrie gegen den Lärm an. »Jetzt rette dich endlich! Wir können nicht alle Leute vorlassen!« Aber Alice hatte immer eine andere Ausrede: Diese Frau war älter, jenes Kind konnte man nicht von seiner Mutter trennen ... Vicky erkannte Colonel John Jacob Astor, der seiner Frau half, ein Rettungsboot zu besteigen, in dem bereits gut ein Dutzend Frauen und Kinder saß. Die beiden kehrten von ihrer Hochzeitsreise zurück, und Vicky, die in ihrem Alter war, fühlte mit Madeleine. Als der Colonel sie sah, rief er ihnen zu, sich zu seiner Frau zu setzen. Der für das Boot verantwortliche Offizier lehnte das jedoch ab. Das Boot sei voll. Wenn es überladen war, bestand die Gefahr, dass beim Abseilen die Taue rissen. Während die Matrosen es zu Wasser ließen, wurde Astor laut und erhielt schließlich die Erlaubnis, doch das Boot hing schon zu tief, um einzusteigen. Ohne zu zögern führte er die Frauen auf das nächstuntere Deck. In den Gängen rannten die verängstigten Menschen in alle Richtungen. Man hörte unheimliches Krachen und die Explosionen der Dampfkessel. Das Licht flackerte. Vicky spürte, wie sich das Deck unter ihren Füßen stärker neigte, und musste sich nach vorn beugen, um das Gleichgewicht zu wahren. Ihr war übel vor Angst. Der Dampfer hatte so starke Schlagseite, dass sich das über dem Wasser hängende Rettungsboot von der Schiffswand wegbewegte. Sie mussten eine Leiter suchen, die als improvisierte Gangway diente.

Astor half ihr, durch ein Bullauge hinauszuklettern, und schob dann das Kammermädchen ebenfalls nach draußen. Ihre Schwägerin indes protestierte, ihr sei schwindlig. »Genug! Wir sind überladen!«, brüllte der Offizier und befahl, das Manöver fortzusetzen. Alice schrie Vicky zu, sie solle sich keine Sorgen machen, sie werde mit Colonel Astor das nächste Boot nehmen, und sie würden sich in New York treffen, bei ihrer Großmutter. Das war das letzte Bild, das sie von ihrer Schwägerin bewahrte: das blasse Gesicht hinter dem Bullauge und der absurde Eindruck, dass sie ihr zum Abschied winkte wie auf einem Bahnsteig.

Der Offizier wies an, das Boot, in dem Wasser stand, auszuschöpfen. Gelähmt vor Kälte und Angst waren diejenigen unter den weiblichen Passagieren, die noch ihre seidenen Abendkleider trugen, unfähig mitzuhelfen. Vicky und Madeleine ergriffen die schweren Ruder. Sie mussten sich um jeden Preis von dem Dampfer, der zu sinken begann, entfernen. Entsetzt beobachteten sie, wie sich das gewaltige Schiff noch stärker neigte und sich seine monströse Silhouette wie ein chinesischer Scherenschnitt vor einem noch riesigeren Eisberg abzeichnete. Nacheinander erloschen die Lichter, bis es völlig in den Fluten versank. Vicky stieß einen Entsetzensschrei aus. Hohe Wellen wühlten das Meer auf, und die Strömung zog sie auf einen Strudel zu. Die beiden jungen Frauen und ihre Helferinnen ruderten mit aller Kraft, um sich aus der Gefahrenzone zu bringen. Die weiblichen Passagiere zogen einige im Wasser treibende Männer an Bord. Einer von ihnen starb und lag mit starren Augen zu Vickys Füßen. Von der Titanic war nichts mehr zu sehen. Nur noch die bläulich glitzernden Wände des Eisbergs ragten schroff unter einem vor Sternen glitzernden Himmel aus dem Meer, und man hörte die herzzerreißenden Schreie der Unglücklichen, die das eisige Meer in einen sicheren Tod zog.

»Geht es dir nicht gut, Vicky?«

Evie schlang die Arme um sie. Vicky bemerkte, dass sie weinte. Sie legte den Kopf an die Schulter ihrer Schwester.

»Meine arme, liebe Kleine ... Ich weiß, dass es schrecklich ist, aber du bist jetzt in Sicherheit und wohlbehalten. Du musst dich zusammennehmen. Wenn du so weitermachst, wirst du noch krank.«

»Warum wollte sie nur nicht mit mir in das Boot steigen? Ich hätte energischer sein müssen. Ich hatte den Eindruck, dass sie niemanden belästigen wollte. Sie war so gut erzogen, so rücksichtsvoll.«

Evie saß auf dem Bett, wiegte ihre Schwester in den Armen und sah durch das Fenster auf das Laubwerk des Parks hinaus. Sie dachte wieder an die Männer, die ihr mit Gewalt die Arme und den Kopf festhielten, während man sie mit dem widerlichen Brei stopfte wie eine Gans. Tränen des Zorns und der Demütigung brannten ihr in den Augen. Ihre Züge verhärteten sich.

»Alice war sanftmütig, aber dumm. Sie hätte eben ihre Ellbogen einsetzen müssen, dann hätte sie sich retten können.«

»Wie kannst du so etwas Schreckliches sagen, wo sie tot ist?«, empörte sich Vicky.

»Der Tod verleiht einem nicht sämtliche Tugenden. Der Dumme bleibt ein Schwachkopf und das brave Mädchen eine dumme Gans. Das Schlimmste ist, dass sie dich ebenfalls in Gefahr gebracht hat.«

»Aber das ist eine Frage des Respekts!«

Evie trat ans Fenster.

»Im wahren Leben sind Respekt und Höflichkeit zu nichts nütze«, erklärte sie verbittert. »Alice ist tot, weil sie zu gut erzogen war. Möge uns das in Zukunft eine Lehre sein.«

Ein Wagen kam die Auffahrt hinauf. Evie lächelte, als sie die lange, silberfarbene Kühlerhaube des Rolls-Royce erkannte. Auf der Rückbank standen zwei Lederkoffer. Der Diener saß auf dem Beifahrersitz, während Percy steuerte. Er trug eine flache Chauffeursmütze, eine dicke Schutzbrille und seinen alten Staubmantel. Vicky stand ebenfalls auf.

»Wir erwarten niemanden. Außer, Ted ...«

In ihrer Stimme lag so viel Hoffnung, dass es Evie einen Stich ins Herz versetzte. Sie bezweifelte, dass sich ihre Brüder so bald wiedersehen würden, und fragte sich, ob Edward je wieder nach Rotherfield Hall zurückkehren würde. Das Zerwürfnis zwischen den beiden verletzte sie tief. Ohne Ted hatten die Rotherfields ein Stück von ihrer Seele verloren, und diese Schwachstelle bedrohte das Gleichgewicht des Ganzen. Jetzt verstand sie, warum ihr Vater immer behauptet hatte, die Einheit einer Familie müsse um jeden Preis bewahrt werden. Doch als Vicky sich jetzt über das Treppengeländer beugte, tröstete sie sich mit dem Gedanken, dass die Lebensfreude Percys, Edwards unzertrennlichem Freund, ihnen bestimmt helfen würde, über ihren Schmerz hinwegzukommen.

In der Park Lane in London überstrahlten die Ende des 19. Jahrhunderts errichteten Residenzen die klassischen Gebäude aus der Regency-Zeit mit ihren hohen, schmalen Fenstern und schmiedeeisernen Balkonen. Die Allee, die an den Hyde Park grenzte, stellte eine bunte Mischung von Baustilen zur Schau. Edward war schon häufig an Manderleys Haus vorbeigekommen, wenn er unterwegs zum Reitpfad Rotten Row war, wo er gern ausritt. Doch er hatte nicht geahnt, dass der Unternehmer das viktorianische Haus mit fünf Etagen gekauft hatte. Sein gerundeter, mit Säulen geschmückter Vorbau ließ das Gebäude wie eine alte Dame aus der Provinz wirken, ganz anders als die protzigen Paläste wie Grosvenor House oder Londonderry House, wo Edward an prunkvollen Festen teilnahm. Manderley war kein angeberischer Neureicher, aber die Nachbarschaft zu illustren Familien schmeichelte seinem Selbstwertgefühl dennoch.

Der Butler führte ihn die Marmortreppe hinauf. Langsamen Schritts durchquerte Edward ein chinesisch inspiriertes Boudoir, das auf einen mit grünen Pflanzen geschmückten Wintergarten hinausging. Er schämte sich ein wenig für seine indiskreten Blicke, denn er suchte nach geschmacklichen Entgleisungen. Jedenfalls war er neugierig zu erfahren, wie der Arbeitersohn aus Sheffield wohnte, der das Wesen eines Mannes von Welt an den Tag legte. Die Ausstattung ließ Fantasie vermissen, nicht aber Qualität. In gesellschaftlichen Beziehungen waren Irrtümer schwieriger zu vermeiden. Seine Mutter pflegte voller Schadenfreude auf die Verirrungen derer hinzuweisen, die nicht in die Oberschicht mit ihren kodifizierten Umgangsformen hineingeboren waren. Eine Inneneinrichtung konnte man kaufen, Manieren nicht.

Der Butler führte ihn in einen mit Mahagonipaneelen ausgestatteten Rauchsalon. Obwohl in London zauberhaftes Frühlingswetter herrschte, war es hier halbdunkel. Er brauchte eine Weile, bis er in einem Sessel die kränkliche Gestalt Manderleys entdeckte, der darin zu schweben schien und dessen blasse Haut und glühender Blick sich in dem düsteren Raum abhoben. Er rauchte eine Zigarre und entschuldigte sich, nicht aufstehen zu können, da er unter Rückenschmerzen leide. Sein Arzt habe ihm empfohlen, sich so wenig wie möglich zu bewegen. Manderley bedeutete Edward, sich vor ihn zu stellen. Der junge Mann entschuldigte sich seinerseits für seinen Überraschungsbesuch.

»Ich musste Sie absolut dringend sehen, denn ich brauche Ihren Rat.«

Edward konnte sich des Gedankens nicht erwehren, dass sein Vater niedergeschmettert gewesen wäre, hätte er erfahren, dass er bei einem Mann wie Manderley Unterstützung suchte. Aber an wen hätte er sich sonst wenden können? Die Finanzberater der Familie waren Julian ergeben, und den geschliffenen Geschäftsleuten aus der City vertraute er nicht. Als Mann aus Yorkshire hielt sein Gesprächspartner nichts davon, um den heißen Brei herumzureden. Manderleys Freimut stand in starkem Gegensatz zur Kunst der höflichen Verbrämung, die in England weit verbreitet war, doch Edward hatte sich an seine schroffe Art gewöhnt. Bei ihm wusste man wenigstens immer, woran man war.

»Sie haben die Gerüchte um die Firma Marconi gehört.«

Manderley drehte den Siegelring an seinem Finger. Dass Lynsted dieses Thema anschnitt, erstaunte ihn keineswegs. Seit März kochte die Gerüchteküche um diesen Namen, und er vermutete, dass sich ein Finanzskandal anbahnte. Er nickte.

»Dank einer Indiskretion habe ich mich im Herbst verschuldet, um Aktien zu kaufen«, fuhr Edward fort. »Mein Börsenmakler hat mir auch Wertpapiere der amerikanischen Gesellschaft verschafft, als sie im März an die Börse ging. Jetzt rät er mir zum Verkauf, aber ich glaube fest an die Entwicklung des Funkwesens. Wenn diese Aktie jedoch abstürzt, verliere ich mein letztes Hemd.«

»Verkaufen Sie. Die Aktie steht bei neun Pfund. Höher wird sie nicht steigen. Der Umschwung wird schnell kommen. Man muss Gewinn einfahren, solange noch Zeit dazu ist.«

»Sie scheinen sich sehr sicher zu sein«, sagte Edward erstaunt.

Manderley zog an seiner Zigarre. Er wusste Bescheid über Edwards Verbindung zu Godfrey Isaacs. Der Generaldirektor von Marconi stellte seine Entschlossenheit und Begeisterung in den Dienst seines Machtwillens. Zweifellos hatte er seinen Bruder, den Minister, und ihren Spielkameraden David Lloyd George in ein merkwürdiges Abenteuer hineingezogen. Mittlerweile wurde der Postminister, der Marconi angeblich einen übertrieben großzügigen Vertrag zugestanden hatte, der Korruption beschuldigt. Wenn das Unterhaus den Vertrag nicht billigte, würde die Aktie fallen. Seinen Informationen zufolge wuchs die Unzufriedenheit unter den Abgeordneten. Sollte der Aktienkurs plötzlich abstürzen, würden gewisse Investoren Federn lassen, und in der Finanzwelt würde von Manipulation die Rede sein.

»Sie vermuten, dass ich Informationen habe, sonst wären Sie nicht hier. Sie haben Ihren Einsatz verdreifacht, Edward. Seien Sie nicht gierig. Ich habe Sie doch gelehrt, die Börse nicht mit einem Spieltisch zu verwechseln. Seien Sie bescheiden, und Gott wird es Ihnen lohnen.«

»Ich sehe nicht, was Gott damit zu tun hat«, sagte Edward scherzhaft. »Ich dachte, er liebt weder die Reichen noch die Spekulanten.«

»In diesem Fall haben Sie nichts zu fürchten: Reich sind Sie nicht, und ich bezweifle, dass Sie die Eigenschaften besitzen, die ein erfolgreicher Spekulant braucht.«

Manderley hatte seine eigene Meinung über diese jüngeren Söhne aus guter Familie, die lieber ihr Glück in der Finanzwelt versuchten, als eine kümmerliche Existenz in den Reihen der Streitkräfte, der Diplomatie oder der Kirche zu fristen. Die meisten von ihnen waren nicht für die City geschaffen. Es fehlte ihnen an dem intuitiven Gefühl für Geld. Auf verworrene Weise betrachteten sie Gewinnsucht immer noch als ihrer Natur entgegengesetzt. Aber seine Abfuhr amüsierte Edward, der sich in diesem Leben etablieren wollte. Seit seinem Fortgang vom Berkeley Square war ihm klar geworden, wie sehr ihm sein bequemes Leben am Herzen lag.

In ernsterem Ton fuhr er fort: »Wenn sich die Lage verschlimmert, fürchte ich, dass Westminster eine offizielle Untersuchungskommission einsetzt. Dann könnte mein Name zur Sprache kommen. Glauben Sie, man könnte mir unehrliches Handeln vorwerfen, weil ich privilegierte Informationen zur Verfügung hatte?«

Manderley kniff die Augen zusammen.

»Das ist kein Verbrechen, aber ich wünsche es Ihnen nicht. Mit Ihren ersten unsicheren Schritten in der City wäre es dann zu Ende. Aber keine Angst, Sie sind kein Politiker. Und bezüglich Ihrer Person habe ich Vorkehrungen getroffen.«

Edward war sprachlos. Dank seiner Forschungen zur Stahlkorrosion hatte Manderley sowohl Zugang zu Regierungsmitgliedern als auch Parlamentariern. Der Unternehmer erklärte ihm, er habe mit hochrangigen Persönlichkeiten über seine Lage gesprochen.

»Aber warum haben Sie das getan?«

»Wie ich Ihnen bereits gesagt habe, kann ich Sie gut leiden.«

»Sie können niemanden leiden, Michael«, erwiderte Edward in scherzhaftem Ton. »Sie haben Hintergedanken. Sie schätzen mich vor allem, weil ich mich nicht mit meinem Bruder verstehe.«

Michael ließ sich nichts anmerken, aber Edward hatte nicht unrecht. Es bereitete ihm Vergnügen, sich mit Lynsted zu unterhalten und dabei zu wissen, dass er seinen Erzfeind damit verärgerte.

Mit einem Mal ging die Tür auf. Eine hohe, klare Frauenstimme erklang.

»Warum sperrst du dich im Dunkeln ein? Wir haben herrliches Wetter. Und musst du wirklich schon vor dem Mittagessen diese abscheulichen Zigarren rauchen?«

Eine junge Frau zog mit entschlossenen Bewegungen die Vorhänge zurück und ließ das Tageslicht ein. Sie war dunkel und klein und trug ein Kleid aus plissierter blauer Seide, das ihre strahlenden Augen betonte. Edward erhob sich. Michael war wirklich ein Geheimniskrämer. Warum hatte er nie von seiner Frau gesprochen?

»Oh, tut mir leid! Ich hatte ja keine Ahnung, dass du Besuch hast. Aber ich kenne Sie doch ... Sie sind Edward Lynsted. Ich bin eine Ihrer Bewunderinnen. Michael hat mir verboten, in ein Flugzeug zu steigen, aber ich bin mir sicher, dass er es erlauben würde, wenn Sie mich mitnähmen, nicht wahr, Michael?«

Sie besaß feine Züge und ein Grübchen in der rechten Wange. Ihr freimütiger Blick traf Edward wie ein Blitz aus heiterem Himmel. Für die Frau eines Mannes wie Manderley kam sie ihm sehr jung vor, aber im Gegensatz zu den meisten Debütantinnen hatte sie nichts Affektiertes. Ihr schwungvolles Auftreten erinnerte ihn an seine Schwestern, die er zu seinem Leidwesen seit Wochen nicht gesehen hatte. Der Bruch mit seiner Familie machte Edward schwer zu schaffen. Für einen jungen Mann, der immer sehr behütet gelebt hatte, war die Einsamkeit eine schreckliche Prüfung. Doch er war Julian nicht böse. Das Erstgeburtsrecht brachte es nun mal mit sich, dass die jüngeren Geschwister vom guten Willen des Ältesten abhängig waren. Würde man das Familienvermögen durch Erbschaften aufteilen, führte dies unvermeidlich zu einer allgemeinen Verarmung, was Edward nicht wünschenswert fand. Ganz anders, als sein Bruder glaubte, respektierte er ebenfalls den Vorrang der Familie vor allen anderen Interessen.

»Ich wäre entzückt, Sie auf einen Ausflug mitzunehmen, Mrs Manderley.«

Als sie ein herzliches Lachen vernehmen ließ, konnte er sich eines Lächelns nicht erwehren.

»Ich sehe schon, dass er Ihnen nicht von mir erzählt hat. Ich bin Michaels Schwester, nicht seine Frau. Aber Sie bleiben doch und essen mit uns zu Mittag, ja? Ich würde so gern Ihren Abenteuern lauschen. Sie sind doch nicht anderweitig verabredet? Wunderbar. Ich gebe Simmons Bescheid, dass er noch ein Gedeck auflegt.«

Edward blickte ihr nach, während sie wieder hinausging. Erst jetzt fiel ihm Manderleys Schweigen auf.

»Unsere Mutter ist bei ihrer Geburt gestorben«, erklärte dieser beinahe abwehrend. »Ich habe Matilda großgezogen, aber offensichtlich habe ich es versäumt, sie Zurückhaltung zu lehren.«

Angesichts seiner Verlegenheit wurde Edward klar, dass er sich geirrt hatte. Dieser unberechenbare Mann vermochte doch zu lieben. Er hing sogar von ganzem Herzen an dem jungen Mädchen, das sich gerade entfernt hatte.

Dass Edward Matilda während des Mittagessens so großes Interesse entgegenbrachte, verdross Manderley. Mit einem Anflug von Eifersucht beobachtete er, wie Matilda dem Gast ihre ganze Aufmerksamkeit schenkte. Aber andererseits hatte sie selten Gelegenheit, gesellschaftlich zu glänzen, da er selten Gäste nach Hause einlud. Das hatte sie ihm auch schon vorgeworfen. Er hatte ihr nicht gestanden, dass er sich so die Illusion bewahrte, sie noch ein wenig für sich zu behalten. Der Tag würde kommen, an dem Matilda ihn für einen anderen Mann verließ, und diese Vorstellung erschreckte ihn.

Sein Blick glitt über ein Stillleben, das das Esszimmer

schmückte. Er hatte das Gemälde spontan gekauft, weil die barocke Üppigkeit der Obstschale ihn daran gemahnte, dass er als Junge morgens mit leerem Magen zur Arbeit gegangen war. Matilda hatte ihm erklären müssen, dass das Bild von dem flämischen Maler Snyders stammte. Sie war entsetzt gewesen, dass er ein Meisterwerk kaufen konnte, ohne etwas über seinen Schöpfer zu wissen. »Ich bin nicht so kultiviert wie du, aber ich erkenne Talent, wenn ich es sehe«, hatte er ihr entgegnet. Mit ihren scherzhaften Bemerkungen konnte sie ihn verletzen. Die Sonne überzog das Tafelsilber und die Kristallgläser mit leuchtenden Reflexen. Er überlegte, dass seiner Mutter diese Einrichtung nicht gefallen hätte. Matilda konnte sich indes ein anderes Leben nicht einmal vorstellen. Ein Anflug von Stolz überkam ihn. Er hatte das Versprechen gehalten, das er sich bei ihrer Geburt gegeben hatte.

Matilda erzählte Edward von ihrem Aufenthalt in Florenz. Die beiden tauschten sich über ihre jeweiligen Lieblingsgemälde in den Uffizien aus. Edward schien gefesselt von der Lebhaftigkeit Matildas, die ziemlich radikale Ansichten vertrat. Ihr Scharfsinn entzückte ihn. Ihre Konversation war gespickt mit Details, die Michael verschlossen waren, sodass er den Eindruck hatte, sie unterhielten sich in einer Geheimsprache. Er selbst reiste nie ins Ausland. Dazu besaß er weder Zeit noch Neigung. Ihm reichte die Gewissheit, dass Matilda intelligent und kultiviert war. Und reich. Weit wohlhabender, als Edward Lynsted es je sein würde. Um frisches Geld in die alten Familien zu bringen, hatte der Adel seit einigen Jahrzehnten amerikanischen Erbinnen die Türen geöffnet. Doch diese Verbindungen schlugen oft fehl wie zum Beispiel die Ehe zwischen dem Herzog von Marlborough und seiner Gattin Consuelo Vanderbilt. Diesen Ausländerinnen gewährte man das Bürgerrecht; aber würde die elitäre Kaste, zu der die Rotherfields gehörten, die Tochter eines Arbeiters aus Sheffield in ihre Reihen aufnehmen? Er bezweifelte es. Sie maßen einer adligen Abstammung allergrößte Bedeutung bei. Und er würde es nicht ertragen, dass man Matilda von oben herab behandelte, wie er selbst es noch oft genug erlebte.

Doch die Umgangsformen seiner Schwester waren makellos. Ihre Gouvernanten und Hauslehrer hatten ihr den verräterischen Tonfall ausgetrieben. In England brauchte man jemanden nur ein paar Worte sprechen zu hören, um zu wissen, welcher Gesellschaftsschicht er angehörte. Michael war, mehr aus Trotz denn aus Notwendigkeit, seinem Yorkshire-Akzent treu geblieben, aber er hatte darauf geachtet, dass Matilda lernte, den kleinsten Fehler zu vermeiden, um vor den Augen der besseren Gesellschaft zu bestehen. Das war ihm mit großem Erfolg gelungen, ja seine Erwartungen waren noch übertroffen worden. Und jetzt sagte ihm sein Instinkt, dass sich die beiden jungen Leute gesucht und gefunden hatten. Sollte er sich darüber freuen oder sich Sorgen machen? War sein Ehrgeiz so übersteigert, dass er sich für sie nur einen Adelssohn hatte vorstellen können? Das Gefühl der Unsicherheit machte ihm zu schaffen. Hinzu kam, dass ihn seit Tagen stechende Schmerzen nicht schlafen ließen.

»Du bist ziemlich still«, bemerkte Matilda plötzlich.

Als Edward ihren sorgenvollen Blick voller Zuneigung sah, begriff er, wie stark die Verbindung zwischen ihr und ihrem Bruder war. Er konnte ermessen, welche Entschlossenheit und wie viele Opfer es Michael Manderley gekostet haben musste, seine kleine Schwester zu einer so perfekten jungen Dame zu erziehen. Es entging ihm auch nicht, dass Matilda großen Einfluss auf ihn ausübte. Sie musste einen außergewöhnlich starken Charakter besitzen, um sich gegenüber einem Mann wie Manderley durchzusetzen.

»Ihr schnattert auch für drei«, brummte Manderley. »Da bekommt man ja kein Wort dazwischen.«

»Na ja, wie oft kommt es vor, dass ein Flieger bei uns zu Gast ist, den ich ausfragen kann! Michael fürchtet immer, mir könnte etwas zustoßen«, erklärte sie schelmisch. »Wenn er könnte, würde er mich in meinem Zimmer einsperren. Aber im Grunde meines Herzens bin ich eine Abenteurerin. Ich liebe es über alles, Neues zu erforschen.«

»Nun, als ich dich für sechs Monate auf den Kontinent schicken wollte, wolltest du nichts davon wissen.«

»Nur, weil du dich geweigert hattest, mich zu begleiten. Ich hasse es, getrennt von dir zu sein, weil ich weiß, dass du dich so ganz allein langweilst. Außerdem war es Zeit, dass ich zurückkam, oder? Gib doch zu, dass dich dieses Haus bedrückt, wenn ich nicht da bin.«

Manderleys Miene wurde weich; er war nicht in der Lage, die Zärtlichkeit, die er für sie empfand, zu verbergen. Matilda war seine Achillesferse, und jetzt wusste Edward Lynsted es. Er hatte den verstörenden Eindruck, ihm seine Seele enthüllt zu haben.

Nach dem Essen entschuldigte sich Michael Manderley, um in sein Büro zu gehen. Matilda schlug Edward einen Spaziergang durch den Garten hinter dem Haus vor. Es erstaunte ihn nicht, dass eine Frau mittleren Alters, die ein nüchternes graues Kostüm trug, sich mit einem Buch auf die Terrasse setzte. Matilda verdrehte die Augen zum Himmel und erklärte ihm, es handle sich um ihre Deutschlehrerin. Die beiden entfernten sich zu einem Brunnen, in dem rote Fische schwammen.

»Ich mache mir Sorgen um Michael«, sagte sie plötzlich mit düsterer Miene. »Er ist ein Arbeitstier, aber seine Gesundheit ist anfällig.«

»Er ist Ihnen sehr zugetan.«

»Er hat mir sein ganzes Leben geweiht. All das hier dient nur dazu, mich glücklich zu machen«, sagte sie und deutete mit einer umfassenden Handbewegung auf das Anwesen. »Er glaubt, ich nähme seine Großzügigkeit als selbstverständlich hin. Dabei ist es mein einziger Wunsch, mich seiner würdig zu erweisen.«

Edward war fasziniert von ihrem ernsten Ton, der im Gegensatz zu ihrer Unbeschwertheit beim Mittagessen stand. Sie besaß das gleiche Temperament wie ihr Bruder; eine beinahe dramatische Intensität und beherrschte Leidenschaft. Wie würde es wohl sein, wenn sie sich einem hingab?

»Man könnte meinen, dass Ihnen das Sorgen bereitet.«

»Welchen Weg soll ich wählen? Soll ich das Glück meines Bruders verfolgen, dem ich alles verdanke, oder mein eigenes?«

»Ihres«, antwortete er ohne zu zögern. »Sich zu opfern führt auf Dauer zu nichts Gutem. Das macht einen zu einem verbitterten, bemitleidenswerten Menschen.«

»Die Selbstlosigkeit ist jedoch eine unserer grundlegenden Tugenden, oder?«

»Nein, ganz und gar nicht!«, erwiderte Edward heftig. »Um andere lieben zu können, muss man im Einklang mit sich selbst sein. Und man muss die Entscheidungen in seinem Leben frei treffen, statt sie sich von falschen Beweggründen diktieren zu lassen.«

Edward setzte sich auf den steinernen Brunnenrand und benetzte die Finger mit Wasser. Auf Rotherfield Hall kitzelte er gern die Karpfen im großen Becken. Überrascht stellte er fest, dass eine Woge der Nostalgie in ihm aufstieg.

»Man hat mir schon oft vorgeworfen, ein Egoist zu sein. Aber ich habe kürzlich begriffen, dass Glück nur dieses Namens würdig ist, wenn man es teilt. Wir sind nicht dazu geschaffen, allein zu sein. Daher ist es auch so wichtig, seine Entscheidungen mit klarem Verstand für sich selbst und nicht für die anderen zu treffen.«

Er blickte auf. Matilda stand aufrecht und ruhig vor ihm. Ihr Blick war durchdringend, und er wurde von dem plötzlichen Wunsch ergriffen, sie in die Arme zu nehmen, ihre Lippen zu kosten und die Leidenschaft zu entfachen, die er bei ihr ahnte. Aber Manderley würde ihn umbringen, wenn er auch nur ein Haar von ihr berührte. Er spürte, wie sein Puls schneller schlug, und senkte den Blick, um seine Verwirrung zu verbergen. Matilda lächelte. Sie war gefesselt von der Ausstrahlung des waghalsigen Fliegers gewesen, über den sie in den Zeitungen gelesen hatte. Eine Frau hätte taub und blind sein müssen, um sich nicht von der stattlichen Erscheinung, dem Geist und der Fantasie eines jungen Mannes wie Edward Lynsted angezogen zu fühlen. Aber sie hatte nicht damit gerechnet, dass er ihre Gefühle anrühren würde. Und in diesem Moment begriff sie, dass es bereits um sie geschehen war.

Einige Tage später ging Julian gemessenen Schrittes zu der Wohnung in Bloomsbury. Es hatte geregnet. Das Licht der tiefstehenden Abendsonne spiegelte sich in den Pfützen, und aus den Parks stieg der Geruch nach feuchter Erde auf. Er passierte das beeindruckende Gebäude der Slade School of Art. Studenten in Strohhüten und hellen Anzügen saßen auf den Stufen und veranstalteten einen fröhlichen Lärm bei der Aussicht auf lange Sommermonate. Henry Tonks, Vickys Professor, hatte darauf bestanden, dass sie ihre Pastellbilder bei der Ausstellung zum Ende des Studienjahrs zeigte, obwohl sie seit mehreren Wochen die Kurse versäumt hatte. Er war persönlich nach Rotherfield Hall gekommen, um sie darum zu bitten, und seine Geste hatte Vicky gerührt. Auch Percys Aufmerksamkeit half ihr, über das Erlebte hinwegzukommen.

Ein Anflug von Ärger streifte Julian. Er schien der Einzige zu sein, der sich Vorwürfe machte. Die anklagenden Worte seines Bruders hatten sein schlechtes Gewissen noch verstärkt. Am wenigsten verzieh er sich die schmähliche Erleichterung, die er verspürt hatte, als die Tragödie bekannt wurde. Tief in der Nacht, wenn er allein in der Bibliothek saß und mehr trank, als gut für ihn war, fragte er sich hin und wieder, ob er nicht auf verschwommene Art gewünscht hatte, Alice werde etwas zustoßen, um von seiner Verpflichtung frei zu sein. Bei dem bloßen Gedanken lief es ihm kalt über den Rücken.

Er überquerte die Straße, schaute zur ersten Etage hoch und

erkannte May hinter dem Sprossenfenster. Früher hatte er nur ihre Silhouette zu sehen brauchen, und schon erfüllte ihn eine tiefe Freude. Doch diese wunderbare Zeit gehörte nunmehr einem anderen Leben an.

Als er den Treppenabsatz erreichte, stand die Tür einen Spaltbreit offen. Eine Zigarette in der Hand, sah sie ihm argwöhnisch entgegen. Seit ihrem Aufbruch nach Dover vor zwei Monaten hatten sie sich nicht wiedergesehen. Er nahm Hut und Handschuhe ab und legte sie auf einen Stuhl. May sagte nichts. Er fürchtete sich, sie zu berühren, doch als er sie so verletzlich, mit blassen Wangen vor sich sah, vermochte er die Zärtlichkeit, die in ihm aufstieg, nicht zu unterdrücken und breitete die Arme aus. Sie flüchtete sich hinein und legte den Kopf an seine Schulter, wie sie es früher oft getan hatte. So blieben sie einen Moment schweigend stehen. Der raue Ruf eines ambulanten Händlers erklang in der Straße. Julian sog ihr Parfüm ein. Er würde sie verlassen, und das brach ihm das Herz.

»Ich freue mich, dich zu sehen«, murmelte sie.

Er freute sich ebenfalls, und das machte ihm Angst. Er löste sich von ihr, um die gerahmte Urkunde, die an der Wand hing, zu lesen. In feierlichen Worten war darin festgehalten, dass Miss May Wharton aus Philadelphia, Vereinigte Staaten von Amerika, den Ärmelkanal überflogen hatte.

»Ich glaube, ich habe dir noch gar nicht gratuliert«, sagte er mit einem neuerlichen Anflug von schlechtem Gewissen.

»Da bist du nicht der Einzige«, erwiderte sie in einem gespielt fröhlichen Tonfall. »Ich habe mir einen schlechten Tag ausgesucht. Mein Flug ist vollkommen unbeachtet geblieben, wegen ...«

Verlegen verstummte sie. In merkwürdig unpassenden Worten hatte sie ihm schriftlich ihr Beileid ausgesprochen – sie, die Journalistin, deren ausgezeichneten Schreibstil man allgemein lobte. Wahrscheinlich hatte sie es an Takt fehlen lassen. Doch obwohl sie natürlich den tragischen Tod von ungefähr eintausendfünfhundert Opfern betrauerte, konnte sie ihre Freude, den Mann, den sie liebte, wohlbehalten und gesund zu wissen, nicht verhehlen.

Julian hatte vierzehn Tage gebraucht, um ihr zu antworten. In einem langen Brief auf blauem, mit seinem Wappen verzierten Papier in schnell hingeworfener Schrift berichtete er bunt durcheinander von seiner niedergeschmetterten kleinen Schwester, Evangelines Abwendung von den Suffragetten und ihrer aller Rückzug an ihren Zufluchtsort in Sussex. Nicht zu vergessen Alices Begräbnis. Tot wie lebendig nahm sie zu viel Platz ein, hatte May verbittert gedacht, die die Botschaft zwischen den Zeilen entzifferte: Einstweilen war für sie kein Platz in seinem Leben. Dafür hatte sie Verständnis, da alles noch so frisch war. Die Frage war, ob es in Zukunft einen geben würde.

Besonders ironisch fand sie, dass sie einige Wochen lang jeden Morgen eine witzige oder rührende Nachricht erhalten hatte, die ihr über seine Abwesenheit hinweghelfen sollte, die allerdings inzwischen eine ganz andere geworden war. Sie war so schwach, die Botschaften hinten in einer Schublade aufzubewahren wie ein schändliches Geheimnis. Jetzt drückte sie die Zigarette in der Untertasse aus, die ihr als Aschenbecher diente. Es war genau, wie sie befürchtet hatte: Julian war in der Defensive und trug diese gleichmütige Miene zur Schau, diese beherrschte Emotion, die ihr das Gefühl vermittelte, zurückgewiesen zu werden.

»Hör zu, May …«

»Nein! Ich möchte, dass du schweigst. Du wirst nur Dinge sagen, die ich nicht hören will und die du nachher bereust.«

Wie viele Nächte hatte sie in letzter Zeit schlaflos zugebracht, weil sie wusste, dass sie Julian ausgeliefert war? Er allein bestimmte über ihre Zukunft. Das war ungerecht. Er war zweifach geschützt: durch die schreckliche Trauer, die ihn getroffen hatte, denn der Untergang der Titanic hatte die ganze Welt erschüttert, aber auch durch seine Stellung als Lord Rotherfield. Für eine unbewaffnete Frau eine nicht einnehmbare Festung. Er hatte oft von Regeln und Einschränkungen gesprochen, die ihr antiquiert vorkamen, sie aber dennoch einschüchterten. Sie war sich seiner Liebe sicher und konnte sich doch des Zweifels an ihm nicht erwehren.

»Du musst vernünftig sein, May.«

»Ich bin aber gerade nicht vernünftig!«, sagte sie empört. »Und ich bin es nie gewesen. Ein schreckliches Wort ist das, es entspringt der Kleingeistigkeit und meint den Verzicht, alles, was ich je gehasst habe. Wenn ich vernünftig gewesen wäre, hätte ich mich nie in dich verliebt, und wir wären kein Paar geworden. Vielleicht hättest du das ja vorgezogen?«

Stolz und unbeugsam stand sie vor ihm. Julian schätzte die Tapferkeit dieser ungewöhnlichen Frau und bewunderte sie. Das Blut pochte ihm in den Schläfen. Bevor er hergekommen war, hatte er geglaubt, die richtigen Worte gefunden zu haben, um ihr zu erklären, warum sie sich nicht mehr sehen durften. Aber er schwieg, und seine Feigheit flößte ihm Entsetzen ein. In Mays Blick trat ein triumphierendes Leuchten. Er begehrte sie, und sie wusste es. Julian wandte sich ab.

»Nein, Julian!« Sie hielt ihn am Arm fest. »Hab wenigstens den Mut, mir ins Gesicht zu sehen und mir zu sagen, dass du mich nicht willst.«

Mit gerecktem Kinn und ihm leicht zugeneigtem Oberkörper stand sie vor ihm. Schau diesen Körper an, forderte sie ihn wortlos heraus. Schau ihn an, und weise mich dann zurück! Es war stärker als er. Er umfasste ihre Schultern, und bald gab es nichts anderes mehr als ihre Lippen, ihren Mund, ihr offenes Haar und dieses rasende Begehren, das alle Ängste davonfegte. Julian hatte nichts vergessen. May hatte sich in seine sensorische Erinnerung eingegraben. Die Poren ihrer Haut, ihre Brüste und Hüften, die Biegung ihres Rückens, ihre langen Oberschenkel. Er gehörte sich selbst nicht mehr, sondern wurde vollkommen aufgezehrt von der Notwendigkeit, diese Frau zu besitzen, weil sie der einzige Schutzwall gegen die Dämonen und alle Arten von Einsamkeit war.

May betrachtete Julians Gesicht. Er hatte die Augen geschlossen. Die Erregung ließ seine Züge scharf hervortreten, und die Intensität seines Begehrens hatte etwas Verzweifeltes. Sie spürte seinen Herzschlag. Beinahe brutal nahm er sie, als wollte er sie bestrafen. Und doch war sie es, die über ihn triumphierte, denn sie begehrte ihn wie noch keinen Mann zuvor. Er war entschlossen gewesen, sie nicht zu berühren, aber sie hatte seine Zurückhaltung besiegt. Doch obwohl sie Stolz empfand, fühlte sie sich auch verletzt, denn an diesem Abend nahm sie keine Zärtlichkeit bei Julian wahr, nur trotzige Herausforderung. Und May wusste aus Erfahrung, dass das Begehren allein nur eine kurzlebige Befriedigung nach sich zog, die einen früher oder später am Wegesrand zurückließ, mit schwerem Körper und geschlagenem Herzen. Er schläft mit mir, aber ich bin dabei, ihn zu verlieren, dachte sie mit einem Mal von Angst ergriffen.

»Sieh mich an!«, rief sie gequält. »Sieh mich an!«

Julian erstarrte verwirrt. May umfasste sein Gesicht und küsste ihn mit dieser Zärtlichkeit, die er vom ersten Tag an bei ihr hervorgerufen hatte. Er hatte sich noch nicht von den Banden befreit, die ihn fesselten, hatte noch nicht den Mut in sich gefunden, er selbst zu sein. Dazu konnte sie ihn nicht zwingen. Jeder war es sich schuldig, diesen Weg selbst zu gehen. Als sie zu Beginn gesehen hatte, wie aufgewühlt er war, hatte sie erraten, dass er vorhatte, sie zu verlassen. Aber nun, da sie ihn in den Armen hielt, war ihr Zorn verflogen und jenem bittersüßen Kummer gewichen, der einer unmöglichen Liebe eigen ist. Sie brachte es nicht fertig, ihm böse zu sein, aber sie verlangte, ihr zum Abschied die Ehre zu erweisen, sie zu lieben, wie sie es verdiente, und ein letztes Mal ihren Körper und Geist zu vereinen.

Sie stand als Erste auf und zog sich schweigend an. Der Sonnenuntergang malte leuchtende Farbtöne an den Himmel, während es in dem kleinen Zimmer bereits dunkel wurde. Sie verzichtete darauf, eine Lampe anzuzünden. Im Gegensatz zu Julian hatte man sie nicht gelehrt, ihre Gefühle zu verbergen, und sie wollte ihm nicht das Schauspiel ihres Kummers bieten.

»Ich brauche ein wenig Zeit, May. Ich weiß nicht mehr, woran ich bin. Es tut mir leid ...«

»Ersparen wir uns banale Worte, ich bitte dich. Ich würde ohnehin nicht ertragen, wenn du dich schuldig fühlen würdest, weil du glücklich mit mir wärest. Wenn ich tot wäre, hättest du dir die Frage nicht gestellt, aber so ist nun einmal das traurige Los der Geliebten, nicht wahr? Für uns hat man kein Bedauern übrig, keine Reue.«

Sie sah aus dem Fenster, und ein Schauer überlief sie. Ihr war kalt.

»Die Flieger sehen den Tod mit anderen Augen. Wir schenken ihm nicht so viel Beachtung. Daher vergiftet er uns nicht das Leben.«

Sie hörte, wie Julian aufstand und sich ankleidete. Das war doch alles absurd! Sie verschränkte die Arme und spürte, dass er hinter ihr stand, nahm seinen inneren Aufruhr wahr. Er sagte nichts, berührte sie nicht. Da kam eine seltsame Gelassenheit über sie. Sie wusste, was sie jetzt zu tun hatte, fragte sich jedoch, woher sie die Kraft nehmen sollte, den Mann, den sie liebte, gehen zu lassen, ohne ihn zu hassen oder ihm das Herz zusätzlich schwer zu machen. Lächelnd drehte sie sich zu ihm um.

»Geh jetzt. Es ist besser so.«

Er wirkte so verwirrt, dass sie einen Schritt zurückwich.

»Ich flehe dich an, Julian, geh!«, sagte sie eindringlich.

Er hörte, wie ihre Stimme brach, und erschauerte, tat aber wie ihm geheißen. Als er die Tür hinter sich schloss und sie in dem dunklen Zimmer allein ließ, blieb May einen Moment lang reglos stehen. Dann durchbohrte der Schmerz sie wie ein Messerstich, und sie sank auf die Knie, krümmte sich und barg das Gesicht in den Händen.

Zweiter Teil

Paris, Juni 1914

Unter dem Kreuzbogengewölbe der Basilika Sainte-Clotilde erklang die Allerheiligenlitanei, eines dieser jahrhundertealten großen Bittgebete der katholischen Kirche. An diesem Tag, an dem die Buntglasfenster in der Sonne loderten, rief sie eine Reihe junger Männer zur Priesterweihe. Jean du Forestel lag in seiner weißen Albe, die Stirn auf die Hände gelegt, reglos und verletzlich und Gott ganz und gar ergeben auf einem roten, mit Gold bestickten Teppich. Seinem Bruder zog es das Herz zusammen, als er ihn in dieser demütigen Stellung sah, die seinem Temperament so ganz entgegengesetzt war. Pierre vermochte den Blick nicht von ihm loszureißen und fragte sich, ob nicht eher Jean derjenige sei, der den Titel eines Hitzkopfs verdiente.

In einem zutiefst antiklerikal eingestellten Frankreich hatte es durchaus etwas Verrücktes, die Nachfolge Christi anzutreten. Seit Anfang des Jahrhunderts ging die Zahl der Priester immer weiter zurück. Die Beziehungen zur Republik, die seit mehr als dreißig Jahren gewissenhaft ein Laizisierungsgesetz nach dem anderen erließ, waren angespannt, sodass sich die Priesterseminare geleert hatten. Die Auflösung der religiösen Orden hatte zur Schließung von ungefähr zwanzig Klöstern geführt. Mit Müh und Not hatte man einen Teil der Bibliotheken und liturgischen Gegenstände retten können, bevor das Gesetz über die Trennung von Kirche und Staat im Jahr 1905 in Kraft trat.

Die Basilika war voll. So weit das Auge reichte, sah Pierre

breitkrempige, mit Straußenfedern geschmückte Hüte, Kleider aus heller Seide und lange Perlenketten. Die Männer, die die Kirche weniger eifrig besuchten als ihre Gattinnen, trugen steife Kragen und taillierte Jacketts. Die Mienen waren inbrünstig. Pierre wusste jedoch, dass die Gelassenheit dieser Getreuen, die Diskretion als ein Zeichen von Lebensart betrachteten, eine erstaunliche Fähigkeit zu Wutausbrüchen verbarg.

Als nach dem Gesetz über die Trennung von Kirche und Staat der Kirchenbesitz inventarisiert wurde, waren die Gemeindemitglieder von Sainte-Clotilde entsetzt darüber gewesen, dass die Staatsbeamten die Tabernakel öffneten, in denen die geweihten Hostien lagen. Wie für alle Katholiken des Landes war das für sie eine unerträgliche Schändung. Abbé Gardey befolgte zwar die Anweisungen des Erzbischofs und hielt sich diskret zurück, aber die Laien wollten davon nichts wissen. Als die republikanische Garde vor der Kirche aufmarschierte, sah sie sich mit den Gläubigen konfrontiert, die sich hinter die Gitter geflüchtet und im Kirchenschiff verbarrikadiert hatten und entschlossen waren, wenn nötig einer Belagerung standzuhalten. Unter ohrenbetäubendem Glockenläuten fand ein Sturmangriff statt. Die Ordnungskräfte überwanden die Gitter und schlugen die Seitentüren mit Äxten ein. Unter den zerbrochenen Verglasungen prügelte man sich mit Fäusten und Stöcken oder bediente sich bei Teilen der zerstörten Beichtstühle, um sie als Waffen zu gebrauchen. Das Scharmützel verlief äußerst gewaltsam. Zur Verblüffung der Garde hielten sich die Frauen beim Steinewerfen nicht zurück. Am nächsten Tag berichteten die Zeitungen von Dutzenden von Verletzten und zahlreichen Verhaftungen, aber anders als in anderen Regionen des Landes hatte es keine Toten gegeben.

Seit Jahrzehnten entfremdete sich Frankreich vom christlichen Glauben, in den Städten wie auf dem Lande. Nach den Verheerungen der Revolution trug Bonapartes Konkordat dazu bei, die Gemüter zu besänftigen, und das 19. Jahrhundert erlebte sogar eine religiöse Wiederbelebung. Aber seitdem war der Priester zu einer Person geworden, die man als feindlich betrachtete, bestenfalls ignorierte und im schlimmsten Fall schmähte. Die Derbheit der Formulierungen, die man in ihrem Zusammenhang verwendete, spiegelte die allgemeine Stimmung wider. Man solle sie erschlagen wie »tollwütige Hunde«, um »die Zivilisation zu retten«, war zu hören. Einige Bürgermeister untersagten in ihren Gemeinden das Tragen der verhassten Soutane. Pierre hoffte inständig, dass Jean dergleichen nicht erleben musste. Der Gedanke, er könne zum Opfer von Spott oder Beleidigungen werden, war ihm genauso unerträglich wie die Gewissheit, dass Jean jenen, die ihn beschimpften, nur die andere Wange hinhalten würde.

Ihre Familie nahm mehrere Reihen ein. Tanten, Onkel, nahe und entfernte Cousins und Cousinen, die sich mit der allergrößten Selbstverständlichkeit hinter dem Familienoberhaupt und Bewahrer ihres Wappens versammelt hatten. An diesem wichtigsten Morgen seines Lebens wusste Jean, dass sich hinter ihm ein Bollwerk erhob, ein Netz aus Zärtlichkeit spannte, das ihn bis zum Altar hin trug. Die Seinen umgaben ihn wie am Tag seiner Taufe und bei der Bestattung seiner Mutter – eine lebendige Inkarnation dieses *esprit de famille,* anfeuernd und fordernd zugleich. Wenn Jean nun zum Botschafter Gottes auf Erden wurde – so nannte er sich gern –, setzte er die Tradition fort. Trotz der Nackenschläge, die die Republik ihnen versetzte, bewahrte man sich den Respekt vor der Religion, die Ehrfurcht vor ihrem Namen und die Liebe zum Vaterland.

Wenn man ihre distinguierten Züge und ihre Haltung sah, diesen Ausdruck gelassenen Selbstbewusstseins, der häufig als Herablassung missdeutet wurde, konnte man ermessen, dass die alten französischen Familien wussten, wie man Tragödien und Revolutionen übersteht. Die meisten von ihnen hatten sich mit dem »Regime« abgefunden, obwohl sie Papst Leo XIII. immer noch übelnahmen, dass er von ihnen verlangt hatte, sich auf die Seite einer Republik zu stellen, die ihre Vorfahren getötet hatte.

Man hatte ihnen die Zügel der Macht weggenommen, man trat ihren Glauben mit Füßen. Was war ihnen geblieben? Das Prestige der Vergangenheit sowie die Vorzüge einer unerschütterlichen Höflichkeit und eines regen Geistes. Sie sind einfach unverwüstlich, dachte Pierre mit einem Anflug von Belustigung.

Von ihm erwartete man, dass er sich diesem Anspruch ebenfalls gewachsen zeigte. Wann er denn endlich etwas Ernst zeigen werde, hatte ihn eine Großtante gefragt, als er ihr den Arm reichte und sie zusammen das Kirchenschiff entlangschritten. »Du würdest einen ausgezeichneten Diplomaten abgeben, so wie dein Großonkel«, fügte sie hinzu. Und ließ dabei unerwähnt, dass sich ihr Ehemann ruiniert hatte, um den Glanz der Nation zu wahren, denn die Botschafter bezahlten aus eigener Tasche für den Prunk, den ihre Stellung verlangte. Als einzige bedeutende Republik auf dem Schachbrett der europäischen Monarchien brauchte Frankreich immer noch die exquisiten Manieren und das Portemonnaie seines Adels, um bei ausländischen Höfen zu glänzen. Man überließ ihnen gern die Außenpolitik als Jagdrevier.

Sein Vater zog ein Taschentuch hervor. Der Comte du Forestel hielt sein Messbuch mit dem vom Alter dunklen Einband in den Händen. Er besaß dichtes, weißes und sorgfältig frisiertes Haar, eine schlanke, wenn auch gebeugte Gestalt und blaue, von Kummer und Schmerz ausgewaschene Augen, die beinahe transparent wirkten. Pierre erriet, dass er für Jean betete, aber auch für Hélène, seine mit sechzehn Jahren verstorbene Tochter, und seine Frau, die er mit dieser Geradlinigkeit, die seinen Charakter spiegelte, ohne Vorbehalte geliebt hatte. Die beiden Namen waren zusammen mit denen der anderen Opfer aus der Gemeinde auf einer Gedenktafel eingraviert, die rechts vom Eingang der Basilika hing. Auch er hatte damals bei der Inventarisierung mit seinen Leuten die Kirche ihres Dorfs verteidigt, aber die Konfrontation war ruhig verlaufen, so wie in einem großen Teil der Picardie. Dennoch hatte der Präfekt ihn seiner Funktionen enthoben, als er sich, zusammen mit etwa zwanzig weiteren Bürgermeistern aus dem Département, geweigert hatte, die Kruzifixe aus den Schulen zu entfernen. Der Comte du Forestel gehörte zu jenen, die Kerzenleuchter und Kelche versteckt hatten, um zu verhindern, dass sie konfisziert wurden. Als er nach der Auflösung des Kartäuserordens in Savoyen erfahren hatte, dass eine Kirche zusammen mit ihrem Friedhof versteigert werden sollte, schrieb er einen Protestbrief an den Präsidenten des Generalrats. Er hatte nie eine Antwort erhalten. Angesichts dieser gotteslästerlichen, gewalttätigen Stimmung fürchtete Pierre um seinen Bruder.

Mit einem Mal überfiel ihn der unvernünftige Drang, ihn weit von dieser Kirche fortzubringen, wo der Weihrauchduft und der Singsang der Litaneien ihm auf die Schläfen drückten. *Ora pro nobis,* skandierten die Gläubigen, während einer nach dem anderen die Heiligen angerufen wurden und Gewölbe und die Kapellen der Basilika von einem übernatürlichen Summen erfüllt wurden. Das Herz wurde ihm weit. Bilder aus der Vergangenheit, nicht alle glücklich, stiegen in Pierres Erinnerung auf. Tief im Inneren fragte er sich zum soundsovielten Mal, ob Jean diesen schwierigen Weg nicht gewählt hatte, um Linderung für seinen Kummer zu finden. »Denk ja nicht, dass Jesus Christus für mich ein billiger Vorwand ist!«, hatte sein Bruder empört erwidert.

Pierre litt. Er hatte den Eindruck, Jean zu verlieren. Und er hatte Angst, denn der Herr und er hatten unterschiedliche Vorstellungen davon, wie man ihn beschützen konnte. In der Heiligen Schrift hatte Gott die ärgerliche Angewohnheit, jenen, die er liebte, furchtbare Prüfungen aufzuerlegen. Die Mauern des Priesterseminars hatten Jean vor der Welt behütet und ihn jahrelang in einem Universum fern der Wirklichkeit eingeschlossen, um ihn Bescheidenheit, Gehorsam und Ernst zu lehren. Er kannte sich mit Märtyrern und Heiligen und der Kirchengeschichte aus, dem kanonischen Recht, mit Dogma und Moral, den Versen der Heiligen Schrift, der Seelsorge und den Sakramenten. Zweifellos war er auf Du und Du mit Gott, aber was verstand er von den Menschen? Er befürchtete, dass ihm ein grausames Erwachen bevorstand.

Als Jean vor dem Bischof niederkniete und dieser ihm während eines kurzen Schweigens die Hände auflegte, hielt Pierre den Atem an. Die Zeremonie lief wie in einem Traum ab. Durch die Gnade des Heiligen Geistes wurde sein zarter, zum Lachen aufgelegter kleiner Bruder in alle Ewigkeit zum Priester. Aber Pierre wünschte sich keinen demütigen, tugendsamen Jean, der sich in einer verlassenen Pfarrei an der Somme, wo sich das raue Geschrei der Krähen mit seinen Gebeten mischte, in staubigen Beichtstühlen die Klagen frommer alter Frauen anhören musste. Er wollte dieses engstirnige Leben nicht für ihn. Er wünschte sich einen triumphierenden Jean, der wegen seiner Güte und Intelligenz geschätzt wurde, unterstützt von einer liebenden Ehefrau und der Geborgenheit einer Familie. Ich wünsche mir ein glückliches Leben für dich, rief er lautlos, mit zugeschnürter Kehle, und du entscheidest dich, Christi Kreuz zu tragen!

Er hörte das Ordinationsgebet, sah zu, wie sein Bruder Stola und Kasel anlegte und zum Zeichen seiner Weihe Salböl in die Handflächen gegossen bekam; Hände, die von nun an dazu berufen waren, die Sakramente zu erteilen. Es kam der feierliche Moment der Kommunion, und er war an der Reihe, vor seinem Bruder niederzuknien. Als er zu dem strahlenden Gesicht des jungen Priesters aufsah, erkannte Pierre voller Scham und Verwirrung, dass ihm die Tränen in den Augen standen.

»*Corpus Domini nostri Jesu Christi*«, erklärte Jean und reichte ihm die Hostie.

»Amen«, antwortete Pierre.

Im Schatten der Doppeltürme der Basilika hallten Gelächter und fröhliche Stimmen über den sonnenbeschienenen Kirchplatz. Unter einem Wald von Sonnenschirmen leuchteten die Seidenblumen der Hüte und die Blumen auf dem Platz, wo die Kinder unter den Kastanienbäumen herumtobten.

»Ich möchte, dass du dich für mich freust«, sagte Jean leise.
»Ich tue es, weil du mich darum bittest.«

Die Aufrichtigkeit seines Bruders rührte Jean, denn er wusste, wie sehr Pierre den Weg fürchtete, den er gewählt hatte. Er bemerkte seine angespannten Züge, sorgte sich jedoch nicht um ihn. Das gesellschaftliche Leben hatte Hochsaison. Jeden Abend fanden in den Stadthäusern des Viertels Empfänge und Maskenbälle statt, bei denen Pierre ständiger Gast war.

»Aber verlang nicht von mir, dich ›Monsieur l'Abbé‹ zu nennen«, sagte sein Bruder mit verschmitzter Miene. »Das verbietet mir meine Selbstachtung.«

Jean schüttete sich vor Lachen aus. Sein Glück erfüllte ihn ganz und gar, und die Freude, die um sie herum herrschte, spiegelte seine eigene. Wie konnte man sich diesem berauschenden Gefühl der Fülle entziehen? Am liebsten hätte er sogleich seinen Pilgerstab ergriffen. Seine Pfarrei, die nicht weit von Le Forestel entfernt lag, erwartete ihn. Er hatte schon einige Wochen dort verbracht, um den kranken, alten Priester zu unterstützen, der jetzt in den Ruhestand gehen würde. Meist war die Dorfkirche leer. Es gab nur wenige Tiefgläubige. Wie im restlichen Land praktizierten die Menschen in der Picardie den Glauben nicht regelmäßig und legten eine gelassene religiöse Gleichgültigkeit an den Tag. Doch Jean hatte die Worte aus dem Buch Jesus Sirach vor Augen, die daran erinnerten, dass das Heil der Völker vom Mut ihrer Hirten abhing. Er wollte ein guter Hirte sein, der die ihm anvertrauten Seelen hoch hinausführte. »Um Priester zu sein, braucht es Größe, und wenn man sie nicht von Geburt an hat, erwirbt man sie eben«, hatte man ihm im Priesterseminar erklärt. An diesem Tag hatte er sich mit der Begeisterung, die seinem Charakter und seiner Jugend entsprach, gelobt, unermesslich groß zu werden, zum höheren Ruhm Gottes.

Ihr Vater stützte sich auf seinen Stock und unterhielt sich leise mit ein paar Cousins. Die Gardenien in ihren Knopflöchern standen im Gegensatz zu ihren düsteren Mienen.

»Was glaubst du, wovon sie reden?«, fragte Jean, den ihre ernsten Gesichter bedrückten.

»Vom Krieg.«

»Nicht doch!«

»Der Thronerbe von Österreich-Ungarn und seine Frau sind gestern in Sarajewo von einem serbischen Revolutionär ermordet worden. Wusstest du nichts davon?«

»Nein«, sagte Jean sorgenvoll. »Ich hatte keine Zeit, die Zeitungen zu lesen.«

Pierre verzog das Gesicht. Da hatte er schon den Beweis, dass sein armer Bruder völlig weltabgeschieden war. Er machte sich Vorwürfe, weil er der Frage nicht ausgewichen war. Aber das wäre ja auch schwer möglich gewesen, denn an diesem Morgen unter dem blauen Himmel von Paris sprachen die Männer ihrer Familie von nichts anderem. Doch ihr Ton war gelassen mit einem Hauch von Aufregung. Darin schwang die Resignation der alten Männer, die alles schon gesehen und deren Vorfahren seit jeher ihr Blut für das Vaterland vergossen hatten. Der Krieg war ihr Metier: die Gelegenheit, sich endlich auszuzeichnen, nicht der Republik, sondern dem ewigen Frankreich zu dienen und den Platz in der Gesellschaft einzunehmen, der ihnen von Natur aus zustand, nämlich Menschen anzuführen.

»Abgesehen von den Ahnungslosen und den lächerlichen Pazifisten glauben viele, dass das Spiel der Allianzen zum Schlimmsten führen wird«, fuhr Pierre fort. »Österreich will die Serben unterwerfen, die es bis zur Besessenheit fürchtet, Russland wird nicht untätig zuschauen, und Deutschland wird nur zu gern mitspielen, was wiederum Frankreich und unsere englischen Verbündeten auf den Plan rufen wird.«

»Man könnte meinen, dass du dich darüber freust«, sagte Jean empört.

»Ein Krieg ist unvermeidlich. Wenn er kommt, werde ich mich mit Vergnügen beteiligen. Das liegt uns im Blut, das weißt du genau.«

»Mir nicht! Und dennoch wird man auch mich zum Kämpfen zwingen.«

In der Tat würde man Jean zu den Fahnen rufen, aber weder als Militärgeistlicher noch als Sanitäter, wie es einem Geistlichen anstünde. Nein, Jean du Forestel würde Uniform tragen wie alle anderen Rekruten. Im Namen des Gleichheitsprinzips war in den jüngsten Rekrutierungsgesetzen vom »Priester in Uniform« die Rede. Was das traditionelle Prinzip in Frage stellte, das seit dem Mittelalter in ganz Europa galt – dass Geistliche keine Waffen tragen durften. Bei dieser Aussicht erbleichte Jean. Er fürchtete die Entfesselung von Gewalt, an der er sich beteiligen müsste, obwohl er sich mit ganzer Seele nur nach Frieden sehnte.

Pierre hatte offen gesprochen. Der Gedanke an einen Krieg erschreckte ihn nicht, im Gegenteil. Mehr noch: Diese Kriegsbegeisterung war ein Widerhall des Zorns, den er insgeheim schon lang in sich trug. Aber es betrübte ihn, dass er seinen Bruder verunsichert hatte. Eine absurde Vorstellung, Jeans Hände, die zum Segnen und Weihen geschaffen waren, könnten ein Lebel-Gewehr halten, oder er müsste in einem mörderischen Kampf Mann gegen Mann ringen.

»Was habt ihr?«, fragte der Comte du Forestel und trat auf seine Söhne zu. »Ihr zieht so finstere Mienen.«

»Pierre hat mir gerade die schreckliche Neuigkeit erzählt, aber ich mag mir diesen schönen Tag nicht durch so dunkle Vorahnungen verderben lassen«, erklärte Jean, der sich wieder gefangen hatte. »Was auch kommen mag, die göttliche Vorsehung wird uns leiten, davon bin ich überzeugt«, fügte er mit herausfordernder Miene hinzu. Dann beanspruchte seine Großtante seine Aufmerksamkeit, die ihn am Ärmel seiner Soutane zupfte und mit sich zog.

Pierre runzelte die Stirn. Optimismus vermischt mit Naivität irritierte ihn.

»Was hast du ihm bloß erzählt?«, murrte sein Vater.

»Die Wahrheit, Papa. Ich dachte, man soll sich immer an die

Wahrheit halten. Du weißt genau, dass wir nicht davonkommen werden. Hat der alte Bismarck nicht erklärt, aus einer Dummheit auf dem Balkan werde eines Tages der große europäische Krieg erwachsen? Das Osmanische Reich zerfällt zusehends, und man streitet sich um seinen Kadaver. Die Ermordung des Großherzogs ist ein ausgezeichneter Vorwand.«

»Im Gegensatz zu dir beklage ich das und bete täglich darum, dass wir verschont bleiben.«

»Natürlich würde ich mir für Jean niemals Krieg wünschen, aber ich selbst habe durchaus die Absicht, mich auszuzeichnen.«

»Und du wirst selbstverständlich Kavallerieoffizier?«

»Ich denke, als Pilot in einer Fliegerstaffel kann ich mich nützlicher machen.«

Sein Vater zog die Augenbrauen hoch.

»Ich hoffe, du scherzt. Die Fliegerei ist nur ein Sport. Und wenn man die Ehre hat, Männer zu befehlen, gibt man sich nicht damit zufrieden, ein gemeiner Mechaniker zu sein!«

Er warf ihm einen vorwurfsvollen Blick zu, als hätte Pierre vor, sich zu drücken, noch bevor der Krieg überhaupt erklärt worden war. Pierre seufzte. Es würde einige Mühe kosten, die alten Sturschädel davon zu überzeugen, dass die Flugzeuge in den Kriegen der Zukunft eine entscheidende Waffe sein würden. Nicht einmal General Foch verhehlte seine Skepsis gegenüber diesen neuartigen Maschinen.

»Seit Blériots Ärmelkanalüberquerung, Papa, sind alle großen Mächte unserem Beispiel gefolgt und haben militärische Fliegerstaffeln auf die Beine gestellt. Die Türken haben sie während der Kriege auf dem Balkan eingesetzt. Meiner Meinung nach ist die Fliegerei unverzichtbar. Und ich bin mir sicher, dass sich ihre Aufgabe früher oder später nicht nur auf Aufklärungsflüge beschränken wird.«

»Nichts wird jemals die Sturmkraft unserer Truppen ersetzen. Talleyrand hatte recht, als er sagte, der französische Soldat bringe mit einem Bajonett alles fertig, außer sich darauf zu setzen. Wir haben das Elsass und Lothringen verloren, weil wir das Heft aus der Hand gegeben haben. Offensive bis zum bitteren Ende, nur so gewinnt man einen Krieg.«

Pierre fand, dass es nichts Nervenaufreibenderes gab als Zivilisten, die sich in Militärstrategien ergingen. Wusste sein Vater denn nicht, dass das zurzeit erfolgreichste Unternehmen Europas ein deutsches war, Krupp hieß und moderne Waffen herstellte? Er bezweifelte, dass die Schlagkraft der französischen Infanterie ausreichen würde, um den Sieg davonzutragen. Ein Onkel erklärte in mürrischem Tonfall, Frankreich erscheine ihm ziemlich isoliert. Russland war fern und brauchte lange, um sich in Bewegung zu setzen. Und England war ein Verbündeter, der es seit jeher hasste. »Das Bündnis zwischen einem Hasen und einem Karpfen«, knurrte er. Ein junger Cousin, der das Gespräch mit angehört hatte, verbiss sich das Lachen.

»Wie auch immer, jeder, der guten Willens ist, wird willkommen sein«, sagte er und versetzte Pierre einen Klaps auf den Rücken. »Auch Mechaniker. Aber warum vom Krieg reden, wo ganz Frankreich in heller Aufregung über ein viel delikateres Thema ist?«

»Du sprichst von dem abscheulichen Caillaux, diesem Germanophilen, stimmt's?«, sagte der Comte du Forestel. »Dieser Feigling hat seine Frau angestiftet, einen Journalisten zu ermorden, während er damit beschäftigt war, uns eine Einkommenssteuer aufzuerlegen.«

Pierre und sein Cousin lachten. Eine recht eigenwillige Zusammenfassung war das. Die Affäre Caillaux amüsierte in der Tat die Franzosen, die darin alle Zutaten für ein Boulevardstück fanden: eine Geliebte, kompromittierende Briefe, einen Minister, der in einen Finanzskandal verwickelt war, und eine Leiche. Der Prozess gegen Madame Caillaux, die Gaston Calmette, den Direktor des *Figaro*, in seinem Büro kaltblütig ermordet hatte, sollte im kommenden Monat eröffnet werden. Man sprach von nichts anderem.

Während sich die Gesellschaft zu Fuß zur Rue de Bellechasse begab, wo der Comte du Forestel zum Mittagessen einlud, sprach man nicht länger vom ermordeten Erzherzog oder vom Krieg. Hingegen wusste fast jeder noch eine ironische Bemerkung zur Affäre Caillaux beizusteuern. Was gab es für einen Franzosen, auch wenn er der besseren Gesellschaft angehörte, Unwiderstehlicheres als ein Verbrechen aus Leidenschaft?

Einige Stunden später schimmerten die grauen Dächer von Paris in irisierenden Perlmutttönen. Verheißungsvoll kündigte sich der Sommer in der Hauptstadt an. Im Mansardenzimmer eines Hotels hinter der Oper rauchte Pierre eine Zigarette und betrachtete durch das offene Fenster den Himmel. Seine Geliebte war nach der Liebe an ihn geschmiegt eingeschlummert. Voller Vergnügen hatte er den Geschmack ihrer Haut und den Zauber ihrer Zärtlichkeiten wiederentdeckt. Die Trennung hatte nichts an ihrer gegenseitigen Anziehung geändert. Als sie sich wiedersahen, strich sie über die Narbe an seinem Schenkel, als wolle sie das Schicksal beschwören. Sie tat, als sei sie betrübt, aber er kannte sie zu gut, um nicht zu erraten, dass sie sich vor allem geschmeichelt fühlte.

Seine Familie wäre schockiert darüber gewesen, dass er der Priesterweihe seines Bruders beigewohnt hatte, um sich noch am selben Tag mit seiner Geliebten zu treffen. Pierre hingegen sah darin ein gesundes Gleichgewicht. Der Körper hatte seine Gründe, die Gott ebenfalls kannte. Ein Katholik war kein Puritaner und die Sünde des Fleisches sicher nicht die schwerste auf der Skala der menschlichen Schwächen. Diese Meinung hätte er jedenfalls bereitwillig gegenüber jedem Kirchenmann vertreten, Jean eingeschlossen. Daher hatte er es sich zur Gewohnheit gemacht, sich am späten Nachmittag mit seiner Geliebten zu treffen.

Es hatte nicht ausbleiben können, dass sich sein Weg erneut mit dem von Diane Pelletier kreuzte. Paris war ein Dorf, zumal für die gute Gesellschaft, und an manchen Orten traf man zwangsläufig aufeinander. Zum Beispiel im Restaurant Durant an der Place de la Madeleine, wo man nach dem Theater zusammenkam, um ein Abendessen aus Rührei mit Trüffeln zu sich zu nehmen. Im Gegenteil war es erstaunlich, dass es den beiden gelungen war, einander so lange aus dem Weg zu gehen. Diane hatte ihm erklärt, ihr Mann habe sie nach dem Duell aus der Hauptstadt ferngehalten, nachdem sie den sehnlichst erwarteten Sohn zur Welt gebracht hatte.

Im selben Moment, als Pierre sie wiedergesehen hatte, in einem Abendkleid aus Organdy, ein von Pardiesvogelfedern geschmücktes Diadem in den blonden Locken und immer noch so bezaubernd wie früher, wusste er, dass er sie erneut verführen würde. Nicht dass er die Aversion vergessen hätte, die Pelletier ihm entgegenbrachte, oder die Demütigung, die er Jean zugefügt hatte, indem er ihn zutiefst beleidigte. Pelletier war bereit gewesen, ihn niederzustrecken wie einen Hund. Doch er hatte, Opfer seines eigenen Hasses, vorzeitig geschossen und seinen Rivalen nur verletzt. Diese Verbissenheit stieß Pierre ab. Pelletier war die Verkörperung all dessen, was er verachtete: die Selbstgefälligkeit der Reichen und die Vulgarität ihrer äußeren Züge und Empfindungen. Er schätzte einfache, geradlinige Menschen wie seinen Mechaniker Montreux oder die Gebrüder Torreton. Er respektierte das Talent seiner Fliegerkonkurrenten, war loyal zu seinen Freunden und liebte seine Familie, weil sie trotz aller Widrigkeiten nie ihren aristokratischen Charakter verleugnete. Aber Pelletier besaß die Gabe, eine dunkle Facette in ihm zu erwecken. Er empfand nicht die geringsten Gewissensbisse, weil er sich Dianes bediente, um sich an ihrem Mann zu rächen.

Er dachte an seinen Vater und an Jean, die jetzt gerade im Zug an die Somme zurückkehrten. Am nächsten Tag würde sein Bruder in seiner verlassenen Pfarrei seine erste Messe lesen. Ein Begräbnis erster Klasse, dachte Pierre leicht irritiert. Was würden wohl seine armen Gemeindemitglieder, die an Priester von ebenso einfacher Herkunft wie sie selbst gewöhnt waren, von diesem schmalen Geistlichen und seinen hohen spirituellen Ansprüchen halten? Jean war überzeugt, dass er die richtigen Worte finden würde, um sie zu erreichen. »Mein Glaube kommt von Herzen, genau wie der ihre«, erklärte er und legte damit eine Bescheidenheit an den Tag, die Pierre vollkommen fremd war.

Beide besaßen das gleiche heftige Temperament, aber er stellte das seine in den Dienst von Flugschauen, der Verführung von Frauen und einer Eleganz, die im mondänen Paris bewundert wurde. Was hast du aus deinen Talenten gemacht?, flüsterte eine leise Stimme. Er lächelte spöttisch. Die Zeremonie musste Spuren hinterlassen haben, denn Wortfetzen aus dem Evangelium waren ihm im Gedächtnis geblieben. Nun, da Jean seine Laufbahn begonnen hatte – er hatte ihn geneckt und ihm vorhergesagt, eines Tages werde er ein Bischofskreuz tragen –, konnte er nicht umhin, sich mit seinem kleinen Bruder zu vergleichen. Jeans Elan flößte ihm beinahe ein wenig Neid ein. Mit einem Mal kam ihm sein eigenes Leben ziemlich gewöhnlich vor. Und wenn er ehrlich war, war es nicht ganz frei von einer gewissen Kleingeistigkeit, wo er doch jedes Spießertum zutiefst verachtete. Pah, jetzt wird ohnehin alles anders, sagte sich Pierre, um sich zu beschwichtigen, denn er hielt sich nicht gern mit unangenehmen Selbsterforschungen auf.

Diane erwachte. Sie hatten noch ein wenig Zeit, die sie nicht vergeuden durften. Er hatte nicht gelogen, als er sagte, er warte auf den Krieg. Sein Vater warf ihm vor, eine romantische Vorstellung davon zu haben, aber er empfand das Bedürfnis, sich mit etwas zu messen, das größer war als er, etwas Unerwartetem und Aufregendem. Die Zeit war gekommen, eine neue Herausforderung anzunehmen. Seit langer Zeit vermochte er sich nur auf diese Art zu beweisen, dass er wirklich und wahrhaftig am Leben war.

England, Sussex, Juli 1914

Rotherfield Hall lag behaglich in der Sonne, deren Strahlen die alten Sandsteinmauern erwärmten. Das Orchester spielte im Garten leise Melodien. Man erwartete, dass die Musiker später am Abend ihr Talent unter Beweis stellen und zu schnelleren Rhythmen wechseln würden. Auf den Terrassen und im Innenhof wirkten die eleganten Kleider in den lebhaften, von den Ballets Russes inspirierten Farben wie hingetupft. Der durch das Rotherfield'sche Diadem gehaltene Seidenschleier reichte Vicky bis zu den Hüften und streifte ihr Kleid aus Spitze und weißem Crêpe mit dem breiten, mit Blumen bestickten Gürtel. Mit vor Freude glänzenden Augen zog sie Percy mit entschlossener Miene von einer Menschentraube zur nächsten. Ihr seit der Kindheit gehegter Traum war wahr geworden. Sie war verheiratet und würde eines Tages Herzogin sein – die Ordnung der Dinge würde gewahrt werden.

Die ganze Rotherfield'sche Maschinerie hatte sich unter Stevens' bewährter Leitung wie geschmiert in Gang gesetzt, um ihr einen glanzvollen, reibungslosen Empfang zu bieten. Mit seinem feinen psychologischen Gespür kannte der Butler das Geheimnis eines würdigen Festes, das diesen Namen verdiente und dessen goldene Regel lautete, den Gästen die Wünsche von den Augen abzulesen. Auch verfügte Stevens über einen ausgeprägten Sinn für Details. Unter seiner Führung eilte seine Truppe aus Dienern und Kammermädchen wie an der Schnur gezogen hin und her. In der Küche arbeitete man schon seit drei Tagen auf Hochtouren, um das Hochzeitsessen vorzubereiten. Die Hochzeitstorte hatte Mrs Pritchett schlaflose Nächte beschert. Nichts hatte man dem Zufall überlassen. Im Haus hatte man die Marmorflächen poliert, das Tafelsilber mit dem Familienwappen genau unter die Lupe genommen und die Kronleuchter mit Essig gereinigt. Draußen hatte man den Kies der Gartenwege mit klarem Wasser gespült. Stevens achtete akribisch darauf, dass nichts diese raffinierte Harmonie störte. Deswegen hatte er jetzt auch ein waches Auge auf Mr Edward, der nach zweijähriger Abwesenheit zurückgekehrt war, sich allerdings keineswegs wie der verlorene Sohn gebärdete. Lord Rotherfield hatte Lady Victoria nachgegeben, die erklärt hatte, sie würde nicht heiraten, wenn nicht die ganze Familie vereint sei. Was nicht hieß, dass er seinen Bruder mit ausgebreiteten Armen empfangen wollte, was auch gar nicht den Gepflogenheiten des Hauses entsprochen hätte.

Julian beobachtete Edward ebenfalls, oder besser gesagt, dessen Ehefrau, Matilda Manderley. Es war das erste Mal, dass er seiner Schwägerin begegnete. Das Paar hatte bereits einen kleinen Jungen. Edward hatte es schon immer eilig gehabt. Trotz Evangelines Vorhaltungen hatte sich Julian geweigert, ihrer Hochzeitseinladung zu folgen. Insgeheim hatte er Manderley für seinen Schachzug bewundert, eine Schwester aus dem Hut zu zaubern und sie mit Edward zu verkuppeln. Da mochte Evie auch noch so beteuern, dass es sich um eine Liebesheirat handele und Manderley kalt erwischt worden sei, sie konnte Julian nicht umstimmen. Er glaubte nicht an die Liebesheirat. Im Übrigen war auch Victorias und Percys Heirat dem äußeren Anschein zum Trotz keine. Vicky hatte ein Auge auf diesen reichen und attraktiven Adeligen geworfen, weil er ihre Ansprüche erfüllte. Julian freute sich über ihre Wahl, bezweifelte jedoch, dass sich seine kleine Schwester für etwas anderes interessierte als den gesellschaftlichen Status ihre Gemahls. Was Percy betraf, so hatte er aus Höflichkeit und um des lieben Friedens willen dem

Druck nachgegeben, so wie er bei Alice. Doch Alice war tot, und nun stand er allein in der Terrassentür, ein offizielles Telegramm in der Hand.

Es ging um den Krieg – Winston Churchill hatte ihn bereits zwei Jahre zuvor, als auf dem Balkan Unruhen brodelten, vorausgesagt. Die Mehrheit der Parlamentarier war für eine Politik der Nichteinmischung, aber dem hitzigen Ersten Lord der Admiralität konnte es nicht schnell genug gehen, die Flotte zum Auslaufen vorzubereiten. Doch seit der Ermordung des Erzherzogs Franz Ferdinand einen Monat zuvor war das Land wie erstarrt, sah es sich doch keiner äußeren Bedrohung ausgesetzt. Ganz im Gegensatz zur irischen Situation. In Opposition zu den Katholiken hegten die gut gerüsteten Protestanten von Ulster keinerlei Absicht, sich vom Königreich loszusagen. Julian, der sich ausgiebig mit dem Verfall des Osmanischen Reichs beschäftigt hatte, das lange eine mächtige Rolle gespielt hatte, fragte sich, ob die irische Krise ein Vorbote sei, ob dem Empire ein ähnliches Schicksal beschieden war.

Auch Julian spürte seit Längerem die Gefahr eines aufziehenden Krieges großen Ausmaßes. Seit dem Tod seiner Frau stürzte er sich in die Arbeit. Wegen seiner profunden außenpolitischen Kenntnisse und seiner brillanten Reden im Oberhaus wurde er von vielen mit seinem Vater verglichen. Einige Minister liehen ihm mit seinen messerscharfen Analysen gern ihr Gehör. Abgesehen von den Rivalitäten zwischen den Nationen, erkannte Julian bei den verschiedenen Völkern eine allgemeine Erregbarkeit, und mit seinem englischen Temperament war ihm jede Form von Wutausbrüchen von jeher suspekt. Wie alle gebildeten Europäer hatte er Nietzsche gelesen und kannte dessen These der kathartischen Erneuerung durch Zerstörung. Die Aufbruchstimmung, die zu Beginn des Jahrhunderts geherrscht hatte, hatte sich in eine fieberhafte Stimmung verwandelt, der etwas Irrationales innewohnte. Gewisse Stimmen sahen darin das Hochkochen primitiver Kräfte. Der augenscheinliche Wohlstand verhehlte ein tiefes Unwohlsein, und die Vorstellung, der Krieg könne eine heilsame Prüfung sein, griff immer mehr um sich. In seinen einsamen Momenten, wenn ihn Mays Abwesenheit schier zerriss, wünschte er ihn sich beinahe herbei. Doch das war freilich seinem Egoismus und auch einer gewissen Naivität geschuldet, denn nicht einmal ein Krieg würde diese Frau aus seinem Bewusstsein tilgen können. Dass sein erster Gedanke in dem Augenblick, da er das Telegramm las, May Wharton gegolten hatte, war Beweis dafür.

Eine Schar junger Leute umringte Percy; ein Glas Champagner in der Hand lachten und scherzten sie. Sie plauderten über die nächste Segelregatta in Cowes und die bevorstehende Saison der Moorhuhnjagd, dieses immer gleiche Ritual der englischen Sommer, auf das sie ebenso wenig verzichten wollten wie auf die Beständigkeit ihres Lebens an sich. Mit ihrem hellen Teint und ihrer schlanken, von maßgeschneiderten Cuts aus der Savile Row betonten Gestalt glichen sie einander wie Brüder. Seit ihrer Kindheit gingen sie den gleichen Weg, der sie aus den Kinderzimmern ihrer stattlichen Wohnsitze in vornehme Internate geführt hatte, wo Lehrer mit steifen Kragen ihnen die Liebe zur griechischen Antike und zur Romantik und den Respekt vor einem fairen sportlichen Wettkampf eingebläut hatten.

»*Ich glaube an meinen Vater und an seinen Vater und an dessen Vater, an die Erschaffer und Behüter meiner Ländereien, und ich glaube an mich und meinen Sohn und den Sohn meines Sohns und dessen Sohn ... Ich glaube an die Vertreter meines Standes und an meine Familie und an die Dinge, wie sie sind, jetzt und in alle Ewigkeit. Amen.*«

Bruchstücke dieses »Glaubensbekenntnisses«, das John Galsworthy für die Schüler der Privatschulen verfasst hatte, streiften seine Gedanken. Die Eliteschulen hatten ihnen den Sinn, stets nach dem Besten zu streben, und Opfergeist gelehrt. Alle waren sie Sportler, die ihren Körper formten wie einst die Griechen, die sie so bewunderten. Und jetzt würde dieser Weg sie im Gleichschritt zu ihrem Schicksal als Offiziere und schließlich aufs Schlachtfeld führen.

Österreich-Ungarn hatte Serbien den Krieg erklärt, und bestimmt würde es nicht lange dauern, bis die anderen europäischen Länder ebenfalls in den Konflikt eintraten, doch Julian konnte den Blick nicht von Matilda Manderley abwenden, die sich von Edward durch den Park führen ließ. Edwards blonder Haarschopf neigte sich zu seiner zarten Frau hinab, die ihm nur knapp bis zur Schulter reichte. Ein leiser Wind zupfte am blauen Seidenmusselin ihres Kleides. Immer wieder wies Edward mit der anderen Hand auf ein sehenswertes Detail. Julian war angesichts der Verwandlung seines Bruders verblüfft. Seine Gesten waren weicher, sein Blick ruhiger. Seine Heirat war für ihn offensichtlich ein großer Befreiungsschlag gewesen. Die großzügige Mitgift seiner Frau hatte es ihm erlaubt, aus dem kleinen Zimmer, das er nach ihrer heftigen Auseinandersetzung in seinem Club gemietet hatte, aufzugeben. Das musste für ihn eine große Erleichterung gewesen sein, denn Edward liebte den Komfort. Die Erschütterungen durch die Marconi-Affäre hatten ihn nicht weiter beeinträchtigt. Der parlamentarische Untersuchungsausschuss hatte seinen Bericht von mehreren tausend Seiten abgegeben. Der Interessenskonflikt zwischen gewählten Parlamentariern und Geschäftsmännern war zwar bestätigt worden, ohne jedoch scharfe Sanktionen nach sich zu ziehen. Dennoch warf diese bedauernswerte Affäre einen dunklen Schatten auf die Beziehung zwischen den Wählern und der politischen Klasse, die sich nun mit einem möglichen Kriegseintritt konfrontiert sah.

Plötzlich brach Matilda in Lachen aus, und ihr Körper neigte sich ganz natürlich Edward entgegen. Als Julian sie bei ihrer Ankunft vor der Kirche begrüßt hatte, hatte er begriffen, warum Vicky nicht müde wurde, ihre Schwägerin in den höchsten Tönen zu loben. Sie war hübsch, besaß feine Gesichtszüge, volle schwarze Haare und blaue Augen, aus denen sie ihn mit gleichmütiger Miene unverhohlen gemustert hatte. Seine distanzierte Art, die viele ihm zum Vorwurf machten, schien sie kein bisschen aus der Ruhe zu bringen. Sie ist diejenige, die in dieser Ehe das Sagen hat, hatte Julian mit einem Anflug von Verachtung gedacht. Doch als er nun sah, wie gut sie sich verstanden, mit welcher Zärtlichkeit Edward die Hand seiner Frau ergriff und sie an seine Lippen führte, spürte er, wie ihm die Eifersucht die Kehle zuschnürte. Wie immer lachte Edward die Sonne. Sein Bruder hatte wieder einmal allen Fährnissen getrotzt.

Julian hatte vorgehabt, bis nach dem Essen zu warten, um die schlechte Nachricht zu verkünden, seine Besorgnis vorerst für sich zu behalten und den anderen noch ein paar glückliche Stunden zu schenken, aber mit einem Mal konnte er Edwards offensichtliches Glück nicht mehr ertragen. Er trat auf die Terrasse und bat mit fester Stimme um Aufmerksamkeit. Jemand gab dem Orchester ein Zeichen, und es verstummte. Das gleißende Licht hob messerscharf die Umrisse der großen Eichen, die geschnittenen Eiben und die Rosenbeete hervor. Diskret zogen sich die befrackten Kellner, eine Silberplatte in den Händen, zurück, statt weiterhin zwischen den Gästen hin und her zu eilen. Julian mied die fröhlichen Gesichter seiner Schwester und Mutter und achtete nicht auf die neckenden Zurufe seiner Freunde, sondern konzentrierte sich stattdessen auf Edward. Nachdem er die Neuigkeit verkündet hatte, nahm er nicht ohne eine gewisse Befriedigung zur Kenntnis, wie sich die Miene seines Bruders verdunkelte. Sogleich brach hektische Unruhe unter den Hochzeitsgästen aus. Vicky ergriff den Arm ihres Mannes. Stevens kam auf Julian zu.

»Der Krieg ist ausgebrochen, Eure Lordschaft? Wirklich?«
»Ich fürchte ja, Stevens.«
»Wenn das so ist, dann stehe Gott uns bei.«
Seltsamerweise wurde Julian erst jetzt, als er die ernste Miene des Mannes sah, der die Säule seines Haushalts darstellte, richtig bewusst, dass mit diesem Tag ein neues Kapitel in der Geschichte der Menschheit begann.

Er verkündet den Kriegsausbruch und schaut mich dabei an, als wollte er mich persönlich herausfordern, dachte Edward irritiert. Er warf Julian einen düsteren Blick zu, ehe er Matilda versicherte, dass es keinen Grund gebe, sich zu beunruhigen. Auch die anderen Gäste schienen sich nach dem ersten Schock wieder einigermaßen gefangen zu haben. Dabei hätte man meinen können, dass eine solche Bedrohung die Eingeladenen erschüttern müsste, aber dem war nicht so. Auch wenn die einen oder anderen besorgt waren, so ließen sie es sich nicht anmerken.

Einige äußerten die Ansicht, die britische Diplomatie würde verhindern, dass man in den Krieg hineingezogen wurde. Trotz seiner Abkommen mit anderen Ländern wahrte England vornehme Distanz gegenüber dem Kontinent. Eine Haltung, die seiner Insellage geschuldet war. Im Übrigen verhielt sich auch Frankreich zögerlich, und das autoritäre Russland wurde weder von den Konservativen noch von den Liberalen geschätzt: von Ersteren nicht, weil man im Krimkrieg Gegner war, von Letzteren nicht, weil es die Aufstände seines Volkes mit Blut ertränkte. Andere Hochzeitsgäste meinten, dass der Krieg in ein paar Wochen ausgestanden sein werde und es Zeit sei, dass man diesen Preußen eine gehörige Tracht Prügel verabreiche, deren aggressiver Militarismus dem Charakter ihres Landes völlig fremd war. Jedenfalls verfügten die Banken und Industriellen nicht über genügend Mittel, um den Staaten einen langen Krieg zu ermöglichen, fügte man hinzu. Was die Jungen anbelangte, so fuhren sie fort, fröhlich zu plaudern und zu scherzen, wenn auch nicht mehr ganz so ausgelassen wie zuvor. In ihren Augen war der Krieg nichts weiter als ein großes Spiel, das sich zwar auf Feldern abspielte, die man bislang nicht kannte, doch zweifelten sie keine Sekunde an der Fähigkeit ihres stehenden Heeres, die Partie rasch für sich zu entscheiden, wenn man es höflich darum bat.

Edward bemerkte, dass sich Evie abseits hielt. Ihre zarte Gestalt kam ihm verletzlich vor. Seit ihrem unglücklichen Erlebnis mit den Suffragetten schien sie ruhiger geworden zu sein, und auch sein Leben verlief seit seiner Heirat in geregelteren Bahnen. Ihm wurde bewusst, dass er seine Schwester in letzter Zeit vernachlässigt hatte. Die Auseinandersetzung mit Julian erleichterte die Dinge ja nicht gerade, und das verübelte er seinem Bruder. Sie waren unzertrennlich gewesen, sie, die einstigen Anführer der »Bewundernswerten«, und dieser Kameradschaftsgeist fehlte ihm jetzt. Er trat auf sie zu. Sie war blass, ihr Blick abwesend.

»Woran denkst du?«, fragte er sie.

»An Friedrich. Dein Freund Billy erzählt die scheußlichsten Dinge über die Deutschen, als handelte es sich ausnahmslos um eine Horde von Barbaren. Aber wie soll man begreifen, dass Friedrich von einer Sekunde auf die andere plötzlich zu unserem Feind geworden ist? Er ist doch nach wie vor ein treuer Freund von uns. Ein Cousin. Gestern Morgen habe ich einen Brief von ihm bekommen«, sagte sie und wich seinem Blick aus. Edward begriff, dass sein deutscher Fliegerkamerad noch immer in seine Schwester verliebt war. »Aber das ist doch absurd! Warum muss es einen Krieg geben? Und hast du bemerkt, in welcher Weise Julian uns die Nachricht verkündet hat? Man hätte fast meinen können, die Nachricht mache ihn zufrieden«, sagte sie empört.

»Er ist nicht zufrieden, sondern eifersüchtig.«

»Wieso eifersüchtig?«

»Er erträgt es nicht, dass ich mit Matilda glücklich bin. Wenn er könnte, würde er mich an die Front schicken, um mich von dem erstbesten Preußen abknallen zu lassen.«

Hinter seiner grimmigen Miene erkannte Evie, wie verletzt er war. Sie erschauderte.

»Das ist doch Unsinn! Nie wäre er fähig, dir so etwas zu wünschen. Ihr seid trotz allem Brüder.«

Edwards Blick wanderte über den Park, die harmonisch angeordneten Sträucher und Blumenbeete, die Schwäne auf dem Teich, die weißen Säulen auf dem Belvedere, das sich in der Ferne vor dem Hintergrund des kleinen Waldes abhob, wo Arthur durch sein Verschulden ums Leben gekommen war. Wie sollte Evie je das komplizierte Verhältnis zwischen Julian und ihm begreifen? Er atmete tief durch, als wollte er jedes Detail des Anwesens in sich aufnehmen. Mein Gott, wie Rotherfield Hall ihm gefehlt hatte! Seine tröstliche Vertrautheit, seine aristokratische Schönheit. Nachts wachte er bisweilen aus einem Traum auf, in dem die griechischen Statuen auf der großen Galerie vorkamen, die ihn als Kind immer so faszyniert hatten, vor allem, wenn der weiße Marmor Aphrodites oder Hermes' im Mondschein glänzte. Im Traum durchquerte er den Van-Dyck-Salon, dann die Bibliothek, den Billardsaal und den türkisfarbenen Salon. Er betrachtete jeden einzelnen Kunstgegenstand und jedes Bild, jedes Familienporträt zeichnete sich mit unglaublicher Präzision vor seinem inneren Auge ab. Er dachte an den bevorstehenden Krieg. Wahrscheinlich war es genau das, was sie brauchten, Julian und er. Etwas, das sie überrollte. Das weder Eifersucht noch Rachegedanken noch Schuldgefühle zuließ. Die Gerüchte über einen militärischen Konflikt verdichteten sich, seit Österreich ein paar Tage zuvor Serbien ein Ultimatum gestellt hatte. Edward hatte nicht der stummen Verachtung seines Bruders bedurft, um zu wissen, dass er sich bei erster Gelegenheit verpflichten würde. Einige seiner Fliegerkameraden waren in das Royal Flying Corps eingetreten. Sie waren Berufssoldaten. Edward hingegen wollte nur seinem Land dienen. Und da es ihm wie immer nicht an Selbstbewusstsein mangelte, war er sich sicher, dass er auch diese Herausforderung meistern würde.

»Ich gehe hinauf, um Nanny Flanders zu besuchen«, sagte er unvermittelt. »Kommst du mit?«

Das Kinderzimmer war noch immer ihr Rückzugsort. Auch als Erwachsene schämten sie sich nicht, dort Zuflucht zu suchen, wenn ihr Leben mal wieder zu kompliziert zu werden drohte. Die Geschwister stiegen schweigend die Holztreppe hinauf, die in den obersten Stock des Hauses führte. Der Handlauf der

Treppe fühlte sich vertraut unter ihren Händen an. Edward klopfte an die Tür, ehe sie eintraten. Bis auf die ausgeblichene geblümte Baumwolle der Vorhänge hatte sich das Zimmer mit der bemalten Holzvertäfelung nicht verändert. Ihre Kinderbücher reihten sich noch immer in den Regalen. Unter den Aquarellen ihrer Mutter stand das Schaukelpferd mit der langen Mähne auf seinem angestammten Platz. Er fand den besonderen Duft seiner Kindheit wieder, diese Mischung aus frischer Wäsche, Potpourri und Kamille. Nanny Flanders legte ihr Buch auf die Knie und sah sie über ihre runden Brillengläser an.

»Master Edward«, begrüßte sie ihn, als wäre er noch ein siebenjähriger Junge. »Ich habe Sie erwartet.« »Haben Sie mir Ihren Kleinen mitgebracht, damit ich ihn bewundern kann?«

Sie sah sich nach dem Kind um und war sichtlich erstaunt, als sie es nicht entdeckte. Edward beschloss, Julian um Erlaubnis zu fragen, mit seinem Sohn wiederzukommen, um ihn ihr vorzustellen. Julian konnte ihm diese Bitte unmöglich abschlagen. Selbst er wagte es nicht, Nanny Flanders etwas zu verwehren. Er kniete sich neben den Sessel, nahm die von der Arthrose verformten Hände und versprach ihr, mit dem Kind vorbeizukommen. Dann schwieg er für einen Augenblick, ehe er mit bekümmerter Stimme sagte:

»Es wird Krieg geben, Nanny.«

Sie streichelte ihm über die Haare.

»Ich bin sicher, dass du uns Ehre machen wirst, Junge. Bei dir habe ich keinerlei Zweifel. Und vergiss niemals, dass Gott über dich und die ganze Familie wacht.«

Evie hielt sich im Hintergrund, um nicht diesen zarten Moment ihrer innigen Umarmung zu stören. Zu Füßen der alten Frau war ihr Bruder wieder der kleine Junge auf der Suche nach Trost. Unter den jungen Männern, die an diesem Tag der Hochzeit Vickys beiwohnten, gab es bestimmt einige, die heimlich ihre Kinderfrau besuchen und ihrer Kindheit die Ehre erweisen würden, ehe sie zu den Waffen greifen würden. Der hohe englische Adel ließ sich nicht begreifen, ohne dieses Band zu kennen, das seine Mitglieder mit dieser nicht wegzudenkenden Figur ihrer ersten Lebensjahre verknüpfte. So manch ein durch rigorose Erziehung geschmiedeter Charakter war durch die Hingabe und Zärtlichkeit, die ihnen diese bescheidenen Frauen mit auf den Weg gegeben hatten, zusätzlich geformt worden. Sie kamen aus kleinen, von Handwerk geprägten Städten, hatten ihr Leben in den Dienst einer Familie gestellt und bildeten in gewissem Sinn sogar die Säulen des Empire.

Die warmen Sonnenstrahlen tauchten das Zimmer in ein goldenes Licht. Auf dem Kordsamtteppich erinnerte ein heller Fleck daran, dass Evie einmal einen Farbtopf umgestoßen hatte. Sie ging zu einem geöffneten Fenster, von wo aus man die Kuppel des Belvederes erblickte, und dachte an Pierre du Forestel. Frankreich mobilisierte seine Männer. So wie Deutschland. Russland. Österreich-Ungarn. Hunderttausende würden gegeneinander in die Schlacht geworfen werden. Sie fühlte sich wie gelähmt. Es gab für sie kein Entkommen vor der Gewalt. Vor dem Anschlag in der Bond Street, der sie ins Gefängnis gebracht hatte, hatte sie die gleiche merkwürdige Ruhe, diese schwere, erdrückende Traurigkeit gespürt.

Aus der Ferne drangen Klangfetzen des Orchesters an ihr Ohr. Sie würde weiterhin eine gute Figur machen, den frisch Vermählten ein langes Leben und Wohlstand wünschen müssen, während die Zukunft im Begriff war, sich zu verdunkeln. Es war richtig, dass Edward und sie diesen einvernehmlichen Augenblick erlebten, so wie sie sich als Kinder vor Lachen ausgeschüttet hatten. Über dem geneigten Kopf ihres Bruders begegnete ihr Blick dem von Nanny Flanders. Sie verstand, dass die alte Frau ihre Angst verbarg, indem sie dem jungen Mann ihr Lächeln zeigte. Etwas in Evie begehrte auf. Schon immer hatte der Krieg den Frauen diese Rolle zugewiesen. Sie mussten ihre Männer und Söhne in den Kampf schicken, während viele von ihnen doch am liebsten ihre Wut angesichts diesen Wahnsinns hinausgeschrien hätten. Sollte man sich weiter an dieser Maskerade beteiligen, oder würde dieser Krieg dem Spiel endlich ein Ende bereiten? Würde er endlich zulassen, dass man die Wahrheit sagte, die ganze Wahrheit, selbst die, die verletzte, selbst die, die von Angst, Einsamkeit und Tod sprach?

Ardennen, August 1914

Jean du Forestel hatte eine trockene Kehle, in seinen Ohren dröhnte es. Dieser zum Schneiden dicke Nebel machte ihn schier verrückt! Man konnte keine zwanzig Meter weit sehen in diesem Dickicht des Ardenner Waldes. Hierhin hatte man sein Regiment zur Verstärkung gesandt, um den Vormarsch der Deutschen in Belgien aufzuhalten. Es war beängstigend, nicht zu wissen, wo der Feind war, der sich seit Tagen ein düsteres Versteckspiel mit ihnen lieferte. Auf Befehl von General Joffre, der dem Handeln den Vorzug gegenüber der Vorsicht gab und auf einen Überraschungseffekt setzte, war der Wald nur oberflächlich erkundet worden. Und so waren die ausgesandten Spähtrupps der Kavallerie unverrichteter Dinge zurückgekehrt.

Dornenzweige verfingen sich an seinem Militärmantel. Er nahm sein rotes Käppi ab, um sich die Stirn abzuwischen. Mit Ingrimm dachte er, dass dieses armselige Stück Stoff ihn bestimmt nicht vor den Maschinengewehrgeschossen und dem Kanonenfeuer des Gegners schützen würde, das in der Ferne donnerte. Die Lage war kritisch. Man musste keine Militärakademie besucht haben, um zu begreifen, dass sich dieses unebene Gelände keineswegs für die »Großoffensive« eignete und ebenso wenig für das Maschinengewehrsperrfeuer, das die Männer niedermähte, wenn sie in geschlossener Formation angriffen. »Was heute Morgen allerdings wohl kaum der Fall sein wird«, murmelte Jean zu sich selbst. Er versuchte vergeblich, den Oberleutnant auszumachen, einen jungen, ambitionierten Offizier, der die Militärakademie von Saint-Cyr absolviert hatte. »Mit seinen verdammten weißen Handschuhen ist er in dieser Nebelsuppe nicht zu erkennen«, hatte Augustin Lenoir geschimpft, der Dickschädel ihres Zugs. Mit seinen eins fünfundachtzig und den breiten Ringerschultern überragte der Schmied alle. Er besaß eine Baritonstimme, einen finsteren Blick und einen dichten Schnurrbart. Er hegte eine instinktive Abneigung gegenüber Jean, seit er wusste, dass er Priester war.

Die Männer kletterten mehr schlecht als recht den Abhang hinauf, der sich jäh vor ihnen auftat. Immer wieder rutschten sie zurück und mussten sich an den Zweigen festklammern, um nicht in die Schlucht zu stürzen. Mit oder ohne Nebel war dieses unebene Gelände nicht zu überblicken und verhinderte den Kontakt zu den anderen Einheiten. Die Soldaten empfanden ein beklemmendes Gefühl der Isolierung, denn der Feind, mit dem sie es zu tun hatten, war unsichtbar und dadurch umso bedrohlicher. Doch ihre Entschlossenheit war ungebrochen. Am Vorabend, nachdem sie seit Stunden gegangen waren, hatten sie in der Ferne den aufsteigenden Rauch eines abgebrannten Dorfes gesehen, ein Anblick, der ihre grimmige Entschlossenheit noch gesteigert hatte. Frankreich war ein Land von bodenständigen Menschen. Alle dachten in diesem Moment an ihr eigenes Dorf, das sie beim Klang der Feuerglocken und Trommeln verlassen hatten, nachdem am 1. August der Aufruf zur Mobilmachung erfolgt war. Seit der Verletzung der Neutralität Luxemburgs und Belgiens durch die Deutschen entzündete die Brutalität der Angreifer, der die Belgier heroischen Widerstand boten, die Geister. Man wurde nicht müde, an die menschlichen Schutzschilde zu erinnern, an die erschossenen Geiseln, an die Frauen und Kinder mit durchschnittenen Kehlen, an die verletzten Soldaten, die man wie Hunde abgeknallt hatte. Und nicht zu vergessen die Brandschatzungen, mit denen die »Boches« das Land überzogen. Unter den Truppen kursierten die verrücktesten

Gerüchte: Einmal hieß es, die Belgier hätten gesiegt, ein andermal hatte es in Berlin eine Revolution gegeben, und wieder ein andermal war der Kaiser umgebracht worden ...

Jean vernahm das Pfeifen seines Oberleutnants, der damit seine Position anzeigte. Zu seiner Rechten ahmte Augustin das Heulen einer Eule nach. Er hat ein gewisses Talent, dachte Jean grinsend. Im selben Augenblick stieß er mit dem rechten Knöchel an einen Baumstumpf, verlor das Gleichgewicht und taumelte den Abhang hinab. Als er sich abrupt aufrichtete, schoss ihm ein Schmerz in den Rücken, doch es gelang ihm, sein langes Lebel-Gewehr zwischen zwei Zweige zu klemmen und so den Absturz zu verhindern. Mit pochendem Herzen entdeckte er zu seinen Füßen im fahlen Licht schimmernd Stacheldrahtgeflecht. Ein paar Minuten später tauchte über ihm eine blaue Silhouette auf.

»Hier lang, Pfaffe, nicht da hinunter.«

Jean ergriff Augustins Pranke, der ihn mühelos zu sich hinaufzog. Hintereinander krochen sie auf allen vieren zum Weg empor.

»Sie können nicht weit sein«, murmelte Jean außer Atem. »Dort unten gibt es einen Stacheldrahtverhau.«

»Und bestimmt nicht nur das«, brummte Augustin.

Sie folgten dem Weg bis zu einem Plateau, wo einige ihrer Kameraden sich eine kleine Atempause gönnten. Vom Gewitterregen waren ihre schweren Tuchmäntel mit Matsch bespritzt, ihre Lederstutzen waren staubbedeckt, ihre Gesichter schlecht rasiert. Eng aneinandergekauert warteten sie auf die anderen. Alle hatten Hunger. Bestimmt dachten sie an den Empfang durch die Dorfbewohner, die ihnen Schokolade und Bier spendiert hatten, aber auch an die Warnungen der verletzten Soldaten, dass die Deutschen in der Überzahl zu sein schienen.

Die nationale Armee, dachte Jean. Was hatten der Drucker, der Postbeamte, der Bauarbeiter, der Bäckerlehrling, der Schmied, der Bankangestellte, der Dorfschullehrer, der Eisenbahner, der Bauer, die hier in diesem dunklen Wald dicht an dicht kauerten, gemein? Sie hatten ihren Militärdienst absolviert, waren jung und feurig und glaubten, dass ihr Krieg gerecht war. Genügte das, um zu siegen? Einer von ihnen hatte ihn im Vertrauen gebeten, ihm das Kreuzzeichen beizubringen. Ein Freund aus dem Priesterseminar hatte ihm geschrieben, dass man unter eingekesselten Soldaten keinen Atheisten finde; in seinem Regiment habe man ihm einen warmen Empfang bereitet, und je näher sie der Front kamen, umso mehr Beichten habe er abgenommen. Jean indes glaubte nicht, dass die dreißigtausend Priester und Ordensmänner, die man zu den Fahnen gerufen hatte, alle diese Erfahrung machten.

Als seine Kameraden gehört hatten, dass er Priester in einer Gemeinde an der Somme war, folgte ein misstrauisches Schweigen. Augustin hatte auf den Boden gespuckt. Die Jüngeren des Trupps scherzten, dass er ihre Hasenpfote sei und somit ihr Glücksbringer, nicht wahr? Die anderen wandten sich gleichgültig ab. Während der nächsten Tage hatte man ihn gemieden. Jean fand normalerweise schnell Anschluss, weil er anderen gegenüber aufmerksam war und die Menschen liebte. Zum ersten Mal in seinem Leben erfuhr er Misstrauen und Zurückweisung. Da der Vormarsch ihm keine Zeit für Gebet und das Lesen seines Breviers oder das Zelebrieren der Messe gelassen hatte, wurde er gleichzeitig auch der Gelegenheit beraubt, seinen Geist für Gott zu öffnen, was seinen Lebenssinn ausmachte. Nie zuvor hatte er sich so isoliert gefühlt.

Als er an diesem Morgen das Häufchen Soldaten in ihren bunt zusammengewürfelten Uniformen – die Ausstattung in ihrer Kaserne ließ zu wünschen übrig – beobachtete, die ihre Angst zu verbergen versuchten, wurde er von einer starken Emotion ergriffen. Dass sie ihn nicht schätzten, machte ihm nichts aus. Wichtig war, dass er sich tapfer zeigte. *Virtus et fides*. Mut und Glauben. Der Leitspruch der Familie Forestel. Und nun war es an ihm, sich ihrer würdig zu erweisen. Neue Hoffnung keimte in ihm auf beim Gedanken an dieses neue geistige Amt. Er fühlte sich ebenso verantwortlich für sie wie ihr Oberleutnant oder Hauptmann, ja, mehr noch vielleicht, denn während diese für ihre vergängliche leibliche Hülle verantwortlich waren, war er es für ihre Seele, dieses unsterbliche Gut, deren Zustand die eines ganzen Volkes spiegelte.

Lärm ließ ihn zusammenzucken. Er sah den Oberleutnant kommen, dessen feuriger Blick in dem knochigen Gesicht hervorstach. Er hatte die sechzig Männer seines Zugs versammelt, was er für ein Wunder hielt, und beeilte sich nun, sie aufzustellen. Die Deutschen waren vor ihnen. Er hatte ihre glänzenden Pickelhauben im Laub entdeckt, denn der Nebel verzog sich allmählich, sodass nur noch die Kronen der hohen Bäume von Dunstschwaden umgeben waren. Der knappe Befehl des Oberkommandos lautete: »Den Feind angreifen, wo immer er einem begegnet.« Und jetzt war es so weit. Das Gewehr in den feuchten Händen schloss Jean einen Augenblick lang die Augen. Übelkeit stieg in ihm auf. Sein ganzes Selbst bäumte sich dagegen auf zu töten, aber die Vorsehung hatte ihm diesen Platz zugewiesen, unter den jungen Männern, die ebenfalls gerufen waren, ihr Vaterland zu verteidigen. Und Jean würde sich dem nicht entziehen. Der Platz eines Priesters war immer so nah wie möglich am Opfer. »Ich schätze, dass man mit derselben inneren Haltung in den Kampf ziehen muss, wie man zum Altar schreitet«, hatte ihm der befreundete Seminarist geschrieben. Jean dachte an seine erste Messe zurück, wie er mit langsamen, bedächtigen Schritten, die Hände gefaltet, die bestickte Kasel schwer auf seinen Schultern, zum Altar gegangen war, wie ihm das Gebet spontan über die Lippen gekommen war, in der feierlichen, aber gleichzeitig fröhlichen Gewissheit, dass Christus da war, dass er ihn erwartete, bis sie vereint waren, so wie er ihn in diesem Augenblick erwartete, in diesem Wald in den Ardennen, wo es nach Moos und Farn duftete.

Der Oberleutnant ermunterte seine Soldaten, all ihren Mut zusammenzunehmen, statt sich kopflos ins Getümmel zu stürzen. Eine Maschinengewehrsalve zerriss die Luft. Kaum waren sie ein paar Meter gegangen, warfen sich die Männer zu Boden. Die Kugeln zerfetzten die Blätter, zertrümmerten die Äste zu Spänen, durchschlugen mit ohrenbetäubendem Getöse die Baumstämme. Im Schutz eines mächtigen Baumes schoss Augustin blindlings um sich. Der Feind war noch immer unsichtbar, aber seine Kugeln töteten zuhauf. Die Schreie der ersten Verwundeten waren zu hören, und Jean sah den Bäckerlehrling wenige Meter entfernt mit zerfetztem Bein auf der Erde liegen. Ohne zu überlegen, robbte er zu ihm hinüber. Der furchterfüllte Blick des Jungen durchbohrte ihn. Er hatte den Mund geöffnet, doch Jean hörte sein Stöhnen nicht, weil es durch das Pfeifen der Granaten und die darauffolgenden Detonationen übertönt wurde. Es gelang ihm, den Jungen an den Trägern seines Rucksacks hinter den Baum zu ziehen, hinter dem sich Augustin verschanzt hatte, in der Hoffnung, dass er dort ausreichend geschützt sei. Aber er konnte sich nicht länger hier aufhalten, sondern musste weiter vorrücken. Der Zug kam mehr schlecht als recht voran. Es war leicht, ihre roten Hosen im Dickicht auszumachen. Der Oberleutnant war tot. Ein Unteroffizier trat an seine Stelle und schrie irgendwelche Befehle, die keiner verstand. Aber auch er fiel durch eine Kugel, die sich ihm in den Rücken bohrte. Es dauerte nicht lange, und die Männer irrten, in die Flucht geschlagen, nahezu kopflos umher, unfähig, das feindliche Sperrfeuer zu durchbrechen und die Oberhand zu gewinnen. Also begann Jean Befehle zu erteilen, damit sie aufhörten, im Kreis herumzulaufen, und sich sammelten. Sie gehorchten, weil er über eine angeborene Autorität verfügte, und weil es nichts Schlimmeres gab, als inmitten eines Sturms allein gelassen zu werden. Es gelang ihm trotz der Granaten, die mit ohrenbetäubendem Lärm und gewaltigem Tosen um sie herumschwirrten, und der krampfartigen Zuckungen der Erde, die Baumteile, pulverisierte Felsbrocken und zerfetzte Leichen ausspuckte, sie aus dieser Falle zu führen.

Zwei Tage später wurde Jean zu Oberst Cordier vorgelassen. Der Offizier hatte das füllige Gesicht eines Lebemanns, aber unter den struppigen Augenbrauen sah er einen durchdringend an. Der Mann wirkte erschöpft. Sämtliche Angriffe waren fehlgeschlagen. Plan XVII des Generalstabs war Makulatur. Der Nebel hatte die Artillerie daran gehindert, ihre Arbeit zu machen, die Verbindungen waren katastrophal, und der Feind war zahlenmäßig sehr viel übermächtiger als angenommen. Nachdem man einige herbe Verluste erlitten hatte, ging es jetzt darum, sich an die Maas zurückzuziehen. Durch das einen Spalt breit geöffnete Fenster des Büros in dem kleinen Bahnhof, wo sich der Oberst behelfsmäßig niedergelassen hatte, hörte man das unaufhörliche Knirschen der eisenbeschlagenen Räder von Ochsenkarren und die traurigen Klagen von Flüchtlingen, die man aus ihren Dörfern vertrieben hatte. Für einen Offizier gab es keinen irritierenderen Lärm als diesen, bedeutete er doch, dass die Straßen verstopft und die Truppen demoralisiert waren.

»Sie sind also in Ihrem bürgerlichen Leben Pfarrer?«

»Ja, Herr Oberst.«

»Und Sie wollen um Erlaubnis bitten, die Messe zu lesen?«

»Ja, Herr Oberst. Ich glaube, das würde meinen Kameraden guttun. Leider haben wir einige der unseren verloren, wie Sie wissen.«

Der Oberst lehnte sich auf seinem Stuhl zurück und musterte ihn mit angewiderter Miene. Über seinem Kopf waren die Fahrpläne für die Züge nach Brüssel, Charleroi, Mons und Namur angebracht, deren Angaben wie illusorische Versprechen anmuteten.

»Ich dachte, Menschen wie Sie seien eher dazu da, die Männer zu demotivieren.«

»Verzeihung, Herr Oberst, aber ich fürchte, ich habe Sie nicht ganz verstanden.«

»Da Sie an diesen Quatsch eines Lebens nach dem Tod glauben, könnte es da nicht sein, dass sich diese armen Kerle durch Sie zu einem regelrechten Fatalismus hinreißen lassen? Wenn man ihnen das Paradies verspricht, laufen sie doch Gefahr, sich mit ihrem Schicksal abzufinden. Sie könnten aufhören zu kämpfen, was meiner Aufgabe nicht gerade dienlich wäre.«

»Das irdische Leben ist für die Katholiken äußerst wertvoll, weil es ein Geschenk Gottes ist, das wir bewahren müssen. Das eucharistische Opfer verleiht einem das innere Feuer, um es schöner und heroischer werden zu lassen. Es ermöglicht einem, seine Kräfte zu erneuern.«

»Der Schnaps auch.«

»Die Sakramente lassen einen nicht vergessen, sondern geben einem Hoffnung, Herr Oberst.«

Als er seine spöttische Miene sah, bemühte sich Jean, seine Irritation zu verbergen. Die Messe gehörte zum ureigenen Wesen eines Priesters, machte den Kern seiner Existenz aus. Ohne sie welkte seine innere Berufung, vertrocknete und verkümmerte sie. Ohne sie konnte er den Gläubigen nicht mehr das Licht Christi bringen.

»Sogar Voltaire hat geglaubt, dass eine Armee, deren Angehörige bereit sind, im Namen Gottes unterzugehen, unbesiegbar ist«, erklärte er.

»Ja, er hat aber auch klügere Dinge geschrieben«, sagte Cordier süffisant.

»Man sagt, ein Priester sei in der Lage, die richtigen christlichen Worte zu finden, um den Menschen in seinem Leben zu bestärken und ihn auf den Tod vorzubereiten. Die Seele eines Soldaten ist loyal und vertrauensvoll, nicht wahr? Also sind Ihre Seele und meine gar nicht so weit auseinander, Herr Oberst.«

»Sie machen mir Angst!«, knurrte Cordier, doch seine Augen zeigten jetzt ein neugieriges Funkeln, während er Jean ansah. »Wie auch immer, Sie wissen, wie man für eine Sache eintritt. Sie hätten Rechtsanwalt werden sollen. Aber leider gibt es bereits genügend Militärpfarrer.«

»Vier Militärpfarrer für vierzigtausend Soldaten, Herr Oberst. Ein Tropfen auf den heißen Stein.«

Cordier blätterte in seinen Unterlagen und zog ein zerknittertes Blatt heraus, das er überflog.

»In Paris tut sich was«, sagte er mit leicht verächtlichem Ton. »Ein Abgeordneter namens Albert de Mun hat neulich vom Kriegsministerium den Auftrag erhalten, weitere freiwillige Militärpfarrer zu ernennen, die den Krankenträgern zur Seite gestellt werden sollen.«

»Was beweist, wie wichtig sie sind ... Ich werde mich als Freiwilliger melden, Herr Oberst, ohne irgendein Vorrecht zu beanspruchen. Das wird meine Aufgaben als Soldat in keiner Weise beeinträchtigen.«

»Das hätte ja noch gefehlt! Dann würden Sie einen Arrest riskieren.«

Der Oberst zündete sich eine Zigarette an. Jean spürte, wie ihm die Empörung schier die Kehle abschnürte. Woher kam diese Verbissenheit? Tat die Kirche nicht alles in ihrer Macht Stehende zu Ehren des Vaterlandes? Indem man die Priester zu den Waffen zwang, machten die republikanischen Gesetze die größtmögliche Verachtung gegenüber dem Priesteramt deutlich. Ein paar Jahre zuvor hatte die Auflösung der Ordensgemeinschaften zur Folge gehabt, dass Hunderte Ordensbrüder ins Exil gingen. Und doch waren alle bei der Mobilmachung wieder nach Frankreich zurückgekehrt. Kartäuser in weißen Soutanen klopften an die Kasernenpforte in Grenoble, Benediktiner tauschten ihre braunen Wollgewänder gegen Militäruniformen aus. Die aus Frankreich verjagten Mönche waren aus aller Herren Länder zurückgekehrt und sangen in den Zügen und auf den Schiffen, die sie aus Palästina oder Südamerika zurückbrachten, die Marseillaise.

Jean ballte die Hände zu Fäusten. Er rief sich den zutiefst traurigen Blick des Bäckerlehrlings in Erinnerung, der den Angriff nicht überlebt hatte. »Ich weiß noch nicht lange vom lieben Herrgott, aber Sie können mir vielleicht ein bisschen was von ihm erzählen, Herr Pfarrer«, hatte er am Tag vor dem Angriff im

Vertrauen zu ihm gesagt. Weil sein Name in den Schulen nicht mehr genannt werden durfte, war Gott aus dem Gedächtnis der Menschen verschwunden, aber nicht aus ihrem Bewusstsein. Es war ein Verbrechen, die Seelen in Vergessenheit geraten zu lassen. Dem Wahnsinn des Krieges konnte man nur den Wahnsinn Christi entgegensetzen, mit dem er die Menschen erlöst hatte.

Die eiligen Schritte der Melder erklangen auf dem Korridor. Unentwegt klingelte ein Telefon.

»Stehen Sie bequem, du Forestel!«, stieß der Oberst plötzlich aus und drückte wütend die Zigarette aus, ehe er sich erhob. »Ich erlaube es Ihnen, Ihre Messen, meine ich. Aber ich will keinen Bekehrungseifer, verstanden? Ich lege Wert darauf, dass meine Männer frei bleiben. Und ich werde Sie im Auge behalten. Etwas sagt mir, dass wir beide noch nicht fertig miteinander sind. Gehen Sie jetzt, ich habe anderes zu erledigen, als mich mit diesen Albernheiten herumzuschlagen.«

Bei der Armee, 24. August 1914

Mein lieber Pierre,
ich habe mir meine erste Messe bei den Vorposten erbettelt. Was für ein Trost … Aber auch was für eine Misere, dass diese unglückliche Messe in aller Frühe angesichts der allgemeinen Gleichgültigkeit gefeiert werden musste, während im Nebenzimmer anzügliche Witze gemacht wurden. Es ist mir zwar gelungen, einen Messdiener zu finden, aber nur eine Handvoll meiner Waffengefährten ist erschienen, um dem Gottesdienst beizuwohnen. Es war der reinste Hindernislauf! Mir fehlt es an allem. Glaubst du, ich hätte es geschafft, Weizen für die Hostien aufzutreiben? Oder Tücher für den Altar? Eine unmögliche Mission. Glücklicherweise hat sich Rom dazu entschlossen, unter diesen außergewöhnlichen Umständen bestimmte Vorschriften für die Soldatenpfarrer auszusetzen, einen anderen Ausweg gibt es nicht. Die Albe und Stola habe ich über meine Uniform gezogen. Ein merkwürdiges Gefühl der Persönlichkeitsspaltung. Einige

meiner Freunde aus dem Seminar haben mir geschrieben, dass ein neuer Eifer in den Reihen der Soldaten sie umgibt und aufrechterhält. Zu meiner Schande muss ich gestehen, dass ich sie beneide.
Wir haben unseren ersten ernsten Zusammenstoß erlebt. Woher soll ich wissen, ob ich einen Gegner nur verwundet oder aber getötet habe? Niemals werde ich mich ans Töten gewöhnen! Es ist alles so schwierig. Wir sind völlig erschöpft. Meine Zeit gehört mir nicht mehr. Die wenigen Momente des Gebetes muss ich Tagen und Nächten stehlen, in denen es keine Pausen gibt. Und dann diese Atmosphäre einer Armee auf dem Feldzug … Du kannst es dir denken, nicht wahr? Bestimmt ist bei euch Fliegern alles ganz anders.
So viel für heute, mein Großer. Verzeih mir, dass ich heute Abend zu müde zum Weiterschreiben bin, aber glaub ja nicht, dass ich mich geschlagen gebe. Ich mache mir Sorgen um meine Pfarrgemeinde, die ich so überstürzt habe verlassen müssen, aber ich bin überzeugt, auch unter Soldaten ein guter Priester sein zu können. Ihre Moral ist völlig am Boden, dies mit anzuschauen ist furchtbar.
Du hattest mich gebeten, diesmal von mir zu schreiben und nicht von dir. Wie du siehst, habe ich gehorcht. Aber du sollst wissen, dass du immer in meinen Gedanken bist.
Ich liebe dich … Das musste ich dir unbedingt sagen.
Jean

Belgien, Namur, August 1914

Der Lärm war für Evangeline am schlimmsten. Dieses unentwegte Grollen der deutschen Belagerungskanonen, die sich bemühten, die neun Forts der Befestigungsanlage, die Namur umgab, zu Staub zu zermalmen. Obwohl die Geschosse aus einer Entfernung von mehr als fünfzehn Kilometern kamen, hatten sie eine verheerende Wirkung. Evie richtete sich auf. In den Kellern des Konvents Sœurs de Notre-Dame schliefen die Schüler und Novizen auf Feldbetten und Mehlsäcken. Sie bewunderte ihre Heiterkeit. Aber womöglich waren sie einfach nur vor Erschöpfung in den Schlaf gefallen. Sie stand auf, nahm eine Öllampe, denn es gab weder Elektrizität noch Gas, und ging in Richtung Treppe, die ins Erdgeschoss führte.

Alles hatte mit einer Verstauchung begonnen. Ihre Mutter hatte auf der großen Treppe in Rotherfield Hall eine Stufe verfehlt. Sie war in Eile, weil sie nach Brüssel reisen wollte, um dort ihre Freundin Millicent Sutherland zu treffen, die sie täglich mit Telegrammen bombardierte, in denen sie nachdrücklich um Spenden bat. Seit Kriegsbeginn nahm sich die englische High Society der Sache der verletzten Soldaten an. Nicht wenige Adelssitze hatten sich in Privatkliniken verwandelt. In einer der großen Villen an der Park Lane hielt man einen Vorrat an Pyjamas aus blauer Seide für die Nachwuchsoffiziere und aus rosa Seide für die höheren Dienstgrade. Einige unerschrockene Damen hatten die Nordsee überquert, um auf dem Kontinent Hilfe zu leisten. Bereits als die führenden britischen Politiker noch schwankten, ob man in den Konflikt eintreten sollte, stellte die Verletzung der Neutralität Belgiens für sie einen unvermeidlichen Casus Belli dar. Belgien war eine Schöpfung Englands, das in dieser leicht zugänglichen Küste ein Sprungbrett für die feindlichen Truppen sah. Die englischen Diplomaten hatten sich im 19. Jahrhundert bemüht, Macht auf dem Kontinent zu erlangen, indem man dort ein »unabhängiges und für immer neutrales« Land etablierte. Da Venetia fließend Französisch sprach, hatte Millicent sie gebeten, den Chirurgen und die acht Krankenschwestern zu begleiten, die die von ihr gegründete Sanitätseinheit, die »Millicent Sutherland Ambulance«, bildeten. Der Gesundheitsdienst der belgischen Armee hatte seine Erlaubnis erteilt, dass diese freiwilligen Helfer des Roten Kreuzes die Stadt Namur betreuen sollten. »Millicent braucht dringend moralische Unterstützung«, hatte Evies Mutter gesagt. Was Evie stark bezweifelte. Ihr war selten eine Frau begegnet, die so resolut war wie die Herzogin von Sutherland. Ihres Erachtens ging es eher darum, dass ihre Mutter das Feld der heldenhaften Taten nicht gänzlich einer ihrer Freundinnen überlassen wollte, mit der gemeinsam sie den Ton in der mondänen Welt angab. Die größten menschlichen Taten wurden nicht selten aus Selbstliebe geboren.

Auf dem Sofa in der Bibliothek ausgestreckt, den Knöchel verbunden, haderte ihre Mutter damit, dass ihr ein heldenhaftes Abenteuer verwehrt war. Aus einer plötzlichen Anwandlung heraus hatte Evie vorgeschlagen, ihren Platz einzunehmen. Anfangs hatte sich Venetia noch gesträubt, doch ihre Tochter blieb beharrlich. Niemand kam umhin, diesem kleinen Land Respekt zu zollen, das seinen Besatzern beachtlichen Widerstand entgegensetzte. Sie war jung und fühlte sich stark genug für eine solche Herausforderung. Warum sollte nicht auch sie ihre Pflicht tun? Schließlich gab ihre Mutter nach. Es war nicht das erste Mal. Seit Evies traumatischen Erlebnissen hinter Gittern schien ihre Familie stets das Schlimmste zu befürchten und beugte sich daher lieber ihrem Willen. Mein Ruf ist ohnehin schon ruiniert, was soll mir also noch Schlimmes zustoßen?, sagte sich Evie bisweilen mit Bitterkeit. Also hatte sie sich mit dem Arzt, den Schwestern und einem Vorrat an Medikamenten und Glycerin eingeschifft. Nun, Mitte August, herrschte in der belgischen Hauptstadt blankes Entsetzen. Der Festungsring von Lüttich, der als uneinnehmbar gegolten hatte, würde in Kürze fallen, doch was die Belgier erstarren ließ und alle Zeitungsleser verblüffte, war die Unerbittlichkeit, mit der die kaiserlichen Truppen vorgingen.

Besessen von der fixen Idee der französischen Freischärler, die auf Erinnerungen an den Krieg von 1870 zurückging, als die Bevölkerung fest entschlossen war, Land und Besitz mit Klauen und Zähnen zu verteidigen, sahen die Deutschen in jedem Zivilisten einen potenziellen Feind. Dem strammen Militarismus der Preußen war der Kampfgeist eines Volkes, das geschlossen zu den Waffen griff – eine finstere Reminiszenz an die Französische Revolution –, zutiefst fremd. In ihren Augen war das Anarchie und die Verletzung von militärischen Grundsätzen. Ein Verteidigungskrieg, der von einem ganzen Volk geführt wurde, konnte nichts anderes sein als eine unaufhörliche Serie von Hinterhalten, aus denen man die Soldaten hinterrücks erschoss. Sobald die Deutschen in ein Dorf kamen, nahmen sie als Erstes ein paar unschuldige Geiseln, darunter meist Bürgermeister und Pfarrer, denen sie vorwarfen, das Treiben der Freischärler zu unterstützen. Sie zögerten nicht, diese als menschliche Schutzschilde zu nehmen oder bei geringstem Anlass als Vergeltungsmaßnahme zu exekutieren.

Evie trat in den von einer Mauer umgebenen Klostergarten. Das rötliche Glühen des Geschützfeuers erhellte den dunklen Himmel. Sie zündete sich eine Zigarette an. Der Tabak linderte den Hunger. Seit Tagen hatten sie weder Milch, Butter noch Eier. Irritiert stellte sie fest, dass ihre Hände zitterten. Wie gern wäre sie genauso mutig gewesen wie die Herzogin, die nicht nur eine ausgezeichnete Musikerin war und sich leidenschaftlich für

Sozialreformen starkmachte, sondern sich nun auch noch ohne Unterlass für die Soldaten aufopferte. Millicent hatte Evie mit offenen Armen empfangen: »Es tut mir wirklich leid wegen deiner Mutter, Liebes, aber du hast gut daran getan, statt ihrer herzukommen. Man könnte sich nie verzeihen, Däumchen zu drehen, während diese Unglücklichen unserer Hilfe bedürfen.« Doch Evie war überhaupt nicht auf das vorbereitet, was sie hier erwartete. Der Schlieffen-Plan des deutschen Generalstabs war auf die Minute genau durchdacht, und die unerwartete Opposition durch diese sogenannten »Schokoladensoldaten« warf die minutiöse Strategie über den Haufen. Die Deutschen hatten gedacht, die Belgier würden alsbald kapitulieren und ihnen den Weg nach Nordfrankreich freimachen. So unerwartet mit Widerstand konfrontiert, drohte aus ihrem Verdruss blanke Wut zu werden. Ihre Einschüchterungsversuche nahmen ständig zu. Man erinnerte sich an die schreckliche Plünderung von Dinant an der Maas, und Namur war von der Außenwelt abgeschnitten. Evie kam sich vor wie bei einer Belagerung. Was als großes Abenteuer begonnen hatte, hatte eine düstere Wendung genommen.

Der Krieg war urplötzlich über ihr Leben hereingebrochen. Von einem Tag auf den anderen waren die Rotherfields voneinander getrennt worden. Edward hatte sich freiwillig gemeldet und befand sich jetzt bei den Swingate Downs auf der Höhe von Dover, nicht weit von dem Ort, wo Louis Blériot nach seinem Ärmelkanalüberflug gelandet war. Er steuerte sein eigenes Flugzeug. Percy hatte sich ebenfalls seinem Regiment angeschlossen und eine frustrierte Vicky zurückgelassen, der nur wenige Tage an der Seite ihres frisch angetrauten Gatten vergönnt gewesen waren. Doch bis Evie selbst die Realität des Krieges erfuhr, war er ihr wie eine seltsame Chimäre vorgekommen. Mittlerweile glaubte sie, dass ihr Geist die gleichen Verwüstungen aufwies wie die niedergebrannten belgischen Dörfer. Die rohe Gewalt hatte ihre Nerven blankgelegt.

Zwei Tage zuvor hatte man um die fünfzig verletzte belgische und französische Soldaten in den Konvent gebracht. Auf einen Schlag hatten sich unendliches Leid und Unordnung des Gebäudes bemächtigt. Schockiert angesichts der schlimmen Verwundungen, hatte sich Evie im Hintergrund gehalten. Bis die überlasteten Krankenschwestern sie schließlich baten, ihnen zu helfen, die schmutzigen Uniformen aufzuschneiden, damit sie die Wunden versorgen konnten. Als man ihr Schalen voller Blut reichte, um sie auszuleeren, flüchtete sie in den Garten, um sich zu übergeben. »Was nützen einem die ganzen Fremdsprachenkenntnisse, wenn man nicht weiß, wie man sich nützlich machen kann«, mokierte sich eine Schwester.

Als sie den Saal durchquerte, in den man die neu eingetroffenen Verwundeten brachte, bemerkte sie einen französischen Offizier, der auf einer Trage lag. Sein zerrissenes Hosenbein ließ einen blutigen Verband erkennen, der seinen Oberschenkel umgab. Sein Gesicht war blut- und schmutzverkrustet. Ein Schrecken durchfuhr sie, als sie sein Profil sah, seine hohe Stirn und den dunklen Schnurrbart. Im ersten Moment dachte sie, es sei Pierre, und sie meinte, das Herz bliebe ihr stehen. Doch als der Offizier ihr das Gesicht zuwandte, merkte sie, dass sie sich getäuscht hatte. Ihre Erleichterung war so groß, dass ihr schwindlig wurde. Als er sie um etwas zu trinken bat, ergriff sie feige die Flucht. Seither musste sie ständig an Pierre denken. Sie sog den Rauch tief ein und behielt ihn einen Moment in der Lunge, ehe sie ihn langsam entweichen ließ.

Mit einem Mal begannen die Kirchenglocken heftig zu läuten. Sie erstarrte. Die Feuerglocke am Rathaus erscholl eindringlich und beschwor ein düsteres Gefühl der Angst herauf. Ordensschwestern mit besorgten Mienen erschienen an den Fenstern, und am Himmel breitete sich ein riesiger goldener Lichthof aus. Jemand klopfte heftig an die Eingangstür des Konvents.

»Sie haben Feuer gelegt! Das Rathaus und der Grand'Place stehen in Flammen!«, brüllte ein Mann mit aschgrauem Gesicht.

Von der Straße drangen erschrockene Rufe und das Prasseln

von Feuer herauf. Millicent Sutherland erschien im Pyjama, ein Männerjackett hastig um die Schultern geworfen, die dunkelblonden Locken zerzaust. Man erklärte ihr die Situation. Sofort erteilte sie den Befehl, die Verwundeten in einen weiter entfernten Flügel zu schaffen, der vor den Flammen sicher wäre. Dann drückte sie Evie einen Revolver in die Hand.

»Los, vergrab ihn im Garten!«, befahl sie ihr. »Jetzt, wo die Deutschen in der Stadt sind, werden sie bestimmt alles durchsuchen.«

Beißender Rauch kratzte in Augen und Kehle, und ein Teppich aus Asche legte sich auf alles. Zu Tode erschrockene Frauen liefen herbei, um mit ihren nur mit Nachthemden bekleideten Kindern bei den Nonnen Zuflucht zu suchen. Die Flammen knisterten, während sie von Dach zu Dach sprangen, und überall knarrten und knackten die Gebäude. Doch nichts hinderte die deutsche Infanterie daran, unerbittlich in die Straßen zu strömen. Sie führten Kanonen, Fahrzeuge, Pferde, Motorräder, Viehwagen und Maschinengewehre mit sich ...

Zwei Tage später hüllte Nebel die gebrandschatzte Stadt ein, deren Trümmer noch immer glühten. Aus den Fenstern hingen weiße Tücher, die signalisierten, dass man kapituliert hatte. Besatzertruppen biwakierten in den Straßen, die Gewehre zu einem strahlenförmigen Kranz ineinandergesteckt. Auf den Flanken ihrer Lastwagen stand mit Kreide geschrieben: »Auf nach Paris.«

In langen dunklen Capes mit weißen Armbinden, auf denen ein rotes Kreuz prangte, lasen Millicent Sutherland und Evangeline die Aushänge an den Mauern. Den Bürgern wurden Vergeltungsschläge angedroht, wenn weiterhin Zivilpersonen Gewehrschüsse abgaben, wie geschehen. Die Herzogin glaubte kein Wort, sondern meinte, es sei eine Lüge, die als Vorwand für Geiselnahmen diene, mit denen man die Bevölkerung in Angst und Schrecken versetzen wolle. Evie lief es kalt über den Rücken. Sämtliche in den Häusern versteckten Waffen mussten den Besatzern abgeliefert werden, wer gegen diesen Befehl verstieß, würde erschossen. Die Herzogin indes ließ sich nicht erschüttern. Sie wandte sich mit einer entschlossenen Bewegung ab und marschierte weiter, sodass Evie sich anstrengen musste, um mit ihr Schritt zu halten.

Die Geschäfte waren geschlossen, die Straßen von Militärlastwagen verstopft, und die verängstigten Menschen drückten sich dicht an den Hauswänden entlang. Ein Teil der Bevölkerung, darunter die Alten und Jugendlichen, hatte man mit angelegten Maschinengewehren im Reitstall der Kavallerie zusammengepfercht. Die Eroberer hatten sich unmissverständlich ausgedrückt: Wenn weiterhin auf Soldaten geschossen werde, werde man die Geiseln niederstrecken. An den Kreuzungen ließen die deutschen Wachen die beiden Frauen passieren und wiesen ihnen den Weg zum Hauptquartier. Evie hoffte, dass die Soldaten die Genfer Menschenrechtskonvention kannten, deren Regeln nicht an Kampfhandlungen beteiligte Personen schützten. Zum Beispiel jene, die sich um die Verwundeten kümmerten, aber auch die Krankenwagen und Militärkrankenhäuser, die als neutral galten. Aber da die Deutschen auch die Neutralität Belgiens missachtet hatten, fragte sie sich, wie weit sie in ihrer Ignoranz noch gehen würden.

Bei ihrer Ankunft im Hotel de Hollande, das vor Offizieren in grauen Uniformen wimmelte, wurden sie zu dem Adjutanten des Kommandogenerals geführt, der Millicent kannte. Er erinnerte sich der angenehmen Stunden, die er mit der Engländerin in London verbracht und wie er mit ihr über die Verdienste der russischen Oper geplaudert hatte. Er rief ihr einige vergnügliche Anekdoten ins Gedächtnis, die die Herzogin jedoch eher traurig zu stimmen schienen. Sie war nicht gekommen, um Erinnerungen an ihr früheres mondänes Leben auszutauschen. Von jeher waren die Beziehungen zwischen dem europäischen Hochadel eng gewesen. Oft wurde untereinander geheiratet, und Evie kannte mehrere verwandte Familien, deren Söhne nun unter verschiedenen Fahnen gegeneinander kämpften. Flüchtig musste sie an Friedrich denken. Die Flugzeuge, die er noch vor Kurzem bei friedlichen sportlichen Wettbewerben geflogen hatte, dienten nun dazu, Bomben abzuwerfen. Sie erschauerte, als sie sich in Erinnerung rief, dass der junge Mann, der ihr kürzlich noch den Hof gemacht hatte, nun einer Armee angehörte, die sich derartiger Ausschreitungen schuldig machte. Niemals würde Friedrich das gutheißen, aber war er denn auf dem Laufenden? Bestimmt wurden derlei Dinge in Deutschland nicht an die große Glocke gehängt.

General von Below erhob sich, um die beiden Damen zu empfangen. Er begegnete der Herzogin mit ausgesuchter Höflichkeit und dankte ihr in perfektem Englisch für ihre Bereitschaft, verwundete deutsche Soldaten im Kloster aufzunehmen.

»Das ist selbstverständlich, General«, erwiderte Millicent. »Wir müssen allen Verwundeten helfen, gleich welcher Couleur. Doch jetzt muss ich Sie um einen Gefallen bitten. Ich würde gern meine Mehlsäcke als Vorrat behalten, hätte gern die Erlaubnis, nächtens die Klostertüren zu verschließen, und Ihr Wort, dass keine Frau unter unserem Dach belästigt wird.«

Der Mann hob überrascht die Augenbrauen, doch Millicents Miene gab ihm zu verstehen, dass sie von Vergewaltigungen und Plünderungen wusste. Evie bewunderte sie für die entschiedene Art, mit der sie mit dem Militär sprach. Die Selbstsicherheit der Herzogin rührte freilich von ihrem gesellschaftlichen Rang her – das respekteinflößende Verhalten war ihr sozusagen in die Wiege gelegt worden. Auch wenn sie, Evie, selbst ein ähnliches selbstsicheres Auftreten geerbt hatte, fühlte sie sich dennoch eingeschüchtert. Der General schrieb ein paar Zeilen, in denen er den Forderungen der Herzogin nachkam, auf ein Blatt Papier und versprach, am nächsten Tag ins Kloster zu kommen, um sich zu vergewissern, dass es keine Zwischenfälle gab.

Als sie sich wieder auf der Straße befanden, sahen sie, wie sich die Offiziere in den Cafés vergnügten. Eine Gruppe Soldaten überholte sie, aus vollen Kehlen singend. Evie drehte das Gesicht weg. Besorgt schlug die Herzogin ihr vor, ihr einen Passierschein zu besorgen, damit sie nach London zurückkehren könne, aber Evie lehnte ab. Vorerst wolle sie bei Millicent bleiben, die vorhatte, ihre Sanitätsstation in die Nähe der englischen Truppen zu verlegen. Die spöttische Bemerkung der Krankenschwester, mit der sie den Finger in ihre Wunde gelegt hatte, hatte ihr Selbstwertgefühl erschüttert. Evie hatte bereits ihre Freundin Penny March und die Suffragetten fallen lassen, weil sie weder den Mut noch die Kraft gehabt hatte, ihren Kampf fortzuführen. Ihr Gefängnisaufenthalt hatte ihr einen Eindruck von der Brutalität des Lebens gegeben, aber sie hatte diese Prüfung als Missgeschick betrachtet, eine gerechte Bestrafung, weil sie die Gesetze nicht beachtet hatte. Sie hatte sich geirrt. Das Leben erwies sich als düster, grausam, von Leid geprägt und mit Blut beschmutzt. Aber diesmal würde sie nicht aufgeben. Bislang war die Ausdauer nicht gerade eine ihrer Tugenden gewesen, doch sie war bereit, sich zu bessern. Für Evangeline Lynsted war dies zu einer Frage der Ehre geworden.

London, Berkeley Square, Dezember 1914

Eine blasse Sonne bemühte sich, die grauen Wolken, die die Stadt einhüllten, zu zerstreuen. Julian stand am Fenster und dachte an den unaufhörlichen Regen, der seit Wochen auf die englischen Truppen in den Schützengräben von Flandern niederging. Arme Teufel! Die Soldaten waren überzeugt davon gewesen, dass der Krieg zu Weihnachten zu Ende sein würde und sie mit Ruhm bedeckt heimkehren würden, nachdem sie den Männern des Kaisers eine Lektion erteilt hatten. Lord Kitchener, der neue Kriegsminister, war einer der wenigen, die seit Kriegsbeginn daran gezweifelt hatten. Die Stabilisierung der Westfront, die sich mittlerweile von den überfluteten Weiden Flanderns bis zu den Vorbergen der Schweizer Alpen erstreckte, gab ihm recht. Die Kampfhandlungen gerieten ins Stocken, und die Armee grub sich mit Einbruch des Winters ein, um wieder zu Atem zu kommen. Dennoch war der Krieg gefräßig und verschlang Männer wie Material.

Im Oberhaus klopfte man sich auf die Schulter, weil Kitchener die Initiative ergriffen und an die Bevölkerung appelliert hatte, es mögen sich Freiwillige für eine »neue Armee« stellen. Die Vorstellung von einer Wehrpflicht lief der britischen Tradition entgegen. In der ersten Zeit übertraf die Begeisterung alle Erwartungen. Kitchener hatte mit hunderttausend Männern für einen neuen Feldzug gerechnet, doch über eine Million meldeten sich. Die Rekrutierungsbüros wurden von jungen Männern überrannt, die sich »für drei Jahre oder die Dauer des Kriegs« verpflichteten. Erstaunt hatte Julian beobachtet, welche Schwärmerei diese Männer an den Tag legten, die sich, angelockt von dem Versprechen, dass sie an der Seite ihrer Freunde oder Arbeitskollegen kämpfen würden, gleich gruppenweise zum Kriegsdienst meldeten. Ganze Straßen, Unternehmen oder Innungen marschierten Schulter an Schulter davon, und die Mütter waren beruhigt bei dem Gedanken, dass ihre Söhne in guter Gesellschaft waren. Die englische Bevölkerung hat das wirkliche Ausmaß des Krieges noch nicht begriffen, dachte Julian verbittert. Diese armen Burschen, von denen sich einige nur hatten überreden lassen, um in den Augen ihrer Kameraden nicht schlecht dazustehen, bekamen nun einen Logenplatz beim Tod ihrer besten Freunde. Denn Julian zweifelte keine Sekunde daran, dass viele von ihnen sterben würden.

Im Kamin knisterte ein brennendes Holzscheit. Auf dem Schreibtisch lag ein vertraulicher Bericht. Die Schlacht von Ypern war zu Ende. Beim Fazit lief es einem kalt über den Rücken. Nach den Opferzahlen zu urteilen, war das British Expeditionary Force, das Truppenkontingent der Berufsarmee, das im August unter französischer Sonne an Land gegangen war, in vier Monaten praktisch aufgerieben worden. Fast neunzig Prozent der Männer waren tot, verletzt oder in Gefangenschaft geraten. Aus dem ganzen Empire war Verstärkung gekommen, aber die Lage war immer noch besorgniserregend. Nicht zuletzt wegen der zögerlichen Strategie des Oberbefehlshabers Sir John French sowie dessen zunehmender Konfrontation mit Kriegsminister Lord Kitchener waren etliche Politiker auf Missstände aufmerksam geworden. Man musste sich nicht nur mit den Franzosen zusammenraufen, was nicht einfach war; auch die Reibereien zwischen dem Generalstab und der Regierung machten die Dinge nicht eben leichter.

Julian kannte beide Männer. Lord Kitchener hatte er Ende August bei seinem Besuch in einem verbarrikadierten Paris begleitet. In der Ferne hatte man das Donnern der deutschen Kanonen gehört, und Restaurants und Cafés waren geschlossen. Da die Pariser eine Belagerung fürchteten, wurden Rinder- und Schafherden über die Boulevards zu den Rennbahnen im Bois de Boulogne getrieben. Kein Licht schien bei Nacht. Ein dunkles, stilles Paris verkroch sich hinter Schützengräben, Stacheldraht und Verhauen. Während General French daran dachte, sich zu den Häfen am Ärmelkanal zurückzuziehen, um seine Männer einzuschiffen und sie an strategisch günstigerer Stelle einzusetzen, hatten die Franzosen versucht, Kitchener von einem Gegenangriff zu überzeugen. Dann traf eine wichtige Nachricht ein: Bei einer Aufklärungsmission hatten englische Piloten bemerkt, dass die erste Armee General von Klucks die Richtung änderte. Die Deutschen schienen ihre Strategie, Paris von Westen her einzuschließen, aufgegeben zu haben. Die französischen Flieger meldeten das Gleiche: Der Feind rückte nach Südosten vor, in einem Bogen, der sie nach Soissons an der Aisne führen würde. Während sich Lord Kitchener und Sir John French zurückzogen, um die Lage unter vier Augen zu erörtern, dachte Julian an Edward, der über dem Gebiet nördlich von Compiègne flog. Sein Bruder und seine Kameraden spielten bereits eine wichtige Rolle, als sie die Einkreisung britischer Truppen in Mons verhinderten. Seitdem berichteten die Zeitungen von den Fliegern als Helden. Mittlerweile war die Entscheidung gefallen: Das britische Expeditionskorps würde sich an die Marne zurückziehen, um sich an General Joffres Operationsplan zu beteiligen. Der Startschuss für das Wunder von der Schlacht an der Marne und den Stopp der deutschen Offensive war gefallen.

Julian setzte sich wieder an seinen Schreibtisch und zündete sich eine Zigarette an. Im Oberhaus erwartete man seinen Bericht. Ein ehemaliger Marschall hatte ihm zu seiner Scharfsichtigkeit gratuliert. Inzwischen fand Julian bei einigen Kabinettsmitgliedern Gehör. Er begann zu schreiben. Minutenlang hörte man nur das Kratzen seiner Feder auf dem Papier. Eine Stunde später stand er auf, um zum Mittagessen in seinen Club zu gehen. Auf dem Treppenabsatz brannte kein Licht. In dem Haus am Berkeley Square herrschte eine erwartungsvolle Stille. Seit ihrer Rückkehr aus Belgien im September wohnte er hier allein mit Evangeline. Aber seine Schwester schlief oft im Krankenhaus, wo sie bei den Voluntary Aid Detachments, einer Organisation, die im Kriegsfall den Verwundeten Hilfe leistete, eine Ausbildung zur Krankenschwester absolvierte. Julian hätte sich nie vorstellen können, dass seine Schwester in der Lage sein würde, eine so undankbare Arbeit zu tun. Zumal die jungen Frauen, die meist aus gutem Hause stammten, bei den professionellen Krankenschwestern, die sie nicht recht ernst nahmen, auf Misstrauen und Geringschätzung stießen. Zu seiner großen Verblüffung schlug sich Evie indes tapfer. Sie scherzte über die untergeordneten, monotonen Aufgaben, die man ihr übertrug, und spottete über ihre rissigen Hände und ihre von der Müdigkeit angeschwollenen Füße. Während ihres Dienstes durften sie sich nicht setzen, was bedeutete, dass Evie oftmals acht Stunden stand. Und Anordnungen befolgte. »Ich sehe nur zwei positive Aspekte dieses Kriegs«, hatte einer von Julians besten Freunden erklärt. »Das Land steht wieder vereint hinter dem König, und diese verteufelten Iren lassen uns ein wenig verschnaufen.« Dass sich Evangeline ohne Murren einer Autorität beugte, war zweifellos eine dritte Wohltat.

Stevens erwartete ihn im Vestibül mit seinem Mantel und Filzhut. Julian band sich einen Schal um den Hals. Der Butler wünschte ihm einen guten Tag und hielt ihm die Tür auf. Das Protokoll des Hauses hatte sich an die Umstände anpassen müssen. Mehrere Pagen, darunter auch John, hatten sich in den ersten Kriegstagen aus patriotischer Begeisterung und Abenteuerlust zu den Fahnen gemeldet. Auch auf Rotherfield Hall hatte der Verwalter einige ihrer Leute ziehen lassen müssen. Nicht zu vergessen die Pferde, die requiriert worden waren. Beklommen streifte Julian jetzt durch seine leeren Ställe.

Sie sind des Krieges noch nicht überdrüssig, dachte er auf dem

Weg zu seinem Club. Die offizielle Propaganda leistete gute Arbeit. Paris hatte im August vor der Bedrohung eines deutschen Durchbruchs gezittert, eine traurige Erinnerung an die Niederlage von 1871, aber in der englischen Hauptstadt schien man noch immer sorglos zu sein. Passanten erledigten ihre Einkäufe. Als Weihnachtsgeschenk boten die Kinderabteilungen der Geschäfte Miniaturuniformen an, die denen der Erwachsenen nachgebildet waren, und in den Parks paradierten kleine Jungen in Khakimontur. Trotz der ersten militärischen Rückschläge war sich die Nation ihrer Überlegenheit sicher. In den Omnibussen stand man respektvoll auf, um Verwundeten seinen Platz anzubieten. Zahlreiche Plakate riefen die Männer zum Kriegsdienst auf und gemahnten die Frauen daran, dass es ihre Pflicht war, sie darin zu bestärken. Und diese leisteten ganze Arbeit! Obwohl jedes Kind lernte, dass man nicht mit dem Finger auf andere zeigt, richtete sich von den Plakaten, die an jeder Straßenecke hingen, unentrinnbar Kitcheners Finger auf einen. Wer es wagte, den leisesten Zweifel bezüglich dieses Kreuzzugs für das Gute und die Gerechtigkeit anzumelden, wurde an den Pranger gestellt. Gott war mit Macht in die Köpfe zurückgekehrt. Man berief sich auf ihn und war sich sicher, dass er den alliierten Truppen den Sieg schenken würde. Julian dagegen war keineswegs überzeugt. Trugen nicht auch die deutschen Soldaten »Gott mit uns« auf dem Koppelschloss eingraviert? War Gott nun mit ihnen oder gegen sie? Schließlich führten sie einen in ihren Augen rechtmäßigen Krieg. Da die Serben seinen Thronerben ermordet hatten, stand es Österreich-Ungarn zu, sich zu verteidigen. Deutschland war gezwungen gewesen, seinerseits zu mobilisieren, um seinen österreichischen Verbündeten zu unterstützen. Seine Invasion Belgiens erklärte sich durch die Notwendigkeit eines raschen Siegs über Frankreich, damit man sich anschließend auf Russland konzentrieren konnte. Und da im deutschen Denken »Not kein Gebot kennt«, fragte sich Julian mit einem Anflug von Ironie, nach welchen Kriterien der Christengott den Sieger auswählen würde ...

Deutschland hatte aus diesem Krieg einen mystischen Feldzug gemacht. Viele führten zum Beweis die Beschießung der Kathedrale von Reims an, woraufhin das Dach abbrannte, das Niederbrennen der katholischen Bibliothek von Louvain oder die Zerstörung von Kapellen an der Front. Das lutherische Preußen kämpfte gegen das orthodoxe Russland, aber vor allem gegen das gottlose Frankreich, das die Christenheit verraten hatte. Den Anglikanern war dieser kriegerische Protestantismus fremd, der die Gewalt verherrlichte und behauptete, das deutsche Volk sei eine biologische Einheit und seit Martin Luthers Zeiten von Gott auserwählt. Die Predigten ihrer Pastoren waren zu sehr politische Propaganda, statt dass sie den Menschen Trost und Hoffnung zusprachen.

In seine düsteren Gedanken versunken geriet Julian in einen Menschenauflauf. Eine laute weibliche Stimme war zu hören. Er erhaschte ein paar Worte, in denen es darum ging, das Martyrium der belgischen und französischen Frauen zu rächen. Ein wenig gereizt schob er sich an einigen Passanten vorbei, die ihm den Weg in seinen Club versperrten.

»Passen Sie doch auf!«, protestierte eine Unbekannte.

»Versammeln Sie sich doch im Hyde Park«, gab er verärgert zurück. »Da stören Sie niemanden.«

»Weil wir Sie stören, Lord Rotherfield?«, ließ sich eine ironische Stimme vernehmen. »Ich frage mich, warum. Aber vielleicht sind es ja meine Worte, die Sie nicht hören wollen?«

Penelope March hatte sich nicht verändert. Sie stellte die gleiche fanatische Miene und das gleiche Selbstbewusstsein zur Schau wie damals in dem Polizeirevier in Bermondsey. Nur dass sie jetzt mit zerzaustem Haar, die Fäuste in die Hüften gestemmt, mit einem kleinen, runden Hut und einem Wintermantel aus braunem Tuch bekleidet und mit einem Stapel Pamphlete in der Hand auf einem Gehweg in Piccadilly stand.

»Ich habe keine Ahnung, wovon Sie reden, Miss. Ich lege nur Wert darauf, durch diese Tür hinter Ihnen zu treten, falls Sie die Güte hätten, mich durchzulassen.«

»Erkennen Sie mich denn nicht?«, beharrte sie spöttisch. »Ich bin Penelope March. Die Sie als Xanthippe verspottet haben, als ich zusammen mit Ihrer Schwester für die Frauenrechte eingetreten bin. Was ist übrigens aus der lieben Evangeline geworden? Ihretwegen habe ich schon lange nichts von ihr gehört.«

Um sie herum schloss die aus etwa zwanzig Personen bestehende Gruppe die Reihen. Zweifellos fanden sie den Streit, der sich da ankündigte, amüsanter als Penelopes ermüdende Rede. Verärgert warf Julian der jungen Frau einen finsteren Blick zu. Er fand es äußerst ungehörig, auf offener Straße derart angegriffen zu werden.

»Die Jahre vergehen, aber Sie sind immer noch genauso unangenehm wie früher, Miss March. Wenn Sie mich entschuldigen würden?«

Er lüpfte den Hut und wandte sich ab, denn um seine Ruhe zu haben, war er sogar bereit, auf sein Mittagessen zu verzichten. Penelope schäumte vor Wut. Was für eine Arroganz! Wie dieser Mann einen musterte! Seinetwegen hatte sie eine liebe Freundin verloren. Er hatte Evie nach der Episode im Holloway-Gefängnis ins Pariser Exil geschickt, und als Penny nach ihrer Entlassung aus dem Gefängnis versucht hatte, wieder Kontakt zu ihr aufzunehmen, hatte sie nie eine Antwort auf ihre Briefe erhalten. Sie bezweifelte nicht, dass Julian Rotherfield etwas damit zu tun hatte.

»Schämen Sie sich nicht?«, schrie sie. »Als gesunder junger Mann keine Uniform zu tragen! Was haben Sie noch in London zu suchen, während so viele unserer tapferen Männer die Freiheit mit ihrem Leben verteidigen? Warum sind Sie nicht bei ihnen, Lord Rotherfield?«

»Da hat sie nicht unrecht«, murrte eine Unbekannte. »Meine beiden Söhne sind an der Front.«

Nun, das musste ja passieren, sagte sich Julian und biss die Zähne zusammen. Dieses Verhalten erstaunte ihn keineswegs. Die Galionsfiguren der Suffragetten, Mutter und Tochter Pankhurst, hatten in den ersten Kriegstagen eine radikale Kehrtwende vollzogen und den Kampf um das Frauenwahlrecht hintangestellt, um die Streitkräfte zu unterstützen. Nunmehr gab es keine glühenderen Patriotinnen als sie. Sie zögerten nicht, leicht zu beeindruckende junge Burschen zu manipulieren und zu demütigen, damit diese sich zur Truppe meldeten. Wenn man es ihnen erlaubte, dachte er verärgert, würden sie alle männlichen Engländer zwischen fünfzehn und fünfzig Jahren zusammentreiben, ihnen Gewehre in die Hand drücken und sie in den Krieg schicken, um sich dort erschießen zu lassen. Eine sehr wirkungsvolle Methode, um sie ein für alle Mal loszuwerden. Die Hüte von Penelope Marchs Anhängerinnen, die mit steifen, spitzen Federn verziert waren, vermittelten ihm den Eindruck, in einer Voliere voller boshafter Vögel gefangen zu sein.

»Sie haben schon immer Gewalt propagiert, Miss March, und nun, da der Krieg ausgebrochen ist, haben Sie bekommen, was Sie wollten. Christabel Pankhurst hat erklärt, dieser Krieg sei die Rache Gottes an denen, die die Frauen versklavt haben. Nun, da sich die Männer totschießen lassen, müssten Sie ja zufrieden sein. Genau das, was wir verdient haben, oder?«

Die junge Frau lief purpurrot an. Dieser Rotherfield hatte einen wunden Punkt bei ihr berührt. Christabels Worte Anfang August hatten in der Tat schockiert, was die Regierung jedoch nicht daran hinderte, in ihrem Kampf gegen die Suffragetten einen Waffenstillstand zu erklären und sie aus dem Gefängnis freizulassen. In der Folge dieser Amnestie vollzogen die Pankhursts augenblicklich eine Kehrtwende, worauf einige sie als opportunistisch bezeichneten. In Wahrheit war der Großteil der engagierten Frauen erleichtert darüber, dass der Krieg die Pattsituation beendete, in die sie Christabels unversöhnliche Art geführt hatte. Doch das hätte Penny vor diesem unausstehlichen Kerl natürlich nie zugegeben.

»Wie können Sie es wagen, so etwas zu behaupten? Wir haben für das Wahlrecht gekämpft, weil es sich dabei um ein Grundrecht handelt; aber heute stehen wir in einer noch drängenderen Auseinandersetzung. Viele von uns haben spezielle Einheiten gegründet, um als Krankenschwestern zu dienen und den Flüchtlingen zu helfen.«

»Sie ähneln aber eher einem Rekrutierungsbeamten als einer Krankenschwester«, entgegnete er ironisch. »Sie möchten wissen, wie es Ihrer Freundin, Lady Evangeline, geht? Dann begeben Sie sich ins St.-Thomas-Krankenhaus. Meine Schwester trägt die Uniform der V.A.D. Sie sollten sich vielleicht ein Beispiel daran nehmen, Miss March.«

»Mit welchem Recht erteilen Sie mir Lektionen, wo doch jeder hier sehen kann, dass Sie nur selbst ein elender Feigling sind!«

Sie hatte Krankenschwester werden wollen, konnte aber kein Blut sehen. Ein Schwächeanfall zu viel, und ihre Vorgesetzte hatte sie entlassen. Vor Wut zitternd zog Penny eine lange weiße Feder aus ihrer Handtasche, trat einen Schritt vor und steckte sie Julian in das Knopfloch seines Mantels.

»Damit werden Drückeberger ausgezeichnet!«, sagte sie triumphierend.

Beipflichtende Rufe erklangen, verlegenes Lachen. Passanten blieben stehen und sahen ihn verächtlich an. Julian war sprachlos und wie vor den Kopf geschlagen. Einen kurzen Moment lang verlor er jedes Gefühl für Raum und Zeit. Die weiße Feder war das schändliche Symbol der Feigheit. Er wusste, dass fanatische Frauen sie Unbekannten in Zivil anhefteten, um sie öffentlich zu demütigen. In einer Gesellschaft, in der Ehre kein leeres Wort war, bedeutete das nichts weniger als eine Steinigung, eine Schande, von der man sich nie wieder erholte. Er erblickte die blassen Gesichter zweier Mitglieder seines Clubs, die sich peinlich berührt davonstahlen. Im selben Moment bahnte sich eine Frau einen Weg durch die Menge und riss ihm die weiße Feder herunter.

»Genug!«, schrie sie wütend. »Dieser Mann hat es nicht verdient, auf diese Weise beleidigt zu werden. Sie wissen gar nichts über ihn. Schämen sollten Sie sich. Wer ohne Sünde ist, der werfe den ersten Stein.«

Ihr flammender Blick ließ die kleine Ansammlung von Menschen, die plötzlich verlegen wirkten, auseinanderlaufen. Nach und nach zerstreuten sich die Zuschauer. Auch Penelope March wandte sich ab, gefolgt von ihren Gefährtinnen. Und Julian, der sich allein im eisigen Nieselregen auf dem Gehsteig wiederfand, vermochte den Blick nicht von May Whartons wunderschönem Gesicht loszureißen.

Die beiden hatten sich über zwei Jahre nicht gesehen, aber seitdem war kein Tag vergangen, an dem May nicht an Julian gedacht hätte. Sie hatte ihn gehen lassen, besiegt von einer jungen Ehefrau, die unter tragischen Umständen gestorben war. Besiegt von dem Schuldgefühl, das Julian erstickte und ihn daran hinderte, er selbst zu sein. Von der Vorstellung, dass man Glück nicht auf dem Unglück eines anderen aufbauen kann. Sie hatte erlebt, dass die Trennung von einem geliebten Menschen zu einem körperlichen und geistigen Verfall führen konnte und die Sehnsucht an einem fraß wie Säure. Aber sie hatte auch begriffen, dass sie alles überleben konnte, wenn sie eine solche Prüfung überstand. Zuerst verbrachte sie Tage und Nächte niedergeschlagen in ihrem Zimmer; dann packte sie ihre Sachen zusammen, gab ihre Wohnung in Bloomsbury auf und ging wieder auf Reisen. Bei Flugschauen gewann sie mehrere renommierte Preise. Sie schrieb weiter eine wöchentliche Kolumne für den *Philadelphia Enquirer* und diverse Artikel, die in einer New Yorker Zeitschrift erschienen. Als Pressekorrespondentin eines neutralen Landes hatte sie das Recht, sich in allen kriegführenden Ländern aufzuhalten. Gerade erst war sie von einem Aufenthalt in Berlin zurückgekehrt. May hatte keine finanziellen Sorgen mehr. Ihr Ruf öffnete ihr Türen, die man ihr früher vor der Nase zugeschlagen hatte. Sie war schön und umworben, aber sie war allein.

Sie war in London nur auf der Durchreise. Sie hatte nicht damit gerechnet, Julian wiederzusehen, und erst recht nicht unter solchen Umständen. In ihrer Handtasche lagen die notwendigen Genehmigungen, um am nächsten Tag nach Paris zu reisen. Da dies für die nächsten paar Monate voraussichtlich ihr letzter freier Tag war, erhob sie keine Einwände, als er sie zum Essen einlud.

In dem mahagonigetäfelten Restaurant des Savoy mit seiner rotgoldenen Decke brannte ein Feuer im Kamin, und zu dem Klappern des Bestecks gesellten sich die Klänge einer Harfenistin. Der Regen rann an den Fensterscheiben hinunter und überzog die Themse mit winterlich trüben, tristen Farben. May versuchte, gelassen zu wirken, doch sie ärgerte sich, weil eine fieberhafte Aufregung sie ergriffen hatte. Die Zeit war eine Verräterin, sie heilte mitnichten alle Wunden. Man brauchte nur den Gegenstand seines Begehrens wiederzusehen, und binnen weniger Sekunden zerstoben die langen, einsamen Nächte, der Zorn und die Trauer, aber auch die neuen Freuden und so geduldig wieder aufgebauten Hoffnungen. Und dann fühlte man sich wieder wie am ersten Tag: berauscht, begierig, verrückt vor Freude, verängstigt, kindlich und verletzbar. Was für eine abscheuliche Konfusion von Gefühlen, dachte sie irritiert. Sie betrachtete sein sorgfältig gekämmtes blondes Haar, sein ebenmäßiges Gesicht mit den ausgeprägten Zügen und seine breiten Schultern, und ein Schauer überlief sie. Julian sah strahlend aus und hatte sogar noch an Format gewonnen. Dank einer Frau?, flüsterte ihr eine perfide kleine Stimme zu. Sie trank einen Schluck Wein und bemerkte erleichtert, dass ihre Hand nicht zitterte. Er hatte einen Bordeaux bestellt, einen Château Mouton-Rothschild. Ein exzellenter Jahrgang, darauf konnte man sich bei ihm verlassen.

»Es tut mir furchtbar leid«, sagte Julian.

»Wofür denn? Es war mir ein Vergnügen, dich vor diesen Furien zu retten. Ich hatte das Gefühl, auf meinem weißen Ross zu deiner Rettung herbeizureiten.«

»Verkehrte Welt«, sagte er lächelnd. »Diese Penelope March hasst mich.«

»Du vergiltst es ihr mit gleicher Münze. Für jemanden, der nie seine Gefühle zeigt, warst du ziemlich außer dir.«

»Vor allem war ich vor Entsetzen wie gelähmt. In aller Öffentlichkeit eine weiße Feder angesteckt zu bekommen ...«, murmelte er mit angespannter Miene und sah sich um. »Bald wird jeder davon wissen. Bestimmt werde ich hämische Bemerkungen zu hören bekommen. Ich kann verstehen, dass manche armen Menschen sich nach so einem Affront das Leben nehmen.«

»Du aber nicht, hoffe ich.«

»Nein. So leicht bin ich nicht einzuschüchtern, und ich habe das Gefühl, meinem Land momentan in Westminster am meisten zu nützen. Es wird schon genug gestorben, findest du nicht auch?«

Seine Miene verschloss sich bei dem Gedanken an die ellenlangen Listen der im Kampf gefallenen englischen Soldaten. Beim Betreten des Speisesaals hatte er mehrere Mitglieder bekannter Familien gesehen, deren Söhne in Mons und Ypern gefallen waren. Kaum hatte England Deutschland am 4. August den Krieg erklärt, waren die Aristokraten zu den Waffen geeilt, und das obwohl ihre Gegner sie seit Jahrzehnten schmähten und versuchten, ihre politische und wirtschaftliche Macht zu zerstören. Manch einer hatte sie in diesem neuen und arroganten Jahrhundert, das mit einem Paukenschlag begonnen hatte und bereits jetzt nur noch ein Massensterben verhieß, für archaisch gehalten. Doch ihr tief verwurzeltes familiäres und geistiges Erbe hatte sie keine Minute zögern lassen, Gott und dem König, England und dem Empire zu dienen. In der Schule und an der Universität hatten ihre Philosophielehrer ihnen das geistige Rüstzeug mitgegeben, und beim Officer Training Corps waren sie zu Offizieren ausgebildet worden. Sie wussten, wie man Männer befehligte und wie man vor ihnen starb. In ihren Augen war der Dienst an der Waffe eine Selbstverständlichkeit und nicht nur eine Pflicht, sondern ein Geschenk.

»Früher einmal hast du dich beeinflussen lassen«, sagte sie leise und dachte wieder an ihre Trennung. »Aber du hast dich nicht verändert, ich weiß immer noch nicht, woran du denkst.«

Julian hatte Mays Anspielung verstanden, doch er wollte nicht von dieser schmerzhaften Zeit sprechen. Er zog es vor, vom Krieg zu reden, das war weniger gefährlich.

»Ich habe gerade im Geiste überschlagen, wie viele der hier Anwesenden schon ein Familienmitglied im Krieg verloren haben. Die meisten von ihnen waren Freunde von mir, manche Cousins. Mein Schwager Percy steht ebenfalls an vorderster Front. Und Edward natürlich. Inzwischen fürchte ich den Moment, in dem Stevens mir die Post bringt. Briefe mit schwarzem Rand zu bekommen macht einen mit der Zeit trübsinnig.«

»Das geht uns allen so.«

»Kommt darauf an«, meinte er und wies auf einen Tisch mit sorglosen jungen Offizieren, die mit aufgeregt plappernden jungen Damen scherzten und ihnen mit Champagner zuprosteten.

May lächelte.

»Es ist menschlich, sich trotzdem zu amüsieren. Für die Männer, die Fronturlaub haben, spielen die Jazzorchester extra laut. Noch ist die Moral gut.«

Julian fragte sich, wie lange noch. In den Herrentoiletten des Savoy hatte man an den Wasserhähnen inzwischen Nagelbürsten angebracht, damit sich jene leichter taten, die einen Arm verloren hatten.

»Im Gegensatz zu den Franzosen, die schon einen Blutzoll entrichtet haben, hat die englische Bevölkerung noch keinen Begriff davon, was auf sie zukommt«, begann er von neuem. »Die Freiwilligen sind noch sicher in ihren Ausbildungslagern, wo sie mit Holzgewehren trainieren, weil es uns an Waffen fehlt. Man braucht drei Jahre, um einen fähigen Soldaten auszubilden. Wir haben acht Monate.«

»Du klingst ziemlich defätistisch.«

»In Westminster ist man überzeugt, dass an der Westfront eine

Pattsituation herrscht. Die Deutschen haben sich über eine Strecke von tausend Kilometern eingegraben wie die Ratten und sich die besten strategischen Positionen gesichert. Die Franzosen und wir haben wenig Chancen, ihre Frontlinie kurzfristig zu durchbrechen. Der Bewegungskrieg ist vorüber, und jetzt treten wir in die Phase des Stellungskriegs ein. Wenigen Menschen ist klar, was das angesichts der heutigen schweren Artillerie bedeutet.«

»Ich komme soeben aus Berlin zurück. Dort werden gerade die Weihnachtsgeschenke des Kaisers an seine Soldaten vorbereitet: eine Schachtel Zigarren für die Offiziere und eine Meerschaumpfeife für die Soldaten.«

»Hoffentlich bekommen sie auch Tabak dazu«, sagte Julian ironisch.

Ihre Teller wurden aufgetragen. May war nicht hungrig. Er fragte sie, was sie in den letzten Jahren getan habe, und sie erzählte nicht ohne Stolz von ihren Erfolgen. Er schien voller Bewunderung zu sein für alles, was sie erreicht hatte, ohne jedoch zu ahnen, gegen welche inneren Dämonen sie hatte ankämpfen müssen.

»Du hast dich verändert«, sagte er plötzlich leise.

»Wie denn?«

»Du bist ernster geworden. Und noch schöner, falls das überhaupt möglich ist.«

Mit einem Mal fühlte sich May unendlich traurig. Sie wehrte sich dagegen, aber Julians Gegenwart ließ sie nicht gleichgültig. Sie war sich jeder seiner Bewegungen bewusst, des leisesten Gefühls, das seine Züge belebte. Um nichts in der Welt hätte sie ihm gestanden, dass sie glaubte, sterben zu müssen, als er sie verlassen hatte.

»Morgen reise ich nach Paris ab«, erklärte sie betont fröhlich. »Ich habe deinem Bruder geschrieben und ihn gefragt, ob ich mich freiwillig zum Royal Flying Corps melden könne, aber er hat mir deutlich zu verstehen gegeben, dass das nicht in Frage kommt. Also werde ich mich den Franzosen zu Füßen werfen.

Freundinnen von mir haben die ›Patriotische Union der französischen Fliegerinnen‹ gegründet. Leider verweigert man auch ihnen, an militärischen Missionen teilzunehmen«, fügte sie betrübt hinzu. »Das ist doch dumm. Warum nehmen die Leute sich kein Beispiel an den Russen? Mehrere junge Pilotinnen unternehmen dort Aufklärungsflüge. Wenn nötig, werde ich meine Dienste dem Zaren antragen. Was meinst du?«

Ihre Augen strahlten vor Unternehmenslust, doch Julian wurde blass.

»Du bist verrückt! Du wirst dich umbringen. Die Franzosen nehmen dich auf keinen Fall. Eine Frau ist nicht für den Krieg geschaffen. Das ist gegen die Natur.«

»Dann sind wir deiner Meinung nach nur als Krankenschwestern zu gebrauchen?«, entgegnete sie empört. »Wir dürfen uns die Hände blutig machen, aber keine Waffe ergreifen? Ich für meinen Teil habe keine Begabung zum Verbinden und nicht die Geduld, Verwundete zu trösten, aber ich kann einen Revolver benutzen und ein Flugzeug steuern. Und ich habe die feste Absicht, die Behörden davon zu überzeugen, mir eine Chance zu geben.«

Julian legte das Besteck beiseite. Das Essen schmeckte nach Asche. Die Vorstellung, dass eine Frau einen anderen Menschen tötete, stieß ihn ab. Kämpfte man nicht gerade, um ihre Unschuld zu bewahren?

»Ich verstehe euch nicht. Seit Jahren rebellieren Frauen wie Evangeline und diese abscheuliche Penelope March mit ihrem verdammten Wahlrecht, und jetzt verlangt ihr auch noch das Recht zu töten?«

»Warum sollten die Frauen im Krieg immer nur die passiven Opfer sein? Vergewaltigung und Plünderung erleiden wir doch ohnehin, oder? Da haben wir auch das Recht, unsere Begabungen in den Dienst einer gerechten Sache zu stellen. Eines der Argumente, mit denen man uns das Wahlrecht verweigert, lautet gerade, dass wir nichts zur Verteidigung der Nation beitragen.

Das ist allerdings nichts Neues. Aber was ist mit einer Johanna von Orléans?«

»Das Beispiel trifft nicht auf die heutigen Umstände zu«, hielt er ihr entgegen, dann verzog er amüsiert das Gesicht. »Damals waren wir übrigens Feinde. Aber ich sehe noch ein seltsames Paradoxon: Männer wie ich kämpfen darum, eine Welt zu erhalten, die im Untergang begriffen ist.«

»Dieser Krieg wird die Rolle der Frau in der Gesellschaft auf den Kopf stellen. Die Suffragetten brauchen sich keine Mühe mehr zu geben, man wird ihnen das Wahlrecht auf dem Silbertablett servieren. Dadurch, dass sie die Männer, die in den Kampf gerufen werden, ersetzen, werden die Frauen Geschmack an der Unabhängigkeit finden. Ich bezweifle, dass sie nach dem Krieg brav wieder nach Hause gehen. Du wirst dich damit abfinden müssen, mein armer Julian … Aber erzähl mir von Evangeline. Wie geht es ihr? Es hat mir so leidgetan, als ich erfahren habe, was ihr in Holloway zugestoßen ist. Dabei hatte ich versucht, dir rechtzeitig Bescheid zu geben.«

Julian sah sie verblüfft an. »Wovon sprichst du?«

»Ich wusste, was die Anhängerinnen der Pankhursts planten. Nach meinem Interview mit deiner Schwester bin ich zu dir nach Hause gegangen, um dir eine Nachricht zu hinterlassen und dich darüber zu informieren, dass Evangeline an dem Aufruhr teilnehmen würde. Ich habe mich immer gefragt, warum du sie nicht daran gehindert hast.«

»Wem hast du diese Nachricht übergeben?«

»Deiner Frau. Auf der Türschwelle.«

Der Oberkellner räumte ihre noch halb vollen Teller ab. Julian zog ein Zigarettenetui aus der Tasche. Seine Frau habe ihm kein Wort davon gesagt, räumte er ein. Vage erinnerte er sich, dass er sich zu dieser Zeit auf Rotherfield Hall aufgehalten hatte. Aber Alice hätte Mays Brief dennoch an ihn weiterleiten müssen. Dann hätte er Evie womöglich das Gefängnis und die Zwangsernährung ersparen können. Hatte sie mit dem sechsten Sinn der betrogenen Ehefrau geahnt, dass May seine Geliebte war? Hatte sie sich in der ersten Zeit ihrer Ehe verletzt, verraten gefühlt, bereits in den Monaten vor ihrer Hochzeitsreise? Er hoffte nicht, jedenfalls hatte sie sich nichts anmerken lassen.

Julian wartete auf das vertraute schlechte Gewissen, das ihm so lange das Herz zerrissen hatte, und war erstaunt, als es sich nicht zu Wort meldete. Er sog Mays Duft ein. Er war aufgewühlt von ihrer Gegenwart, ihrer durchscheinenden Haut, ihren geschwungenen Lippen, ihrem seidigen Haar, über das sie eine Samtmütze gestülpt hatte. Und ihrer Figur, die von einem perlgrauen Kostüm, dessen kurzer Rock ihre Knöchel erkennen ließ, betont wurde. Als er gesehen hatte, dass sie keinen Ehering trug, hatte er eine feige Erleichterung verspürt. Aber morgen reiste sie nach Paris ab, angetrieben von diesem unvernünftigen Drang zu kämpfen, und Julian wusste, dass sie eine andere Möglichkeit finden würde, sich in Gefahr zu begeben, wenn man ihr das nicht erlaubte.

Da begriff er, dass Alice in eine weit entfernte Vergangenheit gehörte, in eine Welt, die zeitlich noch nicht lange zurücklag und doch in seltsam weite Distanz gerückt war. Eine Welt, die im Rückblick strahlend und friedlich erschien, in der keine erbarmungslose Artillerie Soldaten bei vergeblichen Offensiven zerriss, in der die Eliteregimenter der Kavallerie noch nicht obsolet geworden waren und der Feind nicht die Dörfer eines neutralen Landes anzündete und unschuldige Geiseln erschoss, in der nicht die Leichen Tausender Männer im Schlamm verwesten und ihr Blut und ihre Knochen für alle Ewigkeit in der flandrischen Erde zurückließen.

Ein Gefühl von Verzweiflung durchzuckte ihn. Er hatte keine Lust mehr auf nutzlose Worte. Sie wussten beide, dass ihre Zeit knapp bemessen war. Er legte seine Hand auf die von May, und sie erschauerte. Julian war überrascht über sich selbst, doch er hätte es unwürdig gefunden, das Begehren zu leugnen, das sie von Anfang an verbunden hatte und das sie seit Beginn des Essens vergeblich vor sich selbst zu verbergen gesucht hatten. Ohne sie aus den Augen zu lassen, stand er auf. Einen Moment lang empfand er Angst. Er fürchtete Mays Reaktion. Sie war schon immer vor allem auf ihre Freiheit bedacht gewesen.

Achtzehn Monate später, im Morgengrauen eines Julitags in einem Schützengraben an der Somme, wo er mit seinen Männern darauf wartete, im Zuge einer britischen Offensive auf die deutschen Linien zuzustürmen – ein Angriff, der eine Entscheidung herbeiführen, aber tragisch enden würde –, sollte Julian an Mays Lächeln an jenem Tag im Savoy zurückdenken. An die anmutige Bewegung, mit der sie aufgestanden war, um mit ihm zu gehen, an die wunderbare Selbstverständlichkeit, mit der sie ihm seine frühere Schwäche vergeben hatte, sein langes Schweigen und seine Widersprüche. Und daran, wie sie sich wieder geliebt hatten, dankbar und staunend, weil die Vorsehung ihnen an diesem Dezembermorgen dieses unerwartete Geschenk gemacht und sie erneut zusammengeführt hatte, während England in diesem Krieg kämpfte, »um für immer alle Kriege zu beenden« ...

Als Evangeline eine Woche später zum Berkeley Square zurückkehrte, war es bereits Nacht über London. Es war dunkler als gewöhnlich. Die Vorhänge waren größtenteils sorgfältig zugezogen und die festliche Beleuchtung der Schaufenster ausgeschaltet. Der Lichtkegel eines Scheinwerfers suchte den Himmel nach deutschen Zeppelinen ab, denn man befürchtete einen Luftangriff. Ein hartnäckiger Nieselregen benetzte die Gehwege. Trotz ihrer dicken, schwarzen Strümpfe und ihrer plumpen Schuhe hatte sie eiskalte Beine. Die Aussicht auf ein paar Tage Atempause erschien ihr geradezu wunderbar, und sie hatte vor, sie mit Schlafen zu verbringen. Seit drei Monaten befolgte sie von halb acht Uhr morgens bis acht Uhr abends die Anordnungen der Oberschwester, ohne dass das Argusauge der Oberin ihr einen Moment Ruhe gönnte.

In der ersten Zeit hatte sie grobe Fehler begangen. Ihre Aufgabe war es gewesen, die Böden zu putzen, die Betten der Patienten zu machen, ihr Geschirr zu spülen und die Säle zu scheuern. Aber sie hatte nicht die geringste Ahnung gehabt, wie man Scheuerlappen oder Desinfektionsmittel benutzte. Die einfachsten Alltagsarbeiten hatte sie erlernen müssen. Eine ihrer Kolleginnen, die genau wie sie von Dienstboten umgeben aufgewachsen war, hatte den Spott der ganzen Abteilung auf sich gezogen, weil sie es nicht fertigbrachte, das Wasser für den Tee zum Kochen zu bringen. Die freiwilligen Helferinnen waren den professionellen Krankenschwestern unterstellt, die nur allzu gern die niedrigsten Arbeiten abschoben. Die Helferinnen leerten Bettpfannen, lernten, chirurgische Instrumente zu sterilisieren, Bandagen richtig aufzuwickeln und vor allem, ihre Empfindsamkeit zu überwinden, wenn es darum ging, einen zerfetzten Körper zu pflegen. Wenn Evie mit dem Verwesungsgestank einer infizierten Wunde konfrontiert war, fragte sie sich oft, warum sie sich diese Tortur auflud. Die meisten ihrer Freundinnen und Cousinen leisteten genau wie sie ihren Dienst, denn sie wollten sich ebenso bewähren wie die Männer, die sie liebten und die auf dem Kontinent gegen die Deutschen oder im Mittleren Osten gegen die Türken kämpften. Ihre Mutter war nach Frankreich gereist, um die Herzogin von Westminster zu unterstützen, die in Touquet ein englisches Hospital gegründet hatte. In ihren Briefen beschrieb Venetia, wie die Verletzten in einem Empfangssaal versorgt wurden, dessen Kronleuchter man mit weißen Gardinen verhängt hatte. Sie hatte Evie vorgeschlagen, zu ihr zu stoßen, doch diese Frau hing zu sehr an ihrer Unabhängigkeit. Die jungen Mädchen nutzten den Krieg, um sich von gewissen Verhaltensnormen der gehobenen Gesellschaft zu befreien. Den hart arbeitenden Krankenschwesterhelferinnen konnte man wohl kaum mehr Anstandsdamen aufzwingen oder von ihnen Rechenschaft über ihr Tun und Treiben verlangen, was unter den eleganten Familien von Mayfair einer Revolution gleichkam. Nur einige Witwen versuchten die jungen Frauen abzuschrecken. Sie malten das furchteinflößende Bild von betrunkenen Soldaten, die so lange von jeder weiblichen Aufmerksamkeit abgeschnitten waren, dass sie gleich nach ihrer Genesung über sie herfallen würden. Derlei Warnungen entlockten Evie nur ein Lächeln. Früher war sie stets darauf bedacht gewesen, sich von ihren Standesgenossinnen abzuheben, doch nun passte sie sich zum ersten Mal der allgemeinen Stimmung an.

Als Stevens die Tür öffnete und ihr das schwarze Cape abnahm, dankte sie ihm mit müder Stimme und bat ihn, Rose Bescheid zu geben, damit sie ihr ein Bad einließ. Der Butler teilte ihr mit, Lady Victoria werde sie um acht Uhr abholen kommen.

»Unmöglich. Heute Abend bin ich zu müde, um auszugehen. Entschuldigen Sie mich bei ihr.«

Langsam stieg sie die Prachttreppe hinauf. Unterwegs band sie die Schürze ab, die ihr bis zu den Knöcheln reichte, löste den Knopf an ihrem Hals, um sich von dem weißen, gestärkten Kragen zu befreien, und streifte die steifen Hemdmanschetten ab, die immer makellos rein sein mussten. Sie war erstaunt über die Vielzahl von Verhaltensregeln, die im Krankenhaus einzuhalten waren. Die Oberschwester tolerierte weder die kleinste Regelverletzung noch den Hauch einer Emotion. Die steife Uniform, die respektvolle Haltung und die Unterwerfung unter die Hierarchie spiegelten einen militärischen Geist, aber diese Starre hatte mitten in Chaos und Leid auch etwas Beruhigendes. Und als die Oberschwester sie zum ersten Mal lobte, hatte Evie den Eindruck, einen Orden verliehen zu bekommen. Sie trat in ihr Zimmer, und während sie sich vollständig entkleidete, verstreute sie die verschiedenen Teile ihrer unvorteilhaften Uniform über den Teppich. Dann betrachtete sie ihre Hände. Die Haut war aufgesprungen, die Gelenke waren gerötet und die Nägel kurz. Sie bezweifelte, dass ihre Hände irgendwann wieder gepflegt aussehen würden.

Rose überprüfte die Temperatur des mit Orangenblütenöl parfümierten Wassers und machte sich dann wortlos weiter zu schaffen. Sie wusste, dass Lady Evangeline nicht zum Reden aufgelegt war, wenn sie aus dem Krankenhaus kam. In der Wanne schloss Evie die Augen. Ihre schmerzenden Muskeln entspannten sich, und die hartnäckigen Gerüche von Phenol und Äther verflogen. An diesem Nachmittag war ein neunzehnjähriger Soldat gestorben. Sie hatte die Wandschirme um sein Bett aufgestellt, bevor man ihn holen kam, und dann die Bettwäsche gewechselt und die Matratze und die Metallstäbe desinfiziert. Ein Amputierter, der aus dem Operationssaal kam, nahm seinen Platz ein. Oft hatte sie den Eindruck, eine Sisyphusarbeit zu verrichten. Ein Bett blieb nie länger als eine Stunde unbelegt. Ständig verrichtete sie die immergleichen Tätigkeiten, begann sie bei jedem neuen Körper, bei jedem anderen Gesicht mit den gleichen Bewegungen wieder von vorn. Und alle waren jung und schamhaft. Obwohl die Krankenschwestern Befehl hatten, Distanz zu wahren, bemühte sich Evie, sich jeden der Patienten zu merken, sich an die Besonderheiten ihres Lebens zu erinnern; aber wenn Müdigkeit und Routine sie überwältigten, floss in ihrem Kopf alles zusammen. Sie rieb sich Shampoo ins Haar und tauchte dann den Kopf unter Wasser. Als sie kurz darauf wieder hochkam, wurde sie von Vicky begrüßt, die in einem Abendkleid aus cremefarbenem Crêpe-Satin auf dem Badewannenrand saß. Ihre Schwester neigte missbilligend den Kopf, sodass ihre Ohrringe hin- und herschwangen.

»Stevens behauptet, du willst heute Abend nicht ausgehen; aber es kommt gar nicht in Frage, dass du dich hier vergräbst. Matilda ist schon unten. Wir nehmen dich mit, ob willig oder mit Gewalt.«

»Ich bin erschöpft, Vicky. Mrs Pritchett macht mir ein kleines Abendessen, und dann gehe ich schlafen.«

»Aber das ist doch grotesk! Das Fest bei Constance wird bestimmt großartig. Als Erstes lassen wir dir ein Glas Champagner bringen, um dich aufzumuntern. Komm schon, Evie, hab ein wenig Mumm! Du willst doch keine Schlafmütze sein. Die Clique wäre schrecklich enttäuscht, wenn du uns im Stich lässt. Ich verspreche dir, dass du es nicht bereuen wirst.«

Vicky war umso entschlossener, da sie niemandem erzählt hatte, dass Edward zu ihnen stoßen würde, sobald er aus dem Zug stieg. Er hatte zu Weihnachten ein paar Tage Heimaturlaub, aber er hatte sie brieflich gebeten, sie möge das Geheimnis wahren, um alle zu überraschen.

»Jetzt beeil dich! Morgen kannst du den ganzen Tag schlafen.«

Vicky öffnete Evies Kleiderschrank und zog triumphierend ein neues Kleid hervor, dessen weiter Rock um mehrere Zentimeter gekürzt worden war. Solange ihre Schwester noch Zeit fand, mit der Mode zu gehen, war nicht alles verloren. Während das Kammermädchen ihre Schwester frisierte, rief Vicky nach Matilda und ließ eine Flasche Champagner heraufkommen. Die jungen Frauen suchten eine lange Halskette, Ohrringe, Schuhe und eine Abendtasche aus und plapperten aufgeregt. Matilda massierte Evie die Hände mit Creme und erzählte dabei begeistert von ihrem kleinen Sohn. Die Lebensfreude der beiden entlockte Evie ein Lächeln. Ihre Ehemänner standen an vorderster Front, aber nichts konnte ihnen die gute Laune verderben. Sie weigerten sich, sich ihre Jugend stehlen zu lassen. Die beiden ließen kein Fest aus, kauften ein, waren ständig im Theater und in den Salons des Savoy anzutreffen und genossen es, die Ehefrauen von Helden zu sein. Und damit waren sie nicht allein. Ein Teil der älteren Generation fand diese rauschhafte Unternehmungslust unschicklich, aber erstaunlich war sie nicht. In ihren mitreißenden Briefen schilderten Edward und Percy ihre Erlebnisse als großes, eposartiges Spiel, in dem man sich durch Wagemut und Kühnheit hervortun musste. Sie behaupteten, sich noch nie so in ihrem Element gefühlt zu haben. Mit Ausnahme jener, die im Foreign Office arbeiteten, hatten sich alle ihre Freunde im August zur Armee gemeldet. Die »Bewundernswerten« teilten die allgemeine Kriegseuphorie. Ihre Begeisterung war vergleichbar mit jener, mit der sie die ersten Jahre des Jahrzehnts durchlebt hatten. Damals bezeichneten ihre Eltern sie als dekadent, weil sie Poker und Tango liebten, Cocktails mit Absinth, die düsteren Gedichte Baudelaires oder Swinburnes oder die geschmacklosen Scharaden, bei denen man so tat, als verkünde man seiner niedergeschmetterten Familie den Tod eines Angehörigen, während die anderen die Identität des Verstorbenen erraten mussten. Ein prophetisches Spiel in gewisser Weise.

Warum sollten Vicky oder Matilda auch niedergeschlagen sein?, dachte Evie verdrossen. Sie hatten keine Ahnung von der deutschen Offensive in Belgien, den Bombardierungen, dem Flüchtlingselend und den Brandschatzungen. Sie machten einen großen Bogen um die Krankenhäuser. Stattdessen wählten sie lieber Delikatessenkörbe bei Fortnum und Mason's aus, um sie nach Frankreich zu befreundeten Offizieren zu schicken, oder sie unterhielten die handverlesenen Verwundeten, die in einigen Häusern in Mayfair untergebracht waren. Doch Evie mochte ihnen die Illusionen nicht rauben, auch wenn ihre Haltung teilweise von Blindheit und Egozentrik gefärbt war. Obwohl Vicky und Matilda nur zwei Jahre jünger als sie waren, empfand sie ein merkwürdiges Bedürfnis, ihnen diese Sorglosigkeit zu bewahren, als wäre sie ein kostbares Gut. Wozu ihnen das Grauen der schweren Verwundungen schildern oder die stoische Ergebenheit dieser verstümmelten jungen Männer, die ihr mit einem Lächeln dankten? Und doch hätte man gegen die absurde Ungerechtigkeit dieses barbarischen Krieges aufschreien müssen.

»Wenn ihr so weitermacht, komme ich mir noch wie Aschenputtel vor«, murrte sie, während die beiden sie wie eine Puppe ankleideten.

Doch dann schüttelte sie ihre Apathie ab, leerte ihr Champagnerglas mit einem Zug und ließ sich von Stevens einen Pelz um die Schultern legen.

Als sie in der Dover Street eintrafen, war das Fest schon in vollem Gange. An der Haustür wurden sie vom fröhlichen Klang eines Grammofons empfangen, das Jazzmelodien spielte. Die Hausherrin, die einen Turban trug, fiel Evangeline um den Hals.

»Endlich! Ich hatte schon die Hoffnung aufgegeben, dich je wiederzusehen. Aber du siehst großartig aus, meine Liebe. Was für eine schöne Idee, das Haar offen zu tragen. Man könnte dich für eine Debütantin halten.«

Das Kompliment war zweischneidig und sollte Evie daran erinnern, dass sie immer noch nicht verheiratet war. Aber sie war an die bissigen Neckereien der Clique gewöhnt und ging nicht auf die Anspielung ein. Constance war eine Brünette mit grünen Augen, deren hoheitsvolle Haltung gar die Aufmerksamkeit von

Premierminister Asquith auf sich gezogen hatte, eines Verführers, der sich gern mit charmanten jungen Damen umgab. Constance nahm sich zwei Gläser und hakte Evie unter. In den von Kerzenlicht erhellten und mit roten, ockerfarbenen und gelben gerafften Stoffen geschmückten Salons gingen Diener mit Turbanen umher. Sitzpolster und mit Pailletten bestickte Kissen ersetzten die Stühle. Seit das Empire Männer aus Kanada, Neufundland, Südafrika, Australien, Neuseeland und vor allem aus Indien nach Europa schickte, war Constance so wie das ganze Land der modischen Indienbegeisterung erlegen. Jeder war den Maharadschas dafür dankbar, dass sie zu den Kriegsanstrengungen beitrugen, indem sie Silber und Edelsteine sowie Freiwillige sandten; Regimenter, die der Krone große Loyalität erwiesen, indem sie unter einem so ungastlichen Himmel für sie kämpften. Die Tapferkeit der Sikh-Krieger und der Mut der Gurkhas, die von den Berghängen Nepals herabgestiegen waren, beflügelten die Fantasie.

»Ich habe mein Bestes getan«, erklärte Constance, nachdem Evie ihr Komplimente über die Dekoration gemacht hatte. »Es fehlen nur die Ohren dieser schrecklichen Fritzen, die die Gurkhas mit einem Messer abschneiden und als Trophäen einstecken. Aber das wäre ein wenig makaber gewesen, oder?«, scherzte sie.

Ein Schleier von Trauer verdüsterte mit einem Mal ihr Gesicht. Zwei ihrer Freunde fehlten. Für die »Bewundernswerten« stellte ihre Abwesenheit einen herben Schlag dar. Sie trauerten um die Gefallenen und glorifizierten sie. Was konnte man sich Besseres erträumen, als jung und schön einen ruhmreichen Tod auf einem Schlachtfeld zu sterben? Das behaupteten die Idealisten. Ihre Briefe und Gedichte von der Front strotzten vor Vitalität und dem Glauben an einen wohlwollenden Gott, der dafür sorgte, dass das Gute über das Böse triumphierte. Ihr Takt und ihre Selbstachtung verbaten es ihnen, offen über ihre Befürchtungen zu sprechen, stattdessen kultivierten sie einen vorgegebenen Gleichmut.

Bei den Festen legte Evie den Ernst ab, der sie neuerdings auszeichnete, und tanzte bis in die frühen Morgenstunden; sie tat es, um die Fronturlauber abzulenken. Doch weder vergaß sie darüber die verkohlten Häuser von Namur noch die Mauern des Holloway-Gefängnisses, deren Silhouetten sie noch immer vor ihrem geistigen Auge sah. Und wenn sie die Briefe aus Frankreich öffnete, rührte es sie zutiefst, den Staub aus den Schützengräben zu sehen, der sich in den Knicken des Papiers sammelte und an ihren Fingern haften blieb.

Der Alkohol begann ihr zu Kopf zu steigen. Die Büfetts boten Avocado-Mousse, Krabbensalat, Lamm- und Hähnchencurry und Safranreis. Ihr fiel auf, dass Vicky besorgt wirkte. Matilda dagegen tanzte in einem benachbarten Zimmer den *Turkey-Trot*.

»Erwartest du jemanden?«

»Ganz und gar nicht!«, erwiderte Vicky errötend.

»Komm schon, willst du uns überraschen? Hat Percy Heimaturlaub bekommen?«

»Natürlich nicht. Meiner Meinung nach amüsiert er sich an der Front so gut, dass er gar keinen Urlaub will.«

Evie nahm die Verbitterung in ihrer Stimme wahr. Durch die Abwesenheit ihres Mannes fühlte sich Vicky des Glücks einer jungen Ehefrau beraubt, das ihr rechtmäßig zustand. Sie hatte seit jeher die unangenehme Neigung, zu glauben, die ganze Welt hätte sich gegen sie verschworen.

»Erzähl keinen Unsinn. Du weißt genau, wie schwierig es ist, Fronturlaub zu bekommen.«

»Wenn ich wenigstens ein Kind bekäme, dann hätte ich etwas zu tun, wie Matilda!«

»Dazu hast du doch noch alle Zeit der Welt.«

Wenn Percy überlebt, dachte Evie, sagte aber nichts. Man hatte den »Bewundernswerten« die Aussicht auf ein Leben voller Vergnügungen vorgespiegelt, und jetzt hatte der Krieg diese schöne, sorglose Zukunft zerstört. Ihre Reihen begannen sich zu lichten. Die Gesichter ihrer gefallenen Freunde lebten in ihren Erinnerungen weiter, doch im Lauf der Wochen wurde ihnen klar, dass sie nie wieder ihre Stimmen hören würden. Die Toten und Verschollenen verharrten in einer strahlenden, heldenhaften Jugend, während die Überlebenden dazu verurteilt waren, ohne sie alt zu werden. In diesen Momenten der Verzweiflung fragte sich Evie, was trauriger war.

»Aber ich will jetzt Kinder haben!«, sagte Vicky. »Ich habe nicht umsonst geheiratet. Und nur Gott weiß, wie lange dieser verflixte Krieg dauern wird. Ich langweile mich, verstehst du?«

»Wenn das so ist, geh doch zu den V.A.D. wie wir anderen auch!«, erwiderte Evie, verärgert über ihre Launenhaftigkeit. »Dann hast du leider keine Zeit, um dich zu langweilen.«

Plötzlich erklang hinter ihr eine vertraute Stimme.

»Ich bin's nur!«, rief Edward und breitete die Arme aus, um seine Schwestern an sich zu ziehen. »Bedaure die Verspätung, aber jetzt sind wir endlich da und fest entschlossen zu feiern.«

Mit dem Blick suchte er nach Matilda. Als seine junge Frau ihn sah, stieß sie einen Freudenschrei aus und stürzte auf ihn zu. Die beiden waren seit über vier Monaten getrennt gewesen.

»Guten Abend, Lady Evangeline.«

Pierre du Forestel lächelte ihr zu. Er trug ein schmal geschnittenes, makelloses schwarzes Jackett mit einfachen goldenen Knöpfen, doch sein zerzaustes Haar und sein schelmischer Blick straften die militärische Strenge seines Aufzugs Lügen. Reglos, ohne ein Wort stand Evie mit klopfendem Herzen da. Um sie herum schien die aufgeregte Feststimmung in den Hintergrund zu treten. Noch nie hatte sie Pierre du Forestels Gegenwart so intensiv empfunden, obwohl seine Ausstrahlung auf sie von Anfang an groß war. Vielleicht lag es an der Uniform. Verworren ahnte Evie, dass ihr dieser Mann gefährlich werden könnte. Sie hatte schon so viele Menschen, um die sie sich ängstigen musste – Edward, Percy, Friedrich und alle ihre Freunde. Daher fürchtete sie sich davor, diesen komplexen, zugleich eigenwilligen wie sensiblen, unverfrorenen wie geheimnisvollen Mann in ihr Herz zu lassen.

»Sie wirken betrübt, mich zu sehen«, erklärte er traurig. »Edward hat darauf bestanden, dass ich mitkam. Er hat mir gesagt, dass Sie heute Abend bestimmt hier wären. Ich hatte mich darauf gefreut, Sie wiederzusehen.«

Als das Leuchten in seinem Blick erlosch, tat es Evie leid, ihn verletzt zu haben.

»So ist das ganz und gar nicht!«, erwiderte sie errötend. »Ich war nur überrascht, nichts weiter. Aber ich bin entzückt … Wie geht es Ihnen? Sie scheinen in Hochform zu sein. An den geflügelten Sternen an Ihrem Kragen erkenne ich, dass Sie Flieger sind. Aber wie könnte das auch anders sein, nicht wahr? Kämpfen Sie mit meinem Bruder zusammen? Ich meine, am selben Ort in Frankreich. Aber vielleicht dürfen Sie ja nicht darüber sprechen?«

Pierre hob lachend eine Hand.

»Nicht so viele Fragen auf einmal, Lady Evangeline! Wir haben den ganzen Abend Zeit zum Reden. Ich komme vor Durst um, Sie nicht auch?«

Pierre war erleichtert, als sich Evangeline beeilte, ihm Champagner bringen zu lassen. Ihre anfängliche Zurückhaltung hatte ihm einen Stich versetzt. War er etwa empfindsamer als früher? Oder lag es nur daran, dass Evangeline an diesem Abend das Haar offen trug, nur locker von einem Satinstirnband zurückgehalten, sodass es um ihre Schultern fiel, und dass ihn ihre Frische und Lebendigkeit an die Vorkriegszeit erinnerten? In dieser unerwartet exotisch dekorierten Umgebung, die ihn an Pariser Kostümfeste gemahnte, ließ er sich von dem fröhlichen Ton bezaubern, in dem Evangeline ihm von ihren Missgeschicken im Krankenhaus erzählte und sich dabei über sich selbst lustig machte. Nach und nach entspannte er sich. Dieser improvisierte Urlaub entwickelte sich vielversprechender als gedacht.

Da er perfekt Englisch sprach, hatte der Generalstab ihn nach England geschickt, um mit dem Verbündeten eine eventuelle Zusammenarbeit zur Produktion neuer Flugzeuge auszuloten.

Nachdem alle qualifizierten Flieger mobilisiert worden waren, brauchte es eine nie da gewesene industrielle Anstrengung, um die Zahl der Flugstaffeln zu erhöhen. Mithilfe der neuartigen Rationalisierungsmethoden des Amerikaners Ford ließ sich die Produktion erhöhen, und die britischen Konstrukteure konnten da behilflich sein. Am nächsten Tag würde er nach Schottland fahren, um ein Unternehmen zu besuchen, das französische Nieuport-Flugzeuge herstellte.

Die hektische Fröhlichkeit um ihn herum störte ihn keineswegs. Die Tänzer verrenkten sich zu den schnellen Rhythmen, auf dem Parkett waren Kristallgläser zu Bruch gegangen, und die Kerzen beschienen rot angelaufene Gesichter und glänzende Augen. Die fieberhafte Stimmung wirkte ansteckend. Sie war ihm nicht fremd: Unter den Fliegern feierte man mit der gleichen Energie, mit der man seine Gegner bedrängte. Sie waren dafür bekannt, dass sie gern über die Stränge schlugen. Pierre hatte sich acht Tage Arrest eingehandelt, weil er einen Einsatzbefehl vorgetäuscht hatte, um ein neues Flugzeug auszuprobieren und gleichzeitig die Gelegenheit zu nutzen, um Freunde zu besuchen, die etwa dreißig Kilometer von der Basis entfernt wohnten.

Die Londoner Atmosphäre kam ihm daher vertraut vor. Er mochte die Engländer wegen ihres Unabhängigkeits- und Freiheitsgeistes, ihrem fast kulthaften Drang, über sich selbst hinauszuwachsen, und ihrer spontanen Liebe zum Risiko. In ihrem angeborenen Respekt vor den Traditionen und Normen, der dennoch Raum für Fantasie ließ, erkannte er sich wieder. Doch obwohl er die positiven Eigenschaften dieses Landes schätzte, die Vitalität dieser Hauptstadt, die in dem vibrierenden, nach Gewürzen und Gischt riechenden Hafen wurzelte, hegte Pierre den Engländern gegenüber immer noch leise, althergebrachte Vorbehalte. Aber um dieses instinktive Gefühl nachzuvollziehen, musste man wohl den Salon auf Le Forestel kennen, wo sein Vater unter den Wappen französischer Familien, die 1415 bei der Schlacht von Azincourt dezimiert worden waren, Chateaubriand las.

Edward kam, um sich davon zu überzeugen, dass man sich angemessen um seinen französischen Gast kümmerte. Die Freundschaft zwischen den beiden Fliegern sprang ins Auge. Ihre einstige Rivalität war nur noch Erinnerung. Er setzte sich neben Evie und fragte sie, was es Neues von ihrer Mutter gebe.

»Sie unterstützt noch immer die Herzogin von Westminster bei der Leitung ihres Krankenhauses in Touquet.«

»Tatsächlich?«, sagte Pierre amüsiert. »Mein Vater besitzt in der Gegend Ländereien, wir gehen dort auf die Schnepfenjagd. Sie müssen einmal zu uns kommen, Edward, und Sie ebenfalls, Lady Evangeline, sobald wir diese leidige Angelegenheit hinter uns gebracht haben.«

»Es wäre ein Vergnügen, wieder auf orthodoxere Weise auf die Jagd zu gehen«, scherzte Edward.

Die beiden jungen Männer erzählten, dass die Piloten in der Somme-Bucht anfangs Rebhühner gejagt hatten, indem sie mit den Flugzeugen in die Schwärme hineinflogen und dann landeten, um die toten Vögel aufzusammeln, mit denen sie ihre täglichen Mahlzeiten in der Offiziersmesse aufbesserten. Der Protestbrief eines Grundbesitzers an den Befehlshaber einer Schwadron hatte dieser speziellen Art von Wilderei indes rasch ein Ende bereitet. Sogar mitten im Krieg blieben die Freuden der Jagd ein bevorzugter Zeitvertreib. Englische Offiziere hatten es fertiggebracht, in der Picardie Parforcejagden abzuhalten.

Matilda setzte sich auf die Knie ihres Mannes. Sie fühlte sich zwischen Freude und Angst hin- und hergerissen. Die vier Tage Heimaturlaub waren entsetzlich kurz, und ihr war, als ticke im Hintergrund die Stoppuhr. Edward riet ihr, den Augenblick zu genießen, ohne über die Zukunft nachzugrübeln. »Das ist unsere Philosophie an der Front«, erklärte er mit einem verschwörerischen Blick zu Pierre.

Die Gäste konnten sich der Faszination dieser Männer der Lüfte nicht entziehen. Im Vergleich zum »Fußvolk«, wie die Piloten die Bodentruppen nannten, strahlten sie eben etwas Besonderes aus. Unter allen Truppengattungen waren es zweifellos die Flieger, von denen die Frauen besonders angetan waren. Während Pierre die Aufmerksamkeit genoss, verdrossen Evie die bewundernden Blicke von Constance, die seinen Akzent unwiderstehlich fand. »Da bekommt man Lust, als Krankenschwester nach Frankreich zu gehen!«, rief sie aus. Als die Männer von ihren Missgeschicken und Erfolgen erzählten, erlebte man den Nervenkitzel des Luftkampfs förmlich mit. Neben dem vom Bordschützen bedienten Maschinengewehr, das auf dem Flügel montiert war, trugen die Piloten einen Karabiner bei sich, um zu versuchen, den Feind zu treffen. Pierre hatte an einem der ersten Luftgefechte teilgenommen, bei dem sogar mit Revolvern geschossen wurde. Als ihm eines Tages die Munition ausgegangen war, hatte er seine Waffe in den Propeller eines Taube-Flugzeugs geworfen, weil er keine andere Möglichkeit sah, den Gegner zu eliminieren.

»Wir haben alles versucht«, fuhr er fort. »Bis vor Kurzem haben wir Stahlpfeile in Paketen zu fünfhundert Stück an Bord genommen, um sie in die feindlichen Maschinen zu werfen. Aber leider waren sie weniger wirkungsvoll als ihre Gegenangriffe. Bei unserer Rückkehr sind unsere Rümpfe oftmals von Kugeln durchlöchert wie ein Sieb.«

»Du vergisst zu erzählen, dass die französische Infanterie zu Anfang Brillen hätte gebrauchen können«, sagte Edward neckend. »Da ihr uns nicht von den Deutschen unterscheiden konntet, habt ihr uns bei jeder Gelegenheit beschossen.«

»Wir haben die beiden Embleme verwechselt«, protestierte Pierre und warf sich für seine Landsleute in die Bresche. »Da wir jetzt alle die gleichen Kokarden tragen, kommen solche Irrtümer nicht mehr vor.«

»Jedenfalls haben wir die Skeptiker von unserer Unersetzlichkeit überzeugt«, erklärte Edward. »Ohne unsere Aufklärungsmissionen für die Artillerie wären schon mehrere Offensiven gescheitert. Einer unserer Generäle hat sogar erklärt, er werde das

Datum des Angriffs verschieben, wenn das Wetter uns am Start hindere.«

»Immer mehr verbessern wir auch die Schlagkraft unserer Waffen«, warf Pierre stolz ein. »Das wird noch spannend. Früher oder später wird ein Ingenieur herausfinden, wie man ein Maschinengewehr mit dem Propeller synchronisiert, sodass man hindurchschießen kann, und dann wird die Jagd wirklich aufregend. Aber wohin wollen Sie denn, Lady Evangeline?«

Evie war mit verärgerter Miene aufgestanden. Das Gespräch missfiel ihr. Sie wollte sich Edward und Pierre nicht inmitten eines Luftkampfs vorstellen. Und Friedrich ebenfalls nicht. Ihr Bruder hatte ihr erzählt, dass die Piloten einander nahe genug kamen, um das Gesicht ihres Gegners deutlich zu erkennen. Sie konnte sich der Vorstellung nicht erwehren, wie ihre beiden Cousins einander aus ihren Pilotenkanzeln ansahen, und bei diesem Gedanken wurde ihr übel.

»Warum die ganze Zeit von diesem schrecklichen Krieg sprechen, wenn man einmal einen Moment Ruhe hat? Aber ihr Männer könnt ja nie aufhören und müsst euch mit euren Großtaten brüsten.«

Pierre stand auf, um ihr zu folgen. Er machte sich Vorwürfe, weil er versucht hatte, sich vor diesem kleinen Hofstaat in Positur zu werfen. Dabei hatte er eigentlich nur versucht, Evie zu beeindrucken. Ihre herablassende Selbstbeherrschung vermittelte ihm das Gefühl, wie ein kleiner Junge dazustehen.

»Sie haben vollkommen recht. Nichts sollte uns vom Charme einer schönen Frau ablenken.«

»Ich werde nie verstehen, wie Sie Freude an einer solchen Abscheulichkeit finden können!«

»Sie dürfen uns das nicht übelnehmen. Männern wie Edward und mir liegt der Krieg im Blut. Wir haben ihn nicht gewollt, aber da die Deutschen ihn uns nun einmal aufgezwungen haben, nehmen wir die Herausforderung an. Und bemühen uns, unsere Sache mit Schneid anzugehen, daran ist doch nichts Falsches, oder? Wir können die Boches schließlich nicht gewinnen lassen.«

»Natürlich nicht! Aber was mich betrübt, ist die Einstellung, mit der Sie in den Kampf ziehen. Diese Art wilder Überschwang. Wovor fliehen Sie? Edward ist gerade Vater geworden. Sollte er nicht eher Sehnsucht danach haben, bei Matilda und ihrem Kind zu bleiben, als den Ritter der Lüfte zu spielen? Glauben Sie, dass der Sinn des Lebens darin besteht, sich im Namen der Ehre einen Arm oder ein Bein amputieren zu lassen, zu erblinden oder verstümmelt zu werden? Ich hasse den Krieg, hören Sie! Ich hasse ihn!«

Vielleicht lag es an der aufreibenden Krankenhausarbeit oder an der Erleichterung darüber, ihren Bruder so unerwartet und heil und gesund wiedergesehen zu haben – jedenfalls fühlte sich Evie mit einem Mal erschöpft. Sie begab sich in Richtung Vestibül.

»Sie wollen doch nicht schon fort!«, rief Pierre verunsichert aus.

»Ich gehe nach Hause, aber genießen Sie den Abend. So, wie ich meine Freunde kenne, wird das Fest bis zum Morgengrauen dauern. Manchmal glaube ich, dass ich hier zu den wenigen gehöre, die den Krieg ernst nehmen.«

Irritiert bemerkte sie, dass sie Tränen in den Augen hatte. Ein Diener brachte ihren Mantel. Pierre fühlte sich ratlos, als er Evangeline leiden sah, aus einem Grund, der ihm verborgen war. Aber er konnte sie nicht gehen lassen. Nicht so. Er schien sie immer nur in Momenten der Verzweiflung zu erleben: beim Tod ihres Vaters und dann in Paris, als sie noch ein junges, gequältes Mädchen war. Ihm wurde klar, dass er sie glücklich, blühend und freudestrahlend sehen wollte. Erst recht, weil ihm die Bilder des Krieges keine Ruhe ließen, obwohl er sich darin gefiel, den Helden zu spielen. Er bestand darauf, sie nach Hause zu begleiten. Sie erklärte, sie wolle zu Fuß gehen. Berkeley Square lag nur zehn Minuten entfernt, und sie hatte Lust auf frische Luft, um den Lärm des Festes aus dem Kopf zu bekommen.

Ihre Schritte hallten auf den verlassenen Trottoirs. Der Nebel hüllte die wenigen Straßenlampen ein, die noch brannten. Evie und Pierre gingen in einer weißen, gedämpften Welt dahin, wo einem das Gespür für Entfernungen abhandenkam. Evangeline fragte sich, ob ein Flieger das gleiche Gefühl von Desorientierung empfand, wenn er Wolken durchquerte.

»Wenn ich Sie brüskiert haben sollte, tut mir das furchtbar leid«, erklärte er ernst. »Sie bedeuten mir viel, Lady Evangeline, und ich möchte Ihnen um nichts auf der Welt Schmerz zufügen.«

»Nennen Sie mich doch Evie. Am Ende streiten wir uns immer, aber ich betrachte Sie trotzdem als Freund.«

»Weil ich ein Freund Ihres Bruders bin oder weil Sie mich doch ein wenig mögen?«

Er sah sie mit so aufrichtigem Blick an, dass sie sich eines Lächelns nicht erwehren konnte. Dieser Pierre du Forestel hatte etwas Entwaffnendes an sich.

»Was soll ich denn auf eine so indiskrete Frage antworten?«

»Die Wahrheit. Für etwas anderes haben wir keine Zeit mehr.«

Seine Stimme klang so verbittert, dass Evie die ohnmächtige Trauer wahrnahm, die er jedes Mal empfinden musste, wenn einer seiner Kameraden in Flammen aufging und abstürzte. Sie war ungerecht gewesen. Der Tod lauerte in jedem Moment auf die Männer. Wer wollte ihnen übelnehmen, dass sie ihm ins Gesicht lachten? Ein Schauer überlief sie. Sofort legte Pierre einen Arm um ihre Schultern, um sie zu wärmen. Evie war selbst verwundert, dass sie ihn gewähren ließ. Sie war sich dieses Körpers bewusst, der sich an ihren schmiegte; so wie an jenem Sommerabend, an dem sie in einem Ausflugslokal an der Marne zum Klang eines Akkordeons getanzt hatten.

»Sie verunsichern mich, Pierre. Das ist das größte Zugeständnis, das ich Ihnen mache.«

»Ich nehme das als Kompliment. Nichts ist schlimmer als Gleichgültigkeit.«

»Ich bezweifle, dass Sie viele Frauen gleichgültig lassen. Wahrscheinlich nützen Sie jede Gelegenheit aus. Man brauchte nur zu sehen, wie begeistert die Frauen heute Abend an Ihren Lippen hingen.«

»Sind Sie vielleicht ein ganz klein wenig eifersüchtig?«, erkundigte er sich amüsiert.

»Sie schmeicheln sich. Um eifersüchtig zu sein, muss man zuerst einmal lieben. Und davon sind wir beide weit entfernt.«

»Sie vielleicht, Evangeline. Von mir würde ich das nicht behaupten.«

Sie waren am Berkeley Square angekommen. Der Nebel verhüllte die kahlen Äste der Platanen. Ihre alten Stämme standen hinter dem Gitterzaun einsam im Halbdunkel. Pierre sah in ihre Augen, die ihn faszinierten. Die feuchte Kälte benetzte ihre schwarzen Wimpern. Ihr Teint war blass, beinahe durchscheinend. Wieder spürte er die seltsame Empfindung, die ihn am Tag der Bestattung ergriffen hatte, als sie sich im Park von Rotherfield Hall auf dem Steg zurückgelehnt hatte. Das unbestimmte Gefühl, dass Evangeline Lynsted einen Einfluss auf sein Leben haben würde. Ob zum Guten oder Schlechten, wusste er nicht, jedenfalls würde sie ein unauslöschliches Mal hinterlassen. Evie zitterte, und Pierre fürchtete, sie könne sich erkälten. Aber sie sah ihn noch immer an, ebenso unentschlossen wie er. Fern und doch so schrecklich nahe. Die Furcht war eine schlechte Ratgeberin, sagte er sich. Als Mann rang man sie nieder, um in den Kampf zu ziehen; aber musste er nicht auch den Mut haben, zu seinen Überzeugungen zu stehen, wenn eine Frau ihn im tiefsten Kern seines Wesens anrührte? Warum es weiter abstreiten? Seit dem Tag ihrer ersten Begegnung brachte Evangeline eine besondere Saite in ihm zum Klingen, doch bis zu diesem Moment hatte er sich das nicht eingestehen wollen. Pierre hielt den Atem an, hatte das Gefühl, am Rand eines Abgrunds zu stehen. Er hatte noch Zeit, den Dingen eine Wendung zu geben, bevor er sich umwandte und mit diesem Londoner Nebel verschmolz, der die Häuserfassaden verschwimmen ließ und jeden Laut erstickte.

Pierre umfasste ihre Schultern, um sie an sich zu ziehen. Er fühlte sich verletzlich, er, der von sich behauptete, alles über die Frauen zu wissen. Noch nie hatte er solche Angst gehabt, zurückgewiesen zu werden, doch Evangeline verblüffte ihn, stieß ihn nicht von sich, sondern erwiderte seine Gefühlsaufwallung. Außer sich vor Glück drückte Pierre sie an sich und kostete ihre Lippen und die Süße ihrer Haut, und sein geheimer, jahrealter Schmerz, seine Einsamkeit, seine Ungeduld und seine Furcht vor dem Tod vergingen. Ein helles Licht flammte in ihm auf. Das Blut stieg ihm in einem ganz neuartigen, unvergleichlichen Rausch zu Kopf, während er zum ersten Mal dieses wundersame Gefühl erlebte, die Welt zu umschlingen, weil er die Frau, die er liebte, in den Armen hielt und endlich alles möglich zu sein schien.

An der Somme, Dezember 1914

Es war Winter. Die Morgendämmerung warf ihr bleiches Licht über die Front. In den letzten Wochen hatte der eisige Regen die Schützengräben in Schlammlöcher verwandelt. Dichtes Astwerk tarnte die ungefähr fünfzehn schweigenden Männer, die sich aneinanderdrängten und Schaffelle über ihren blassblauen Uniformmänteln trugen. In den übernächtigten, von Bärten überwucherten Gesichtern strahlten ihre Augen in einem besonderen Glanz. Um sich notdürftig zu waschen, hatten sie Schnee erhitzt, doch gegen den starken Geruch nach Urin, Schweiß und getrocknetem Blut, der ihrer Kleidung entstieg, vermochten sie nichts auszurichten.

In einer einzigen Bewegung sanken sie auf die Knie. Jean du Forestel wandte ihnen den Rücken zu. Unter der Albe und der Kasel schauten seine roten Uniformhosen hervor. Er beugte sich über ein Brett, das auf zwei Munitionskisten lag und auf dem ein hölzernes Kruzifix und zwei Kerzen standen, denen leere Patronenhülsen als Halter dienten. Mit geschlossenen Augen verharrte er einen Moment lang in sich gekehrt und sprach dann langsam die Worte vom Lamm Gottes, die die Verwandlung von Brot und Wein in Fleisch und Blut Christi begleiteten. In der Ferne donnerten unaufhörlich die Kanonen, aber der Geist des Priesters war ganz und gar Gott zugewandt, während seine von Rissen und Schrunden überzogenen Hände den eiskalten Kelch hoben.

Die Soldaten traten an den Altar, um die Kommunion entgegenzunehmen. Die meisten von ihnen hatten die Hostie seit ihrer Erstkommunion nicht mehr empfangen, wie sie Jean gestanden hatten. Zu Beginn waren die Männer in seine Messe gekommen, weil sie sich an ihre behagliche Dorfkirche erinnert fühlten, und dann hatten sie darum gebeten, die Beichte ablegen zu dürfen. Sie sagten, die Kommunion schenke ihnen ein seltsames Gefühl der Fülle, das ihnen guttat. Jean ließ den Herrn die Herzen auf seine Weise beackern. Das war jedes Mal ein einzigartiges, geheimnisvolles und wundersames Abenteuer, denn in den Augen des Höchsten war jede Seele etwas Besonderes. Und endlich war das Individuum wieder das Wichtigste in dieser Welt, in der die Soldaten das Gefühl hatten, nichts als Kanonenfutter zu sein, in einen sicheren Tod geschickt zu werden. Im verwüsteten, von Kratern übersäten Niemandsland voller Pfähle, Stahlschrott, Granaten und Stacheldraht, wo ihre Leichen dem Vergessen anheimfielen.

Immer zahlreicher fanden die Männer den Weg zum Herrn und baten Jean, er möge sie lehren, den Rosenkranz zu beten und in ihren feuchten und eisigen Unterständen, nur im Licht einer einzigen Karbidlampe, zu ihnen sprechen. Oft fühlte er sich an die frühen Christen, die Zeit der Katakomben erinnert. Aber diese Soldaten wollten keine schulmeisterlichen Predigten hören, nur das nicht! Ihnen graute davor, dass man ihnen irgendwelche Parolen vorsetzte, so wie diese unsichtbaren Generäle, die sie verheizten. Sie wollten, dass er ihnen von der kleinen Therese von Lisieux erzählte, von der sie hofften, dass sie in die Seligkeit eingegangen war, von der gütigen Jungfrau Maria, die ihrer aller Mutter war, und vom heiligen Josef, dem Tröster der Sterbenden. Und natürlich von Jesus von Nazareth, diesem Unbekannten, der ihnen nahegekommen war, weil er, bevor er Gott wurde, ein Mensch aus Fleisch und Blut gewesen war wie sie, weil er am Kreuz gelitten hatte, genau wie sie. Mit dem Unterschied, dass er sich aus freien Stücken hingegeben hatte, um sie von ihren Sünden zu erretten, und dieses Wunder ließ sie immer wieder von neuem staunen. Im Elend der Schützengräben zeigte das göttliche Opfer seinen ganzen Sinn. Die Soldaten kamen zu Jean, weil der junge Priester ihr Unglück teilte, weil er Charakter hatte, weil er witzig, bescheiden und aufrichtig war und sich um sie sorgte, und weil er Fröhlichkeit und Hoffnung ausstrahlte, eine Mischung, die sie unwiderstehlich anzog. Sie kamen zu ihm, um einfache und gerechte Worte zu hören und in dem entsetzlichen Chaos, das sie umgab, einen Weg der Wahrheit und des Lebens zu erkennen.

Da Jean keine kleinen Hostien mehr besaß, hatte er große in Stücke gebrochen, aber dennoch reichten sie nicht aus. Er warf denen, die leer ausgingen, einen entschuldigenden Blick zu. Beim Gedanken, dass sie alle um die Kommunion kamen, bis er sich wieder welche beschaffen konnte, flammte kurz Zorn in ihm auf. Und er wusste, dass bis dahin viele Tage vergehen konnten. In den Schützengräben wurden selten Messen gefeiert. Man musste nicht nur einen günstigen Moment finden, um die Männer ohne Gefahr zu versammeln, sondern auch ihre Ruhezeiten achten. Wieder wandte er sich den Männern zu, die auf seinen Segen warteten, und zeichnete über ihren geneigten Köpfen das Zeichen des Kreuzes. Dann gingen sie schweigend auseinander. Sogleich überfiel sie die Sorge um den neuen Tag.

Sorgfältig legte Jean seine Priestergewänder zusammen. Es war unmöglich, sie sauber zu halten. Er litt unter dieser Not, denn der Respekt vor seiner Kleidung symbolisierte den Respekt vor Gott. Seine Kasel war auf einer Seite golden und auf der anderen Seite schwarz und diente sowohl für die heilige Messe als auch für die Totengebete. Sorgfältig ließ er schließlich das Döschen mit seiner letzten Hostie unter seinem blassblauen Uniformmantel in eine kleine Innentasche gleiten, die er zu diesem Zweck auf der Höhe des Herzens eingenäht hatte. Das Käppi auf dem Kopf, ergriff er sein Gewehr und folgte dem Verbindungsgraben, der ihn nach einem langen Fußmarsch zu einem Vorposten führen würde. Dort erwartete ihn ein junger Soldat, der die Kommunion empfangen wollte. Dieses Unterfangen war nicht gefahrlos. An einigen Stellen war es durch den schwammigen Untergrund nicht möglich, Verbindungsgräben zwischen den Stellungen auszuheben, und es bestand das Risiko, von einem feindlichen Scharfschützen erschossen zu werden, der noch vor dem Frühstück seine Strichliste verlängern wollte.

Obwohl sie die ganze Nacht in Bewegung gewesen waren, waren die Männer vor Kälte wie erstarrt und knurrten unter ihren Wollmützen vor sich hin. Die Nasenschützer hatten sie bis an die Augen hochgezogen. Jean wandte den Kopf ab, als er die Kreuzung erreichte, von der aus man eine im Stacheldraht hängende Leiche sah, die zu bergen zu gefährlich war. Man wusste weder seinen Namen, noch wie lange er dort schon lag. Sein zerfetzter Körper war den Ratten und Raben ausgeliefert und zersetzte sich schnell. Wie viele unbestattete Leichname mochte es hier geben, Körper, die von Granaten zerrissen worden waren, sodass nur noch winzige Fleischfetzen von ihnen übrig blieben? Die ständige Bedrohung, sich in organische Materie aufzulösen, war den Soldaten bis ins Unterbewusstsein gedrungen, und ihre Wehrlosigkeit gegenüber der erbarmungslosen Kampfmaschinerie ließ ihnen keine Ruhe. Doch im Lauf der Wochen wurden sie unempfindlich gegenüber diesem täglichen Bild des Todes vor ihren Augen. Wie hätten sie es auch anders ertragen können? Und das schlug eine weitere Wunde in das Herz des Priesters. Jean war es sich mehr als jeder andere schuldig, die fleischlichen Hüllen zu achten, die durch den Willen des ewigen Gottes aus dem Lehm der Schöpfung gebildet worden waren. Sobald sich auch nur die kleinste Gelegenheit bot, begrub er sie würdig. Am Vortag hatte er vertrocknete Gebeine aus einem Krater aufgesammelt, um sie unter einem Kreuz beizusetzen. Auf diesem französischen Boden, der zum Schlachtfeld geworden war, hatte Gott die Tabernakel verlassen. Wie viele gebrandschatzte Kapellen hatte er in der Picardie gesehen? Aber wir tragen Gott immer in uns, was auch geschieht, dachte er und schöpfte wieder Hoffnung.

»'n Tag, M'sieur l'Abbé!«, rief eine fröhliche Stimme aus einer baufälligen Hütte heraus.

»Sergeant«, grüßte ein Soldat und richtete sich auf.

Jean lächelte ihnen zu. Ende August war er zum Korporal befördert worden und hatte dann im September, drei Wochen nachdem er in den Rang eines Sergeanten erhoben worden war, die Militärmedaille erhalten. In seinen Beurteilungen wurde sein Opfergeist, seine beharrliche Hingabe hervorgehoben. Eine Blitzbeförderung sozusagen. Ein Aufstieg, glänzend, aber authentisch, der perfekt zu Jean du Forestel passte. Seine militärische Aufgabe überstrahlte jedoch nie die flammende Mission seines Priesteramts. Durch die Mobilisierung der Geistlichen war wieder eine Verbindung zwischen dem Volk und seinen Priestern hergestellt worden, verstärkt durch die Bewährungsproben, die sie Seite an Seite bestanden.

Er drückte sich an die Wand des Grabens, um die erschöpften Erdarbeiter durchzulassen, die einer hinter dem anderen mit hängenden Schultern durch den Schlamm stapften. Sie hatten die ganze Nacht gearbeitet. Das roch nach Offensive. Jean erstarrte. Auch ihm war die Angst vertraut, denn er war zwar Priester, aber deswegen nicht weniger Mensch. Der Generalstab war nicht zufrieden. Seit November wurden an gewissen Stellen der Front gefährliche Fraternisierungen gemeldet. Die vordersten Linien der Schützengräben waren einander so nahe, dass man den Feind oft singen hörte. Im Tagesbefehl vom 17. Dezember hatte General Joffre geschrieben: »Die Stunde des Angriffs hat geschlagen ...« Man fürchtete, die Kälte könne die nach mehr als vier Monaten ermüdeten Soldaten, die angesichts der absurden Situation zusehends entmutigt wurden, im wörtlichen wie im übertragenen Sinn lähmen. Nach Meinung der Kommandeure war es die beste Lösung, die Lage durch einige gezielte Angriffe aufzubrechen. Sergeant du Forestel verzog den Mund zu einem bitteren Lächeln.

»Und, haben wir unsere kleine Runde beendet?«, begrüßte Augustin ihn neckend, als Jean am Vormittag in ihren Unterstand im Reserveschützengraben zurückkehrte. »Sind jetzt ein paar der Burschen so fromm, dass sie mit einem Heiligenschein herumlaufen?«

»Wenn du auch einen willst, weißt du ja, an wen du dich wenden kannst«, gab Jean in amüsiertem Ton zurück.

Die beiden Männer hatten Waffenstillstand geschlossen. Sie hatten so viele ihrer Kameraden sterben gesehen, dass sie sich durch die Solidarität unter Veteranen verbunden fühlten. Der gemeinsame Alltag knüpfte Bande. Augustin spottete weiter über Gott und seine Heiligen, die sie in diesem Dreckloch allein ließen, verzichtete jedoch auf die schlimmsten Lästerungen der ersten Zeit. Dafür machte er sich ein Vergnügen daraus, Jean zu provozieren, indem er ihn ständig anstachelte, mit den anderen in ihrem Quartier Karten zu spielen und einen über den Durst zu trinken. Doch man vergab dem jungen Mann die Isolation, mit der er sich einem gefährlichen Müßiggang aussetzte, statt sich der lärmenden, anzüglichen Kameraderie mit seinen Gefährten anzuschließen. Und zwar nicht nur, weil die Soldaten, ob gläubig oder nicht, von einem Priester nichts anderes erwarteten, sondern weil er sich im Kampf wie ein musterhafter Offizier verhielt und mutige Taten mehr zählten als alle Predigten.

Augustin reichte ihm einen Becher Kaffee, Käse und Brot. Jean dankte ihm mit einem Nicken und biss herzhaft in das Brot. Nur noch ein paar Stunden bis zur Ablösung in der Nacht. Er freute sich umso mehr auf die Erholung im Dorf, als er den Besuch eines freiwilligen Militärgeistlichen erwartete, der der Sanitätsstation zugewiesen worden war und bei dem er die Beichte ablegen konnte.

Abbé Bernières Gestalt war den Soldaten vertraut, da er auch als Verbindungsoffizier diente. Mit seiner kurzen, zerlumpten Soutane, unter der seine Wickelgamaschen hervorschauten, seiner Rot-Kreuz-Armbinde, seinem Kreuz und dem Käppi, den runden Brillengläsern und den Pfefferminzpastillen in der Tasche ritt er auf einer dürren Stute kilometerweit, immerzu begleitet von seinem verbeulten Koffer, der alle Utensilien für die Messe enthielt. Sein Motto wie auch das der übrigen Priester im Krieg lautete: »Es gibt Herzen zu stärken, Müdigkeit zu vertreiben und Seelen zu läutern«, hatte er Jean bei ihrer ersten Begegnung erklärt. Dieses Mal würde der Abbé bei ihm seines Amtes walten müssen.

Jean lehnte den Kopf an die mit Holz abgestützte Lehmwand und wischte sich den Staub, der von der Decke herabrieselte, vom Gesicht. An der Front kehrte niemals Ruhe ein. Die Explosionen und das Pfeifen der Granaten, das Rascheln der Ratten und das Gewehrfeuer schufen eine ständige Geräuschkulisse, die an den Nerven zerrte. Jean fühlte sich zutiefst müde. Meine Seele ist traurig, dachte er verdrossen. Der Krieg zermalmte gnadenlos sein inneres, spirituelles Leben. Er hatte Angst, dieser gewaltigen Aufgabe nicht gewachsen zu sein, und fürchtete sich vor dem Fieber, das sich seiner bemächtigte, wenn sie aus den Schützengräben kletterten und auf die feindlichen Linien zustürmten, vor dem roten Nebel, der dann seine Gedanken einhüllte. Dann dachte er nur ans Töten, weil er für die Männer unter seinem Kommando verantwortlich war, weil er dafür sorgen musste, dass sie den Angriff heil überstanden, und weil der Feind ihnen nichts schenkte. Aber sobald das Ziel erreicht war, Gefechtspause herrschte und sie eine Ruhepause hatten – ob nach einem Sieg oder einer Niederlage –, zog er sich in sich selbst zurück. Die Energie und die Erregung wichen einer leisen, aber hartnäckigen Trauer, die sich in den kleinsten Winkeln seiner Priesterseele einnistete, und sein Gebet kam ihm jämmerlich und entsetzlich unzulänglich vor.

»Bald schicken sie uns wieder an die Arbeit, das spüre ich«, erklärte Augustin, eine Zigarette im Mundwinkel.

»Ich glaube, du hast recht.«

»Es hat ihnen nicht gefallen, dass wir uns zu Weihnachten

so gut mit den Boches verstanden haben. Arme Kerle. Hast du ihre Gesichter gesehen, als wir uns mitten in den Linien auf die Schultern geklopft haben? Hab nie daran gezweifelt, dass sie genau wie wir sind. Einer hat mir Fotos von seiner Frau und seinen Töchtern gezeigt. Hübsch. Und ein schönes Haus. Was hat so ein Kerl in diesem gottverlassenen Rattenloch zu suchen? Er hat nicht darum gebeten, hergeschickt zu werden.«

»Das Ärgerliche ist, dass diese Löcher sich bei uns, auf unserem Boden, befinden. Daher müssen wir sie vertreiben.«

Augustin kratzte sich den Bart. Seine Haut war mit roten Flecken überzogen. Ausschläge waren bei den Soldaten, die unter beklagenswerten hygienischen Bedingungen lebten, nicht selten.

»Wir müssten mal gründlich entlaust werden«, brummte er. »Und ich will dir gar nicht erzählen, in welchem Zustand meine Füße sind.«

»Ich habe dir doch gesagt, du sollst die Gamaschen lockern, um die Durchblutung zu unterstützen.«

»Wir stehen seit drei Tagen mit den Füßen im Wasser. Glaubst du, das macht es besser?«, murrte Augustin.

Die beiden Trupps, die Jean befehligte, befanden sich in einem jämmerlichen Zustand. Er würde einige Männer evakuieren lassen müssen. Manche waren an Lungenentzündung erkrankt, und die vielen Fälle von Erfrierungen an den Füßen bereiteten ihm Sorgen.

Auf der Leiter tauchten die Beine eines Soldaten auf. Triumphierend verkündete er, soeben sei der Feldpost-Unteroffizier mit den Briefen gekommen. Die Männer, die geschlafen hatten, regten sich. Augustin hielt Jean den Umschlag von seiner Frau hin, damit er ihn öffnete. Er fürchtete immer, das Papier mit seinen ungeschickten Fingern zu zerreißen. Während die Männer ihre Briefe lasen, wurde es im Unterstand still.

Lächelnd hielt Jean einen Brief von Pierre in der Hand, der vom Vortag datierte.

Bei der Armee, 30. Dezember 1914

Mein kleiner Jean,
ein paar Worte in Eile, weil ich mich seit vierzehn Tagen nicht mehr bei dir gemeldet habe. Ich bin soeben aus England zurückgekehrt, wohin man mich geschickt hatte, um gewisse Gespräche zu führen. Verzeih mir, dass ich nicht mehr darüber schreibe, aber es ist mir untersagt. Ich habe gerade meinen Bericht beendet und hoffe, dass er zufriedenstellend ausgefallen ist.
Ich bin zur Christmesse gegangen und habe für Papa und dich gebetet, und für uns alle Unglückliche. Niemand von uns kann erahnen, was das neue Jahr für uns bereithält, aber ich hoffe, dass dieser Konflikt ein glückliches Ende nehmen wird.
Morgen schreibe ich dir ausführlicher.
Ich umarme dich,
Pierre

PS: Ich glaube, ich bin verliebt. Nichts ist unmöglich, mein Alter! Sie ist die Schwester meines Freundes Edward. Erinnerst du dich an ihn? Ich hatte ihn vor drei Jahren in England bei einem Wettflug geschlagen. Unsere Staffeln sind nicht weit voneinander stationiert. Evangeline hat etwas an sich, das mich daran hindert, die Dinge so zynisch wie sonst zu sehen. Gewiss siehst du darin eine positive Entwicklung meines verdorbenen Charakters, hab ich recht?

London, Berkeley Square, Mai 1915

Einige Monate später trat Victoria ohne anzuklopfen in Evangelines Zimmer. Ihre Schwester hatte sich unter mehreren Decken vergraben. Victoria ging zum Fenster und zog energisch die Vorhänge auf. Unter einem strahlend blauen Himmel sangen die Vögel in den Bäumen, an deren Zweigen die ersten Knospen zu sehen waren. In London hatte der Frühling vorzeitig Einzug gehalten. Evie schimpfte, es sei unmenschlich, sie bei Tagesanbruch zu wecken, wo sie doch Grippe habe.

»Es ist elf Uhr, du hast seit einigen Tagen kein Fieber mehr, und aus Frankreich ist Post gekommen.«

Sofort setzte sich Evie auf und schob die zerzausten Haare aus dem Gesicht. Vicky, die ein Kostüm trug, ließ sich lächelnd auf dem Bettrand nieder und reichte ihr den ersehnten Brief. Evie riss ihn ungeduldig auf, überflog ihn, dann faltete sie ihn sorgfältig zusammen und legte ihn sichtbar auf den Nachttisch, um ihn später in aller Ruhe zu lesen.

»Du wirst ihn sowieso nicht heiraten können«, sagte Vicky, während Rose mit einem Tablett hereinkam.

Beim Anblick des Frühstücks bemerkte Evie, dass sie plötzlich wieder Appetit hatte.

»Wer hat gesagt, dass ich ihn heiraten will?«

»Du bist doch in ihn verliebt, seit ihr euch an Weihnachten geküsst habt. Wie könntest du da nicht ans Heiraten denken? Das wäre doch nicht normal. Aber Julian wird es dir bestimmt nicht erlauben«, sagte Vicky entschieden.

»Pierre entstammt einer ausgezeichneten Familie.«

»Das spielt keine Rolle, im Gegensatz zu der Tatsache, dass sein Bruder Priester ist.«

»Ich beabsichtige noch weniger, seinen Bruder zu heiraten.«

»Du weißt genau, was ich damit sagen will«, erwiderte Vicky und stibitzte einen Löffel voll Orangenmarmelade. »Sie sind katholisch. Unseresgleichen heiratet keine Katholiken. Wir können uns schon glücklich schätzen, dass uns erlaubt ist, mit ihnen zu verkehren.«

Evie verbrannte sich die Zunge am Tee. Sie ärgerte sich, dass Vicky so sehr auf imaginären Problemen herumritt, als wäre der Alltag nicht schon schwierig genug. Nachdem sie eine Woche mit hohem Fieber das Bett gehütet hatte, war sie nicht in Streitlaune. Zumal sie Vicky insgeheim recht geben musste. Die Anglikaner wie die Rotherfields heirateten keine Katholiken. Ein Tabu, das man in ihrer Familie noch immer beachtete. Und zwar deshalb, weil die anglikanische Kirche gegenüber den »Papisten« ein jahrhundertealtes Misstrauen hegte, das bisweilen an Intoleranz grenzte. Ein Katholik durfte auch nicht den Thron besteigen.

»Großvater hat einmal gesagt, dass es eine ausgezeichnete Religion für Frauen sei.«

»Und soweit ich weiß, bin ich eine Frau, oder nicht?«, sagte Evie spöttisch.

»Meine Güte, du denkst doch nicht etwa daran zu konvertieren, oder?«, rief ihre Schwester erschrocken aus.

Evie drehte die Augen zur Decke. »Ich habe weder vor zu konvertieren, noch Pierre du Forestel zu heiraten. Außerdem ist es noch viel zu früh am Morgen, um mit dir eine theologische Diskussion über die Übereinstimmungen zwischen dem Anglikanismus der Oxford-Bewegung und dem Katholizismus von Pierre du Forestel zu führen.«

»Aha, ihr habt also schon darüber gesprochen!«

»Ach, lass mich doch in Ruhe, Vicky!«

Evie bereute bereits, ihre Schwester wegen ihrer Gefühle für Pierre ins Vertrauen gezogen zu haben, aber normalerweise war Vicky wie eine gute Freundin, die immer die richtigen Worte fand. Ihre Schwester war wieder in das Haus am Berkeley Square eingezogen, weil sie sich im Londoner Wohnsitz ihrer Schwiegereltern einsam und verlassen fühlte. Diese hatten sich seit Kriegsausbruch in ihrem Schloss in Gloucestershire verschanzt. Als Vicky bemerkt hatte, dass Evie immer wieder Briefe aus Frankreich erhielt, ließ sie nicht locker, bis Evie mit der Wahrheit herausrückte.

Pierre und Evie schrieben sich häufig, manchmal sogar mehrmals am Tag. Sie waren typische Vertreter dieser neuen Generation von Briefschreibern. Die Militärführung hatte begriffen, welche immense Bedeutung die Korrespondenz für die Moral der Soldaten hatte. Pierre zufolge sahen sich die Franzosen sogar gezwungen, die Feldpost zu reformieren, um einen besseren Dienst zu bieten. Die Frontsoldaten erduldeten Läuse, Ratten, Schlamm und Dreck, Kälte, Schlafmangel, Langeweile und Angst, aber nicht, wenn sich die Post verzögerte. Alle machten regen Gebrauch von der Feldpost, erlaubte sie einem doch, Gefühle zu offenbaren, die laut zu sagen man sich zuvor geschämt hatte. Von den Frauen erwartete man nette, gefühlvolle Worte, die das Herz erfreuten, während die Soldaten einen ausgesprochenen Hang zur Lüge entwickelten. In ihren Briefen an die Liebste schilderten sie ein geschöntes Bild ihres Alltags, während die traurige Wahrheit ihren Kameraden vorbehalten war. Doch alle maßen diesen Zeilen, die sie in ihrem elenden Unterschlupf mit den Knien als Unterlage auf ein Stück Papier kritzelten, große Bedeutung bei. Und da niemand die jungen Frauen auf die Häufigkeit der Briefe, die sie von der Front erreichten, anzusprechen oder gar nach deren Inhalt zu fragen wagte, konnte man ungehindert diese freundschaftlichen Liebeleien ausleben.

Pierre verfügte über eine harmonische, runde Handschrift und drückte sich frei und ungezwungen aus. Seiner lebendigen

Sprache konnte sich Evie ebenso wenig entziehen wie seinen ausgefallenen Komplimenten, die von erstaunlicher Zärtlichkeit waren. Die andere Seite der Medaille war, dass sie sich zusehends um ihn Sorgen machte. Wie alle Flieger forderte er den Tod unbesonnen heraus, und Evie bezweifelte, dass dieser allzu lange mit sich spielen ließ.

»Offensichtlich liegt Liebe in der Luft«, sagte ihre Schwester, als Evie sich angezogen hatte. »Ich habe erfahren, dass Julian mit seiner Amerikanerin ein paar Tage auf dem Land verbracht hat.«

»Aber es ist doch nichts Ernstes, oder?«

»Wir haben zusammen zu Mittag gegessen. Julian hat einen albernen Vorwand erfunden, aber mir war natürlich klar, dass er sie mir vorstellen wollte. Ich habe mich von meiner besten Seite gezeigt – bestimmt hat er hinterher aufgeatmet.«

»Ich sehe nicht, was die beiden gemeinsam haben«, sagte Evie kopfschüttelnd, während sie sich an das Interview erinnerte, das sie der Journalistin ein paar Jahre zuvor gegeben hatte. »May Wharton ist eine Abenteurerin und Julian hoffnungslos häuslich.«

»Gegensätze ziehen sich an«, entgegnete Vicky mit einem Schulterzucken. »Was macht es schon, wenn er eine Frau aus Philadelphia heiratet, die keinen Penny besitzt? Mama wird zwar schmollen, aber was soll's? May würde wenigstens neues Blut in unsere Familie bringen. Sie ist interessant. Da sie bislang vergeblich versucht hat, als Fliegerin in der Armee aufgenommen zu werden, spielt sie neuerdings mit dem Gedanken, als Krankenwagenfahrerin im American Field Service zu dienen. Offensichtlich mangelt es nicht an amerikanischen Freiwilligen. Die Amerikaner haben wohl das Gefühl, in Frankreichs Schuld zu stehen, nachdem Lafayette sie seinerzeit im Unabhängigkeitskrieg unterstützt hat. Übrigens«, fügte sie mit betont gleichmütiger Miene hinzu, »Matilda erwartet wieder ein Kind. Wie ich bereits sagte, manche haben eben mehr Glück als andere.«

»Percy wird bestimmt bald Heimaturlaub bekommen«, sagte Evie, um sie zu trösten.

»Wenigstens ist er nicht in unmittelbarer Gefahr. Er wurde dazu abgestellt, den Prinz of Wales bei seinen Besuchen zu den Schützengräben zu begleiten. Und ich bezweifle, dass der Generalstab das Risiko eingeht, dass Seiner Hoheit auch nur ein Haar gekrümmt wird.«

»Auf der anderen Seite wäre das eine gute Gelegenheit, das Volk moralisch zu erpressen«, sagte Evie ironisch. »Momentan läuft die Kampagne, Freiwillige zu rekrutieren, auf Hochtouren. Sogar der arme Tom Corbett konnte dem Ruf des Ruhms nicht widerstehen. Der dumme Junge hat sich älter gemacht, als er ist. Als die arme Tilly es erfuhr, war es zu spät, um ihm ein paar hinter die Ohren zu geben und ihn zurückzupfeifen. Julian war außer sich vor Wut.«

In den paar Jahren, in denen er in Sussex lebte, hatte die frische Luft der Gesundheit des dürren Bengels aus Bermondsey gutgetan. Zu Julians Freude hatte er sogar seine Leidenschaft für dessen Jagdpferde entdeckt. Daher war es nicht weiter verwunderlich, dass er beim Rekrutierungsamt Eindruck gemacht hatte, was man nicht von allen Freiwilligen behaupten konnte. Die Behörden hatten mit Entsetzen festgestellt, in welch schlechter physischer Verfassung die Angehörigen der arbeitenden Klasse zum Teil waren. Zu den physischen Defiziten gehörten unter anderem unzulängliche Größe, Unterernährung, Lungenprobleme, Sehstörungen … Die erbärmlichen Lebensbedingungen, die der im 19. Jahrhundert einsetzenden industriellen Revolution geschuldet waren, hatten ihre Spuren hinterlassen.

Evangeline bat Rose, ihre Schwesterntracht für den nächsten Tag herauszulegen.

»Willst du dir nicht noch ein paar Tage Erholung gönnen?«, fragte Vicky erstaunt, während sie die Treppe hinabgingen.

»Nein, ich werde im Krankenhaus gebraucht. Seit Neuve-Chapelle reißt der Strom der Verwundeten nicht mehr ab.«

»Wobei die Zeitungen behaupten, dass die Offensive erfolgreich gewesen sei. Sie haben angeblich Hunderte von Gefangenen gemacht.«

»Glaub nicht alles, was du liest. Die Journalisten vermeiden es, von den täglichen Zusammenstößen zu berichten, und die Verluste reden sie klein. Man will uns glauben machen, dass es gut für uns läuft, und gleichzeitig wissen die Krankenhäuser nicht, wohin mit den Verwundeten. Und das alles nur wegen ein paar läppischen Kilometern, die man dem Feind abspenstig gemacht hat.«

Evie war die Diskrepanz zwischen dem, was in den Zeitungen zu lesen war, und dem, was ihr die Patienten im Vertrauen erzählten, nicht entgangen. Um sich ein eigenes Bild von der Lage zu machen, musste man nur den Hyde Park durchqueren und die an ihren blauen Uniformen erkennbaren Verwundeten zählen.

Die beiden Schwestern verließen das Haus. Bei Harrods wurde die neue Frühlingskollektion präsentiert. Obwohl die Kundinnen schon allein aus Patriotismus überflüssige Einkäufe vermieden, würde bestimmt niemand etwas Verwerfliches darin sehen, wenn sie sich in diesen Zeiten des Mangels einen Mantel aus Kunstseide oder eine modische Bluse aus Crêpe de Chine gönnten. Zumal das berühmte Kaufhaus in Knightsbridge Spenden fürs Rote Kreuz sammelte. Vicky hängte sich bei ihrer Schwester ein, und sie überquerten gemeinsam den Berkeley Square.

Da die Tür seines Büros einen Spalt breit offen stand, hatte Julian mitbekommen, wie seine beiden Schwestern fröhlich das Haus verließen. Sie wussten nicht, dass er bereits aus Rotherfield Hall zurückgekehrt war, wo er ein ernüchterndes Gespräch mit seinem Verwalter geführt hatte. Es fehlte an Arbeitskräften, um die Felder zu bestellen, und es musste dringend eine Lösung gefunden werden. Julian war mittlerweile mehr denn je überzeugt, dass dieser Krieg noch lange nicht vorbei war, sondern im Gegenteil eine immer größere Bedrohung wurde. Da die britische Marine im Februar eine Seeblockade über die Nordsee verhängt hatte und seither sämtliche für Deutschland bestimmte Güter konfiszierte, hatte der Kaiser als Antwort alle Meeresgebiete, die

Irland und Großbritannien umgaben, zu »Kriegszonen« erklärt. Die deutschen U-Boote waren angewiesen, die feindlichen Handelsschiffe zu torpedieren, ohne Besatzung oder Passagiere vorzuwarnen. Man konnte sich vorstellen, vor welch massive Versorgungsprobleme diese Entscheidung die Insel auf Dauer stellte. Noch gab es dank einer guten Ernte und eines Vorrats an Einfuhren keine Engpässe, aber dies konnte sich eines nicht fernen Tages ändern. Dann würde der Sieg Englands von seinen Getreidefeldern und Kartoffeläckern abhängen. »Ganz einfach, Eure Lordschaft«, hatte sein Verwalter zu ihm gesagt. »Da die Männer im Krieg sind, muss man eben auf die Frauen zurückgreifen.« Noch so eine Sache, die ihm bald Kopfzerbrechen bereiten würde.

Wenn eine Lebensmittelknappheit drohte, so war eine ganz andere Knappheit bereits Wirklichkeit. Die Öffentlichkeit wusste es noch nicht, aber Sir John French wetterte seit Wochen laut und deutlich: Der britischen Armee mangelte es an Munition und Gewehren, und wie sich das auf die Truppenmoral auswirkte, konnte man sich vorstellen. In den ersten Monaten mussten die um die zehntausend Freiwilligen sogar ihre Zivilkleidung tragen, weil man nicht über die nötigen Uniformen verfügte, um sie auszustatten. Und auch wenn sie mittlerweile wussten, wie man einen Schützengraben aushob und mit Marschgepäck auf dem Rücken im Gleichschritt marschierte, hatten nur wenige die Gelegenheit gehabt, mit richtigen Kugeln zu schießen. Noch kritischer war die Situation an der Front in anderer Hinsicht. Der Oberbefehlshaber geizte mit der Bewaffnung der Artillerie wie eine Hausfrau am Ende des Monats mit den Vorräten. Angesichts der Stärke der deutschen Verteidigung hatte der Erste Lord der Admiralität, Winston Churchill, beschlossen, die Dardanellen-Meerenge zu besetzen, um das Osmanische Reich zu zwingen, die Durchfahrt zum Schwarzen Meer zu öffnen und so die Russen zu unterstützen. Doch die Royal Navy konnte nicht aus eigener Kraft die Halbinsel Gallipoli erobern. Sie forderte die

Unterstützung durch die Infanterie und weitere Munition – die man nicht besaß.

Julian erhob sich, um einen Scotch einzuschenken. In Westminster wusste man, dass sich das Land bald mit einem »totalen Krieg« konfrontiert sehen würde, was bedeutete, dass der Staat gezwungen wäre, auf die gesamte Produktion und Infrastruktur des Landes zuzugreifen. Eine gewaltige Prüfung für ein Volk, dem individuelle Freiheit über alles ging. Man hatte die Einkommenssteuer verdoppelt und eine Sondersteuer für hohe Einkommen sowie Alkohol und Tabak eingeführt. Das Volk nahm die eingeschränkten Öffnungszeiten der Pubs zähneknirschend hin. Als Begründung hieß es, der Alkoholkonsum der Arbeiterklasse schade den Kriegsanstrengungen. Am Horizont zeichnete sich eine neue Regierung ab, eine Koalition aus Liberalen und Konservativen. Und wegen einer Indiskretion war Julian zu Ohren gekommen, dass sein Name in diesem Zusammenhang gehandelt wurde. Mit seinen einunddreißig Jahren in die Regierung berufen zu werden wäre eine Ehre. Und doch hatte er gemischte Gefühle. Die Episode mit der weißen Feder hatte ihre Spuren hinterlassen. Im Carlton Club fühlte er die missbilligenden Blicke von Freunden seines Vaters auf sich, und wenn er durch die Straßen ging, hatte er das untrügliche Gefühl, schief angeschaut zu werden. Aber seit dem Tag, an dem Edward seinen Bruder Arthur mit einem Jagdgewehr getötet hatte, hatte Julian nie mehr eine Feuerwaffe in seinen Händen gehalten. Damals hatte er widerspruchslos die Hänseleien seiner Kameraden über sich ergehen lassen, für die die Jagd eine ernste Pflicht war, ja beinahe einer Religion gleichkam. Aber wie lange würde er jetzt dem allgemeinen Druck noch standhalten können? Einige seiner Freunde, die anders als Percy oder Edward auch nicht sofort zu den Waffen geeilt waren, standen kurz davor, sich zu beugen. Ebenso wenig wie Julian konnten sie sich mit der allgegenwärtigen Glorifizierung des Krieges identifizieren, die für ihre Zeit so charakteristisch war.

Julian betrachtete May, die in einer Zeitung blätterte. Ein Sonnenstrahl fiel auf ihr ebenmäßiges Profil und ihre dunklen Haare, in die er am liebsten seine Finger vergraben hätte. Seit nunmehr drei Monaten dauerte ihre diskrete, aber glühende Liebesaffäre schon. Statt nach Paris zurückzukehren, hatte sie beschlossen, vorerst in London zu bleiben, um mit ihm zusammen zu sein. May teilte seine Skrupel nicht. »Ich bin bereit, meine Pflicht zu tun, um die Freiheit zu verteidigen, aber wenn das Schicksal den Mann, den ich liebe, meinen Weg kreuzen lässt, wie könnte ich mir da diese Gelegenheit entgehen lassen?« Im Gegensatz zu anderen drängte sie ihn nicht, sich zum Dienst mit der Waffe zu melden. Als Julian sie gefragt hatte, ob sie es nicht für egoistisch halte, so glücklich zu sein bei all dem Leid ringsumher, hatte sich ihre Miene verhärtet. Sie erachte das Glück als ein viel zu hohes Gut, um es nicht gebührend zu würdigen, wenn es einem gewogen war, hatte sie erwidert. Sie bemerkte seinen eindringlichen Blick, hob die Augen und lächelte ihn an, und wie jedes Mal wurde Julian warm ums Herz.

Stevens trat in die Tür, in der Hand einen Silberteller mit einem Telegramm. Einen Augenblick lang blieb er wortlos stehen. May erblasste.

»Dieses Telegramm ist soeben für Lady Victoria abgegeben worden, Eure Lordschaft!«, sagte er dann mit tonloser Stimme.

O Gott, Percy!, dachte Julian und starrte das Telegramm an. Das lachende Gesicht seines jungen Schwagers kam ihm in den Sinn. Wie viele von ihnen würden noch im Feuerofen dieses Krieges verheizt werden? Auch wenn das Telegramm nicht an ihn gerichtet war, nahm er es. Als Familienoberhaupt war es seine Pflicht, seine Schwester zu schützen und ihr die schlimme Nachricht zu überbringen. Er überflog die wenigen Zeilen. Percy war verwundet. Granatsplitter im rechten Arm und im Gesicht. Sein Zustand wurde als ernst beschrieben, aber er schwebte nicht in Lebensgefahr. Julian atmete erleichtert aus. Percy würde davonkommen, und für ihn war der Krieg wahrscheinlich vorbei.

Er steckte das Schreiben in die Jackentasche und beruhigte Stevens. Sobald seine Schwester zurück sei, werde er selbst mit ihr sprechen, sagte er.

Nachdem der Butler das Zimmer verlassen hatte, stand May auf und ging zu Julian, um ihn an sich zu ziehen. Er schlang die Arme um sie und legte die Wange an ihren Kopf.

»Einer nach dem anderen werden wir dran glauben müssen«, murmelte er, den Blick ins Leere gerichtet.

»Hör auf, solchen Unsinn zu reden!«

»Früher oder später werde auch ich meine Pflicht tun müssen, May.«

»Deine Pflicht ist es, deinem Land auf die bestmögliche Weise zu dienen. Und du bist wesentlich nützlicher in Westminster oder in der neuen Koalitionsregierung als auf einem Schlachtfeld in Frankreich.«

»Glaubst du das wirklich? Nicht alle sehen das so.«

Sie betrachtete das Gesicht des Geliebten, dessen Muskeln angespannt waren. Dieser sensible und nachdenkliche Mann schien unter dem Gewicht der Verantwortung schier zu zerbrechen. Seit sie bei ihm lebte, konnte sie ermessen, welche Last auf seinen Schultern ruhte. Er trug sie mit einem Ernst und einem Feingefühl, die einem Respekt abverlangten.

»Ich glaube an dich, Julian«, murmelte sie.

Victoria war so erleichtert gewesen, als sie vernahm, Percy würde seinen Verwundungen nicht erliegen, dass sie Julian gar nicht mehr richtig zugehört hatte. Ihr Bruder hatte versucht, ihr den Ernst seines Zustands zu erklären, aber Vicky hatte seine behutsamen Warnungen in den Wind geschlagen. Percy hatte weder ein Bein noch einen Arm verloren, das war die Hauptsache. Die Aussicht, ihn nach langen Monaten der Abwesenheit wiederzusehen, machte sie glücklich. Sie stellte sich vor, dass sie ihren Mann hingebungsvoll pflegen und die Anerkennung ihrer Umgebung dafür ernten würde. Die unerträgliche Ungewissheit über sein Schicksal hatte endlich ein Ende. Sie freute sich darauf, wieder ein normales Leben zu führen, und fragte sich, ob es nicht gescheiter wäre, sich zu den Schwiegereltern nach Gloucestershire zurückzuziehen. Dort könnte Percy sich in Ruhe erholen. Insgeheim träumte sie auch von einem Kind. Evangeline indes, die unzählige versehrte Körper im Krankenhaus gesehen hatte, versuchte die Euphorie ihrer Schwester zu dämpfen. Sie erklärte ihr, dass gewisse Verletzungen ebenso traumatisierend für das Opfer wie seine Umgebung sein konnten, doch Vicky, auch unter dem Einfluss von Matildas unerschütterlichem Optimismus, gab sich ganz ihrer Freude hin. Nach einem zweimonatigen Aufenthalt in einem französischen Krankenhaus war Percy vor Kurzem in die Heimat zurückgebracht und in ein Militärkrankenhaus in Aldershot, Hampshire, verlegt worden.

»Glaubst du, das wird ihm gefallen?«, fragte Vicky und drehte sich vor Matilda hin und her.

Vicky trug ein mittellanges Kleid aus lila-weiß gestreifter Baumwolle, einen straußenfedergeschmückten Filzhut und neue spitze, hochhackige Stiefeletten. Matilda, die auf einem Stuhl saß, die behandschuhten Hände auf dem gewölbten Bauch, sah sie lächelnd an.

»Du siehst großartig aus. Er wird stolz auf dich sein.«

Vicky legte beide Hände an die Wangen.

»Ich bin so aufgeregt, dass ich zittere! Nun gut, lass uns lieber gehen, nicht dass er auf uns warten muss.«

Die Fahrt zum Militärkrankenhaus in der strahlenden Frühlingssonne glich eher einem fröhlichen Ausflug aufs Land. Als Michael Manderley gehört hatte, dass seine schwangere Schwester vorhatte, Vicky im Zug nach Hampshire zu begleiten, hatte er keine Sekunde gezögert, ihr seinen Wagen samt Chauffeur zur Verfügung zu stellen. Während der Rolls-Royce über die schmalen Landstraßen fuhr, die von blühenden Bäumen gesäumt waren, sangen die beiden Freundinnen aus voller Kehle *It's a long way to Tipperary*. Aber als sie am Ortseingang von Aldershot das Hinweisschild des Militärkrankenhauses sahen, wurden sie still.

Vicky biss sich auf die Lippe. Die Angst schnürte ihr den Magen zu. Freute sich Percy tatsächlich, sie wiederzusehen, wie er es geschrieben hatte? Hatten ihn die vielen Monate an der Front nicht verändert? Einige ihrer Freunde waren ihr während ihres Heimaturlaubs seltsam vorgekommen, die einen schweigsamer, andere wiederum wie von hektischer Betriebsamkeit ergriffen. Bei allen schien eine mehr oder weniger spürbare Verwandlung stattgefunden zu haben. Der kurze, siegreiche Krieg, den man ihnen versprochen hatte und in den sich die jungen Männer mit Feuereifer gestürzt hatten, in der Hoffnung, alsbald als gefeierte Helden wieder zurückzukehren, hatte sich als großer Irrtum entpuppt. Der Krieg hatte sie in ihre eigene Falle tappen lassen.

Während sie mit dem Feuer spielten, entzündete sich um sie herum ein unmenschliches, monströses Flammenmeer, das auf unvorstellbare Weise ihre Körper und Seelen versehrte. Matilda, die die Angst ihrer Freundin spürte, nahm tröstend ihre Hand.

Der Wagen tuckerte den Hügel hinauf, auf dem das Krankenhaus nach dem Krimkrieg erbaut worden war, denn damals glaubte man noch, der Wind würde die Infektionen vertreiben. Sie kamen an einem imposanten Kirchturm vorbei, dann hielt der Chauffeur vor dem Portal. Vicky atmete tief ein, ehe sie ausstieg. Eine Schwester, die sie von Kopf bis Fuß musterte, empfing die beiden jungen Frauen, offenbar völlig unbeeindruckt von deren eleganter Erscheinung. Im Gegenteil schien es eher ihr Missfallen zu erregen. Sie kannte diese mondänen Frauen, deren Selbstsicherheit in dem Augenblick zu bröckeln begann, da sie ihrem verwundeten Mann oder Verlobten gegenüberstanden, insbesondere jenen, die ein »Gesichtstrauma« erlitten hatten. Die schlimmsten Kriegsverwundungen rührten von den Splittern her, die bei der Explosion einer Granate in den Körper eindrangen. Wenn das Gesicht getroffen wurde, sahen sich die Chirurgen furchtbaren Verstümmelungen gegenüber. Die Behandlung gestaltete sich als besonders schwierig, wenn es darum ging, dem Verwundeten ein neues Gesicht zu verleihen. Für die Angehörigen waren diese Patienten oftmals nicht mehr wiederzuerkennen.

Die Krankenschwester führte sie durch einen nicht enden wollenden Korridor. Ihre dicken Sohlen erzeugten keinerlei Geräusche, und sie warf Vicky einen vorwurfsvollen Blick zu, deren hohe Absätze laut auf dem Boden klackten. Eingeschüchtert bemühte sich diese, auf den Zehenspitzen zu gehen. Die unangenehmen Gerüche, die sie einatmete, erinnerten sie an jene, die Evies Schwesterntracht verströmte, wenn sie abends aus dem St.-Thomas-Krankenhaus zurückkehrte. Matilda hielt sich verstohlen ein mit Eau de Toilette benetztes Taschentuch vor die Nase. Die Krankenschwester stieg vor ihnen eine Treppe hinauf, ehe sie vor einer Holztür stehen blieb.

»Sie müssen jetzt stark sein und Ihre Gefühle verbergen«, sagte sie in festem Ton zu Vicky. »Seien Sie vorsichtig: Ihrem Mann entgeht nichts. Geben Sie sich so natürlich wie möglich, und lächeln Sie.«

»Ich weiß, wie ich mich meinem Mann gegenüber verhalten muss«, erwiderte Vicky trocken, irritiert von dem schulmeisterlichen Ton.

Ein Anflug von Mitleid huschte über das Gesicht der jungen Krankenschwester. Sie führte Matilda in ein angrenzendes Zimmer, das als Bibliothek diente, und bot ihr an, ihr ein Glas Wasser zu bringen, was Matilda dankbar annahm.

Nunmehr allein klopfte Vicky mit pochendem Herzen an die Tür, ehe sie eintrat. In dem Besucherraum saß ein Mann in einem Ohrensessel, der zu dem geöffneten Fenster hin gedreht war, durch das man die zartgrünen Baumkronen sah. Die Sonne schien auf seinen blonden Haarschopf. Beim Anblick seines vertrauten hellen Glanzes fühlte sich Vicky einigermaßen beruhigt. Sie lächelte, doch als sich Percy zu ihr umwandte, gefror ihr das Blut in den Venen. Ein Unbekannter saß vor ihr in diesem Sessel. In einer Uniform, die schlaff an seinem abgemagerten Körper hing. Ein Verband verhüllte seine Nase und sein linkes Auge und verbarg halb seinen deformierten Kiefer. Seine aufgedunsenen Lippen ragten aus dem weißen Gewebe hervor.

»Vicky ...«, murmelte er mit einer von einem merkwürdigen Zucken des Kiefers verzerrten Stimme.

Das blaue Auge, das sie argwöhnisch und unruhig anstarrte und in dem verstümmelten Gesicht überdimensional wirkte, erschütterte sie vollends. Vicky fuhr sich mit der Hand an die Kehle, sie hatte Mühe zu atmen.

»Ich bin froh, dich zu sehen«, fuhr er mit seiner bizarren Stimme fort, doch ein Speichelfaden tropfte zwischen seinen aufgedunsenen Lippen hervor und hinderte ihn am Weitersprechen.

Vicky spürte, wie ihr Tränen in die Augen stiegen. Ihr Instinkt drängte sie zur Flucht, aber ihr Verstand befahl ihr, sich zu fangen. Das war Percy, einer ihrer besten Freunde, der Junge, in den sie schon als achtjähriges Mädchen verliebt war, der Vater ihrer zukünftigen Kinder. Der Mann, mit dem sie geschlafen hatte. Ein Monster. Ihr wurde übel. Sie stieß mit der Schulter die Tür auf und stürzte auf den Gang hinaus. Es gelang ihr, sich ein paar Meter zu entfernen, ehe sie sich krampfartig übergab.

Erschrocken eilte Matilda zu ihrer Schwägerin, die zusammengekrümmt dastand. Keine von beiden bemerkte Percy, der sie unbeweglich, die Hände zu Fäusten geballt, von der Tür aus beobachtete. Die Krankenschwester rannte herbei. Sie fasste den Patienten am Arm und redete beruhigend auf ihn ein, wollte ihn ins Besucherzimmer zurückführen. Aber er befreite sich und entfernte sich ohne ein Wort in Richtung seines Zimmers. Sie blickte ihm betrübt nach. Sie wusste, wie sehr er litt. Es war nicht das erste Mal, dass sie einer solchen Szene beiwohnte. Mitzubekommen, welch heftige Reaktion der eigene Anblick bei einem geliebten Menschen hervorrief, war eine Qual, womöglich die schlimmste, die diese armen Menschen durchmachen mussten, die weiß Gott durch die Hölle gegangen waren. Sie seufzte und begab sich zu seiner jungen Frau, die, das hübsche Kleid und die neuen Schuhe mit Erbrochenem beschmutzt und auf einen Schlag ihrer Illusionen und Träume beraubt, von Schluchzen geschüttelt wurde.

Als Julian am späten Nachmittag zur Haustür hereinkam, eilte Stevens auf ihn zu und berichtete, Vicky und Matilda seien am Boden zerstört aus dem Krankenhaus zurückgekehrt. Er fand sie im Canaletto-Salon. Das Gebäck, das man ihnen mit dem Tee serviert hatte, hatten sie nicht angerührt. Niedergeschlagen saßen sie eng nebeneinander auf dem mit gelber Seide überzogenen Kanapee. Da Victoria nicht in der Lage war, einen zusammenhängenden Satz herauszubringen, erklärte Matilda ihm, was vorgefallen war. Nach und nach verdüsterte sich Julians Miene.

»Du hast die Flucht ergriffen, Vicky. Das ist unverzeihlich. Evangeline und ich haben dich doch gewarnt. Wie entsetzlich das für den armen Percy sein muss. Du solltest dich schämen.«

Vicky brach in Tränen aus.

»Hören Sie auf, sie auch noch zu quälen«, sagte Matilda empört. »Sie hat es schließlich nicht absichtlich gemacht. Wir wollten nochmals zu Percy gehen, aber er hat sich geweigert, uns zu empfangen.«

»Was geschehen ist, lässt sich nicht rückgängig machen«, erwiderte Julian bestimmt. »In unserer Familie hat man jedoch gelernt, seine Gefühle zu beherrschen.«

Matilda hatte die Anspielung verstanden und warf ihm einen finsteren Blick zu.

»Was Menschen wie Sie manchmal davon abhält, menschlich zu sein. Darf ich Sie vielleicht daran erinnern, dass Vicky erst einundzwanzig ist? Sie scheinen nicht zu begreifen, auf welch entsetzliche Probe sie gestellt wurde.«

Edwards Frau hielt sich gerade, das Kinn erhoben. Sie sah ihn selbstsicher an, und das dichte Haar unterstrich ihren hellen Teint. Sie hatte die Hände über dem Bauch verschränkt, als wolle sie ihr ungeborenes Kind schützen. Wieder war Julian überrascht von der Schönheit und Vornehmheit der jungen Schwester Michael Manderleys. Nichts an ihrer Eleganz und Haltung ließ erahnen, dass sie das Licht der Welt in einem Arbeiterviertel von Sheffield erblickt hatte. Von allen Erfolgen Michael Manderleys war sie ohne Zweifel der bemerkenswerteste. Doch Matilda kannte Vicky nicht so gut wie er. Sie wusste nicht, dass sie seit frühester Kindheit zu launenhaften Anwandlungen bis hin zu Wutausbrüchen neigte. Ein Wesenszug, der eine feste Hand erforderte, die sie lenkte.

Julian haderte mit sich, dass er sich nicht mehr Gedanken über das Ausmaß von Percys Verwundungen gemacht hatte. Das junge Paar war Opfer einer Situation geworden, die sie völlig unvorbereitet ereilt hatte. Nach einem solch schmerzhaften Ereignis würde es viel Zeit und Geduld erfordern, um das gegenseitige Vertrauen wiederaufzubauen.

»Ich kann mir sehr wohl vorstellen, was Vicky durchgemacht hat«, fuhr er in ruhigerem Ton fort. »Aber wenn sie mir zugehört hätte, wäre sie besser darauf gefasst gewesen, was sie erwartete, und hätte besonnener reagiert.«

»Man kann ihr nicht vorwerfen, dass sie es nicht erwarten konnte, ihren Mann wiederzusehen! Percy wird ihr verzeihen, da bin ich mir sicher. Wir fahren so bald wie möglich wieder nach Aldershot, nicht wahr, Vicky?«

Vicky zitterte, während sie sich die Tränen trocknete. Auch wenn sie es sich selbst kaum einzugestehen traute, aber sie fühlte sich unter diesen Umständen noch nicht in der Lage, ihren Mann erneut zu besuchen. Obwohl ihre Vernunft ihr sagte, dass sich hinter der versehrten Gestalt der Mann verbarg, den sie geheiratet hatte. Sie hasste sich dafür, dass sie offenbar so sehr an Äußerlichkeiten hing. Im Augenblick ließ sie allein die Vorstellung, Percy könne sie berühren oder in den Arm nehmen wollen, schaudern.

»Ich muss mich erst daran gewöhnen, dass er nie mehr ...« Sie schluchzte auf.

Julian verdrehte gereizt die Augen.

»Bestimmt werden seine Wunden mit der Zeit vernarben. Es gibt einige französische und englische Chirurgen, die sich auf diese Behandlung spezialisiert haben. Percy wird von den besten Ärzten betreut. Man hat ihn nicht zufällig nach Aldershot verlegt. Also, beruhige dich, Vicky. Ich werde ihn morgen besuchen und ihm erklären, dass du völlig unvorbereitet warst. Percy ist ein großartiger Junge. Er wird dir verzeihen.«

Seine kleine Schwester schien wieder Hoffnung zu fassen und brachte ein Lächeln zustande. Er trat zu ihr und legte ihr beschwichtigend seine Hand auf die Schulter. Dann wandte er sich an Matilda, um sie zu fragen, ob sie zum Abendessen bleiben wolle. Sie schlug die Einladung aus. Der Tag sei sehr nervenaufreibend gewesen, und sie sei müde.

Julian begab sich auf sein Zimmer, um sich umzuziehen. Die Sache mit Vicky ging ihm zu Herzen. Was ihn noch mehr beunruhigte, war die Frage, ob Percy vielleicht bleibende Schäden davongetragen hatte. Die schweren physischen Verstümmelungen von Kriegsheimkehrern waren immer wieder Gegenstand von Zeitungsartikeln, die teils einen faszinierten, teils entsetzten Unterton hatten. Überzeugt, dass diese Tragödie nur andere betraf, hatte er sich bislang geweigert, sie zu lesen.

Jedenfalls nahm der Krieg zusehends eine schlechte Wendung. Auf Bitte von General Joffre, der eine neue Angriffslinie zwischen Vimy und Arras geöffnet hatte, hatten sich die Briten an einer Offensive im Artois beteiligt, mit dem Ziel, den Höhenzug von Aubers einzunehmen. Doch die englischen Truppen wurden durch Maschinengewehrbeschuss und Bombardements der Deutschen empfindlich dezimiert. An einem einzigen Tag verloren sie mehr als vierhundertfünfzig Offiziere und elftausend Soldaten. Das Desaster setzte sich im Bewusstsein jedes Einzelnen fest, aber niemand hatte mit der Bombe gerechnet, die vor Kurzem geplatzt war. Dem Militärkorrespondenten der *Times* zufolge hatte Sir John French offenbart, diese dramatische Niederlage sei dem Mangel an Munition geschuldet. Seine Feststellung lautete lapidar: »Vergangene Woche sind auf dem Höhenzug von Aubers britische Soldaten gestorben, weil der britischen Armee Granaten fehlten.« Die Regierung war in heller Aufregung, die Empörung über diesen Skandal groß. Man konnte dem Oberbefehlshaber zwar vorwerfen, im Alleingang gehandelt und die Presse als Sprachrohr benutzt zu haben, andererseits musste er sich seit Monaten als Mahner in der Wüste gefühlt haben. Seither wurde Westminster von einer gewaltigen politischen Krise erschüttert. Unmöglich konnte man auf diese Weise weiterhin Krieg führen. Die Bevölkerung würde nicht länger ertragen, die eigenen Söhne in den sicheren Tod zu schicken. Der Sturz der Liberalen war nunmehr unvermeidlich, und Julian fragte sich, ob er tatsächlich der neuen Koalitionsregierung beitreten würde.

Er hatte gerade seinen Smoking angezogen und war im Begriff hinunterzugehen, um noch ein Glas zu trinken, während er auf May wartete, als Stevens ihm sagte, dass das Militärkrankenhaus in Aldershot ihn am Telefon verlange. Julian freute sich darauf, die Stimme seines Schwagers zu hören. Auf diese Weise könnte er ihm Trost spenden und ihm seinen Besuch am nächsten Tag ankündigen. Aber es war nicht Percy, der ihn zu sprechen wünschte, sondern der Leiter des Krankenhauses.

»Ich habe eine traurige Nachricht für Sie, Lord Rotherfield«, sagte er mit fester, aber mitfühlender Stimme. »Unsere Krankenschwestern haben ein besonderes Auge auf Patienten, deren seelischer Zustand wegen ihrer Verwundungen äußerst fragil ist. Unglücklicherweise ist es Ihrem Schwager dennoch gelungen, sich ihrer Achtsamkeit zu entziehen. Ich bedaure zutiefst, Ihnen mitteilen zu müssen, dass er sich am späten Nachmittag erhängt hat. Leider konnten wir nichts mehr tun, um sein Leben zu retten.«

Percys Selbstmord hatte die Familie Rotherfield zutiefst erschüttert. Weil er um Vickys psychischen Zustand fürchtete, hatte Julian den Hausarzt kommen lassen, damit er ihr ein Beruhigungsmittel gab. In der ersten Nacht war er bei ihr geblieben, um sie zu trösten und zu versuchen, ihre Schuldgefühle zu mildern. Er sagte ihr, dass er sich im Gegenteil verantwortlich fühle, weil er es versäumt hatte, sie zu begleiten. Die Nachricht hatte auch Matilda arg zugesetzt, die, im fünften Monat schwanger, das Bett hüten musste, um nicht Gefahr zu laufen, ihr Kind zu verlieren.

Evangeline war am Boden zerstört. Sie hatte das Gefühl, in einem Albtraum gefangen zu sein, der kein Ende nahm. Der jähe Tod ihres Vaters war ein erster, brutaler Warnschuss gewesen. Wenige Monate später dann Alices dramatischer Tod beim Untergang der Titanic. Und nun Percy, aber das war noch mal etwas ganz anderes. Er war eine Säule der Clique der »Bewundernswerten« gewesen, Edwards Kindheitsfreund, der beste Kamerad, den man sich vorstellen konnte. Beim Gedanken, wie verzweifelt er gewesen sein musste, als er diesen unwiderruflichen Akt vorbereitete, überlief es sie kalt. Percy ließ sie alle als Waisen zurück, Vicky, seine Eltern, seine Geschwister, aber auch seine zahlreichen Freunde. Keiner von ihnen war ihm offenbar so wertvoll gewesen, dass er ihn ans Leben binden konnte. Und dieses Urteil lastete schwer auf ihnen. Ein Selbstmord konfrontierte die Nächsten auf unbarmherzige Weise mit der eigenen Unzulänglichkeit. Auf Vorschlag des Krankenhausdirektors hin hatte man indes beschlossen, den tragischen Tod nicht an die große Glocke zu hängen. In ähnlichen Fällen heiße es in dem Telegramm, mit dem man die Angehörigen informiere, dass der Tod einem fatalen Rückschlag geschuldet sei. Dadurch vermeide man, das Andenken an das Opfer zu beschmutzen und dessen Familie noch zusätzliches Leid zuzufügen.

Nachdem der erste Schock vorbei war, wurde Evies Trauer von dem Gefühl der Wut überlagert. Wer hätte bei Vickys Hochzeit gedacht, dass sich die freudigen Gewissheiten jenes schönen, im Garten von Rotherfield Hall verlebten Tages nicht einmal ein Jahr später ins Gegenteil gekehrt haben würden? Im Laufe weniger Wochen hatte ihnen das Leben sein anderes, ein brutales und gnadenloses Gesicht gezeigt. Junge Frauen wie sie, die ob ihrer Erziehung bislang kaum eine Vorstellung von männlicher Geschlechtlichkeit gehabt hatten, pflegten nun die zerfetzten Körper junger Männer in den Krankenhäusern. Unverhohlen wurde über die Ausschreitungen roher Soldaten gesprochen, über Vergewaltigungen und Folter, davon, dass Kindern als Vergeltungsmaßnahme die Hände abgeschnitten wurden, ja sogar davon, dass die Deutschen alliierte Soldaten an Scheunentoren kreuzigten. Waren diese Geschichten wahr oder erfunden? Die Gerüchte nährten die Schreckensvisionen der Menschen. Aber auch die Nahaufnahmen von Kämpfen, die in den Wochenschauen der Kinos gezeigt wurden – etwas, was es bislang nicht gegeben hatte –, schockierten sie. Die Zivilbevölkerung konnte quasi zusehen, wie eine Welt, die noch vor Kurzem als zivilisiert gegolten hatte, plötzlich in die Barbarei zurückfiel.

Der Tod war ein vertrauter Begleiter geworden. Es kam vor, dass eine Mutter binnen weniger Tage mehrere Söhne verlor. Doch die schlimmen Nachrichten folgten neuerdings Schlag auf Schlag, sodass keine Zeit blieb, seine Nächsten zu betrauern. Die militärischen Niederlagen der Briten an der Westfront ebenso wie an den Dardanellen warfen hartnäckige Fragen auf, und der

Munitionsskandal hatte die liberale Regierung zu Fall gebracht. Auch die »Bewundernswerten« zogen eine düstere Bilanz. Keiner der jungen Offiziere hatte es fertiggebracht, seine Männer allein in den Kampf zu schicken, sie hatten sich tapfer an ihre Spitze gesetzt. Sie waren zu stolz und leidenschaftlich, um die roten Abzeichen der zum Führungsstab gehörenden Offiziere zu tragen, die sie vor dem Schlimmsten bewahrt hätten, nämlich sich in die vordersten Linien zu begeben. In ihnen brannte ein Feuer, und dieses Feuer verzehrte sie. Percys Tod war umso tragischer, weil er doch ein glorreicher hätte sein sollen. Ihm haftete der Geruch von Hoffnungslosigkeit, Leiden und Einsamkeit an. Der authentische Geruch des Krieges, dachte Evie bitter.

War sie eine von wenigen, die den Sinn dieses Opfers hinterfragte? In der Hymne von Cowper, die bei Percys Beerdigung in der kleinen Kirche gesungen worden war, schwang eine ganz besondere Emotion mit. Die Wege des Herrn blieben unergründlich, doch die Worte, die Hoffnung machen sollten, ließen Evie unberührt. Was haben wir getan, um das hier zu verdienen?, fragte sie sich und versuchte vergeblich, gegen die Tränen anzukämpfen.

An diesem Morgen kam Vicky zum ersten Mal nach der Tragödie in den Salon hinunter. Ihre blonden, zu einem straffen Chignon gebundenen Haare betonten ihren blassen Teint und die farblosen Lippen. Evie, die das Ausmaß ihrer Verzweiflung kannte, warf ihr einen besorgten Blick zu, ehe sie weiter in der Tageszeitung blätterte.

»Lady Evangeline, darf ich mir erlauben, Sie zu stören, da Lord Rotherfield nicht anwesend ist?«

Stevens trat mit ernster Miene neben sie. Sie fragte ihn nach seinem Anliegen.

»Mrs Pritchett bittet höflich um Erlaubnis, ihren freien Tag zu nehmen, um ihre Schwester in Stratford zu besuchen. Dort hat es in der vergangenen Nacht einen Zeppelinangriff gegeben. Ihre

Familie hat sie soeben benachrichtigt. Ihr Haus wurde von einer Bombe getroffen.«

»Wie schrecklich!«, rief Evie aus, während Vicky schockiert aufblickte. »Aber warum steht davon nichts in den Zeitungen?«

»Möglicherweise haben die Behörden angeordnet, den Vorfall zu verschweigen, um dem Feind keine Informationen zu liefern.«

»Der erste Angriff auf London«, murmelte Vicky. »Das ist furchtbar. Hat es Opfer gegeben?«

»Ich fürchte, ja, Lady Victoria. Sie haben an die hundert Sprengkörper und Brandbomben auf das East End abgeworfen.«

»O Gott, das ist ja grauenvoll!«, stieß Evie aus und stand auf. »Mrs Pritchett soll sich so viel Zeit nehmen, wie sie braucht. Vielleicht ist auch Tilly etwas zugestoßen. Ich muss zu ihr fahren und nach ihr sehen. Willst du nicht mitkommen, Vicky?«

Sie wollte ihre Schwester nicht gern allein lassen und war froh, als diese ihren Vorschlag annahm.

Im Bus, der sie nach Bermondsey fuhr, beruhigte sie die junge Fahrkartenkontrolleurin: Die Arbeiterviertel südlich der Themse seien verschont geblieben. Alle redeten von nichts anderem. Die Gesichter waren angespannt. Die Angst war fast greifbar. Kein Mensch war auf einen Zeppelinangriff mitten in der Nacht vorbereitet gewesen. Kein Suchscheinwerfer hatte das riesige, mit Wasserstoff gefüllte Luftschiff abgefangen, das sich in völliger Stille, mit ausgeschalteten Motoren, genähert hatte, um dann eine Feuerhölle über der schlafenden Zivilbevölkerung zu entfachen, ehe es wieder jenseits der englischen Küste verschwand. Binnen zwanzig Minuten wurden die Viertel Shoreditch, Spitafields, Stepney und auch Stratford getroffen. Noch gab es über die Anzahl der Opfer und das Ausmaß der materiellen Schäden nur Spekulationen, aber eines stand fest: Das Leben der Londoner hatte sich in dieser Nacht des 31. Mai 1915 schlagartig verändert. Zu Beginn des Krieges waren die Zeppeline nur für Patrouillen über der Nordsee eingesetzt worden. Seit Januar waren monatlich zwei Luftangriffe erfolgt, und es wurden Städte an der Küste von Norfolk attackiert. Seitdem war den Londonern klar, dass sie von nun an nicht mehr in Sicherheit leben würden. Die Auswirkungen auf die Psyche der Menschen war katastrophal. Eine feindliche Speerspitze hatte sich mitten ins Herz des Empire gebohrt.

»Was für eine Barbarei«, murmelte Vicky. »Man schläft friedlich, während ein Luftschiff daherschwebt und Bomben über einem abwirft. Das ist unmenschlich.«

Der Bus hatte die Themse überquert und fuhr nun eine lange Straße hinauf, deren Häuser zusehends düsterer wurden und zu schrumpfen schienen. Im Gegensatz zu ihrer Schwester hatte Vicky das East End noch nie besucht, und sie entdeckte staunend diesen ihr völlig neuen Kosmos. Seit sie von Percys Selbstmord erfahren hatten, war sie in einem Albtraum gefangen. Die geringste Geste kostete sie eine enorme Kraftanstrengung. In einem schicksalhaften Sekundenbruchteil war ihre Welt in sich zusammengestürzt. Nie würde sie sich verzeihen, seinen Tod verursacht zu haben. Wie nach dem schmerzhaften Erlebnis auf der Titanic klammerte sie sich auch jetzt wieder an Evie. Von Natur aus eher unbekümmert, zeigte sich Evie im Unglück von einer charakterstarken und verlässlichen Seite. Seit ihrer Kindheit vertraute Vicky auf die Ordnung der Dinge. Sie hatte ihre Zukunft minutiös geplant, ohne etwas dem Zufall zu überlassen. Doch jetzt war sie jäh in eine brutale Welt gestoßen worden, in der nur noch Chaos und Verwirrung herrschten.

Als sie aus dem Bus stiegen, blockierte ein Menschenauflauf die Straße. Die Passanten warfen Steine in das Schaufenster eines Geschäfts. Wütendes Geschrei und Beschimpfungen waren zu hören. Evie ergriff den Arm ihrer Schwester und zog sie mit sich fort.

»Komm, lass uns besser gehen. Der Besitzer hat einen deutsch klingenden Namen. Bestimmt hält der Mob ihn für einen Spion. Dabei handelt es sich bei den armen Opfern zumeist um arme

Juden oder Immigranten, die keinerlei Bindung zu Deutschland haben. So etwas passiert jetzt immer öfter. So, hier wären wir.«

Vicky folgte ihrer Schwester, die entschlossenen Schrittes ein armseliges Gebäude betrat und eine wackelige Treppe hinaufstieg, ehe sie an eine Tür klopfte. Ein kleines Mädchen mit blonden Zöpfen öffnete ihnen. Als sie Evie sah, lächelte sie. Evie fragte, ob Tilly da sei.

»Ich bin hier, Lady Evangeline«, rief die junge Arbeiterin und erschien kurz darauf hinter ihrer kleinen Schwester. »Haben Sie das mit dem Zeppelin gehört? Ich komme gerade aus Spitafields. Wir haben dort Verwandte. So was habe ich noch nie gesehen. Ganze Häuser sind verschwunden. Andere brennen noch. Sie wissen ja, dass die Gassen hier bei uns die reinsten Feuerfallen sind. Ein dreijähriges Mädchen ist in ihrem Zimmer verbrannt«, fügte sie mit Tränen in den Augen hinzu.

»Deswegen sind meine Schwester und ich gekommen«, sagte Evie. »Um uns zu vergewissern, dass euch nichts Schlimmes zugestoßen ist.«

»Ich hab mir schon gedacht, dass Sie kommen würden«, sagte Tilly dankbar. »Ich weiß ja, dass Sie sich immer Sorgen um uns machen. Kommen Sie rein, und trinken Sie eine Tasse Tee mit mir. Ich muss erst mal wieder zu mir kommen. Ich arbeite zurzeit nachts und muss erst um sechs heute Abend in die Fabrik. Und Sie, sind Sie heut gar nicht im Krankenhaus?«

Evie setzte sich auf das Kanapee, aus dem die Sprungfedern herausragten. Sie erklärte Tilly, man habe ihr zähneknirschend einen freien Tag bewilligt, weil ihre Schwester in Trauer sei. Das kleine Mädchen krabbelte auf Evies Knie. Vicky wunderte sich, wie ungezwungen sich Evie in dieser ungewohnten Umgebung gab. Tilly trug eine Hose unter einem kurzen Kittel, und Vicky hatte Mühe, ihren Cockney-Akzent zu verstehen.

»Das tut mir leid, Lady Victoria«, sagte sie und reichte ihr eine Tasse Tee. »Wahrscheinlich Ihr Mann, nicht wahr? Mein aufrichtiges Beileid.«

Ihre Herzlichkeit, die bar jeder Gefühlsduselei war, tat Vicky zu ihrer Überraschung gut, und einen Moment lang trat ihr Kummer in den Hintergrund. Tilly erzählte von Tom, ihrem Bruder, der sich älter gemacht hatte, als er war, um mit seinen Kameraden in die Armee einzutreten. Sie war zwischen Sorge und Stolz hin- und hergerissen, wobei sein Schritt sie keineswegs erstaunt habe, wie sie hinzufügte.

»Ich tu auch was für unseren Krieg. Ich füll jetzt keine Marmelade mehr ab, sondern stell Munition her. Ist doch gut, oder? Wo doch unsere tapferen Tommies zu wenig davon haben. Manchmal stecken wir kleine Zettel zwischen die Munition, um ihnen Mut zu machen.«

»Aber Munition herzustellen, ist das nicht furchtbar gefährlich?«, fragte Evie besorgt.

»Zum ersten Mal in meinem Leben hab ich selbst entschieden, was ich machen will, aber klar, gefährlich ist es schon. Eine Zigarette in der Fabrik rauchen ist nicht so 'ne gute Idee«, fügte Tilly scherzhaft hinzu. »Aber keine Angst, alles wird genau überwacht. Man hat uns Uniformen gegeben, die Hose und das Hemd hier, und Holzschuhe, weil die Nägel an unseren Sohlen Funken auf dem Boden erzeugen könnten. Vor allem aber ist diese Arbeit viel besser bezahlt, auch wenn wir Frauen nur die Hälfte vom Lohn der Männer bekommen. Für die gleiche Arbeit, das ist offen gesagt eine Schande!«, schimpfte sie.

Die *Munition Girls*, wie Frauen wie Tilly genannt wurden, waren oftmals ehemalige Dienstmädchen, die in den Rüstungsfabriken eine Möglichkeit sahen, ihrer streng reglementierten Arbeitswelt in einem herrschaftlichen Haushalt zu entfliehen. Angelockt von besserer Bezahlung und einem unabhängigeren Leben, bewarben sich auch Verkäuferinnen, Wäscherinnen und sogar Sekretärinnen für diese Arbeit. Die Arbeitsbedingungen waren hart, in den Fabriken wurde rund um die Uhr gearbeitet. Und so schufteten die jungen Frauen zwölf Stunden an einem Stück, Tag und Nacht. Evie wollte Tilly nicht beunruhigen, aber es war ganz und gar nicht harmlos, Granaten, Patronen oder Sicherungen am Fließband herzustellen. Noch gefährlicher war das Hantieren mit Schießpulver oder mit explosiven Stoffen wie Kordit oder TNT, von denen die Frauen nach nur wenigen Tagen einen gelblichen Teint bekamen. Es dauerte sechs Monate, bis man ihn wieder verlor. In manchen Fabriken vertraute man die Arbeit mit Explosivstoffen verheirateten Frauen an, da sie als verantwortungsvoller galten. In anderen wiederum zog man junge Mädchen dafür heran, denn man fürchtete gynäkologische Veränderungen.

Man konnte sehen, dass Tilly ihre Lohnerhöhung sinnvoll nutzte, dachte Evie, als sie die neuen Schuhe ihrer kleinen Schwester bemerkte und den gut gefüllten Vorratsschrank. Manche Damen beklagten sich bitter, dass ihre ehemaligen Hausmädchen ihren Lohn für Flitterzeug und anderen Schnickschnack verschwendeten, und es hörte sich an, als seien diese Mädchen auf die schiefe Bahn geraten. Auch den Krankenwagenfahrerinnen, die abenteuerlustiger waren als Krankenschwestern und nicht so gut überwacht wurden wie diese, haftete der Ruch von leichten Mädchen an. Evie würde sich bald selbst ein Bild machen können. Sie hatte beantragt, ins Ausland geschickt zu werden. Im Laufe der vergangenen Monate hatten sich Krankenschwestern wie sie ihre Sporen verdient. Selbst die Presse mokierte sich nicht mehr über diese jungen mondänen Frauen, die guten Willens seien, aber zwei linke Hände hätten. Die Ungeschicklichkeit, die man ihnen anfänglich vorgeworfen hatte, war mittlerweile vergessen. Inzwischen betrachtete die Armee sie als kompetent und unverzichtbar.

Der Krieg entpuppte sich immer mehr als monströse Schmiede, die die unterschiedlichsten Schicksale hervorbrachte. Er übte eine morbide Faszination aus und erzeugte eine ungekannte nervöse Spannung in der Bevölkerung. Niemand würde unbeschadet überleben. Doch eine junge Frau mit dem unerschütterlichen Charakter einer Tilly Corbett gab sich nicht so schnell geschlagen. Sie verströmte eine ansteckende Energie, der sich selbst Vicky nicht entziehen konnte. Als sie begann, pikante Anekdoten zu erzählen, hing diese förmlich an ihren Lippen. Evie bemerkte mit Freude, wie sich die Wangen ihrer Schwester rosa färbten und ein neugieriger Ausdruck in ihre Augen trat.

Julian kam früher als sonst nach Hause. Man hatte ihn mitten in der Nacht aus dem Bett geholt, und er war zum Westminster-Palast geeilt, um sich über den Verlauf der Operationen zu informieren. Die Bombardierung des East End hatte einen Schock im öffentlichen Bewusstsein ausgelöst, doch die Anweisungen der Behörden waren klar und deutlich: Der Presse war es untersagt, Einzelheiten zu berichten. Julian indes befürchtete, dass in einem Land, wo die Zeitungen einen so wichtigen Platz einnahmen, diese Art von Zensur eher die Gerüchteküche anheizen und in der Bevölkerung Misstrauen gegenüber der offiziellen Berichterstattung schüren würde. »Das ist der reinste Eierlauf«, hatte er zu einem Freund aus seinen Kindertagen im Parlament gesagt.

Bei dieser Gelegenheit hatte man ihm im Vertrauen den Posten eines Unterstaatssekretärs beim neuen Munitionsminister, David Lloyd George, in Aussicht gestellt. Julian bemühte sich, seine Enttäuschung zu verbergen. Der Gedanke, möglicherweise der Regierung beizutreten, schmeichelte ihm. Unter dem Befehl des Erzfeinds seines Vaters tätig zu werden, den die erbitterten politischen Kämpfe vorzeitig ins Grab gebracht hatten, war für ihn jedoch ausgeschlossen. Er würde das Gefühl haben, seinen Vater zu verraten.

Er konnte einfach nicht sein Misstrauen gegenüber dem Politiker unterdrücken, der in den wenige Jahre zurückliegenden Marconi-Skandal verwickelt gewesen war. Auch wenn in dem Bericht des Untersuchungsausschusses die Korruptionsvorwürfe gegen ihn nicht aufrechterhalten wurden, zweifelte niemand an seinem Machtmissbrauch. In Julians Augen war David Lloyd George ein brillanter, aber zwielichtiger Politiker. Auch misstraute er seinen Beziehungen zu den Munitionsfabrikanten, zu denen auch der unvermeidliche Michael Manderley gehörte. Edwards Schwiegervater hatte einige seiner Fabriken hinsichtlich der Anforderungen des Krieges umgestellt. Wenn er das Angebot annahm, hätte er unweigerlich mit Manderley zu tun, und das war ihm zutiefst zuwider. Je mehr Zeit verging, desto mehr fühlte sich Julian in London fehl am Platz. Doch konnte er unmöglich das schmeichelhafte Angebot ausschlagen und weiterhin einfacher Abgeordneter in Westminster bleiben. Er musste endlich Farbe bekennen.

Julian hatte schon immer vage gewusst, dass der Moment kommen würde, da er es seinen Freunden gleichtun und die Uniform anlegen müsste. Bisher hatte er sich auf dem Feld der politischen Macht nützlicher gefühlt. Sein Ehrgefühl sagte ihm jetzt, dass es Zeit war, zu den Waffen zu greifen, um zu verhindern, dass er sich zwischen Politikern und Geschäftemachern aufrieb. Mehr denn je war er der Überzeugung, dass die Männer, die über das Gemeinwesen bestimmen wollten, von vorbildlicher Integrität sein mussten. Sie beschlossen nicht nur Gesetze, die das öffentliche Leben regelten, sondern bestimmten auch über Tod oder Leben der Bevölkerung, indem sie sie feindlichem Beschuss aussetzten. Ein Volk ist so wertvoll wie die Politiker, die es führen, wurde er nicht müde zu wiederholen. Man musste nach dem Besten streben und durfte keine Kompromisse mit jenen eingehen, deren Charakter zu Missverständnissen einlud.

Doch sein Entschluss lastete schwer auf ihm. Diese Entscheidung betraf nicht nur ihn, sondern auch May. Würde sie sich aufregen, wenn er ihr sagte, er wolle in die Armee eintreten? Weder sein Pflichtgefühl noch der Anstand bewog ihn zu diesem Schritt, sondern sein Gerechtigkeits- und Freiheitssinn. Denn Julian hatte erkannt, dass das Gleichgewicht eines Menschen auf dem Respekt gründete, den man seiner ureigenen Natur entgegenbrachte. Er hatte gelernt, seinem Instinkt zu folgen. Und sein Instinkt sagte ihm, dass es Zeit war, sich nach Frankreich einzuschiffen.

An der Somme, Juni 1916

Evangeline war erleichtert, als sie endlich französischen Boden betrat. Sie hatte den Eindruck gehabt, ihre Überfahrt über die grauen Wasser des Ärmelkanals wolle gar kein Ende nehmen. Eine halbe Stunde lang hatte ein Zeppelin der Küstenwache über ihnen geschwebt, um dann den mit Krankenschwestern und frischen Truppen beladenen Dampfer in den Schutz zweier Zerstörer zu übergeben. Aber die Bedrohung durch deutsche U-Boote, die unter Wasser lauern konnten, war ihnen weiter gegenwärtig gewesen. Niemand war sicher. Nach dem plötzlichen Tod Lord Kitcheners, dessen Schiff vor einigen Tagen vor Schottland auf eine Mine gelaufen und gesunken war, stand das Land noch immer unter Schock. Die Fahrt dauerte länger als in Friedenszeiten, da die Kapitäne Anweisung hatten, einen Zickzackkurs zu wählen, um den feindlichen U-Booten kein leichtes Ziel zu bieten.

Die Reise der freiwilligen Krankenschwestern hatte am Vortag im hektischen Gewimmel der Londoner Victoria Station begonnen. Nach der beängstigenden Überfahrt hatten sie in Boulogne einen Zug bestiegen, der unterwegs aus unbekannten Gründen mehrmals anhielt. Jetzt saßen sie auf der Rückbank eines Militärfahrzeugs und holperten über die staubigen Wege der Picardie, die von Sykomoren und Pappeln gesäumt wurden. Dazwischen sah man immer wieder unter großen Planen verborgene Artilleriestellungen. Die breiteren Straßen waren den Lastwagen vorbehalten, die bei Nacht Nachschub und Munition transportierten.

Auch die Infanteriekolonnen versteckten sich in Scheunen, damit der Feind sie nicht entdeckte, und warteten auf den Abend, um ihren Vormarsch in Richtung Front fortzusetzen. Die jungen Frauen hatten keine Ahnung, wo sie am Ende landen würden. Sogar die Ortsschilder waren entfernt worden. Die Bewegungen der diversen Einheiten der britischen Armee, die sich seit vielen Monaten auf eine entscheidende Offensive an der Somme vorbereitete, fanden in größter Heimlichkeit statt.

Zu Jahresbeginn war das Kriegsglück dem Kaiser besonders hold gewesen: An der Ostfront waren die Russen durch innere Streitigkeiten geschwächt. Die Briten hatten in Gallipoli einen furchtbaren Rückschlag erlitten und wurden an der Front im Orient in Schach gehalten. Nicht anders erging es den Franzosen, die seit Februar ihre Energie und Angriffslust in die Verteidigung von Verdun steckten. Evie graute es schon bei der Erwähnung der belagerten Zitadelle. Die Strategie der Deutschen bestand darin, die französischen Truppen in diese natürliche Falle zu locken, in der Hoffnung, sie dort auszubluten. Dieser Einsatz war körperlich und psychisch extrem belastend. Pierre hatte zwei Monate dort gekämpft. Seit die Deutschen eine Methode entwickelt hatten, das Maschinengewehrfeuer so zu synchronisieren, dass man durch den Propellerkreis hindurchschießen konnte, waren die besten Piloten zu furchterregenden Kriegern geworden. Da die Piloten jetzt selbst von ihren Feinden gehetzt wurden, legten sie einen noch größeren Jagdinstinkt an den Tag.

Der erste große Luftkampf der Welt hatte sich am Himmel über dem winterlichen Verdun abgespielt. Angesichts der deutschen Übermacht hatte General Pétain dem für die französischen Flugstaffeln verantwortlichen Kommandanten de Rose befohlen, ihm »den Himmel leer zu fegen«, wenn sie eine Chance haben wollten, die symbolträchtige Festung zu retten. Ungefähr hundert französische Piloten und Kundschafter waren bereits gefallen. Im Lauf der Wochen hatte sich der Ton von Pierres Briefen verändert; sein Optimismus hatte einem bissigen Ernst

Platz gemacht. »Manche Leute behaupten, der Krieg werde noch zehn Jahre dauern. Wenn ich überlebe, bin ich alt. Willst du mich dann überhaupt noch?«, hatte er Evie geschrieben. »Nach dieser Schicksalsprobe wird unsere Generation alterslos sein«, hatte sie geantwortet.

Neben einer kleinen Kolonne aus Soldaten in khakifarbenen Uniformen verlangsamte der Wagen das Tempo. Sie marschierten schnellen Schritts über das Pflaster, die Gewehre an ihrer Seite und die neuen, untertassenförmigen Stahlhelme an die Tornister gehängt. Trotz ihrer Last sangen die Männer fröhlich. »Sind wir geschlagen? Nein!« Evie erinnerte sich, wie die streikenden Arbeiterinnen von Bermondsey an jenem drückend heißen Londoner Sommertag vor einigen Jahren einen ähnlichen Slogan skandiert hatten. Seitdem schienen Jahrhunderte vergangen zu sein.

Als die Soldaten die Krankenschwestern erblickten, wedelten sie mit den Armen und stießen bewundernde Pfiffe aus. Sie waren munter, zuversichtlich und fühlten sich durch ihre massive Artillerie und die Entschlossenheit ihrer Kommandanten beruhigt. Bei der Konferenz von Chantilly im vergangenen Dezember hatten die Alliierten beschlossen, groß angelegte Offensiven zu starten. Sir Douglas Haig, der neue britische Oberkommandierende, der John French mit seiner gemischten Erfolgsbilanz ersetzt hatte, hätte lieber den Frontbogen von Ypern in Belgien angegriffen, aber General Joffre hatte das letzte Wort gehabt und durchgesetzt, dass der Angriff in der Picardie stattfinden musste. Das Hinterland schien nur noch ein gewaltiges britisches Militärlager zu sein. Ein Gewirr elektrischer Leitungen zog sich wie ein Spinnennetz über die Straßen. Man hatte die Flüchtlinge evakuiert, und viele Einwohner waren gebeten worden, den Truppen des Empire Platz zu machen. Die Freiwilligen der »neuen Armee« Großbritanniens befanden sich endlich am Ort ihres ersten richtigen Einsatzes.

Die zwei jungen Frauen, die neben Evie saßen, hielten sich

zum ersten Mal in Frankreich auf, aber sie fühlten sich hier nicht fremd. Im goldenen Abendlicht erinnerte sie die wallonische Landschaft mit ihren grünen Hügeln an ihr heimatliches Hampshire. Die englischen Soldaten empfanden eine Vertrautheit mit dieser üppigen Landschaft mit ihren Weizen- und Rübenfeldern, was ihren Siegeswillen noch bestärkte.

»Wir sind fast da!«, rief der Fahrer in fröhlichem Ton, als sie ein imposantes Torgitter passierten.

Evie spürte, wie sich ihr Magen zusammenzog. Alle Menschen, die ihr nahestanden, waren kleine Rädchen in der Maschinerie der bevorstehenden Offensive: Pierres und Edwards Staffeln waren in der Umgebung stationiert, ebenso wie Julians Regiment, bei dem sich auch der junge Tom Corbett befand. Jetzt fehlte nur noch May. Als sich Julian gemeldet hatte, wollte auch sie nicht untätig bleiben. Das Neueste, was Evie wusste, war, dass sie Krankenwagen fuhr und verwundete französische Soldaten über die berühmte Straße nach Bar-le-Duc transportierte, die einzige, Ehrfurcht einflößende Lebensader, durch die Verdun immer noch standhielt.

Interessiert betrachtete Evie ihre Umgebung. Sie fuhren eine kurvenreiche Allee hinauf. Zwischen den hohen Buchen der Parklandschaft tauchten die Mauern und romantischen Türmchen eines Schlosses mit schiefergedeckten Dächern auf. Ihre Kameradinnen brachen in bewundernde Ausrufe aus. Die Eleganz des Anwesens beeindruckte sie. Evie dagegen war nicht überrascht. Zahlreiche imposante Wohnstätten der Region waren in Krankenhäuser umgewandelt worden oder dienten als Quartier für die höheren Offiziersränge der britischen Militärführung. Sie lächelte zufrieden. Diese Umgebung war weit angenehmer als das Militärlager in Étaples, wo sie die ersten sechs Monate ihres Auslandseinsatzes verbracht hatte.

Sie bewahrte gemischte Erinnerungen an die größte britische Basis im Hinterland mit ihrer ausgedehnten Zeltstadt und ihren Waffen-, Munitions- und Nachschubdepots, die sich kilometerweit im Umkreis erstreckten. Hunderttausenden Soldaten diente sie als Zwischenstation. Es gab auch Ausbildungslager und eine Reihe von Feldlazaretten entlang der Küste. Dort herrschte unentwegt eine laute und fieberhafte Hektik. Die Unterkünfte waren spartanisch. Feuchte Betten, nicht genügend Decken. Es war so kalt, dass die Wärmflaschen eingefroren waren, und Evie hatte eine Eisschicht zerschlagen müssen, um sich zu waschen. Sie waren strengen Regeln unterworfen: Die Krankenschwestern durften keine Zivilkleidung tragen, nicht einmal an ihrem halben freien Tag. Es war ihnen verboten, zum Mittag- oder Abendessen mit einem Mann auszugehen, und ganz besonders mit den Offizieren. Eine ihrer Kameradinnen hatte nicht einmal mit ihrem Vater, einem General, spazieren gehen dürfen. Der Ruf der Frauen musste beispielhaft sein. Tanzen war unter allen Umständen untersagt. »Das ist ja schlimmer als damals, als wir Debütantinnen waren«, hatte Evie gemurrt und auf Befehl der Oberschwester ihren Uniformrock um zwei Zentimeter verlängert. Als man ihr mitgeteilt hatte, ihr zweiter Einsatz werde sie näher an die Front führen, war sie froh gewesen. Die Gefahr fürchtete sie nicht.

Ihr Fahrer hielt vor den Nebengebäuden des Schlosses. Die Krankenschwestern stiegen mit ihren Köfferchen aus dem Wagen und strichen sich mit der flachen Hand die Uniformen glatt. Evie neigte den Kopf; sie meinte aus der Ferne das Rattern eines Zugs zu hören. Die Oberschwester erschien auf der Türschwelle.

»Das sind die Einschläge von der Front. Es hört niemals auf. Manchmal glaube ich, mich in einem Waggon der Circle Line zu befinden«, erklärte sie in amüsiertem Tonfall, indem sie auf die Londoner U-Bahn anspielte. »Aber man gewöhnt sich daran. Ich bin Schwester Matthews. Willkommen auf Schloss Le Forestel.«

Evies Herz begann zu hämmern.

»Verzeihung, aber gehört dieses Anwesen dem Comte du Forestel?«

»Aber ja. Sie werden ihn übrigens gleich kennenlernen. Er

lässt es sich angelegen sein, die neuen Krankenschwestern willkommen zu heißen. Folgen Sie mir jetzt. Sie treten Ihren ersten Dienst morgen früh um sechs an. Bis dahin haben Sie Zeit, sich mit den Vorschriften vertraut zu machen.«

Evie war so verdutzt, dass sie ihr gar nicht mehr zuhörte. Unter allen Anwesen in der Picardie war sie ausgerechnet in das Schloss von Pierres Vater versetzt worden. Sie konnte sich gar nicht beruhigen. Sister Matthews zeigte ihnen die Krankensäle, wo die Verletzten in ihren schnurgerade ausgerichteten Betten sie ansahen. Dann stiegen sie über eine Wendeltreppe in einen großen Raum unter dem Dach hinauf, in dem sie gemeinsam untergebracht waren. Die besten Betten in der Nähe der gekuppelten Fenster waren bereits vergeben. Ihre Mitbewohnerinnen hatten Bereitschaftsdienst. Sie würden sie später kennenlernen.

Eine halbe Stunde später überquerten die Schwestern in ihren weißen Uniformen mit dem roten Kreuz auf der Brust und der Haube, die gerade auf ihrem strengen Haarknoten saß, den Schlosshof. Der Kies knirschte unter ihren klobigen schwarzen Schuhen. Evie bemühte sich, ihre Kameradinnen zu beruhigen, die sich von der Vorstellung eingeschüchtert fühlten, dem Herrn eines so imposanten Anwesens zu begegnen. Amüsiert überlegte sie, was die beiden wohl von Rotherfield Hall halten würden. Ihr selbst erschienen die bescheideneren Proportionen von Schloss Le Forestel eher behaglich.

Ein Butler nahm sie an der Tür in Empfang. Obwohl Evie neugierig war, hatte sie das Gefühl, gewaltsam in Pierres Intimsphäre einzudringen. Die Anlage eines Hauses hatte immer einen Einfluss auf den Charakter seiner Bewohner, und der diskrete Klassizismus des Hauses spiegelte eine Facette des Mannes wider, der ihre Gedanken beschäftigte. Pierre hatte ihr erzählt, dass sein Großvater ihm in der Bibliothek gern Fabeln von La Fontaine vorgelesen hatte. Sie stellte ihn sich als kleinen Jungen vor, wie er die Stufen der Renaissance-Treppe hinaufgerannt war und den

Salon mit den Holztäfelungen im Stil von Louis XV. durchquert hatte. Vielleicht hatte er an dem zylinderförmigen Schreibtisch unter dem Wandteppich, der Flandern darstellte, Briefe geschrieben, während die Skelettuhr die Stunden einer glücklichen Kindheit schlug. Doch dann waren seine Mutter und seine Schwester bei dem Brand auf dem Wohltätigkeitsbasar umgekommen. Noch immer spürte man den Kummer, der sich des Hauses bemächtigt hatte. In den Salons mit den ausgeblichenen Stoffen herrschte eine antiquierte, beinahe resignierte Atmosphäre, die im Gegensatz zu der kraftvollen Ausstrahlung von Rotherfield Hall stand.

Sie betraten einen kleinen Salon mit einer bemalten Kassettendecke und Holztäfelungen in warmen Farben. Ein alter Herr erhob sich aus seinem Sessel.

»Kommen Sie bitte näher, Ladys«, sagte er in stockendem Englisch. »Es freut mich, Sie willkommen zu heißen. Es ist mir ein Anliegen, Ihnen dafür zu danken, dass Sie nach Frankreich gekommen sind, um uns zu unterstützen.«

Evie blieb ein wenig zurück. Sie fühlte sich gerührt und war mit einem Mal befangen. Pierres Vater war von schlanker Gestalt und besaß eine natürliche Vornehmheit und sehr helle Augen, die er jetzt freundlich auf sie richtete.

»Und Ihr Name, Miss?«

»Evangeline Lynsted.«

Er drückte ihr die Hand und wirkte erstaunt.

»Sind Sie zufällig verwandt mit dem jungen Edward Lynsted, einem Flieger, mit dem mein Sohn befreundet ist?«

»Er ist mein Bruder.«

Er machte eine Bemerkung darüber, wie klein die Welt sei, und bot den Frauen Erfrischungen an, doch Evies Kameradinnen entschuldigten sich. Sie waren erschöpft und mussten am nächsten Morgen bei Tagesanbruch aufstehen. Sie erröteten und konnten dem Impuls nicht widerstehen, einen Knicks zu machen. Im Gehen warfen sie Evie, die noch blieb, einen neugierigen Blick zu.

»Und Sie, Lady Evangeline, werden Sie ebenfalls einen alten Mann seiner Einsamkeit überlassen, oder schenken Sie mir eine Stunde Ihrer Zeit?«

Lächelnd nahm Evie mit geradem Rücken und überkreuzten Beinen auf dem Sofa Platz. Ein großer Strauß Pfingstrosen in seidigem Rosa stand auf einer Konsole mit Intarsien. Verschiedene Familienwappen schmückten die Wände. Pierre hatte ihr diesen Salon so oft beschrieben, dass sie den Eindruck hatte, ihn schon zu kennen. Der Comte du Forestel folgte ihrem Blick.

»Frankreich hat historische Verbindungen zu England. Leider haben wir schlimme Erinnerungen an die Bogenschützen Ihres Königs Heinrich V. Nicht weit von hier haben unsere tapfersten Ritter auf dem schlammigen Feld von Azincourt ihr Leben gelassen. Fünfhundert Jahre später sind Sie zurück, aber wir sind Ihnen dankbar dafür. Hoffen wir nur, dass dies nicht wieder ein hundertjähriger Krieg wird«, setzte er mit leiser Ironie hinzu.

»Vor zwei Jahren war ich in Belgien. Wir haben gar keine andere Wahl, als zu siegen. Mir tut es nur leid um all diese sinnlos geopferten Leben.«

Vor dem Fenster boten die Symmetrie der Buchsbaumhecken und Beete des typisch französischen Gartens das Bild einer geordneten Welt, doch nur ein paar Dutzend Kilometer weiter herrschte das Chaos des Krieges. Trotz der Ruhe, die sie umgab, lief es Evie bei dem dumpfen Grollen der fernen Einschläge kalt über den Rücken.

»Ich hatte das Glück, einmal mit Ihrem Bruder zu Mittag zu essen«, fuhr der Comte du Forestel fort. »Ein charmanter Bursche. Kennen Sie meinen Sohn ebenfalls?«

Ich liebe Ihren Sohn, Monsieur, hätte sie am liebsten erwidert. Die spontane, aber unausgesprochene Antwort hallte in ihr wider wie eine Offenbarung. Zum ersten Mal gestand Evie sich die Wahrheit so unumwunden ein. Sie schlug die Augen nieder, um ihre Fassung zurückzugewinnen. Was war nur mit ihr los? Sie war erschöpft, und dass sie sich so plötzlich auf Schloss Le

Forestel wiederfand, hatte sie sichtlich verunsichert. Sie machte sich Vorwürfe, weil sie so empfindsam war, denn eigentlich hätte sie sich über diesen unerwarteten Streich des Schicksals amüsieren müssen.

»Pierre ist vor einigen Jahren zur Beisetzung meines Vaters gekommen«, sagte sie nur.

Kennengelernt hatten sie sich zwar bei der Flugschau in Hendon, aber im Park von Rotherfield Hall hatte Pierres Persönlichkeit sie berührt. Sie erinnerte sich an die Gefühle, die sich auf seinem Gesicht abzeichneten, als er ihr vom Tod seiner Mutter und Schwester erzählte, als wäre es gestern gewesen. Die Aufrichtigkeit, mit der er versuchte, sie zu trösten, hatte ihr einen geradlinigen Charakter enthüllt, der ihr gefiel.

Als hätte er am Klang ihrer Stimme erraten, dass diese junge Unbekannte seinem ältesten Sohn durch ein intimeres Gefühl verbunden war, betrachtete der Comte sie mit noch größerem Interesse. Der Adel hatte den Frauen seit jeher einen Ehrenplatz eingeräumt, weil man sie als die Bewahrerinnen der wichtigsten Werte schätzte, nämlich des Glaubens und der Erziehung. Trotz der nüchternen Uniform, die ihre Gestalt verhüllte, konnte nichts die feinen Hände verbergen, die elegante Kopfhaltung und die ebenmäßige Schönheit ihres Gesichts. Vor allem verblüfften ihn ihre strahlenden, vergissmeinnichtblauen Augen, deren unvergleichliches Leuchten ihn an die Blautöne in den Gemälden von Gainsborough erinnerte. Schon lange bewunderte er den Mut der britischen Krankenschwestern, deren Einsatzbereitschaft und Fleiß er auf seinem Gut verfolgen konnte. Ein französischer Arzt hatte zu ihm gesagt, sie seien weniger streng zu ihren Patienten und vor allem weniger sentimental, was ihnen im Grunde zugutekam. Doch die junge Evangeline wirkte betrübt, und mit einem Mal verspürte er den Drang, sie zu trösten.

»Pierre hat mir von Rotherfield Hall erzählt. Die Pracht Ihres Elternhauses hat ihn beeindruckt.«

»Ich danke Ihnen, aber Le Forestel steht ihm in nichts nach.«

Er spürte, dass sie es ehrlich meinte, und fühlte sich geschmeichelt. Aus einem Impuls heraus lud er sie ein, mit ihm zu Abend zu essen. Sie nahm mit Vergnügen an.

»Und ich brauche nicht einmal meine Vorgesetzte um Erlaubnis zu bitten«, sagte sie fröhlich. »Ich stehe erst ab morgen früh unter ihrem Befehl. Da habe ich das Gefühl, wieder ein Mensch zu sein.«

Der Comte du Forestel freute sich, sie lachen zu hören, und befahl seinem Butler, Champagner zu bringen. Sie habe seit Wochen keinen mehr getrunken, sagte sie.

»Eine Tragödie, aber wir werden sofort Abhilfe schaffen!«, rief er aus.

Er lud sie ein, in den ersten Stock hinaufzugehen, wo am Abend die Aussicht besonders schön war. So wurde Evie eine gebührende Hausführung zuteil. Von einem bezaubernden halbrunden Salon aus, den ein Porträt von König Ludwig XVI. schmückte, bot sich ein herrlicher Blick auf die zu Beginn des 19. Jahrhunderts von Thomas Blaikie entworfenen Gärten. Sie bewunderte die Einfachheit des harmonischen Parks mit seinen Buchen- und Eichengruppen und den Schneisen, die den Blick auf den Horizont zogen. Amüsiert erzählte die junge Frau, dass der talentierte Schotte, der Gärtner des Grafen d'Artois und der Schöpfer der Gärten von Malmaison und Bagatelle, auch für ihre Urgroßmutter mütterlicherseits gearbeitet hatte. Mehr brauchte es nicht, um ein unausgesprochenes Einverständnis zwischen den beiden herzustellen.

Während die Dämmerung einen sanften Schleier über Le Forestel warf, verkündete der Butler dem Comte, das Essen sei serviert. Pierres Vater entschuldigte sich, weil er sich nicht zum Abendessen umgezogen hatte. »Man muss sich halt den Umständen anpassen«, scherzte Evie und wies achselzuckend auf ihre Uniform. Er bot ihr den Arm, um sie die große Treppe hinabzuleiten. Durch die Tür, deren Flügel mit Reliefs geschmückt waren, traten sie in den Speisesaal, wo das Kerzenlicht von den

Spiegeln zurückgeworfen wurde. Der Tisch war mit Sèvres-Porzellan gedeckt. Sie gaben ein ungewöhnliches Paar ab: er in seinem Tagesanzug mit drei Knöpfen und sie mit ihrer Schwesternhaube und in ihrer Uniform. Aber das tat ihrer guten Laune keinen Abbruch. Angeregt durch den Champagner und einen ausgezeichneten weichen Burgunder sowie ein köstliches Festmahl aus Geflügelaspik, Rührei mit Krebsschwänzen, mit Speck ummantelter, am Spieß gebratener Poularde und Pfirsichen mit Himbeersauce, plauderten der alte Herr und die junge Engländerin mit allergrößtem Vergnügen geistvoll über alles und nichts. Und so vergaßen sie einen Abend lang das Donnern der Kanonen und das Aufblitzen der Leuchtraketen, das immer wieder den dunklen Himmel am Parksaum erhellte.

Am nächsten Morgen um drei Uhr war über dem Flugfeld von Cachy, nicht weit von Schloss Le Forestel entfernt, der Himmel noch dunkel. Pierre bückte sich, um die Gamaschen über seine Lederhosen zu wickeln. In seinen Schläfen hämmerte es, und er hatte miserable Laune – der Preis für die gestrige Zechtour mit seinen Kameraden. In seinem pelzgefütterten Overall ging er zur Bar, die immer noch nach kaltem Rauch roch. Er kippte einen schwarzen Kaffee hinunter, verschlang zwei Scheiben Brot und spülte wie gewohnt mit einem Glas Weißwein nach. Im Büro an der Startbahn nahm er seine Instruktionen entgegen und übersah geflissentlich den Anschlag, den der Kommandant der Staffel aufgehängt hatte: *Bleibt nüchtern und schlaft bei Nacht. Wer körperlich nicht auf der Höhe ist, fordert Unfälle heraus.* Auf der Türschwelle sog er die Luft ein. Der Morgen versprach schön zu werden.

In den Hangars, die sich im Umkreis von über achthundert Metern um ihn erstreckten, machten sich die ersten Mechaniker in weißen Kitteln zu schaffen. Pierre hatte sich freiwillig zu einem Sondereinsatz gemeldet, bei dem es darum ging, einen Geheimagenten hinter den deutschen Linien abzusetzen. Er tat es nicht zum ersten Mal. Rund um Verdun hatte er schon mehrere solche Einsätze geflogen und war einmal um ein Haar in eine Ballonsperre aus Stahlseilen geraten, die die Boches als Falle für die Flieger errichtet hatten. Seine Kameraden beneideten ihn nicht und zogen die einsame Jagd auf feindliche Flugzeuge bei weitem vor.

Pierre zündete sich eine Zigarette an und sah auf die Uhr. Sein Passagier täte gut daran, nicht zu spät zu kommen. Die Deutschen hatten die Angewohnheit, sehr früh zu patrouillieren. Glücklicherweise hatten die französischen und englischen Flieger bei ihren Einsätzen in den ersten Wochen bei Verdun ihre Lektion gelernt und beherrschten jetzt den Himmel über der Somme. Pierre konnte sich seine gelegentlichen Ausschweifungen erlauben. Nach der Anerkennung, die ihm seine ersten fünf Siege eingebracht hatten, gehörte er zur Elite der französischen Jagdflieger-Asse und wurde in einem Atemzug mit Guynemer, Navarre, Nungesser oder Fonck genannt. Als er im Januar zum Ritter der Ehrenlegion ernannt worden war, wurden in seiner Belobigung seine Verdienste als »Pilot von großem Format und Vorbild an Pflichterfüllung und Mut« herausgehoben. Mittlerweile hatte Pierre seine Abschussliste verdoppelt und vor, diese Serie fortzusetzen. Im Allgemeinen tolerierte man das kapriziöse Temperament dieser Flieger, die abwechselnd empfindlich und undiszipliniert, entgegenkommend oder jähzornig waren. Nicht alle hatten einen vorbildlichen Charakter, und ihre Eskapaden schützten sie nicht vor dem Arrest, aber man behandelte sie nachsichtig. Ihr Wagemut faszinierte sowohl die Offiziere des Generalstabs als auch die jungen Frauen, die die Berichte über ihre Heldentaten in den Zeitungen verschlangen.

Doch seit Pierre in seinem »eigenen Hinterhof« kämpfte, wie er es nannte, empfand er ein besonderes Gefühl, denn er verteidigte nicht nur Frankreich, sondern buchstäblich sein eigenes Land. Bei manchen Einsätzen fiel der Schatten seiner Tragflächen auf die Güter seines Vaters oder die eines benachbarten Grundherrn – auf den Flickenteppich aus den Dörfern, Wäldern und mit Weiden bestandenen Teichen seiner Kindheit. Umso bitterer stießen ihm die Narben auf, die die Schützengräben durch den Kreideboden schnitten. Sogar die heftigen Winde aus der Somme-Bucht, bei denen die »Grünschnäbel« der Staffel nicht fliegen konnten, waren ihm vertraut.

Ein Mann in Uniform trat auf ihn zu. In der einen Hand hielt er eine Tasche mit seiner Zivilkleidung und in der anderen einen Korb mit Brieftauben. Zweifelnd zog Pierre eine Augenbraue hoch. Angesichts dieses sperrigen Gepäcks würde Montreux Treibstoff ablassen müssen, um das Gewicht auszugleichen. Die Aussicht auf eine Notlandung ohne Benzinvorräte auf feindlichem Territorium erfreute ihn gar nicht.

Die beiden Männer schüttelten sich die Hand. Pierre führte den Unbekannten zu der Morane-Saulnier, an der Montreux gerade letzte Hand angelegt hatte. Für gewöhnlich flog Pierre allein. Für diese Mission hatte man eigens die zweisitzige Maschine kommen lassen. Während man dem Passagier half, sich mit seinem Marschgepäck hineinzuquetschen, nahm er die letzten Überprüfungen vor. Penibel, wie er war, lud er selbst jede einzelne Patrone in den Munitionsgürtel seines Lewis-Maschinengewehrs, das eine lästige Neigung zum Blockieren hatte. Nicht, dass es ihm an Vertrauen zu Montreux gemangelt hätte – der ihm getreulich vom Betrieb der Torretons zu den Militärflugplätzen gefolgt war und ihm auch schon als ausgezeichneter Maschinengewehrschütze gedient hatte –, aber er hatte das Bedürfnis, sich mental vorzubereiten, bevor er als einsamer Wolf in den Kampf zog. Die Meisterflieger waren eng mit ihren Flugzeugen verbunden. Niemand anderer durfte sie fliegen, und man konnte sie an den verschiedenen Emblemen auf den Rümpfen voneinander unterscheiden. Pierre hatte sich für das Wappen seiner Familie entschieden.

Nach einem Blick auf den Windsack, der auf einem Hangar angebracht war, startete er und leitete einen neuen Tag an der Somme-Front ein. Rasch gewann das Flugzeug an Höhe. Der Propeller dröhnte. Das Steuern einer Morane-Saulnier erforderte eine aufmerksame Hand und eine Konzentration, die keinen Moment nachlassen durfte. Er setzte Kurs nach Nordost. Das blasse Licht der Morgendämmerung ließ die Linien verschwimmen, und Rauchschwaden machten es schwer, sich an den gepflügten Feldern zu orientieren, die sich kilometerweit im Umkreis erstreckten. Und die Kompasse hatten die unangenehme Angewohnheit, bei Vibrationen ungenau zu sein. In der Lorraine war es vorgekommen, dass sich unerfahrene Piloten verflogen und in Deutschland landeten.

Pierre hoffte, unbemerkt zu bleiben. Bei Tagesanbruch und wenn keine Offensive geplant war, machte sich beim »Fußvolk« eine Art Erstarrung breit. Aus Jeans Briefen wusste er, dass den Frontkämpfern nichts anderes übrig blieb, als sich bei Nacht zu bewegen, um alles zu erledigen, was bei Tageslicht unmöglich war, zum Beispiel die Ausbesserung der Schützengräben oder die gefährlichen Ausflüge ins Niemandsland. Nach Stunden ängstlicher Wachsamkeit konnte ihre Konzentration nachlassen, und Pierre hatte durchaus die Absicht, diese Lethargie vor Tagesanbruch auszunutzen.

Bald erschienen die beiden mehr oder weniger parallelen Linien der feindlichen Schützengräben. Sie waren untereinander durch Verbindungstunnel verknüpft, die sich bis zur dritten, der Reservelinie, erstreckten. Weiße Rauchwolken stiegen auf, so harmlos wie die Qualmkringel eines Sonntagsrauchers. Dennoch veränderte Pierre seinen Kurs. Der Vorsatz, stur einer geraden Linie zu folgen, war die beste Art, sich von der Luftabwehr abschießen zu lassen. Sein Kompass protestierte, aber er wusste genau, wo er sich befand. Er hatte die Minuten seit seinem letzten Orientierungspunkt gezählt und seine Position im Verhältnis zur Geschwindigkeit seines Flugzeugs abgeschätzt. Le Forestel lag ungefähr fünfzehn Kilometer rechts von ihm. Beim Gedanken an seinen Vater, der sicherlich noch schlief, lächelte er.

Einige Zeit später hatte Pierre seine Mission erfüllt. Er hatte seinen Passagier mit Marschgepäck und seinen Tauben am vereinbarten Ort abgesetzt und befand sich auf dem Rückflug. Die Morgendämmerung war schon fortgeschritten, und er beobachtete den Himmel aufmerksam, denn er fürchtete, die Deutschen könnten auf Patrouille sein. In diesem Monat, dem Juni, waren die Vorbereitungen auf die große Offensive intensiviert worden. Aber für eine Konfrontation mit dem Feind bevorzugte er es, am Steuer seines »Babys«, seiner Nieuport, zu sitzen, dem gegenwärtig schnellsten Jagdflugzeug. Es war klein, schnell, gut zu manövrieren und in den Händen eines versierten Piloten äußerst leistungsfähig, sodass Pierre und die anderen Pilotenasse seiner Staffel zu den Herren des Himmels über Verdun geworden waren. Schon begann sich Hitzedunst zu bilden und brachte die Maschine zum Beben. Pierre entschied sich, noch höher zu steigen. Doch als er aus den Turbulenzen auftauchte, erblickte er die Rumpfenden zweier feindlicher Flugzeuge.

»Mist aber auch!«, knurrte er.

Sein einziger Vorteil war, dass sie aus diesem Winkel nicht mit ihm rechnen würden. Die Vorsicht riet ihm, sich abhängen zu lassen, zumal sein Treibstofftank praktisch leer war. Eingedenk der Anweisungen seines Hauptmanns, drosselte er die Geschwindigkeit, gleichzeitig bemerkte er, dass die beiden Aviatik-Maschinen wie betrunken schaukelten und einer britischen Morane schwer zusetzten. In dreitausend Metern Höhe würde es dem alliierten Piloten schwerfallen, scharf zu wenden, ohne den Motor abzuwürgen. Pierre hatte keine andere Wahl. Er musste die feindlichen Maschinen ablenken, damit sein unbekannter Kamerad eine Chance hatte, seine Haut zu retten. Er konzentrierte sich auf die Aviatik, die etwas nachhing. Dabei war er sich bewusst, dass er sich nicht nur vor dem Maschinengewehr des Piloten, sondern auch dem hinteren, das von dem zweiten Mann bedient wurde, hüten musste. Jetzt kam es nur auf seine Treffsicherheit an. Während der gejagte Alliierte vergeblich versuchte, seinen Verfolgern zu entkommen, hatte bei Pierre das Jagdfieber endgültig die Spuren einer zu kurzen Nacht getilgt.

Mit aufs Äußerste angespannten Nerven und starrem Blick wendete Pierre die Raubvogeltaktik an. Mit der Sonne im Rücken stieß er auf den Deutschen nieder, näherte sich ihm bis auf wenige Meter und ließ eine Maschinengewehrsalve los. Er sah die verblüffte Miene des zweiten Mannes. Die Aviatik war getroffen und trudelte abwärts. Sein Kollege wendete jäh, um nicht das gleiche Schicksal zu erleiden. Der Flieger, den sie verfolgt hatten, nutzte die Lage aus, um sich in Sicherheit zu bringen, aber nun war es Pierre, der in der Patsche saß. Nervös wandte er den Kopf, um seinen Gegner auszumachen. Prompt antwortete ihm ein Kugelregen, der durch den Rumpf drang und Pierres Rückenlehne traf, aber Gott sei Dank den Tank verfehlte. Er spürte ein Brennen an der Schulter. Trotz der Gefahr vollführte er eine scharfe Kehrtwende, um den Feind auszutricksen, schaltete den Motor ab und nutzte die Fallgeschwindigkeit der Morane. Sein wagemutiges Manöver hatte den deutschen Piloten überrumpelt und verschaffte ihm eine Gnadenfrist. Mit fast leerem Tank und an der Schulter verletzt, konnte Pierre den Kampf nicht fortsetzen. Er musste um jeden Preis versuchen, die französischen Linien zu erreichen. Glücklicherweise hatte er sich den eigenen Schützengräben schon so weit genähert, dass sein Gegner auf eine Verfolgung verzichtete. Nachdem er der feindlichen Artillerie ausgewichen war, erreichte er Cachy mehr schlecht als recht. Er hatte einen hübschen Streifschuss an der Schulter davongetragen, und seine Maschine war ordentlich durchsiebt. Außerdem musste er sich einen neuen Fliegeroverall besorgen. Aber damit konnte er leben.

Nicht weit entfernt, in Amiens, erbebten hin und wieder die Fensterscheiben des Krankenhauses unter dem fernen Donnern der Bombardements. Die leicht Verwundeten machten sich ebenso wenig daraus wie aus einem vorbeiziehenden Gewitter. Der Luxus, sich in sauberer Bettwäsche wiederzufinden, unter karierten Oberbetten, und ihre geschundenen Körper gewaschen, geschrubbt und verbunden zu bekommen, reichte ihnen zum Glück. Leichtere Verwundungen standen bei den Soldaten, die diese kurzen, friedlichen Intervalle außerhalb der Schützengräben genossen, hoch im Kurs. Sie zogen es vor, sich nicht lange mit dem Schicksal ihrer unglücklichen Kameraden in den benachbarten Krankensälen aufzuhalten, denen es weitaus schlimmer erging. Da niemand davor gefeit war, sich eines Tages in der gleichen Lage wiederzufinden, dachte man besser nicht daran. Die Fronterfahrung machte einen zum Philosophen.

Jean trug den Arm in der Schlinge. Er betrat das Krankenzimmer, wo sein Kamerad Augustin Lenoir untergebracht war, der mit verbundenem Oberkörper an sein Kissen gelehnt dasaß und Solitär spielte. Sein Gesicht war von Erschöpfung gezeichnet. Bei einer nächtlichen Expedition waren die beiden verletzt und ein dritter Soldat getötet worden. Die Militärbehörden hatten Jean den vorschriftsmäßigen Genesungsurlaub gewährt, und er hatte vor, ihn auf Schloss Le Forestel zu verbringen.

»Na, hast dich fein gemacht?«, sagte Augustin neckend. »Du glänzt wie ein frisch geprägter Sou. Hast Glück – dein Zuhause liegt gleich nebenan. Nicht wie bei den armen Hunden, die ihren halben Heimaturlaub damit vergeuden, quer durchs Land zu fahren, um nach Hause zu kommen.«

»Ist doch besser so, schließlich mache ich ein Bett frei, nicht wahr? Mein Bruder müsste mich gleich abholen kommen. Wie fühlst du dich, Augustin? Ich habe gehört, dass du eine schlechte Nacht hattest.«

Die Offiziere waren auf einer anderen Etage untergebracht, daher hatte man die beiden Männer bei ihrer Ankunft im Krankenhaus getrennt. Jeans aufrichtiger Blick wühlte Augustin auf, sodass er murrend den Blick abwandte.

»Es geht schon, Leutnant. Machen Sie bloß kein Aufhebens daraus.«

Die Tatsache, dass Jean in regelmäßigen Abständen befördert worden war, hatte nichts an der Freundschaft geändert, die die beiden Männer mittlerweile verband. Augustin schwankte je nach Laune zwischen dem formellen Siezen und dem vertraulichen Du. Unter Feuer war er ein tapferer Soldat, und im

Quartier hatte er das Sagen. Aber wenn man sich nach seinem Gemütszustand erkundigte, wurde er schamhaft wie ein junges Mädchen.

Vom Gang her drang aufgeregtes Stimmengewirr herein. Man hörte die sonore Stimme des leitenden Chirurgen heraus.

»Das ist ein Skandal, haben Sie mich verstanden? In Ihrer letzten Lieferung befanden sich schadhafte Spritzen. Wie sollen wir unter diesen Umständen arbeiten? Ihre Aufgabe ist es, mir Material zu liefern, das diesen Namen auch verdient, Monsieur, und meine ist es, Leben zu retten. Jedem das Seine. Aber Sie lassen bei der Erfüllung Ihrer Aufgabe außerordentlich zu wünschen übrig!«

Augustin wechselte einen belustigten Blick mit Jean. Der Chirurg stand in dem Ruf, aufbrausend zu sein und Dummköpfe nicht leiden zu können. Seit Kriegsbeginn waren die Krankenhäuser heillos überfüllt. Es fehlte an Betten, aber auch an medizinischem und pharmazeutischem Material und kompetentem Personal. Man hatte in aller Eile zusätzliche Sanitätsstationen eröffnen müssen und überließ einen Teil der Verwundeten der Kirche und karitativen Einrichtungen. Schulen, Schlösser, Hotels, Kasinos und Museen wie das Grand Palais in Paris waren beschlagnahmt und zu provisorischen Krankenhäusern umfunktioniert worden. Und der Bedarf an medizinischer Ausrüstung wuchs dramatisch. Manch einer nützte diese Situation aus, um sich zu bereichern. Der Lieferant versuchte sich herauszureden, was den Militärarzt in Rage versetzte. Er warf ihm auch die unvollständige Lieferung an Scharpie und Gaze vor, die für die Verbände unentbehrlich waren.

Eine junge Krankenschwester drückte sich in den Raum. Sie war sichtlich erleichtert darüber, vor dem Wortgefecht fliehen zu können.

»Meinen Sie, er wird ihm gleich eine runterhauen?«, fragte Augustin und grinste breit.

»Natürlich nicht! Doktor Martin ist doch kein Wilder. Aber

diese Leute glauben, sie können sich alles erlauben«, erwiderte sie empört. »So eine Unverschämtheit ... Uns defekte Spritzen zu schicken, und die dringend benötigte Scharpie hat er auch nicht geliefert. Eine Schande ist das!«

»Ich wette, er ist einer dieser dreckigen Geschäftemacher«, brummte Augustin. »Die schrecken vor nichts zurück, um sich auf unsere Kosten zu bereichern. Ist denen doch egal, wenn wir verrecken. Es wird immer genügend arme Kerle wie uns geben, die sich massakrieren lassen. Verdammte Kriegsverlängerer. Ah, wie ich das Hinterland liebe!«

Augustin brachte es auf den Punkt. Je länger der Krieg dauerte, umso mehr wuchs das Unverständnis zwischen Soldaten und Zivilisten, die sich mit dem Krieg eine schöne Existenz sicherten. Die Ersten, die den Zorn der Frontkämpfer auf sich zogen, waren die Händler in der Nähe der Front, die schamlos die Preise ihrer Lebensmittel erhöhten. Eine unwürdige Ausbeutung ihres täglichen Elends, wie die Soldaten meinten. In den Städten, aus denen die Armee ihren Nachschub bezog, tummelten sich alle möglichen Geschäftemacher, deren Brieftaschen dank geradezu unanständiger Gewinnspannen gut gefüllt waren, und Prostituierte auf der Suche nach leicht verdientem Geld. Die Soldaten waren überzeugt, dass der Krieg nicht zuletzt deswegen andauerte, weil zu viele Menschen davon profitierten. Bei ihren seltenen und kurzen Heimaturlauben hatten sie es dann mit einer anderen Art von Gegnern zu tun, nämlich Männern, die sich in Büros verkrochen. Doch am meisten verachteten sie die Drückeberger vom Generalstab. Der Soldat auf Urlaub und der genesende Verwundete, der Krüppel und der Entstellte, denen man zu Beginn noch ehrfurchtsvoll begegnete, waren inzwischen zu traurigen, banalen Gestalten geworden, denen die Zivilisten lieber aus dem Weg gingen. Auf gewisse Weise wäre es den Menschen im Hinterland lieber gewesen, wenn diese peinlichen Zeugen eines nicht enden wollenden Kriegs in ihren Schützengräben geblieben wären, um die Grenzen zu bewachen – als wäre das eine ganz normale Beschäftigung –, damit sie unbehelligt ihren Geschäften nachgehen konnten.

Eine zweite Krankenschwester, die einen Wagen schob, kam in den Raum. Zeit für den Verbandswechsel. Jean verabschiedete sich von Augustin und wünschte ihm gute Genesung. Gern hätte er ihm seinen Segen gegeben, aber sein Kamerad hätte dieses »Affentheater« nicht zu schätzen gewusst. Jean trat auf den Gang. Der Arzt war mit seinem Lieferanten noch nicht fertig. Der Verwalter des Krankenhauses, ein Mann mit einem kleinen Spitzbart, wippte mit verärgerter Miene auf den Fersen. Die Oberschwester stand stocksteif da und durchbohrte den Beschuldigten mit Blicken. Jean verlangsamte den Schritt. Um zum Ausgang zu gelangen, musste er unweigerlich an der Gruppe vorbeigehen.

Auch nach fünf langen Jahren erkannte er Pelletier auf den ersten Blick wieder. Ein Schauer überlief ihn. Jemand wie ihn – hochfahrend und rachsüchtig und leicht zu beleidigen – vergaß man nicht. Insbesondere, wenn dieser Mann eines Frühlingsmorgens bei einem denkwürdigen Duell auf einer Wiese in Bagatelle einem den Bruder erschießen wollte.

Pelletier hatte sich nicht verändert. Sein Haar wurde grau, aber er hatte noch immer das gleiche dicke Gesicht und die gleiche süffisante Miene. Stock und Handschuhe in der einen Hand, trug er einen dreiteiligen, grauen Leinenanzug mit makelloser Bügelfalte und spitze Halbstiefel. Sein Einstecktuch war auf die schwungvoll gebundene Seidenkrawatte abgestimmt, an der eine Nadel mit einem Smaragdkopf glänzte. Seine Aufmachung zeugte von Wohlstand und der arroganten Haltung eines Menschen, der nicht die geringste Ahnung von dem Schmutz und Elend der Schützengräben hatte. Als Jean auf ihn zuging, glitt Pelletiers Blick über ihn hinweg, ohne dass er ihn erkannte. Natürlich, ich trage ja meine weibische schwarze Soutane nicht mehr, dachte Jean ironisch, indem er sich eine von Pelletiers Beleidigungen am Tag des Duells ins Gedächtnis rief. Er spürte einen bitteren Geschmack im Mund. Diese absurde Brutalität hatte ihn damals, als er noch ein junger, idealistischer Priesterschüler war, abgestoßen. Doch im Nachhinein erschien ihm die betrübliche Episode wie ein Vorgeschmack der Gewalt, die seitdem täglich über hunderttausende Menschen hinwegrollte. In dem verbissenen Wunsch zu töten – wo immer der herkommen mochte –, starteten die Oberkommandierenden gegenwärtig in dem bereits misshandelten Land neue Offensiven, die ebenso vergeblich wie blutig waren. Und die Opfer, die auf dem Altar des Krieges dargebracht wurden, schlachteten sich gegenseitig ab. Heiliger Zorn ergriff den jungen Priester. Wie sollte man da der Versuchung widerstehen, wie Augustin von einer »Schlächterei« zu sprechen? Wie hätte man kein glühendes Mitgefühl mit den verwundeten Männern in diesem Krankenhaus empfinden können, wo er die letzten Tage damit verbracht hatte, seelische, wenn schon nicht körperliche Wunden zu pflegen – Verstümmelungen, an denen sich ein Kerl wie Pelletier bereicherte?

»Männer wie ihn hier versuche ich jeden Tag zu retten!«, sagte Doktor Martin und wies auf Jean. »Wenn Sie mir das Material nicht pünktlich liefern, für das Sie reichlich und gut bezahlt werden, kann man diese Menschen genauso gut gleich auf dem Schlachtfeld krepieren lassen!«

Er drehte sich schroff auf dem Absatz um und entfernte sich, gefolgt von der Oberschwester, die Mühe hatte, Schritt mit ihm zu halten. Auch der Verwalter wandte sich zum Gehen. Jean blieb mit Pelletier zurück. Letzterer zog ein Zigarettenetui aus der Tasche und hielt es ihm hin, doch Jean lehnte ab. Er wollte diesem Mann nichts schuldig sein, nicht einmal eine Zigarette.

»Ich bin bestürzt über dieses Missverständnis, Leutnant«, erklärte Pelletier. »Doktor Martin hat den Ruf, ein guter Chirurg zu sein, aber auch ein auffahrendes Temperament zu besitzen.«

»Es scheint, dass er guten Grund dazu hat«, entgegnete Jean trocken.

»Ein Missverständnis, nichts weiter. Wir tun alles, was in unseren Kräften steht, damit tapfere Soldaten wie Sie unter den besten Bedingungen versorgt werden können.«

Sein Tonfall war so unterwürfig, so falsch, dass Jean sich des Gefühls der Abscheu nicht erwehren konnte. Pelletier war von einer angeborenen Vulgarität. Die Sonne, die durch das Fenster schien, spiegelte sich auf dem goldenen Etui und seiner Krawattennadel. Der außergewöhnliche Smaragd, der wie ein Speichenrad gezeichnet war, zog Jeans Blick unwiderstehlich an. Wo hatte er diesen verblüffenden Stein schon einmal gesehen? Vergeblich durchforschte er seine Erinnerung. Unmöglich, er kam nicht darauf. Sein beharrlicher Blick bewog Pelletier dazu, mit den Fingern über den Edelstein zu streichen.

»Mein Glücksbringer«, sagte er lächelnd. »Obwohl er mir heute keine große Hilfe war. Ich wünsche Ihnen einen guten Tag, Leutnant.«

Jean blickte ihm nach, während er sich in Richtung Treppe entfernte. Merkwürdig. Er war überzeugt, diese Krawattennadel zu kennen.

»Sie sind noch da, Monsieur l'Abbé?«, fragte die Krankenschwester neckend, die ihren Wagen vor sich herschob. »Hinaus mit Ihnen, es ist Zeit, dass Sie nach Hause fahren. Damit Sie uns hier nicht weiter im Weg rumstehen!«

Pierre saß an einem Tisch in einem Café in Amiens, wo er sich mit Jean verabredet hatte, um ihn nach Le Forestel mitzunehmen. Er freute sich auf das Wiedersehen mit seinem Bruder, den er seit Monaten nicht getroffen hatte. Die Kellner in ihren langen weißen Schürzen schlängelten sich zwischen den kleinen runden Tischen mit den Marmorplatten hindurch. Zigarettenqualm mischte sich mit Alkohol- und Schweißgeruch und verlieh der dicken Luft einen bläulichen Ton. Immer wieder erklangen Gelächter und Trinksprüche, die französische und englische Offiziere auf den König von England, auf Frankreich und auf die Frauen ausbrachten. Um die Mittagszeit würden sich in den Privatsalons in der ersten Etage die unvermeidlichen jungen Frauen mit schwarzen Strümpfen und seidener Unterwäsche einfinden.

Pierre hatte gerade einen Weinbrand bestellt, als er Edward Lynsted in Begleitung eines ihm unbekannten britischen Piloten erblickte. Er stand auf, um ihn zu begrüßen. Die Freunde liefen einander regelmäßig über den Weg. Den Fliegern war eine gewisse Bewegungsfreiheit gestattet. Abhängig von den Dienstplänen, hatten sie durchschnittlich einen Tag pro Woche frei und ließen es sich, je nach den Launen des Wetters, gut gehen. Keine Schenke in der Umgebung der Basis, die diesen Namen verdiente, war vor ihnen sicher.

»Hallo, mein Alter, genau nach dir hatten wir gesucht«, erklärte Edward. »Dein Hauptmann hat uns gesagt, wer der Pilot der Morane war, die heute Morgen zwei Deutschen, die meinen kleinen Kumpel hier geärgert haben, eine Abreibung verpasst hat.«

Der junge Pilot hatte ein rundliches Gesicht, widerspenstiges Haar und Sommersprossen auf den Wangen.

»Entschuldigen Sie«, sagte er auf Englisch zu Pierre, »aber ich spreche Ihre Sprache leider nicht. Das war mein erster Flug. Ich bin Ihnen sehr verpflichtet und wollte Ihnen unbedingt danken.«

Pierre drückte ihm die Hand.

»Willkommen! Sie werden sehen, hier hat man keine Zeit, sich zu langweilen.«

Das war eine ganz und gar britische Untertreibung, denn seit einigen Wochen war es immer öfter zu Unfällen gekommen. Die dramatische Anspannung, die die Vorbereitungen der Offensive begleitete, ging auch an den Piloten nicht spurlos vorbei. Die Jäger waren so entschlossen wie eh und je, und die Aufklärungsflieger, noch wagemutiger als sonst, bemühten sich, möglichst präzise Fotografien der Schützengräben und der Positionen der gegnerischen Artillerie aufzunehmen. Größtenteils spielten sich ihre Einsätze auf einer Höhe von weniger als einhundertfünfzig Metern ab, wo sie ein willkommenes Ziel für die feindlichen Maschinengewehre boten. Die Flugzeuge kehrten von Kugeln durchsiebt zurück, und die Mechaniker zählten die Einschläge. Da die Psychologie ein wesentlicher Faktor im Krieg war, wirkte sich die Frage, wer die Herrschaft über die Lüfte hatte, auf die Moral der Bodentruppen aus. Den Infanteristen gefiel es, die Kämpfe zwischen den Jagdfliegern zu verfolgen. Es war sogar eine ihrer beliebtesten Zerstreuungen. Auch dies bestärkte die Piloten in dem Gefühl, mit einer besonderen Mission betraut zu sein.

»Wir haben einen Bericht geschrieben und eine Empfehlung eingereicht«, fuhr Edward in zufriedenem Ton fort. »Ich zweifle nicht daran, dass du einen Orden bekommst. Man spricht davon, dass das Military Cross bald auch an Offiziere der alliierten Armeen verliehen werden soll.«

Pierre fühlte sich geschmeichelt. Er winkte den Kellner heran und erklärte, die Runde gehe auf ihn. Die drei Männer setzten sich an den Tisch. Der »Grünschnabel« äußerte sich begeistert über Frankreich, das er zum ersten Mal erlebte. Er war beeindruckt von der Weite der Felder, die keine Hecken trennten, und seine Augen leuchteten, als er zwei junge Frauen erblickte, die gerade das Café betraten. Konnte man ihm seine Begeisterung verdenken?, dachte Pierre. Der junge Pilot bekam jeden Abend ein Bad, eine gute Mahlzeit, hatte ein weiches Bett, seine Bezahlung war gut, und das Prestige seines geflügelten Abzeichens sicherte ihm Erfolg bei den Frauen. »Der elegante Krieg«, wie das Fußvolk ihre Aufgabe nannte. Aber seine jugendliche Begeisterung ermüdete Pierre, der zu den erfahrenen Pilotenassen gehörte, bald. Mit einem Mal fühlte er sich alt, und seine Schulter schmerzte wieder. Was wusste dieser Hänfling schon von den Problemen, die ihn erwarteten? Niemand konnte die Anspannung der Kämpfe ewig aushalten. Man gestand sich seine Angst nicht ein, als fürchte man, sie zum Leben zu erwecken, wenn man ihr einen Namen gab. Und dennoch war sie da wie ein wildes Tier, das in der Magengrube kauert. Die Entschlossenheit, mit der man sie beherrschte, kostete Nerven und machte jähzornig. Jeder Irrtum konnte tödlich sein. Die mittlere Einsatzdauer eines englischen Piloten bemaß sich nach Wochen. Auf dreitausend Metern Höhe, bei einer Kälte von minus vierzig Grad, kam Pierre sein Leben wie in einem Eisblock eingefroren vor. Und wie hätte man die verkohlten Überreste der abgeschossenen Piloten vergessen können, die in den Trümmern ihrer Flugzeuge verbrannten? Was wusste dieser arme Junge von alldem? Pierre bemerkte, dass Edward ihn schweigend ansah, als lese er seine Gedanken. Die Augen seines Kameraden waren blutunterlaufen.

»Was ist los mit dir, Edward?«, fragte er.

»Bindehautentzündung. Meine Brille beschlägt ständig. Wenn ich sie abnehme, um zu sehen, was am Boden vor sich geht, bekomme ich Zug auf die Augen. Deswegen bin ich ein paar Tage außer Gefecht und fahre morgen nach Hause zu Matilda. Ich glaube, ich habe dir noch nicht gesagt, dass sie schwanger ist, oder? Das Kind kommt im Herbst.«

Pierre verriet ihm nicht, dass er es von Evangeline wusste. Edward hatte keine Ahnung, dass sich die beiden seit über einem Jahr regelmäßig schrieben. Auch Evie hatte niemandem davon erzählt. Es war eine Art Schutz; nicht so sehr vor der Neugierde der anderen wie vor sich selbst. Sie liebten einander, aber sie wussten nicht, was sie mit diesem überwältigenden Gefühl anfangen sollten. In diesen unruhigen Zeiten, in denen keiner von ihnen über sein Leben oder seinen Aufenthaltsort entscheiden konnte, war Liebe ein vergiftetes Geschenk. Edwards Ankündigung verlangte nach einer neuen Runde. Er lud Pierre ein, mit ihnen im Restaurant zu essen.

»Langusten und gebratene Ente bei Godbert, was meinst du, mein Alter?«

»Ich muss euch leider verlassen, meine Freunde. Mein Bruder erwartet mich.«

»Soll er doch mitkommen«, schlug Edward vor.

Pierre ließ den Blick durch den Raum schweifen, über die bunten Glühbirnen, die Spiegel, die die Flaschenreihen reflektierten, die künstlichen Blumen, den Boden, der klebrig von verschüttetem Wein war, die rot angelaufenen Wangen der Militärs, die Zoten erzählten, und die molligen Mädchen, die auf ihren Knien saßen.

»Diese Art von Lokal ist nichts für Jean«, erklärte er mit ungewöhnlich sanfter Stimme. »Unsere Vergnügungen sind nicht die seinen. Mein Bruder gehört nicht sich selbst, sondern Christus und den Seelen, für die er verantwortlich ist.«

Edward wirkte erstaunt.

»Dein Bruder ist einer eurer Priestersoldaten? Das wusste ich nicht. Wenn du erlaubst, würde ich ihm gern die Hand schütteln. Ein Freund von mir sagt, die katholische Kirche schicke euch geistig geläutert in den Kampf, während die anglikanische Kirche einen mit leeren Händen ziehen lässt.«

Pierre lachte. »Bist du da nicht etwas streng mit euren Pastoren?«

»Seit Kriegsbeginn stehen sie bei manchen in der Kritik. Man wirft ihnen vor, dass ihre Predigten zu martialisch seien und sie kein Verständnis für die Bedürfnisse der Tommys aufbringen. Bis jetzt hatten sie keinen Zugang zu den vordersten Linien, aber das wird sich vielleicht ändern. Viele unserer Generäle sind gläubig.«

Ob einem der Glaube helfen konnte?, fragte sich Edward mit einem Mal. Der Überdruss seines Freundes war ihm nicht entgangen. Manchmal teilte er ihn. Im Lauf der Monate war seine Begeisterung versiegt. Inzwischen kämpfte er aus Pflichtgefühl, ohne Freude daran zu finden. Die Erinnerung an die Piloten, die abgestürzt waren und deren letzten, entsetzten Blick er aufgefangen hatte, hatte sich ihm tief eingeprägt. Wie sollte man keine besondere Verbindung zu ihnen spüren? Die Fliegerasse waren Duellanten. Im Gegensatz zu den Bodentruppen, die einen unpersönlichen Kampf führten, kannten sie ihre Gegner. Sie hatten einen Ehrenkodex entwickelt, der an den des Rittertums gemahnte. Am Flugzeugrumpf prangte ihr Wappen. Sie forderten einander im Einzelkampf heraus, und wenn sie Gefangene machten, schickten sie eine Nachricht mit deren Namen über die feindlichen Linien. Es kam vor, dass sie beim Begräbnis eines tapferen Gegners einen Lorbeerkranz aus der Luft abwarfen, um ihm die letzte Ehre zu erweisen.

Edwards Stimmung war mit einem Mal ins Mürrische umgeschlagen, und er leerte sein Glas mit einem Zug. Er hatte kurz zuvor eine Nachricht erhalten, die ihn gar nicht erfreute. Ein gegnerischer Pilot von ausgezeichnetem Ruf war von der russischen Front nach Frankreich versetzt worden, um die Staffeln im Westen zu verstärken: Hauptmann Friedrich von Landsberg. Das Schicksal hatte also tatsächlich so entschieden, wie Evie befürchtet hatte. Eines nicht fernen Tages würde er am Himmel über der Somme gegen ihren Cousin kämpfen müssen.

Ein französischer Oberleutnant in seiner blauen Uniform stand im Türrahmen. Er war von hoher, eleganter Gestalt, hatte scharfe Gesichtszüge und trug einen Arm in der Schlinge. Da er auf der Schwelle stehen blieb, rempelten ihn zwei britische Offiziere an, die es eilig hatten, hineinzugelangen. Als er Pierre erblickte, hob er eine Hand, und ein strahlendes Lächeln breitete sich über sein Gesicht aus.

In den Krankensälen auf Schloss Le Forestel lag ein Dutzend Soldaten auf Bahren. Die Verwundeten wurden von den Sanitätsstationen hergebracht, wo man ihre Wunden verbunden und ihnen eine Tetanusspritze verabreicht hatte. Vor ihrer Evakuierung würde man sie untersuchen und dann auf Lastkähnen oder mit Sanitätszügen zu den Krankenhäusern im Hinterland transportieren; oder ins heimatliche England, falls sich das als notwendig erwies. Als Evie den Raum betrat, schnürte ihr der bestialische Gestank die Kehle zu. Der säuerliche Geruch des Gasbrands war fast schwerer zu ertragen als der Anblick der Wunden. Nie würde sie sich daran gewöhnen. Man konnte nichts weiter tun, als den Eiter in dicken, mit Eusol getränkten Watteverbänden aufzufangen, die alle vier Stunden gewechselt werden mussten.

Ihre Vorgesetzte wies ihr einen ersten Verwundeten zu. Sie nahm eine große Schere, um die dreckstarrende, blutige Uniform aufzuschneiden. Die Männer lebten oft zehn Tage im Schlamm, ohne sich umzuziehen. Es kam vor, dass ihre Kleider mit ihrer Haut verklebten. Blut spritzte auf ihre Schürze, doch sie bewahrte eine ausdruckslose Miene. Der verletzliche, aber zutrauliche Blick des jungen Soldaten wich nicht von ihr. Er wirkte wie ein verlassenes Kind.

Tagtäglich hatte es Evie mit grauenvollen Verstümmelungen zu tun, und kein Teil der Anatomie blieb verschont. Sie hatte schon achtzehnjährige Burschen gesehen, denen die Geschlechtsteile abgerissen worden waren, mit zerfetzten Gliedmaßen und zerschmettertem Kiefer. Sie berührte sie so vorsichtig wie möglich, da sie wusste, dass sie ihnen zusätzliche Schmerzen zufügte. Ohne mit der Wimper zu zucken versorgte sie Wunden, aus denen Blut und Exkremente quollen. Und sie lernte Demut. Sie, die in einer Welt großgeworden war, wo man sie vor jeder körperlichen oder verbalen Unreinheit geschützt hatte, legte eine unerwartete Selbstverleugnung an den Tag. Es kam vor, dass sie sich im Spiegel ansah, ohne sich zu erkennen. Im Gegensatz zu den Schützengräben, wo zwischen Offizieren und einfachen Soldaten die gleiche strenge Klassentrennung wie in der Zivilgesellschaft herrschte, war in den Sanitätsstationen und Krankenhäusern die soziale Herkunft unsichtbar. Die Krankenschwestern aus gutem Hause genossen keinerlei Privilegien. Doch nach und nach entdeckte Evie ihren wahren Charakter, und sie fand dieses innere Abenteuer äußerst spannend.

Sie desinfizierte die Bauchwunde und legte dann mit Jod getränkte Mullbinden um die Wundränder. Der junge Mann war blass. Seine Augen quollen fast aus den Höhlen, als er sich in die Faust biss, um nicht zu schreien. Evie hatte nichts, um seine Schmerzen zu lindern. Aspirin war nicht zu viel nütze, und Morphium gab man nur in den allerschwersten Fällen. Bei Operationen klammerten die Patienten sich oft so fest an ihren Arm, dass sie tagelang blaue Flecken hatte. Jetzt begriff sie, warum Edward sich, wenn er Heimaturlaub hatte, Morphiumtabletten kaufte. Sie murmelte beruhigende Worte. Manche ihrer Kolleginnen schwiegen und vermieden es, ihren Patienten anzusehen. Sie behaupteten, das lenke sie von ihrer Arbeit ab, doch Evie wusste, dass sie mit diesem Trick ihre Gefühle beherrschten. Wenn man keine Linderung schenken konnte, vernichtete einen ein Blick voller Schmerzen ebenso sicher wie die Explosion einer Granate.

»Wenn Sie hier fertig sind, helfen Sie mir, Schwester«, sagte Oberschwester Matthews zu ihr.

Evangeline legte letzte Hand an den Verband an und begab sich gehorsam in den hinteren Teil des Saals, wo die Oberschwester sie bat, den Beinstumpf eines Amputierten festzuhalten. Wie sie es gewohnt war, lächelte Evie dem Verwundeten beruhigend zu. Im selben Moment gefror ihr das Blut. Trotz seiner angstverzerrten Züge erkannte sie auf Anhieb das von schweren Masernnarben entstellte Gesicht. Das war unverkennbar einer der Wärter aus dem Holloway: jener, der ihr in dem Londoner Gefängnis Arme und Beine festgehalten hatte, als man ihr zwangsweise Nahrung eintrichterte. Noch immer verfolgten diese Männer sie in ihren Albträumen, aus denen sie mit wild pochendem Herzen hochfuhr. Sie wich einen Schritt zurück. Eine Faust schien ihr den Magen zusammenzupressen. Das Gefühl der erlittenen Demütigung und Ekel verschlugen ihr den Atem, und ihr wurde schwindlig.

»Schwester Lynsted, ich untersage Ihnen, jetzt ohnmächtig zu werden«, sagte die Schwester in schneidendem Ton. »Wir haben keine Zeit für Kindereien. Tun Sie wie Ihnen geheißen! Das ist ein Befehl!«

Wie in Trance umfasste Evie mit beiden Händen den Oberschenkelstumpf des Mannes. Als Oberschwester Matthews die Mischung aus Peroxid und Eusol auf die Wunde goss, lief Evie der Eiter über die Hände, und sie biss die Zähne zusammen, um nicht zu schreien.

Zwei Stunden später lehnte sie sich an die Mauer des Schlosses und rauchte eine Zigarette. In den Bäumen zwitscherten Nachtigallen. An der Somme-Front staunte jeder darüber, dass die Vögel in den seltenen Gefechtspausen, wenn die Artillerie schwieg, immer noch sangen. Die Beschaulichkeit des abendlichen Parks beruhigte sie. Evie fragte sich, warum sie zuvor so heftig reagiert hatte. Hätten die Schrecken des Krieges nicht die scheußliche Erinnerung an das Holloway überlagern müssen? Und doch hatte in dem Moment, als sie den Wärter erkannte, alles in ihr aufbegehrt.

Nachdem der Verwundete versorgt war, hatte sie sich bei Schwester Matthews entschuldigt und ihr die Gründe für ihr

Verhalten erklärt. Glücklicherweise war ihre Vorgesetzte eine verständnisvolle Frau. Sie wunderte sich, dass Evie Suffragette gewesen war, obgleich sie dem Kampf der Frauen aufgeschlossen gegenüberstand. Auch die Ärztinnen kämpften um vergleichbare Rechte und Verantwortlichkeiten wie ihre männlichen Kollegen. Schwester Matthews konnte zwar nachvollziehen, dass Evie zutiefst erschüttert war, warnte sie aber vorsorglich, dass sie am nächsten Tag den fraglichen Mann würde versorgen müssen. Man durfte nicht erlauben, dass persönliche Beweggründe Einfluss auf die Pflege der Patienten nahmen. Das hieße, der Anarchie Tür und Tor zu öffnen, etwas, was eine britische Krankenschwester verhindern musste.

Plötzlich wandte Evie den Kopf. Zwischen den Buchen war ein Automobil zu erkennen, das sich mit hoher Geschwindigkeit näherte. Hoffentlich kein Krankentransport, der sie zwingen würde, auf ihren Posten zurückzukehren, dachte sie beunruhigt. Doch es war ein Privatfahrzeug, das im Hof hielt. Zwei Offiziere stiegen aus, von denen einer den Arm in der Schlinge trug. Sie scherzten laut miteinander. Als Evie Pierre erkannte, war sie wie vom Donner gerührt. In ihren Briefen ließ sie sich zu vertraulichen Geständnissen hinreißen, und Pierres Antworten waren voller Humor und Zärtlichkeit. Aber ihn wirklich, in Fleisch und Blut, vor sich zu sehen, versetzte sie in Panik. Und wenn sie sich geirrt hatte und all das nur eine Illusion war?

Der Comte du Forestel erschien auf der Türschwelle und schloss seine Söhne lange in die Arme. Gerade als sich Evie unauffällig zurückziehen wollte, erblickte der alte Herr sie und sagte ein paar Worte zu seinem Älteren, der sich sichtlich verblüfft umwandte. Dann stürzte er in ihre Richtung. Evie blieb reglos stehen. Überwältigende Freude spiegelte sich auf Pierres Gesicht. Er schien keinerlei Zweifel zu hegen und strahlte vor Glück. Mit zugeschnürter Kehle stand sie da und wäre plötzlich am liebsten in Tränen ausgebrochen. In ihrer schmutzigen Uniform fühlte sie sich so verletzlich, so hilflos und mit den Nerven am Ende. Ohne ein Wort ergriff Pierre ihre Hände und verschlang sie mit den Augen. Dann zog er sie so fest in seine Arme, dass es wehtat, und Evie konnte nichts anderes tun, als sich seiner Umarmung hinzugeben.

Lange wiegte er sie hin und her. Das Blut pochte heftig durch seine Adern. Er konnte dieses Wunder kaum fassen. Evie hatte ihm geschrieben, dass sie irgendwo an der Somme eingesetzt würde, aber dass sie ausgerechnet auf Le Forestel war, hätte er nie für möglich gehalten. Sie war hier, im Haus seiner Kindheit, zusammen mit seinem Vater und seinem Bruder. Das war ein Wink der Vorsehung. Die Menschen, die er am meisten auf der Welt liebte, waren vereint. Er war so glücklich, dass er den Eindruck hatte, sein Herz müsse zerspringen.

»Ich freu mich ja so, Liebste!«, rief er aus und wischte die Tränen von ihren Wangen. »Du musst heute Abend mit uns essen. Ich möchte dich meinem Vater und Jean vorstellen. Sie sollen wissen, dass du die Frau bist, die ich liebe und heiraten möchte. Willst du meine Frau werden, Evangeline?«

Sie sah ihn an, als wäre er verrückt geworden. Pierre war ein impulsiver Mensch und sein Überschwang eine seiner anziehendsten Eigenschaften, aber man heiratete nicht einfach so aus einer Laune heraus. Sie dachte an Julian, an ihre Mutter; an alle Hindernisse, die sie überwinden müsste, um mit der Tradition zu brechen und ihrer Familie einen Franzosen und Katholiken als Schwiegersohn und Schwager zuzumuten. Edward und Victoria würden ja vielleicht Verständnis für sie aufbringen, aber was würde Julian dazu sagen?

»Darauf kann ich dir nicht so einfach antworten!«

»Warum nicht? Es ist doch ganz leicht. Ich weiß, dass du mich liebst, ich brauche nur in deinen Briefen zwischen den Zeilen zu lesen. Wenn zwei Menschen sich lieben, heiraten sie und bekommen Kinder. Ich war gerade eben in Amiens mit Edward zusammen. Wenn ich gewusst hätte, dass du hier bist, hätte ich ihn mitgebracht, damit ihr euch seht.«

Ein Zittern überlief Evie.

»Ich flehe dich an, Pierre, sei doch ein wenig vernünftig. Wir können nicht vom Heiraten reden. Nicht jetzt und nicht hier.«

Er nahm eine ungewohnte Ängstlichkeit an ihr wahr. Evie kam ihm mit einem Mal verletzlich vor, und er machte sich Vorwürfe, weil er sie so überrumpelt hatte. Er holte tief Luft und bat sie inständig, wenigstens mit ihnen zu Abend zu essen, aber sie erklärte ihm, das gehe nicht, da abendliche Unternehmungen den Krankenschwestern untersagt seien.

»Das ist doch absurd!«, erwiderte er wütend. »Die amerikanischen Krankenschwestern können sich viel freier bewegen als ihr. Um Schwester Matthews kümmere ich mich. Die Vorschriften mögen britisch sein, aber das Dach über ihrem Kopf ist französisch und gehört mir.«

Evie sollte nie erfahren, wie Pierre bei der Oberschwester die Erlaubnis erlangt hatte, dass sie mit ihnen zu Abend aß. Doch bei den tragischen Ereignissen, die folgen sollten, dachte sie oft an diesen ganz besonderen Moment zurück. Daran, wie in dem kerzenbeschienenen Esszimmer, dessen Decke mit gemalten Engelchen geschmückt war, die Zeit stehen geblieben zu sein schien, und an den zärtlichen Blick, mit dem Pierre seinen Vater und Bruder immer wieder ansah. Der sensible Charakter seines Bruders Jean berührte sie. Er hatte zuvor in der Schlosskapelle eine Messe gefeiert, an der die Hausangestellten und eine irische Krankenschwester teilgenommen hatten. Sie hatte gefürchtet, sich bei dem Wiedersehen zwischen dem Vater und seinen zwei Söhnen – einem in Kriegszeiten so kostbaren Moment – wie ein Eindringling zu fühlen, aber der Comte du Forestel beruhigte sie mit seiner gütigen Art. Jean zog sich früh zurück, weil er sich noch fiebrig fühlte, und sein Vater folgte ihm wenig später.

Sie saßen auf der Terrasse. Pierre betrachtete sie schweigend, während er langsam einen alten, bernsteinfarbenen Malt Whisky in seinem Glas kreisen ließ. Die beiden verstanden sich wortlos.

Von Anfang an hatte sie gespürt, dass er ein aufrechter Mensch war, doch jetzt, nachdem sie Le Forestel kannte, konnte sie ihn noch besser einschätzen. Beide waren sie auf einem Landsitz geboren und blickten auf eine lange Abstammung zurück. Ihnen war das Pflichtgefühl, aber auch das Streben nach Freiheit gemeinsam. Der furchtbare Tod seiner Mutter hatte Pierre zu einem oft zynischen Menschen gemacht, weil er wusste, dass Selbstmitleid gefährlich war. Evie begriff, woher seine häufig schwankende Stimmung rührte, die Glut seiner Gefühle, die sie verwirrte, aber nicht erschreckte. Denn sie hatte keine Angst mehr. Sie hatte sich sogar selten so zuversichtlich gefühlt. Sie beide gehörten zu den Menschen, deren Verbindung ihre Kraft vervielfacht und sie dazu befähigt, gemeinsam Großes zu vollbringen, während sie getrennt voneinander nie ihr ganzes Potenzial ausschöpfen würden. Doch um zu zweit zu sein, musste man dem Egoismus entsagen und dem anderen einen ganz eigenen Platz einräumen, nachdem man sich zuvor so gut selbst genügt hatte. Die wahre Liebe war ein starkes Gefühl, das nicht nur Mut erforderte, sondern auch Demut; und es hatten fast zwei Kriegsjahre vergehen müssen, damit die stolze Lady Evangeline Lynsted verstand, dass in der Demut keine Schwäche war.

Pierre wurde es nicht müde, sie anzusehen. Evie hatte sich verändert. Sie war nicht mehr die hochmütige junge Frau, der er in Hendon und in Paris so zugesetzt hatte, weil er sie provozieren wollte. Ihr Stolz beruhte nicht mehr auf angeborenen Privilegien, sondern auf einer Hartnäckigkeit und Tapferkeit, die sie schwer errungen hatte. Jetzt schüchterte Evie ihn ein. Er hatte sie nichts mehr zu lehren, abgesehen vielleicht von der körperlichen Liebe. Noch nie hatte Pierre eine Frau so begehrt.

In einer einzigen Bewegung standen sie auf, weil es nicht anders sein konnte. Aus dem Park stieg der berauschende Duft frisch gemähten Grases und nachtblühender Blumen auf. Die mit Sonne vollgesogene Natur verströmte im Mondschein die ganze Fülle ihrer Düfte. Pierre bemerkte, dass er zitterte. Er wollte nichts verderben, nichts überstürzen. Er wollte Evangeline lieben, wie noch nie eine Frau geliebt worden war, sie die Gewalttätigkeit des Krieges vergessen lassen und ihr beweisen, dass Körper auch anmutig, stark und strahlend vor Begehren sein konnten. Er wollte ihr die Lust der Sinne enthüllen, diesen Taumel, der keinem anderen glich, und ihr faszinierendes Lächeln zum Leben erwecken.

In dieser Nacht liebten sich Pierre und Evangeline, als gälte es, Zeugnis für das Leben abzulegen. Nichts und niemand würde ihnen den Anspruch ihrer Jugend rauben. Man verdammte sie dazu, sich zu opfern? Dem stellten sie die überwältigende Wahrheit des Begehrens entgegen. Für Pierre übertrat Evie das schlimmste aller Verbote, gegen die eine junge Frau ihrer Herkunft verstoßen konnte: Sie gab sich aus freien Stücken einem Mann hin, mit dem sie nicht durch das heilige Band der Ehe verknüpft war. Aber dieser erbarmungslose Krieg hatte auch die Werteskala verschoben, die im Laufe der Jahrhunderte eine ganze Gesellschaft geformt hatte. Sie würde nie wieder dieselbe sein; wenn dieser absurde Albtraum vorüber war, würde man alles neu erfinden müssen.

In Pierres Zimmer betrachtete Evie gerührt die Brandnarben an seinem Bein und der Hüfte und die frische Verletzung an seiner Schulter. Sie staunte über die Weichheit seiner Haut, die unerhörten, neuen Empfindungen, die er in ihr erweckte, und Ehrfurcht, mit der er ihrem Körper huldigte, während er ihn mit glühenden Lippen und köstlich zarten Berührungen erkundete. Sie, die seit Monaten die aufs Schlimmste versehrten Körper junger Männer pflegte, erlebte einen wunderbaren Liebhaber und empfand die Freude über diese Offenbarung nur noch tiefer. Nie hätte sie sich vorgestellt, dass Kraft und Zärtlichkeit sich so vereinen könnten.

Pierre konnte sein Glück nicht fassen. Evangeline enthüllte sich ihm ohne falsche Scham oder Zurückhaltung in ihrer ganzen fleischlichen Vollkommenheit, und diese Hingabe entzückte ihn. Er hatte gefürchtet, sie mit seiner Leidenschaft zu ängstigen, doch stattdessen reagierte sie ebenso intensiv auf ihn wie er auf sie. Nie hätte er sich eine solche Harmonie bei ihrer ersten Vereinigung erträumt. Unter ihren Zärtlichkeiten und dank ihres Blicks, der ernst und staunend zugleich war, fand er die Kraft wieder, die ihn zu verlassen begonnen hatte. Dieser an Ekel grenzende Überdruss, der ihn seit Wochen hinterlistig niederdrückte, verflog unter ihren Küssen. Evie schenkte ihm die Zuversicht wieder, gab ihn sich selbst zurück, und er wurde unter ihren wagemutigen Lippen neu geboren. Pierre wusste, dass sein Schicksal ihm nicht mehr selbst gehörte. Von nun an ruhte es in den Händen dieser großartigen Frau, die ihm das unermesslich kostbare Geschenk ihrer Unschuld machte, während um sie herum die Welt aus den Fugen gehoben wurde.

Verdun, 30. Juni 1916

»*La Route*« nannte man sie schlicht, »die Straße«. Dieses Wort brachte den Respekt vor dem Opfergeist der Bürger zum Ausdruck. Denn Offiziere, Fahrer, die Straßenarbeiter, die sie bei Tag und Nacht instand hielten, die Soldaten, die Verwundeten, die evakuiert wurden – kurz und gut, die gesamte französische Armee mit ihren verschiedenen Divisionen war irgendwann darauf angewiesen, sie zu benutzen. Die ungefähr sechzig Kilometer, die sich zwischen Bar-le-Duc und Verdun erstreckten, waren von Blut, Schweiß und Tränen gezeichnet, eine kurvenreiche Trasse und die Lebensader der Festung, die seit vier Monaten der fanatischen Zerstörungswut der Deutschen ausgesetzt war. Die unersetzliche Passage, um Verstärkung und Material an die Front zu schaffen und die abgelösten Truppen und die zahlreichen Verletzten zu evakuieren. »*The Road*« bezeichneten sie ebenso ehrfürchtig die amerikanischen Krankentransportfahrer, die mit vor Erschöpfung geröteten Augen die Hände um das Steuer ihrer kleinen Ford-Krankenwagen klammerten. Unter ihnen befand sich auch May Wharton. Pilotin in der Armee hatte sie nicht werden können, aber dank ihres Bekanntheitsgrads war es ihr gelungen, als Fahrerin beim American Field Service eingesetzt zu werden.

Als Julian ihr vor einem Jahr erklärt hatte, er gehe zu seinem Regiment, hatte May sich ergeben in ihr Schicksal gefügt. Sie hatte gehofft, er werde in die Regierung eintreten, wo sie ihn in Sicherheit gewusst hätte, aber andererseits verstand sie, dass er nicht unter Minister David Lloyd George tätig sein wollte. Es war eine Frage des Gewissens und der Ehre, und eine posthume Verneigung vor seinem Vater. May, die der Kummer sarkastisch machte, hatte sich gesagt, dass ein gutes Gewissen oft der direkteste Weg in den Untergang war. Aber sie hatte immer gewusst, dass Julians Fortgang unvermeidlich war. Der Krieg zog mehr und mehr Männer in seinen teuflischen Strudel. Wieder stellte eine Trennung ihre Liebe auf die Probe. May fragte sich oft, warum Gott ihr so feindselig gesinnt war.

Sie fuhr sich mit dem Handrücken über die Augen. Sie hatte das Gefühl, als rieben Sandkörner auf ihrer Hornhaut. An diesem letzten Tag im Juni würde sie abgelöst werden. Sie fuhr seit Stunden über die zweispurige Straße und musste ständig darauf achten, nicht von den Lastwagen gestreift zu werden, die alle vierzehn Sekunden an ihr vorbeizogen. Diese Zahl rührte daher, dass sie strikt einen Abstand von zwanzig Metern und eine durchschnittliche Geschwindigkeit von achtzehn Stundenkilometern einhalten mussten. Der Verkehrstakt auf der »Route« hatte etwas von der Präzision eines Uhrwerks. Um Verdun zu retten, entwickelten die Franzosen einen unglaublichen Erfindungsreichtum. Trotz ihres individualistischen Charakters und ihres wenig ausgeprägten Sinns für Gehorsam beugten sie sich dieser unerbittlichen Disziplin. Überholen und Anhalten waren verboten. Hatte ein Lastwagen eine Panne und konnte nicht abgeschleppt werden, wurde er kurzerhand in den Straßengraben geschoben. Nichts und niemand durfte den Verkehr behindern. In den ersten apokalyptischen Wochen hatten Schlamm und Kälte den Fahrern zusätzlich das Leben schwer gemacht. Mittlerweile waren Zehntausende Männer und ebenso viele Tonnen Material Tag und Nacht über diese Route transportiert worden, die ursprünglich nur eine einfache Landstraße gewesen war.

May war äußerst wachsam. Als die anderen Krankenwagenfahrer sich über ihr Durchhaltevermögen wunderten, hatte May ihnen erklärt, das Fliegen lehre einen körperliche wie geistige

Ausdauer. Das war eine Frage des Überlebens. Die Fahrer waren Freiwillige, die entweder noch studierten oder gerade eine der besten Universitäten ihres Landes abgeschlossen hatten, und einige Schriftsteller oder Dichter befanden sich darunter. Vertreter eines gebildeten, idealistischen Amerikas, die nicht zögerten, ihr Leben in den Dienst Frankreichs zu stellen, eines Landes, das sie bewunderten. Obwohl die Vereinigten Staaten sich für neutral erklärt hatten, waren mehrere Tausend von Mays Landsleuten nicht untätig geblieben. Von Anfang an hatten die Begüterten unter ihnen, die in Frankreich lebten, ihre Privatautomobile angeboten, damit man sie als Krankenwagen nutzte. Und die Spenden waren unaufhörlich geflossen. Das amerikanische Hospital von Neuilly war die erste Sammelstelle für die Sanitätsfahrzeuge gewesen, aus dem sich im Lauf der Monate eine Organisation mit festen Strukturen entwickelt hatte. Inzwischen agierte sie von ihrem Hauptquartier in der Rue Raynouard in Paris aus und stellte der französischen Armee für eine begrenzte Zeit ihre unterschiedlichen Abteilungen von Sanitätspersonal zur Verfügung.

Flink wie ein Wiesel schlängelte sich Mays Krankenwagen zwischen den Lastern durch. Staubwolken behinderten ihre Sicht. Nur Sanitätsfahrzeuge und Wagen des Generalstabs durften hier überholen. Sie befürchtete das Schlimmste für ihre Verwundeten, denn ihr Ford holperte heftig durch die Schlaglöcher. May saß in der engen Fahrerkabine, biss die Zähne zusammen und flehte ihren Motor an, er möge durchhalten. Ihr schlimmster Albtraum bestand darin, zusammen mit ihren unglücklichen Schützlingen inmitten der Lastwagen eine Panne zu haben. Anfangs wollte sie betont langsam fahren, um ihnen zusätzliche Schmerzen zu ersparen, aber man hatte ihr unmissverständlich erklärt, sie müsse den Fahrtakt einhalten.

Bevor man May nach Verdun schickte, war sie in Flandern stationiert gewesen. Nie würde sie eines ihrer ersten Erlebnisse dort vergessen. Sie hatte gerade drei Verwundete an einem Sanitätsposten in einem alten, verfallenen Bauernhof eingeladen, als ein 75-mm-Geschütz Granaten zu spucken begann, die über ihren Kopf hinweg auf die deutschen Linien zuflogen. Erschrocken fuhr sie los. Der Gegenschlag der feindlichen Artillerie ließ nicht auf sich warten. Trotz des laufenden Motors hörte May das schrille Pfeifen der Granaten. Eine von ihnen schlug vor ihr in die Straße ein. Ein Hagel von Erde und Schutt prasselte gegen die Windschutzscheibe und auf das Dach des Krankenwagens. Sie stieß einen Schrei aus, um sich Mut zu machen, und umfuhr das gähnende Loch in der Mitte der Straße. Nicht weit entfernt lag ein aufgerissener Krankenwagen auf der Seite. Voller Angst fuhr sie durch die chaotische Landschaft, aus der verkrüppelte Baumstümpfe aufragten. An ihrem Ziel angekommen, hatte es ihr schier das Herz gebrochen, denn als man die Türen öffnete, um die Verwundeten auszuladen, waren die Soldaten tot und der Boden blutüberströmt.

May verließ die Straße an der nächsten Abzweigung und fuhr zum Krankenhaus. Steif stieg sie aus dem Wagen, während die Sanitäter sich um die Verwundeten kümmerten. Einer von ihnen war wie vom Donner gerührt, als er feststellte, dass sie eine Frau war, denn ihre bunt zusammengewürfelte Uniform verhüllte ihre weibliche Gestalt. Nur das geflochtene Haar und ihre Gesichtszüge verrieten sie. May schenkte ihm ein müdes Lächeln. Die Männer fanden es normal, von Frauen gepflegt zu werden, aber es fiel ihnen schwer, sie mit der männlichen Welt der Automobile in Verbindung zu bringen. Sie zündete sich eine Zigarette an. Ihre Hände waren schmutzig und ihre Nägel schwarz.

»Wir haben den Ruf, dass an uns Jungen verloren gegangen sind«, sagte sie. »Unser Aufzug amüsiert die Franzosen sehr.«

Die Frauen, die sich dafür entschieden, in der britischen Armee Mechanikerinnen oder Krankenwagenfahrerinnen zu werden, hatten einen schlechten Ruf. Die Zivilbevölkerung empörte sich über die khakifarbenen Uniformen der Frauen, die ihrer Meinung nach der Lockerung der Sitten Vorschub leisteten. Die amerikanische Zeitschrift *Vogue* dagegen wunderte sich über »ihr nüchternes Äußeres und ihre Disziplin«, ein Sinnbild für eine neue Form der Freiheit.

Als ihr der Sanitäter zu aufdringlich wurde, entschuldigte sie sich und begab sich in Richtung der englischen Kantine. Jetzt, am frühen Abend, beleuchtete eine Girlande aus bunten Glühbirnen die Holzbaracke. Seit Februar schenkten wohltätige Damen hier gratis Kaffee und Brühe an die französischen Soldaten aus, die die Tüchtigkeit dieser Frauen zu schätzen wussten. Unter dem Union Jack, der unter einem der offenen Fenster flatterte, füllte ein junges Mädchen in Rot-Kreuz-Uniform die Feldgeschirre der Schlange stehenden Soldaten mit Kaffee und gab an jeden zwei Zigaretten aus.

May stieß die Tür auf und setzte sich an einen Tisch im hinteren Teil des Raums. In der einladenden Atmosphäre, in der sich mollige Köchinnen an den Herden zu schaffen machten, knisterte ein Grammofon. *It's a Long Way to Tipperary* war das Lieblingslied der französischen Soldaten, weil es in ihren Augen typisch englisch war. Wenn sie sich abgehetzt fühlte, konnte May die fröhliche Melodie nur schwer ertragen. Man brachte ihr eine Schale Suppe und zwei dicke Scheiben Landbrot. Sie hatte seit dem frühen Morgen nichts zu sich genommen und begann mit Appetit zu essen.

Wo mochte er sein? Was war aus ihm geworden? Ob er wohl an sie dachte? Aus Julians letztem Brief wusste May, dass an der Somme eine bedeutende Operation ihren Schatten vorauswarf. Sie war sich dieses Umstands so sehr bewusst, dass sie die Erschöpfung willkommen hieß, die sie zu einem traumlosen Schlaf ins Bett sinken ließ. Julian fehlte ihr in jeder Faser ihres Seins. Seine Abwesenheit war eine tägliche Qual. Um ihn in Sicherheit zu wissen, wäre ihr kein Opfer zu groß gewesen, sie hätte sich sogar damit abgefunden, dass er eine andere liebte. Er seinerseits warf ihr vor, sich unnötig in Gefahr zu bringen. Nichts zwang eine Amerikanerin, freiwillig in den Krieg zu ziehen, um ein

Ideal zu verteidigen. Doch hatte May nicht während der glücklichen Monate, die sie in London geteilt hatten, auf ihren Einsatz verzichtet? Wäre Julian in die Regierung eingetreten, wäre sie nicht nach Frankreich gegangen. Ihr Einsatz hatte nichts Heldenhaftes, sie war einfach eine verliebte Frau und egoistisch in ihrem Wunsch, den Mann, den sie liebte, zu beschützen. Aber sie konnte nicht müßig warten. Die Untätigkeit hätte sie verrückt gemacht. May hatte dem Leben noch nie passiv gegenübergestanden. Wenn das ihr Temperament gewesen wäre, hätte sie weder ihr ruhiges Viertel in Philadelphia verlassen noch ihrer Familie den Rücken gekehrt. Sehr früh hatte sie begriffen, dass das Leben nur die achtet, die es aufrecht stehend annehmen. May liebte es, sich aus dem Cockpit zu lehnen und die Erde unter ihr zu bewundern, dieses Gefühl, die Welt zu beherrschen. Sie genoss es, Rekorde zu übertreffen, ihre Grenzen hinauszuschieben, zu lachen und zu tanzen und zu lieben. Auf ihren Reisen und durch ihre Teilnahme an Flugwettbewerben hatte sie sich kostbare Erinnerungen geschaffen, aber keine kam ihrer schönsten Eroberung gleich, dem tiefen Gefühl der einzig wahren Liebe, die sie je erlebt hatte. Oder jenen kurzen Momenten im Park von Rotherfield Hall am Vorabend von Julians Abreise.

Hand in Hand waren sie bis zu dem kleinen Tempel im griechischen Stil spaziert, der über dem idyllischen Teich aufragte. Kein Laut störte die Stille. Am Steg war ein Boot festgemacht. Sie sagte sich, dass dieser privilegierte Winkel Englands vom Schicksal begünstigt war. Julian wandte sich ihr zu und bat sie um ihre Hand. Als wäre es das Selbstverständlichste der Welt. Mit der ihm eigenen Integrität und mit ernster, aber gelassener Miene bat er sie, ihn zu heiraten, in einem Moment, in dem sie beide wussten, dass er vielleicht nie zurückkehren würde. Da ergriff eine seltsame Heiterkeit Besitz von ihr. Sie hatte kein Bedürfnis nach einem offiziellen Dokument. Ihr gegenseitiges Versprechen genügte ihr. Und doch kam es ihr zum ersten Mal vor, als befänden Julian und sie sich auf gleicher Ebene. Zweifellos machte das die ungewöhnliche Kraft ihrer Beziehung aus. Er schenkte ihr einen Diamantring, den er eigens für sie hatte entwerfen lassen. Seit ihrer Ankunft in Frankreich trug May ihn während ihrer Dienststunden zusammen mit ihrer Erkennungsmarke geschützt an einer Kette. Sie ließ die Hand in den Ausschnitt ihrer Bluse gleiten, löste das Band und steckte sich den Ring an den Ringfinger der linken Hand. Dabei dachte sie an die blauen, vor Glück strahlenden Augen ihres Verlobten. An jenem Tag hatte der schamhafte, zurückhaltende Pflichtmensch seine Seele entblößt, um ihr zu sagen, dass er sie liebte.

An der Somme, Samstag, 1. Juli 1916

Beide schnurgeraden Straßen hatten die Römer angelegt. Jene, die von der englischen Küste in Sussex nach London führte und für Julian in seiner Jugend ein Symbol für seinen Wunsch zu fliehen gewesen war. Und die andere, die in Nordfrankreich lag und Amiens mit Bapaume verband und die ihn geradewegs in die Hölle geführt hatte.

Im Morgengrauen des Tages der großen Somme-Offensive befanden sich die Engländer in einer prekären Lage. Ursprünglich hätten sie die französische Armee nur unterstützen sollen. Doch General Joffre war gezwungen gewesen, seine Strategie zu überdenken. Der französische Generalstab saß in der Klemme: Verdun musste um jeden Preis entlastet werden, indem man den Feind an eine andere Front lockte. Wenn der Riegel von Verdun brach, liefen die Alliierten Gefahr, den Krieg zu verlieren. Doch da in der nunmehr vier Monate andauernden Schlacht bereits fünfhunderttausend Männer gefallen waren, hatte Joffre die Zahl seiner Divisionen verringern müssen. Jetzt ruhte die Offensive im Wesentlichen auf den Schultern der Briten und auf Oberbefehlshaber Sir Douglas Haig, der es vorgezogen hätte, Mitte August anzugreifen. Und damit auch auf denen von Captain Julian Rotherfield, der eine Kompanie aus fünf Offizieren und zweihundertvierzig Männern befehligte, darunter der schmächtige siebzehnjährige Tom Corbett, der entsetzliche Angst hatte.

Julian fühlte sich gereizt und fand keinen Schlaf. Die dicke Luft in dem Unterstand stank nach Moder und verbranntem

Fett. Eine Karbidlampe, die an der Decke hing, warf tanzende Schatten an die rohen Bretter, mit denen die Wände verkleidet waren. Seit einer Woche bebte die Erde unaufhörlich. Der britische Generalstab hatte Trommelfeuer auf die deutschen Linien angeordnet, und der Beschuss war so heftig, dass man ihn sogar an der englischen Küste und je nach Windrichtung bis nach London hören konnte. Obwohl man es normalerweise zu schätzen wusste, die eigene Artillerie zu hören, hätten die Männer gern ihre Rumration geopfert, damit der Geschützlärm einen Moment lang aufhörte. Das ständige Geheul schien zu einem Element ihres Lebens geworden zu sein. Seit Tagen verhüllte weißer Kreidestaub die deutschen Schützengräben, und rote Rauchsäulen stiegen von den Backsteinhäusern der umliegenden Dörfer auf. Ein Schwindelgefühl erfasste Julian, und er schloss die Augen. Was mochten die Deutschen empfinden? Welches menschliche Wesen konnte das aushalten, ohne unwiderruflich daran zu zerbrechen?

Wegen der heftigen Unwetter war die Offensive um achtundvierzig Stunden verschoben worden. Obwohl die Bataillone marschbereit waren, hatte man die letzten Vorbereitungen unterbrechen müssen, was die Nerven der Soldaten auf eine harte Probe stellte. Die einfachen Soldaten hatten die Zeit genutzt, um ihren ganzen Sold in den Schenken auszugeben. Diese Ruhepause hatte ihnen auch gestattet, vorsorglich Massengräber in den Feldern auszuheben.

Der Oberleutnant, mit dem sich Julian das Quartier teilte, war vor Kurzem hinausgegangen, nachdem er schnarchend den Schlaf der Gerechten gehalten hatte. Manchmal dachte Julian bei sich, dass diese erzwungene Nähe am schwersten zu ertragen war. Er sah auf die Uhr. Fünf Uhr morgens. Der Beginn des Angriffs war auf halb acht festgesetzt. Des gemütlichen, gesunden Spaziergangs, den man uns von oben versprochen hat, dachte er ironisch. Der Generalstab hatte entschieden, dass nach einem so intensiven Artilleriebeschuss die Soldaten in aller Ruhe ihre

Schützengräben verlassen sollten, um dann das Niemandsland bis zu den feindlichen Stacheldrahtverhauen, die sämtlich zerstört sein würden, zu durchqueren und sich mühelos der gegnerischen Linien zu bemächtigen. Man hatte ihnen befohlen, nicht zu rennen, sondern zu gehen. Einer der Hauptmänner hatte die Erlaubnis erhalten, beim Vorrücken einen Fußball vor sich herzutreten, um seine Männer im offenen Gelände zu beruhigen. Julian wäre gern auch so zuversichtlich gewesen. Die Deutschen hatten solide Schutzräume aus Beton erbaut, die zwölf Meter tief reichten. Er bezweifelte, dass sie alle tot sein und die englischen Truppen nur noch Leichen und Gespenster vorfinden würden.

Als er nach seiner Taschenflasche mit Whisky griff, bemerkte er, dass seine Hand zitterte. Ein Teil des Alkohols landete auf dem Boden. Verdammtes Bombardement!, dachte er. Doch der Beschuss hatte nichts damit zu tun, und Julian wusste es. Dieses Zittern zur Unzeit hatte sich zum ersten Mal vor drei Monaten gezeigt, während er sich mit seinem Oberst unterhielt. Rasch hatte er die Hände auf dem Rücken verschränkt, um es zu verbergen. Eine solche Schwäche durfte man auf keinen Fall erkennen lassen. Offiziere mit schwachen Nerven konnte man nicht gebrauchen, und auch keine Soldaten mit diesem seltsamen Syndrom, das ihnen die Sprache nahm oder sie lähmte, sie panisch um sich blicken und ihre Körper seltsam verrenken ließ. Man betrachtete diese psychischen Störungen mit ebenso viel Argwohn wie Verachtung. In einigen Fällen hatte man die Betroffenen sogar vors Kriegsgericht gestellt. Keine Armee konnte ein Phänomen tolerieren, das an Feigheit erinnerte. Aber der Generalstab lebte auch nicht in den Schützengräben, sondern zog ihnen den Komfort von Schlössern oder prachtvollen Residenzen vor. Die Männer mit den roten Epauletten hatten keinen Begriff von dem Druck, unter dem die Männer seit Monaten, manche von ihnen seit Jahren standen, von der Angst, dem Entsetzen, Ekel und Kummer, den sie erduldeten.

Julian kippte seinen Whisky mit einem Zug hinunter. Schweißtropfen standen ihm auf der Stirn. Doch er musste sich so rasch wie möglich wieder in die Gewalt bekommen. Der britische Offizier war es sich schuldig, stoisch zu sein, so wie ein Gentleman im zivilen Leben Selbstbeherrschung an den Tag legte. Manchmal fragte er sich, wie lange man die Anspannung aushalten konnte, die diese innere Zerrissenheit ihm auferlegte. Wenn man die Angst nicht nach außen zeigen konnte, wendete sie sich gegen einen und zerfraß den Körper wie Säure. Julian fühlte sich in doppelter Weise als Opfer, denn er hatte kein Vergnügen am Töten und fand die Aufgabe, die ihm zugewiesen war, äußerst abstoßend. Natürlich fühlte man sich da schwach. Doch seine Männer verließen sich auf ihn. Undenkbar, die Soldaten, die ihn fast wie einen Vater verehrten, zu verraten, indem man Schwäche zeigte.

In seiner ersten Zeit an der Front hatte es Julian verwundert, dass sie ihm Zuneigung entgegenbrachten. In ihren Augen musste ein Offizier Anführer, Vater und Mutter zugleich sein. Seine Männer erwarteten von ihm nicht nur militärische Kompetenz und Schutz, sondern auch Tag für Tag gerechte Entscheidungen, Ermunterung und Trost. Er hatte den Eindruck, die Quintessenz eines Lebens für die Pflicht verkörpern zu müssen. Beim Tod seines älteren Bruders Arthur hätte er sich, damals war er noch ein Jugendlicher, am liebsten der Verantwortung entzogen, weil ihn die Aussicht, eine komplexe und unberechenbare Familie mit uralten Wurzeln in ein neues Jahrhundert zu führen, das stürmisch zu werden versprach, mit Entsetzen erfüllte. Sein Vater musste ihm sein Ehrenwort förmlich entreißen, dass er zur Erfüllung seiner Pflicht bereit war. Im Lauf der Jahre hätte er oft nicht übel Lust gehabt, sich dieser Verantwortung zu entziehen. Doch stattdessen entsagte Julian einem Teil seiner selbst und versuchte, sich seines Erbes würdig zu erweisen. Und jetzt waren es nicht mehr die auf Rotherfield Hall tätigen Familien, die von ihm verlangten, über sie zu wachen, sondern junge Burschen, von denen die meisten noch nie zuvor ihr Dorf verlassen hatten und die kurz davorstanden, sich hier in Frankreich unter seinem Befehl töten zu lassen.

Ein Mann kam mit einem Tablett herein, von dem der Geruch nach gebratenem Speck und Kaffee aufstieg. Als Julian festgestellt hatte, dass sein einstiger Page John in seinem Regiment diente, hatte er ihn zu seinem Offiziersburschen gemacht.

»Es ist mir gelungen, die Eier so zu braten, wie Sie sie mögen, Sir«, erklärte der junge Mann mit zufriedener Miene und stellte das Frühstück auf den Tisch, auf dem sich Karten des Generalstabs häuften.

»Danke, John. Sieht mir nach einer richtigen Henkersmahlzeit aus«, sagte Julian ironisch und bemerkte, dass der junge Mann sich in der Tat selbst übertroffen hatte.

»Ich hoffe doch nicht, Sir!«, empörte sich dieser. »Im Moment regnet es noch; aber man sagt uns einen schönen Tag und einen sicheren Sieg voraus. Die Moral der Männer könnte nicht besser sein. Sieht aus, als würden wir den Feind mit Leichtigkeit überrennen.«

Julian konzentrierte sich auf sein Frühstück, um nicht antworten zu müssen. Die meisten Männer, die an der Offensive teilnehmen würden, waren Freiwillige der neuen Armee mit einem Übermaß an Begeisterung, aber ohne jede Erfahrung. Der aufgebrühte Kaffee, stark, wie er ihn mochte, schärfte seine Sinne. Er hatte das Gefühl, wieder mit beiden Beinen fest auf dem Boden zu stehen.

John, der hinter ihm stand, vergewisserte sich, dass es ihm an nichts fehlte. Glücklicherweise hatte das Zittern seiner Hände nachgelassen. Julian hatte sich nie an die Enge ihrer Quartiere gewöhnt. Sowohl in den Unterkünften, die sich die Offiziere teilten, als auch in den Schützengräben selbst war die natürliche Distanz, wie sie zwischen zivilisierten Menschen bestand, aufgehoben. Für Offiziere wie ihn, die es gewohnt waren, in ihren weitläufigen Wohnsitzen viel Platz um sich zu haben, bedeutete es eine radikale Umstellung. Dennoch wallte in Julian plötzlich Dankbarkeit gegenüber John auf, der unter grässlichen Bedingungen gewissenhaft seine Arbeit verrichtete. Doch er unterdrückte den Impuls, ihn zu bitten, sich zu setzen, denn sein Offiziersbursche hätte diese Vertraulichkeit nicht zu schätzen gewusst. Zwar schuf das Zusammenleben in den Schützengräben zwischen den Männern einer Abteilung oft starke Bande; doch die Untergebenen bestanden darauf, die Hierarchie zu respektieren. Jeder Verstoß gegen die natürliche Ordnung der Dinge brüskierte sie, als wäre das Chaos des Krieges nicht schon schlimm genug.

Vor einigen Tagen hatte sich John freiwillig gemeldet, um ihn auf einem nächtlichen Streifzug zu begleiten. Ihre Patrouille fand den ersten feindlichen Schützengraben stark beschädigt vor und machte zwölf sächsische Gefangene. So sehr die Engländer die angeblich unerbittlichen Preußen fürchteten, fanden sie Bayern umgänglich und die Sachsen besonders friedfertig. Die Gefangenen waren ihrerseits erleichtert gewesen, nicht in die Hände französischer Kolonialtruppen gefallen zu sein, denen man nachsagte, nicht gern Gefangene zu machen. Nachdem Julian seine Männer heil und gesund zurückgeführt hatte, dankte ihm John wie für ein Geschenk.

»Ich habe zwei Feldflaschen mit Wasser gefüllt, Sir«, erklärte John. »Ich dachte, Sie könnten eine als Reserve mitnehmen. Man weiß ja nie. Wir müssen noch sehen, wie es mit den Brunnen auf der anderen Seite aussieht.«

Der Mangel an Trinkwasser war in der Tat eines ihrer größten Probleme. Bei den Vorbereitungen für die Offensive hatten sie ein kilometerlanges Kanalisationssystem anlegen müssen.

»Danke, John. Du denkst immer an alles. Ich weiß wirklich nicht, was ich ohne dich anfangen würde.«

Das meinte Julian ehrlich, und der Offiziersbursche errötete über das Kompliment. Oft sprachen die beiden von Berkeley Square oder Rotherfield Hall, und die Erinnerungen waren Balsam für ihre Seelen. John war es auch gewesen, der seinen Vorgesetzten darauf hinwies, dass sich der junge Tom Corbett in ihrer Kompanie befand. Julian hätte ihn am liebsten umgehend nach Hause geschickt, weil Tom eine falsche Altersangabe gemacht hatte. Der Junge hatte ihn jedoch unter Tränen angefleht, nichts zu unternehmen. Widerwillig gab Julian schließlich nach, doch seitdem behielt er ihn genau im Auge.

John räumte das Geschirr ab, während Julian noch einmal die Botschaft General Rawlinsons vom Vortag las, die seine Truppen ermuntern sollte. Sein Vorgesetzter hob die »äußerste Bedeutsamkeit gegenseitiger Hilfe hervor« und betonte, wie wichtig es sei, »sich an jeden Zentimeter eroberten Bodens zu klammern«. Als er seinen Männern die Worte vorlas, war Julian gerührt über ihre vertrauensvollen Mienen. Möge Gott Rawlinson recht geben!, dachte er. Einer seiner Korporäle, der von einer letzten nächtlichen Expedition zurückkehrte, hatte ihm erklärt, er habe im Niemandsland eine Senke entdeckt, wo die Stacheldrahtverhaue noch unbeschädigt seien.

Er schickte sich an, May zu schreiben, doch zum ersten Mal fehlten ihm angesichts des leeren Blatts die Worte. Was konnte er ihr erzählen, das sie nicht bereits wusste? Dass sie sich in Verdun aufhielt, bereitete ihm Sorgen, aber er musste ihre Entscheidung tolerieren. May hatte auf einer gleichberechtigten Beziehung zwischen ihnen bestanden. Sie fragte ihn zwar nach seiner Meinung, aber ihre Entscheidungen traf sie allein, ob er sie akzeptierte oder nicht. »Das ist eine Frage des Vertrauens«, pflegte sie zu erklären. In einem kurzen Glücksmoment erinnerte Julian sich an ihr Lächeln.

Als er den Unterstand verließ, wurde es am Himmel hell. Es hatte aufgehört zu regnen, aber das Wasser rann von den Wänden in die Gitterroste am Boden. Dunst schwebte über den Sandsäcken, aus denen ihre Brustwehr errichtet war. Dick hing der beißende Geruch des Kordits in der Luft. Keine Flugzeuge in Sicht, dachte Julian und hob den Kopf. Der Himmel gehörte den englischen Fliegern. Mit Hilfe des Royal Flying Corps hatte die Artillerie ihr Werk verrichten und verhindern können, dass die feindlichen Piloten die britischen Beobachtungsballons herunterholten, die insbesondere in einem Kreisbogen rund um die Stadt Albert angebracht waren. Er dachte an Edward. Was mochte er empfinden, wenn er die Schützengräben überflog, die die Erde zwischen den Mohnblumenfeldern wie weiße Adern durchzogen? Obwohl beide am selben Frontabschnitt eingesetzt waren, waren sie sich nie begegnet. Julian hatte damit gerechnet, ihn bei einem Essen ehemaliger Eton-Schüler in Amiens, das vor einigen Wochen stattgefunden hatte, wiederzutreffen, da sie beide dieses Internat besucht hatten, aber dem war nicht so. War Edward nicht gekommen, weil er wusste, dass sein Bruder dort sein würde? Zu seiner eigenen Verwunderung hatte er einen Hauch von Enttäuschung verspürt.

Im Schützengraben drängten sich die Männer der ersten Angriffswelle dicht an dicht. Da sie keinen Platz hatten, sich zu setzen, schlummerten einige in ihren feuchten, schmutzigen Uniformen im Stehen. Mit einem Mal vernahmen sie ein beunruhigendes metallisches Rattern. Im Lauf der Zeit war ihnen das Pfeifen der unterschiedlichen Granaten so vertraut geworden, dass die Soldaten nicht nur den Typ des Geschosses, sondern auch den Schusswinkel erkennen konnten. Die Besten waren sogar in der Lage, genau vorauszusagen, wo es einschlagen würde. Die Männer duckten sich, und Julian zog den Kopf ein. Der Boden bebte unter dem Einschlag, und sie wurden von einem Erdregen überschüttet.

»Die nehmen uns tatsächlich unter Beschuss, Sir«, sagte der Korporal erstaunt. »In unserem Abschnitt ist es nicht allzu schlimm, aber ein Stück weiter müssen die Männer ordentlich einstecken. Merkwürdig. Ich dachte, ihre Geschütze seien zerstört.«

Julian bemühte sich, ihn zu beruhigen, doch er teilte seine Befürchtungen. Das Gerücht bezüglich der mangelnden Funktionstüchtigkeit ihrer Geschosse machte die Runde – es hieß, viele seien defekt. Munitionsminister David Lloyd George hatte begriffen, dass es dringend notwendig war, die Waffenproduktion zu erhöhen, doch die Qualität ließ zu wünschen übrig, und einige Granaten explodierten nicht.

Unglücklicherweise musste Julian feststellen, dass es ein Stück weiter im Graben zu Verlusten gekommen war. Während man einen Toten über die Brustwehr hob, wurden unter den neidischen Blicken ihrer Kameraden Verwundete abtransportiert. Besser, man wurde zu Beginn eines Angriffs verwundet, wenn die Sanitätstrupps noch nicht überlastet waren. Soldaten brieten Speck auf Gaskochern. Sie grüßten Julian, der sie lächelnd aufmunterte. Einer von ihnen fragte ihn unverfroren, ob er vielleicht eine Zigarette habe, und Julian teilte sein Päckchen Woodbines auf. Die meisten Männer hatten ihre Rumration erst im Morgengrauen erhalten, aber andere waren sichtlich betrunken – sie mussten geraume Zeit zuvor zu trinken begonnen haben.

»Sie haben eine Stunde, um dafür zu sorgen, dass sie wieder nüchtern werden, verstanden, Mannings?«, befahl Julian einem seiner Sergeanten.

Ein Stück weiter traf er Tom Corbett an, der auf einem Schützenauftritt saß und eine Fotografie ansah, die er rasch küsste und dann in die Tasche steckte.

»Da bist du ja, Tom. Ich hatte dich gesucht.«

»Sir«, antwortete der Junge und sprang auf.

Julian erkundigte sich besorgt, ob er etwas zu essen bekommen habe.

»Aber ja, Sir. Es war heute Morgen sogar sehr gut. Vielen Dank. Aber den Rum hab ich nich' getrunken. Meine Schwester Tilly hat's uns verboten. Wegen unserem verstorbenen Vater, Sie wissen schon, nich' wahr?«, erklärte er und verzog das Gesicht.

»Ja, ich verstehe. Das ist gut, Tom. Ich freue mich, dass du so vernünftig bist.«

Der Junge strahlte bis zu beiden Ohren.

»Kann ich gleich mit Ihnen gehen, Sir?«, setzte er dann in besorgtem Ton hinzu.

Julian zögerte. Das war nicht unbedingt eine gute Idee, da die Offiziere oft als Erste ins Visier genommen wurden. Es fiel dem Feind nicht schwer, sie zu erkennen und gezielt auf sie zu schießen, da sie keinen Tornister trugen und nur mit einem Revolver in der Hand bewaffnet waren. Aber er sah, dass Tom Angst vor seiner ersten Konfrontation mit dem Feind hatte.

»Nun gut. Ich bestehe jedoch darauf, dass du Abstand hältst, abgemacht? Und achte auf die weißen Markierungen der Patrouillen, die uns an Stellen führen, wo der Stacheldraht durchtrennt worden ist. Dann wird alles gut gehen, verstanden?«

Tom nickte. Er vertraute Lord Rotherfield vollkommen. Die ersten Bataillone sollten in zeitlich genau festgelegten Wellen nacheinander vorrücken und langsamen Schritts etwa hundert Meter in zwei Minuten zurücklegen. Um den Feind nicht zu alarmieren, war Rufen verboten, und um sich nicht zu erschöpfen, durften die Männer nicht rennen, denn sie trugen eine Last von dreißig Kilo.

»Der Captain hat ja vielleicht recht, aber ich seh' Stacheldrahtverhaue, die noch völlig intakt sind«, murrte einer von Toms Kameraden.

»Keine Sorge«, erwiderte Tom. »Folgt ihm einfach, und alles wird gut. Das hat er gesagt. Und seit dem Tag, an dem ich seine Pferde pflegen darf, hat Lord Rotherfield mich noch nie angelogen.«

Stolz warf er sich in die Brust und schob dann seinen Helm zurück, um sich kräftig den juckenden Schädel zu kratzen.

Um zwanzig nach sieben erreichte das britische Sperrfeuer seinen Höhepunkt. Julian war bei seinen Männern und hielt in der einen Hand eine Trillerpfeife und in der anderen seinen Revolver. Um ihn herum drängten sich die Soldaten mit aufgepflanztem Bajonett vor den Holzleitern, über die sie aus dem Graben klettern würden. Ihre Blicke waren starr, und in ihren schmutzigen Gesichtern trat das Weiß ihrer Augen hervor. Einer von ihnen murmelte ein Gebet. Julian wusste, dass sie an ihre Angehörigen dachten, die meisten wahrscheinlich an ihre Mütter. Unsichtbar und doch unverzichtbar waren sie in den Schützengräben anwesend, und in den schlimmsten Momenten rief man nach ihnen. Julian dagegen erinnerte sich an Mays strahlendes Gesicht am Tag ihres Wiedersehens im Savoy. An diese wunderbaren Stunden, in denen sie sich wieder geliebt hatten, den unvergesslichen Duft ihres Körpers, ihr Haar, durch das er die Finger gleiten ließ, und ihre glühenden Küsse auf seiner Haut.

Einer der Korporäle schalt einen weinenden Jungen aus. Man musste unbedingt verhindern, dass die Männer sich mit ihrer Angst ansteckten. Julian spürte seine eigene Furcht bis in die Eingeweide. Und das Blut floss eiskalt durch seine Adern. Aber seine Miene und sein Blick waren gelassen. Mit einem leisen Lächeln auf den Lippen wandte er sich Tom zu. Der Junge klapperte mit den Zähnen. Er schwankte, als drücke ihn das Gewicht des Tornisters nieder, dessen Riemen ihm in die Schultern schnitten. Einen kurzen Moment lang legte Julian ihm einen Arm um die Schultern und zog ihn an sich. Niemand nahm Anstoß daran. In den Schützengräben erlaubten die Männer sich solche liebevollen Berührungen. Es kam vor, dass die jüngsten in den Armen der Veteranen schluchzten.

Wie im Theater wartete Julian auf den Gong, der für sieben Uhr fünfundzwanzig vorgesehen war, in diesem Fall allerdings in Gestalt explodierender Minen, die von den Tunnelgräbern gelegt worden waren. Er blickte zu dem schmalen Streifen blauen Himmels auf, den er erkennen konnte. In der ersten Zeit hatte er unter der Einschränkung des Blickfelds gelitten, die die Anlage der Schützengräben mit sich brachte, ebenso wie unter dem Gefühl, sich niemals frei und mit hocherhobenem Kopf bewegen zu können, sodass man sich wie in den tierischen Zustand zurückgefallen vorkam. Ein englisches Flugzeug war zu sehen, und Julian war sich sicher, dass Edward es steuerte. Ein Schluchzen schnürte ihm die Kehle zu. Im selben Moment übertönten die lauten Detonationen der Minen den Lärm des Artilleriefeuers. Noch nie war die Westfront so heftig bombardiert worden. Eine Säule aus Erde und Schutt erhob sich mehrere hundert Meter hoch. Das Flugzeug entschwand seinen Blicken.

Es war geplant, dass sie noch zwei Minuten warteten, bis sich der Staub ein wenig verzogen hatte. Julian überprüfte die Zeit auf seiner Armbanduhr. Sieben Uhr dreißig. Und da verstummte die Artillerie mit einem Mal. Eine seltsame, übernatürliche Stille senkte sich über die englischen Schützengräben, und helles Vogelzwitschern erklang. Dann setzte der erbarmungslose Beschuss von neuem ein; er richtete sich auf die zweite Verteidigungslinie der Deutschen. Julian und die anderen Offiziere setzten ihre Trillerpfeifen an die Lippen. Der Angriff hatte begonnen. Als Erster kletterte er die Leiter hinauf, schwang sich über die Sandsäcke, kroch unter dem Stacheldraht hindurch und rückte dann ins Niemandsland vor, den Blick fest auf die feindlichen Linien geheftet, mit wild pochendem Herzen und trockenem Hals. Hinter ihm stiegen die Männer, von ihrem Marschgepäck behindert, mit dem Gewehr in der Hand mühsam über die Brustwehr. Einige fielen im Kugelhagel, bevor sie sich überhaupt aufrichten konnten, andere bissen die Zähne zusammen und rückten weiter vor. In Zukunft würde niemand behaupten können, dass sie nicht dem Ruf des Vaterlands gefolgt seien. An diesem Morgen des 1. Juli 1916, der zum tragischsten Tag in der gesamten Geschichte der britischen Armee werden sollte, tat in der Kompanie von Captain Julian Rotherfield jeder einzelne Mann seine Pflicht.

Diese jungen Burschen aus dem ganzen Empire, die zwei Jahre zuvor zum Klang der Fanfaren ihre Dörfer verlassen hatten, um die »Kumpelbataillone« zu stellen, standen Schulter an Schulter, wie sie es sich erträumt hatten. Sie folgten ihrem Hauptmann und marschierten, wie man es ihnen befohlen hatte, langsam und in einer Linie. Mühsam rückten sie über die zerrissene Erde an der Somme vor. In den Trichtern, mit denen sie übersät war, verwesten die Leichen ihrer Kameraden, die bei nächtlichen

Patrouillen gefallen waren. Voller Vertrauen auf ihre Artillerie, auf die Versprechen ihrer Generäle, die im Schutz ihrer Schlösser auf Nachricht warteten, stolperten sie unter der strahlenden Sonne über Schotter und rangen im rötlichen Rauch nach Luft.

Und sie fielen, einer nach dem anderen, hingemäht wie Kornähren auf einem Feld oder von Granaten in Stücke gerissen, ohne zu begreifen, wie ihnen geschah, denn man hatte ihnen garantiert, die Deutschen seien tot. Ohne zu verstehen, wie es möglich war, dass ihre Kindheitsfreunde, ihre Arbeitskollegen, ihre Cousins und Brüder zu Dutzenden, ja zu Tausenden unter den Maschinengewehrgarben fallen konnten, die die Deutschen aus ihren Unterständen abfeuerten. Und sie konnten sich auch nicht erklären, woher mit einem Mal die mit Kreidestaub bedeckten feldgrauen Uniformen kamen, die plötzlich in hundert Meter Entfernung auftauchten und gegen die eine Welle nach der anderen anbrandete, unter einem Kugelregen, der Köpfe und Körper traf. Doch sie rückten weiter vor, stiegen über die Leichen ihrer Kameraden hinweg, und fielen, Schulter an Schulter, und ihr Blut tränkte den französischen Boden.

»Ich habe Durst, Sir.«

Die flehende Stimme riss Julian aus einer komaähnlichen Erstarrung. Die Sonne blendete ihn, und er kniff die Augen zusammen. Er brauchte einen Augenblick, um zu begreifen, wo er war. Er lag im Kies im Niemandsland, an Hüfte und Bein verletzt, während die Kämpfe weitergingen, dem Gebrüll der Artilleriebatterien und dem Stakkato der Maschinengewehre zufolge. Ein Teil seines Verstandes kam nicht umhin, die Widerstandskraft der Deutschen zu bewundern, die den Angriff aus Feuer und Stahl überlebt hatten, dem man sie seit einer Woche aussetzte.

»Durst ...«

Der junge Tom Corbett lag halb über ihm, an seinem Bauch klaffte eine schlimme Wunde. Ein Kamerad hatte es geschafft, den Jungen in den Trichter zu ziehen, wo Julian bereits lag, und war dann selbst tödlich getroffen worden. Julian hatte seine Wunde verbunden, weil er hoffte, die Blutung einzudämmen, doch beim Anblick der Eingeweide des Kleinen war ihm klargeworden, dass er kaum Chancen hatte, davonzukommen. Selbst wenn Krankenträger bis zu ihnen vorstießen, wäre seine Wunde bereits mit der bakterienverseuchten Erde infiziert, sodass eine Heilung unmöglich war. Julian hatte Tom so gut er es mit seiner eigenen Verletzung vermochte neben sich in den Kies gebettet und seinen Kopf auf seine Schulter gelegt, damit er es ein wenig bequemer hatte. Normalerweise gab man einem Schwerverwundeten nicht zu trinken, aber warum ihn noch zusätzlich quälen?

Er langte nach einem der Wasserkanister, die John ihm vor dem Angriff gefüllt hatte, und half dem Jungen, einen Schluck zu nehmen. Ob John überlebt hatte? Angesichts der erschreckend hohen Zahl an Leichen und Verwundeten ringsherum schien es nahezu unmöglich. Tom fing an zu weinen. Julian streichelte ihm die Stirn, wie bei einem kranken Kind.

»Ich habe Angst, Eure Lordschaft«, murmelte er. »Ich werde sterben.«

»Ich lasse dich nicht sterben, du wirst sehen«, erklärte Julian mit fester Stimme. »Wie soll denn der alte Harmer ohne dich die Ställe schaffen, wenn die Pferde nach dem Krieg zurückkehren? Er wird mir ordentlich den Kopf waschen.«

Tom brachte ein Lächeln zustande.

»Das kann er nicht. Sie sind doch der Herr.«

»Das hat ihn noch nie daran gehindert, mir die Meinung zu sagen.«

Julian wollte sich anders hinlegen, aber ein rasender Schmerz durchzuckte ihn.

»Mr Harmer, der kann echt gut mit Pferden«, sagte Tom, und als Julian nichts erwiderte, hakte er nochmals nach: »Nicht wahr, Sir, Mr Harmer kann doch gut mit Pferden?«

Julian atmete tief durch. Weiße Punkte tanzten vor seinen Augen.

»Ja«, erwiderte er mit rauer Stimme. »Er kennt jedes einzelne Pferd ganz genau. Von dem kannst du was lernen.«

»Glauben Sie, dass Samson davonkommt?«, fragte Tom ängstlich. »Trotzdem schlimm, was man den armen Tieren antut. Er is' mein Liebling. Er is' zwar 'n Dickschädel, aber ein Prachttier, nich' wahr, Sir, der hat so 'n schönen Kopf ...«

Mein Gott, Samson, dachte Julian und rief sich seinen Lieblingshengst in Erinnerung, mit dem er seine schönsten Parforcejagderlebnisse verband. Das berauschende Gefühl, die Kraft des Tieres unter sich zu spüren, sein energiegeladener Galopp, der kalte Wind, der ihm ins Gesicht schlug ... Als Samson für die Armee beschlagnahmt wurde, hatte er darauf bestanden, ihn bis ins Pferdedepot zu begleiten. Gerade als er Tom antworten wollte, bemerkte er, dass der Junge eingeschlafen war. Julian war erleichtert. Immer wieder hatte er das Gefühl, von Klingen durchbohrt zu werden, aber er weigerte sich, die Morphiumpille, die in seiner Tasche lag, einzunehmen. Er fürchtete, dann seine Männer zu verpassen. Ein Soldat hievte sich ächzend über den Trichterrand und rutschte zu ihnen herunter. Er stieß mit der Ferse an Julians Schulter, der wütend fluchte.

»Verzeihung, Sir, tut mir furchtbar leid, war keine Absicht.«

Es war einer seiner Unteroffiziere, seine Uniform war zerfetzt, sein Gesicht blutverschmiert.

»Und, Mannings, irgendwelche Neuigkeiten?«

»Das reinste Gemetzel, Sir. Mir fällt kein besseres Wort ein. Überall Tote und Verwundete, die ums Überleben kämpfen, während sie auf Hilfe warten. Wenn die Burschen es je bis zu uns schaffen«, sagte er in bitterem Ton, während er sich daranmachte, mit den Zähnen ein Pflaster aufzureißen.

»Wie viele Tote, schätzen Sie?«

»Keine Ahnung, Sir. Die Leichen liegen kreuz und quer übereinander. Meines Erachtens wurden einige Abteilungen stark dezimiert. Man hätte uns nie hierher schicken dürfen, wo wir massakriert werden. Eine Schande ist das. Das müssen Sie doch zugeben, Sir.«

Der Unteroffizier schien unter Schock zu stehen. Er verzog das gerötete Gesicht, während er notdürftig das Pflaster auf seinen Ellbogen klebte, dessen Knochen aus dem Stoff ragte. Da Mannings kein Wasser mehr hatte, reichte ihm Julian seinen zweiten Kanister und dankte insgeheim John für seine weise Voraussicht. Dann fielen beide in erschöpftes Schweigen. Die Sonne brannte unbarmherzig herab. Jedes Mal, wenn in der Nähe eine Granate detonierte, ergoss sich ein Splitterregen über den Trichterrand. Nicht mehr lange, und sie würden verschüttet sein. Mannings stöhnte und murmelte immer wieder den Namen seiner Mutter.

Geschützfeuer und Gefechtsstaub umgaben sie. Julian hatte das Gefühl, in einem nicht enden wollenden Albtraum gefangen zu sein. Er sah auf seine Uhr. Acht Uhr dreißig. Später sollte sich herausstellen, dass eine Stunde ausgereicht hatte, um fast die Hälfte der ersten britischen Angriffswelle außer Gefecht zu setzen. Was für ein Blutgemetzel.

Als Julian wieder zu sich kam, stand die Sonne hoch am wolkenlosen Himmel. Die Gefechte hatten abgenommen. Julian hatte Schüttelfrost, kalter Schweiß bedeckte seine Haut. Bestimmt Fieber, dachte er. Ein merkwürdiger Lärm alarmierte ihn, er stemmte sich auf einen Ellbogen, um zu lauschen. Als er das unaufhörliche Stöhnen der mit dem Tod ringenden Soldaten im Niemandsland vernahm, verzog er das Gesicht. Er schüttelte Tom behutsam, da er mit einem Mal fürchtete, dass der Junge gestorben sei, aber er öffnete die Augen. Ein paar seiner Eliteschützen war es gelungen, sich an strategischen Stellen zu postieren, von wo aus sie die Deutschen beschossen, die das Feuer erwiderten. Julian versuchte, einen Soldaten auszumachen, der noch einigermaßen in der Lage war, zu ihrem Frontabschnitt zurückzukehren, um ihm einen Lagebericht zu liefern, merkte jedoch, dass es ein vergebliches Unterfangen war.

Kugeln schlugen vor ihm in den Boden, peitschten Kies und Staub auf, der ihm die Sicht raubte. Er biss die Zähne zusammen, um nicht laut aufzuschreien, und ließ sich wieder auf den Boden zurückfallen, neben Tom, der leise wimmerte. Mannings war bewusstlos. Julian blieb nichts anderes übrig, als unter der sengenden Sonne zu warten. Da er viel Blut verloren hatte, quälte ihn Durst. Doch er war nicht allein. Die anderen Überlebenden seiner Kompanie warteten ebenfalls auf Hilfe. Wer Glück gehabt hatte, konnte sich in einen der Trichter schleppen, die anderen lagen ungeschützt auf dem Kampffeld, den Blicken der Feinde ausgesetzt. Die Deutschen orientierten sich an den mit dem Lauf in die Erde gerammten Gewehren, die für die Krankenträger den Platz eines Verwundeten markierten. Und wehe, der Unglückliche bewegte sich noch, und sei es nur ein Zucken ... Die Gegner waren einander manchmal so nah, dass sie sich hätten unterhalten können, hätten sie nur ein wenig die Stimme erhoben.

Auf dem Rücken liegend verfolgte Julian, wie die englischen Piloten ihre Runden über dem Schlachtfeld drehten. Er beneidete sie darum, dort oben zu sein, fernab von allem. Ihre Mission war es, die Hauptquartiere der Bataillone über die Fortschritte ihrer Einheiten zu unterrichten, die sie an den Rucksackabzeichen oder den Leuchtraketen erkannten, die die Tommys entzünden mussten. In dem Fieberwahn, in dem Julian sich befand, sahen die Flugzeuge aus wie merkwürdige Schwalben.

Die ganze Zeit dieser eintönige Singsang aus Stöhnen, Weinen und Hilferufen, und im Hintergrund das Grollen des Geschützfeuers von der Linie. Die nächste Angriffswelle mit neuen Soldaten war wahrscheinlich im Gang, wie vorgesehen. Bestimmt mussten sie auf ihren toten Kameraden herumtrampeln, um vorwärtszukommen. Und wo ist der Sinn des Ganzen?, fragte sich Julian, von einem Gefühl des Mitleids und der Ratlosigkeit übermannt. Beim Gedanken an diesen absurden Erlösungseifer, mit dem man seit Beginn des Krieges das eigene Gewissen unterfütterte, packte ihn die Wut. Wie konnte man einen derartigen zerstörerischen Wahnsinn rechtfertigen?

Julian war sich vage bewusst, dass er zwischen Traum und wachen Momenten hin und her trieb. Er fragte sich, ob das Ziel, Bapaume zu erobern, erreicht war, während er sich gleichermaßen um die Ernte in Rotherfield Hall sorgte. Dann wieder sah er sich eine Rede im Oberhaus halten, aber der Saal war leer, bis auf seinen Vater, der auf einer der roten Bänke saß, während die Fensterscheiben übernatürlich glänzten. Halt!, befahl er sich und bemühte sich, klar zu denken. Die Sonne brannte auf seinen Lidern. Er kam schier um vor Durst. Seine Zunge war auf doppelte Größe angeschwollen. Und dieser Schwachkopf von einem Mannings hatte den Wasserkanister ausgetrunken! May war da, sie redete inbrünstig auf ihn ein, während sie ihn zärtlich und aufmerksam zugleich ansah, doch er verstand nicht, was sie sagte. Er wollte sie rufen, streckte die Hand nach ihr aus, aber ihre Gesichtszüge verschwammen. Jetzt wurde sein Blick von einer merkwürdigen rasch dahintreibenden Wolke angezogen, die über einer Leiche verweilte. Er kniff die Augen zusammen. Tausende blauer Fliegen summten dröhnend um den Unglücklichen herum und bemächtigten sich seiner Wunden, bedeckten sein Gesicht, flogen in seinen Mund. Ein paar hatten es auf Toms Wunde abgesehen, aber Julian fuchtelte wild mit der Hand, um sie zu verscheuchen. Übelkeit stieg in ihm auf, und er schloss die Augen. Plötzlich war er von dem Schwarm himmelblauer Schmetterlinge umgeben, den Samson bei seinem Ausritt auf einer Wiese im Park von Rotherfield Hall an einem Sommermorgen aufgeschreckt hatte. Es musste eine Ewigkeit her sein.

In die Klagelaute und das Stöhnen im Niemandsland mischten sich nun schrille Schreie, eine Art unmenschliches Bellen. Unvermittelt erschien ein Oberleutnant auf dem Kamm. Er baute sich vor den Augen des Feindes auf, knöpfte, den Kopf unbedeckt, seine Matrosenjacke auf und entblößte seinen weißen Oberkörper. Ein zerrissener Klageschrei entrang sich seinen Lippen. Er schwenkte die Fäuste gen Himmel. Julian war starr vor Entsetzen. Gefangen in dem Trichter konnte er nichts für ihn tun. So werden die Menschen wahnsinnig, dachte er. Eine Maschinengewehrsalve machte dem traurigen Schauspiel ein Ende. Der Mann fiel rücklings auf Mannings, der aufstöhnte und versuchte, sich von dem halbnackten Körper zu befreien. Tom hingegen bekam nichts mehr mit. Er delirierte in Julians Arm, der ihn hin und her wiegte und beruhigende Worte murmelte. Es waren jetzt schon an die zehn Stunden, dass sie hier mit dem Tod rangen.

Die Sonne schickte sich an unterzugehen, rosa und goldene Streifen durchzogen das Abendrot, und als der kleine Bengel aus Bermondsey schließlich seine Seele aushauchte, zerriss es Julian das Herz, er weinte und empfand keinerlei Scham.

Pas-de-Calais, Le Touquet, Oktober 1916

Das Taxi fuhr Edward vor das in ein Militärkrankenhaus umfunktionierte Kasino. Es regnete in dem Badeort, aber er hatte es dennoch nicht eilig hineinzugehen. Er zündete sich eine Zigarette an und betrachtete das große Gebäude, das früher einmal dem Freizeitvergnügen der High Society gedient hatte. Die Erinnerung an ein anderes Leben keimte in ihm auf. Früher war er noch ein regelmäßiger Gast an den grünen Tischen gewesen. Nie hätte er gedacht, unter diesen Umständen hierher zurückzukehren. Niemand wusste von seinem Besuch, er konnte es sich also immer noch anders überlegen. Seine Nervosität irritierte ihn, aber das war ja auch nicht weiter verwunderlich. Er war gekommen, um Julian zu besuchen, mit dem er seit mehr als zwei Jahren entzweit war, und er brachte keine guten Nachrichten. Zum letzten Mal hatten sie sich bei Victorias und Percys Hochzeit in Rotherfield Hall kurz gesprochen. Edward zog es das Herz zusammen. Der Selbstmord seines besten Freundes würde für ihn für immer eine offene Wunde bleiben.

Nachdem man Julian nach zwei Tagen, in denen er im Niemandsland mit dem Tod gerungen hatte, schließlich bewusstlos barg, wurde er ins Feldlazarett von Étaples gebracht. Als seine Mutter davon erfuhr, ordnete sie an, dass man ihn in ein benachbartes Krankenhaus verlegte, das von ihrer Freundin, der Herzogin von Westminster, geleitet wurde und wo ein Chirurg ihn vor einer Amputation bewahrte, was an ein Wunder grenzte. Mittlerweile ging es ihm besser, und auch seine alte Grantigkeit war zurückgekehrt, denn er murrte, er wolle nach London zurückkehren, um sich dort zu erholen.

Die Schlacht an der Somme war zwar noch nicht zu Ende; die letzten Offensiven waren im Schlamm der Herbststürme stecken geblieben. Auch wenn die Erfolgsbilanz gemischt war, so war man sich einig, dass diese Schlacht einen Wendepunkt für die britische Psyche darstellte. Die verheerenden Verluste an einem einzigen Tag, dem 1. Juli, ließen einen erschaudern: fast zwanzigtausend Tote sowie siebenunddreißigtausend Verwundete und Vermisste, was fünfundsiebzig Prozent der beteiligten Soldaten entsprach. Noch nie in ihrer Geschichte musste die britische Armee einen derart mörderischen Rückschlag erleiden. Und unzählige Hauptmänner wie Julian wurden an diesem Tag verwundet oder fielen.

Als im August ein Propagandafilm gezeigt wurde, den man unmittelbar vor dieser Kampfhandlung gedreht hatte, waren die Zuschauer hin- und hergerissen zwischen Stolz über den Mut ihrer Tommys und der völligen Fassungslosigkeit vor der Realität der Kampfhandlungen. Mittlerweile zeugten die langen Spalten von Traueranzeigen in den Zeitungen von dem Ausmaß der Tragödie. Edward hatte den Tod des jungen Tom Corbett mit Erschütterung aufgenommen. Evies kleiner Schützling hätte eine schöne Zukunft vor sich gehabt. Es hatte zweier Jahre bedurft, um diese *Pals Batallions* – »Kumpel-Bataillone« – zu formieren, und nur wenige Minuten, um sie auszulöschen. Und auch die Reihen der »Bewundernswerten« lichteten sich seit dem Rückzug aus Mons und der ersten Schlacht von Ypern zusehends, ein makabres Ritual von heldenhafter Aufopferung. Der Zermürbungskrieg war zu einem unbarmherzigen Aderlass geworden, während ein Teil der englischen Seele auf den Schlachtfeldern an der Somme in einem Taumel aus Enthusiasmus und beherztem Kampfgeist, Mut und Kameradschaftsgeist, Glauben und Hoffnung gestorben war. Manche meinten, das Land würde sich nie wieder davon erholen. Das Ende des Goldenen Zeitalters, dachte Edward bitter und nahm einen letzten Zug von seiner Zigarette.

Er straffte die Schultern und betrat das Krankenhaus. Durch eine offene Tür erkannte er den großen Kasinosaal wieder, wo sich jetzt die Krankenbetten unter den von weißem Gardinenstoff verhüllten Kristalllüstern reihten. Er bat eine Krankenschwester, ihm das Zimmer von Captain Rotherfield zu zeigen. Das junge Mädchen führte ihn zu der den Offizieren vorbehaltenen Etage.

Auf der Türschwelle von Julians Zimmer zögerte Edward und fuhr sich mit der Hand durchs Haar. Wie würde sein Bruder reagieren, wenn er ihn erblickte? Als er erfahren hatte, wo Julians Regiment stationiert war, hatte er beim Flug über die Schützengräben ständig an ihn denken müssen. Manchmal besuchten die Piloten eine Artillerieeinheit, wenn es darum ging, dass sie eine Aufklärungsmission durchführen sollten. Keiner von ihnen hätte sich vorstellen können, in die Haut dieser Unglücklichen zu schlüpfen, die unter schwierigsten Bedingungen in jeder Sekunde den Tod fürchten mussten, ohne zu wissen, aus welcher Richtung er sie ereilen würde. Die Piloten hingegen kannten ihre Feinde. Mit der Zeit lernte man sie sogar immer besser kennen, weil sich die Asse durch ihre Farben und die Zeichen auf den Flugzeugrümpfen verrieten. Auch wenn die Angst, abgeschossen zu werden, sie unentwegt begleitete, wussten sie sich immerhin in ihren Flugzeugbasen in Sicherheit, wo sie das Gefühl hatten, ein Leben zu führen, das dieses Namens würdig war.

In dem Zimmer gab es vier Betten. Julian lag in einem Bett beim Fenster. Edward, der sich über seine Nervosität ärgerte, trat zu ihm und blieb schweigend am Fußende des Bettes stehen. Julian las eine Zeitung. Er sah auf und nahm die Brille ab. In seinem bis zum Hals zugeknöpften Pyjama schien sein Bruder merkwürdig verletzlich. Er hatte abgenommen, und Erschöpfung spiegelte sich in seinen Zügen. Doch vor allem sein erloschener Blick erschreckte Edward.

»Na, so was, der Held gibt sich die Ehre«, sagte Julian sarkastisch. »Ich nehme an, Mama hat dich gebeten zu kommen. Dabei stehe ich doch gar nicht an der Schwelle des Todes.«

»Guten Tag, Julian. Wie geht es dir?«

»Der Tag hatte gut begonnen.«

Edward unterdrückte ein Seufzen. Er hatte gehofft, dass die erlittene Prüfung Julian ein wenig weicher gemacht hätte. Seine Feindseligkeit erschien ihm mit einem Mal albern. Was hatte das noch für einen Sinn, nach allem, was sie seit zwei Jahren durchmachen mussten? Konnten sie nicht wenigstens respektvoll miteinander reden? Es verlangte ja niemand, dass sie Zuneigung heuchelten.

»Wie ich sehe, geht es dir gut«, fuhr Julian fort, indem er ihn von Kopf bis Fuß musterte.

»Ich kann mich nicht beklagen. Einige meiner Kameraden hatten weniger Glück. Darf man hier rauchen?«

»Nein. Sogar dieses bescheidene Vergnügen ist uns verwehrt. Die Herzogin mutet uns zwar ihren Schäferhund zu, aber Zigaretten versagt sie uns.«

»Der Hund wird ja wohl kaum in die Krankenzimmer gelassen werden.«

»Was weißt du denn schon? Du bist schließlich nicht an ein Krankenbett gefesselt«, erwiderte Julian barsch, um dann das Thema zu wechseln. »Ich habe gehört, dass deine Frau ein Mädchen zur Welt gebracht hat. Meinen Glückwunsch. Es gelingt dir, Krieg und Kinder zu machen. Du bist eben ein perfekter Mann.«

»Ich bitte dich, Julian, lass das doch ...«

Er bemerkte, dass Julians Hände zitterten. Seine Ironie vermochte seinen wahren Gemütszustand nicht zu verbergen. Ihre Mutter hatte ihn vorbereitet: Sein Bruder litt an einem psychischen Trauma. Die Schlacht an der Somme hatte die Zahl derer, die von dieser schlimmen Krankheit betroffen waren, drastisch erhöht, vor allem bei den Offizieren, die das Gemetzel unter ihren Soldaten hautnah miterlebt hatten, sodass das Oberkommando den *shell-shock,* wie diese Form der traumatischen Störung hieß, äußerst ernst nahm.

Das Zimmer lag jetzt im Halbschatten. Der Regen rann an den Scheiben herab. Ohne aufgefordert worden zu sein, schob Edward einen Stuhl heran. Julian erhob keinen Einwand. Widerwillig musste er sich eingestehen, dass sein Bruder ihn verwirrte. Edward hatte die zugleich unbekümmerte und überlegene Art, die er seit seiner Kindheit an sich gehabt hatte, abgelegt. Obwohl erst neunundzwanzig, begannen sich seine Schläfen grau zu färben. Julian schrieb seinen neuen Ernst den zermürbenden Kampfhandlungen zu. Edward war mehrmals dekoriert worden, hatte als einer von zweien seiner Formation das Victoria Cross bekommen, die höchste Auszeichnung der britischen Armee für eine mutige und aufopferungsvolle Tat. Julian kannte die Lobeshymnen auswendig, die anlässlich der Verleihung in den Zeitungen über seinen Bruder erschienen waren. Zu Beginn hatte er Eifersucht empfunden. Nun, da er in dem von Strapazen gezeichneten Gesicht seines Bruders las, welchen Preis er zahlen musste, konnte er einen Anflug von Bewunderung nicht unterdrücken.

»Kannst du dich nicht einfach darüber freuen, dass ich hier bin?«, sagte Edward unvermittelt. »Ich bin aus freien Stücken gekommen.«

Überrascht zog Julian eine Augenbraue hoch.

»Das war völlig unnötig. Ich strotze vor Gesundheit. Auch wenn dein Schwager sein Bestes gegeben hat, um mich umzubringen, indem er uns defekte Granaten lieferte. Das ist ein Grund dafür, dass wir am 1. Juli niedergemetzelt wurden.«

»Michael Manderley ist weder Krupp noch Vickers.«

»Da dieser Krieg noch lange nicht vorbei ist und angesichts des schwachköpfigen Verhaltens unserer Politiker, hat er alle Chancen, ihnen doch noch das Wasser zu reichen.«

Edward deutete ein Lächeln an. Julians Gereiztheit hatte etwas Kindisches.

»Du hast ihn immer verachtet, weil er so anders ist als wir, nicht wahr? Aber ich kann dir versichern, dass er nicht so schlimm ist, wie du denkst. Ich verdanke ihm viel. Vor allem Matildas Hand. Meine Heirat ist das Beste, was mir passieren konnte. Wie auch immer, bald wirst du Gelegenheit haben, ihm in Westminster zu begegnen.«

»Um Gottes willen! Sag bloß nicht, es ist ihm endlich gelungen, einen Adelstitel zu kaufen?«

»Er leistet der Krone große Dienste. Wenn Lloyd George zum Premierminister ernannt werden sollte, wird er ihn dem König garantiert vorschlagen.«

»Nun, ein Bund der Missetäter, darum handelt es sich in meinen Augen.«

Als Edward den spitzbübischen Glanz in seinen Augen bemerkte, fiel ihm ein Stein vom Herzen. Ein Riss tat sich in Julians Rüstung auf. Sein Bruder langte unter sein Kopfkissen und brachte eine silberne Taschenflasche zum Vorschein.

»Ich dachte, Alkohol sei hier streng verboten«, sagte Edward.

»Ich habe mir einen Trick einfallen lassen. Das ist Gin. Völlig geruchlos. Auch geschmacklos, aber besser als gar nichts.«

Edward nahm dankbar einen Schluck.

»Mich würde dennoch interessieren, was dich zu mir geführt hat«, sagte Julian. »Ich bezweifle, dass mein Gesundheitszustand derzeit eine deiner Hauptsorgen ist.«

»Es kursieren beunruhigende Gerüchte über dich, die selbst Rawlinson auf den Plan gerufen haben.«

»Ich wusste gar nicht, dass du ihn kennst.«

»Er hat mit Trenchard über dich gesprochen, und der hat mich einbestellt.«

Julian verhehlte sein Erstaunen nicht. Zu der Zeit, als er noch einflussreicher Parlamentarier war, hatte er die Gelegenheit, General Rawlinson kennenzulernen, auch hatten sie sich im Carlton Club mehrmals angeregt unterhalten. Aber er verstand nicht, warum er seinen Fall beim Kommandeur des Royal

Flying Corps angesprochen hatte. Er sah erwartungsvoll seinen Bruder an, damit er ihm die Erklärung lieferte. Edward setzte sich aufrecht hin. Er hatte Angst, dass ihre Unterhaltung, die zuvor eine angenehme Wendung genommen hatte, abermals entgleisen könnte.

»Es geht um den Brief, den du angeblich schreiben willst. Bist du dir im Klaren darüber, dass du mit einer Veröffentlichung Hochverrat begehen könntest? Das würde für dich vor dem Kriegsgericht enden.«

Julian sah ihn scharf an. Er hatte wieder seine hochmütige Haltung angenommen.

»Ich wüsste nicht, inwiefern dich das betrifft.«

»Das betrifft mich, weil du mein Bruder bist und weil Mitglieder des Generalstabs mit mir darüber gesprochen haben!«, erwiderte Edward ungeduldig. »Du kannst nicht länger ungestraft zur Einstellung der Kampfhandlungen aufrufen und Friedensverhandlungen fordern. Du kannst nicht den Politikern vorwerfen, aus niederen Beweggründen den Krieg auszudehnen, und ebenso wenig kannst du die Stabschefs als unfähige Mörder hinstellen, denen das Leben ihrer Untergebenen keinen Pfifferling wert ist. Du kannst nicht weiter ungestraft verkünden, dass dieser Krieg kein Kampf für Gerechtigkeit und Freiheit sei, sondern ein Krieg zur Zerstörung der Zivilisation.«

Edward hatte immer mehr die Stimme erhoben, während Julian ihn mit gekreuzten Armen ansah. Ein paar Wochen zuvor hatte ein Journalist der *Times* ihn besucht, der gerade einen Artikel über die Folgen der Offensive des 1. Juli vorbereitete. Julian hatte kein Blatt vor den Mund genommen. Der Journalist indes beschloss, ihn anonym zu zitieren, um Unannehmlichkeiten für ihn zu vermeiden. Doch dem militärischen Nachrichtendienst fiel es nicht schwer, die Quelle zurückzuverfolgen. Die Worte des Captain Rotherfield hatten Gewicht, da er ein einflussreiches Mitglied des Oberhauses war, wo seine Vorfahren seit der Herrschaft Königin Elizabeths I. saßen, und weil das Volk einem

Mann seines Formats, der sich noch dazu tapfer im Krieg geschlagen hatte, Gehör schenken würde.

»Doch, genau das werde ich verkünden«, sagte Julian spöttisch. Er bezog sich auf die Rede, die er im Oberhaus halten wollte. »Und meine Stimme trägt, darauf kannst du dich verlassen.«

Edward sah ihn erschüttert an. Verstoß gegen die Disziplin und Aufruf zum Ungehorsam: Zwei Verbrechen, die dem Feind in die Hände spielten. Es war undenkbar, die Kriegsführung öffentlich in Frage zu stellen, auch wenn sich nun, unter vier Augen, erste Zweifel bei ihm regten. Doch die Armee würde nicht den Hauch eines Pazifismus akzeptieren.

»Dir ist überhaupt nicht klar, welches Risiko du eingehst«, murmelte Edward. »Wenn nicht an die Wand gestellt zu werden, dann zumindest Zuchthaus. Ist es das, was du willst? Dich für den Rest des Krieges hinter Gittern wiederfinden? Du, der du immer bereit warst, die Ehre der Rotherfields zu verteidigen, würdest eine solche Schande in Kauf nehmen? Ich erkenne dich nicht wieder, Julian. Und vor allem wünsche ich mir das nicht für dich. Ich würde es nicht ertragen«, fügte er hinzu. Er drehte den Kopf zur Seite, damit sein Bruder seine Verlegenheit nicht sah.

Julian, dem der zärtliche Unterton in der Stimme seines jüngeren Bruders nicht entgangen war, kam nicht umhin, ihm den Vorteil des Zweifels einzuräumen.

»Warum nicht? Ich habe mich dir gegenüber ja auch nie besonders nachsichtig gezeigt.«

»Als ich jünger war, habe ich dir das übel genommen, aber jetzt nicht mehr.«

»Warum nicht?«

Edward erhob sich und trat ans Fenster. Ein Teppich aus ockerfarbenen und gelben nassen Blättern umgab die Bäume. Von großen, schwarzen Regenschirmen geschützt, eilten ein paar Schwestern in Richtung Krankenhaus. Er legte die Stirn gegen das kühle Glas.

»Wut und Hass führen zu nichts. Ich hege diese Gefühle nicht einmal dem Feind gegenüber, wie könnte ich da Groll gegen meinen eigenen Bruder empfinden? Ich möchte nicht mit dieser Last auf meinem Gewissen sterben«, sagte er und zögerte, ehe er hinzufügte: »Ich bitte dich um Verzeihung, Julian. Weil ich dich liebe, aber nie in der Lage war, es dir zu zeigen.«

Julian schauderte. Er ballte die auf dem Laken ruhenden Hände zu Fäusten. Ihre Erziehung hatte sie nicht gelehrt, so offen zu sprechen. Bei den Rotherfields war Schweigen Gold. Doch was, wenn ihn diese Maxime in die Irre geführt hatte? Wenn man den Mut finden musste, sich seinen Emotionen zu stellen, so wie man dem Tod ins Gesicht blicken musste, wenn man dazu verdammt war, tatenlos zwischen seinen sterbenden Soldaten zu liegen? Denn es brauchte auch Mut, von seinem Kummer, seinen Ängsten und seiner Beklemmung zu reden. Das hatte ihm dieser Arzt erklärt, der in einem schottischen Krankenhaus für Offiziere mit schweren psychischen Störungen Station gemacht hatte. Nie würde er Dr. Rivers vergessen, seinen heiteren Blick, seine Menschlichkeit, sein Mitgefühl.

»Es ist an mir, dich um Verzeihung zu bitten, Edward. Es war einfacher für mich, so zu tun, als hätte ein kleiner Junge mein Leben verpfuscht, anstatt zuzugeben, dass ich fürchtete, feige zu sein und möglicherweise gegenüber meinen Pflichten zu versagen.«

Edward drehte sich um. Er wagte nicht, mehr zu sagen, um nicht zu zeigen, wie sehr diese Worte ihn bewegten. Julian sah ihn lächelnd an.

»Du wirst jetzt vielleicht besser verstehen, warum ich das Gefühl habe, so handeln zu müssen. Ich bin nicht der Einzige, der so denkt, aber ich habe an der Front gekämpft, was mir die Legitimität dazu verleiht. Ich muss im Namen dieser Tausenden von Männern sprechen, die sinnlos gestorben sind, und jener, die noch die Chance hätten, diesem Schicksal zu entkommen. Es wäre feige, wenn ich meine Überzeugungen für mich behalten würde, um einer Verurteilung zu entgehen. Verstehst du das?«

Edward schüttelte den Kopf. Sein Bruder war schon immer ein komplizierter, aber ehrlicher Charakter gewesen. Und jetzt führte diese Aufrichtigkeit ihn dazu, sich den höchsten Instanzen des Staates zu widersetzen, dem er immer ehrenhaft gedient hatte. Er hegte keinen Zweifel mehr, dass sich Julian eines Tages im Ratssaal des Oberhauses unter dem Gold der Monarchie erheben würde, vor den anderen Peers und dem ganzen Land, um im Namen der Schwächsten des Landes zu sprechen. Indem er so handelte, würde Julian, der vierzehnte Lord Rotherfield, seinem Namen und sich selbst treu bleiben.

»In einigen Tagen wird man mich in die Heimat zurückbringen«, sagte Julian.

»Du wirst froh sein, wieder zu Hause zu sein. Stevens und Vicky werden dich wie Glucken umhegen«, scherzte Edward. »Du wirst also nicht allein sein.«

»Aber ich bin ja nicht allein«, erwiderte Julian lächelnd und war selbst überrascht, weil vertrauliche Bekenntnisse noch nie seine Stärke gewesen waren. Aber an diesem Tag spürte er den Drang, die Wahrheit zu sagen. »Ich liebe May Wharton.«

Edward war nicht erstaunt zu hören, dass die feurige und eigenwillige Fliegerin noch immer einen Platz im Leben seines Bruders hatte. Sie war der Typ Frau, der einen Mann sein Leben lang nicht losließ. Ihre Beziehung hatte unter dramatischen Umständen begonnen, doch nichts hatte sie zu trennen vermocht. Es gab solche Paare, die alle Stürme überstanden. Die Erinnerung an die geliebte Frau glättete Julians Züge und belebte seinen Blick. Die Erwähnung ihres Namens hatte genügt, um ihn zum Strahlen zu bringen. May war diejenige, die Julian für sein Glück brauchte, um endlich er selbst zu sein. Die Vorsehung hatte wieder einmal gute Arbeit geleistet. Ich habe mich also geirrt, dachte Edward bewegt. Nicht der Krieg hatte seinen Bruder verwandelt, sondern die Liebe einer Frau.

An der Somme, Schloss Le Forestel, Oktober 1916

Evangeline saß auf dem Bettrand und bückte sich, um die Schnürsenkel ihrer Schuhe zuzubinden. Der Raum begann sich zu drehen. Sie schloss die Augen.

»Fühlst du dich nicht gut, Evie?«, fragte ihre Zimmergenossin, die sich vor dem Spiegel die Schwesternschürze umband. »Du bist ja ganz blass.«

»Nein, nicht weiter schlimm. Ich hätte nicht gedacht, dass eine harmlose Infektion mich so schwächen könnte.«

Ihre Zimmernachbarin setzte sich neben sie und legte ihre Hand auf Evies Stirn.

»Du hast kein Fieber, aber dein Puls ist zu schnell. Überhaupt machst du mir einen merkwürdigen Eindruck. Ich bezweifle, dass es an der Wunde an deiner Hand liegt.«

Beide waren völlig erschöpft. Seit drei Monaten riss der Strom der Verwundeten nicht ab. Am schlimmsten war es in den ersten beiden Juliwochen gewesen. Da hatten sie nicht mehr als vier Stunden pro Nacht geschlafen. Evie wusste nicht mehr, wie sie es geschafft hatte, nicht in Ohnmacht zu fallen vor Erschöpfung. Aus England waren weitere Schwestern zur Verstärkung eingetroffen, sodass Evie und ihre Freundin Susan in ein anderes Zimmer umziehen mussten. Der Comte du Forestel hatte ihnen Jeans Zimmer angeboten, das im ersten Stock des Schlosses lag. Auch wenn es spartanisch eingerichtet war und nicht über das Himmelbett verfügte, das sich Susan erträumt hatte, war sie hingerissen. Doch trotz des Komforts änderte sich nichts an ihrem schier unmenschlichen Arbeitspensum, sodass sie manchmal aus Unkonzentriertheit Fehler begingen.

Der Großteil der Wunden wurde in einer Salzlösung gebadet, die sie mehrmals am Tag erneuern mussten. Da die Freiwilligen keine Kautschukhandschuhe trugen – die waren den ausgebildeten Schwestern vorbehalten –, bestand immer die Gefahr, dass sich die kleinste Schnittwunde infizierte. Wenn sie es rechtzeitig bemerkten, tränkten sie die Wunde in ihren Ruhepausen in einem Desinfektionsmittel, aber vor lauter Überarbeitung hatte Evie es diesmal nicht bemerkt.

»Du solltest deine Hand einem Arzt zeigen. Ich werde Schwester Matthews informieren. Du bist nur noch Haut und Knochen und siehst furchtbar aus.«

»Bald werde ich für eine Woche nach Paris fahren, wo ich mich ausruhen kann«, erwiderte Evie lächelnd. »Ich treffe dort meine Schwester. Wir wollen uns mal ein bisschen ablenken und Museen besuchen.«

»Das ist schön. Sie wird sich bestimmt um dich kümmern.«

»Oh, Vicky ist nicht unbedingt der fürsorgliche Typ, aber sie wird mich aufmuntern.«

Evie befolgte dennoch den Rat ihrer Freundin und bat den Arzt, ihr eine Minute zu schenken. Statt sich damit zufriedenzugeben, ihre Hand zu untersuchen, bat er sie, sich freizumachen, um sie abhorchen zu können. Zehn Minuten später nahm er das Fieberthermometer aus ihrem Mund und ging zu seinem Schreibtisch zurück, während sie sich hinter dem Wandschirm wieder anzog.

»Schwester Lynsted, ich weiß nicht so recht, wie ich es Ihnen sagen soll.«

Ihr lief ein kalter Schauder über den Rücken. Schreckensbilder von Amputationen, bei denen sie assistiert hatte, schoben sich vor ihr geistiges Auge.

»Ich werde doch meine Hand nicht verlieren, Doktor?«

Er nahm seine Brille ab und rieb sich die Augen.

»Nein. So dramatisch ist es nicht. Sie erwarten ein Kind.«

Die Beine gaben unter ihr nach, und sie ließ sich auf einen Stuhl fallen.

»Aber wie ist das möglich?«, murmelte sie.

»Das müssten eigentlich Sie mir sagen, Miss Lynsted«, entgegnete er trocken und kritzelte ein paar Zeilen auf ein Blatt Papier. »Solche Dinge passieren leider, wenn man sich nicht an die Vorschriften hält. Hier, für Sie«, sagte er, indem er ihr das Blatt hinhielt. »Sie sind ab heute aus gesundheitlichen Gründen freigestellt. Beruhigen Sie sich, ich habe keine konkreten Gründe angegeben.«

Evie nahm das Blatt. Die Neuigkeit hatte sie sprachlos gemacht. Warum hatte sie nichts bemerkt? Die Erschöpfung wahrscheinlich, die ermüdenden, nervenaufreibenden Arbeitstage. Während der letzten Wochen hatte sie den Appetit verloren und sich nur noch wie ein Automat bewegt. Sie rechnete rasch im Kopf nach und kam auf Ende März als Zeitpunkt der Niederkunft.

»Ich habe Sie in diesen letzten Monaten bei der Arbeit beobachtet, Miss Lynsted, und muss zugeben, dass ich Ihren Charakter schätze. Sie haben keine Angst, den Dingen ins Gesicht zu sehen. Und diese Eigenschaft wird Sie gewiss auch in diesem Fall retten. Und jetzt werde ich Ihnen in aller Offenheit eine indiskrete Frage stellen: Wissen Sie, ob der Vater Ihres Kindes noch am Leben ist?«

Mein Gott, Pierre ... Evie wunderte sich über sich selbst, weil sie noch gar nicht an ihn gedacht hatte, als hätte sie das Kind allein gezeugt.

»Laut den letzten Nachrichten, die ich von ihm habe, ja.«

»Dann sollten Sie jetzt schleunigst ins Dorf gehen und ihm ein Telegramm schicken. Wenn er ein Gentleman ist, wird er Sie ohne zu zögern heiraten, sodass alles ein gutes Ende nehmen wird.«

Evie dachte an ihre Mutter, an Julian, an die Schande, die sie über ihre Familie bringen würde. Ein Anflug von Panik bemächtigte sich ihrer. Das würden sie ihr nie verzeihen.

»Wenn es immer so einfach wäre, Doktor.«

Er stieß einen Seufzer aus. Seine Patienten brauchten ihn. Er hatte dieser jungen, in Not geratenen Frau schon zu viel Zeit gewidmet. Insgeheim dankte er Gott, dass er keine Kinder hatte. Wahrscheinlich wären seine Söhne inzwischen tot, und eine Tochter würde vielleicht die gleiche Schmach erleiden müssen wie jetzt Lady Evangeline Lynsted. Aus der aufopferungsvollen Heldin, die den verwundeten Tommys am Krankenbett beistand, würde womöglich eine gefallene, von der Gesellschaft ausgestoßene Frau werden. Die Strafe, die sie erwartete, war grausam.

»Erlauben Sie mir, Ihnen einen letzten Rat zu geben«, sagte er und stand auf. »Komplizieren Sie Ihr Leben nicht. Das ist ein Luxus, den Sie sich nicht mehr erlauben dürfen.«

Evie zog ihr Schwesterncape über, um ins Schloss zurückzukehren. Schwere dunkle Wolken jagten über den Gewitterhimmel. Noch mehr Regen und Schlamm, dachte sie automatisch. Die Krankenschwestern fürchteten sich ebenso wie die Soldaten vor dem langen Winter, der dem Körper keine Ruhepause ließ. Der kalte Wind fuhr ihr bis in die Knochen. Sie fror bis ins Mark. Manchmal dachte sie, dass ihr nie wieder warm werden würde. Sie stieß die Eingangstür auf, aber plötzlich hatte sie nicht mehr die Kraft, die Treppe hinaufzusteigen. Sie setzte sich auf eine Stufe und vergrub das Gesicht in den Händen. Wie sollte sie es Pierre erzählen? Was würde er sagen? Und wenn er dich nicht mehr liebt?, meldete sich eine leise Stimme in ihrem Kopf zu Wort.

»Lady Evangeline?«, fragte der Comte du Forestel verwundert. »Was machen Sie denn da? Geht es Ihnen nicht gut?«

Sie stand abrupt auf, schwankte, sodass der alte Herr sie festhalten musste, damit sie nicht stürzte. Sie stammelte eine Entschuldigung. Der Arzt habe ihr geraten, sich auszuruhen, und sie wolle auf ihr Zimmer gehen. Doch der Comte du Forestel bestand darauf, dass sie mit ihm in den Salon kam, wo es wärmer war. Ganz Frankreich graute vor dem Winter, der sich diesmal so früh ankündigte, zumal in den Steinkohleregionen auf Hochtouren gearbeitet wurde, der U-Boot-Krieg die Importe einschränkte und der Binnenverkehr beeinträchtigt war. Evie musste lächeln, als sie an Rotherfield Hall dachte, denn dort war es im Winter auch nicht besser. Manchmal war es sogar vorgekommen, dass Nanny Flanders Frostbeulen kurieren musste. Er bat den Butler, Tee und Honigschnitten zu bringen. Evie kuschelte sich gegenüber dem offenen Kamin in einen Sessel, um sich aufzuwärmen. Ihre infizierte Wunde an der Hand brannte unangenehm.

Der Comte du Forestel beobachtete sie wortlos. Sie hatte den Blick ins Leere gerichtet. Auch wenn sie unter seinem Dach wohnte, begegnete er ihr nicht jeden Tag, und er war erschrocken, wie erschöpft sie aussah. Aber was konnte man anderes erwarten? Erschüttert verfolgte er die makabre Parade der Krankenwagen, die seit Beginn der Julioffensive nicht mehr abgerissen war. Als alle Nebengebäude des Schlosses belegt waren, hatte man begonnen, Krankentragen unter freiem Himmel im Hof aufzustellen. Manche Männer wurden sogar auf die nackte Erde gebettet. Er hatte angeordnet, dass bei Einbruch der Nacht Fackeln entzündet wurden, damit man wenigstens etwas sah. Eine apokalyptisch anmutende Szenerie. Er hatte gesehen, wie sich Evangeline mit blassem Gesicht und blutbefleckter Schürze unermüdlich über die gekrümmten Körper beugte und versuchte, die Wunden freizulegen, um dann zu entscheiden, welche Notfallversorgung geleistet werden musste. Während die neuen Hilfsschwestern angesichts der widersprüchlichen Anweisungen der überlasteten Ärzte in Tränen ausbrachen, verrichtete Evie klaglos ihre Arbeit. Seither verpestete ein scharfer Geruch nach Äther und Chloroform das Schloss, und der Comte du Forestel fragte sich, ob man ihn je wieder loswürde.

Allmählich entspannte sich Evie ein bisschen. Sie empfand die

Gesellschaft des aufmerksamen alten Mannes, der angesichts ihrer Not respektvoll schwieg, als wohltuend. Das Feuer knisterte im Kamin und wärmte ihr Gesicht, die Lampen spendeten ein gedämpftes Licht. Sie zwang sich, die Brotschnitten zu essen, die man ihr gebracht hatte. Sie hob den Blick zu den Wappen der französischen Ritter, die in der Schlacht von Azincourt während des Hundertjährigen Kriegs ihr Leben gelassen hatten. Würde man in einigen Jahrhunderten noch Salons mit den Wappen des englischen Adels finden, dessen Söhne ihr Blut an ebendiesem Ort vergossen hatten? Wie konnte eine Erde wieder erblühen, nachdem so viele Unglückselige darin begraben waren?, fragte sie sich. War sie nicht dem Untergang geweiht, vergiftet von all dem Leiden?

Der Comte du Forestel goss ein wenig Rum in seinen Tee, und Evie deutete ein Lächeln an.

»Mein Vater hat das auch immer gemacht.«

Und plötzlich, ohne Vorwarnung, kamen ihr die Tränen. Ein wenig verlegen setzte er sich neben sie und tätschelte ihr den Rücken.

»Er wäre so stolz auf Sie.«

Nun war es vollends mit ihrer Beherrschung vorbei, und sie begann zu schluchzen. Er begriff, dass etwas Ernstes sie plagte. Lady Evangeline zählte nicht zu den Frauen, die schnell eine Nervenkrise erlitten. Er ergriff ihren Arm und zwang sie, ihn anzusehen.

»Was fehlt Ihnen denn? Sie müssen es mir sagen, damit ich Ihnen helfen kann.«

Sein strenger Ton half Evie, sich wieder zu fangen. Sie atmete tief ein. Würde Pierre es ihr übel nehmen, wenn sie sich seinem Vater anvertraute? Hatte sie das Recht, ihm ihr Geheimnis zu offenbaren, noch ehe sie Pierre einweihte? Würde sie ihn damit nicht hintergehen? Sie war in einer Welt aufgewachsen, in der alles nach Protokoll ablief und ein rigider Ehrenkodex und strenge Verhaltensregeln herrschten, gegen die sie sich der Reihe nach aufgelehnt hatte. Und nun hatte sie den allerschlimmsten Regelverstoß begangen – sie war unverheiratet schwanger geworden.

»Ich erwarte ein Kind, Monsieur«, sagte sie schließlich, und während sie das Wort zum ersten Mal aussprach, legte sie instinktiv die Hand auf ihren Bauch.

Der alte Herr stutzte, gefangen von dem Blick aus ihren blauen Augen, in denen er zugleich Angst und Argwohn las. Statt schockiert zu sein, ertappte er sich dabei, wie er von erstaunlicher Zärtlichkeit für die junge Frau ergriffen wurde. Seine Tochter Hélène kam ihm in den Sinn, die auf so tragische Weise im Alter von sechzehn Jahren gestorben war, ohne die Chance gehabt zu haben, die Liebe kennenzulernen.

»Ein Kind. Das ist immer eine glückliche Neuigkeit. Ich danke Ihnen für Ihr Vertrauen«, sagte er mit bewegter Stimme. Dann wagte er hinzuzufügen: »Ist der Vater …«

Als er die Verwirrung in ihren Augen sah, kannte er die Antwort bereits, ohne dass sie sie aussprechen musste. Am Tag nach dem Eintreffen der Krankenschwestern auf dem Schloss, als er mit Pierre, Jean und Evangeline zu Abend gegessen hatte, hatte er auf Anhieb die Anziehung zwischen der jungen Engländerin und seinem ältesten Sohn bemerkt. Wut stieg in ihm auf. Er hätte etwas tun müssen. Er hätte seinem Sohn die Leviten lesen und das Schlimmste verhindern müssen. Wieder einmal. Wie viele Abenteuer wurden Pierre nachgesagt, seit eh und je ein Charmeur, der gern dem Pariser Nachtleben frönte. Doch nie im Leben hätte sich der Comte du Forestel vorstellen können, dass sich sein Sohn wie ein Rüpel gegenüber einem jungen, unschuldigen Mädchen benahm. Wäre er jetzt da, würde er ihm eine Tracht Prügel verpassen! Er stand auf und ging ein paar Schritte.

»Es ist Pierre, nicht wahr?«, fragte er kühl.

Evie sah ihn erstaunt an. Woher wusste er es?

»Ich kann es nicht glauben. Dass er so etwas getan hat. Mein Sohn …«

Er wurde blass, und diesmal war es Evie, die ihn beruhigen musste.

»Es ist nicht so, wie Sie denken!«, rief sie aus. »Sie dürfen es ihm nicht übel nehmen. Pierre und ich lieben uns seit Längerem. Er hat mir sogar einen Heiratsantrag gemacht. Ich bin untröstlich, ich wollte Sie nicht schockieren«, sagte sie mit bebender Stimme. »Aber wir hatten solche Sehnsucht nacheinander, verstehen Sie?«

Der Comte du Forestel hatte sich wieder gesetzt. Evie kauerte zu seinen Füßen, das Gesicht zu ihm erhoben. Sie wollte weder, dass er Pierre verdammte, geschweige denn der Grund für einen Bruch zwischen Vater und Sohn sein. Sie hatte schon genug unter den Meinungsverschiedenheiten in ihrer eigenen Familie gelitten und wünschte, dass ihr Kind in Frieden und nicht in einer zerrissenen Welt aufwuchs.

Evie sah ihn mit so viel Hoffnung an, dass der Comte du Forestel nicht anders konnte, als ihre Wange zu streicheln. Pierre und Evangeline gehörten einer geopferten Generation an. Beide meisterten erhobenen Hauptes die Prüfungen, die das Leben ihnen auferlegte. Welches Recht hatte er, den Stab über sie zu brechen? Im Namen welcher Prinzipien? Welches Recht hatte er in diesem traurigen Herbst 1916, zwei junge Menschen zu verdammen, die nichts anderes wollten, als dass die Liebe über den Tod triumphierte?

Paris, Oktober 1916

Victoria war wahrscheinlich der einzige Mensch auf der Welt, der dem Zauber von Paris nicht erlag. Doch nichts und niemand hätte sie aus ihrer Lethargie reißen können, um der französischen Hauptstadt Gerechtigkeit widerfahren zu lassen. Nach Percys Selbstmord hatte sie tagelang im Bett gelegen und war außerstande gewesen aufzustehen. Doch sie war nicht die Einzige, die sich in dieser Zeit wie betäubt fühlte. Auch die Krankenschwestern und Ambulanzfahrerinnen erledigten ihre tägliche Arbeit in einem Zustand von Benommenheit, in die sich die Angst um ihre Familienangehörigen mischte. Nun, da in England die allgemeine Wehrpflicht eingeführt worden war, hing diese Drohung wie ein Damoklesschwert über fast allen Familien. Die Frauen litten unter immer wiederkehrenden Albträumen. In den Zeitungen schrieb man über die besorgniserregend hohe Zahl von Selbstmorden unter jungen Witwen, und die medizinische Fachzeitschrift *The Lancet* sprach von Kriegsneurosen, die auch die Zivilbevölkerung beträfen.

Vicky überquerte die Place de La Concorde. Ein Windstoß blähte den schwarzen Trauerschleier über einer der acht allegorischen Statuen, die rund um den Platz standen und die berühmten Städte des Landes darstellten. Seit Straßburg 1871 in die Hände der Deutschen gefallen war, trugen die Franzosen Trauer um die Provinz Elsass. Eine perfekte Veranschaulichung meiner Stimmung, dachte sie ironisch. In England hatte die Regierung die Witwen gebeten, sich nicht mehr schwarz zu kleiden, da sie fürchtete, die düsteren Gestalten könnten der Moral im Hinterland schaden. Vicky indes hatte sich trotz Evies Vorwürfen geweigert, der Anordnung Folge zu leisten. Als könnten fröhliche Farben sie vergessen machen, dass ihr Mann sich ihretwegen umgebracht hatte! Tränen ließen ihren Blick verschwimmen. Sie nahm sich zusammen und zwang sich, einem Dampfschiff nachzusehen, das die Seine hinauffuhr. Sie ließ die Abgeordnetenkammer zur Rechten liegen und bog in den Boulevard Saint-Germain ein. Ein Windstoß riss ihr beinahe den schwarzen Filzhut mit der weißen Seidenbiese ab. Evie hatte darauf bestanden, dass sie sich diesen Hut kaufte, den sie an diesem Morgen zum ersten Mal aufhatte.

Die beiden hatten sich eine Woche zuvor in Paris wiedergesehen. Bei ihrer Ankunft schloss Vicky sie in die Arme und äußerte sich besorgt über Evies Blässe und die Schatten unter ihren Augen. Als ihre Schwester sie mit ernster Miene bat, sich zu setzen, bekam sie es mit der Angst zu tun. »Ich werde Pierre du Forestel heiraten, weil ich ein Kind von ihm erwarte«, erklärte ihre Schwester mit ausdrucksloser Stimme, als könne sie es selbst nicht glauben. »Oh mein Gott, dieses Mal wird Julian dich wirklich umbringen!«, rief Vicky aus.

Sie lernte dann auch den Comte du Forestel kennen, der nach Paris gekommen war, um die behördlichen und kirchlichen Schritte in die Wege zu leiten, die notwendig waren, damit sein ältester Sohn eine Engländerin anglikanischen Bekenntnisses heiraten konnte. Bis auf Edward, dem sie telegrafiert hatte, wollte Evie niemandem die Neuigkeit verkünden. Die Hochzeit hatte am Vortag stattgefunden. Evie trug ein Kostüm aus cremefarbener Wildseide mit am Knöchel ausgestelltem Rock und statt eines Schleiers Seidenblumen im Haar. Pierres schwarze Uniformjacke mit den Goldknöpfen, deren Brust mit Orden bedeckt war, betonte seinen schlanken Oberkörper. Sein Gesicht mit der kräftigen Stirn strahlte vor Freude. Die Zeremonie fand in der Basilika Sainte-Clotilde statt, in einer nur von Kerzen erhellten kleinen Kapelle im Seitenschiff, deren Wandmalereien von Feuchtigkeit zerfressen waren. Das Paar stand zwischen seinen Trauzeugen, dem Comte du Forestel und Vicky, vor dem Altar. Letztere konnte sich des Gedankens nicht erwehren, dass dies für die Schwester des Earl of Rotherfield eine ziemlich trübsinnige Hochzeit war. Doch Evie wirkte seltsam heiter. Am Ende der Zeremonie legte sie in der leeren Kirche ihren Hochzeitsstrauß vor der Gedenktafel aus schwarzem Marmor nieder, in die die Namen von Pierres Mutter und Schwester eingraviert waren. Die unerwartete Geste rührte Pierre und ließ ihm die Tränen in die Augen steigen.

Beim Essen in der Stadtwohnung der Forestels in der Rue de Bellechasse beobachtete Vicky ihren frischgebackenen Schwager argwöhnisch. Sie nahm ihm übel, dass er Evie in eine so heikle Lage gebracht hatte. Pierre nahm sie beiseite und versuchte, sie zu beschwichtigen. »Du sollst wissen, dass ich Evangeline schon lange liebe. Und von heute an soll ihr Glück auch das meine sein.« Vicky erwiderte streng, dass sie ihn im Auge behalten werde. Der Comte du Forestel verabschiedete sich nach dem Essen, um an die Somme zurückzukehren. Die Reise versprach langwierig zu werden. Militärkonvois hatten Vorrang, und zivile Züge waren zu stundenlangen Wartezeiten verurteilt.

Pierre und Evie hatten zwei Tage Zeit füreinander, und Vicky wollte die beiden allein lassen. Keiner von uns war eine Hochzeitsreise gegönnt, dachte sie. Man witzelte, dass die jungen Paare, die während des Krieges heirateten, sich ebenfalls »für drei Jahre oder die Dauer des Krieges« verpflichteten. Für wenige war es die große Liebe. Mit einem Mal stand ihr die Vergangenheit vor Augen. Die Sonne über Rotherfield Hall an ihrem Hochzeitstag, das Orchester, das im Park spielte, die Gästeschar, Percys glückliche Miene, ihre Seligkeit darüber, dass ihre Träume wahr geworden waren. Und was war heute noch davon übrig?, fragte sie sich mit zugeschnürter Kehle. Die Zahl ihrer Freunde, die im Krieg gefallen waren, wuchs auf erschreckende Weise.

Man musste sich fragen, wer dieses Gemetzel überhaupt überleben würde. Aber vielleicht würde der Krieg ja auch erst an dem Tag zu Ende sein, an dem nur noch einsame Frauen übrig waren.

Der Fluch lastete auf allem und lauerte an jeder Straßenecke. Einige Geschäfte hatten wegen eines »Trauerfalls« die Rollläden heruntergelassen, in den Parks wurde Gemüse angebaut. Die Rationierung von Zucker, Brot und Fleisch führte zu langen Schlangen vor den Metzgereien und Lebensmittelläden, und berühmte Restaurants wie das Tour d'Argent hatten geschlossen. In anderen Lokalen dagegen wie dem Café de Paris in der Nähe der Oper drängten sich Männer, die aus verschiedenen Gründen nicht an der Front waren, und geschminkte junge Frauen mit auffälligem Schmuck. Vicky hatte darauf verzichtet, dort einen Tee zu trinken, weil sie fürchtete, belästigt zu werden.

Plötzlich zog ein leuchtender blonder Haarschopf ihre Aufmerksamkeit auf sich. Die Erinnerung an Percy überfiel sie so heftig, dass ihr schwindlig wurde. Der Mann kam aus einem Buchladen. Er setzte sich sein Käppi wieder auf und ging auf dem Bürgersteig vor ihr her. Ohne zu überlegen, beschleunigte Vicky, den Blick auf seinen Nacken gerichtet, ihre Schritte. Er trug die hellblaue Uniformjacke der französischen Armee. Sie stieß eine Frau an und versäumte es sogar, sich zu entschuldigen. Der Militär kletterte auf die Plattform eines haltenden Autobusses, und sie rannte los und stieg ebenfalls ein. Er setzte sich in die erste Klasse hinter dem Fahrer, während sie weiter hinten blieb. Der Bus fuhr den Boulevard hinauf und bog dann nach rechts ab. Allmählich werde ich verrückt, sagte sie sich. Vielleicht ist es das erste Anzeichen einer Kriegsneurose, wenn man in einer fremden Stadt einem Unbekannten folgt, weil er dem toten Ehemann ähnlich sieht.

Vicky hatte das Gefühl, am ganzen Körper Schmerzen zu haben, und ihr Mund war trocken. Blicklos starrte sie durch die Fensterscheibe des Busses, der über das Straßenpflaster holperte.

Sie erkannte sich selbst nicht wieder. Man konnte sich doch nicht so zum Gespött machen! Aber der Drang war stärker als sie. Als der Mann aufstand, um auszusteigen, tat sie es ihm nach. Er überquerte eine Straße und trat dann durch ein Gittertor, das in den Jardin du Luxembourg führte, wo sie vor ein paar Tagen mit Evie spazieren gegangen war. Sie versuchte ihm unauffällig zu folgen. Nach ein paar Minuten blieb der Mann abrupt stehen und machte auf dem Absatz kehrt. Die junge Frau war wie gelähmt. Eine Maske aus einer bräunlich goldenen Metalllegierung, die eine seltsame, archaische Schönheit ausstrahlte, verbarg einen Teil seines Gesichts. Mit wild pochendem Herzen, als stünde sie vor einer Halluzination, fragte sie sich, ob Percy zurückgekehrt sei, um sie zu bestrafen.

»Warum folgen Sie mir?«, fragte er in barschem Ton. »Glauben Sie etwa, ich hätte nicht bemerkt, dass Sie die ganze Zeit hinter mir herlaufen?«

Sein Blick war streng. Er hatte breite Schultern und eine kräftige Statur, die sie einschüchterte. Sie spürte, wie die Tränen in ihren Augen brannten.

»Es tut mir schrecklich leid, aber Sie sehen meinem Mann ähnlich. Das heißt, vorhin, Ihr Haar ...«, stotterte sie verlegen.

»Setzen Sie sich, sonst fallen Sie mir noch in Ohnmacht«, sagte er und ergriff ihren Arm, um sie zu einer Bank zu führen.

Er zog eine Taschenflasche hervor.

»Hier. Das wird Ihnen wieder ein bisschen Farbe einhauchen.«

»Was ist das?«, fragte sie misstrauisch.

»Cognac. Trinken Sie.«

Sie wagte sich nicht zu widersetzen. Der Alkohol rann warm ihre Kehle hinab. Die Situation war absurd. So weit war es mit ihr gekommen: Da saß sie vor lauter Kummer neben einem Unbekannten in einem öffentlichen Park und trank Schnaps. Der Mann sah sie unverwandt an. Es beruhigte sie, dass er braune Augen hatte. In London war sie mit Matilda zu einer Kartenlegerin gegangen. Sie hatten tagelang auf einen Termin warten müssen. Die beiden Freundinnen hatten vergeblich versucht, Kontakt zu dem Verstorbenen aufzunehmen. Vicky erschauerte. Natürlich war dieser Mann nicht Percy. Wie war sie nur auf diese Idee gekommen?

»Was ist?«

»Mein Mann hatte blaue Augen.«

Seufzend zündete er sich dann eine Zigarette an. Seine Hände waren narbenbedeckt. Er musste schwer verwundet worden sein. Und sein Gesicht, Herrgott, sein Gesicht!

»Ich vermute, dass er vermisst wird und Sie sich nicht damit abfinden können. Jetzt haben Sie Gewissheit. Außerdem bin ich kein Engländer.«

»Woher wissen Sie, dass ich Engländerin bin?«

»Weil Sie seit einiger Zeit in Ihrer Muttersprache mit mir reden.«

»Ach wirklich? Das war mir gar nicht aufgefallen«, erwiderte sie erstaunt und sprach dann auf Französisch weiter. »Verzeihen Sie mir. Ich muss wirklich den Verstand verloren haben.«

»Spielt doch keine Rolle, die Hauptsache, wir können uns verständigen.«

Er sog an seiner Zigarette und streckte die Beine aus.

»Wo ist heutzutage schon die Grenze zwischen normal und verrückt? Mein Beileid. Wo ist Ihr Mann gefallen?«

Eine eisige Faust schloss sich um Vickys Herz. Sie sah wieder Percys entstelltes Gesicht vor sich, dieses riesige eine Auge, aus dem er sie voller Hoffnung und Wiedersehensfreude ansah, aber auch erfüllt von der Angst vor ihrer Reaktion. Und er hat sich zu Recht davor gefürchtet, dachte sie bedrückt. Sie wollte den Unbekannten nicht anlügen. Das wäre ein weiterer Akt der Feigheit gewesen.

»Ich habe ihn getötet«, erklärte sie mit monotoner Stimme. »Er war im Gesicht schwer verwundet worden, so wie Sie, und gerade nach England zurückgekehrt. Ich bin ins Krankenhaus gegangen, um ihn zu besuchen, aber ich habe es nicht ertragen.

Ich habe mich abscheulich verhalten. Ein paar Stunden später hat er sich erhängt.«

Der Verkehrslärm schien zu verstummen. Vicky betrachtete starr das leuchtende Laubwerk der Kastanienbäume. Am liebsten wäre sie hier und jetzt, auf dieser Bank, gestorben. Sie spürte, wie ihr eine Träne über die Wange lief, und wischte sie wütend weg.

»Sie sind genauso ein Opfer wie er«, sagte der Mann mit müder Stimme. »Wir sind alle Opfer. Es tut mir leid um Ihren Mann. Aber ich bezweifle, dass er es nur Ihretwegen getan hat. Der Gedanke, ein Ende zu machen, verfolgt uns alle von dem Moment an, in dem wir unser Unglück begreifen, in dem uns bewusst wird, dass wir mit unserem Gesicht auch unsere Identität verloren haben. In der ersten Zeit, im Lazarett, verweigert man uns einen Spiegel. Aber man sieht sich selbst in einem inneren Spiegel, verstehen Sie? Von nun an beginnt ein anderer Kampf. Die anderen beginnen uns gleichgültig zu werden. Ihr Mann hat nicht so sehr Ihretwegen beschlossen, seinem Leben ein Ende zu setzen, sondern um seiner selbst willen. Weil der Kampf ihn überfordert hat.«

Sie blieben noch lange im Park. Als der Unbekannte sie zum Mittagessen einlud, sagte Vicky ohne zu zögern zu. Seit Percys Tod gab sie nicht mehr allzu viel auf Konventionen. Sie wusste, dass sie lernen musste, ihren eigenen Weg zu gehen. Er führte sie ins Dôme, eine Brasserie. Der Oberkellner begrüßte ihn mit seinem Namen. Offensichtlich war er hier Stammgast. In diesem Moment ging Vicky auf, dass noch keiner von ihnen das Bedürfnis verspürt hatte, sich vorzustellen. Sie amüsierten sich beide darüber. Als man sie zu ihrem Tisch führte, spürte sie, wie sich die Blicke der anderen Gäste neugierig auf sie richteten.

»Sie sehen nicht Sie an, sondern mich«, erklärte Maxence Galtier belustigt.

Und Vicky wurde klar, dass sie schon gar nicht mehr auf sein Gesicht achtete, so stark war die Ausstrahlung seiner Persönlichkeit, die seine fremdartige Maske nur noch unterstrich.

Als sie den Kaffee ausgetrunken hatten, schlug er ihr vor, ihn ins Val-de-Grâce-Krankenhaus zu begleiten, wo er einen Termin bei seinem Arzt hatte. Im ersten Moment überrascht, nahm Vicky sein Angebot an, da ihr noch nicht danach war, sich von ihm zu trennen. Der Mann hatte etwas Tröstliches und gleichzeitig Faszinierendes. Er sagte provozierende Dinge über den Krieg, über die militärische Führung und sprach von seiner Zukunft, die formlos vor ihm lag. »Ich war verlobt, jetzt bin ich es nicht mehr. Ich war Theaterschauspieler und werde nie wieder auf der Bühne stehen.« Sie verließen das Lokal und gingen zu Fuß in Richtung des Krankenhauses. Sie reichte ihm den Arm. Der Wind hatte nachgelassen. Die Herbstsonne warf ihr großzügiges Licht auf das belebte Viertel von Montparnasse, wo sich jetzt die Künstler der Vorkriegszeit mit den alliierten Militärs aus der ganzen Welt in ihren kunterbunten Uniformen ein Stelldichein gaben. An einer Kreuzung spielte eine Drehorgel einen Gassenhauer. Maxence gab dem Spieler ein Geldstück. Er äußerte sein Bedauern, dass dieser pittoreske Anblick seit Kriegsbeginn nach und nach verschwand, ebenso wie die Hundescherer auf den Quais und die Vogelbeschwörer in den Tuilerien.

Als sie sich dem Militärkrankenhaus näherten, verhielt Vicky den Schritt. Hier füllten sich die Straßen mit Versehrten, deren Anblick sie bislang auszublenden versucht hatte. So viele Soldaten kehrten verkrüppelt zurück, hatten ein Bein oder einen Arm verloren, oder ihre Gesichter waren entstellt. Ganz zu schweigen von den seelischen Verwundungen. Scheinbar unsichtbare Verletzungen, die ans Licht kamen. Halblaut sprach man von diesen äußerlich gesunden Männern oder Männern mit deformiertem Körper, die überdies traumatischen Neurosen zum Opfer gefallen waren. Seit den Eisenbahnunfällen des 19. Jahrhunderts, die erstmals gezeigt hatten, dass Angst und Verwirrung den Verstand zerstören konnten, rückten psychische Probleme immer mehr in den Blickpunkt der Medizin. Durch den Krieg nahm die Zahl dieser Erkrankungen rasant zu. Vicky hatte das Gefühl, dass die Welt überall Risse bekam, die düstere, giftige Pestbeulen enthüllten.

»Nicht dass Sie sich gezwungen fühlen, mit mir zu kommen«, sagte ihr Begleiter besorgt, »aber ich glaube, es täte Ihnen gut, Professor Morestin kennenzulernen. Er ist ein außergewöhnlicher Arzt und gibt mir nach und nach wieder ein menschliches Gesicht. In einiger Zeit werde ich auch darauf verzichten können«, setzte er hinzu und strich über seine Maske.

Sie durchquerten das Gittertor am Eingang. Krankenschwestern in blauen Capes und weißen Hauben überquerten eilig den Hof vor einer barock anmutenden Kirche, um ihren Dienst anzutreten. Sie stiegen eine Steintreppe hinauf. Als sie den Kreuzgang entlangschritten, konnte Vicky nicht umhin, die harmonischen Proportionen der ehemaligen Abtei zu bewundern.

»Wenn man schon leiden muss, kann man sich dafür ebenso gut eine schöne Umgebung aussuchen, nicht wahr?«, sagte Maxence ironisch.

Professor Hippolyte Morestin war mittelgroß, hatte einen lebhaften Blick und ein leutseliges Lächeln. Der berühmte Kiefer- und Gesichtschirurg begrüßte sie mit Handschlag. Er war gespannt zu sehen, wie der Vernarbungsprozess verlief, den die spezielle Maske verbarg. Maxence selbst hatte sie entwerfen lassen, um sich in der Öffentlichkeit zeigen zu können. Der Arzt bat Vicky, in seinem Büro zu warten, während er ihn im Nebenzimmer untersuchte.

Vicky sah sich um. An einer Tafel waren Fotografien mit Reißzwecken befestigt. Zum ersten Mal zwang sie sich, diese grauenhaften Gesichtsverwundungen anzusehen. Einige Wachsabgüsse stellten Verletzungen in verschiedenen Stadien der Heilung dar. Eine Reihe kleiner Pastellbilder, die ein verwüstetes Gesicht vor und nach der Operation zeigten, erweckte ihre Aufmerksamkeit. Von den Porträts ging eine bezaubernde Schönheit aus. Die Präzision, mit der die Wunde dargestellt war, verblüffte sie. Sie stand im krassen Gegensatz zu den übrigen äußeren Merkmalen des

Porträtierten – wie dem blonden, zerzausten Haar, dem weißen Hemd und der gelockerten Krawatte –, die an ein gewöhnliches Porträt erinnerten. Sie begriff, dass der Künstler versuchte, den Chirurgen auf den ersten Schritten beim Wiederaufbau des Gesichts anzuleiten. Der freimütige, bewegte Blick des Patienten, der Resignation und Mut zeigte, raubte ihr den Atem. Sie erkannte Maxence Galtier und war gerührt bei dem Gedanken, wie viel Leid er ertragen musste. Und dennoch strahlten diese Zeichnungen von außerordentlicher Qualität auch etwas Vertrautes aus. Neugierig trat sie um den Schreibtisch des Chirurgen herum, um sie genauer zu betrachten.

»Ich sehe, dass Sie das Talent von Henry Tonks zu schätzen wissen«, sagte Doktor Morestin, der wieder in den Raum trat. »Ihr Landsmann hat in einem Krankenhaus des Roten Kreuzes in Haute-Marne gearbeitet. Wir versuchen das Bild, das der Patient von sich selbst hat, neu zu erschaffen. Das ist ebenso wichtig, wie die physische Funktionen wiederherzustellen. Hier«, setzte er hinzu und zog behutsam ein weiteres Pastell aus einer Zeichenmappe. »Das ist eine Zeichnung von Tonks, die Leutnant Galtier so zeigt, wie er aussehen müsste. Ich gebe mir Mühe, ihm sein Gesicht zurückzugeben, obwohl mir das natürlich nie vollständig gelingen wird. Aber die Essenz seines Gesichts hoffe ich wiederherstellen zu können.«

Dem Porträt zufolge hatte Maxence Galtier ausgesprochen gut ausgesehen. Vicky legte die Zeichnung nieder. Sie war gerührt.

»Das ist unglaublich. Mir war von Anfang an, als käme mir dieser Stil vertraut vor. Henry Tonks war vor dem Krieg mein Zeichenlehrer. Seine Zeichnungen spiegeln sein anatomisches Wissen, denn er ist ausgebildeter Mediziner. Hält er sich noch in Paris auf?«

»Nein. Aber er begeistert sich für die wiederherstellende Gesichtschirurgie und arbeitet zurzeit in England mit meinem berühmten Kollegen Harold Gillies zusammen, der bei einigen meiner Hauttransplantationen dabei war. Nach meinen letzten

Informationen wird Gillies bald ein neues Krankenhaus für Gesichtschirurgie in Sidcup bei London eröffnen. Ein Künstler wie Mr Tonks bereichert unsere Arbeit um eine unentbehrliche ästhetische Dimension. Unsere deutschen Kollegen scheinen der äußeren Erscheinung hingegen weniger Bedeutung beizumessen.«

»In der Tat«, erklärte Maxence in bissigem Ton. »In ihren Augen ist eine Verwundung umso ehrenhafter, je hässlicher die Narbe ist.«

Professor Morestin nahm sich Zeit, um Vicky zu erklären, welche großen Fortschritte diese neue Form der Gesichtschirurgie seit Beginn des Krieges gemacht hatte.

»Jeder noch so kleine chirurgische Eingriff muss eine ästhetische Dimension haben. Es geht darum, neue Hoffnung zu schenken. Ohne diese Hoffnung könnten Männer wie Maxence nicht überleben.«

Während sie den Professor so großmütig und selbstlos von seinen Kranken sprechen hörte, hatte Vicky den Eindruck, dass sich der Schleier des Kummers, der sie seit über einem Jahr erstickte, allmählich auflöste. Jetzt wusste sie, was sie zu tun hatte. Sie würde Henry Tonks aufsuchen und ihn um die Erlaubnis bitten, an seiner Seite zu arbeiten. Sie war sich sicher, dass er nicht ablehnen würde. Schließlich hatte er ihr unmissverständlich zu verstehen gegeben, dass er sie zu seinen besten Schülern zählte. Sie dachte an die Freundlichkeit, die er ihr in der Zeit nach dem Untergang der Titanic erwiesen hatte. Auf gewisse Weise schloss sich in ihrem Leben ein Kreis. Die Kunst war seit jeher das Rückgrat ihres Lebens gewesen. Und Julian war nach dem plötzlichen Tod ihres Vaters der Erste gewesen, der das verstanden hatte, als er sie ermunterte, sich an der Slade School of Art einzuschreiben. Wie hatte sie das nur vergessen können? Der Umgang mit Pastellfarben war ihr vollkommen vertraut. Als junge Künstlerin hatte sie diese bunten, zarten, empfindlichen Pulver geliebt, diese kostbaren Pigmente, die man im Gegensatz zu Aquarell oder Tusche nuanciert und vielschichtig verwenden konnte und die sich bestimmt am besten für diesen speziellen Zweck eigneten. Endlich hatte Vicky eine nützliche Aufgabe gefunden. Wenn sie ernsthaft und fleißig arbeitete, wenn sie auf bescheidene Art dazu beitragen konnte, dass Kriegsopfer wieder Freude am Leben fanden, würde Percy ihr vielleicht vergeben, dort, wo er jetzt war ... Und vielleicht würde es ihr dann auch gelingen, sich eines Tages selbst zu verzeihen.

Wieder in dem gepflasterten Hof blieb Vicky stehen, um zu Maxence Galtier aufzusehen und ihm von ihren Plänen zu erzählen. Als er sie plötzlich wie ausgewechselt sah, konnte er sich eines Lachens nicht erwehren.

»Wie kann ich Ihnen nur jemals danken?«, rief sie aus.

»Indem Sie mir erlauben, Sie in London zu besuchen?«

Da tat Vicky etwas, was ihre Mutter verärgert und ihre Großmütter entsetzt hätte: Sie schlang diesem Franzosen, den sie kaum kannte, die Arme um den Hals und küsste ihn vor den amüsierten Blicken der Schwestern und der Patienten, die ihren spontanen Impuls mit begeisterten Pfiffen quittierten.

Nordfrankreich, Mai 1917

M*ein liebster Ted,*

sei ganz beruhigt. Ich habe mich von der Geburt erholt, und dem Kind geht es prächtig. Nanny Flanders scheint wieder jung geworden zu sein und befehligt die Kinderschwester, die ich für den kleinen Charles eingestellt habe. Die ersten Wochen waren nicht so einfach, aber das liegt ja jetzt alles hinter uns. Wir genießen die Ruhe auf Rotherfield Hall, und ich komme jeden Tag mehr zu Kräften.
Aber ich sorge mich um dich. Ich weiß, dass ihr im letzten Monat schreckliche Verluste erlitten habt. Man erzählt mir, eure Erfahrung als altgediente Piloten schütze euch, und es seien leider die Jüngsten, die am ehesten fallen, aber es raubt mir trotzdem den Schlaf. Ihr seid ständig in meinen Gedanken, Pierre und du.
Auch Julian geht es viel besser. Er will bald zu seinem Regiment zurückkehren, aber vorher will er noch öffentlich erklären, was ihm auf dem Herzen liegt. Ich habe versucht, ihn davon abzubringen, aber du weißt ja, dass er nie auf andere hört.
Während ich dir das schreibe, sitze ich im Kinderzimmer. Das Wetter ist herrlich, und die Fenster zum Park stehen weit offen. Nanny Flanders hat mir verboten, melancholisch zu werden, aber alles erinnert mich lebhaft an die Vergangenheit. Nie hätte ich gedacht, dass ich innerhalb so kurzer Zeit verheiratet und Mutter sein würde. Aber seit dem Beginn des Krieges habe ich das Gefühl, tausend Jahre alt zu sein, und dass die Zeit keine Bedeutung mehr hat.

Ich höre Charles weinen. Er ist aus seinem Mittagsschläfchen erwacht. Ich kann es kaum abwarten, dass Pierre bald Heimaturlaub bekommt, um ihn zu sehen. Und sein Patenonkel natürlich auch! Ich vermisse euch beide schrecklich.
Ich umarme dich tausend Mal.
Deine dich liebende Schwester
Evie

Beruhigt faltete Edward den Brief wieder zusammen. In den letzten Schwangerschaftswochen hätte Evie ihr Baby fast verloren. Erst jetzt wurde allen klar, wie sehr sie sich bei ihrer Arbeit als Krankenschwester verausgabt hatte. Glücklicherweise schien Pierres Sohn die Hartnäckigkeit seines Vaters geerbt zu haben. Nach ihrer Hochzeit bestand Pierre darauf, dass Evie wieder nach Rotherfield Hall zog. Undenkbar, nach Schloss Le Forestel zurückzukehren, das bedrohlich nahe an der Front lag, und ebenso unvorstellbar, allein in Paris zu bleiben, wo der eisige Winter den Bewohnern stark zugesetzt hatte.

Edward fuhr sich mit einem Kamm durchs Haar. Er war schlecht gelaunt. Ich werde alt, dachte er. Mit fünfundzwanzig Jahren galt ein Jagdpilot als verbraucht. Er zählte fünf Jahre mehr. Fünf Jahre zu alt für diese Faxen, sagte er sich und zündete sich eine letzte Zigarette an. Er rauchte ohne Unterlass. Und er trank zu viel. Unter seinen Kameraden war er da nicht der Einzige. Im April hatte das Royal Flying Corps den schlimmsten Monat seiner Existenz erlebt. Manche Stimmen sprachen bereits von einem »blutigen April«. Die durchschnittliche Lebensspanne eines jungen Piloten betrug nicht mehr als vierzehn Tage. Die britische Offensivstrategie spiegelte auf traurige Weise den Zermürbungskrieg, den die Generäle am Boden führten. Seit die Deutschen ihre furchterregenden Jagdstaffeln einsetzten, gehörte ihnen der Himmel über Nordfrankreich. Obwohl die Engländer an Flugzeugen immer noch zahlenmäßig überlegen waren, waren viele ihrer Feinde mit ihren Albatros-Flugzeugen schlagkräftige Gegner – Maschinen, die schneller waren und eine effizientere Schusstechnik hatten als die der Alliierten. Manchmal spürte Edward einen tiefen Überdruss, von dem er wusste, dass er gefährlich war, doch er sprach nicht darüber. Von einem Veteranen und Fliegerass wurde erwartet, dass er ein leuchtendes Vorbild für die Neuankömmlinge der Staffel abgab. Nicht nur wussten sie seinen Rat zu schätzen, in ihren Augen war er von einer Art Heiligenschein umgeben, als genieße er göttlichen Schutz. Mut war zu einer Sache der Willenskraft geworden. Man durfte einfach nicht an die Gefahren denken, denen man sich aussetzte. Und auch nicht an die Kameraden, die schon gefallen waren. Sich auf keinen Fall durch den täglichen Tod neunzehn- oder zwanzigjähriger Burschen, mit denen man gestern noch getrunken oder heute gefrühstückt hatte, niederdrücken lassen. Doch manchmal empfand Edward die unerfüllten Träume dieser Jungen wie eine Last. Er war inzwischen weniger überschwänglich, dafür besonnener, schweigsamer und schroffer. Zum ersten Mal beugte er sich den Anforderungen eines Lebens, in dem er sich selbst nicht wiedererkannte, und allein sein Pflichtgefühl bewog ihn, sich jeden Tag von neuem in den Himmel zu schwingen.

Auch für die Bodentruppen war der April nicht günstiger verlaufen. General Nivelles schlecht ausgeführte Offensive in der Champagne hatten sie mit einer blutigen Niederlage bezahlt. Nachdem sie am Chemin des Dames unterlegen waren, brachen unter den französischen Soldaten besorgniserregende Meutereien aus. In England beeinträchtigten die Streiks in den Fabriken die Waffenproduktion. Ihr russischer Verbündeter wiederum war gefangen im Strudel einer Revolution, was auch nicht erfreulich war, denn das würde unvermeidlich dazu führen, dass deutsche Einheiten an die Westfront verlegt würden. Das einzig Positive an den letzten Wochen war der Kriegseintritt der Vereinigten Staaten auf der Seite der Alliierten, was auf lange Sicht eine reelle Aussicht auf den Sieg versprach. Doch es würde Monate dauern, bis die amerikanischen Truppen einsatzbereit waren. Wie viele Männer würden bis dahin noch sterben?

Sein Offiziersbursche ermahnte ihn, er sei zu spät dran. Er zog seinen Overall an und schlang sich einen Seidenschal um den Hals. Kurz betrachtete er eine neue Fotografie von Matilda mit ihren beiden Kindern, die am Rahmen des Spiegels steckte und ihn aufmunterte. Seine junge Frau lächelte ihn strahlend an. Obwohl sie sich um ihn sorgte, ließ sie sich ihre Befürchtungen nicht mehr anmerken, und ihre optimistische Einstellung war ihm ein großer Trost. Zu Anfang des Krieges hatte sie ihm, wenn er Heimaturlaub hatte, Szenen gemacht, als wäre er schuld an ihrer Trennung. Aber seit Percys Selbstmord hatte sich ihr Verhalten geändert. »Wir sind getrennt, aber wir bleiben vereint«, pflegte sie eindringlich und mit entschlossener Miene zu wiederholen. Sie war überzeugt, dass Percy und Vicky nicht genug Rücksicht aufeinander genommen hatten und das vielleicht seine Verzweiflungstat erklärte. Dank Matilda hatte er das Gefühl, dass irgendwo noch ein normales Leben existierte und er vielleicht eines Tages wieder daran teilnehmen konnte. Er steckte die Fotografie in seine Brieftasche und beeilte sich dann, zu seinen Kameraden zu stoßen.

Eine halbe Stunde später hob Edward schlecht gelaunt ab. Er hatte sein silbernes Zigarettenetui vergessen, ein Geschenk von Matilda zu ihrem Hochzeitstag. Er teilte den Aberglauben aller Piloten, und niemand wagte es, über diese Manie zu spotten. Mit ein wenig Glück würden sie keinen feindlichen Flugzeugen begegnen und unbeschadet von ihrer Mission zurückkehren, sobald das Aufklärungsflugzeug, das sie begleiteten, seine Erkundung abgeschlossen hatte. Aber an diesem Morgen schien ihn das Glück verlassen zu haben. Zwischen den Wolken über ihnen tauchten bald die so gefürchteten roten Rümpfe von Manfred von Richthofens Staffel auf, der berühmten Jagdstaffel 11, die ihnen eine Mischung aus Achtung und Entsetzen einflößte. Seit das deutsche Fliegerass im November seinen Freund Lanoe

George Hawker abgeschossen hatte, den ersten Helden der englischen Luftfahrt, wartete Edward auf eine Gelegenheit, ihn zu rächen. War endlich seine Chance gekommen, den preußischen Baron zu stellen? Die Aufregung schnürte ihm den Magen zu. Richthofen hatte sein Flugzeug aus Stolz rot angestrichen, und bald hatte es ihm seine ganze Staffel nachgetan, damit er nicht zur bevorzugten Zielscheibe wurde. Seine Kameraden hatten neben Rot allerdings auch andere Farben für ihre Maschinen gewählt. Als Edward ein türkisfarbenes Heck und ein Seitenruder von derselben Farbe bemerkte, wurde ihm klar, dass er nicht den »roten Teufel« vor sich hatte, sondern seinen eigenen Cousin Friedrich von Landsberg. Die beiden Männer waren schon im April in einem Kampf aufeinandergetroffen, aber da es ungefähr fünfzehn Flugzeuge waren, die ihren Totentanz am Himmel aufführten, war Friedrich und Edward die direkte Konfrontation erspart geblieben. Dieses Mal hatte das Schicksal anders entschieden.

Im Kampf wurde ein Jagdpilot zu einem kaltblütigen Automaten. Die geringste Gefühlsregung oder ein Zögern konnten tödlich für ihn sein. Er musste jede Regung von Zorn oder Mitleid unterdrücken und nur von dem unerbittlichen Willen beseelt sein, seinen Gegner abzuschießen. Doch die meisten Flieger waren nicht darauf aus, Menschen zu töten, sondern Flugzeuge, die besser als ihre eigenen waren, auszuschalten. Und so verspürte Edward keine besondere Unruhe, als er die Albatros seines Cousins erkannte. Er dachte nur an die technischen Eigenschaften dieses Flugzeugs und den überragenden Ruf ihres Piloten.

Als Friedrich im Sturzflug auf ihn zukam, wich Edward sofort nach rechts aus. Beide besaßen die schnelle Reaktionsfähigkeit, die einem guten Jagdflieger eigen ist. Von nun an kümmerte Edward sich nicht mehr um seine Kameraden. Er konzentrierte sich ganz auf Friedrich, den er um jeden Preis vom Himmel holen musste. Er musste sich so platzieren, dass Friedrich sich in seiner Schusslinie befand und nicht umgekehrt. Obwohl sie stets den Horizont als Bezugspunkt benutzten, bewegten sich die Flieger im Kampf in einem unbegrenzten Raum, oft kopfüber, nur von ihrem Instinkt beherrscht. Die beiden Maschinen drehten schwindelerregende Spiralen und stiegen dann erneut wie Pfeile in den Himmel auf. Ihre Motoren dröhnten. Der Wind stand günstig für Friedrich und trieb die beiden Flugzeuge auf die deutsche Seite zu. Es brauchte Nerven aus Stahl, um diese akrobatischen Manöver durchzuführen, ohne die Kontrolle über das Steuerruder zu verlieren. Ein Feuerball am Himmel alarmierte Edward. Es war einer seiner Kameraden. Er hatte keine Ahnung, was aus ihrem Aufklärungsflugzeug geworden war, aber er wusste, dass die Engländer jetzt zahlenmäßig unterlegen waren.

Mit einem Mal erblickte Edward eine Albatros, die mit hohem Tempo direkt auf ihn zuhielt. Er gab eine Maschinengewehrgarbe ab und beugte sich instinktiv vor, um den Kugeln seines Gegners auszuweichen. Einhundertfünfzig Meter, hundert Meter, fünfzig, und dann verfehlten die beiden Piloten einander knapp und rasten mit jaulenden Motoren aneinander vorbei. Aber Friedrich war immer noch da und hing an ihm wie eine Klette. Auf diesen Moment hatte der Preuße gewartet. Die Kugeln durchsiebten Edwards Rumpf, sodass er in eine schwarze Rauchwolke gehüllt wurde. Er spürte einen stechenden Schmerz, schaltete den Motor ab und ging im Sturzflug hinunter. Außer dem Pfeifen des Windes und dem Knattern der Maschinengewehre um sich herum hörte er nichts mehr. Die Fallgeschwindigkeit drückte ihm auf die Schläfen. Sein Herz pochte zum Zerspringen. Ausgelaufenes Benzin brannte an seinem Bein, und er konnte den linken Arm nicht mehr bewegen. Friedrich befand sich immer noch hinter ihm, aber sein Cousin schoss nicht mehr. Nicht, weil er ihn vielleicht erkannt hatte, sondern weil der Ehrenkodex es untersagte, einem wehrlosen Feind weiter zuzusetzen. Mit furchterregender Geschwindigkeit raste der Boden auf Edward zu. Er biss die Zähne zusammen. Weiße Lichter tanzten vor seinen Augen. Seine Freunde pflegten zu scherzen, man könne diese

Maschine freihändig steuern, so bemerkenswert stabil sei sie. Kurzatmig umklammerte er den Steuerknüppel mit der Rechten und brachte es fertig, das Flugzeug in die richtige Landestellung zu bringen, doch beim Landemanöver zerfetzte es ihm die Reifen und die Flügel. Anschließend hatte er große Mühe, sich aus dem Rumpf zu winden. Um die Maschine in Brand zu setzen, kroch er ein paar Meter weg, drehte sich dann um und schoss mit dem Revolver in den Treibstofftank. Das Flugzeug ging in Flammen auf. Deutsche Soldaten rannten, die Waffen auf ihn gerichtet, herbei. Sein letzter Gedanke, bevor er bewusstlos wurde, galt Friedrich. Sein Cousin hatte es ihm zu verdanken, dass er sich eines weiteren Sieges rühmen konnte.

Abgeschossene Piloten wurden von ihren Feinden oft mit Achtung behandelt, zumal wenn sie von gegnerischen Fliegern festgenommen wurden. In seinem Zimmer im Krankenhaus von Douai, wo er als einziger Kriegsgefangener ausnahmslos von deutschen Verletzten umgeben war, konnte sich Edward über die Behandlung, die man ihm angedeihen ließ, nicht beklagen. Die Männer teilten sogar ihre Essensrationen mit ihm. Aber das Verhör, dem er unterzogen wurde, stand auf einem anderen Blatt.

Der preußische Offizier ließ sich von seinem Gefangenen keineswegs beeindrucken und machte ihm das unmissverständlich klar. Als Edward sich standhaft weigerte, ihm mehr als seinen Namen und seinen Dienstgrad zu nennen, drohte er ihm unverhohlen. Aufsässigkeit und mangelnde Kooperation konnten ihm mehrere Wochen Isolationshaft einbringen. Dennoch ließ er sich nicht einschüchtern. Er fragte sich allerdings besorgt, in welches Gefangenenlager in Deutschland man ihn verlegen würde. In einigen ging es angeblich besonders spartanisch zu.

Nachdem das Verhör seit einer Stunde andauerte, fühlte er sich plötzlich sehr schwach. Seine Operation war erfolgreich verlaufen, aber er konnte seinen linken Arm immer noch nicht gebrauchen und nicht allein stehen. Der Offizier schien indes entschlossen zu sein, ihn nicht in Ruhe zu lassen, bis Edward ihm verriet, was er erfahren wollte. Wie lange würde er seine bohrenden Fragen noch aushalten müssen?, fragte sich Edward panisch. Schweißtropfen standen ihm auf der Stirn. Da flog mit einem Mal die Tür auf, und Friedrich von Landsberg stand auf der Schwelle. Sofort erhob sich der Offizier und salutierte. Friedrich erteilte ihm barsch einen Befehl, worauf der Mann seine Papiere nahm und die Hacken zusammenknallte. Der Pilot schloss die Tür hinter sich und lehnte sich dagegen. Lange sahen die Cousins einander schweigend an. Sie waren beide ergriffen, aber die Vorsicht hinderte sie daran, ihre Gefühle zu zeigen.

»Ted«, sagte er schließlich. »Ich bin froh, dass du noch lebst. Als ich erfuhr, dass du es warst ...«

»Du weißt ja, Unkraut vergeht nicht«, erwiderte Edward neckend und versuchte, seinen inneren Aufruhr zu verbergen.

Hastig schenkte Friedrich ihm ein Glas Wasser ein. Nach einigen Minuten fühlte sich Edward besser. Scherzhaft erklärte er, dass er nie wieder vergessen werde, seinen Talisman mitzunehmen. Lächelnd öffnete Friedrich die obersten Knöpfe an seiner Uniformjacke und zeigte ihm ein Medaillon.

»Herrgott, Evies vierblättriges Kleeblatt!«, rief Edward amüsiert aus. »Glücklicherweise weiß niemand, dass es ein Geschenk einer Engländerin ist. Sonst würdest du das Kriegsgericht riskieren, oder?«

»Was ist aus ihr geworden?«, erkundigte sich Friedrich mit ernster Miene.

Edward dachte an ihre erste Begegnung auf einem Flugfeld in Spanien zurück, als Friedrich ihm sagte, sie seien Cousins, an die Feste am Berkeley Square, ihre Spritztouren durch London. Jetzt trug Friedrich die Uniform der deutschen Luftwaffe mit ihrem Stehkragen. Jetzt waren sie Feinde. Aber Friedrich hatte seine Jugendliebe nicht vergessen. Und sein eindringlicher Blick machte Edward klar, dass er sie niemals vergessen würde.

»Sie hat zwei Jahre lang als Krankenschwester Dienst getan. Sie hat uns alle mit ihrem Mut und Durchhaltevermögen beeindruckt. Inzwischen ist sie nach Rotherfield Hall zurückgekehrt. Sie ist verheiratet.« Edward hatte das absurde Gefühl, sich beinahe dafür entschuldigen zu müssen. »Sie hat vor wenigen Wochen einen Sohn zur Welt gebracht.«

Friedrich erbleichte. Er trat ans Fenster und betrachtete, die Hände auf dem Rücken, die Häuserdächer.

»Kenne ich ihn?«

»Ja. Es ist Pierre du Forestel.«

»Verstehe. Ist sie glücklich?«

»Ich glaube schon. Soweit man in diesen Zeiten glücklich sein kann.«

Starr, mit verkrampften Händen, stand Friedrich da. Schließlich drehte er sich wieder um und bot Edward eine Zigarette an. Dieser dankte ihm.

»Ich hatte immer gehofft, sie und ich … Aber da war Pierre du Forestel wohl geschickter. Man musste schon damals vor ihm auf der Hut sein, weißt du noch?«, sagte er. »Richthofen hält nichts von den französischen Fliegern. Er behauptet, sie griffen ihren Gegner gern aus heiterem Himmel an. Sie seien perfide. Nun, nach dem, was du mir erzählt hast, neige ich dazu, ihm recht zu geben.«

»Schon wahr, dass Pierre bei den Flugschauen ein ernstzunehmender Gegner war. Er hat mich mehr als einmal geschlagen. Aber er ist ein guter Kerl, und wir sind inzwischen befreundet. Wenn das Schicksal es will, dass er überlebt, wird Evie glücklich mit ihm werden.«

Friedrich nickte nur.

»Ich werde morgen früh hinter euren Linien bekanntgeben lassen, dass du in Gefangenschaft geraten, aber bei guter Gesundheit bist. Möchtest du mir eine Nachricht an deine Familie mitgeben?«

Edward beeilte sich, ein paar Zeilen an Matilda zu schreiben, in denen er ihr mitteilte, er werde gut behandelt und sie brauche sich keine Sorgen zu machen.

»Hast du eine Ahnung, wohin in Deutschland ich gebracht werde?«

»Ich habe etwas von Küstrin in Brandenburg gehört. Ich werde mich erkundigen, wie es dir dort geht.«

»Lass dir nur nicht zu viel Zeit«, erwiderte Edward ironisch. »Ich habe nicht vor, lange zu bleiben.«

»Du meinst, du wirst zu fliehen versuchen?«

Edward zuckte die Achseln. »Das ist meine Pflicht, oder?«

Friedrich lächelte. »Ich würde es vorziehen, dich bis Kriegsende in Sicherheit zu wissen. Dann wären wenigstens die Verletzungen, die ich dir zugefügt habe, zu etwas nütze. Einer von euren gefangenen Piloten ist kürzlich bei einem Fluchtversuch erschossen worden.«

»Dieses Risiko muss ich eingehen. Würdest du an meiner Stelle nicht genauso handeln?«

»Selbstverständlich. Unsere Familien haben uns nach den gleichen Prinzipien erzogen. Ich bedaure nur, dass wir sie unter diesen Umständen anwenden müssen. Ich rufe die Krankenschwester, damit sie dich wieder auf dein Zimmer bringt. Mach dir keine Sorgen wegen dieses Schwachkopfs. Er wird dich nicht mehr belästigen. Pass auf dich auf, Edward.«

»Du auch.«

Die beiden Männer drückten sich die Hand. An der Tür zögerte Friedrich ein paar Sekunden.

»Wenn mir etwas zustößt, sag Evie, dass sie die große Liebe meines Lebens war und dass ich ihr viel Glück wünsche.«

Einige Monate später, als der eisige Brandenburger Nordwind um die undurchdringlichen Mauern der Festung Küstrin pfiff, erfuhr Edward in seiner Zelle, dass Hauptmann Friedrich von Landsberg im Kampf gefallen war. Das Fliegerass, das zweiundvierzig Abschüsse verbuchte, das mehrmals für außerordentlichen Mut belobigt, mit dem Eisernen Kreuz erster und zweiter

Klasse und dem Orden Pour le mérite, der höchsten militärischen Auszeichnung Deutschlands, geehrt worden war. Tieftraurig legte Edward die Zeitung weg, ohne die Lobeshymnen auf den gefallenen Kämpfer zu lesen. Still erwies er seinem Cousin die Ehre, diesem bescheidenen und fröhlichen und musikalischen Burschen, mit dem Evangeline an einem Sommerabend unter den Baumkronen von Rotherfield Hall geflirtet und gelacht hatte.

London, Park Lane, Mai 1917

Michael Manderley sah auf seine Uhr. Er war zum Mittagessen mit seiner Schwester verabredet, und Matilda verspätete sich. Dabei hatte er sie zur Pünktlichkeit erzogen. Die Höflichkeit der Könige und derer, die sich ihren Lebensunterhalt verdienen müssen, dachte er verärgert. Die ständigen Rückenschmerzen machten ihn reizbar. Er war noch nie ein geduldiger Mensch gewesen, aber in den letzten Wochen tat er sich damit noch schwerer. Für sein Engagement für das Munitionsministerium hatte Premierminister David Lloyd George ihn dem König für die Erhebung in den Adelsstand vorgeschlagen, doch selbst diese Aussicht konnte ihn nicht aufheitern. Und dabei war das die gute Nachricht, die er seiner Schwester verkünden wollte – falls sie sich dazu herabließ, doch noch aufzutauchen. Gerade, als er seinem Butler mitteilen wollte, er werde nicht länger warten und zu Tisch gehen, flog die Tür auf, und Matilda stürzte in den Salon. Ihr bleiches Gesicht wurde von kurzem, onduliertem Haar umrahmt. Sie war außer Atem, als wäre sie den ganzen Weg gerannt.

»Etwas Schreckliches ist passiert! Edwards Flugzeug ist abgestürzt, und er ist in Gefangenschaft geraten.«

»Ist er schwer verletzt?«

»Nein. Ich habe gerade Nachricht von ihm erhalten. Er behauptet, es gehe ihm gut, und er werde korrekt behandelt. Sieh hier!«

Michael überflog die wenigen, von seinem Schwager gekritzelten Zeilen.

»Das ist das Beste, was ihm geschehen konnte.«

»Wie kannst du nur so etwas Schreckliches sagen?«, rief Matilda aus.

»Wahrscheinlich wird ihm die Gefangenschaft das Leben retten.«

Sie starrte ihn wie vom Donner gerührt an.

»Die Lage ist inzwischen äußerst besorgniserregend. Unsere Verluste sind beträchtlich. Mit neuen Flugzeugen dürften wir bald wieder die Oberhand gewinnen, aber ich möchte Edward lieber gefangen als im Kampf wissen. Solange er nicht zu fliehen versucht, hat er eine Chance, diesen Krieg lebend zu überstehen, und deine zwei Kinder werden mit ihrem Vater aufwachsen.«

»Aber er wird das Eingesperrtsein nicht ertragen«, entgegnete seine Schwester besorgt. »Das passt nicht zu seinem Charakter. Und für Offiziere ist es eine Sache der Ehre, dass sie zu fliehen versuchen.«

»In diesem Fall können wir nur hoffen, dass er wachsame Aufpasser hat, die seinen Zellenschlüssel zweimal umdrehen«, brummte Michael.

Matilda hatte Tränen in den Augen, doch sie reckte trotzig das Kinn.

»Sein Glücksstern wird ihn weiterhin beschützen. Und nachdem jetzt die Amerikaner in den Krieg eingetreten sind, muss doch der Sieg unmittelbar bevorstehen, oder?«

Die Bevölkerung erwartete Wunderdinge von den Amerikanern, doch Michael teilte dieses blinde Vertrauen nicht. Da er von Natur aus misstrauisch war, wartete er darauf, sie in Aktion zu sehen. Jedenfalls würde es noch eine geraume Zeit dauern, bis man eine Prognose wagen konnte. Außerdem war der Ausgang des Krieges nie unsicherer erschienen. Es war noch nicht klar, welche Folgen die Revolution in Russland haben würde. Doch da er seine Schwester nicht beunruhigen wollte, behielt er seine Vorbehalte lieber für sich.

»Komm jetzt zum Essen. Du bist spät dran, und ich sterbe vor Hunger.«

»Ich bekomme keinen Bissen herunter.«

»Ich schon, und ich bitte dich, mir Gesellschaft zu leisten.«

Michael aß mit gutem Appetit. Die Versorgungslage wurde zwar immer schwieriger, aber er gehörte nicht zu den Menschen, die sich freiwillig einschränkten. »Ich habe in meinem Leben schon Hunger gelitten, und ich habe nicht vor, jetzt wieder damit anzufangen«, entgegnete er, als Matilda ihm vorwarf, er lasse es an Patriotismus mangeln, weil er sich nichts versagte. Der totale U-Boot-Krieg erwies sich als Geißel für die Inselnation, die sich seit der industriellen Revolution auf die Herstellung von Produkten spezialisiert hatte und aus dem ganzen Empire Nahrungsmittel einführte. Fleisch begann knapp zu werden, und Tee, Zucker oder Kartoffeln waren es bereits. Die Einschränkungen führten zu langen Schlangen vor den Läden und zu einem Preisanstieg, was die Profiteure freute.

Matilda erzählte ihrem Bruder, dass sie gerade von Rotherfield Hall zurückgekommen sei, wo sie Evie und ihr Kind besucht hatte. Ihre Schwägerin organisierte regelmäßig die Verteilung von Lebensmitteln an ihre Schützlinge in Bermondsey, was Michael wieder ein Schmunzeln entlockte. Die Frauen der Territorial Army, die die ganze Feld- und Stallarbeit erledigten, hatten Matilda zutiefst beeindruckt. In Hosen und Schnürstiefeln durchmaßen sie, eine Heugabel auf der Schulter, das Gut, flickten Zäune, bereiteten die Ernte vor, kümmerten sich um das Vieh und wurden mit den gewaltigen Zugpferden fertig. Ihr Gesicht und ihre Arme waren von der Sonne gebräunt, und ihre flotten Sprüche erstaunten so manche. Ein Schreiben der Regierung hatte ihnen mit auf den Weg gegeben, dass sie sich, obwohl sie Männerarbeit verrichteten, dennoch würdig benehmen sollten, wie »jedes englische junge Mädchen, das erwartet, mit Aufmerksamkeit und Respekt behandelt zu werden«.

»Es ist ganz normal, dass die Regierung sich Sorgen macht.

Man hört beunruhigende Gerüchte über das zügellose Verhalten mancher dieser jungen Frauen. Ich werde dir jedenfalls nie verzeihen, dass du dir das Haar hast abschneiden lassen«, murrte Michael.

Matilda lachte. »Ich verstehe nicht, was die Länge meiner Haare mit meiner Weiblichkeit oder meinem Verhalten zu tun haben soll. Ohnehin wird nie wieder etwas so wie vorher sein«, fügte sie hinzu. »Es ist nahezu unmöglich, heutzutage noch Hausmädchen zu finden. Die Frauen ziehen es vor, in Fabriken wie deinen Munition herzustellen.«

Es freute Michael, dass seine kleine Schwester ihren kecken Ton wiedergefunden hatte. Mit ihren zweiundzwanzig Jahren stellte sie sich der Herausforderung des Krieges mit einer Zähigkeit, die ihn an ihre Mutter erinnerte, die Matilda nie gekannt hatte. Obwohl die Bedrohung durch Luftangriffe wuchs, hatte sie sich geweigert, die Stadt zu verlassen. Die Londoner fürchteten nicht nur Zeppeline, sondern auch die neuen Bombenflugzeuge, obwohl ein erster Angriff gescheitert war. Dabei waren die Bomber nicht weiter als bis in die Grafschaft Essex gekommen, da tief hängende Wolken die Hauptstadt vor dem Schlimmsten bewahrt hatten. Wie alle ihre Freundinnen musste Matilda miterleben, wie ihre Angehörigen und Freunde dezimiert wurden. Es bereitete Michael Sorge, dass sie ihren Kummer und ihre Angst um Edward hinter einer lächelnden Fassade verbarg. Ihr fröhlicher Ton kam ihm oft erzwungen vor.

»Was ist eigentlich aus deiner Freundin geworden?«, erkundigte er sich.

»Vicky verbringt den Großteil ihrer Zeit im Krankenhaus. Kaum zu glauben, wie sie sich seit ihrer Rückkehr aus Paris verändert hat! Um die Patienten nicht zu deprimieren, verzichtet sie sogar darauf, Schwarz zu tragen. Ihr Professor, Henry Tonks, hat sich sehr gefreut, sie wiederzusehen. Keine Ahnung, wie sie es erträgt, diese armen, entstellten Burschen zu zeichnen. Ich weiß, dass sie versucht, so etwas wie Wiedergutmachung für

Percys Selbstmord zu leisten, jedenfalls legt sie einen unfassbaren Mut an den Tag. Also, ich könnte das nicht.« Sie erschauderte. »Manchmal mache ich mir deswegen Vorwürfe«, fügte sie in ernstem Ton hinzu.

»Wieso denn das?«

»Ich habe das Gefühl, nutzlos zu sein. Vicky arbeitet in Sidcup, Evie war Krankenschwester und kümmert sich jetzt um Rotherfield Hall, da Julian demnächst wieder an die Front zurückkehrt. Und ich, was mache ich?«

»Du passt auf deinen alten, kranken Bruder und deine Kinder auf. Diese Rolle erfüllst du hervorragend.«

Matilda zog einen Schmollmund. »Einen Orden kriege ich dafür aber nicht.«

»Ich dachte, dass du Verwundete besuchst und dich um eine Nähstube kümmerst«, sagte er in dem Versuch, sie aufzumuntern.

»Das ist ziemlich wenig.«

»Edward hat dir verboten, als Krankenschwester zu arbeiten, und zu Recht, schließlich hast du zwei kleine Kinder. Versuch nicht, die Heldin zu spielen, Matilda.«

Sie nahm keinen Anstoß an seinem schroffen Ton. Ihr Bruder war ein typischer Vertreter des Yorkshire'schen Menschenschlags, und hinter seiner unverblümten Offenheit verbarg sich ein großes Herz. Wann immer sie Trost brauchte, suchte sie bei ihm Zuflucht. Sein gesunder Menschenverstand und seine unsentimentale Art gaben ihr Halt. »Was für eine traurige Epoche! Die Frauen verhärten sich, während die Männer trübsinnig werden oder überschnappen«, brummte er, wenn er die von Soldaten geschriebenen Kriegsgedichte las, die in den Zeitungen veröffentlicht wurden. Als er sich vom Tisch erhob, verzog er so schmerzhaft das Gesicht, dass sie ihm schnell ihren Arm reichte. Sie machte sich Sorgen um ihn. Seine Haut war ganz grau. Wenn seine Rückenschmerzen unerträglich wurden, nahm er Morphium. In einer Gefühlsaufwallung küsste sie ihn auf die Wange.

»Was ist denn nun die gute Nachricht, die du mir mitteilen wolltest?«

Langsam schritten sie durch die Galerie, die zum Salon führte. Die Sonne tauchte die Holzvertäfelung in ein warmes Licht. Michael genoss es, wenn Matilda ihn besuchte und seine Einsamkeit zerstreute. Als sie sich entschlossen hatte, Hals über Kopf Edward Lynsted zu heiraten, hatte er schlaflose Nächte. Doch der Charakter seines Schwagers hatte sich durch die Bewährungsproben, die das Schicksal ihm auferlegte, gefestigt, und Matilda schien glücklich mit ihm zu sein. Und auf mehr kam es nicht an. Als er an seinen Schwager dachte, der in Kriegsgefangenschaft war, fühlte er sich mit einem Mal lächerlich. Wie konnte man stolz darauf sein, in den Adelsstand erhoben zu werden, weil man Stahl herstellte, während so viele Menschen ihr Leben aufs Spiel setzten? In den kriegswichtigen Branchen wie der Stahlindustrie, dem Kohlebergbau, dem Motorenbau und der Textil- oder Erdölindustrie waren die Dividendenrenditen in die Höhe geschnellt. Was sollte er mit seinen Gewinnen anfangen?, fragte er sich mit einer merkwürdigen Bitterkeit. Mit einem Mal musste er an Julian Rotherfield denken. Matilda hatte gesagt, er kehre bald an die Front zurück. Aber davor, am kommenden Tag, würde Lord Rotherfield noch eine wichtige Rede vor dem Oberhaus halten, in dem Michael bald selbst sitzen würde. Er wird nicht eben erfreut sein, wenn er davon hört, sagte er sich amüsiert.

»Ich werde dich morgen nach Westminster begleiten, um deinen Schwager zu hören.«

Matilda war entzückt. Nachdem sich die Brüder versöhnt hatten, versuchte sie, eine gute Beziehung zu Julian zu unterhalten. Und seit er wusste, was Rotherfield an der Somme ausgestanden hatte, hätte Michael es kleinlich gefunden, es ihr zu verdenken.

Julian betrachtete die schlafende May. Er wurde es nie müde, sie anzusehen. Wieder einmal hatte sie sich entschieden, ihr eigenes Leben zurückzustellen, um an seiner Seite zu bleiben. Kaum war er nach seiner Verwundung an der Somme in der Lage gewesen, ihr zu schreiben, hatte sie alles stehen und liegen lassen und war gekommen. Die sechs Monate, die sie sich als Krankentransportfahrerin verpflichtet hatte, waren ohnehin zu Ende, und sie hatte ihren Vertrag nicht erneuert. Seitdem widmete sich May ihm vorbehaltlos. Um den Schein zu wahren, behielt sie noch ein Zimmer in ihrem Club, aber die meiste Zeit verbrachte sie am Berkeley Square. Als Julian ihr gestanden hatte, er sorge sich um ihren Ruf, hatte sie erwidert: »Ich bin keine Konformistin. Anpassung heißt Selbstaufgabe.« Zu Beginn des Krieges hatte May kämpfen wollen, doch inzwischen teilte sie seine Überzeugung über die verhängnisvolle Stagnation dieses Zermürbungskrieges. Ihre scharfsinnigen Analysen hatten Julian geholfen, seine eigenen Überlegungen weiter auszufeilen. Der Mut, den sie als Ambulanzfahrerin bewiesen hatte, verlieh ihren Artikeln für die amerikanischen Zeitungen Glaubwürdigkeit. Doch nun, da die Vereinigten Staaten in den Krieg eingetreten waren, musste sie jedes Wort sorgfältig abwägen. Wie Julian war May bereit, Wahrheiten zu sagen, die viele nicht hören wollten.

»Ihre Worte haben einen merkwürdigen Nachgeschmack, finden Sie nicht?«, hatte jemand zu Julian gesagt. Sie klingen nach

Verrat, hatte sein Gegenüber damit sagen wollen, aber nicht gewagt, die Beleidigung auszusprechen, da Hauptmann Rotherfields Belobigungen und Orden ihn über jeden Verdacht der Feigheit erhaben machten. Julian scheute nicht davor zurück, mit seinen Worten zu verärgern. Der Zorn, der durch das Massensterben an der Somme in ihm erwacht war, hatte sich nicht gelegt. In den vier Monaten, die dieser abstoßende Sommerfeldzug dauerte, war die britische Armee jämmerliche zehn Meilen vorgerückt und hatte die höchsten Verluste ihrer Geschichte erlitten. Seiner Meinung nach trennte seitdem ein Abgrund die Soldaten an der französischen Front und die Herren vom Oberkommando. Kurz vor dem traurigen dritten Jahrestag des Kriegsausbruchs sah Julian verheerende Folgen für Europa und die ganze Welt voraus.

Als die Mittelmächte vor einigen Monaten zu Verhandlungen über einen Waffenstillstand aufgerufen hatten, stellten sich die alliierten Regierungen taub, da sie in diesem Vorstoß der Aggressoren nichts weiter als einen Vorwand für ihre machiavellistischen Gelüste sahen, sich die besetzten Gebiete endgültig einzuverleiben. Für Frankreich oder England war es undenkbar, am Verhandlungstisch Frieden zu schließen. Nach so vielen Opfern und Hunderttausenden von Toten konnte man sich nichts anderes vorstellen als einen militärischen Sieg. Diese Vorbehalte mochten ja legitim sein, aber zu welchem Preis?, dachte Julian besorgt. Auch andere Stimmen erhoben sich gegen die Fortsetzung des Krieges. Im deutschen Parlament hatten sich sozialdemokratische Abgeordnete geweigert, für zusätzliche Kriegskredite zu stimmen, und in Rom bemühte sich der Papst vergeblich, Einfluss auf die Ereignisse zu nehmen. Die Meutereien in der französischen Armee, die sich wie eine Seuche ausbreiteten, warfen ein Schlaglicht auf die desolate Lage. So konnte es unmöglich weitergehen.

Julian stand auf. Der Mond tauchte den Garten hinter dem Haus in silbriges Licht. Von seinen körperlichen Verletzungen hatte er sich erholt. Seine Seele allerdings hatte andere, schlimmere Wunden erlitten, die niemals heilen würden. Er war nach Schottland gefahren, zum Militärkrankenhaus in Craiglockhart, um Doktor Rivers wiederzusehen. Während seiner Genesung in Le Touquet hatte ihn dieser ganz besondere Arzt mit seiner wohlwollenden Art zutiefst berührt. Zurück in England verspürte er das Bedürfnis, abermals dessen sanfte, oft zögerliche Stimme zu hören, die Leben zu retten vermochte. In ihren Gesprächen hatte Rivers geduldig, aber unerbittlich auf Julian eingewirkt, damit sich Julian auch den Erinnerungen stellte, die er verdrängt hatte. Die Wahrheit wirkte oft verletzend, konnte aber auch heilen.

Julian hatte es May noch nicht gesagt, aber er würde in einigen Tagen an die Front zurückkehren. An diesem Morgen hatte er seinen Marschbefehl erhalten. Seine Einheit befand sich jetzt in Flandern, im Dorf Passchendaele, nicht weit von Ypern entfernt. Die Angst, dieser stete Begleiter, erwachte. Kalter Schweiß stand ihm auf der Stirn. Er dachte an seine Männer, auch an die, die nicht mehr waren, wie den jungen Tom oder John, der vom Kammerdiener zu seinem tapferen Offiziersburschen geworden war. Nur wenn er sich ihre Gesichter ins Gedächtnis rief, konnte er seine Ängste beherrschen. Für diese Burschen empfand er eine besondere Zuneigung. Die Zensurbestimmungen verlangten von Offizieren seines Rangs, ihre privaten Briefe zu lesen. In der ersten Zeit war Julian diese Indiskretion schwergefallen, aber sie hatte ihm erlaubt, sie besser kennen und schätzen zu lernen. Zwischen ihm und den Männern bestand inzwischen eine unerschütterliche Verbindung. Doch die Aussicht, erneut die brutale Gewalt der Front zu erleben, jagte ihm Angst ein. Noch dazu in Flandern, dem Land, das förmlich im Schlamm versank. Ein klebriger, zäher, widerlicher Schlamm. Aber die Soldaten vertrauten ihm, und er würde sie nicht enttäuschen. Schon lange nicht mehr rührte das Durchhaltevermögen der Soldaten von Patriotismus oder abstrakten Werten her, sondern von ihrem

Zusammengehörigkeitsgefühl. Doktor Rivers hatte ihm erklärt, Pflicht habe nur Sinn, wenn sie auf Liebe beruhe. Jedes Leben, das dieses Namens würdig ist, beruht auf Liebe, sagte sich Julian.

May schlang die Arme um ihn. Er machte sich Vorwürfe, weil er sie im Schlaf gestört hatte. Sie legte die Wange an seine Schulter. Sie war nackt, und er spürte die Wärme ihres Körpers, ihre langen Beine, ihre Brüste, die sich an seinen Rücken pressten. Ohne ein Wort verharrte sie unbeweglich in dieser Haltung und wartete darauf, dass sein Kummer und seine Angst nachließen. Als Julian sich wieder gefasst hatte, drehte er sich um. Sie schmiegte sich in seine Arme.

»Was würde ich nur ohne dich anfangen?«, murmelte er und schob zärtlich eine Haarsträhne beiseite, die ihr Gesicht verbarg.

Wieder schlang sie die Arme um ihn, diesmal von vorn, und warf dabei den Kopf zurück, sodass das Mondlicht ihre Gesichtskonturen wie gemeißelt erscheinen ließ. May hatte sein Leben verändert. Sie hatte ihn gezwungen, seine Entscheidungen zu hinterfragen und sich seine Schwächen einzugestehen. Aber sie hatte ihm auch Selbstvertrauen geschenkt. Dank ihr war er ein besserer Mensch geworden. Julian liebkoste ihren Hals, ihre Schultern. Ihre Brüste strafften sich unter seinen Fingern. Sie zitterte. Mays eindringlicher Blick glitt über sein Gesicht, und um ihre Lippen spielte ein geheimnisvolles Lächeln. Noch nie hatte er eine so leidenschaftliche Frau gekannt. Er spürte erneut Begierde in sich aufsteigen. Sie küsste ihn mit einer Zärtlichkeit, die ihn tief in der Seele berührte. Sie liebten sich bis zum Morgengrauen. Als May noch einmal einschlief, lag er wach neben ihr und dachte, jetzt kann ich sterben, und ein seltsames Gefühl von Ewigkeit erfüllte ihn. Wenn die Vorsehung einem die Gnade geschenkt hat, eine so außergewöhnliche Frau zu lieben und von ihr wiedergeliebt zu werden, kann man sterben.

Das Oberhaus erlebte einen Ansturm. Der Saal war bis zum letzten Platz besetzt. Sogar die Abgeordneten aus dem Unterhaus drängten herein. In dem Areal, das den Journalisten vorbehalten war, notierte May in ihrem Notizbuch die Namen der bekannten Persönlichkeiten, die gekommen waren, um Julian zu hören. Unter den Zuschauern auf der Tribüne machte sie Lady Ottoline Morrel aus, eine bekannte Pazifistin, sowie die bezaubernde Matilda Lynsted, die ein blaues Barett nach der neuesten Mode trug und von ihrem Bruder begleitet wurde, dem Industriemagnaten Michael Manderley, der vom Munitionsministerium hofiert wurde und dem Premierminister nahestand. Sie sah, wie er die roten Bänke musterte, auf denen sich die Peers des Königreichs niederließen.

Als der Korrespondent der *New York Times* sie fragte, ob sie diesen Lord Rotherfield kenne, von dem man eine aufsehenerregende Rede erwartete, beließ sie es bei einem Lächeln. Julian war über die Grenzen seines Landes hinaus bekannt. Als er den Saal betrat, richteten sich alle Blicke auf ihn. May hielt den Atem an. Sein selbstbewusster Gang und seine hochgewachsene, elegante uniformierte Gestalt verliehen ihm eine Präsenz, der sich niemand entziehen konnte.

Zunächst ging es um andere Themen, aber die Parlamentarier fassten sich kurz. Dann kam die Reihe an Lord Rotherfield, der sich erhob und das Wort ergriff. In dem erwartungsvollen Schweigen, das jetzt eintrat, spürte May, dass ihre Hände feucht waren. Einen Moment lang stand Julian reglos da. Er würde ohne Notizen sprechen. Sie wusste, dass er an seinen Vater und die anderen Mitglieder seiner Familie dachte, die vor ihm in dem majestätischen Palast von Westminster eine bedeutende Rolle ausgeübt hatten. Es war ein feierlicher Augenblick. May wusste, dass er das Risiko einging, in der Presse verhöhnt, von den Kriegstreibern als Feigling und Verräter bezeichnet und als abscheulicher Pazifist geschmäht zu werden, aber er würde nicht davor zurückscheuen, in die Welt hinauszurufen, dass die Länder Europas verrückt geworden waren.

Mit der volltönenden Stimme eines geübten Redners prangerte Julian die Lügen und die Verblendung der Regierungen an. »Ich bin gekommen, um die Wahrheit zu sagen, selbst wenn sie jene beleidigt, die sie fürchten«, erklärte er. Er klagte die unsinnige Kriegsführung an, die Offensiven, die zu sinnlosen Massakern gerieten. Nicht ohne Ironie warf er dem Oberkommando vor, nicht die geringste Ahnung von der Realität in den Schützengräben zu haben. Ebenso wenig, wie die wohlhabenden Einwohner von Mayfair nichts über das East End wussten, dieses Viertel, das ihrer Meinung nach von Menschen bevölkert war, mit denen man keinen Umgang pflegte. An der Front sprachen die Männer von Massenmord, und er konnte ihnen nicht unrecht geben. Er führte den berühmten Ausspruch von Horaz an – »Dulce et decorum est pro patria mori« – und ergänzte, es sei keineswegs »süß und ehrenhaft, für das Vaterland zu sterben«, wenn dieses Vaterland seine Seele verloren habe und sich seiner Soldaten unwürdig erweise. Der technische Fortschritt, auf den man zu Beginn der industriellen Revolution so stolz gewesen sei, diene nunmehr der Barbarei. Man entwickle chemische Waffen mit verheerender Wirkung, und die Zivilisten seien zu militärischen Zielen geworden ... Dieser Krieg habe ein entstelltes, ein finsteres Gesicht. Sein Charakter habe sich verändert. Er missachte das Grundprinzip allen Lebens, habe den Respekt vor der Würde des Menschen verloren.

Julian hielt inne und blickte in die Runde. Ein Teil der Zuhörerschaft wurde unruhig. Man fühlte sich brüskiert. Protest wurde laut. Der amerikanische Journalist flüsterte May zu, mit so scharfen Worten riskiere er das Kriegsgericht. Im selben Moment traf Julians Blick den ihren. Der Lärm schien zu verstummen. Ein paar Sekunden lang waren die beiden allein auf der Welt, unendlich frei und verliebt. Dann erhob Julian die Stimme, und May hörte auf, sich Notizen zu machen, um ihm ihre volle Aufmerksamkeit zu widmen. Julians Sätze fielen wie Peitschenhiebe, gerecht und stark, aufrichtig und leuchtend. Sie bewunderte seinen Mut, seine Redlichkeit, seine funkelnde Intelligenz.

Er hielt jenen, die versuchten, ihn zum Schweigen zu bringen, triftige Argumente entgegen. Seine Klugheit und Gelassenheit gewannen die Oberhand. Und seine Stimme fand Gehör. Um May herum waren die Mienen aufmerksam, zum Teil bewegt. Was für ein Europa würde aus dieser Barbarei hervorgehen?, verlangte Julian scharf zu wissen. Wie konnte man es wagen, die Glut anzufachen, aus der unvermeidlich Ungeheuer der Verbitterung und des Hasses erwachsen mussten? Die abendländische Kultur drohte ruhmlos unterzugehen, um nie wieder aus der Asche aufzuerstehen. Das musste aufhören, bevor es zu spät war. Unter den Zuschauern auf der Tribüne kam vereinzelt Applaus auf, während die Abgeordneten skeptisch verharrten.

Und so übernahm Julian Rotherfield seine althergebrachte Rolle, die zu akzeptieren ihm so schwergefallen war, aber deren er sich mehr als würdig erwies. Er verkörperte die Aristokratie im noblen Sinn des Wortes, weil er im Namen der Ohnmächtigen sprach, der Menschen, die keine Stimme hatten, der Witwen und der Mütter, die ihre Söhne verloren hatten, der zerrissenen Familien, deren Hoffnungen zerstört waren. Er sprach im Namen der unzähligen vermissten Soldaten, deren Leichen man nie finden würde, im Namen derer, die in einem fremden Land vergeblich litten und starben, im Namen dieser unschuldigen Burschen, die im Angesicht des Todes wie verlorene Kinder dreinschauten.

An der Somme, Schloss Le Forestel, Juni 1917

Auf dem Rasen hinter dem Schloss war eine Tafel gedeckt. Eine weiße Damasttischdecke war über eine auf Holzböcken liegende Platte gebreitet. Das Essen war reichlich und der Burgunder stark gewesen. Die Offiziere saßen in Hemdsärmeln da, die Gesichter von der Sonne gebräunt, und scherzten und lachten. Pierre hatte ein paar Kameraden aus der Staffel zum Essen eingeladen. Einer war sogar unerwartet hereingeschneit und auf der Wiese am Waldrand gelandet. Lächelnd, mit zerzaustem Haar, stand Pierre auf und leerte den Inhalt seiner Taschen auf den Tisch. Schlüssel, ein Taschenmesser, ein Kompass, ein Zigarettenetui, Kleingeld …

»Bedaure, kein Monokel dabei.«

»Versuch dich nicht aus der Affäre zu ziehen. Irgendwo bei euch im Haus muss doch eines herumliegen«, sagte einer seiner Kameraden.

Jean, der am folgenden Tag an die Front zurückkehren musste, amüsierte sich darüber, dass sein Bruder zur Zielscheibe von Scherzen wurde. Die Offiziere der Staffel liebten es, sich über mehr oder weniger unsinnige Dinge herauszufordern. Alle waren geborene Spieler. Einer von Pierres liebsten Streichen war es, zu Pferd über einen Tisch zu springen, während die Gäste auf seine Gesundheit anstießen, ohne dabei das Monokel, das in seinem Auge klemmte, zu verlieren.

»Das meines Großvaters liegt in meinem Zimmer, aber ich bin zu faul, es zu holen«, sagte er und setzte sich wieder.

Jean erbot sich, für ihn zu gehen. Als er über die Terrasse in den Salon trat, hüllte ihn die Kühle des Hauses ein. Nach dem Lärm beim Mittagessen war ihm die Ruhe willkommen. Seit man keine Kanonen mehr hörte – die Deutschen hatten sich nach der Schlacht an der Somme auf eine Frontlinie zurückgezogen, die mehrere Kilometer weiter entfernt lag –, nahm er auf Le Forestel wieder die ihm eigene Stimmung wahr, diese Beschaulichkeit, die seine Kindheit geprägt hatte. Die verblassten Stoffe und die schiefen Lampenschirme verliehen dem Schloss eine warme Atmosphäre. Eine Woge der Zuneigung stieg in Jean auf. Man konnte ein Haus ebenso lieben wie eine Person. Er selbst trug den Geist dieses Hauses in sich, das seine Vorfahren nach ihren Begriffen von Schönheit gestaltet hatten. Jedes der Möbelstücke hatte eine Geschichte. Sie strahlten einen ausgeprägten Sinn für Ästhetik aus. Und auch Sanftheit. Das war wahrscheinlich der Charakterzug, den die meisten Forestels gemeinsam hatten.

Der junge Priester nahm immer zwei Treppenstufen auf einmal. Die Fenster in Pierres Zimmer, die zum Park lagen, waren geöffnet, das Bett war noch ungemacht. In einer Ecke lagen ein zerknülltes weißes Hemd und staubige Stiefel. Auf dem Ehrenplatz auf dem Nachttisch stand eine Fotografie von Evie, die ihren fast drei Monate alten Sohn auf dem Arm hielt. Pierre hatte sein Kind noch nicht kennengelernt. Er hatte keine Erlaubnis erhalten, den Sektor zu verlassen und nach England zu reisen. Jean hielt einen Augenblick inne. Seine Schwägerin hatte Verständnis für den Schmerz anderer und ein mitfühlendes Herz. Er bedauerte, dass er die beiden nicht hatte trauen können. Lächelnd stellte er das Porträt wieder zurück.

Das laute Gelächter der Offiziere erinnerte ihn daran, weswegen er gekommen war. Sein Blick fiel auf eine samtbezogene Schachtel im Sekretär. Als er sie öffnete, erblickte er einen Manschettenknopf mit einem außergewöhnlichen Edelstein. Da begriff er, dass er das Gegenstück zu dem von schwarzen Streifen durchzogenen Smaragd vor sich sah, den er vor einigen Monaten als Krawattennadel bei diesem abscheulichen Pelletier gesehen hatte. Augenblicklich stand ihm das Duell zwischen den beiden wieder vor Augen. Pierre, der verwundet war und in seinem Pariser Zimmer vor Fieber raste, während er ihm die blutigen Kleider auszog. In einer Westentasche fand er diesen seltsamen Manschettenknopf. Einige Tage später fürchtete sein Bruder, ihn verloren zu haben. Besorgt fragte er nach dem Manschettenknopf. Jean brachte ihm den Smaragd und vergaß anschließend die ganze Geschichte. Aber wie war es möglich, dass Pelletier den gleichen besaß? »Mein Glücksbringer«, hatte er auf dem Flur des Krankenhauses in Amiens erklärt. Jean beschlich ein ungutes Gefühl. Als er wieder herunterkam, hatte sein Bruder das einzige Reittier gesattelt, das die Armee nicht beschlagnahmt hatte. Jean reichte ihm das Monokel und setzte sich wieder an den Tisch zu den Offizieren, die unterdessen neue Weinflaschen geöffnet hatten.

»Fertig, Freunde?«, rief Pierre.

Die Männer hoben ihre Gläser. Man sah, dass ihnen nicht ganz wohl dabei war. Sie fürchteten, das gewaltige Tier, das von einem nicht mehr ganz nüchternen Reiter zum Sprung über den Tisch angespornt wurde, könnte auf sie stürzen. Jean dagegen war unbesorgt. Pierre führte diese Posse vor, seit er zwölf war. Nachdem er ein paar Mal im Kreis galoppiert war, trieb er sein Pferd auf den Tisch zu, den es mit Leichtigkeit übersprang – und ohne dass Pierre das Monokel verlor. Triumphierend reckte er einen Arm zum Himmel. Die anderen beglückwünschten ihn lauthals. Sein Wettgegner musste sich geschlagen geben. Die nächste Runde Champagner bei Albert, ihrem Lieblingslokal, würde auf ihn gehen.

Kaffee und Liköre wurden gebracht. Es entspann sich von neuem eine lebhafte Unterhaltung. In Paris und den großen Städten der Provinzen kam es immer häufiger zu Streiks. Die hohen Fleischpreise führten zu Protesten. Zur allgemeinen Überraschung taten sich die Frauen dabei am aggressivsten hervor.

Die Ersten, die durch die Straßen der Hauptstadt marschiert waren, um Lohnerhöhung und eine Verbesserung ihrer Arbeitsbedingungen zu fordern, waren die Midinetten gewesen, die jungen Näherinnen, und bald hatten sich Fabrikarbeiterinnen und Angestellte aus Banken und der Militärverwaltung zu ihnen gesellt. Die Munitionsarbeiterinnen ließen sich ebenfalls nicht bitten. Sie verlangsamten die Produktion in den Waffenfabriken, sodass weniger Granaten und Schießpulver produziert wurden. Inzwischen forderten sie nicht nur einen bezahlten freien Samstagnachmittag, sondern auch die Heimkehr ihrer Ehemänner. Die langen Kriegsjahre hatten ihr Leben auf den Kopf gestellt. Das Selbstbewusstsein der Frauen war gewachsen, und sie waren fest entschlossen, sich Gehör zu verschaffen. Die Instabilität innerhalb der Armee, wo Disziplinarvergehen und kollektiver Ungehorsam um sich griffen, spiegelte sich in der Gesellschaft. Das Gespräch wandte sich den jüngsten Entwicklungen zu: Auf Nivelle, den man schmählich abgesetzt hatte, war Pétain als Oberbefehlshaber gefolgt, und in Stockholm fand eine internationale Konferenz statt, wo die Sozialisten über die Grundlagen für einen Frieden beraten wollten.

»Unsinn!«, erklärte Pierre. »Niemand wird einen Blankofrieden ohne Annexionen oder Reparationen akzeptieren. Das sind wir unseren Toten schuldig.«

Jean hörte nur mit einem Ohr zu. Seit er im Zimmer seines Bruders gewesen war, spürte er eine seltsame Unruhe. Der Krieg schien ihm nur die verzerrte Widerspiegelung eines anderen, viel persönlicheren Kampfes zu sein, den Pierre seit Jahrzehnten im Stillen führte. Er machte sich Vorwürfe, weil er dieses verhängnisvolle Feuer nicht eher entdeckt hatte. Je länger der Krieg stagnierte, umso mehr sehnte sich Jean nach Frieden, dem zwischen den Völkern und dem der Seelen. Er konnte nicht zulassen, dass der Mensch, der ihm der liebste auf der Welt war, von einem, wie er ahnte, furchtbaren Geheimnis zerfressen wurde.

Eine Stunde später waren die Flieger zum Stützpunkt zurückgekehrt, und nur Pierre und Jean saßen noch am Tisch. Einen Strohhut auf dem Kopf und das Hemd aufgeknöpft, rauchte Pierre eine Zigarre.

»Was hat es eigentlich mit diesem Manschettenknopf auf sich?«, fragte Jean unvermittelt. »Dem, den du vor einigen Jahren bei dem Duell mit Pelletier bei dir hattest. Ich habe ihn in deinem Zimmer gesehen.«

Pierre wandte den Blick ab. Plötzlich war die heitere Stimmung, die während des Essens geherrscht hatte, verflogen.

»Warum hängst du so an diesem Smaragd?«, fragte Jean abermals.

Er wollte ihn verstehen. Eine dumpfe Sorge ließ das Blut in seinen Schläfen pochen, aber er fürchtete, dass sein Bruder beharrlich schwieg. Pierre hatte immer seine Geheimnisse gehabt. Lag es am Druck des Krieges, an seiner Heirat oder an der Geburt seines Sohns? Jedenfalls begann Pierre mit ausdrucksloser Stimme von dem Brand auf dem Wohltätigkeitsbasar zu sprechen. Jean schnürte es vor Rührung die Kehle zu. So außerordentlich es erscheinen mochte, aber sie sprachen zum ersten Mal darüber. Wie immer war die Erinnerung an seine Mutter süß und unerträglich zugleich. Die Vergangenheit stieg erneut auf – und in ihrem Gefolge der Schmerz und die Tragödie, mit der sie fertigwerden mussten, um erwachsen zu werden. Doch zunächst riefen sie sich gegenseitig die glücklichen Momente ins Gedächtnis, und es war, als säße ihre Mutter in ihrer Nähe auf einer Bank im sonnenübergossenen Park von Le Forestel: ein schallendes Lachen, der Duft eines Eau de Toilette, die Eleganz eines langen Kleids aus cremefarbener Seide unter einem Sonnenschirm, ein verschwörerisches Lächeln, spontane Küsse, eine kühle Hand auf ihrer fiebrigen Stirn. Dann erzählte Pierre von der Rolle des Unbekannten, der ihre Mutter brutal zur Seite gestoßen und geschlagen hatte, um sich einen Fluchtweg zu bahnen, und mit dem er gerungen hatte, während um sie herum die Feuersbrunst tobte. Doch es war ihm nur gelungen, ihm einen Manschettenknopf abzureißen.

»Dieser Bastard ist für Mamas und Hélènes Tod verantwortlich«, schloss er kalt. »Ohne ihn wären wir alle rechtzeitig hinausgekommen. Ich habe den Smaragd behalten, um nicht zu vergessen, dass ich den Kerl zur Verantwortung ziehen werde, falls das Schicksal ihn mir je wieder über den Weg schickt.«

Jean schwieg schockiert. Diesen Teil der Tragödie hatte er nicht bewusst erlebt. Damals war er erst neun gewesen. Die Angst vor dem Feuer, das Gefühl von Eingeschlossensein und Ersticken und Pierres Hand, die ihn ins Freie zog, waren die einzigen Eindrücke, die er erinnerte. Bei dem Gedanken, dass ihre Mutter und Schwester hätten gerettet werden können, stieg eine Woge des Kummers in ihm auf.

Mit verschlossener Miene goss Pierre sich ein Glas Wein ein und leerte es mit einem Zug. Jean erriet, dass sein Bruder dunklere Gefühle gegenüber diesem Unbekannten hegte, als er zugab. Dann war also Pelletier der Schuldige – damals sicherlich noch ein junger Mann, der in seiner Panik nicht davor zurückgeschreckt war, eine wehrlose Frau zu Boden zu stoßen, um seine Haut zu retten. Zorn überwältigte Jean. Er schloss die Augen, um sich zu fassen. Ein verrückter Gedanke, dass Pierres Weg abermals den des feigen Verbrechers gekreuzt hatte, ohne dass er es ahnte. Diese beiden Männer waren durch Tod, Eros und Rache verbunden. Eine teuflische Mischung, düster und unheilvoll. Pierre durfte niemals davon erfahren, dachte Jean voller Panik. Er würde Pelletier ohne zu zögern herausfordern und damit womöglich sein Leben zerstören. Beklommen und besorgt sah er seinen Bruder an. Trotz seines stürmischen Temperaments und seiner Verirrungen war Pierre ein ehrlicher, großmütiger Mensch. Eine aufrechte Seele.

»Du darfst die Vergangenheit nicht ständig aufwühlen«, sagte er schroff. »Du bist verheiratet und Vater eines Sohnes. Auf Groll und Rache kann man nichts aufbauen. Du musst diesen Mann jetzt vergessen.«

Noch nie hatte Pierre seinen Bruder so heftig gesehen, und er sah ihn verblüfft an. Ob ihm seine bevorstehende Rückkehr an die Front Sorgen machte? Jean fürchtete, die Revolte könnte auch seine Einheit ergriffen haben. Unter den Männern, die unter seinem Befehl standen, gab es einige Hitzköpfe, wie Pierre wusste.

»Du musst mir versprechen, diesen verfluchten Smaragd loszuwerden«, sagte Jean. »Er verkörpert das Unglück. Als hätten wir nicht schon mit dem Schlimmsten zu tun, wozu Menschen fähig sind. Von jetzt an bist du Evangeline und deinem Sohn verpflichtet, hörst du? Du wirst nie wirklich glücklich sein, solange du keinen Frieden mit der Vergangenheit schließt. Gib mir dein Wort, Pierre, ich beschwöre dich!«

Die ungewöhnliche Eindringlichkeit, mit der sein Bruder auf ihn einsprach, überrumpelte Pierre, und er murmelte etwas davon, dass er dem verdammten Stein schon lange keine Bedeutung mehr beimesse. Sie hatten Deutsche zu töten und einen Krieg zu gewinnen. Das war schließlich genug, oder? Und wenn er durch die Gnade der Vorsehung überlebte, hatte er den festen Vorsatz, zu der Frau, die er liebte, zurückzukehren. Jean sah, dass es seinem Bruder ernst war. Mehr würde er ihm nicht abringen können. Er konnte nur noch darum beten, dass Pierres Weg nie wieder den von Pelletier kreuzen würde.

Am nächsten Morgen kehrte Jean an die Front zurück. Durch die Bombardierungen war der Bahnhof von Albert nicht benutzbar, daher musste er den Zug in der Nähe von Dernancourt auf der anderen Seite der Stadt nehmen. Die Einwohner hatten den Schutt weggeräumt, aber Staub klebte hartnäckig an Kleidung und Gesichtern. Albert war einer der Sammelpunkte der britischen Armee. In den Häusern der Stadt waren Truppen aus allen Winkeln des Empires einquartiert. Amüsiert erinnerte sich Jean an das Entsetzen der alten Marie, der Köchin seines Vaters, als sie zum ersten Mal in ihrem Leben turbantragende Sikh-Krieger gesehen hatte. »Was haben die mit den Augen gerollt, und sie sind in Unterhosen spazieren gegangen. Ich hatte solche Angst!«, hatte sie in ihrem Dialekt ausgerufen.

Als er die Basilika passierte, spürte er große Trauer. Wie immer, wenn ein religiöses Bauwerk verwüstet wurde. Und an der Kirche dieser Stadt in der Picardie, die man auch das »Lourdes des Nordens« nannte, weil in Friedenszeiten so viele Pilger herbeiströmten, hing er besonders. Als er zwölf gewesen war, hatte sein Vater ihn zu der Zeremonie, bei der die Muttergottes gekrönt wurde, mitgenommen. An diesem Tag hatten unter den maurisch inspirierten Mosaiken und Arabesken, die der Basilika eine orientalische Anmutung verliehen, die tiefe Frömmigkeit Hunderter Menschen, die fünfundzwanzig Prälaten, die unzähligen Kerzen, die Blumen und Gesänge Jean tief bewegt. Jetzt ragte der beschädigte Rumpf der Basilika inmitten der Stadt auf. Seit vor zwei Jahren eine Granate die Kuppel getroffen hatte, hing die goldene Statue der Muttergottes, die das Jesuskind in den Armen hielt, in einem heiklen, aber offenbar einigermaßen stabilen Gleichgewicht nahezu waagerecht in der Luft. Die britischen Soldaten schickten gern Postkarten mit dem Bild dieser Muttergottes nach Hause, die bedrohlich Schlagseite hatte. Sie war in der ganzen Welt zu einem Symbol für die Zerstörungen des Krieges geworden. Man erzählte sich, wenn sie falle, würden die Kämpfe zu Ende sein. Jean bezweifelte das stark. Aber in den Schützengräben blühten Prophezeiungen und Aberglaube aller Arten. Die Engländer hatten ihre Engel von Mons und die Franzosen die Muttergottes von der Marne. Deutsche Gefangene behaupteten, zu Beginn des Krieges gesehen zu haben, wie sie vor ihnen stand, um sie von ihrem Vormarsch nach Paris abzubringen. Jean indes schützte seine Erziehung im Geist von Descartes vor solcher Leichtgläubigkeit.

Als er am Bahnhof ankam, verwirrte ihn das aufgeregte Treiben auf dem Bahnsteig. Eine Handvoll Soldaten sang die Internationale und schwenkte eine rote Fahne. Sie grüßten die Offiziere nicht mehr, und diese zogen es vor, sie zu ignorieren, um nicht zusätzlich Öl ins Feuer zu gießen. Andere priesen laut den Mut der Russen, die massenweise desertierten und sich weigerten, sich zur Schlachtbank führen zu lassen. Jean lehnte sich an eine Mauer, um eine Zigarette zu rauchen. Trotz der zunehmenden Unzufriedenheit hatten die französischen Soldaten bis zu der furchtbaren Niederlage bei der Offensive am Höhenzug Chemin des Dames im April mit einer von Resignation gefärbten Zähigkeit gekämpft. Doch jetzt wollten sie dieses Spiel nicht mehr mitmachen. Jean konnte ihren Zorn nachvollziehen, hieß aber ihren Protest nicht gut. Auch wenn man zugestand, dass der Krieg die Züge eines Ausrottungsfeldzugs angenommen hatte, der von unfähigen Generälen geführt wurde, ließen Familien wie die seine nicht zu, dass Ungerechtigkeit, Überdruss oder Kummer den

Sieg über das Pflichtgefühl davontrugen. Nichts wog schwerer als die Anwesenheit der Deutschen auf französischem Boden.

Der Zug fuhr ein. Weißer Dampf umwaberte die Lokomotive. Auf den Wagen sprachen mit Kreide geschriebene Parolen eine deutliche Sprache: »Genug Tote, genug Blut, nieder mit dem Krieg!« Jean verstaute seine Sachen in einem Gepäcknetz und beugte sich aus dem Fenster. Die Gendarmerie war auf den Bahnsteig vorgerückt. Einige Minuten später setzte sich der Zug in Bewegung, um nach wenigen Metern mit lautem Kreischen wieder zum Stehen zu kommen. Jemand hatte die Alarmglocke gezogen. Aufgeregte Soldaten wollten die Eisenbahnarbeiter daran hindern, die Notbremsen wieder zu lösen. Daraufhin beschimpften die Frontkämpfer die Bahnarbeiter als Drückeberger und wurden handgreiflich. Die Gendarmen stürzten herbei, um die Ordnung wieder herzustellen. Jean sah auf die Uhr. Der Transport hatte bereits Verspätung. Gereizt stieg er aus, um zu versuchen, die Männer zur Vernunft zu bringen, doch sie weigerten sich, ihn anzuhören. Die Stimmung war schlecht, bedrohlich sogar. Mit leiser Ironie fragte sich Jean, ob er nicht besser daran täte, seine Soutane anzulegen. Vielleicht würde man ihm dann eher Gehör schenken als mit seinen Offizierstressen?

Erst am nächsten Tag erreichte er endlich zu Fuß das Dorf, in dem seine Abteilung untergebracht war. Es gab Scharmützel, daher konnte er sich nicht ausruhen, sondern musste sofort an die Front. Die Briten bereiteten für Ende Juli eine Großoffensive in Flandern vor, und General Pétain hatte ihnen französische Divisionen zur Verstärkung geschickt. Wie immer waren die beiden Armeen untrennbar miteinander verbunden. Ihre Soldaten waren den gleichen Zerreißproben ausgesetzt, aber noch schienen sich die Truppen des Empire nicht aufzulehnen. Vor einem Jahr hatte man die Briten gerufen, damit sie die Deutschen von der Schlacht von Verdun ablenkten. Jetzt hoffte das britische Oberkommando, mit seiner Offensive verhindern zu können, dass sich der Feind die Meutereien bei den Franzosen zunutze machte, um ihre Linien zu durchbrechen.

Der Tag war heiß gewesen, und ihm klebte alles am Leib. Die Riemen seines Tornisters schnitten ihm in die Schultern. Über dem weiten Sumpfland, das mit hohen Gräsern und brackigen Wasserpfützen übersät war, aus denen Ruinen ragten, hing schwer ein düsterer Himmel. Da man dort keine anständigen Schützengräben ausheben konnte, weil der Boden zu sumpfig war, gingen die Männer hinter Brustwehren aus mit Erde gefüllten Säcken in Deckung. Mit dröhnenden Kopfschmerzen und schweren Gliedern nahm Jean bis in die Eingeweide die Verzweiflung wahr, die von dieser bedrückenden Ebene ausstrahlte. Eine Landschaft des Untergangs, wo nur der Geist über die Materie siegen kann, dachte er und begann zu beten. Ein eigensinniges, trotziges Gebet, das seinen Charakter spiegelte. Das Gebet eines Menschen, der leidet, aber nie aufgibt. Um ihn herum rückten die Truppen langsamen Schrittes zwischen Fahrzeugen, die sie hupend überholten, vor. Abgemagerte Pferde mühten sich, die Artilleriegeschütze über die ausgefahrenen Spurrinnen zu ziehen. Jean war zwanzig Minuten gegangen, als das Unwetter losbrach. Wassermassen verwandelten den Weg in einen Schlammbach. Er glitt aus, fand sich auf den Knien wieder und hatte das bedrückende Gefühl, sich in einer körperlosen Welt unter einem grauen, erbarmungslosen Himmel aufzulösen.

Im Dorf angekommen, wies ein Wachposten ihm den Weg zu der Scheune, in der seine Abteilung untergebracht war. Gleich an der Tür überfiel ihn der Gestank nach schmutzigen Kleidern. Seine Männer hockten auf dem Boden oder auf Strohballen. Kerzen verbreiteten ein schwaches Licht. Jean freute sich, sie wiederzusehen, und begrüßte sie fröhlich, aber nur einige standen auf und salutierten, wobei sie den Blick abwandten. Die anderen rührten sich nicht. Besorgt und ohne sie zu tadeln erklärte er ihnen nur, dass sie aufbrechen mussten.

»Wir werden nicht gehen, Leutnant.«

Augustin stand vor ihm wie ein Granitblock. Die Soldaten umstanden ihn. Ihre Augen glänzten im Halbdunkel. Der Argwohn seiner Männer war mit Händen zu greifen. Einen Moment lang fühlte sich Jean ratlos, beinahe gedemütigt. Am Bahnhof hatte er Unbekannten gegenübergestanden, aber hier hatte er es mit Männern zu tun, die ihm am Herzen lagen. Er hatte sie zum Angriff geführt, er hatte ihren Alltag geteilt und ihr Vertrauen erworben. Die Revolte war zu etwas Persönlichem geworden und hatte etwas von Verrat.

»Ich bitte dich, Augustin«, murmelte er. »Du weißt genau, dass wir aufbrechen müssen. Dabei bist du doch so mutig.«

»Hier geht es nicht um Mut, Leutnant. Wir weigern uns nicht zu kämpfen. Aber wir lassen uns nicht massakrieren.«

Einige der Männer blieben demonstrativ liegen und zeigten ihm, dass sie keine Absicht hegten, sich zu bewegen. Gleichzeitig waren sich alle bewusst, dass sie das Erschießungskommando riskierten. Draußen stellten sich im Regen die Kolonnen auf. Ein Hauptmann brüllte Befehle und erinnerte sie daran, dass Oberst Cordier bald kommen würde. Jean wurde es angst und bange, denn er kannte Cordier. Er rief sich ins Gedächtnis, wie er ihm zu Beginn des Krieges, in den Ardennen, die Erlaubnis abgerungen hatte, das Abendmahl zu feiern. Er bewahrte eine zwiespältige Erinnerung an diesen strengen Mann, der nicht zu denen gehörte, die den geringsten Verstoß gegen die Disziplin hinnahmen. Ihm blieb nur noch wenig Zeit, um seine Männer zur Vernunft zu bringen. Wenn sie nicht antraten, konnte er sie nicht mehr schützen.

»Ihre Insubordination erstaunt mich, Korporal«, erklärte er in bestimmtem Ton. »Ich glaube nicht, dass Ihre Frau stolz auf Sie wäre.«

»Meine Frau hat kein Geld mehr, um Kartoffeln für sich und unseren Sohn zu kaufen«, entgegnete Augustin wütend. »Und im vergangenen Winter sind sie fast erfroren. Mein Kleiner hungert, während ich mir wegen eurer Dummheiten das Fell durchlöchern lasse!«

»Die Russen haben recht!«, schrie jemand aus dem hinteren Teil der Scheune.

»Es reicht, Leutnant«, ließ sich sein Nachbar vernehmen. »Sie kennen uns. Wir haben uns nie vor der Arbeit gedrückt, aber seit dem Gemetzel in der Champagne haben wir die Nase voll. Wir wollen nicht mehr marschieren.«

Nervös blickte Jean sich um. Die Revolten fielen je nach Einheit verschieden stark aus. Manchmal erwuchs aus dem kollektiven Ungehorsam eine Meuterei. Es waren Leutnants bedroht und beschossen und Generäle belästigt worden, denen man die Orden und Sterne abgerissen hatte. Er musste sie zu überzeugen versuchen, bevor der Hauptmann oder der Oberst sich einmischten, denn bei ihnen würden sie sich mit Sicherheit sperren. Seine Nervosität machte ihn gereizt.

»Das ist doch Unsinn! Wer hat euch denn diese alberne Idee in den Kopf gesetzt? Doch nicht du, Augustin?«

Die Männer sagten, dass ein Soldat aus einer anderen Kompanie durch die Quartiere gegangen und Propaganda gemacht hatte. Seit einigen Tagen verschärfte sich die Lage.

»Wir werden uns hier nicht wegrühren«, bekräftigte Augustin und verschränkte die Arme. »Jedes Mal verspricht man uns den Sieg und das Ende des Krieges. Und jedes Mal die gleiche Schlächterei. Ich werde für diese Dreckskerle keinen Finger mehr krumm machen. Außerdem haben wir beschlossen, nach Paris zu gehen, um uns Gehör zu verschaffen, was, Jungs?«

Jean erstarrte. Sie drohten damit, zu desertieren und in die Hauptstadt zu ziehen. Davor fürchtete sich die Regierung am meisten. Wenn die Aufstände in der Armee in einem Marsch auf Paris mündeten, drohte das Land zusammenzubrechen.

»Ich habe Verständnis für eure Not, aber diese Haltung kann ich nicht hinnehmen. Wenn wir jetzt die Waffen strecken, haben die Boches gewonnen. Was wollt ihr dann euren Frauen und Kindern sagen? Ich war müde, ich hatte genug, also habe ich aufgegeben ... Könntet ihr ihnen dann noch ins Gesicht sehen?

Und all unsere Toten? Sollten sie ihr Leben umsonst geopfert haben?«

Mit geballten Fäusten hielt Jean Augustins feindseligem Blick stand. Der Regen rauschte vom Dach, die Mauern schwitzten Feuchtigkeit aus. In ihren dreckigen Uniformen boten seine Männer ihm die Stirn, aber in diesem heruntergekommenen alten Gebäude war so viel Elend versammelt, dass es Jean die Kehle zuschnürte. Ein untersetzter Offizier zeichnete sich im Türrahmen ab. Obwohl er im Gegenlicht stand, erkannte Jean in ihm sofort Oberst Cordier.

»Was treiben Sie denn da, Leutnant?«, rief er. »Sie sind die Einzigen, die noch fehlen. Antreten, sofort. Das ist ein Befehl.«

In einer Mischung aus Gleichgültigkeit und Trotz verharrten die Soldaten an ihrem Platz und rührten sich nicht.

»Wir wollen nach Stockholm!«, gab Augustin aufsässig zurück. »Dort redet man wenigstens vom Frieden.«

»Sind Sie der Anführer?«, bellte der Oberst. »Ich stelle Sie sofort vors Kriegsgericht. In meinem Regiment toleriere ich weder Rebellion noch Feigheit.«

»Probieren Sie's doch aus!«, brüllte Augustin und ballte die erhobene Faust.

Jean stellte sich vor ihn.

»Es gibt hier keinen Anführer, Oberst«, erklärte er bestimmt. »Nur ein Missverständnis. Die Männer haben an ihren freien Tagen ein wenig zu viel getrunken. Lassen Sie mir etwas Zeit, um mit ihnen zu reden, und alles kommt wieder in Ordnung.«

Meist regelten sich solche Befehlsverweigerungen tatsächlich nach einigen Diskussionen, aber der Oberst sah ihn stirnrunzelnd an. »Ich kenne Sie doch«, sagte er und versuchte sich zu erinnern. »Aber natürlich. Der Priester. Du Forestel. Wusste ich doch, dass ich Sie irgendwann wiedersehen würde. Warum erstaunt es mich nicht, dass ausgerechnet Ihre Männer rebellieren?«, fügte er in verächtlichem Ton hinzu. »Bei Ihrem komischen Gebaren und Ihren verdrehten Ideen erstaunt mich das keineswegs.«

Jean spürte, wie Augustin vor Wut zu kochen begann.

»Wir haben nichts gegen unseren Leutnant«, knurrte er. »Er ist ein anständiger Mensch, dem wir bis in die Hölle folgen würden. Die Kommandeure sind diejenigen, die ihre Versprechen nicht halten und von denen wir nichts mehr wissen wollen. Und glauben Sie mir, gewisse Leute werden uns nach dem Krieg Rechenschaft ablegen müssen!«

Er war einen Kopf größer als Cordier. Das graue Licht erhellte die kräftigen Züge des Kolosses. Allzu oft wurde vergessen, dass die französische Armee aus Zivilisten bestand. Hier sprach der Bürger und Soldat. Der des Kaiserreichs und der französischen Revolution. Beide Beine fest in den Schlamm Flanderns gestemmt, trotzte Augustin Lenoir der militärischen Autorität, doch er verkörperte die Republik.

»Ich bitte Sie nur um ein paar Stunden, Oberst«, beharrte Jean. »Hier ist noch niemand vor dem Feind geflohen. Ich garantiere für meine Männer. Wenn sie nicht antreten, werde ich für ihre Handlungen einstehen.«

Der Oberst ließ den Blick über die Reihen der Soldaten wandern. Jeans Herz klopfte zum Zerspringen. Sein Mantel war durchnässt, und durch die Erschöpfung des Fußmarsches und den Wind, der durch die offene Tür eindrang, war er wie erstarrt. Aber er stand gerade vor seinen Männern und erwartete das Urteil. Cordier zögerte. Man sah ihm an, dass er mit sich kämpfte; sein erster Impuls war, die Meuterer festzunehmen. Doch es erforderte Fingerspitzengefühl, an der Front das Gleichgewicht zu wahren. Wenn eine Einheit revoltierte, bedeutete das auch einen Autoritätsverlust ihrer Befehlshaber. Die ihnen direkt vorgesetzten Offiziere, denen es gelungen war, eine Verbindung zu ihren Männern zu knüpfen und sich ihre Treue zu sichern, waren die Einzigen, die noch in der Lage waren, sie zu beherrschen. Und zu seinem großen Erstaunen schien das bei dem jungen Leutnant du Forestel der Fall zu sein.

»Ich gebe Ihnen Zeit bis Sonnenaufgang, Leutnant«, sagte er

einlenkend. »Aber ich ziehe Sie persönlich für jeden dieser Soldaten zur Rechenschaft, der den Befehl verweigert.«

Als sich der Oberst abwandte, überlief Jean eine Woge der Erleichterung. Die Männer rührten sich. Augustin schlug die Augen nieder. Sein Zorn war einer Art Apathie gewichen. Jean begriff, dass sie diese Nacht brauchten, um mit sich zu ringen, aber dass sie morgen früh in die Schützengräben zurückkehren würden. Jetzt war es an ihm, die richtigen Worte zu finden, um ihren Zorn zu besänftigen und ihnen neue Zuversicht zu schenken. Er würde sie nicht der Militärjustiz überlassen. Seine Pflicht war es, sie mit Gottes Gnade in den Kampf zu führen, und nicht, sie Gefängnisstrafen riskieren zu lassen oder zwölf Kugeln aus den Lebel-Gewehren eines Erschießungskommandos, das aus ihren Kameraden bestand, ein unwürdiger Tod, den sie nicht verdient hatten.

Einige Tage später regnete es immer noch. Die Artillerie donnerte. Granateneinschläge ließen einen Hagel aus Erde und Schlamm aufspritzen. In dem grauen, schwachen Licht war von der gequälten Erde Flanderns nichts als Verzweiflung mehr übrig. Ein schwer verwundeter Soldat rief Jean zu Hilfe, und dieser zögerte nicht, über den niedrigen Wall zu steigen, hinter dem sein Trupp in Deckung gegangen war, und zu ihm zu kriechen. Er würde seinem Versprechen treu bleiben, das er seinen Männern gegeben hatte – bei ihnen zu bleiben und ihre Leiden zu teilen; und dem, das er vor Gott abgelegt hatte, als er auf seinen Ruf geantwortet hatte, damals, an einem Tag vor drei Jahren in einer sonnendurchfluteten Basilika in Paris. Er dachte nur daran, seine größte Mission zu erfüllen, die es war, die Seelen zu Gott zu führen. Ausgestreckt auf dem Bauch liegend wie am Tag seiner Priesterweihe, nahm Jean in einem Trichter voller Trümmer und verwesender Leichen dem Sterbenden die Beichte ab.

»*Ego te absolvo*«, sagte er und schlug das Kreuz. Einen winzigen Augenblick lang huschte ein sanfter Ausdruck über die Gesichter der beiden Männer, während sich aus dem Herzen dieses Feuerofens die herrliche Gewissheit aller Christen erhob, dass der Tod nicht existiert, sondern nur das Tor zum ewigen Leben darstellt.

Jean empfand eine tiefe Freude, weil er dieser gequälten Seele Trost gespendet hatte. Doch es sollte ihm nicht gelingen, hinter seine Deckung zurückzukehren. Einige Augenblicke später wurde er von einem Schrapnellhagel zerrissen. Und so waren dies die letzten Worte von Abbé Jean du Forestel, Priester und Soldat. Worte des Friedens und der Hoffnung, die er immer verkörpert hatte. Die Worte eines Mannes, der sein Leben für die anderen gegeben hatte, die Worte eines glücklichen Menschen.

Ypern, Flandern, Juli 1917

Penelope March verfluchte den Regen. Ihr langer khakifarbener Uniformrock war durchnässt. In ihrem feuchten Büro würde es eine Ewigkeit dauern, bis er trocknete. Manchmal fragte sie sich, was sie mehr fürchtete – das schlechte Wetter oder die Bombardierungen. Sie eilte auf das schlichte rote Backsteingebäude zu, das zwischen den geschwärzten Fassaden der Wohnhäuser stand, den traurigen Überresten dessen, was im Mittelalter eine florierende Tuchstadt gewesen war. Auf dem löchrigen Pflaster knickte sie um und wäre beinahe gestürzt. Sie rieb sich den Knöchel. Nach drei Kriegsjahren war Ypern nur noch eine offene Wunde unter freiem Himmel.

Sie betrat das Haus, klopfte sich den Matsch von den Schuhen, nahm das Käppi ab und hängte es an den Garderobenhaken. Ehe sie sich an ihren Schreibtisch setzte, stellte sie Teewasser auf. In Ermangelung einer Wärmflasche hoffte sie, der Tee würde sie aufwärmen. Nachdem sie sich vergeblich als Krankenschwester beworben hatte, hatte Penny schließlich doch noch eine geeignete Stelle gefunden. Denn die britische Armeeführung hatte zu Beginn diesen Jahres beschlossen, einen Teil der Männer, die in der Militärverwaltung tätig waren, an die Front zu versetzen. Nach den Verlusten an der Somme mussten die Reihen der Soldaten wieder aufgefüllt werden. Sofort waren mehrere tausend junge Frauen zur Stelle, um sie zu ersetzen; sie ließen sich als Bürogehilfinnen, Telefonistinnen oder aber als Einweiserinnen für die Handhabung von Gasmasken anwerben. Seit Kriegsausbruch war Pennys große Angst gewesen, dass sie ihrem Land nicht würdevoll würde dienen können. Sie war überglücklich, als sich ihr die Gelegenheit bot, sich nützlich zu machen. Als sie hörte, dass sie zwar die Stelle eines Mannes einnehmen, jedoch einen niedrigeren Lohn erhalten würde, konnte sich die Suffragette ein ironisches Lächeln nicht verkneifen. Längst waren noch nicht alle Schlachten geschlagen. Doch als sie nach Ypern geschickt wurde, empfand sie großen Stolz. Bei den Kameradinnen ihrer Hilfseinheit handelte es sich um aufgeweckte, intelligente und mutige Frauen. Obwohl sie keinen vollen militärischen Status genossen, trugen sie Uniform, konnten befördert werden und eine Auszeichnung für besondere Dienste für das Vaterland erhalten, denn auch sie mussten die Bombardierungen durch die Luftwaffe und schwere Artillerie der Deutschen erdulden.

Penny betrachtete sich im Spiegel und fuhr sich mit den Fingern durch die kurzen, widerspenstigen roten Locken. In dieser feuchten Luft bemühte man sich vergebens um eine adrette Frisur. Seit dem Vortag hatte sich wieder ein großer Papierstoß auf ihrem Schreibtisch angehäuft. Die Telegramme, die nach London gesendet werden mussten, wurden von Tag zu Tag mehr. Das von General Haig festgesetzte Datum für die Offensive musste mehrmals verschoben werden. Ein hartnäckiger Nebel hatte der britischen Luftwaffe einen Strich durch die Rechnung gemacht, und die französischen Truppen waren nicht rechtzeitig einsatzbereit gewesen. Als Penny daran dachte, spürte sie einen Anflug von Gereiztheit gegenüber dem Alliierten, dessen Einstellung in ihren Augen in letzter Zeit zu wünschen übrig ließ. Sie selbst stellte höchste Anforderungen an sich und hatte sich seit ihrem Engagement als Suffragette den ausgeprägten Sinn für Ordnung und Disziplin bewahrt.

Während sie die Hände an der heißen Teetasse wärmte und zum Fenster hinausschaute, gönnte sie sich einen Moment der Ruhe, ehe sie ihren Arbeitstag begann. Die Artillerie nutzte den

Aufschub der geplanten Operation, um die feindlichen Linien unermüdlich unter Beschuss zu nehmen. In den heißen Sommernächten hörte man den Kanonendonner bis nach London. Unglücklicherweise war das Vertrauen in die Effizienz dieser Bombardierungen seit der Schlacht an der Somme empfindlich gedämpft. Penny dachte an die armen Tommys. Sie mussten durch Matsch und Schlamm waten, in dem die Kanonen stecken blieben und die Männer schier ertranken. Ein kalter Schauer lief ihr den Rücken hinunter.

Penny hatte den ganzen Vormittag über gearbeitet. Nur das Klappern der Schreibmaschine hallte in dem Zimmer wider. Als es Mittag war, gab sich die Sonne ein flüchtiges Stelldichein. Unter einem blauen Himmel verließ Penny das Gebäude und traf sich mit einer Kameradin, um gemeinsam ihr Mittagessen, etwas Brot und eine Scheibe Schinken, einzunehmen. Etwas abseits von dem Gebäude zogen die beiden jungen Frauen die Röcke bis zu den Knien hoch und hoben ihre Gesichter dem warmen goldenen Licht entgegen. Die Szenerie um sie herum war indes weniger freundlich. Es gab keine Bäume und keine Gärten mehr in der Stadt, nichts außer Ziegelsteinhaufen anstelle der zerstörten Häuser.

Am späten Nachmittag brachte man Penny die Listen mit den Namen von Toten und Verschollenen, die sie abtippen musste, bevor sie an die Militärbehörden in London telegrafiert wurden. Das war der Moment des Tages, den sie am meisten fürchtete. Die langen Namensreihen schienen wie immer kein Ende zu nehmen. Angesichts der monotonen, immer gleichen Aufgabe musste sie sich zwingen, daran zu denken, dass sich hinter jeder dieser anonymen Identitäten ein Mann aus Fleisch und Blut verbarg, dessen Träume auf flandrischer Erde zerschellt waren. So viele Familien hofften noch, dass der Ehemann, der Vater, der Sohn oder Bruder verschont blieb. Sie selbst dankte dem Himmel, dass keine ihrer nahen Verwandten an der Front waren. Ich bin nur eine Unglücksbotin, dachte sie bitter und machte sich an ihre triste Aufgabe.

Die Reihen aus Vornamen und Nachnamen rissen nicht ab. Sie musste aufpassen, dass ihr kein Fehler unterlief. Ein stechender Schmerz zwischen den Schulterblättern rief ihr ins Gedächtnis, dass bald wieder ein langer Arbeitstag hinter ihr liegen würde und wie müde sie war. Plötzlich bemerkte sie einen Namen, der ihr vertraut vorkam. Ihre Hände begannen zu zittern, und sie musste ihre Arbeit kurz unterbrechen. Mit klopfendem Herzen las sie den Namen wieder und wieder, wie um sich zu versichern, dass sie sich nicht geirrt hatte. Seit die *Times* seine an den Frieden appellierende Rede im Oberhaus abgedruckt hatte, war er im ganzen Vereinigten Königreich bekannt. Bei der Lektüre des Artikels musste sie an ihre letzte Begegnung vor dem Krieg denken, daran, wie aufgebracht er gewesen war, als sie ihn mit der weißen Feder der Feigheit bedacht hatte. Das Gesicht von Julian Rotherfield war weiß geworden. Sie musste ihn zutiefst verletzt haben, denn für einen Mann wie ihn war Ehre kein leeres Wort. Als sie dann die scharfen Kommentare der Journalisten zu diesem furiosen Redebeitrag des Peers in Westminster las, leistete Penny Abbitte. In Zeiten des Krieges eine pazifistische Rede zu halten, um dann im Kampf sein Leben aufs Spiel zu setzen, bewies einen Mut, dem Respekt gebührte.

Draußen senkte sich der Schleier der Abenddämmerung auf die Ruinen herab. Penny entzündete eine Lampe, die ein schwaches, gelbliches Licht auf die Liste mit den Namen warf, die sie noch übertragen musste. Julian Rotherfield hatte vom Frieden gesprochen, um dann erneut in den Kampf aufzubrechen und seinen Kameraden an die Seite zu eilen, statt sich zum Generalstab hinter den Linien zu begeben, wo ihm mit seinen Qualitäten zweifelsohne die Türen offen gestanden hätten. »Er ist ein Mann mit ausgeprägtem Pflichtgefühl«, hatte Evangeline gesagt, als Penny wieder einmal auf ihren Bruder schimpfte. Ein Mann mit ausgeprägtem Pflichtgefühl, der die Seinen beschützen, ihnen bei schweren Prüfungen beistehen und sie sicher um die Fallstricke des Lebens herumführen wollte. Ich hätte gern einen Bruder wie ihn gehabt, dachte Penny. Das war die schönste posthume Hommage, die die junge Suffragette ihm erweisen konnte.

Sie dachte daran, wie sehr die Nachricht Evie erschüttern würde. An die frühere Sorglosigkeit und den Mut ihrer Freundin. An ihre unerträgliche Arroganz und ihre unerschütterliche Großzügigkeit. All das machte die Rotherfields aus. Man konnte sie lieben oder hassen, aber gleichgültig ließen sie niemanden. Wieder rieselte Regen die Scheiben hinab, und ein kalter Luftzug drang durch das schlecht isolierte Fenster, und sie spürte, wie ihr Nacken steif wurde, aber Penelope Marchs Arbeitstag war noch nicht zu Ende. Wieder ertönte das Klappern der Schreibmaschine in dem kleinen Büro in der zerstörten Stadt, während sie die Mitteilung an London tippte: dass Captain Lord Rotherfield am 31. Juli 1917 in der Nähe des Dorfes Passchendaele tödlich verwundet worden war.

England, Rotherfield Hall, Dezember 1918

May Wharton hielt ihren Wagen auf der langen Allee an, die nach Rotherfield Hall führte. Der Himmel war strahlend blau, die Bäume waren schneebestäubt, und eine dünne Eisschicht bedeckte den Teich. Sie ging ein paar Schritte. Es war schneidend kalt. In der Ferne wartete das Haus starr in der glasklaren Luft. Aus den Schornsteinen stieg weißer Rauch. Eine tiefe Stille umgab die Gebäude, den Park und die Hügel ringsumher, wie sich auch in das Bewusstsein der Menschen Stille gesenkt hatte, seit der Krieg zu Ende war.

Als am 11. November der Waffenstillstand verkündet wurde, war in der ganzen Welt ein Freudentaumel ausgebrochen. Bei einer Siegesfeier im Savoy hatten sich englische Flieger an die Kristallleuchter des Londoner Hotels gehängt, und dreitausend Gläser waren während des Abends zu Bruch gegangen. Doch die Zeit der Festivitäten war nicht von langer Dauer. Die Stille, die nun herrschte, zeugte von unerträglichem Leid. May schauderte. Sie hätte nicht gedacht, Rotherfield Hall je wiederzusehen. War es gut, dass sie gekommen war? Aber Evangeline hatte sie so herzlich eingeladen, dass sie nicht ablehnen konnte. Der herrliche Besitz mit all seinen Lasten und Pflichten ruhte nun auf den Schultern Edwards, des jüngeren Sohns und einstigen Lebemanns, der gemäß der althergebrachten Erbfolgeregeln der jetzige Lord Rotherfield war. Wie vor ihm Julian, ihr Vater und ihre Vorväter würde er seinen Sitz im Oberhaus einnehmen und so ein weiteres Mal das Bündnis zwischen den Rotherfields und

England besiegeln, das den Jahrhunderten und unzähligen Prüfungen getrotzt hatte. May zweifelte nicht, dass er sich seiner neuen Rolle würdig erweisen würde. Der ernste, einfühlsame Brief, den er ihr aus Flandern geschickt hatte, bestärkte sie darin. Nach seiner Freilassung aus der Kriegsgefangenschaft war Edward nicht direkt aus Deutschland nach Hause zurückgekehrt. Auf dem Rückweg hatte er in Ypern Station gemacht. Auf der windgepeitschten Ebene, auf der sich der Militärfriedhof mit den endlosen Reihen gleichförmiger weißer Kreuze befand, hatte er das Haupt vor dem Grab seines älteren Bruders gebeugt. Julian würde für immer in fremder Erde ruhen, auf der so viele seiner Freunde und Verwandten ihr Leben gelassen hatten. Der englische Adel zählte verhältnismäßig die meisten Todesopfer unter den Kämpfenden. Viele der Söhne hatten die Offizierslaufbahn eingeschlagen oder sich von der ersten Stunde an als Freiwillige gemeldet. Und weil die Familien untereinander verheiratet und verschwägert waren und zwischen Cousins und Cousinen Freundschaften herrschten, die bis in die früheste Kindheit zurückreichten, empfand man in ihren Reihen die Abwesenheit geliebter Angehöriger als besonders grausam. »Nie wieder werden wir uns davon erholen«, hatte Julian gesagt. »Wenn dieser Krieg zu Ende ist, wird eine ganze Welt verschwunden sein.« Während sie an diesem Morgen den heiteren Frieden von Rotherfield Hall in sich aufsog, diese Harmonie aus Anmut und Schönheit, betete May insgeheim, dass der Mann, den sie liebte, sich dieses eine Mal geirrt hatte.

Als sie mit dem Wagen vor der Freitreppe hielt, trat Stevens, der Butler, heraus, um sie zu begrüßen. Er ging jetzt leicht gebeugt, sein Haar war vollständig weiß geworden, aber bei ihrem Anblick strahlte er über das ganze Gesicht. Ihn wiederzusehen rührte May. Aus einem Impuls heraus reichte sie ihm die Hand. Mit dieser Geste bezeigte sie dem Mann, der eine der Säulen war, auf die sich Julian gestützt hatte, Respekt. Der alte Diener zögerte einen Moment, dann ergriff er sie, und seine Miene wurde ernst. Ein anderer Diener näherte sich, um ihr Gepäck hineinzutragen. Wie immer, wenn sie einem Heranwachsenden begegnete, konnte May es sich nicht verkneifen, sein Alter zu schätzen. Fünfzehn, vielleicht sechzehn? Für ihn würde dieser Krieg für immer mit der unendlichen Trauer der Überlebenden verbunden sein.

Evangeline erschien im Eingang. In ihrem eleganten Kleid aus brauner Seide mit Veloursapplikationen, das dichte blonde Haar zu einem eleganten Chignon frisiert, hatte Julians Schwester nichts von ihrer Schönheit eingebüßt. Nur ihr Blick wirkte nicht mehr so ungetrübt wie früher. Ein Schatten lag auf ihren Augen, der damals, als May sie wegen ihres Engagements für die Suffragetten interviewt hatte, noch nicht da gewesen war. Wir sind alle Schiffbrüchige, dachte May. Während Evie sie lange und herzlich umarmte, spürte sie, wie ihr Tränen in die Augen stiegen. Das Leben war zu einer täglichen Herausforderung geworden. Sie hatte gelernt, ihre Trauer zu verbergen, aber eine zärtliche Geste genügte, und ihre verletzbare Seite kam zum Vorschein.

Ein wohliger Duft nach Holz und Gewürzen lag in den Salons. Riesige Gemälde Alter Meister bedeckten die Wände, und orientalische Teppiche dämpften ihre Schritte. In der Bibliothek spendete ein Kaminfeuer behagliche Wärme. Die beiden Frauen hatten seit der Begrüßung nichts gesagt. Aber sie brauchten keine Worte, um sich zu verstehen.

Als May die Handschuhe von den Fingern streifte, bemerkte Evie den Diamantring an ihrem Finger, und sie empfand einen schmerzhaften Stich. Im ganzen Land sprach man mit gedämpfter Stimme über diese Frauen, die, ihrer Ehemänner und Söhne beraubt, zur Einsamkeit verdammt waren, da Männer ihrer Generation rar waren. Fassungslos murmelte man, dass es fast zwei Millionen Frauen »zu viel« in England gab. Was wurde aus jungen Frauen wie May Wharton oder Penelope March? Anlässlich der kürzlich durchgeführten Wahlrechtsreform, die Frauen über dreißig unter bestimmten Voraussetzungen das Wahlrecht einräumte, hatte ihre frühere Weggefährtin Evangeline einen freundschaftlichen Brief mit nostalgischem Unterton geschrieben. Zwischen den Zeilen las Evie ihre Verzweiflung heraus. Der Sieg hatte einen bitteren Geschmack. Der Gedanke, das Frauenwahlrecht nur wegen der vielen Kriegsopfer erlangt zu haben, bereitete Penny insgeheim Schuldgefühle.

Ungestüm wurde die Tür aufgestoßen, und zwei Kinder rannten auf Evie zu, um sich ihr in die Arme zu werfen.

»Hey, nicht so stürmisch, ihr seid hier nicht im Kinderzimmer«, sagte sie in freundlichem Ton. »May, darf ich Ihnen Edwards und Matildas Kinder vorstellen?«

Der kleine Junge mit den lockigen Haaren musste ungefähr fünf sein, seine Schwester etwas jünger. Der Junge, der sich schüchtern im Hintergrund hielt, trug bereits den Titel des Viscount Bradbourne. Wie Julian, als ich ihn kennenlernte, dachte May. Nachdem ihr dieser Brauch anfänglich ein wenig merkwürdig vorgekommen war, empfand sie den Respekt vor unveränderlichen Traditionen in einer aus den Fugen geratenen Welt mit einem Mal als tröstlich. Im Gegensatz zu ihrem Bruder hatte seine kleine Schwester keinerlei Scheu; sie trat vor May, um artig Guten Tag zu sagen, und betrachtete fasziniert ihre Brosche aus geschliffenen Edelsteinen in Form eines Skarabäus. Ein Kindermädchen betrat die Bibliothek. Evie stand auf und ging strahlend auf sie zu, um ihr den kleinen Jungen aus den Armen zu nehmen.

»Und das ist Charles, mein Sohn«, sagte sie.

May sah, wie stolz und glücklich Julians Schwester war. Endlich hörte man wieder Kinderlachen in Rotherfield Hall. Bestimmt fuhren sie jetzt im Winter auf dem langen Gang Roller, wie Julian in seiner Kindheit. Wie glücklich wäre er gewesen, dies zu erleben. Er hatte sich gewünscht, mit ihr Kinder zu haben. Von einer Welle der Traurigkeit überwältigt, stand sie rasch auf, um ans Fenster zu treten. Evie bat das Kindermädchen, mit den Kleinen wieder hinauszugehen, und machte dann die Tür hinter ihr zu.

»Entschuldigen Sie«, sagte May. »Ich benehme mich wie eine Idiotin. Die Kinder sind reizend. Ich freue mich sehr für Sie und Ihre Schwägerin.«

»Sie brauchen sich doch nicht zu entschuldigen!«, sagte Evie. »Ich verstehe vollkommen, wie Sie sich fühlen, und danke Ihnen, dass Sie gekommen sind, zumal ich weiß, wie schmerzhaft es für Sie sein muss. Aber wir können die Gedenkfeier doch unmöglich ohne Sie abhalten!«

Eine Flut an Erinnerungen stürmte auf sie ein. Nur die Lebendigkeit der Kinder und die Aussicht, ihren Mann wiederzusehen, verhinderten, dass sie in Melancholie versank. Bisweilen fühlte sich Evie sogar schuldig, weil Edward und Pierre überlebt hatten.

»Julian war mit Ihnen zum ersten Mal glücklich in seinem Leben, May«, fügte sie bewegt hinzu. »Sie waren seine große Liebe. Für uns werden Sie immer zur Familie gehören.«

May berührte ihre Herzlichkeit. Sie konnte ermessen, wie viel den Rotherfields die Familie bedeutete. Es war ein merkwürdiges Gefühl, die Beziehungen zu ihren eigenen Blutsverwandten abgebrochen zu haben, während Menschen, die sie kaum kannte, sie in ihrer Familie willkommen hießen. Nervös stand Evie auf und bot ihr eine Zigarette an. Sie schaffe es einfach nicht, sich dieses Kriegslaster abzugewöhnen, erklärte sie mit einem entschuldigenden Lächeln. Als Evangeline ihr erzählte, dass ihr Mann an diesem Nachmittag eintreffen würde, verstand sie, warum sie so aufgeregt war. Evie hatte Pierre du Forestel zuletzt vor acht Monaten bei seinem letzten Fronturlaub gesehen. Ihre Augen strahlten vor Freude, und gleichzeitig spiegelte sich Angst in ihnen.

»Solange er nicht in meinen Armen liegt, wage ich nicht zu glauben, dass er wirklich am Leben ist«, sagte sie, um dann hinzuzufügen, dass sich Edward in seinem Zimmer ausruhe. Er sei noch immer sehr erschöpft von seiner Gefangenschaft. »Wichtig ist jetzt, dass niemand von uns an dieser schrecklichen Grippe erkrankt«, fuhr sie mit düsterer Miene fort. »Ich fürchte, dass die Epidemie durch die Demobilisierung der Truppen und die Freilassung der Kriegsgefangenen wieder aufflammen könnte. Wir sind zwar äußerst wachsam, aber man ist ja so hilflos ...«

Seit dem Sommer wütete ein außergewöhnlich gefährlicher Virus in der ganzen Welt. Zuerst hatte er in Spanien unzählige Todesopfer gefordert. In den Vereinigten Staaten gingen die Menschen nicht mehr ohne Gasmasken aus dem Haus. Zwar wurden die Erkrankten in den einzelnen Ländern isoliert, doch noch immer war es nicht gelungen, die Zahl der Neuansteckungen einzudämmen. Die am schlimmsten Betroffenen waren junge Erwachsene, Männer, die den Krieg überlebt hatten, und Frauen, die unter Mangelernährung litten.

»Es heißt, dass die Grippe mehr Todesopfer fordern könnte als der Krieg«, sagte May betrübt. »Manche sprechen von einer biblischen Seuche.«

Eine Zeit lang rauchten sie schweigend.

»Was werden Sie jetzt tun?«, fragte Evie leise.

May sah wieder zum Fenster hinaus. Raureif umhüllte die Sträucher auf der Terrasse. In ihrem Rücken knisterte das Kaminfeuer. Diese warme Atmosphäre, die auch Julian so geliebt hatte, tröstete sie. Dort, jenseits des still ruhenden Parks, lag das besiegte Europa danieder. Alles musste wiederaufgebaut werden. Die Länder wie auch die Seelen. Sie dachte an die Achtzehnjährige, die einige Jahre zuvor die Tür ihres Elternhauses hinter sich zugemacht hatte, mit nichts anderem als einem Koffer, ihrer Entschlossenheit und Träumen als Gepäck. Sollte die Frau, die aus ihr geworden war, weniger Mut haben als dieses Mädchen von einst aus Philadelphia?

»Das Leben war großzügig zu mir, da es mir Julian geschenkt hat«, sagte May schließlich, und ein Lächeln erhellte ihre eigenwilligen Züge und ihre dunklen Augen. »Ich will gern glauben, dass es erneut großzügig zu mir sein wird. Schöne Dinge warten auf mich, ganz bestimmt. Die Liebe erzeugt Liebe, meinen

Sie nicht auch? Und darin sind wir uns ähnlich, Evangeline. Wir beide, Sie und ich, glauben an das Leben.«

Einen Seesack über der Schulter schritt Pierre du Forestel die Allee hinauf. Er war früher eingetroffen als angekündigt, hatte aber nicht die Geduld gehabt, am Bahnhof zu warten, bis man ihn abholte. Ein Wagen hatte ihn mitgenommen und ihn vor dem Tor abgesetzt. Die kalte Luft schnitt ihm ins Gesicht. Nun ging er zu Fuß der Frau entgegen, die er liebte, und kostete das Gefühl der Ewigkeit aus, das der Park von Rotherfield Hall ihm vermittelte. Am Fuß des schneebedeckten kleinen griechischen Tempels steckte ein Kahn im Eis auf dem Teich fest. Dort auf dem Holzsteg hatte er sich verliebt. Beim Gedanken, gleich Evangeline wiederzusehen und endlich seinen kleinen Sohn in die Arme schließen zu können, überkam ihn tiefe Freude.

Edward hatte ihn eingeladen, an der Gedenkfeier teilzunehmen, mit der man Julian Rotherfield die letzte Ehre erweisen wollte. Auch wenn er ihn kaum gekannt hatte, wusste er, wie viel Julian seinem Bruder und seinen Schwestern bedeutet hatte, aber nicht nur ihnen. Seine Friedensrede im Oberhaus hatte über die Landesgrenzen hinaus Aufsehen erregt. Sogar die Kameraden seines Geschwaders hatten davon gesprochen. Menschen wie Julian hinterließen einen nachhaltigen Eindruck in ihrer Zeit und dem Gedächtnis der Menschen.

Seine Sohlen knirschten auf dem frischen Schnee. Kein Laut trübte die Stille, nur die Äste ächzten unter dem Eis. Auch in Le Forestel gab es manch garstigen Winter, doch offensichtlich war Evie ja daran gewöhnt. Sie hatten beschlossen, sich im Frühjahr dort niederzulassen. Es war an der Zeit, dass er die Leitung des Familienbesitzes in die Hand nahm. Die letzten Jahre hatten seinem Vater stark zugesetzt, vor allem Jeans Tod hatte eine tiefe Wunde bei ihm gerissen. Wie immer, wenn er an seinen Bruder dachte, zog sich sein Herz zusammen. Die Nachricht von seinem Tod hatte ihn schwer getroffen. Er kannte die genauen Umstände seines Todes nicht, aber in seiner letzten ehrenvollen Erwähnung wurden seine unermüdliche Güte und übermenschliche Tapferkeit beschworen. Man hatte Jean zu den Waffen gezwungen. Doch er und seinesgleichen hatten der republikanischen Armee eine Seele eingehaucht. Das heroische Verhalten der Priestersoldaten hatte das Verhältnis zwischen Frankreich und dem Klerus grundlegend verändert. Fortan konnte niemand mehr diese Kirchenmänner von der Erde vertreiben, in der Tausende von ihnen ruhten. Pierre dachte viel über seine Trauer nach. Bestimmt würde er Jean nicht kränken, wenn er nicht an ein ewiges Leben glaubte. Als er die Nachricht vernommen hatte, hatte er sich ans Ufer der Somme begeben und den unseligen Manschettenknopf in den Fluss geworfen. Wasser und Feuer. Eine symbolhafte Handlung, die Jean bestimmt gefallen hätte.

Als er sich der Freitreppe näherte, hörte man Hundegebell. Er blieb stehen. Sein Herz klopfte, und plötzlich bekam er Angst. Vier Jahre lang hatten sie in einer Welt der Wut und Raserei gelebt. Nun mussten sie alles wieder neu lernen, den Frieden und das Glück. Würden sie sich ihrer würdig erweisen? Brutale Bilder tauchten aus seiner Erinnerung auf. Er schloss die Augen, war wie gelähmt. Seine geopferte Generation musste nun mit einer Intensität leben, die umso größer und gerechter war, als sie die Fackelträger all jener waren, die nicht mehr lebten. Aber Pierre war bereit, diese Herausforderung anzunehmen. Und dafür brauchte er jetzt nur noch die Frau, die er liebte, an seiner Seite. Die Eingangstür ging auf. Evangeline stand auf der Schwelle und strahlte, als sie ihn sah. Als er sie besorgt gefragt hatte, ob sie in Frankreich glücklich sein würde, hatte sie ihn sofort beruhigt. Die Picardie und England waren nunmehr durch das gemeinsam vergossene Blut und die Opfer miteinander verbunden. Ihre Aufgabe würde es nun sein, der Hoffnung wieder eine Zukunft zu geben.

Danksagung

Als Erstes danke ich meiner Lektorin, Geneviève Perrin, für die Sorgfalt, die sie meinem Manuskript hat zukommen lassen, für ihre zutreffenden Kommentare, dafür, dass sie mir Gehör und Geduld geschenkt hat.

Mein großer Dank gilt ferner:

Dem Marquess und der Marchioness of Salisbury, die mich so großzügig in ihrem Schloss Hatfield House empfangen haben.

General Lord Guthrie und Lady Guthrie für ihr Wohlwollen.

Lord Grenfell für seine unschätzbaren Ratschläge, ebenso wie seiner Frau.

Pater Matthieu Rougé, dem Kirchenrektor der Basilika Sainte-Clotilde in Paris, dafür, dass er mir seine wertvolle Zeit geschenkt hat.

Pater Peter Watts, dem Pfarrer von Grimaud.

Gräfin Christian de Liedekerke Beaufort für ihren aufmerksamen Blick.

Graf Raymond de Nicolay, der mich sein inspirierendes Schloss von Regnière-Écluse an der Somme hat entdecken lassen.

Monsieur Hervé de Rocquigny für seine Erinnerungen an das Artois und die Gegend an der Somme sowie seine Erlaubnis, den Namen des Grundbesitzes seiner Familie benutzen zu dürfen.

Monsieur und Madame Pierre-Emmanuel de La Vaissière für die Memoiren ihres Großonkels, des Comte Pierre de Fleurieu, der Flieger war.

Monsieur Michel Garnier von der Gesellschaft der Amis du Musée de l'Air für das ausführliche Gespräch, das er mir gewährt hat, und Monsieur Roger Vergnet für seine Bereitwilligkeit, seinen Enthusiasmus und den gemeinsamen Besuch im Musée de l'air et de l'espace in Bourget.

Monsieur Philippe Godoÿ, der die Schicksale der großen Adelsfamilien Europas kennt wie kein anderer.

Mademoiselle Damette de Lamotte, Madame Isabelle Solari, General Bernard Thorette, Monsieur Hervé Ducharne, Monsieur Justin Comartin.

Meinem Bruder Paul danke ich für sein literarisches Gespür und seine Großzügigkeit.

Und schließlich danke an dich.
It wouldn't be the same without you.

Im Laufe meiner Recherchen bin ich auf zahlreiche historische Werke und Schriftsteller gestoßen, die mir nützlich waren. In Bezug auf die Geschichte Englands zu Beginn des 20. Jahrhunderts, will ich folgende nennen: Die Werke von David Cannadine, Juliet Nicholson, Angela Lambert, Peter Parker, George Dangerfield, Diana Cooper, Frances Donaldson, Joseph Hone, Vita Sackville-West, June Purvis, Martin Pugh, Melanie Phillips, Philipp Blom, Erika Diane Rappaport, Richard Davenport-Hines, Ursula de la Mare und Kathleen Woodward.

Um ein Bild Frankreichs zu jener Zeit zu entwerfen, habe ich mich auf die Bücher von Eric Mension-Rigau, Jean-Paul Clébert, Jean-Noël Jeanneney und François Guillet gestützt, aber auch auf eine Reihe von Memoiren, darunter die von Gabriel-Louis Pringuet und Jean Galtier-Boissière.

Während meiner Lektüre über den Ersten Weltkrieg habe ich die bemerkenswerten Bücher von Lynn MacDonald entdeckt, ebenso wie die von Barbara W. Tuchman, Richard Watt, Pierre Miquel, Gabriel Perreux, Annette Becker, Vera Brittain, Santanu Das, Siegfried Sassoon, Martin Middlebrook, Joanna Bourke, Janet Watson, Susan Kingsley Kent, Edith Wharton, der Duchesse de Sutherland, Peter Leese, Elaine Showalter, Daniel Hipp, Andréz Loez, Sophie Delaporte und Pat Barker.

Was das Leben der Flieger betrifft, habe ich mich von den Büchern von Cecil Lewis, Joseph Kessel, Bernard Marck, Robert

Wohl, Ian Castle, Ralph Barker, Yves Nicollet und Stéphane Koechlin inspirieren lassen. Besonders hervorheben möchte ich die ausgezeichnete Publikation *Les Ailes de 14-18*, die in den *Carnets de l'AAMA* veröffentlicht wurde.

Das Schicksal der französischen Priestersoldaten wurde unter anderem nachgezeichnet von Monseigneur Gabriel de Llobet, Pater Achille Liénart, Pater Léonce Raffin, Pater Paul Doncœur, Pater Léonce de Grandmaison, Guy de Téramond, Xavier Boniface, Jean Sévillia, Maurice Barrès, Jacques Fontana und Doris L. Bergen sowie in den bemerkenswerten Zeugnissen, die sich in folgenden beiden Werken finden: *La preuve du sang, le livre d'or du clergé et des congrégations* und *Lettres des prêtres-soldats de France*.

Bei der Figur der May Wharton habe ich mich in groben Zügen von der amerikanischen Fliegerin Harriet Quimby inspirieren lassen.

Einen historischen Roman könnte es nicht geben ohne die Werke von Historikern, Soziologen und Verfassern von Memoiren. Während der zeitliche Rahmen historisch belegt ist, sind meine Romanfiguren, die sich darin bewegen, rein fiktiv.

Abschließend will ich bemerken, dass mögliche Fehler oder Ungenauigkeiten zu meinen Lasten gehen.

Spannend und bewegend:
Die Bücher von Bestsellerautorin Lucinda Riley.

448 Seiten
ISBN 978-3-442-47789-0
auch als E-Book erhältlich

Zwei Familien, die über Generationen eines verbindet – und eines trennt: die Liebe.

544 Seiten
ISBN 978-3-442-47554-4
auch als E-Book erhältlich

Ein verwunschenes Herrenhaus, eine tragische Liebe und ein lang gehütetes Familiengeheimnis.

www.goldmann-verlag.de
www.facebook.com/goldmannverlag

GOLDMANN
Lesen erleben

Um die ganze Welt des
GOLDMANN Verlages
kennenzulernen, besuchen Sie uns doch
im Internet unter:

www.goldmann-verlag.de

Dort können Sie
nach weiteren interessanten Büchern *stöbern*,
Näheres über unsere *Autoren* erfahren,
in *Leseproben* blättern, alle *Termine* zu Lesungen und
Events finden und den *Newsletter* mit interessanten
Neuigkeiten, Gewinnspielen etc. abonnieren.

Ein *Gesamtverzeichnis* aller Goldmann Bücher finden
Sie dort ebenfalls.

Sehen Sie sich auch unsere *Videos* auf YouTube an und
werden Sie ein *Facebook*-Fan des Goldmann Verlags!

www.goldmann-verlag.de
www.facebook.com/goldmannverlag